ullstein

Das Buch

Nach einem verheerenden Sturm landen der Schwertkämpfer Andrej und sein Begleiter, der Nubier Abu Dun, an einer unbekannten Küste am Rande des ewigen Eises. Als sie ein niedergebranntes Küstendorf nach Überlebenden absuchen, werden sie von nordischen Kriegern gefangen genommen, die sie gefesselt in ihr Dorf bringen. Warum, ist den Unsterblichen zunächst nicht klar – offensichtlich stammen die Nordmänner von einer benachbarten Insel und befinden sich mit einer anderen Macht im Krieg. Als die Gruppe von einer Schar dämonischer Geschöpfe angegriffen und nur durch die Kräfte der Unsterblichen gerettet wird, erfahren sie, wer das Volk seit langem unterdrückt: Es ist kein anderer als Odin, dessen Willkür bereits viele zum Opfer gefallen sind. Thure, der Anführer der Nordmänner, bittet Andrej, ihm beizustehen. Ein kleines Heer tapferer Krieger macht sich auf, das Unvorstellbare zu vollbringen: einen Gott zu töten. Doch auf ihrer Reise erwarten sie ungeahnte Schrecken …

Der Autor

Wolfgang Hohlbein, 1953 in Weimar geboren, zählt zu Deutschlands erfolgreichsten Autoren phantastischer Unterhaltung. Seine Bücher haben inzwischen eine Gesamtauflage von über 35 Millionen erreicht.

Von Wolfgang Hohlbein sind in unserem Hause bereits erschienen:

Die Chronik der Unsterblichen 1. Am Abgrund
Die Chronik der Unsterblichen 2. Der Vampyr
Die Chronik der Unsterblichen 3. Der Todesstoß
Die Chronik der Unsterblichen 4. Der Untergang
Die Chronik der Unsterblichen 5. Die Wiederkehr
Die Chronik der Unsterblichen 6. Die Blutgräfin
Die Chronik der Unsterblichen 7. Der Gejagte
Die Chronik der Unsterblichen 8. Die Verfluchten
Die Chronik der Unsterblichen. Blutkrieg
Nemesis – Band 1: Die Zeit vor Mitternacht
Nemesis – Band 2: Geisterstunde
Nemesis – Band 3: Alptraumzeit
Nemesis – Band 4: In dunkelster Nacht
Nemesis – Band 5: Die Stunde des Wolfs
Nemesis – Band 6: Morgengrauen
Das Blut der Templer
Das Blut der Templer II
Das Paulus-Evangelium

Wolfgang Hohlbein

Das Dämonenschiff

Die Chronik der Unsterblichen 9

Ullstein

Besuchen Sie uns im Internet:
www.ullstein-taschenbuch.de

Ungekürzte Ausgabe im Ullstein Taschenbuch
1. Auflage März 2010

Umschlaggestaltung: HildenDesign, München
Titelabbildung: © HildenDesign
unter Verwendung von Motiven von © Giuseppe Parisi/shutterstock
Papier: Pamo Super von Arctic Paper Mochenwangen GmbH
Druck und Bindearbeiten: CPI – Ebner & Spiegel, Ulm
Printed in Germany
ISBN 978-3-548-28033-2

I

Selbst von der Höhe der Klippe aus war die Verheerung nicht zu übersehen. Früher einmal musste das kleine Küstenstädtchen ein beschaulicher Ort gewesen sein, an dem friedliebende Menschen ein ebenso langweiliges wie zugleich erfülltes Leben geführt hatten, ihrem Tagewerk nachgegangen waren und zu ihren Göttern gebetet hatten, ihre Kinder aufgezogen und von einer besseren Zukunft für sich und ihre Familien geträumt hatten. Wenn man die Augen schloss und dem Flüstern des Windes lauschte, meinte man noch einen Hauch dieser Zeit wahrnehmen zu können: das Lachen der Kinder, das geschäftige Hämmern der Handwerker und die Stimmen der Frauen, die sich fröhlich unterhielten oder auch stritten, das Knarren der Bootsrümpfe, die in der Dünung schwankten, und das schwere Flappen der Segel, die noch nass vom letzten Regen von den Rahen hingen. Jetzt hingegen …

Andrej öffnete die Augen, und die Vision zerplatzte wie eine Schaumblase auf einem Wellenkamm. Seit sie hier heraufgekommen waren, hatte sich der Wind gedreht, sodass die eisige Luft jetzt nicht mehr nur von Salzwasser- und Schneegeruch erfüllt war, sondern auch das schwere Miasma von verbranntem Holz, Leder und Fleisch zu ihnen heraufwehte. Dort unten waren schon lange keine spielenden Kinder mehr. Das einzige Schiff, das er sah, lag mit aufgerissenem Rumpf auf der Seite, ein sterbender hölzerner Wal, der sich mit letzter Kraft den Strand heraufgeschleppt hatte, nur um dort zu verenden, und aus dem geschäftigen Hantieren und den fröhlichen Stimmen war wohl in den letzten Augenblicken ein Chor gellender Schreie und Waffengeklirre geworden, später vielleicht auch noch ein leises Wehklagen, und möglicherweise die eine oder andere Stimme, die zu den Göttern schrie und sie um Hilfe anflehte und sie vielleicht im allerletzten Moment verfluchte, dass diese Hilfe nicht kam, der Pakt, der ohnehin nur einseitig geschlossen worden war, nicht erfüllt wurde.

»Was glaubst du, wie lange es her ist?«

Abu Duns Stimme riss Andrej unsanft in eine Wirklichkeit zurück, von der er nicht ganz sicher war, dass sie sich als besser herausstellen würde als die schrecklichen Bilder, mit denen ihn seine eigene Fantasie in den letzten Minuten geplagt hatte. Dennoch blieb er für einige weitere Augenblicke völlig reglos stehen und sah auf das verwüstete Dorf hinab, bevor er – mit einiger Verspätung und so mühevoll, als müsse er dabei alle Last der Welt bewegen – die Schultern hob und sich zu dem riesenhaften Nubier umwandte, wobei er gleichzeitig einen kleinen Schritt von der Klippe zurücktrat. »Schwer zu sagen«, antwortete er. Sein Gesicht und seine Lippen waren so steif gefroren, dass er nicht einmal mehr verständlich sprechen konnte. Und der eisige Wind tat ein Übriges, um auch noch das allerletzte bisschen Wärme aus ihm herauszureißen. Flüchtig kam ihm zu Bewusstsein, dass Abu Dun wohl sehr viel mehr unter der Kälte leiden musste als er, denn der Nubier war in einem Land geboren und aufgewachsen, in dem die Menschen nicht einmal ahnten, dass es Temperaturen wie diese überhaupt gab. Er musste sich aber auch widerwillig eingestehen, dass sein Freund und Weggefährte zumindest äußerlich weitaus besser mit den widrigen Umständen zurechtzukommen schien als er. Abu Dun hatte den schweren

Mantel, dessen Stoff von der gleichen nachtschwarzen Farbe war wie sein Turban, seine Stiefel und auch sein Gesicht, um die Schultern geschlungen und sorgsam geschlossen und einen Teil seiner orientalischen Kopfbedeckung wie einen Schal vor das Gesicht geschlagen, sodass wenig mehr als ein schmaler Streifen über den Augen sichtbar war, aber anders als Andrej zitterte er nicht am ganzen Leib vor Kälte und brachte es sogar fertig, einigermaßen verständlich zu sprechen. Flüchtig rauschte der Gedanke durch Andrejs Kopf, ob der Nubier sich vielleicht mit Absicht so verhielt, um ihn zu demütigen.

»Es kann ein paar Stunden her sein ... oder auch Monate. Wer will das in diesem verrückten Land sagen?«

Abu Dun runzelte zur Antwort nur die Stirn, das aber so heftig, dass sein Turban nach vorne rutschte und ihm für einen Moment die Sicht nahm. Er grunzte irgendetwas, das Andrej nicht verstand und auch gar nicht verstehen wollte, trat nun seinerseits so dicht an die Klippe heran, dass seine Stiefelspitzen eine halbe Handbreit über den Abgrund hinausragten, und beugte sich vor, um aus angestrengt zusammengekniffenen Augen nach unten zu blicken. Der Wind heulte auf, bauschte seinen Mantel und hätte jeden anderen aus dem Gleichgewicht gebracht. Andrej verspürte einen weiteren tiefen Stich von Neid, als er sah, dass der mehr als zwei Meter große Koloss nicht einmal wankte. In Gedanken rief er sich zur Ordnung. Er war nun wahrlich lange genug mit Abu Dun zusammen, um einem solchen Anblick keine besondere Aufmerksamkeit mehr zu schenken. Aber in letzter Zeit begannen seine Gedanken immer häufiger auf unguten Pfaden zu wandeln. Es musste an diesem Land liegen, dachte er nicht zum ersten Mal. Genauer gesagt: an dieser Einöde aus Wasser und Kälte, in deren Weite sich hier und da ein winziges Stückchen zumeist eisbedeckten Landes fand. Es zerrte an seinen Nerven.

»Nicht länger als ein paar Stunden«, sagte Abu Dun, als er sich wieder aufrichtete und zu ihm umdrehte.

Andrej fragte sich, woher er das wissen wollte. Der letzte Sturm (vermutlich derselbe, der ihr Schiff auf der anderen Seite der gebirgigen Landzunge auf den Strand geworfen hatte) hatte die gesamte Küste mit einem feinen Sprühregen aus Nässe überzogen, die längst zu einer steinharten, schimmernden Kruste gefroren war, die sich wie eine barmherzige Decke über den Anblick der Verheerung legte.

»Man kann das Feuer noch riechen«, sagte Abu Dun.

Das stimmte. Auch Andrej war der feine, durch und durch widerliche Geruch eines Feuers, in dem mehr als Holz und Stoff verbrannt waren, nicht entgangen. Trotzdem fragte er. »Bist du sicher, dass du das nicht nur sagst, weil du es dir wünschst?«

Für einen Moment wurden Abu Duns Augen noch schmaler. Andrej konnte sehen, wie eine Frage hinter seiner Stirn Gestalt annahm, Abu Dun aber beschloss, sie doch nicht laut zu stellen. Stattdessen nickte er nur.

»Dann sollten wir vielleicht nachsehen, ob es noch Überlebende gibt«, hörte er sich zu seiner eigenen Überraschung sagen.

»Bei dieser Kälte?« Abu Dun schüttelte so heftig den Kopf, dass sich sein improvisierter Schleier löste. In dem kurzen Moment, bevor er ihn wieder befestigte, konnte Andrej sehen, dass seine Lippen darunter blau gefroren waren. »Da hat jemand gründliche Arbeit geleistet, Hexenmeister. Und selbst wenn er jemanden übersehen haben sollte, muss er längst erfroren sein.«

Natürlich entsprach auch das der Wahrheit, dachte Andrej. Weder Abu Dun noch er wussten, wie kalt es wirklich war, aber er hatte in den zurückliegenden Tagen immerhin erfahren, dass es sich in diesem Teil der Welt als äußerst klug erwiesen hatte, das Gesicht nach Möglichkeit stets aus dem Wind zu drehen, wollte man nicht Gefahr laufen, dass einem die Augenlider festfroren. Wahrlich nicht zum ersten Mal

fragte er sich, wie Menschen jemals auf die Idee hatten kommen können, hier zu siedeln.

Wenn es Menschen waren, die dort unten gelebt hatten. Nicht einmal dessen war sich Andrej vollkommen sicher.

»Aber du hast recht«, sagte Abu Dun plötzlich. »Wir sollten trotzdem hinuntergehen.«

»Warum?«, fragte Andrej in verwundertem Tonfall und ungeachtet der Tatsache, dass er vor einem Augenblick den gleichen Vorschlag gemacht hatte. Abu Dun musterte ihn eindringlich und schien zu überlegen, ob er antworten sollte.

»Um zu sehen, wer sie waren. Und vielleicht, wer sie umgebracht hat, und warum das geschah.«

Andrej hob zur Antwort nur die Schultern. Es schien unmöglich, aber es war tatsächlich noch kälter geworden, seit sie von Bord des gestrandeten Schiffes gegangen und hier heraufgekommen waren. Sein Gesicht fühlte sich an, als sei es zu Eis erstarrt, und er war nicht sicher, ob seine Lippen nicht einfach zerspringen würden, wenn er wieder zu sprechen versuchen würde. Er machte eine einladende Geste in Richtung des Abgrunds einen Fingerbreit hinter Abu Dun. Diesmal war er sicher, dass die Reaktion des Nubiers *eindeutig* erfolgte, um ihn zu ärgern. Er unternahm nämlich nicht die geringste Anstrengung, um einen halbwegs bequemen oder sicheren Abstieg zu suchen, sondern ging in die Hocke, tastete blind mit dem Fuß hinter sich in die Tiefe und begann dann zügig zu klettern. Andrejs Blick folgte seinen Bewegungen mit einem verärgerten Stirnrunzeln, bis Gesicht und Turban des Nubiers und als Letztes auch seine gewaltige Pranke hinter der Kante verschwunden waren, und er ertappte sich ohne die mindeste Spur von schlechtem Gewissen bei der schadenfrohen Vorstellung, Abu Dun könne auf dem spiegelglatt gefrorenen Felsen den Halt verlieren und gute hundert Fuß in die Tiefe fallen. Nicht dass es ihn umgebracht hätte, aber vielleicht wäre es ihm eine Lehre gewesen.

Als er sich umständlich auf die Knie ließ, um dem Nubier zu folgen, sah er, jetzt allerdings weniger schadenfroh, vor seinem geistigen Auge, wie auch er in den Abgrund stürzte. Die Felswand fiel lotrecht in die Tiefe, und sie musste selbst ohne den Panzer aus eisenhart gefrorenem und vom Wind glattpoliertem Eis unbezwingbar sein. Andrej war alles andere als ein ungeschickter Kletterer, und noch während er nach unten gesehen hatte, hatte er sich mit dem Gedanken zu trösten versucht, dass sie schon schlimmere Wände erstiegen hatten ... doch das stimmte nicht. Andrej wusste hinterher nicht mehr zu sagen, wie lange er gebraucht oder wie er es überhaupt geschafft hatte, nach unten zu gelangen. Seine Finger und Zehen waren so kalt, dass er keinen Schmerz mehr spürte, der gefrorene Stein hatte Kanten so scharf wie Glas, und seine Hände hinterließen schmierige rote Abdrücke. Jeder Muskel seines Körpers schmerzte, auch wenn er sich nicht bewegte. Wahrscheinlich war er aus dem einzigen Grund nicht abgestürzt, um Abu Dun nicht die Genugtuung zu bieten, ihn an sich vorbeifallen und unten auf dem Eis zerschmettern zu sehen.

Immerhin schien der Abstieg sogar an Abu Duns Kräften gezehrt zu haben, denn als Andrej endlich neben ihm anlangte, lehnte der Nubier erschöpft an der Wand und rang keuchend nach Atem ... was ihn selbstverständlich nicht davon abhielt, Andrej mit einem breiten Grinsen und einem herablassenden »Kommst du auch schon?« zu empfangen. Andrej zog es vor, die Worte nicht zu hören.

Stattdessen tat er es dem Nubier gleich, indem er sich für einen langen Augenblick mit geschlossenen Augen gegen den vereisten Fels lehnte. Sein Herz pochte, als wolle es aus seiner Brust springen. Er zitterte am ganzen Leib, und trotz der grausamen Kälte war er unter seiner gefrorenen Kleidung schweißbedeckt. In ein paar Augenblicken, dachte er missmutig, würde dieser Schweiß gefrieren und ihn zusätzlich auskühlen.

Er fuhr sich mit einer Hand wie mit einer eisbedeckten

Kralle durch das Gesicht, blinzelte einige Male und ließ den Blick aufmerksam über die kleine Ansammlung verheerter Gebäude streifen. Überrascht stellte er fest, dass aus der Nähe betrachtet die Spuren gewaltsamer Zerstörung gar nicht mehr so dramatisch aussahen wie von oben. Das Dorf lag in Trümmern und war verlassen, und das allgegenwärtige Eis, die Schneewehen und das niemals endende Wehklagen des Windes, der sich an Mauerresten und Felsen brach, ließen ihn fast glauben, dass es hier niemals menschliches Leben gegeben hatte. Alles machte plötzlich einen sonderbar friedlichen Eindruck, als hätten seine Bewohner ihn nur aufgegeben und vor einem Jahrzehnt oder auch einem Jahrhundert friedlich ihre Habseligkeiten gepackt.

Vermutlich sind sie in ein wärmeres Land gezogen, fügte er in Gedanken grimmig hinzu ... was für nahezu jedes Land auf der Welt galt.

»Sehen wir dort drüben nach«, sagte Abu Dun mit einer übertriebenen Geste in Richtung eines der niedergebrannten Gebäude. Andrej war sicher, dass er es ganz willkürlich ausgewählt hatte. Außerdem sprach er viel zu laut.

Andrej warf ihm einen fragenden Blick zu, den der Nubier einfach ignorierte. Er stieß sich kraftvoll von der Wand ab, schlitterte mehr auf die Ruine zu als dass er ging. Andrej folgte ihm mit einem Schulterzucken, so rasch er konnte und auf wenig elegante Art. Abu Dun hatte ihm anscheinend irgendetwas sagen wollen, aber er verstand nicht, was ... und auf dem nächsten Stück Weg hatte er auch Besseres zu tun, als darüber nachzudenken, denn er musste sich konzentrieren, um sich auf den Beinen zu halten. Das, was vielleicht einmal der Dorfplatz gewesen war, war jetzt so spiegelglatt gefroren, dass Abu Dun und er sich mit albern aussehenden Bewegungen vorankämpften und Andrej auf dem letzten Stück Weg mit den Armen rudern musste, um sein Gleichgewicht zu halten. Auf dem *allerletzten* Stück verlor er dann doch noch den Halt und wäre gestürzt, hätte Abu Dun nicht blitzschnell die Hand ausgestreckt und ihn aufgefangen. Dabei wankte er nicht einmal, obwohl auch er auf nichts anderem als blankem Eis stand – was ihm einen eisigen Blick Andrejs eintrug. Als Abu Dun ihm auf die Beine half, beugte er sich vor und raunte Andrej zu: »Wir sind nicht mehr allein.«

Andrej ließ sich nichts anmerken, lauschte aber mit seinen scharfen Sinnen und fragte sich im nächsten Augenblick verblüfft, wieso es eigentlich erst Abu Duns Worte bedurft hatte, um ihn darauf aufmerksam zu machen: Sowohl in dem Gebäude zu ihrer Rechten als auch in dem zu ihrer Linken hielten sich Männer auf, zwei in jedem. Er konnte ihre Atemzüge hören, und nachdem er einen Moment aufmerksam gelauscht hatte, auch das rasche, erregte Schlagen ihrer Herzen. Und er konnte ihre Angst wittern. Dabei war vier zu zwei eigentlich kein schlechtes Verhältnis, dachte er. Sie konnten ja nicht ahnen, wie unsinnig es war, Männern wie ihnen in einem Hinterhalt auflauern zu wollen.

Auf der anderen Seite sah Abu Dun wirklich *nicht* wie ein gewöhnlicher Mann aus, und wenn sie sie dabei beobachtet hatten, wie sie die spiegelglatte Felswand heruntergestiegen waren … dann hatten sie tatsächlich einen guten Grund, sich zu fürchten.

Er signalisierte Abu Dun ein Nicken und schüttelte gleich darauf erschrocken den Kopf, als er sah, wie die Hand des Nubiers unter seinen Mantel gleiten wollte, wo er seinen gewaltigen Krummsäbel trug. Abu Dun bedeutete ihm stumm sein Einverständnis – sie waren nun schon seit so vielen Jahren zusammen, dass sie keine Worte oder Gesten mehr brauchten, um sich zu verständigen – und sie betraten das zerstörte Gebäude.

Die Illusion, sich in einem seit vielen Jahren verlassenen Ort zu befinden, erlosch, als er geduckt hinter Abu Dun durch die Tür trat. Die Hütte war unerwartet groß, hatte aber trotzdem

aus einem einzigen Raum bestanden, dessen Dach von einem hölzernen Stützpfeiler so breit und hoch wie ein Schiffsmast getragen worden war. Jetzt war er auf Brusthöhe gesplittert und der Stumpf war verkohlt. Die gegenüberliegende Wand fehlte, sodass Wind und Kälte sich beständig ihren Weg in die Hütte fressen konnten. Doch der Boden unter ihren Füßen war nicht mehr so glatt wie draußen, und der alles überkrustende Panzer aus Eis nicht ganz so dick und hier und da halb durchsichtig.

Abu Dun machte eine stumme Kopfbewegung, und Andrej wünschte sich fast, sein Blick wäre ihr nicht gefolgt, als er das Kind sah.

Es lag unweit der Tür auf dem Rücken, keine drei Monate alt und vollständig nackt. Es war ein Mädchen, in einen Panzer aus gesprungenem Eis gehüllt, und Andrej konnte keinerlei Verletzungen erkennen, zumindest nicht an der Seite des Körpers, die ihm zugewandt war. Er vermutete, dass es erfroren war.

Auch Abu Dun starrte das tote Baby einen Herzschlag lang wortlos und mit steinernem Gesicht an, bevor er sich mit einem Ruck herumdrehte, um den Rest des Raumes zu untersuchen. Andrej fragte sich allerdings, was er eigentlich zu finden hoffte. Was Feuer, Feuchtigkeit und Kälte nicht zerstört hatten, das war ausnahmslos zertrümmert und in Stücke geschlagen, als hätte hier drinnen ein Sturm aus bloßer Zerstörungswut und Raserei getobt.

Als er ein leises Knacken irgendwo hinter ihnen, außerhalb des Gebäudes, hörte, reagierte Andrej äußerlich nicht im Geringsten darauf, aber er lauschte aufmerksam und erkannte die verstohlenen Schritte zweier Männer, die sich lautlos anzuschleichen versuchten. Zwei andere näherten sich von der anderen Seite.

Abu Dun ließ sich mit einem mühsamen Schnaufen in die Hocke sinken. Er begann mit den Fingern im Schnee zu graben. »Wer immer das hier getan hat, war nicht auf Beute aus. Oder ziemlich schlampig.«

Andrej trat neugierig näher, aber er musste sich vorbeugen, um zu sehen, worauf Abu Dun deutete: Er hatte eine Handvoll Goldmünzen entdeckt, die halb im Eis eingebettet lagen. Vergeblich versuchte er, eine davon mit den Fingern loszubrechen, schaffte es nicht und zog seinen Dolch unter dem Mantel hervor, um es auf diese Weise noch einmal zu versuchen, als hinter ihnen eine Stimme sagte: »Seid ihr gekommen, um den Rest der Beute zu holen?«

Abu Dun erstarrte mitten in der Bewegung, und Andrej richtete sich sehr langsam auf, wie ein Mann, der wusste, dass jede unbedachte Regung auch zugleich seine letzte sein konnte.

Hinter ihnen waren zwei Männer aufgetaucht; *Krieger*, wie auf den ersten Blick zu erkennen war. Beide waren wahre Riesen, selbst ohne die gewaltigen Hörnerhelme beinahe so groß wie Abu Dun. Sie trugen schwere Kettenhemden über wollenen Untergewändern und Hosen, die in pelzgefütterten Stiefeln steckten, übergroße Rundschilde und gespannte Bögen auf den Rücken. Einer von ihnen war mit einem wuchtigen, kurzen Schwert bewaffnet, der andere trug die größte zweischneidige Axt über der Schulter, die Andrej jemals gesehen hatte.

»Wenn sich einer von euch auch nur falsch bewegt, seid ihr tot«, sagte eine Stimme auf der anderen Seite des Gebäudes. Andrej warf einen flüchtigen Blick über die Schulter und war nun doch überrascht, dort nicht zwei, sondern gleich drei bewaffnete Hünen zu gewahren.

Er wandte sich wieder den beiden unter der Tür zu und machte ein fragendes Gesicht, als hätte er die Worte nicht verstanden.

Doch vergeblich. Der Bursche mit dem Schwert deutete auf Abu Dun. »Dein Freund soll aufstehen. Aber langsam.«

Andrej bedeutete Abu Dun mit einer knappen Geste zu gehorchen, und die Augen des Schwertkämpfers wurden für einen Moment groß, als sich der Nubier zu ihm herumdrehte und er zum ersten Mal sein Gesicht sah. Offensichtlich hatte er noch nie zuvor einen schwarzen Menschen erblickt. Sein Begleiter offenbar auch nicht, denn in *dessen* Augen blitzte für einen Moment blankes Entsetzen auf, dann tiefes Erschrecken. Im nächsten Moment hatte er sich wieder in der Gewalt, wenn auch seine Augen weiterhin furchtsam blickten. Andrej nahm sich vor, noch vorsichtiger zu sein. Ein Gegner, der Angst hatte, war doppelt gefährlich.

»Ich grüße euch«, sagte er betont langsam. »Mein Name ist Andrej. Das ist Abu Dun, wir sind –«

»Ich weiß, wer ihr seid«, unterbrach ihn der Fremde. »Legt eure Waffen ab. Ganz langsam. Es sei denn, ihr wollt gleich hier sterben.«

Andrej konnte fühlen, wie sich Abu Dun hinter ihm anspannte. »Ich glaube, ihr verwechselt uns. Wir haben nichts mit dem zu tun, was hier passiert ist.«

»Legt eure Waffen ab«, sagte der Krieger ungerührt.

Abu Dun spannte sich weiter, und Andrej drehte sich rasch zu ihm herum und warf ihm einen beschwörenden Blick zu, der nur dazu diente, von den Kriegern gesehen zu werden. »Wir sollten besser gehorchen«, sagte er, wobei er ganz bewusst die Sprache der Fremden benutzte, und weder Arabisch noch Deutsch, die beiden Sprachen, derer sie sich normalerweise bedienten. Abu Dun spielt auch jetzt perfekt mit. Er zögerte einen spürbaren Moment, indem er die fremden Krieger mit einem ebenso zornigen wie herausfordernden Blick maß, aber dann schlug er mit einer trotzigen Bewegung seinen Mantel zurück und zog den riesigen Krummsäbel aus dem Gürtel, um ihn zu Boden zu legen. Andrej verfuhr ebenso mit seinem kostbaren Damaszenerschwert.

»Jetzt binde deinem großen Freund da die Hände auf den

Rücken.« Der Krieger warf ihm einige dünne Lederriemen vor die Füße. »Aber versuch keine Tricks. Ich werde die Fesseln überprüfen.«

»Glaub mir, es ist nicht so, wie es den Anschein hat«, sagte Andrej. »Wir haben nichts mit dem hier zu tun!«

Der andere starrte ihn wortlos an. Andrej ging seufzend in die Hocke, hob die Lederbänder auf und fesselte Abu Duns Hände auf dem Rücken. Er zog die Knoten so fest, wie er es gerade noch konnte, ohne die Bänder dabei zu zerreißen, und anschließend verfuhr einer der Fremden mit ihm genauso.

»Ihr seht, wir haben keinen Widerstand geleistet«, sagte Andrej, während derselbe Krieger Abu Duns Fesseln überprüfte. Ob er wohl ahnte, wie nahe er dabei dem Tode war?

Der Anführer der Nordmänner maß ihn mit einem Blick, in dem wenig mehr Wärme lag als in der weißen Einöde ringsum. »Ihr begleitet uns. Aber zuerst sagt ihr uns, wo die anderen sind.«

»Welche anderen?«

Der Mann schlug ihn, ohne Vorwarnung und so hart, dass sein Kopf in den Nacken flog und bunte Sterne vor seinen Augen tanzten. Rote Wut flammte in ihm auf, und für die Dauer eines halben Herzschlages hatte er nicht übel Lust, zuerst seine Fesseln und dann die Kehle seines Gegenübers zu zerreißen. Aber Andrej beherrschte sich im letzten Moment, verzog nur schmerzhaft das Gesicht und funkelte den blonden Hünen an. Etwas musste wohl in seinem Blick sein, womit dieser nicht gerechnet hatte, denn für einen Moment wirkte er verunsichert und hatte alle Mühe, ihm standzuhalten. Aber es gelang ihm.

»Wo sind die anderen?«, fragte er nur noch einmal.

»Es gibt keine anderen«, antwortete Andrej. »Ich weiß nicht, mit wem ihr uns verwechselt, aber Abu Dun und ich sind allein. Wir sind zufällig hierher gekommen und haben das verheerte Dorf entdeckt. Wir wollten nachsehen, ob es noch jemanden gibt, der vielleicht Hilfe braucht.«

In den hellen, sonderbar klaren Augen seines Gegenübers blitzte es abermals auf, und einen Moment lang glaubte Andrej, dass er ihn erneut schlagen würde. Doch stattdessen wandte er sich um und sah nachdenklich auf die festgefrorenen Münzen hinab. »Wolltet ihr nicht viel eher nachsehen, ob es hier vielleicht noch etwas zu holen gibt?«, fragte er.

»Wir sind keine Plünderer«, sagte Andrej scharf.

Der Nordmann starrte die Münzen noch einen weiteren Atemzug lang an und sah dann auf das tote Kind hinab. Ein Schatten glitt über sein Gesicht, das unter dem eisverkrusteten Bart erstaunlich jugendlich wirkte.

»Was ist hier geschehen?«, fragte Andrej leise.

Der Blonde funkelte ihn nur hasserfullt an, beantwortete seine Frage aber nicht, sondern wandte sich nur mit einer befehlenden Geste zur Tür. »Gehen wir.«

Sie verließen das Dorf in südlicher Richtung, der blonde Hüne und sein axtschwingender Kamerad vorneweg, die drei anderen Krieger den Abschluss bildend, während Andrej und Abu Dun mit auf den Rücken zusammengebundenen Händen und mutlos hängenden Köpfen und Schultern in der Mitte der kleinen Kolonne dahintrotteten. Die halbrunde Bucht, in der das Dorf lag, war an drei Seiten von gut hundert Fuß hohen Steilklippen umgeben, wie eine nur zum Meer hin offene, natürliche Festung, die ihren Bewohnern ein Leben lang ein Gefühl trügerischer Sicherheit vermittelt haben mochte, bevor sie – vielleicht im allerletzten Moment – begriffen hatten, dass diese Festung eine Todesfalle war. Einzig ein knapp zwei Meter breiter, senkrechter Riss im Fels bot einen Ausweg, als hätte ein zorniger Gott dort das gesamte Gebirge mit einer riesigen Axt gespalten. Andrejs kundiger Blick zeigte ihm sofort, dass die schmale Klamm selbst von einem einzigen, entschlossenen Mann leicht zu halten sein musste, sogar gegen eine gewaltige Übermacht. Als sie näher kamen, gewahrte er zwar keine Leichen, wohl aber die unübersehbaren Spuren eines Kampfes. Der Boden aufgewühlt, hier und da lagen Fetzen von Kleidung oder Rüstungsteile, ein paar zerbrochene Waffen, und überall war Blut – allerdings nur auf *dieser* Seite der Klamm. Etliche Bewohner des Dorfes hatten wohl noch die Zeit gefunden, vor den unbekannten Angreifern zu fliehen. Sie waren nicht weit gekommen.

Bevor sie den Felsspalt betraten, blieb der Blonde noch einmal stehen und sah zu ihnen zurück. »Versucht nichts Unbedachtes dort drinnen«, warnte er. »Selbst wenn ihr uns entkommt – was ihr nicht werdet –, warten unsere Brüder auf der anderen Seite. Und wir haben ein Schiff auf dem Meer.«

Andrej schwieg, aber das schien ihrem Führer als Antwort zu genügen. Andrej aber verrieten seine Worte, dass er trotz seiner noch jungen Jahre schon ein erfahrener Krieger war. Wenn sie überhaupt einen Ausbruch hätten wagen wollen, dann dort drinnen, wo die schmale Klamm ihre Bewacher daran hindern würde, ihre Waffen zu benutzen oder sich gegenseitig zu unterstützen.

Andrej hatte nichts dergleichen vor. Weder Abu Dun noch er würden diese Fesseln tragen, wenn sie es nicht gewollt hätten.

Der Felsspalt war weitaus länger, als er erwartet hatte, und auf dem letzten Stück so schmal, dass sie nur noch hintereinander gehen konnten. Trotzdem scharrten Abu Duns breite Schultern an dem vereisten Stein. Andrej enthielt sich jeden Kommentars, aber er begriff sehr wohl, dass sie gerade *durch* den Höhenzug marschierten, den sie vorhin so mühsam überklettert hatten ... ein Weg, der ganz gewiss umständlicher war, aber nicht annähernd so mühevoll und gefährlich wie der, den sie genommen hatten. Außerdem fanden sie so wenigstens für eine kurze Weile Schutz vor dem grausamen Wind.

Wie sich zeigte, hatte ihr Führer die Wahrheit gesagt: Auf

der anderen Seite der Klamm angekommen, erwartete sie nicht nur ein kleines Lager aus einem halben Dutzend niedriger Zelte, sondern auch eine Anzahl weiterer Krieger. Sie waren nicht alle so hochgewachsen und muskulös wie die Männer, die glaubten, sie gefangen genommen zu haben, aber keiner von ihnen war klein, und sie waren nicht nur ausnahmslos gut bewaffnet, sondern trugen diese Waffen auch wie die Art von Männern, die damit umzugehen wussten.

Abu Dun sprach aus, was Andrej dachte. »Sieht so aus, als wären wir mitten in einen Krieg geraten«, sagte er auf Arabisch.

»Sprecht nicht so miteinander!«, fuhr ihn der Blonde an. »Wenn ihr reden wollt, dann in einer Sprache, die wir verstehen!«

»Verzeiht meinem Freund«, sagte Andrej hastig, bevor Abu Dun antworten konnte. Vielleicht konnte es ihnen noch von Nutzen sein, wenn ihre Bewacher glaubten, Abu Dun verstünde sie nicht. »Er spricht eure Sprache nicht.«

»Dann soll er schweigen!«, fauchte der blonde Hüne.

»Er hat sich nur gefragt, was all diese bewaffneten Männer hier tun, und ob wir vielleicht mitten in einen Krieg geraten sind, der uns nichts angeht«, sagte Andrej.

»Ein Krieg?« Der Nordmann schürzte verächtlich die Lippen. »Ja, so könnte man es nennen. Und ob er euch etwas angeht, wird sich zeigen. Und jetzt geht weiter!« Mit herrischer Geste wies er einen der Männer an, Abu Dun einen derben Stoß in den Rücken zu versetzen, und der Nubier stolperte ein paar Schritte vorwärts, verlor auf dem glatt gefrorenen Boden den Halt und fiel schwer auf die Knie. Andrej hielt erschrocken die Luft an, aber Abu Dun sagte nichts, sondern stemmte sich nur grunzend in die Höhe und wäre auf dem spiegelglatten Boden sofort wieder gestürzt, hätte ihn nicht derselbe Mann, der ihn gerade erst gestoßen hatte, jetzt gestützt. Er selbst wankte dabei nicht einmal, und Andrej fiel erst jetzt auf, dass nicht nur er, sondern auch die vier anderen sich mit geradezu übernatürlicher Sicherheit auf dem Eis bewegten.

Andrej dagegen atmete erleichtert auf, als sie das kleine Lager erreichten und unter seinen Stiefeln endlich wieder nackter Fels war, und kein Eis, dass der Wind seit hundert Jahren glatt schmirgelte.

»Setzt euch dorthin!« Der Blonde zeigte auf ein halb heruntergebranntes Feuer, das sich im Zentrum des unregelmäßigen Kreises aus kleinen Zelten befand. »Ich komme gleich zu euch.«

Sie spielten die Rolle der hilflosen Gefangenen perfekt weiter, indem sie gehorsam zum Feuer schlurften und sich so dicht an den Flammen niederließen, wie es gerade noch ging, ohne dass sie Gefahr liefen, ihre Kleidung in Brand zu setzen ... was nur zum Teil ihrer Tarnung diente. Liebend gern hätte Andrej (und auch Abu Dun, dessen war er sich sicher) seine Fesseln zerrissen, um seine Hände an den Flammen wärmen zu können. Ja, er hätte sie auch in die Flammen gehalten, wenn er so, um den kleinen Preis eines flüchtigen Schmerzes, endlich wieder einmal Wärme hätte spüren können. Er konnte sich kaum noch erinnern, wann er das letzte Mal *nicht* gefroren hatte.

Der Blonde verschwand, aber zwei seiner Kameraden blieben demonstrativ hinter ihnen stehen, und auch die anderen Krieger kamen näher und blickten Andrej – und vor allem den riesigen Nubier – unverhohlen neugierig an, aber auch genauso offen feindselig. Andrej war es gewohnt, dass sein hünenhafter Begleiter Aufsehen erregte, wohin auch immer sie kamen; in den meisten Teilen der Welt allein durch seine Größe und seine massige Gestalt. Hier, an diesem kalten, lebensfeindlichen Fleckchen, an dem er schon vielen Männern mit stattlicher Körpergröße begegnet war, wohl eher aufgrund seiner nachtschwarzen Haut. Nur zu oft schlug ihnen Misstrauen, auch Feindseligkeit entgegen, doch meist aus Unwissenheit und Furcht. Hier jedoch ... war es anders. In den Blicken dieser Männer sah Andrej blanken Hass. Mehr als eine Hand hatte sich ein wenig zu fest um den Griff einer Waffe geschlossen, mehr als ein Schwert war einen Finger breit aus der Scheide gezogen worden. Allmählich kamen ihm Zweifel, ob der Plan, sich gefangen nehmen zu lassen, um so an Informationen zu gelangen, tatsächlich aufgehen würde. Keiner dieser Männer war Abu Dun oder ihm gewachsen, nicht einmal mit auf dem Rücken zusammengebundenen Händen (von den Fesseln konnten sie sich ohnehin im Handumdrehen befreien), aber sie waren viele, und sie waren schwer bewaffnet. Und weder Abu Dun noch er waren unverwundbar oder tatsächlich unsterblich ...

»Ich kann mich des Gefühls einfach nicht erwehren, dass wir nicht willkommen sind«, sagte Abu Dun plötzlich spöttisch und auch jetzt wieder in seiner Muttersprache. Diesmal nahm niemand daran Anstoß.

»Sie glauben, wir gehören zu denen, die das Dorf niedergebrannt haben«, antwortete Andrej in derselben Sprache. Er seufzte. »Ich kann es ihnen nicht einmal wirklich übel nehmen. Wenn das ihre Leute waren, oder Freunde, dann haben wir wahrscheinlich Glück, dass wir überhaupt noch leben.«

»Und ich hätte auch nichts dagegen, wenn es noch eine Weile so bliebe«, fügte Abu Dun hinzu. »Vielleicht noch zwei- oder dreihundert Jahre ... oder vier. Man soll ja nicht gierig werden.«

In diesen Worten verbarg sich eine Frage, die Andrej mit einem unmerklichen Kopfschütteln beantwortete. »Das scheinen mir vernünftige Menschen zu sein«, antwortete er. »Wäre es anders, dann hätten sie uns sofort getötet. Lass uns noch eine Weile abwarten. Wenn sie begreifen, dass wir nichts mit dem Überfall zu tun haben, werden sie uns freilassen. Vielleicht können sie uns helfen.«

Abu Dun machte ein zweifelndes Gesicht, schwieg aber. Verstohlen zerrte Andrej prüfend an seinen Fesseln. Das Leder ächzte hörbar; eine Winzigkeit mehr, und es würde zerreißen. Erschrocken stellte er seine Anstrengungen ein. Ein Vorteil, von dem ihre Feinde wussten, war keiner mehr. Das spöttische Glitzern in Abu Duns Augen, mit dem dieser ihn bedachte, entging ihm keineswegs.

Der blonde Riese kam nach wenigen Augenblicken zurück. Sein Gesicht war finster wie eh und je, aber trotzdem hatte sich etwas in seinem Blick geändert. Andrej konnte den Unterschied nicht wirklich in Worte fassen, hatte aber das sichere Gefühl, dass er nicht ganz so unversöhnlich war, wie noch kurz zuvor. Er blieb eine geraume Weile vor ihnen stehen und betrachtete erst Abu Dun, dann Andrej, bevor er sie damit überraschte, sich mit untergeschlagenen Beinen zu ihnen ans Feuer zu setzen. Er legte einige trockene Zweige nach und hielt die Finger über die Flammen. Trotz der frischen Nahrung schlugen sie kaum höher, doch der bloße Anblick reichte aus, um Andrej zu wärmen. Feuer gehörte zu den wenigen Dingen, die Abu Dun und ihm *wirklich* gefährlich werden konnten … aber vielleicht war Verbrennen nicht einmal der schlechteste Tod, den er sich wünschen konnte.

Bei diesem Gedanken musste Andrej lächeln.

»Was ist so erheiternd, Andrej?«, fragte sein Gegenüber.

»Oh, nichts«, antwortete Andrej. »Ich habe mich nur gerade etwas gefragt.«

»Und was?«

»In meiner Heimat gibt es eine alte Sitte«, erwiderte Andrej, »nach der man einem zum Tode Verurteilten einen letzten Wunsch gewährt. Ist das bei euch auch so?«

»Solange er nicht darin besteht, dass man ihm das Leben schenkt oder ihn laufen lässt …«

»Solltet ihr beschließen, Abu Dun und mich zu töten«, sagte Andrej lächelnd, »dann bitte ich darum, verbrannt zu werden. Lebend.«

»So leicht werden wir es euch nicht machen«, erwiderte der Blonde. »Vielleicht ganz am Ende, wenn ihr lange genug darum gebettelt habt.«

Abu Dun hatte sich nicht gut genug in der Gewalt, um ein erschrockenes Zusammenfahren und einen eisigen Seitenblick in Andrejs Richtung ganz unterdrücken zu können, aber sein Gegenüber blickte Andrej so aufmerksam an, dass er nichts davon bemerkte.

»Ihr werdet uns nicht töten«, sagte Andrej ruhig.

»Jedenfalls nicht schnell«, fügte der Blonde hinzu.

»Aber du weißt, dass wir nichts mit dem Überfall auf dein Dorf zu tun haben«, fuhr Andrej ungerührt fort.

»Und was macht dich da so sicher?«, wollte der Nordmann wissen. Seine Augen wurden schmal.

»Der simple Umstand, dass wir noch am Leben sind«, antwortete Andrej. »Würdet ihr wirklich glauben, dass wir irgendetwas damit zu tun haben, dann hättet ihr uns auf der Stelle getötet.« *Oder es wenigstens versucht.*

Der blonde Riese schwieg eine Weile. Sein Blick wurde noch durchdringender, doch Andrej konnte ihm ansehen, dass es ihm nicht gelang, in seinem Gesicht zu lesen. Er ließ Andrejs Behauptung unbeantwortet und fragte stattdessen: »Dein Freund und du, woher kommt ihr? Aus Grünland?«

»Gegen dieses beschauliche Fleckchen Erde ist jedes andere Land *grün*«, sagte Andrej belustigt. »Na ja ... bis auf Abu Duns Heimat, vielleicht. Ich stamme aus Siebenbürgen, und Abu Dun kommt aus einem Land, das sich Nubien nennt. Ich nehme nicht an, dass du von einem von beidem je gehört hast?«

Der verständnislose Blick seines Gegenübers war Antwort genug. »Und wie kommt ihr hierher?«, fragte er.

Andrej seufzte. »Das ist eine lange Geschichte.«

»Erzähle sie ruhig«, antwortete der Blonde. »Ich mag lange Geschichten, und ich habe Zeit ... wenigstens bis zum nächsten Sonnenaufgang.« Er lachte leise, als verberge sich in diesen Worten ein Scherz, den Andrej nicht begreifen konnte, doch der Blick seiner wasserklaren Augen blieb durchdringend, forschend und misstrauisch. Andrej begann sich darunter immer unwohler zu fühlen. »Viel mehr interessiert uns die Frage, wie wir nach Hause kommen. Ich fürchte, wir sind ein wenig ...«, er tat so als müsse er nach den richtigen Worten suchen, »... vom Weg abgekommen.«

»Und wie genau kommt ihr nun hierher?«, wollte der hochgewachsene Krieger wissen. »Diese Insel ist klein. Kaum jemand kennt sie. Und noch weniger kommen ganz zufällig hier vorbei.«

Das war eine wichtige Information, fand Andrej. Sie waren also auf einer Insel. Endlich wieder auf einer *verdammten, gottverfluchten Insel!* Er unterdrückte nur mit Mühe ein Seufzen. »Wir hatten ein Schiff. Der Sturm hat uns gestern Nacht an Land geworfen. Nachdem er sich gelegt hatte, sind wir von Bord gegangen, und dann haben wir das niedergebrannte Dorf gesehen. Was danach geschehen ist, weißt du.« Der Blonde blickte fragend, und Andrej fügte mit einem angedeuteten Lächeln hinzu: »Ihr habt uns beobachtet.«

Sein Gegenüber zog abschätzig die linke Augenbraue hoch – so hoch, dass sie fast unter dem Ansatz seiner verfilzten blonden Haare verschwand – enthielt sich aber einer Antwort. »Wo sind die anderen?«, fragte er nur.

»Ich habe gesagt, es gibt keine anderen, und –«

»Der Rest der Mannschaft«, unterbrach ihn der Nordmann. »Du hast gesagt, ihr wäret mit einem Schiff gekommen.«

»Es gibt keine Mannschaft«, knurrte Andrej. »Nur Abu Dun und mich.«

»Dann muss es ein ziemlich kleines Schiff gewesen sein«,

erwiderte der Blonde in einem Ton, der Andrejs Worten jegliche Glaubwürdigkeit absprach. »Wo ist es?«

Andrej sah nach oben und war im ersten Moment erstaunt, die Sonne nicht dort vorzufinden, wo er sie erwartet hatte. Sie schien sich in all der Zeit kaum von der Stelle bewegt zu haben. Aber um sich zu orientieren, war er nicht nur auf seine Augen angewiesen. Nach einem kurzen Moment deutete er in die Richtung, in der die *Fenrir* halb zerschmettert und mit gebrochenem Mast auf dem Eisstrand lag.

»Dort, gleich hinter dem Bergrücken.«

Der Nordmann sah nachdenklich und zweifelnd in die angegebene Richtung, hob aber dann nur die Schultern und stand mit einer geschmeidigen Bewegung auf. »Ich werde einen Mann hinschicken, der nachsieht. Wenn es dort kein Schiff gibt, töten wir euch.«

»Du beharrst also darauf, dass es eine weise Idee war, uns kampflos gefangen nehmen zu lassen«, sagte Abu Dun. Andrej schätzte, dass es eine gute Stunde her war, seit man sie in das winzige Zelt verfrachtet und den Eingang hinter ihnen geschlossen hatte. Dieser bestand nur aus einer Zeltplane und dünnen Lederschnüren, aber der Stoff war dünn genug, dass sie die Schatten der beiden breitschultrigen Krieger erkannten, die vor dem Zelt standen. Es waren die ersten Worte, zu denen der Nubier sich herabließ, seit man sie vom Feuer weggebracht hatte. Den Rest der Zeit hatte er in beleidigtem Schweigen verbracht.

»Nein«, antwortete Andrej. »Nicht weise. Nur klug.«

»Das ist ein Unterschied, nehme ich an«, sinnierte Abu Dun. »Aber ich vergaß, ein dummer Mohr wie ich kann das ja nicht verstehen.«

Andrej war nicht nach den Scherzen des Nubiers zumute. »Was hättest du an meiner Stelle getan?«, fragte er scharf, schärfer sogar, als er beabsichtigt hatte. »Sie getötet? Alle fünf?«

»Jetzt«, erwiderte Abu Dun mit einer Kopfbewegung auf die gedrungenen Schatten der beiden Krieger, »müssen wir vielleicht sehr viel mehr Männer töten.«

»Es wird nicht nötig sein«, antwortete Andrej, zwar überzeugt, aber nur noch mühsam beherrscht. Dieses Land aus Wasser und Eis bekam Abu Dun offenbar genauso wenig wie ihm. Sehr betont fügte er hinzu: »Sie werden uns nichts antun. Sie sind vernünftige Männer.«

Abu Dun machte ein abfälliges Geräusch. »Dein Wort in Gottes Ohr.«

»Gott?«, vergewisserte sich Andrej mit gespielter Überraschung. »Nicht Allah?«

»Allah«, antwortete Abu Dun nachdrücklich, »wird auf diesen Unsinn ganz gewiss nicht hören.«

Andrej funkelte ihn an, doch bevor ihr Disput vollends entgleiten – und vollends absurd werden – konnte, näherten sich Schritte, und ein dritter Schemen erschien zwischen denen ihrer beiden Schattenwächter. Die ledernen Schnüre, die die geteilte Zeltbahn zusammenhielten, wurden mit einer einzigen, gekonnten Bewegung gezogen, und ein vor Kälte gerötetes Gesicht lugte zu ihnen herein.

»Kommt!«, sagte der blonde Krieger.

Andrej und Abu Dun tauschten einen gleichermaßen fragenden wie alarmierten Blick, erhoben sich aber gehorsam und traten wortlos aus dem winzigen Zelt heraus. Die Szene, die sich ihren Augen bot, hatte sich kaum verändert. Mehr als ein Dutzend Krieger stand noch immer in einem lockeren Dreiviertelkreis um sie herum und starrte sie an, und auch das Feuer brannte kaum höher als zuvor. Nicht einmal die Sonne schien auf ihrer Wanderung über das Firmament weitergekommen zu sein. Wie viel Zeit war tatsächlich vergangen, seit sie hier draußen waren?, fragte sich Andrej. Dieses Land verwirrte offensichtlich nicht nur seine Gedanken, sondern auch sein Zeitgefühl.

»Setzt euch!« Der Tonfall dieser Worte machte die einladende Geste des Nordmannes zu nichts anderem als einem Befehl. Andrej gehorchte schweigend und rutschte genau wie Abu Dun so nahe an das spärliche Feuer heran, wie er konnte. Der Blonde nahm ihnen gegenüber Platz, an der gleichen Stelle und in derselben Haltung wie vorhin, um sie dann lange abschätzend anzusehen – erst Andrej, dann Abu Dun, dann wieder Andrej. Endlich brach er das unbehagliche Schweigen.

»Du hast mich belogen, Andrej.«

»Wieso?«, fragte Andrej. »Habt ihr die *Fenrir* nicht gefunden?«

»War das der Name aus Schiffes?« Der Blonde lächelte knapp und beantwortete seine eigene Frage dann mit einem Kopfnicken. »Doch, wir haben sie gefunden. Ein prachtvolles Schiff – jedenfalls war sie das einmal, bevor ihr sie zuschanden gefahren habt. Aber ein geschickter Handwerker kann sie sicher wieder reparieren.« Seine Augen wurden so schmal wie sein Blick stechend. »Wo ist der Rest der Mannschaft?«

»Es gibt keinen«, antwortete Andrej. »Ich dachte, das hätte ich bereits gesagt.«

»Das hast du«, gab der Nordmann eisig zurück. »Und ich glaube dir nicht. Du willst mir nicht erzählen, dass ihr zu zweit eine ausgewachsene *Drakkar* gefahren habt?«

»Und wenn doch?«

»Dann bist du entweder der unverschämteste Lügner, dem ich je begegnet bin, oder ein Dämon«, antwortete der Nordmann. »*Niemand* kann eine *Drakkar* allein über das Meer steuern.«

»Ich war nicht allein«, erinnerte Andrej ihn. »Abu Dun hier ist der beste Seemann, den ich kenne. In seiner Jugend war er ein gefürchteter Pirat.«

»In seiner Heimat, deren Namen ich nicht einmal aussprechen kann«, vermutete der Blonde.

Andrej nickte.

»Wir haben euch beobachtet«, fuhr der Blonde fort, nachdem er eine geraume Weile in unbehaglichem Schweigen versunken ins Feuer gestarrt hatte. »Ihr seid die Klippe herabgeklettert, wie es kein Mensch vermag.«

»In meiner Heimat, deren Namen du vermutlich genauso wenig aussprechen kannst«, sagte Andrej mit einem flüchtigen Lächeln, »war ich früher ein gefürchteter Bergsteiger.«

Der Blonde blinzelte, sah ihn verdutzt an – und lachte plötzlich. »Du gefällst mir, Andrej. Ich weiß nicht, wer oder was du wirklich bist, aber du gefällst mir. Selbst wenn du ein Dämon sein solltest.«

»Also glaubst du nicht mehr, das wir etwas mit dem Überfall zu tun haben?«, vergewisserte sich Andrej.

»Nein«, antwortete der Nordmann.

»Dann sind ja wohl auch diese albernen Fesseln nicht mehr nötig«, sagte Abu Dun, wobei er sich vollkommen akzentfrei der Sprache des Blonden und seiner Brüder bediente, reckte ächzend die Schultern und zerriss in derselben beiläufigen Bewegung die Lederbänder, die seine Hände auf den Rücken fesselten. Es zischte leise, als er sie ins Feuer warf. Andrej tat dasselbe, wenn auch nicht ganz so theatralisch. Die Augen des Blonden weiteten sich.

»Du bist uns gegenüber im Vorteil, mein Freund«, sagte Andrej. »Du kennst unsere Namen. Wir nicht den deinen.«

Es dauerte einen kurzen Moment, bis der Blonde seine Fassung zurückerlangte. Dann lachte er wieder, aber es klang nicht ganz echt, und Andrej spürte nicht nur Unsicherheit, sondern auch Furcht. Er mied bewusst ihren Blick. »Mein Name ist Björn. Das da ist Thure, mein kleiner Bruder.« Er deutete auf den Riesen mit der Axt, der nicht nur deutlich größer war als er, sondern auch um etliche Jahre älter aussah.

Er setzte sich unaufgefordert zu ihnen und rang sich sogar ein dünnes Lächeln ab, legte seine gewaltige Streitaxt aber griffbereit über die Knie. Vielleicht war das Wort *Freund* etwas vorschnell gewesen.

»Björn«, wiederholte Andrej, »und Thure. Und woher kommt ihr?«

»Du stellst viele Fragen.«

»Immerhin wisst ihr eine Menge über uns. Zum Beispiel, dass wir *nicht* aus Grünland kommen. Ihr auch nicht, vermute ich. Aber woher seid ihr?«

»Aus Björndall«, antwortete der Blonde. »Es ist die Nachbarinsel. Eine halbe Tagesreise von hier entfernt, mit einem schnellen Schiff und im Frühjahr.«

Im Frühjahr? Andrej bezweifelte, dass er damit ein milderes Wetter meinte, aber diese Frage erschien ihm im Moment auch nicht wichtig. »Und ihr seid mit dem Dorf dort hinter der Klippe befreundet«, vermutete er.

»Nein«, erwiderte Björn. »Es ist ganz im Gegenteil noch nicht sehr lange her, dass wir im Krieg miteinander gelegen haben.«

»Aha«, sagte Abu Dun mit gewichtiger Miene. »Das ergibt Sinn.«

»Tatsächlich«, fügte Thure hinzu, und seine gewaltige Pranke strich beinahe liebkosend über die Schneide der Axt, die in seinem Schoß lag, »haben wir das Dorf niedergebrannt.«

Andrej blinzelte verstört, und auch Abu Dun schaute verständnislos. »Warum?«, fragte er.

»Weil sie unsere Feinde waren«, antwortete Björn, als wäre das Erklärung genug. Andrej beschloss, nicht weiter nachzubohren. Thure streichelte weiter seine Axt, legte plötzlich die Stirn in Falten und hob den Daumen, um ihn näher zu betrachten. Er blutete.

»Ich will dich bestimmt keinen Lügner nennen, Björn«, begann Andrej vorsichtig.

»Aber du glaubst mir nicht«, sagte Björn ruhig.

»Dieses Dorf hat erst vor wenigen Stunden gebrannt«, sagte Abu Dun. »Und da ist das tote Kind«, fügte Andrej noch hinzu.

»Es liegt seit vielen Jahren dort«, erwiderte Björn. »Seine Mutter hat es fallen lassen, als unsere Krieger das Haus gestürmt haben. Ich bedauere das. Wir wollten die Männer töten, nicht die Frauen und Kinder.«

»Und ihr habt es einfach dort liegen lassen?«, fragte Abu Dun entsetzt. »Warum?«

»Zur Warnung«, erwiderte Thure kühl. Er steckte den Daumen in den Mund und lutschte daran; ein Anblick, der etwas in Andrej weckte, das er hastig niederkämpfte. »Damit jeder sieht, welches Schicksal denen droht, die uns herausfordern.«

»Aber es *hat* dort gebrannt«, beharrte Abu Dun. »Heute.«

Thure warf seinem Bruder einen vielsagenden Blick zu. Björn nickte betrübt, ohne aber Andrej aus den Augen zu lassen. »Ja«, sagte er. »Das Schiff, das ihr auf dem Strand gesehen habt, gehörte meinem Bruder.«

Andrej sah zu Thure, und Björn hob die Schultern. »Ich habe eine Menge Brüder. Unser Vater war ein fleißiger Mann.«

»Dann seid ihr hergekommen, um nach ihm zu suchen«, vermutete Andrej.

Auch jetzt wieder zögerten die beiden Brüder und tauschten einen verstohlenen Blick, bevor Björn antwortete. »Nein. Oder doch, ja.«

»Und was davon stimmt jetzt?«, fragte Abu Dun.

Björn lächelte ohne Wärme. »Das soll nicht euer Problem sein. Es tut mir leid, wenn wir … vielleicht etwas grob zu euch waren. Wir –«

»Ihr habt uns für die Mörder eures Bruders gehalten«,

fiel ihm Andrej ins Wort und schüttelte den Kopf. »Ich kann eure Reaktion verstehen. So manch andere hätten uns auf der Stelle getötet und sich erst dann gefragt, ob es die Richtigen getroffen hat.«

Björn maß ihn mit seltsamem Blick, und Andrej spürte deutlich, dass seine Worte die Wahrheit nur streiften. Und dass da noch etwas war – etwas sehr Wichtiges –, von dem sie nichts wussten.

Und das sie wahrscheinlich auch nichts anging.

»Ja, vielleicht«, antwortete Björn schließlich. »Dennoch müssen wir dich und deinen Freund in aller Form um Vergebung bitten. Es ist nicht die Art meines Volkes, so mit Fremden umzugehen. Können wir etwas tun, um es wieder gutzumachen?«

»Etwas zu Essen wäre nicht schlecht«, sagte Abu Dun, bevor Andrej antworten konnte. Björn gab einem der Männer hinter sich einen Wink. Der Krieger eilte davon, und Björn wandte sich mit einem fragenden Blick an Andrej.

»Ihr seid hier gestrandet.«

»Wortwörtlich«, sagte Andrej und machte ein betrübtes Gesicht. »Und wir befinden uns tatsächlich auf einer Insel?«

»Auf der es nichts gibt außer einem verlassenen Dorf und Felsen«, bestätigte Björn. »Und euer Schiff liegt zerstört auf dem Strand. Wir können euch mitnehmen.«

»Auf *eure* Insel?«, fragte Abu Dun misstrauisch.

»Dort gibt es ein Dorf, in dem leben immerhin Menschen«, erwiderte der Nordmann gelassen. »Wir haben kein Schiff, um euch in eure Heimat zu bringen, und es wäre auch zu weit, doch ihr könnt bei uns bleiben, bis ein anderes Schiff vorbeikommt, das euch mitnimmt.« Dann zuckte er mit den Schultern. »Oder bis wir euer Schiff repariert haben … wenn es tatsächlich wahr ist, dass ihr es zu zweit steuern könnt.« Nun, da er Björn und seine Begleiter ein wenig näher kennengelernt hatte, kam Andrej dieses Angebot überraschend großzügig vor, aber er nickte trotzdem und machte ein angemessen erfreutes Gesicht. »Das ist vermutlich besser, als hier darauf zu warten, dass ein Schiff vorbeikommt.«

Hatte er etwas Falsches gesagt? Die Worte hatten scherzhaft klingen sollen, doch in Thures Augen blitzte Misstrauen auf.

»Meine Männer und ich haben hier noch zu tun«, fuhr Björn fort, als wäre nichts gewesen. »Doch sobald wir die Insel komplett abgesucht haben, fahren wir zurück.« Er deutete mit dem Kopf auf das Zelt, in dem Abu Dun und er bisher gefangen gewesen waren. »Ihr könnt dieses Zelt haben. Esst, trinkt und ruht euch aus. Wir suchen unterdessen weiter nach meinem Bruder und seiner Familie. Die Insel ist nicht sehr groß. Es wird nicht allzu lange dauern.«

Andrej dachte an das Blut, das er im Schnee vor der Klamm gesehen hatte. Seine innere Stimme riet ihm zu schweigen, aber trotzdem sagte er leise: »Du weißt, dass ihr sie nicht finden werdet.«

Björn schwieg, aber Thure hakte nach: »Wieso?«

»Weil sie tot sind«, antwortete Abu Dun.

»Wenn sie Glück hatten und die Götter gnädig mit ihnen gewesen sind«, murmelte Björn düster. Als Abu Dun etwas erwidern wollte, gebot er ihm herrisch zu schweigen. »Auch ich habe das Blut gesehen und die Kampfspuren. Ich bin nicht blind und ich bin nicht dumm. Aber ich kann meinem Vater nicht unter die Augen treten und ihm vom Tod seines jüngsten Sohnes berichten, ohne diese Insel von einem Ende zum anderen abgesucht zu haben.«

Andrej verstand. Dennoch ahnte er, dass der Nordmann weiterhin etwas vor ihnen verbarg. »Wir können euch bei der Suche helfen. Wie es aussieht, haben Abu Dun und ich im Moment ohnehin nichts zu tun.«

»Das ist sehr freundlich von dir, aber diese Insel ist gefährlich«, antwortete Björn. »Jedenfalls für den, der sich hier nicht auskennt. Ich möchte nicht, dass dir oder deinem Freund etwas zustößt. Aber ich danke dir für dein Angebot.«

»Wie du willst. Dann nehmen Abu Dun und ich dein Angebot an und ziehen uns zurück. Weckt uns, wenn die Sonne aufgeht.«

Björn starrte ihn verblüfft an, blinzelte – und dann begannen er und sein Bruder schallend zu lachen.

2

Als Andrej die Augen aufschlug, war das Zelt noch immer von braunem Zwielicht erfüllt, und es war ihm unmöglich zu sagen, wie viel Zeit vergangen war, seitdem er eingeschlafen war. Dann blickte er in Abu Duns Gesicht, das missmutig auf ihn herabsah.

»Und ich dachte, du wärst ein gebildeter Mann, der alle Geheimnisse dieser Welt kennt«, sagte der Nubier.

Andrej fühlte sich noch viel zu verschlafen, um den Sinn seiner Worte entschlüsseln zu wollen. Unsicher stemmte er sich hoch, gähnte ungeniert und bedachte Abu Dun mit einem ärgerlichen Blick. »Wieso weckst du mich?«, fragte er. »Ich dachte, ich könnte endlich einmal wieder eine ganze Nacht ungestört durchschlafen … oder ist es etwa schon Morgen?«

»Nein«, antwortete der Nubier.

»Dann lass mich in Ruhe, bis die Sonne aufgeht«, knurrte Andrej, ließ sich wieder zurücksinken und drehte sich in eines der warmen Felle ein, die Björns Männer ihnen gebracht hatten. Seltsamerweise wollte sich der Schlaf nicht wieder einstellen, obwohl er sehr erschöpft war und kaum mehr als ein paar Stunden geruht haben konnte. Nach einer Weile gab er auf, schlug das Fell zurück und setzte sich. Abu Dun starrte ihn weiter mit griesgrämiger Miene an.

»Was?«, fauchte Andrej.

»Weißt du, was das Schlimme ist, Hexenmeister?«, fragte Abu Dun.

»Nein«, erwiderte Andrej. »Aber du wirst es mir bestimmt gleich sagen, Pirat. Ob ich es hören will oder nicht.«

»Dass ich dir durchaus zutraue, bis zum nächsten Sonnenaufgang durchzuschlafen«, sagte Abu Dun eisig.

»Und was wäre daran so schlimm, wenn –«, begann Andrej, brach stirnrunzelnd ab und fragte dann vorsichtig: »Wie lange habe ich geschlafen?«

»Beinahe sechzehn Stunden. Und vierzehn davon hast du laut genug geschnarcht, um das Eis von den Bergen zu sprengen.«

»Aha«, sagte Andrej verwirrt. »Dann *ist* es schon Morgen.«

»Nein«, beharrte Abu Dun. »Die Sonne geht erst in einem Monat unter. Und in zwei oder drei wieder auf. Vielleicht auch in vier ... so genau habe ich das nicht verstanden.«

Andrej schwieg lange. Jetzt wurde ihm klar, warum sich die Sonne vorhin scheinbar nicht bewegt hatte. Und nun verstand er auch, warum Björn vorhin so schallend gelacht hatte.

»Wie weit sind sie mit ihrer Suche?«, fragte er, nur um das Thema zu wechseln, denn seine Begriffsstutzigkeit war ihm peinlich. Eine Dämmerung, die *vier* Wochen dauerte?

»So weit, wie ich es erwartet habe«, antwortete Abu Dun. »Und sie auch, wenn du mich fragst. Aber sie suchen nicht nur nach ihrem Bruder. Ich vermute, sie verschweigen uns etwas.«

»Wie kommst du darauf?«

Abu Dun hob die mächtigen Schultern. »Nenn es ein Gefühl«, sagte er. »Oder Instinkt. Ich erkenne, wenn mich jemand belügt. Oder mich im Dunkeln lässt.«

Obwohl Andrej bereits gestern dasselbe Gefühl gehabt hatte, sagte er: »Das mag sein, aber es geht uns nichts an. Ob diese Leute Streit mit ihren Nachbarn hatten oder ein anderes Geheimnis nicht mit uns teilen wollen, es interessiert mich nicht. Alles, was zählt, ist, dass sie ein Schiff haben, mit dem wir von hier wegkommen.«

»Und wenn sie Piraten sind, oder Mörder?«, fragte Abu Dun.

»Dann werfen wir sie über Bord und nehmen ihr Schiff«, antwortete Andrej ernsthaft. Er gähnte noch einmal ausgiebig. »Und jetzt lass uns etwas essen. Ich bin hungrig.«

Sein Magen knurrte zustimmend, und das war der letzte Beweis, dass Abu Dun die Wahrheit sprach und er tatsächlich viele Stunden geschlafen hatte.

Draußen bot sich ihren Augen erneut die immer gleiche Szenerie. Die Sonne hing so unverrückbar an ihrem Platz, als hätte sie jemand dort oben am Firmament festgenagelt. Von Björn und seinem Bruder war nichts zu sehen, doch das Feuer brannte zum ersten Mal so hoch, dass es sie wärmte, als sie daran Platz nahmen. Einer der Männer kam heran und brachte ihnen unaufgefordert Essen und einen Krug, von dem Andrej mutmaßte, dass er Wasser enthielt, als er den gewaltigen Schluck sah, den Abu Dun daraus nahm, der aber in Wahrheit ein klebrig-süßes und starkes Bier enthielt.

Erst als sie zu Ende gegessen hatten und Abu Dun sich mit einem wohligen Rülpsen auf die Ellbogen zurücksinken ließ, gesellte sich einer der beiden Brüder zu ihnen. Thure, der wie üblich seine gewaltige Streitaxt über der Schulter trug (ungefähr so lässig, wie es ein anderer Mann vielleicht mit einer Angel getan hätte), hatte Schild und Helm abgelegt. Andrej fiel jetzt auf, dass er so groß war wie Abu Dun, und beinahe ebenso breitschultrig.

»Ich hoffe, ihr habt gut geschlafen«, begann er, nachdem er sich im Schneidersitz auf der anderen Seite des Feuers niedergelassen hatte.

»Sehr gut«, antwortete Andrej. »Und ich bin zum ersten Mal froh, dass Abu Dun nicht getan hat, was ich von ihm verlangt habe.«

»Und das wäre?«

»Mich bis Sonnenaufgang durchschlafen zu lassen.«

Thure blinzelte zu der trüben Sonnenscheibe über ihnen hinauf und lächelte dann dünn – doch sein Blick blieb ernst. »Ihr kennt unser Land nicht«, stellte er fest.

»Gibt es denn überhaupt jemanden, der es kennt?«, fragte Andrej. »Außer euch selbst, meine ich?«

»Nicht viele«, räumte Thure ein. »Dieses Land ist hart und wild. Nicht viele haben den Mut, hier zu leben. Aber erzählt mir lieber von euch. Woher kommt ihr? Wer seid ihr, und was hat euch zu uns geführt?«

»Ein Sturm, und wir haben gewiss nicht darum gebeten«, sagte Abu Dun, bevor Andrej Gelegenheit zu einer Antwort fand.

Thure musterte ihn abschätzend. »Ihr seid mit einem Schiff unseres Volkes gekommen. Erzählt mir, wie es in euren Besitz geraten ist.«

Diesmal war es Andrej, der Abu Dun zuvorkam. Thure schien es darauf anzulegen, den Nubier zu reizen, und Abu Dun war immer ein Mann gewesen, der eine Provokation gerne aufnahm. »Das ist wirklich eine lange Geschichte«, sagte er hastig. »Und eigentlich möchte ich nicht darüber reden.«

»Ich habe von der *Fenrir* gehört«, fuhr Thure im Plauderton fort, als habe er Andrejs Worte nicht gehört. »Aber es handelt sich dabei doch nicht um das berüchtigte Schiff gleichen Namens, oder?«

»Wäre es klug, uns diese Frage zu stellen, wenn es so wäre?«, grollte Abu Dun.

»Aber sie kann es nicht sein«, beharrte Thure, scheinbar zu sich selbst. »Man sagt, ihre Besatzung bestünde aus Dämonen.«

»Vielleicht sind wir ja welche«, sagte Abu Dun.

»Nicht solche«, entschied der Nordmann. »Schon die Erwähnung ihres Namens reicht aus, um Angst und Schrecken zu verbreiten.«

»Mach dir keine Sorgen«, sagte Andrej leise. »Das wird sie nie wieder.«

»Dann ist es gut.« Plötzlich lachte Thure. »Wahrscheinlich ist es sowieso nur eine Geschichte, mit der man Kinder und Weiber erschreckt.« Er wechselte das Thema. »Ihr wollt also zurück in eure Heimat. Nach Süden. Dann habt ihr einen weiten Weg vor euch.« Er grinste schadenfroh. »Und diesmal solltet Ihr aufpassen, nicht wieder in die falsche Richtung zu segeln. Sehr viel weiter nach Norden geht es nicht.« Er deutete in eine Richtung, von der Andrej annahm, dass es sich um Norden handelte. Ganz sicher war er nicht. Wie sollte er sich auch am Stand einer Sonne orientieren, die sich nicht bewegte? »Dort liegt nur noch Isenland. Und dahinter das Ende der Welt. Es würde euch dort nicht gefallen.«

»Wie ist es dort?«, fragte Andrej.

»Kalt«, antwortete Thure. Abu Dun machte ein betroffenes Gesicht, aber Andrej sah ein verräterisches Funkeln in Thures Augen. Er grinste breit.

»Wenn du jemanden auf den Arm nehmen willst, mein Freund«, sagte Andrej mit gutmütigem Spott, »dann solltest du dir nicht gerade einen Mann wie Abu Dun aussuchen, der mehr wiegt als ein Walross.«

»He!«, beschwerte sich Abu Dun. Andrej lachte. Nach einem Moment stimmte auch Thure in dieses Lachen ein, und die Spannung zwischen ihnen löste sich endlich.

»Wo ist dein Bruder?«, fragte Andrej dann. »Noch unterwegs, um nach den Vermissten zu suchen?«

»Er wird bald zurück sein«, bestätigte Thure. »Die Insel ist groß, aber nicht *so* groß. Sobald er wieder hier ist, brechen wir auf.«

»Wie weit ist es in eure Heimat?«, wollte Abu Dun wissen.

»Nicht weit«, erwiderte Thure. »Wenn uns der Wind günstig gesonnen ist, müssten wir bis Sonnenaufgang dort sein.«

Abu Dun riss die Augen auf, und Thure freute sich, den Nubier wieder einmal erfolgreich aufs Glatteis geführt zu haben. »Nicht allzu weit«, grinste er spöttisch. »An einem guten Tag, mit günstigem Wind. Einem *normalen* Tag.«

»Da stellt sich ja dann nur noch die Frage, was bei euch *normal* ist«, grollte Abu Dun. Dann legte er den Kopf schief. »Verrätst du mir ein Geheimnis?«

»Und welches?«

Abu Dun deutete auf einen Krieger, der in scharfem Tempo über den abschüssigen Hang herangeeilt kam. »Welcher Zauber ist das? Ich habe Mühe, mich auf dem glatten Eis auf den Beinen zu halten. Und das nicht einmal im Laufen, sondern im Stehen.«

Thure lachte, streckte aber dann das Bein aus, sodass Abu Dun und Andrej seine Stiefelsohlen sehen konnten. Der Nordmann hatte eine Anzahl spitzer Nägel hindurchgetrieben, die ihm auch auf dem glatten Untergrund sicheren Halt geben mussten.

»Oh«, murmelte Abu Dun. »So einfach ist das.«

»So einfach ist das«, bestätigte Thure, »wie die meisten –« Er verstummte mitten im Satz, als er den näher kommenden Mann erkannte. Sein Lächeln erlosch, und seine Miene zeigte Besorgnis.

»Was hast du?«, fragte Andrej alarmiert.

»Das ist Sven«, antwortete Thure. »Er war bei meinem Bruder!«

Er sprang auf, um dem Mann entgegenzurennen. »Bleibt hier!«

Natürlich dachte Abu Dun nicht daran, zu gehorchen, sondern sprang ebenfalls auf die Beine und wäre ihm unverzüglich gefolgt, hätte Andrej nicht rasch die Hand ausgestreckt und ihn zurückgehalten. »Nicht. Das geht uns nichts an. Wenn sie unsere Hilfe brauchen, werden sie es uns wissen lassen.«

Abu Duns Gesicht zeigte Zweifel, aber nach einem Moment ließ er sich – widerstrebend – wieder ans Feuer sinken. Andrej beobachtete gespannt, wie Thure den Mann erreichte und heftig gestikulierend mit ihm zu reden begann. Der Krieger deutete immer wieder in die Richtung, aus der er gekommen war. Auch die übrigen Nordmänner näherten sich den beiden; die meisten im Laufschritt, und etliche hatten ihre Helme aufgesetzt und ihre Waffen gezogen.

»Das sieht nach Ärger aus«, sagte Abu Dun.

Andrej nickte nur.

Die Unterhaltung der Männer wurde immer lebhafter, und plötzlich fuhr Thure herum und ergriff seine Streitaxt mit beiden Händen. Eine weitere Gestalt war am oberen Ende des Hanges aufgetaucht: Björn, der mit wehendem Mantel und im Laufschritt aus der Felsenklamm sprintete, durch die auch sie gestern gegangen waren. Nur einen halben Steinwurf hinter ihm brachen drei weitere Krieger aus dem Schatten, Riesen mit wehenden Fellmänteln, wuchtigen runden Schilden, Schwertern und Äxten. Abu Dun hat recht gehabt, dachte Andrej. Es *sah* nach Ärger aus.

Wieder machte der Nubier Anstalten aufzuspringen und wieder schüttelte Andrej den Kopf. Dieser Streit ging sie nichts an.

Trotz der großen Entfernung konnte er sehen, dass Björn das ungleiche Rennen verlieren musste. Er bewegte sich auf seinen Nagelstiefeln schnell wie ein Derwisch, der barfuß über glühende Kohlen lief, aber seine Verfolger waren schneller. Tatsächlich konnte sich Andrej kaum erinnern, jemals Sterbliche gesehen zu haben, die sich so schnell bewegten. Konnte es sein, dachte er, dass …?

Er lauschte einen Moment konzentriert in sich hinein.

Doch der einzige andere Unsterbliche, dessen Anwesenheit er fühlte, war Abu Dun.

Instinktiv sah er zu dem Nubier und begegnete seinem Blick. Unruhe las er darin, und Überraschung. Er verstand, dass Abu Dun das Gleiche dachte wie er.

Ganz wie Andrej es vorausgesehen hatte, verlor Björn das ungleiche Rennen. Die Krieger holten ihn schnell ein und wären sogar noch schneller gewesen, hätten sie sich nicht im letzten Moment geteilt: Nur einer der Verfolger stürzte sich tatsächlich auf Björn, die beiden anderen ließen ihn links liegen und warfen sich mit gezückten Schwertern Thure und den übrigen Nordmännern entgegen. Sofort entbrannte ein verbissener Kampf, wie ihn Andrej selten zuvor gesehen hatte. Die beiden Krieger standen nahezu einem Dutzend Männern gegenüber, die ihnen an Wuchs und Bewaffnung in nichts nachzustehen schienen ... aber es waren Thure und seine Begleiter, die sich plötzlich in der Defensive wiederfanden und nur mit Mühe verhindern konnten, überrannt zu werden!

»Was –?«, murmelte Abu Dun. Dann sprang er auf und mit einem einzigen gewaltigen Satz über das Feuer hinweg. Andrej folgte ihm einen halben Atemzug später. Doch in ihrem Eifer hatten sie das spiegelglatte Eis vergessen, das ihnen den Boden unter den Füßen wegzog.

Sofort rappelte sich Abu Dun hoch, riss den Krummsäbel aus dem Gürtel, aber rutschte erneut auf die Knie und fluchte. Auch Andrej erging es kaum besser. Nur langsam kämpften sie sich vorwärts und stürzten jeder noch zweimal, ehe sie die Kämpfenden erreichten.

Das Handgemenge war inzwischen zu einer Schlacht entbrannt, bei der sich Björns Männer deutlich im Nachteil befanden, so unglaublich es Andrej auch vorkommen mochte. Zwei von ihnen lagen bereits am Boden und rührten sich nicht mehr, und von den anderen blutete mehr als einer aus tiefen Wunden. Selbst der riesenhafte Thure hatte alle Mühe, sich der Hiebe eines Gegners zu erwehren, der einen guten Kopf kleiner und nicht annähernd so breitschultrig war, aber mit der Kraft und Schnelligkeit eines Besessenen auf ihn einschlug – und auf jeden anderen, der in seine Reichweite kam. Auch seine Kleider hingen längst in Fetzen, und obwohl er aus zahlreichen Schnitten blutete, schien er unempfindlich gegen Schmerz und Erschöpfung zu sein. Es war, als stachele jeder Hieb, der ihn traf, seine Raserei nur noch weiter an.

Andrej überließ es Abu Dun, Thure beizustehen, hielt nach Björn Ausschau und registrierte überrascht, dass er lebte und sich auf den Beinen hielt.

Die Frage war nur, wie lange noch.

Er stürmte auf ihn zu, so schnell er es auf dem schlüpfrigen Boden wagte und versetzte dem zweiten Angreifer im Vorbeischlittern einen Schwerthieb – er war nicht überrascht, dass sein Schlag zwar traf, aber wirkungslos blieb. Dann versuchte er, sich schützend zwischen Björn und seine unheimlichen Gegner zu werfen.

Beinahe wäre es ihm gelungen.

Björn machte eine verzweifelte Bewegung, um der niedersausenden Streitaxt des Angreifers zu entgehen, verlor das Gleichgewicht und prallte gegen ihn. Auch Andrej ruderte hilflos mit den Armen, konnte sich aber nicht mehr aufrecht halten und schlug zum wiederholten Male lang auf den steinharten Boden. Sofort rappelte er sich wieder auf und fuhr herum, gerade noch rechtzeitig, um zu sehen, wie der Krieger seine Streitaxt gegen Björns Schild krachen ließ. Der zersprang mit einem peitschenden Knall, und die Axt bohrte sich knirschend durch das Kettenhemd des Nordmannes. Schwer keuchend ging Björn zu Boden und krümmte sich. Der Angreifer schwang seine Axt zum zweiten Mal und holte diesmal zu einem mit Sicherheit tödlichen Hieb aus.

Andrej warf sich ihm entgegen, fing den Schlag mit hochgerissenem Schwert ab und taumelte unter der puren Wucht des Hiebes zurück. Immerhin gelang es ihm, auf den Beinen zu bleiben, aber sein rechter Arm und seine Schulter wurden taub, und er musste die Klinge hastig in die andere Hand wechseln, als der Krieger seine Schwäche spürte und ihm unverzüglich nachsetzte. Immerhin, dachte er sarkastisch, war es ihm gelungen, den Angreifer von Björn abzulenken.

Er wich – vorsichtig – Schritt für Schritt zurück und versuchte, den Krieger weiter von Björn wegzulocken, der sich stöhnend am Boden wand und beide Hände gegen die heftig blutende Wunde an seiner Seite presste. Trotz der wütenden Axthiebe, die immer schneller auf ihn einprasselten, warf er einen hastigen Blick über die Schulter und sah, dass sich das Blatt dank seines und Abu Duns Eingreifen mittlerweile gewendet hatte. Nur noch Thure und Abu Dun kämpften mit einem der Angreifer, die anderen Nordmänner hatten sich auf den zweiten Krieger gestürzt, der sich zwar immer noch auf den Beinen hielt, gegen diese erdrückende Übermacht aber nur noch wenige Augenblicke bestehen konnte. Was ging hier vor?

Andrej tänzelte leichtfüßig zur Seite (eigentlich *schlitterte* er mehr, aber sein Gegenüber hatte offensichtlich mit denselben Schwierigkeiten zu kämpfen, was den Kampf ausgeglichen machte), duckte sich unter einem beidhändig geführten Hieb hindurch, der, hätte er getroffen, ihm wahrscheinlich den Kopf von den Schultern gerissen hätte, und brachte seinerseits einen Stich in den Oberschenkel seines Gegners an. Den schien dieser aber kaum zur Kenntnis zu nehmen, obwohl er auf der Stelle heftig zu bluten begann. Verdammt, wer *war* dieser Kerl? Hätte er es nicht besser gewusst, er hätte geschworen, einem anderen Unsterblichen gegenüberzustehen. Aber so sehr er auch all seine Sinne anstrengte, er konnte keine Anwesenheit erspüren. Was er wahrnahm, war ein übler Geruch, der den Krieger umgab: Er stank nach etwas Schlechtem. Aber er war kein Unsterblicher.

Er kämpfte nur wie ein solcher.

Andrej fing den nächsten wütenden Axthieb mit mehr Mühe ab, als er sich eingestehen wollte, und wich dabei weiter Schritt für Schritt vor dem Tobenden zurück. Seine Schläge waren nicht nur schnell, sondern auch so kräftig, dass Andrej sich fragte, ob nicht Übernatürliches im Spiel war. Und er schien unempfindlich gegen Schmerz zu sein. Andrej brachte weitere zwei Treffer an – einen tiefen Stich in seinen Oberarm und einen Schnitt, der seinen Helm eines der bizarren Hörner beraubte und eine klaffende Wunde quer über seinem Gesicht hinterließ – aber das schien die Raserei des Mannes nur noch weiter anzustacheln. Ein Axthieb prellte ihm beinahe das Schwert aus der Hand, und er wechselte die Klinge blitzschnell in die Rechte, in die das Leben allmählich wieder zurückzukehren begann. Genau wie Abu Dun kämpfte Andrej mit beiden Händen gleich gut – aber die fürchterliche Wucht des Schlages warnte ihn. Sein Körper konnte selbst die schwersten Verletzungen ertragen und sich in Windeseile davon erholen, aber ein abgeschnittener Arm (oder Kopf) war gewiss nicht mehr zu heilen. Und diese Streitaxt war eine bösartige Waffe, die nicht für einen fairen Kampf geschmiedet worden war, sondern einzig dazu bestimmt war, zu töten und zu verstümmeln. Er wäre nicht der erste seiner Art, den dieses Schicksal ereilte, weil er sich zu sicher fühlte.

Andrej verabscheute das, was er nun tun musste, aber er hatte keine andere Wahl: Er duckte sich unter dem nächsten Axthieb weg, führte blitzschnell eine komplizierte Schlagabfolge mit dem Schwert aus, und die Streitaxt des Kriegers flog in hohem Bogen davon. Die Hand aber umklammerte immer noch fest den Stiel.

Und damit hätte es vorbei sein müssen. Doch weit gefehlt.

Der Nordmann zuckte nicht einmal mit der Wimper. Sein

Gesicht und sein Bart glänzten mittlerweile rot von seinem eigenen Blut, das in der eisigen Luft zu gefrieren begann. Aus seinem Armstumpf sprudelte ein roter, dampfender Strahl, der das Eis unter ihren Füßen noch glitschiger werden ließ. Und doch schien er davon völlig unbeeindruckt, als er ein wütendes Knurren hören ließ und ohne zu zögern mit der linken Hand unter den Mantel griff und ein fast armlanges Schwert zog, mit dem er unverzüglich auf Andrej eindrosch. Gerade noch konnte Andrej seine eigene Klinge hochreißen und den Hieb abfangen, der eine solche Kraft besaß, dass er zurücktaumelte und auf den Rücken fiel. Ein blitzschnell nachgesetzter Schwerthieb hob ihm die Klinge aus der Hand, die scheppernd davonflog, und ein harter Fußtritt traf sein Gesicht. Blut füllte seinen Mund und verschleierte seinen Blick, und plötzlich ragte der Krieger breitbeinig über ihm auf, das Schwert zu einem Schlag erhoben, der ihn auf der Stelle enthaupten musste.

Dann nahm Andrej sein Leben.

Der Vampyr in ihm griff nach dem unsichtbaren, pulsierenden Quell tief in der Seele dieses Mannes, packte ihn und saugte jedes Fünkchen Leben binnen eines einzigen Lidschlages aus ihm heraus.

Der Krieger erstarrte. Seine Augen wurden groß, und im allerletzten Moment kehrte noch einmal ein Funke jener Menschlichkeit in ihren Blick zurück, die ihnen durch eine unbegreifliche Kraft genommen worden war – ein kurzer Moment, zu kurz, um ihn den Schmerz über diesen Verlust spüren zu lassen. Sein Körper erschlaffte. Das Schwert entglitt seinen kraftlosen Fingern und bohrte sich nur eine Handbreit neben Andrej ins Eis, wo es zitternd stecken blieb, und sein Körper erschlaffte und fiel dann leblos nach hinten.

Diesmal war es schlimmer als je zuvor. Andrej hatte unzählige Leben genommen, um deren Kraft mit seiner eigenen zu vereinen, und viele dieser Seelen waren verdorben gewesen;

düstere Kreaturen, die sich im Körper eines Menschen versteckten, um das Ungeheuer zu verbergen, das sie in Wahrheit waren. Manche waren verlockend gewesen, einige so stark, dass er nicht sicher gewesen war, sie zu überwinden, und mehr als einmal hatte er das Empfinden gehabt, etwas Verdorbenes berührt zu haben, etwas, das seine Seele besudelte und sie verändern musste, wenn er nicht achtgab. Dieses Mal aber spürte er etwas Neues ... etwas, das ihn verwirrte. Wie schleichendes Gift durchdrang es seinen Körper, ohne seine Seele zu berühren.

Die Flamme erlosch, und eine tiefe, verzehrende Erschöpfung ergriff von Andrej Besitz. Der Vampyr in ihm heulte enttäuscht auf, denn dieses kurze Mal hatte ihn mehr Kraft gekostet, als es ihm gegeben hatte. Er spürte die Müdigkeit wie eine Woge der Erschöpfung, eine verlockende, wohlige Wärme wie nach einem berauschenden Liebesakt, nur unendlich tiefer und intimer.

Statt ihr nachzugeben, zwang er sich, die Augen zu öffnen und sich aufzusetzen. Alles drehte sich um ihn, und in seinem Mund war ein schlechter Geschmack, als hätte er etwas Verdorbenes gegessen. Schritte näherten sich, er vernahm das Rascheln von Kleidern und erregte Stimmen. Eine davon gehörte Abu Dun.

Andrej drehte benommen den Kopf und sah seinen Freund mit weit ausgreifenden Schritten heranstürmen. Sein Turban hatte sich gelöst und wehte wie eine schwarze Schleppe hinter ihm her, und auf der breiten Klinge seines Krummsäbels glänzte frisches Blut. Irrte er sich, oder zog Abu Dun das rechte Bein ein wenig nach?

Umständlich wälzte er sich herum, signalisierte Abu Dun mit einem beruhigenden Blick, dass alles in Ordnung war, und kroch auf Händen und Knien zu Björn. Der blonde Riese lebte noch. Er war bei Bewusstsein, aber auf seinen Augen lag ein Schleier, und er krümmte sich stöhnend vor Schmerz.

Zwischen seinen Fingern, die er immer noch mit verzweifelter Kraft gegen die offene Wunde presste, pulsierte hellrotes Blut. Der Nordmann lag bereits in einer dampfenden roten Pfütze, deren verlockender Geruch nach Leben das Ungeheuer tief am Grunde von Andrejs Seele vor Gier aufheulen ließ.

»Es ist alles in Ordnung, Björn. Hilfe ist unterwegs. Sie sind gleich da.«

Er kam sich bei diesen Worten ... schäbig vor. Björn lag im Sterben. Das Leben floss aus ihm heraus, schnell und immer schneller, und es gab nichts, was er dagegen tun konnte. Er konnte Leben nehmen, nicht geben. Trotzdem sagte er noch einmal: »Halt durch!«

»Es ist gut. Ich kümmere mich jetzt um ihn.«

Ein Schatten legte sich über Björns Gesicht, und eine Hand ergriff Andrej an der Schulter und zerrte ihn so grob zur Seite, dass er auf dem schlüpfrigen Untergrund beinahe den Halt verloren hätte. Aber sein Zorn verrauchte augenblicklich, als er Thure erkannte, der seine Axt achtlos fallen ließ und dann neben seinem Bruder auf die Knie sank. Im nächsten Moment ergriff eine noch stärkere Hand seine Schulter und zerrte ihn unsanft auf die Füße. »Ist alles in Ordnung, Hexenmeister?«, stieß Abu Dun besorgt hervor.

»Ja«, antwortete Andrej spontan, streifte Abu Duns Hand ab und verbesserte sich kopfschüttelnd. »Nein. Ich ... was war das, Abu Dun? Der... der Kerl hätte mich beinahe umgebracht!«

»Da war er sicher nicht der erste, der das versucht hat«, sagte Abu Dun, aber nur, um sofort erschrocken hinzuzufügen: »Meiner war genauso. Der Kerl hat gekämpft wie einer von uns!«

»Aber das war er nicht.« Andrej warf ihm einen raschen, mahnenden Blick zu und sah wieder zu Thure hin. Der riesige Nordmann hatte sich über seinen Bruder gebeugt und

Abu Duns Worten keine Aufmerksamkeit geschenkt, aber inzwischen näherten sich auch die anderen Krieger. Der Kampf war vorbei. Die beiden Angreifer lagen tot auf dem Eis, doch Andrej zählte noch vier weitere reglose Körper. Und auch von den anderen schien keiner ohne schwere Verletzungen davongekommen zu sein. Andrej konnte nicht fassen, wie schwer sich die Übermacht mit ihren Angreifern getan hatte.

»Kommt her!«, Thure wedelte ungeduldig mit beiden Armen. »Schnell! Bringt ihn in sein Zelt! Aber vorsichtig! Ich komme gleich nach und kümmere mich um seine Wunde!«

Andrej sah schweigend zu, wie vier der Krieger Björn aufhoben und behutsam zum Lager zurücktrugen. Immer noch blutete seine Wunde und hinterließ eine hellrote Spur auf dem grellweißen Eis.

Seinen eigenen Anweisungen zum Trotz machte Thure keine Anstalten, ihnen zu folgen, sondern starrte den Männern nur finster nach. Dann bedachte er Andrej mit einem düsteren Blick. »Danke. Ohne deine Hilfe wäre mein Bruder jetzt tot.«

»Er wird sterben«, sagte Andrej leise. »Es tut mir leid, Thure. Aber er wird sterben. Du weißt das.«

»Björn ist stark«, widersprach Thure, drehte sich mit einem Ruck herum und ging zu dem toten Krieger. Als er sich nach einer kurzen, aber aufmerksamen Untersuchung wieder den beiden zuwandte, sah Andrej erneut Misstrauen in seinem Blick.

»Was hast du mit ihm gemacht? Er ist tot.«

»So etwas soll vorkommen, wenn man einem Mann die Hand abschlägt«, antwortete Andrej, aber Thure schürzte nur abfällig die Lippen.

»Daran stirbt einer wie er nicht«, behauptete er.

»Einer wie er?«, fragte Abu Dun. »Was soll das heißen?«

Aber Thure ignorierte seinen Einwurf. »Was hast du getan?«, fragte er nur noch einmal. In seiner Stimme war keine Spur mehr von Freundlichkeit.

Statt zu antworten, drehte sich Andrej brüsk herum und sah zu den beiden anderen Toten hin. Er kannte bereits die Antwort auf seine Frage, stellte sie aber trotzdem. »Sind sie tot?«

Thure zog die Augenbraue nach oben.

»Das ist bedauerlich«, fuhr Andrej fort. »Sie hätten uns vielleicht noch ein paar Fragen beantworten können.«

»Fragen?« Thure lachte hart. »Du hast noch nie einen Dauger getroffen, wie?«

»Dauger?«, wiederholte Andrej verständnislos. »Was soll das sein?«

»Sie beantworten keine Fragen«, sagte Thure. »Und ich wüsste auch keine, die ich ihnen stellen könnte.« Plötzlich runzelte er die Stirn. »Was ist mit deiner Schulter? Soll ich danach sehen?«

Andrej drehte den Kopf und sah erst jetzt, dass sein Mantel und auch das dicke Wams darunter zerrissen waren. Der Stoff war schwer und nass von seinem Blut. Der andere musste ihn getroffen haben, ohne dass er es bemerkt hatte. »Das ist nichts«, sagte er rasch. »Nur ein Kratzer.«

Thure kam einen Schritt näher. Seine Augen wurden schmal. Dann sog er erstaunt die Luft durch die Nase. »Da ist kein Kratzer!«, rief er überrascht. »Du bist unverletzt! Aber wie kann das sein?«

Selbstverständlich war er unverletzt. Das Blut, das seine Kleider tränkte, war sein eigenes, aber die Haut unter dem zerrissenen Stoff wies nicht die kleinste Schramme auf. »Da habe ich wohl verdammt großes Glück gehabt, wie es scheint«, sagte Andrej kühl. Er drehte sich um und ging los, bevor Thure noch einmal nachsetzen konnte.

Im Weggehen spürte er die brennenden Blicke des riesigen Nordmannes im Rücken.

Die Bilanz, die Thure, Abu Dun und Andrej später zogen, war verheerend: Zwei von Thures Männern waren tot, ein anderer so schwer verwundet, dass Andrej glaubte, er hätte den nächsten Morgen auch dann nicht mehr erlebt, hätten die Sonne und die Zeit in diesem Land den üblichen Gesetzen gehorcht. Auch Björn würde die nächste Stunde vermutlich nicht überleben. Und das, obwohl sie es gerade einmal mit drei Feinden aufgenommen hatten, von denen der größte nicht einmal Andrejs Statur hatte, von der Abu Duns oder Thures gar nicht zu reden.

Andrej hatte damit gerechnet, dass die Nordmänner einen Gutteil ihres kostbaren Feuerholzes und möglicherweise sogar ihre Zelte opferten, um ihren toten Kameraden ein ehrenvolles Begräbnis auszustatten. Sie waren nun lange genug in diesem Teil der Welt, um sich ein wenig mit den Sitten und Gebräuchen der Menschen hier auszukennen, und er hatte rasch begriffen, wie wichtig es ihnen war, ihre Toten zu verbrennen, was ihrem Glauben nach den einzigen Weg darstellte, in Ehren vor ihren Gott zu treten. Doch er erlebte eine weitere Überraschung: Die Männer hüllten die Leichen ihrer gefallenen Kameraden hastig in Segeltuch, trugen sie zum Strand und übergaben sie ohne eine Zeremonie den Wellen. Verständnislos schauten Andrej und Abu Dun dem Schauspiel zu. Diese Männer gehörten entweder einer Gruppe an, deren Sitten und Gebräuche ihnen bisher unbekannt waren, oder sie hatten es plötzlich sehr eilig, die Insel zu verlassen.

Wie sich zeigte, war Letzteres der Fall.

Thure war der Erste, der mit steinernem Gesicht zum Lager zurückeilte. Wie alle seine Kameraden war er in voller Rüstung und bewaffnet gekommen, obwohl einige von ihnen sich vor Anstrengung kaum auf den Beinen halten konnten. Andrej entgingen nicht die nervösen Blicke, die er immer wieder zur Felsenklamm warf. Möglicherweise, dachte er, war Thure in Sorge wegen eines möglichen zweiten Überfalls.

Sie erreichten das Lager, und Thure bückte sich gerade, um in dem Zelt zu verschwinden, in dem sein sterbender Bruder lag, da hielt ihn Andrej mit einer raschen Bewegung zurück.

»Auf ein Wort, Thure.«

Ärgerlich richtete sich der hünenhafte Nordmann wieder auf und funkelte ihn an. Andrej musste seine Gedanken nicht lesen können, um zu wissen, dass ihm etwas gänzlich anderes auf der Zunge lag, doch er fragte nur: »Ja?«

»Diese Männer da.« Andrej machte eine Kopfbewegung zu den Leichen der drei Angreifer hin, die noch immer dort auf dem Eis lagen, wo sie gefallen waren. Auch das widersprach jeglicher Erfahrung, die er mit den Sitten und Gebräuchen der Menschen in diesem Teil der Welt gemacht hatte. Sie mochten hart und manchmal gnadenlos sein, doch selbst die wildesten unter ihnen erwiesen einem erschlagenen Gegner dieselbe Ehre wie ihren eigenen toten Kameraden. »Das waren nicht die, mit denen ihr gerechnet habt, habe ich recht?«

»Wie kommst du darauf?«, fragte Thure. Sein Blick suchte für einen Moment den Abu Duns, der reglos und mit vor der Brust verschränkten Armen hinter Andrej stand. Es gelang Andrej nicht, in seiner Miene zu lesen.

»Wäre es anders gewesen, dann wäre dein Bruder kaum allein aufgebrochen.«

»Er war nicht allein«, gab Thure zurück.

»Oder nur in der Begleitung eines einzelnen Kriegers«, fuhr Andrej ungerührt fort. Fragen konnte er den Mann nicht mehr. Er gehörte zu denen, die die Begegnung mit den Fremden nicht überlebt hatten.

Thure schwieg weiter.

»Ich weiß, dass uns das alles nichts angeht«, fuhr Andrej fort. »Doch Abu Dun und ich können euch helfen. Wir verstehen uns ein wenig darauf, mit unseren Waffen umzugehen.«

Bei den letzten Worten lächelte er, doch Thures Gesicht

blieb ausdruckslos. Nur sein Blick tastete für einen Moment über den zerrissenen Stoff über Andrejs Schulter. Das Blut war mittlerweile eingetrocknet, hatte aber seine Kleidung großflächig dunkelbraun gefärbt.

»Es wäre nur besser, wenn wir wüssten, womit wir es zu tun haben«, schloss er, als ihm klar wurde, dass Thure nicht antworten würde, ganz egal, wie lange er darauf wartete.

»Ich weiß dein Angebot zu schätzen, Andrej«, sagte dieser schließlich, schüttelte aber zugleich den Kopf. »Doch das hier ist nicht euer Kampf. Ich danke euch für eure Hilfe, ohne die wir jetzt vielleicht alle nicht mehr am Leben wären, aber bitte respektiert meine Entscheidung.«

»Würde dein Bruder auch so denken?«, fragte Abu Dun.

»Möglicherweise nicht«, gestand der bärtige Riese scheinbar gleichmütig. »Doch solange Björn verwundet ist und nicht entscheiden kann, habe ich hier das Sagen. Und ich entscheide, dass ihr unsere Gäste seid, die unseren Dank verdienen und ihn auch bekommen werden, aber im Augenblick –«

»– besser daran tun, sich rauszuhalten und keine allzu neugierigen Fragen zu stellen?«, fiel ihm Abu Dun ins Wort.

Andrej fand das nicht besonders klug. Es war Thure schon schwergefallen, ihm gegenüber Höflichkeit zu heucheln, doch gegenüber dem riesigen Nubier mochte er nicht mehr ganz so zurückhaltend sein. Zu seiner Erleichterung winkte Thure nur müde ab. Dann ließ er sie allein und verschwand im Zelt.

»Hältst du es für klug, ihn so zu reizen?«, fragte Andrej, leise und auf Arabisch.

»Seltsam«, erwiderte Abu Dun. »Und mir war, als wärst du es gewesen, der zuerst eine Frage stellte, die er nicht gerne hörte.«

Andrej seufzte. »Es gibt da ein Wort, dessen Bedeutung ich dir bei Gelegenheit einmal erklären muss. Es nennt sich Diplomatie.«

Abu Dun zog zur Antwort nur eine Grimasse. Unschlüssig ließ Andrej seinen Blick über das kleine und nun in Auflösung begriffene Lager schweifen, als Abu Dun eine verstohlene Bewegung mit der Hand machte und seinen Blick auf Thures Zelt lenkte. Der Nordmann hatte die Plane hinter sich geschlossen, und Andrej hatte absichtlich nicht gelauscht. Thures Bruder lag im Sterben, und es stand Abu Dun und ihm nicht zu, diese letzten Augenblicke der Intimität zu entweihen. Nun aber tat er es doch.

Verstehen konnte er allerdings nichts. Björn war offensichtlich wach, er hörte seine keuchenden Atemzüge und das hektische, schwere Schlagen seines Herzens. Selbst hier draußen roch er noch das Blut, das aus der Wunde sickerte, die Thure notdürftig zu verbinden versucht hatte. Er stammelte etwas in einer Sprache, die Andrej nicht geläufig war. Vielleicht war er auch bereits zu schwach oder seine Sinne zu verwirrt, um noch verständlich artikulieren zu können. Auch Abu Dun konnte die Worte nicht verstanden haben, doch verstand er jetzt seine Unruhe. Das einzelne Wort, das Björn wie in einem Gebet hervorstieß, jagte ihm, obwohl unverständlich, allein durch seinen Klang einen eisigen Schauer über den Rücken. Nagelfahr. Das Wort machte ihm Angst. Nagelfahr. Immer wieder.

Sie lauschten einen Moment beide so angestrengt sie konnten, doch plötzlich wurde Andrej klar, dass mehrere der anderen Krieger in ihrem Tun inne gehalten hatten und sie mit nicht besonders freundlichen Blicken maßen.

»Komm«, sagte er und wandte sich vollends ab. »Es gehört sich nicht, eine Totenwache zu belauschen. Machen wir uns nützlich.«

Widerstrebend stimmte ihm Abu Dun zu. Als sie sich jedoch unter die Männer zu mischen und ihre Hilfe anzubieten versuchten, behandelten diese sie zwar mit ausgesuchter Höflichkeit, aber auch zurückhaltend und scheu, und den wenigen direkten Fragen, die Andrej ihnen stellte, wichen sie entweder aus oder gaben vor, sie nicht zu verstehen. Schließlich gaben sie es auf und überließen es den Nordmännern allein, ihr Lager abzubauen und mit einem Geschick und einer Schnelligkeit zu verpacken, die lange Übung verriet.

Statt weiter im Weg herumzustehen, nahmen sie noch einmal die Leichen der Angreifer in Augenschein. Keiner der Männer versuchte sie daran zu hindern, aber ihre Blicke, erschrocken und misstrauisch, folgten ihnen auf Schritt und Tritt.

Als sie die Toten erreichten, sahen sie, dass Thures Krieger noch weiter auf sie eingeschlagen und -gehackt hatten, selbst als sie schon längst tot gewesen waren, als wären sie vor Wut oder Raserei von Sinnen gewesen. Selbst dem, den Andrej getötet hatte, hatten sie anschließend den Kopf abgeschlagen. Dass sie einmal Menschen gewesen waren, war kaum noch zu erkennen.

»Da wollte wohl jemand ganz sichergehen«, sagte Abu Dun, während er nachdenklich auf das blutige Bündel hinabsah, das von seinem und Thures Gegner übrig geblieben war. »Ich verstehe das nicht.«

»Sie waren ziemlich wütend. Immerhin sind das wahrscheinlich die Mörder von Thures und Björns Bruder.«

Abu Dun schüttelte heftig den Kopf. »Das meine ich nicht. Ich habe dem Kerl das Kreuz gebrochen, und er hat einfach weitergekämpft!«

»Das hast du mit mir auch schon einmal gemacht, wenn ich mich richtig erinnere«, scherzte Andrej, doch die Beklemmung, die wieder von ihm Besitz ergriffen hatte, ließ sich dieses Mal nicht abschütteln.

»Ja, aber damals wusste ich noch nicht, wer du wirklich bist. Wenn ich es gewusst hätte, hätte ich dir den Kopf abgerissen, statt dir nur das Rückgrat zu brechen.«

Auch wenn er selber nicht wusste, ob er wirklich nur im

Scherz gesprochen hatte, wartete Abu Dun doch auf ein Lächeln. Vergeblich. Ernst sagte er: »Und wenn sie doch Unsterbliche waren?«

»Das hätten wir gespürt.«

»Vielleicht. Aber vielleicht auch nicht. Es wäre nicht das erste Mal, dass es uns entgeht. Manche können sich tarnen«, beharrte Abu Dun. »Denk an den Daimon. Oder Meruhe.«

An Meruhe wollte Andrej gerade jetzt am allerwenigsten denken, auch wenn die Erinnerung nicht bitter und schmerzhaft war, wie nur allzu viele der langen Jahre seines Lebens, sondern süß. »Hast du sein Leben genommen?«, fragte er stattdessen.

»Ich hatte gerade etwas Besseres zu tun. *Deines* zu retten, Hexenmeister.«

»Aber ich«, erwiderte Andrej. Erst Abu Duns erstaunter Blick machte ihm klar, dass der Nubier bis zu diesem Moment gar nicht gewusst hatte, auf welche Art er den Mann schließlich bezwungen hatte. Er nickte bekräftigend. »Er war ein Mensch. Ein ganz normaler, sterblicher Mensch.« *Auch wenn etwas Verdorbenes an ihm gewesen war, das ich nicht verstehe.*

»Du hast ihn genommen?«, vergewisserte sich Abu Dun. »Gerade du, der du mir immerzu predigst, wie falsch es ist? Der sagt, wir dürften nur die nehmen, die es nicht anders verdienen und selbst das Leben anderer gestohlen haben?«

»Ich habe es vorgezogen, ihn zu töten, statt von ihm getötet zu werden«, sagte Andrej ernst. Als Abu Dun ihn ungläubig anstarrte, nickte er mit Nachdruck. »Er hätte mich um ein Haar besiegt.«

»Du lässt nach, Hexenmeister.« Abu Dun versuchte vergebens, scherzhaft zu klingen. »Vielleicht sollte ich mich allmählich nach einem anderen Partner umsehen. Du wirst alt.«

»Ich habe nicht mit *so etwas* gerechnet«, erwiderte Andrej

und deutete, immer noch ernst, auf den zerstückelten Leichnam. »Was ist mit diesen Männern passiert?«

Plötzlich fiel ihm auf, dass die Toten noch immer ihre Rüstungen (oder was davon übrig war) und ihre Waffen trugen. Dabei waren die Schwerter, Äxte und Helme von großem Wert, vor allem in diesem Teil der Welt, wo Metall zu den kostbarsten Gütern überhaupt gehörte. Aber niemand hatte die Waffen der Toten angerührt. Als wären sie besudelt, dachte er. Oder verflucht.

»Wie hat er sie genannt?«, murmelte Abu Dun. »Dauger? Hast du davon schon einmal etwas gehört?«

Die Frage war rhetorisch. Seit Jahrhunderten waren sie nun zusammen. Alles wovon der eine gehört hatte, war auch dem anderen bekannt. »Nein«, antwortete Andrej trotzdem. Er war sich sicher, dieses Wort noch nie gehört zu haben. Und es gefiel ihm nicht.

Abu Dun warf noch einen letzten Blick auf den verstümmelten Leichnam, drehte sich dann mit einem tiefen Seufzer herum und runzelte erneut die Stirn, doch dieses Mal nicht zweifelnd, sondern beunruhigt. Andrej folgte seinem Blick und verstand sofort.

Der Anführer der Nordmänner war wieder aus seinem Zelt getreten (Andrej nahm an, dass Björn inzwischen gestorben war) und redete mit einigen seiner Männer. Sie waren viel zu weit entfernt, als dass er hätte verstehen können, was gesagt wurde, aber es handelte sich ganz offensichtlich nicht um ein freundschaftliches Gespräch. Thure gestikulierte wild und zornig, und er deutete dabei mehr als einmal auf Abu Dun und ihn.

»Was hat das zu bedeuten?«, murmelte Abu Dun.

»Vielleicht waren wir zu neugierig«, antwortete Andrej. Er fragte sich, ob er diese Menschen nicht doch falsch eingeschätzt hatte. Aber es gab nur einen Weg, sich Klarheit zu verschaffen. »Komm. Fragen wir ihn.«

Das Gespräch zischen Thure und seinen Kriegern wurde leidenschaftlicher, während sie mit so schnellen Schritten, wie es das Eis erlaubte, näher kamen, und schließlich beendete der Nordmann die Diskussion mit einer ebenso entschiedenen wie wütenden Geste; Andrej war sicher, dass ihr plötzliches Auftauchen der Grund war. Zwei der Krieger stapften mit wütenden Schritten davon, und auch die anderen zogen sich hastig zurück, als Abu Dun und er herankamen; und es hätte der grimmigen Blicke der Männer kaum noch bedurft, um ihn davon zu überzeugen, dass Abu Dun und er selbst Gegenstand des Streits gewesen waren. Er maß Thure mit einem fragenden Blick und suchte nach Worten, um ihn anzusprechen, da berührte Abu Dun ihn an der Schulter und deutete schweigend mit dem Kopf auf Thures Zelt. Zwei Männer hatten aus schweren Schiffsplanken und Segeltuch eine Bahre improvisiert, auf die sie gerade in diesem Moment eine in graues Wolfsfell gehüllte Gestalt hoben. Ein weiterer Mann ging bereits daran, das Zelt mit raschen Bewegungen abzubauen. Andrej wandte sich an Thure und fragte leise. »Dein Bruder –?«

»– ist stark und wird es überstehen«, fiel ihm Thure ins Wort. »Aber wir müssen ihn nach Hause bringen, und das schnell. Dort gibt es Medizin, die ihn heilen wird.«

»Er lebt noch?«, wunderte sich Abu Dun.

»Der Tag, an dem sich die Tore von Walhalla für ihn öffnen, liegt noch fern«, antwortete Thure. Er lächelte müde. »Aber ich danke euch, dass ihr euch so um ihn sorgt. Ich werde ihm davon erzählen, wenn er erwacht, und ich bin sicher, er wird es zu schätzen wissen.«

Björn würde nicht mehr erwachen, und das wusste Thure ebenso gut wie sie – doch anstatt ihn darauf hinzuweisen, legte Andrej ihm rasch die Hand auf den Unterarm und deutete auf die beiden Männer, die Thure gerade weggeschickt hatte. Sie entfernten sich mit wütenden, schnellen Schritten nach

Norden. Wenn Thure die Augen vor der Tatsache verschließen wollte, dass sein Bruder im Sterben lag, so war das ganz allein seine Entscheidung. »Gab es Ärger?«, fragte er. »Doch nicht unseretwegen, hoffe ich.«

»Die beiden sind nicht glücklich darüber, dass sie zurückbleiben sollen«, erwiderte Thure verächtlich mit unerwarteter Offenheit.

»Zurückbleiben? Warum?«

»Ich habe mir euer Schiff angesehen, Andrej«, antwortete Thure, »die angebliche *Fenrir.*« Er lachte. »Ich weiß nicht, woher ihr sie habt, und ich glaube fast, ich will es auch gar nicht wissen. Aber sie ist ein gutes Schiff. Zu gut, um sie zurückzulassen. Die beiden werden sie reparieren, bis wir mit mehr Männern zurück sind, um die *Fenrir* und das Schiff meines Bruders zu bergen.«

Nicht glücklich?, dachte Andrej, während er zuerst den beiden Kriegern nachsah, dann noch einmal zu den Toten auf dem Eis hinaufblickte. *Nicht glücklich* war vermutlich untertrieben. »Wir könnten hierbleiben und ihnen dabei helfen«, schlug er vor.

»Immerhin haben wir das Schiff ja auch auf den Strand gesetzt«, fügte Abu Dun zu Andrejs Überraschung hinzu. Er hätte eher damit gerechnet, dass der Nubier zornig auf seinen Vorschlag reagierte.

»Seid ihr Zimmerleute, oder versteht ihr etwas vom Schiffsbau?«, fragte Thure und beantwortete seine eigene Frage mit einem Kopfschütteln – bevor Abu Dun ihn darauf aufmerksam machen konnte, dass er früher einmal Pirat gewesen war. »Die zwei da verstehen sich auf ihr Handwerk. Bis wir zurück sind, haben sie euer Schiff wieder seetüchtig gemacht, und das meines Bruders wahrscheinlich auch. Und ich fürchte, ich muss nun doch eure Hilfe erbitten.«

»Gern«, antwortete Andrej. »Wobei?«

»Uns fehlen ein paar starke Arme«, antwortete Thure. »Mit

etwas Glück hält der Wind an, aber sollte er sich drehen oder wir in eine Flaute geraten, werden wir rudern müssen. Und wir hatten Verluste.«

»Natürlich«, sagte Andrej. Bei der Vorstellung, wieder an Bord eines Schiffes gehen zu müssen, wurde ihm beinahe übel. Aber welche Wahl hatten sie schon, außer der, auf diesem öden, eisigen Flecken Stein irgendwo in der Unendlichkeit des Meeres auf unbestimmte Dauer festzusitzen?

»Das hatte ich gehofft«, sagte Thure. »Dann geht und kümmert euch um das Feuer. Verbrennt alles, was wir nicht mitnehmen können, und sorgt dafür, dass es möglichst heftig qualmt.« Und mit dieser sonderbaren Anweisung wandte er sich um und ging. Abu Dun starrte ihm finster nach.

»Rudern«, grollte er. »Ja, genau davon habe ich schon lange geträumt. Wann genau sind wir eigentlich zu seinen Leibeigenen geworden?«

»Vor einer Stunde«, antwortete Andrej. Als du ihm das Leben gerettet hast.« Abu Dun blickte fragend, und Andrej nickte bekräftigend und fuhr ernsthaft fort. »So ist es in diesem Land üblich ... habe ich dir das etwa nicht gesagt? Wenn man hier einem Mann das Leben rettet, dann wird man ganz automatisch zu seinem Leibeigenen.«

»Da habe ich mir wohl den falschen Bruder ausgesucht, um ihm beizustehen«, maulte Abu Dun. Aber er setzte sich gehorsam in Bewegung und ging zurück zum Feuer.

In der kurzen Zeit, die sie am Strand gewesen waren, war es schon wieder nahezu heruntergebrannt, doch Andrej fachte es rasch wieder an, indem er den Rest des mitgebrachten Feuerholzes in die Glut warf. Im ersten Moment drohten die Flammen beinahe zu ersticken, dann aber schlugen sie fast mannshoch. Wie bei jedem Lager, das abgerissen wurde, blieb auch hier Etliches zurück, obwohl die Krieger alles einzupacken schienen, was ihnen in die Finger kam. Dennoch fanden sie zwei Stücke zerrissene Zeltplane, einige Stricke und

Lederschnüre sowie ein paar Bruchstücke aus Holz, deren ursprünglicher Zweck Andrej verborgen blieb. Sie warfen alles ins Feuer, und als das Feuer kräftig prasselte, schaufelten Abu Dun und er etliche Handvoll Schnee hinterher. Ein Gutteil der Flammen erlosch zischend, doch als das Holz unter der Hitze zu trocknen begann, qualmte der Rauch – wie von ihnen beabsichtigt – in einer dicken, grauen Säule empor. Der ununterbrochen heulende Wind riss die schwarzgraue Wolke beinahe sofort auseinander und trug sie davon, aber sie musste wohl ihre Nachricht treu übermittelt haben, denn es verging nur eine kurze Zeit, bis ein winziger Punkt über dem Horizont erschien, der rasch zu dem typischen rot-weiß gestreiften Segel eines Wikingerschiffes wurde, das stolz über einem Drachenkopf emporragte. Das Boot kam schnell näher, verlor aber plötzlich an Schwung und kam mehr als hundert Schritte vor der Küste ganz zum Liegen. Andrej riss ungläubig die Augen auf, als die Männer ohne das mindeste Zögern in das eisige Wasser hineinzuwaten begannen.

»Das Wasser ist zu flach, um näher ans Ufer heranzufahren«, erklärte Thure, als er den entsetzten Ausdruck auf seinem Gesicht gewahrte.

»Und ihr habt keine Boote?«, ächzte Andrej.

»Doch.« Thure deutete todernst auf das Drachenschiff. Es war ein gutes Stück größer als die *Fenrir*, wirkte aber auch plumper und trotz seiner großen Masse nicht annähernd so gefährlich. »Das da.«

Der Nordmann versuchte nicht, seine Schadenfreude zu verbergen, als er den Ausdruck blanken Entsetzens sah, der sich bei dem Gedanken, einen Fuß in das eisige Wasser setzen zu müssen, auf Andrejs und Abu Duns Gesichtern zeichnete. Aber Andrej sah auch, dass sich hinter dem Grinsen Unsicherheit verbarg. Oder war es Furcht? Andrej widerstand der Versuchung, Thures Blick zu folgen. Erst als dieser ins Wasser watete, riskierte er einen Blick.

Er sah seinen Verdacht bestätigt. Thure hatte nicht den Hang und die dahinterliegende Felswand und die Klamm angesehen, sondern das Feuer, das Abu Dun und er entfacht hatten – genauer gesagt, den immer dichter werdenden Qualm, der aus der Entfernung betrachtet ein viel deutlicheres Signal war, als es von Nahem den Anschein gehabt hatte. Vielleicht, dachte er, fürchtete Thure ja, das Feuer könne noch etwas anderes anlocken als dieses Schiff …

Andrej seufzte tief, ergab sich in sein Schicksal und stapfte mit zusammengebissenen Zähnen in das eisige Salzwasser hinaus. Hatte er bisher gedacht, nicht kläglicher frieren zu können, als er es sowieso schon tat, so wurde er jetzt eines anderen belehrt. Die wenigen kostbaren Augenblicke, die sie das Feuer geschürt und zum ersten Mal seit Monaten Hitze gespürt hatten, verlangten nun ihren Tribut. Nun spürte er die Kälte doppelt grausam. Bevor er die Hälfte der Strecke zurücklegen konnte, war jegliches Gefühl aus seinen Beinen gewichen, und Taubheit und Lähmung krochen unbarmherzig weiter nach oben, hatten schon beinahe seine Brust erreicht, als sie endlich bei dem Drachenboot ankamen. Obwohl Abu Dun und er sich beeilt hatten, waren sie die letzten, die an Bord gingen. Die Männer hatten vor Kälte erstarrte Gesichter und weiß gefrorene Bärte und blaue Lippen, gaben aber kein Wort der Klage von sich, sondern kletterten mit einer Behändigkeit und Eile an Bord, die Andrej mit Neid erfüllte. Dieses raue und harte Land brachte offensichtlich ebenso raue und harte Menschen hervor.

Abgesehen von seiner Größe ähnelte das Schiff dem, mit dem sie hergekommen waren: ein einfacher, lang gestreckter Rumpf mit hölzernen Sitzbänken, hinter denen jeweils zwei Männer Platz nehmen und eines der großen Ruder bedienen konnten. Was auf einem Schiff seiner oder auch Abu Duns Heimat die Kapitänskajüte gewesen wäre, das war hier ein einfaches Zelt aus dem gleichen, rot-weiß gestreiften Segeltuch, das über ihren Köpfen im Wind flatterte und die straff gespannten Taue summen ließ. Luxus wie eine Reling schien es nicht zu geben, doch bevor die Männer Platz nahmen, stellten sie ihre großen Rundschilde längs der Bordwand auf, sodass sie einen improvisierten, aber zuverlässigen Schutz vor dem eisigen Sprühnebel boten, den der Wind ununterbrochen von der Meeresoberfläche heraufpeitschte.

Gut die Hälfte der einfachen Ruderbänke blieb leer, nachdem die Männer ihr Gepäck verstaut und Platz genommen hatten. Thure, der als erster an Bord gegangen war und sich bisher um seinen sterbenden Bruder gekümmert hatte, den die Männer in das kleine Zelt gelegt hatten, machte eine einladende Geste in Richtung einer verlassenen Ruderbank ganz hinten, und somit nahe bei seinem Zelt; vermutlich, um Abu Dun und ihn auf diese Weise immer im Auge behalten zu können. Abu Dun folgte der Einladung stumm, doch Andrej nahm nicht neben ihm Platz, sondern ließ sich auf eine ebenfalls verwaiste Bank auf der anderen Seite des Schiffes sinken. Er war so wenig versessen darauf wie Abu Dun, schon wieder endlose Stunden, wenn nicht Tage mit einer stumpfsinnigen und anstrengenden Arbeit wie Rudern zu verbringen, doch jeder Ruderschlag, den sie zusätzlich taten, würde sie ihrem Ziel schneller näher bringen. Thure nahm seine Entscheidung stirnrunzelnd, aber schweigend zur Kenntnis.

Dennoch verzog er verächtlich die Lippen, als er sich umwandte und in sein Zelt zurückging.

»Wahrscheinlich hält er uns jetzt für schreckliche Angeber«, vermutete Abu Dun.

»Sind wir das denn nicht?«, fragte Andrej.

»Nur einer von uns«, erwiderte der Nubier. »Ein Angeber ist einer, der etwas zu können vorgibt, was er gar nicht kann.« Er legte seine riesigen Pranken um das Ruder und sah dann verwirrt um sich, als ihm auffiel, dass er der einzige war. Alle anderen Männer hatten zwar ebenfalls auf den Ruderbänken

Platz genommen, die Riemen selbst aber nur berührt, um sich daran festzuklammern oder erschöpft darüber zusammenzusinken. Die meisten hatten ihre nassen Mäntel, Hosen und Stiefel ausgezogen und wickelten sich jetzt in Felle oder trockene Kleider, sofern sie solche in ihrem Gepäck fanden. Andrej und Abu Dun konnten nicht über einen solchen Luxus verfügen. Alles, was sie besaßen, waren ihre Waffen und das, was sie am Leib trugen ... beziehungsweise was daran klebte. In Kürze, dachte Andrej finster, würden ihre Kleider buchstäblich auf ihrer Haut festgefroren sein. Und niemand rührte auch nur einen Finger, um ihnen trockene Kleider oder eine Decke oder ein Fell zu bringen. Ob Thure wusste, dass man einen Mann auf diese Weise umbringen konnte?

Aber vielleicht war das ja seine Absicht ...

Das Schiff setzte sich schwerfällig in Bewegung, obwohl nicht ein einziger Ruderschlag erfolgt war. Der Bug mit dem plump geschnitzten Drachenkopf drehte sich langsam dem offenen Meer zu, und die Taue summten stärker, als sich das Segel blähte und das Drachenboot allmählich Fahrt aufzunehmen begann.

Thure trat zurück auf Deck, sprach kurz mit einigen seiner Männer und deutete dabei ungeniert auf Abu Dun und Andrej, lachte auch einige Male auf eine Art, die Andrej nicht gefiel. Schließlich kam er zurück und schüttelte demonstrativ den Kopf, als er sah, dass Abu Duns Hände immer noch auf dem Ruder ruhten. »Schone deine Kräfte lieber, mein Freund. Glaub mir, du wirst sie später noch dringend brauchen. Im Moment steht der Wind günstig, und wir machen gute Fahrt.«

Andrej sah zweifelnd zu dem einzelnen Segel empor. Es war gebläht und zerrte so an seinen Tauen, dass sie mittlerweile ein stetes, dunkles Singen hören ließen, aber verglichen mit der *Fenrir*, die manchmal pfeilschnell durch das Wasser geschossen war, schien sich das Schiff kaum von der Stelle zu bewegen.

»Keine Sorge, wir werden gleich mehr Fahrt aufnehmen.« Thure hatte seinen Blick richtig gedeutet. »Sobald wir ein Stück von der Insel weg sind und in die Strömung geraten.«

»Welche Strömung?«, fragte Abu Dun. Er klang beunruhigt.

»Dieselbe, die euch auf den Strand geworfen hat, nehme ich an«, erwiderte Thure fröhlich. »Aber habt keine Angst. Das hier ist ein gutes Schiff, und meine Männer verstehen ihr Handwerk.«

Andrej fiel auf, dass sein Blick immer wieder unstet über das Heck des Schiffes zurück zur Insel irrte. Um zu zeigen, dass er sich nicht täuschen ließ, drehte er sich langsam auf der schmalen Bank herum und sah offen in dieselbe Richtung. Der Strand lag schon ein gutes Stück hinter ihnen, deutlich weiter, als er erwartet hatte angesichts der geringen Fahrt, die das Schiff machte. Ein leichter Dunst lag über dem vereisten Strand, noch nicht ganz Nebel, aber doch ein dichter Schleier, als versuche das verlassene Eiland, sein Antlitz vor ihnen zu verhüllen. Das Signalfeuer brannte noch immer mit schwarzem, weithin sichtbarem Rauch. Niemals hatte Andrej einen so öden Flecken Erde gesehen. Er verstand immer weniger, wie Menschen auf den Gedanken kommen konnten, an einem solch unwirtlichen Ort zu siedeln. Und er stellte diese Frage auch laut.

»Das kommt immer darauf an, welche Ansprüche du an dein Zuhause stellst«, antwortete Thure. »Dir und mir mögen diese kargen Felsen abweisend und feindselig vorkommen, aber für manche ist es genau das, was sie von einem sicheren Hafen erwarten.«

Andrej verstand nicht sofort, was der Nordmann ihm damit sagen wollte, Abu Dun aber anscheinend schon. »Sie waren Piraten«, vermutete er.

»Sagen wir, es ist nicht die Art meines Volkes, ihre Nachbarn zu überfallen und ihre Dörfer niederzubrennen«, erwiderte Thure düster.

»Aber was hat dein Bruder dann hier gewollt?«, fragte Abu Dun.

Thure antwortete nicht sofort, und als er es endlich tat, da war seine Stimme leise und bitter. »Die Gewässer hier sind tückisch. Manchmal wechselt der Wind in einem einzigen Augenblick, und wenn man die Strömung nicht kennt ...« Er hob die Schultern. »Unser Bruder war kein besonders guter Seemann. Ihr habt ja selbst erlebt, was der Sturm und die See einem Schiff antun können. Ich nehme an, er hat Schutz in der Bucht gesucht. Wir hatten ihn gewarnt, der Insel nicht zu nahe zu kommen, aber er war jung und ungestüm.«

»Aber es war nicht das Meer, das ihn umgebracht hat«, vermutete Andrej.

Thure starrte ihn zornig an, dann zwang er sich zu einem Lächeln, wenn auch einem unechten, und wechselte das Thema. »Ihr müsst halb erfroren sein. Wartet einen Moment.«

Er ging, kam aber schon nach einem Augenblick zurück, eine flache, eiserne Schale, in der glühende Kohlen qualmten, in beiden Händen. »Es ist nicht viel, aber das wird euch wenigstens ein bisschen wärmen, und –« Er stolperte und machte einen hastigen Ausfallschritt, um nicht zu stürzen, aber er ließ dabei um ein Haar die Schale fallen. Ein faustgroßes Kohlestück sprang heraus und prallte von Andrejs Handrücken ab. Es zischte, als die Glut seine Haut verbrannte, und Andrej fuhr mit einem Schmerzensschrei zurück und presste die andere Hand auf die versengte Stelle. Der durchdringende Geruch nach verbranntem Fleisch stieg ihm in die Nase, und er sah aus den Augenwinkeln, wie Abu Dun aufspringen wollte.

»Nicht!«, sagte er hastig.

Abu Dun erstarrte gehorsam mitten in der Bewegung, aber seine Augen flammten vor Zorn, und seine Hände waren halb geöffnet, bereit, jemanden zu packen und zu zerreißen, während Thure gekonnt den Erschrockenen spielte.

»Das … das tut mir leid!«, stotterte er. »Bitte verzeiht mein Ungeschick! Das wollte ich nicht! Hast du dich verletzt?«

Andrej verneinte mit zusammengebissenen Zähnen, obwohl ihm der Schmerz schier die Tränen in die Augen trieb. »Das ist nichts.«

»Lass mich deine Hand sehen!«, verlangte Thure. »Ich kenne mich mit Brandwunden aus, und –«

»Ich sagte, es ist nichts«, unterbrach ihn Andrej, lauter und deutlich schärfer als beim ersten Mal. »Nur eine Kleinigkeit. Bring mir etwas, um die Hand zu verbinden, das muss genügen.«

Erst schien es, als wolle Thure nicht lockerlassen, dann aber zuckte er mit den Schultern, verschwand geduckt in seinem Zelt und kam so schnell mit einer Schale Wasser und Verbandszeug unter dem Arm wieder zurück, als hätte er alles schon griffbereit gehabt. Andrej wäre nicht überrascht gewesen, zu erfahren, dass es genau so war. Er tauschte einen raschen, beschwörenden Blick mit Abu Dun. Das Gesicht des Nubiers war undurchdringlich, aber in seinen Augen loderte noch immer blanke Wut.

»Ich habe eine Salbe mitgebracht«, sagte Thure eifrig. »Sie kühlt und lindert den Schmerz, und –«

»Ein sauberes Tuch wird ausreichen«, unterbrach ihn Andrej. Und bevor Thure richtig wusste, wie ihm geschah, riss er ihm das Verbandszeug aus den Fingern und wickelte es so schnell um seine Hand, dass der Nordmann nicht einmal einen kurzen Blick auf die hässliche Brandwunde werfen konnte. Dabei hätte er sie ihm durchaus zeigen können, denn Verbrennungen gehörten zu den wenigen Arten von Verletzungen, die Abu Dun und ihm genauso zusetzten wie jedem anderen Menschen, und man sah deutlich, wo die rot glühende Kohle die Haut versengt hatte. Dennoch konnte er es nicht riskieren, sich dem Nordmann gegenüber offen zu zeigen. Es mochte sein, dass er sie auch morgen oder übermorgen zu

Gesicht bekam und dann würde er sich wundern, wie die Verletzung so schnell geheilt war.

»Es ist nicht so schlimm«, behauptete er, während er mit den Zähnen den Knoten des improvisierten Verbandes festzog. »Ich war wohl mehr erschrocken. Aber ich danke dir für deine Sorge.«

Thure wirkte enttäuscht, gab sich aber Mühe, weiterhin den Zerknirschten zu spielen. Schließlich aber hob er nur trotzig die Schultern und verschwand.

»Was soll das?«, zischte Abu Dun. »Wieso lässt du dich von dem Kerl so reizen? Ich sollte ihn über Bord werfen!«

Andrej bewegte prüfend die Hand, ballte die Finger zur Faust und öffnete sie dann mit einem Ruck wieder. Die Bewegung war mühsam und tat sehr weh. Es würde Stunden dauern, bis er die Hand wieder wie gewohnt benutzen konnte. Die Vorstellung, Abu Dun Thure einfach ins Meer werfen zu lassen und vielleicht Wetten darauf abzuschließen, ob er schneller erfror oder ertrank, hatte etwas durchaus Reizvolles. Trotzdem schüttelte er den Kopf.

»Nein«, sagte er. Sein Blick suchte Thure. Er war zum Bug des Schiffes gegangen und redete mit einem seiner Männer. Ein lautes Lachen wehte zu ihnen herüber. »Er wollte mich nicht demütigen, Abu Dun. Nur testen.«

Wie sich zeigte, hatte Thure die Wahrheit gesagt: Es verging nicht mehr allzu viel Zeit, bis Andrej plötzlich einen sanften aber kraftvollen Ruck spürte, als hätte sich eine unsichtbare Hand um den Rumpf des Schiffes geschlossen, die sie nun durch das Wasser zog, sodass sie fühlbar Fahrt aufnahmen. Das immer noch prall geblähte Segel tat ein Übriges, und schon bald pflügte das Drachenschiff so schnell durch die Wellen, dass weißer Schaum unter seinem Bug aufspritzte und die Männer, die das Pech gehabt hatten, auf den vorderen

Bankreihen Platz zu nehmen, bis auf die Haut durchnässte. Oft blickte Andrej zur Insel zurück und jedes Mal schien ihn ihr Anblick mehr zu beunruhigen. Das Signalfeuer brannte noch immer, und der Wind musste wohl zwischenzeitlich vollkommen erloschen sein, denn der schwarze Qualm stieg nun kerzengerade in die Höhe. Der Anblick gefiel ihm nicht, denn er erinnerte ihn daran, dass dieses Schiff nicht das einzige sein musste, was der Rauch anlockte.

Darüber hinaus verschwand die Insel mit beinahe unheimlicher Schnelligkeit hinter ihnen. Andrej hasste Schiffe aus tiefstem Herzen. Es hatte einmal eine Zeit gegeben, da hatte er als Kapitän ein Schiff befehligt, und er war ein guter Kapitän gewesen. Aber etwas gut zu machen, bedeutete nicht, es nicht auch gleichzeitig hassen zu können. Er hatte also hinlänglich Erfahrung, um beurteilen zu können, wie schnell sich das Drachenboot bewegte, und wie stark somit die Strömung war, die sie mit sich zog. Nicht einmal die *Fenrir*, die alles andere als ein gewöhnliches Schiff war, hatte jemals ein solches Tempo erreicht.

Andererseits hatten sie sie auch nur zu zweit gerudert.

Eine gute Stunde musste vergangen sein, in der sie sich um viele Meilen von der Insel entfernt hatten. Thure war nicht zurückgekommen, wohl aber einer seiner Männer, um Abu Dun und ihm trockene Felle zu bringen, die sie sich um die Schultern gelegt hatten. Die Krieger hatten gegessen, aber niemand hatte ihnen etwas angeboten, und ein bauchiger Krug mit Met hatte die Runde gemacht. Stimmen, dann und wann unterbrochen von einem rohen Lachen, waren an ihr Ohr gedrungen. Die Männer scherzten, neckten sich gutmütig oder vertrieben sich auf andere Weise die Zeit. Einmal war eine freundschaftliche Rauferei ausgebrochen, die Thure lange hatte gewähren lassen. Als Andrej spürte, dass das Spiel in Ernst umzuschlagen drohte, hatte der riesige Nordmann die Auseinandersetzung auf seine ganz eigene Weise beendet:

indem er die beiden Streithähne im Nacken ergriff und ihre Köpfe zusammenschlug. Aber die Fröhlichkeit und Ausgelassenheit waren nur aufgesetzt. Weder Abu Dun noch ihm entgingen die nervösen Blicke und kleinen, fahrigen Gesten der Männer, die bange Erwartung in ihren Augen, wenn sie manchmal aufs Meer hinaussahen, und auch nicht der Umstand, dass jeder einzelne von ihnen noch immer in voller Rüstung war und seine Waffen griffbereit neben sich liegen hatte. Die Männer warteten auf etwas. Und es war keine freudige Erwartung.

Abu Dun berührte ihn plötzlich an der Schulter und zeigte auf die Wasseroberfläche vor dem Bug des Schiffes. Andrej wandte den Blick und runzelte besorgt die Stirn. Nicht weit vor ihnen – so nahe, dass er sich verblüfft fragte, wieso er es nicht früher gesehen hatte – lag ein feiner grauer Dunst über dem Wasser. Nebel.

Verwirrt blickte er nach oben. Das Segel über ihren Köpfen war weiter straff gespannt. Wie konnte sich Nebel bei diesem Wind halten?

Ihm blieb keine Zeit, eine Antwort auf diese Frage zu finden, denn in diesem Moment unterbrach Thure das Gespräch mit seinen Kriegern und kam wieder zu ihnen.

»Ich hoffe, ihr konntet ein wenig ausruhen und neue Kräfte schöpfen. Ich habe euch gesagt, dass ihr sie brauchen werdet.«

Ohne auf seine Worte zu achten, deutete Andrej nach vorne. »Was hat das zu bedeuten?«, wollte er wissen.

Als hätte er Andrejs Frage nicht verstanden, starrte Thure einen Moment lang auf den grauen Dunst vor dem Bug des Schiffes, die Stirn in nachdenkliche Falten gelegt. Dann nickte er, und ein Ausdruck von sanftem Spott erschien auf seinem Gesicht. »Oh, das«, sagte er. »Das nennt man Nebel, Andrej.«

Abu Dun sog scharf die Luft durch die Nase ein, und Andrej beeilte sich, an seiner statt zu antworten. »Ja, von diesem Phänomen habe ich gehört«, erwiderte er ebenso spöttisch. »Selbst in meiner Heimat soll man es schon einmal gesehen haben. Aber noch nie auf hoher See und bei so starkem Wind.«

»In unserem Land ist manches anders als bei euch«, erwiderte Thure mit einer wegwerfenden Geste. »Aber es besteht kein Grund zur Beunruhigung. Umso mehr jedoch zur Eile.« Er nickte zu den beiden Rudern. »Jetzt könnt ihr zeigen, ob ihr wirklich so stark seid.«

Halsstarrig wollte Andrej seine Frage nach der Herkunft des Nebels noch einmal wiederholen, doch Abu Dun hatte anscheinend nur auf sein Stichwort gewartet. Mit einem abfälligen Grunzen schloss er die Hände fester um das Ruder, tauchte es ein und zog es mit einer so kraftvollen Bewegung durch das Wasser, dass ein spürbarer Ruck durch das Schiff ging und es für einen winzigen Moment zur Seite krängte. Einige der Krieger wandten überrascht den Kopf und starrten ihn verblüfft und ungläubig an, während Thure nur anerkennend die Lippen schürzte.

»Teilt euch eure Kräfte lieber ein«, riet er kopfschüttelnd. »Wir werden eine Weile rudern müssen.«

»Warum?«, fragte Andrej.

»Weil der Wind in wenigen Augenblicken nachlässt«, erwiderte Thure mit einer Geste auf das Segel über ihren Köpfen.

»Und das weißt du im Voraus?«, erkundigte sich Andrej, während auch er sein Ruder ins Wasser tauchte. Überall auf dem Schiff taten die Männer jetzt dasselbe, und das Boot schoss durch die Wellen.

»Aber du hast es doch gerade selbst gesagt«, erklärte Thure lächelnd. »Nebel und Sturm zur gleichen Zeit – das ist schwer vorstellbar, nicht wahr?« Er amüsierte sich einen Moment unverhohlen über Andrejs verblüfften Gesichtsausdruck (der allerdings eher der Unverschämtheit dieser Antwort galt), dann wandte er sich wieder um und ging zu einer freien Ruderbank. Ganz wie Abu Dun und Andrej nahm auch er allein darauf Platz, um die Arbeit von zwei Männern zu tun.

Und ganz, wie er gesagt hatte, vergingen nur wenige Augenblicke, bis der Wind abflaute und das Segel plötzlich schlaff und nass von der einzelnen Rahe hing. Das Schiff verlor trotzdem kaum an Schwung, denn es wurde jetzt von einem Dutzend großer und kraftvoll ins Wasser getauchter Ruder bewegt, und die Nebelbank kam nicht nur rasch näher, sondern schien mit jedem Moment dichter zu werden.

Nur aus einem Gefühl heraus sah Andrej sich noch einmal um, gerade, als der geschnitzte Drachenkopf die graue Wolke berührte, und für einen winzigen Moment hatte er den Eindruck, tatsächlich etwas zu sehen. Er konnte nicht sagen was, es war zu weit entfernt, zu schnell verschwunden, zu unscharf, um es mit den Augen festhalten zu können.

Dann verschlang der Nebel das Schiff, und die Welt ringsum wurde grau. Kalte Nässe legte sich wie ein unsichtbares, eisiges Tuch über ihre Gesichter und begann augenblicklich zu gefrieren. Die Luft, die Andrej atmete, hatte plötzlich einen bitteren Beigeschmack.

»Rudert!«, rief Thure. Der Nebel, der immer dichter wurde, dämpfte seine Stimme und schien ihr alle Höhen, aber auch nahezu alles Menschliche zu nehmen. Trotzdem: War da ein Zittern wie von Furcht darin?

Andrej schüttelte den Gedanken ab und konzentrierte sich stattdessen darauf, das Ruder mit raschen, gleichmäßigen Bewegungen ins Wasser zu tauchen, zurückzuziehen und wieder zu heben. Obwohl sie erst seit wenigen Augenblicken in der Nebelbank waren, fuhren sie fast blind. Der feuchte Dunst war so dicht, dass er nicht einmal mehr das ganze Schiff überblicken konnte. Der hochgezogene Bug mit dem Drachenkopf und die vorderen zwei oder drei Ruderbänke waren verschwunden, als hätte etwas in dem unheimlichen Nebel sie ins Nichts aufgelöst.

»Rudert!«, rief Thure noch einmal. Diesmal war Andrej sicher, Panik in seiner Stimme zu vernehmen. Der Takt der Ruderschläge wurde schneller, und das Schiff beschleunigte noch mehr.

Und etwas ... *kam.*

Andrej überkam ein Gefühl, dass er nicht in Worte kleiden konnte. Etwas näherte sich, und es war etwas Großes, Altes und unendlich Mächtiges. Nervös sah er sich um, doch auch seine scharfen Augen erblickten nicht mehr als graue Unendlichkeit, die sich lautlos und erstickend eng um das Schiff herum zusammenzuziehen begann. Aber irgendetwas kam, dessen war er sich sicher.

»Rudert!«, schrie Thure zum dritten Mal, und obwohl Andrej es kaum für möglich gehalten hätte, beschleunigten die Männer den Takt der Ruderschläge noch einmal. Das Schiff flog jetzt so schnell dahin, dass sich das Segel über ihren Köpfen in Fahrtrichtung um den Mast zu schmiegen begann, und der Sprühregen, den sein Bug aus den Wellen schlug, nicht mehr die ersten zwei oder drei Ruderbänke traf, sondern bis zu Abu Dun und Andrej wehte. Dann, ganz plötzlich und mit erschrocken gedämpfter Stimme, befahl Thure: »Aufhören!«

Unverzüglich stellten die Männer ihre Bewegungen ein und hoben die Ruder aus dem Wasser, sodass sie ein Spalier zu beiden Seiten der Bordwand bildeten. Nur Abu Dun und er zogen die Riemen noch einmal mit aller Kraft durch, bis Thure erschrocken auf seiner Bank herumfuhr und entsetzt hauchte: *»Hört auf, um Odins willen! Keinen Laut!«*

Andrej und Abu Dun gehorchten, und jetzt glitt das Schiff seinen eigenen Schwung aufzehrend nahezu lautlos durch den Nebel.

Zeit verging. Andrej konnte nicht sagen, wie viel; in Wahrheit wahrscheinlich nur Augenblicke, die das bange Schlagen seines Herzens und die Angst, die unübersehbar auf den Gesichtern der Männer geschrieben stand, jedoch zu Ewigkeiten zu dehnen schienen. Das Gefühl von etwas Großem, Feindseligem, das sich ihnen näherte, wurde so stark, dass es ihm schier den Atem nahm. Er spürte, wie Abu Dun neben ihm die Hand vom Ruder löste und sie unter seinen Mantel gleiten ließ, um nach seiner Waffe zu tasten, und instinktiv tat er dasselbe, obwohl ihm zugleich mit schrecklicher Gewissheit klar wurde, wie wenig ihm das Schwert nutzen würde. Etwas *raste* heran.

Und dann war es da, riesig, schwarz und drohend und so *bösartig,* dass Andrejs Innerstes aufschrie und sich wie ein getretener Wurm krümmte.

Später konnte er nicht sagen, was es gewesen war. Der Nebel spie einen gigantischen Schatten aus, ein schwarzes ... *Ding,* das heran- und vorüberraste, so dicht, dass er es ohne Mühe mit dem ausgestreckten Arm hätte berühren können. Trotzdem vermochte er es nicht zu erkennen und tief in seinem Inneren sträubte er sich auch dagegen. Es war riesig, verschlingend und übermächtig, und es ließ selbst das Ungeheuer in ihm vor Furcht aufheulen. Andrej hatte das schreckliche Gefühl, aus unsichtbaren, gnadenlosen Augen angestarrt und geprüft zu werden, als balle sich eine unsichtbare Faust und mache sich zum Zuschlagen bereit.

Nur einen Atemzug später war es vorbei. Der Schatten war fort, die graue Unendlichkeit, die sie umgab, wieder leer, und dann hob sich auch der erstickende Druck von seiner Seele.

»Bei Allah«, flüsterte Abu Dun neben ihm. Seine Stimme klang erschüttert. »Was ... was war das, Hexenmeister?«

Andrej konnte nur hilflos die Schultern heben. Er wusste es so wenig wie der Nubier und hätte viel darum gegeben, es niemals kennengelernt zu haben.

Das atemlose Schweigen, das für einen Moment von dem gesamten Schiff Besitz ergriffen hatte, wich einem allgemeinen Seufzen und erleichtertem Aufatmen. Zwei oder drei Ruder fielen klatschend ins Wasser zurück, und einer der Männer sank kraftlos auf seiner Bank zusammen und musste von dem neben ihm Sitzenden aufgefangen werden. Wohin Andrej auch blickte, sah er in graue Gesichter, Augen, in denen eine Furcht geschrieben stand, wie er sie selten im Blick eines Menschen gesehen hatte, und Münder, die in grimmiger Erwartung so fest zusammengepresst gewesen waren, dass die Lippen wie dünne, blutleere Narben wirkten.

Thure stand auf und kam im Sturmschritt zu ihnen. Sein Gesicht war eine Maske aus mühsam beherrschtem Zorn. »Wenn ich euch das nächste Mal sage, ihr sollt aufhören zu rudern, dann tut es!«, fauchte er. »Wollt ihr uns alle umbringen?«

Andrej ignorierte die Worte, genauso wie den Zorn des Nordmannes. »Was war das, Thure?«, fragte er.

Für einen halben Atemzug loderte der Zorn in Thures Augen noch heißer, dann riss er sich zusammen. »Nichts, Andrej. Nur Nebel. Sagtest du nicht, dass man ihn auch bei euch kennt?«

»Nicht *diese* Art von Nebel.«

Thure machte eine Geste, die Andrej begreifen ließ, dass er nicht weiter über dieses Thema reden würde. Andrej war es recht. Zu seiner Überraschung schwieg sogar Abu Dun und beschränkte sich darauf, den riesigen Nordmann finster anzufunkeln.

»Und jetzt rudert weiter«, befahl Thure. »Wir haben noch einen weiten Weg vor uns.«

3

Es war das zweite Mal, dass er bei grauem Zwielicht erwachte und das Gefühl hatte, viel zu lange geschlafen zu haben. In seinem Mund war auch jetzt wieder ein schlechter Geschmack, und jeder einzelne Muskel in seinem Rücken und seinen Oberarmen war verkrampft und schmerzte.

Aber es gab einen Unterschied, und der war höchst angenehmer Natur: Ihm war *warm*.

Andrej widerstand dem Impuls, die Augen zu öffnen und sich umzusehen, sondern genoss für einen Moment das Gefühl, zum ersten Mal seit einer schieren Ewigkeit nicht mehr zu frieren. Er lag auf etwas Weichem, und etwas Flauschiges bedeckte seinen Körper. Köstliche, süße Wärme hüllte ihn ein, und nur einen Augenblick später roch er, was er seit langer Zeit vermisst hatte – den verlockenden Duft von gebratenem Fleisch, der ihm in die Nase stieg.

Andrej lag weiter mit geschlossenen Augen da und beobachtete das allmähliche Erwachen seiner Sinne. Er hörte jetzt Geräusche, banal und alltäglich und gerade deshalb so wundervoll: ein gleichmäßiges Hämmern und Klingen, fröhliche Stimmen, ohne dass er die Worte verstehen konnte, das Bellen eines Hundes und tausend andere Laute, von denen er erst jetzt wirklich begriff, wie sehr sie ihm gefehlt hatten. Er musste im Paradies sein. Wahrscheinlich war er ertrunken oder vor Erschöpfung über dem Ruder zusammengebrochen und gestorben, und alles, was man sich über das Leben auf der anderen Seite erzählte, entsprach der Wahrheit. Warum hatten sich Abu Dun und er eigentlich so lange Zeit und so verbissen dagegen gewehrt, diese Welt zu betreten?

Dieser Gedanke ließ Andrej flüchtig lächeln, dann schlug er die Augen auf und war nun endgültig sicher, im Paradies zu sein, denn er blickte geradewegs in das Gesicht eines Engels.

Er stand neben seinem Bett (er lag tatsächlich in einem richtigen Bett, nicht auf nacktem Fels oder steinhart gefrorenem Boden!) und sah mit einem warmen, aber gutmütig-spöttischen Lächeln auf ihn herab. Er hatte blondes Haar, das sich – genau, wie es sich für einen Engel gehörte – in wilden Locken über seine Schultern und den Rücken hinab ergoss, ein schmales, mädchenhaftes Gesicht, von dem Andrej annahm, dass es deutlich älter war, als es auf den ersten Blick aussah, und das trotz aller Jugendlichkeit einen strengen Zug hatte (aber auch das erwartete Andrej bei einem Mitglied der himmlischen Heerscharen), der seiner Schönheit aber keinen Abbruch tat, und sinnliche Lippen. Statt eines weißen Seidengewandes trug er jedoch ein einfaches, eng um die Taille geschnürtes wollenes Kleid, das irgendwann einmal blau gewesen sein mochte, vor langer Zeit jedoch schon begonnen hatte, zu einem unansehnlichen Grau zu verblassen und an zahlreichen Stellen abgewetzt war. Außerdem hatte er keine Flügel.

»Wenn du fertig damit bist, Andrej Delãny«, sagte der Engel, sanft aber nicht in einem himmlischen Dialekt, sondern in der harten Sprache der Nordmänner, »soll ich dir dann etwas zu Essen bringen, oder eine Schale mit Wasser, damit du dich waschen kannst?«

Andrej blinzelte, stemmte sich umständlich auf beide Ellbogen hoch und sah an sich herab, als das Fell, unter dem er aufgewacht war, von seiner Brust rutschte. Er trug nichts darunter. Seltsam – er konnte sich weder erinnern, sich ausgezogen zu haben, noch daran, wie er hierher gekommen war.

»Keine Sorge, Andrej«, sagte der Engel belustigt. »Deine Tugend war keinen Moment in Gefahr. Dein Freund hat dich ausgezogen.«

Andrej setzte sich noch ein Stück weiter auf, zog die Knie an und ohne sich der Bewegung richtig bewusst zu sein das Fell wieder ein Stück höher. Das Lächeln des Engels wurde spöttisch.

»Woher kennst du meinen Namen?«, fragte er.

Der Engel beugte sich vor. »Weil du ihn meinem Bruder genannt hast?«

Andrej schüttelte nur den Kopf. »Nur meinen Vornamen.«

»Dein Freund hat ihn mir genannt ...« Für einen kurzen Moment sah der Engel betroffen aus. »Das war doch nicht etwa ein Fehler? Ich meine: Ihr seid keine Hexer oder so etwas, über die man Macht erlangt, wenn man ihren richtigen Namen kennt?«

Die Frage erschreckte Andrej, aber er spürte auch, dass der Engel ihn nur gutmütig verspotten wollte. Er schüttelte den Kopf und schwang die Beine vom Bett, wobei er weiterhin sorgsam darauf achtete, das Fell eng um sich geschlungen zu halten wie einen Mantel. Sein Blick fiel dabei auf seine rechte Hand, und etwas an ihrem Anblick störte ihn. Doch gerade als er versuchte, den Gedanken zu fassen, entglitt er ihm wieder.

»Wo bin ich hier? Wie komme ich her, und wer bist du?«

»Das sind eine Menge Fragen für einen Mann, der sich eigentlich darüber freuen sollte, noch am Leben zu sein«, gab der Engel zurück. Gespielte Strenge erschien auf seinem schönen Gesicht. »Wolltest du dich umbringen, Andrej Delãny? Mein Bruder hat mir erzählt, dass du die ganze Strecke allein gerudert bist und dich geweigert hast, dich auch nur ein einziges Mal ablösen zu lassen. Ist es da, wo ihr herkommt, üblich, anderen zu beweisen, was für starke Männer ihr doch seid, indem ihr euch selbst zu Tode schuftet?«

»Immerhin«, antwortete Andrej, dem es schwerfiel den Blick vom Gesicht der jungen Frau zu lösen, »weiß ich jetzt, dass du irgendjemandes Schwester bist. Aber wessen?«

Er war fest davon überzeugt, eine Antwort wie *die meines Bruders* zu erhalten, aber sie schürzte nur kurz spöttisch die Lippen. »Thures.«

»Das ist bedauerlich«, antwortete Andrej.

Das Mädchen zog die Augenbrauen zusammen, lachte dann aber. »Oh, keine Sorge. Er ist nicht eifersüchtig.«

»Das meine ich nicht.« Zum ersten Mal sah Andrej sich aufmerksam in dem Zimmer um, in dem er erwacht war. Es war klein, von grauem Zwielicht erfüllt und bis auf das schmale Bett, auf dessen Kante er saß, praktisch leer. Es gab einen dreibeinigen Schemel und einen hölzernen Eimer mit Deckel, über dessen Verwendungszweck er lieber nicht nachdenken wollte. »Ich hatte beinahe gehofft, ich wäre tot. Wenn Engel wirklich so aussehen wie du, dann ist es gut, dass niemand davon weiß.«

»Wieso?«, erkundigte sich Thures Schwester.

»Weil die Menschen dann reihenweise Selbstmord begehen würden«, antwortete Andrej ernst. »Zumindest die meisten Männer, die ich kenne.«

Das Mädchen lachte. »Ja, das passt zu dem, was ich über dich gehört habe.«

»Und was wäre das?«, erkundigte sich Andrej. Plötzlich wusste er, was mit seiner Hand nicht stimmte. Der Verband war nicht mehr da.

»Man hat mich vor dir gewarnt, Andrej Delãny«, antwortete sie. »Man hat mir gesagt, dass ich deine Worte mit Vorsicht genießen soll, weil kein Weiberrock vor dir sicher sei.«

Andrej versuchte, ein unschuldiges Gesicht zu machen. Was das Mädchen gerade über ihn behauptet hatte, traf wohl eher auf Abu Dun zu … und der war es sicher auch gewesen, der ihr diese Idee in den Kopf gesetzt hatte. »Du solltest vielleicht nicht alles glauben, was man dir erzählt«, seufzte er. »Wie ist dein Name?«

»Urd«, antwortete das Mädchen. Sie deutete hinter ihn. »In dieser Kiste findest du saubere Kleider. Ich gehe und hol dir etwas zu essen. Du musst hungrig sein. Und ich bringe dir Wasser, damit du dich waschen kannst.«

»Das erwähnst du nun schon zum zweiten Mal«, antwortete Andrej gespielt beleidigt. »Gibt es einen besonderen Grund dafür?«

Urd lachte. »Sagen wir: Du riechst etwas streng. Aber vielleicht ist das ja da, wo ihr herkommt, so üblich.« Sie deutete noch einmal auf die Kiste. »Wenn du dich beeilst, bin ich erst zurück, wenn du dich angezogen hast.«

Damit ging sie. Andrej starrte die schwere, aus grob behauenen Balken zusammengefügte Tür, die sich hinter ihr schloss, noch einen Moment lang an, dann stand er auf und wandte sich der schweren, mit eisernen Beschlägen versehenen Kiste zu, auf der ein in graues Tuch eingeschlagener, länglicher Gegenstand lag. Andrej wickelte ihn aus und erkannte erleichtert sein kostbares Damaszenerschwert, samt der aus feinem Leder gearbeiteten und mit kunstvollen Beschlägen versehenen Scheide und des Waffengurtes. Behutsam legte er die Waffe neben der Kiste zu Boden, klappte diese auf und erwartete, seine eigenen, abgerissenen Kleider zu finden, die das Mädchen vielleicht gereinigt hatte. Stattdessen jedoch fand er Hose, Hemd und Stiefel der gleichen Art, wie sie auch Thure und seine Männer getragen hatten, und dazu ein fein gewobenes Kettenhemd und einen langen, mit weichem Fell gefütterten Umhang. Andrej widerstrebte es, diese Kleider anzulegen, aber auf der anderen Seite trug er nichts als seine eigene Haut am Leibe. Noch immer von einem unguten Gefühl erfüllt, legte er dennoch entschieden und rasch die Kleider – bis auf Kettenhemd und Umhang – an und war gerade in den zweiten Stiefel geschlüpft (er passte perfekt, so als wäre er extra für ihn angefertigt worden), als die Tür aufging und Urd zurückkam. Hinter ihrer schmalen Gestalt sah er helles Sonnenlicht, und die Geräusche einer menschlichen Ansiedlung schlüpften mit ihr ins Zimmer, aber als sie die Tür mit dem Fuß hinter sich zuschob, war alles wieder grau und still. In beiden Händen trug sie ein großes, hölzernes Tablett, auf dem eine Wasserschale, ein Teller mit Brot und kaltem Fleisch und einige sorgsam zusammengelegte, saubere Tücher lagen. Das Wasser war heiß und dampfte.

»Du hast dich beeilt«, sagte sie. Irgendwie hatte Andrej das Gefühl, sie lautlos hinzufügen zu hören: *schade*.

Er wollte ihr das Tablett abnehmen, doch Urd wies seine Hilfe mit einem stummen Kopfschütteln zurück, setzte das Tablett geschickt auf den Schemel und machte eine einladende Geste, während sie zurücktrat. Ihr Blick glitt unverhohlen prüfend über seine Gestalt, blieb – vielleicht einen Moment länger, als nötig gewesen wäre – an seinem Gesicht hängen und dann noch einmal für einen winzigen Augenblick zu lange auf seiner rechten Hand. »Die Kleider stehen dir«, sagte sie. »Wäre dein schwarzes Haar nicht, könnte man dich beinahe für einen von uns halten.« Andrej blickte fragend, und sie fügte, jetzt wieder lächelnd, hinzu: »Du sprichst unsere Sprache ausgezeichnet, für jemanden wie dich.«

Andrej nahm wieder auf der Bettkante Platz und griff nach einem Stück Brot. Sein Magen knurrte laut. »Jemanden wie mich?«

»Jemanden aus dem heißen Teil der Welt«, erklärte Urd. »Dein schwarzgesichtiger Freund hat das eine oder andere erzählt.«

»Ja, das sieht Abu Dun ähnlich.« Andrej biss ein gewaltiges Stück Brot ab und fuhr mit vollem Mund kauend fort, sodass man ihn kaum verstehen konnte. »Das ist sein größter

Fehler, weißt du? Er redet zu viel. Du solltest ihm nicht alles glauben.«

Urd lachte. »Seltsam – genau dasselbe hat er über dich auch gesagt.«

Andrej biss unbeeindruckt ein weiteres Stück ab. »Meine Rede«, sagte er. »Glaub ihm nicht alles.«

Urds Gesichtsausdruck nach zu schließen, war in diesem Moment wohl eher er es, dem sie nicht glaubte. Anscheinend war es wieder einmal an der Zeit, sich unter vier Augen ernsthaft mit Abu Dun zu unterhalten.

Sie machte keine Anstalten zu gehen, sondern sah ihm mit sichtlichem Vergnügen dabei zu, wie er das mitgebrachte Brot und Fleisch bis auf den letzten Krümel verzehrte. Beides schmeckte köstlich. Als er fertig war und sich genießerisch die Finger leckte, sah sie ihn strafend an, und Andrej tat ihr den Gefallen, die Hände in die Schale mit heißem Wasser zu tauchen und anschließend sorgsam zu trocknen. Er argwöhnte, dass Urd sich nur einen Spaß mit ihm machte, musste aber selbst eingestehen, dass er aus irgendeinem Grund Freude an diesem kindischen Spielchen empfand.

»Wie geht es deinem Bruder?«, fragte er.

»Welchem von den acht?«, gab Urd zurück.

Andrej grinste. »Ja, Thure hat mir erzählt, dass euer Vater ein fleißiger Mann war. Und wie viele Schwestern hast du noch?«

»Keine.« Urd warf so heftig den Kopf zurück, dass ihre blonden Locken flogen. Der Anblick gefiel ihm. »Mein Vater weiß, was er seinem Volk schuldig ist. Außer mir hat er nur Krieger gezeugt.«

Andrej war nicht ganz sicher, wie ernst diese Antwort gemeint war. »Und wer wird die nächste Generation von Kriegern austragen, wenn deine Brüder alt sind?«, fragte er.

Urd lächelte ruhig. Dennoch hatte Andrej das Gefühl, eine Frage gestellt zu haben, die ihm nicht zustand. Er warf ihr einen raschen, um Verzeihung heischenden Blick zu und räusperte sich unbehaglich, während er aufstand. Auch fragte er nicht noch einmal nach Björn. Vielleicht war die Erinnerung an ihn zu schmerzlich, als dass sie darüber reden wollte. »Würdest du mich jetzt vielleicht zu deinem Bruder bringen?«, bat er. »Oder vielleicht doch besser erst zu Abu Dun.«

Urd wandte sich zur Tür. »Das ist ohnehin derselbe Weg. Eigentlich hat Thure mich auch zu dir geschickt, um dich zu holen. Mein Vater möchte mit deinem Freund und dir reden, aber zuerst will Thure dich sehen.«

Sie verließen das Haus. Helles Sonnenlicht traf Andrej so überraschend, dass er blinzeln musste und die Hand schützend vor die Augen hob. Das graue Zwielicht, das drinnen im Haus herrschte, hatte ihn erwarten lassen, auch hier draußen wieder einen Himmel und eine Sonne vorzufinden, für die die Zeit stehen geblieben war. Aber das stimmte nicht. Es war früher Vormittag. Ein kühler Wind, der nach Salzwasser roch, traf sein Gesicht, aber die Sonne hatte auch spürbare Kraft.

Urd, die seine Überraschung spürte, blieb stehen und sah – schon wieder mit einem spöttischen Lächeln – zu ihm hoch. »Was erstaunt dich so?«

»Du bist eine gute Beobachterin«, sagte Andrej anerkennend. »Ich war nur ...« Er suchte einen Moment nach Worten. »Mir war nicht klar, dass wir so weit gefahren sind.« Tatsächlich war er mehr als erstaunt. An den Rest der Reise hatte er nur nebelhafte Erinnerungen, vor allem die, Stunde um Stunde um Stunde am Ruder gesessen zu haben, eine Arbeit, die Thures Männer zu zweit verrichteten und manchmal sogar schliefen oder nur mit leeren Gesichtern dasaßen, ins Nichts starrten und neue Kräfte schöpften. Die Fahrt hatte lange gedauert, sicherlich einen oder auch zwei Tage, auch wenn es auf dem erstarrten Himmel keine Möglichkeit gab, das Verstreichen der Zeit zu messen. Aber *so* lange?

Als hätte sie seine Gedanken gelesen, sagte Urd mit großem Ernst, wenngleich freundlich lächelnd: »Nein, so lange wart ihr nicht unterwegs. Keine Sorge. Die Insel, auf der mein Bruder euch gefunden hat, liegt schon auf halbem Wege nach Utgard.« Ihr Ton ließ erkennen, dass es sich um einen Ort handelte, den jedermann kennen sollte.

»Utgard?«, wiederholte Andrej.

»Dort sind die Dinge ...« Jetzt war sie es, die einen Moment zögerte. »... etwas anders. Mein Vater wird dir alles erklären. Jetzt komm.«

Während er dem Mädchen folgte, sah sich Andrej aufmerksam um. Das Haus, in dem er erwacht war, gehörte zu einem kleinen, nur aus einer Handvoll Gebäude bestehenden Dorf, das sich auf einem schmalen, felsigen Uferstreifen zwischen dem Meer und einem sanft ansteigenden, bewaldeten Hang befand. Ein aus schweren Balken gezimmerter Steg führte ins Wasser hinaus, und Andrej erblickte nicht nur das große Drachenboot, mit dem sie hergekommen waren, sondern noch zwei weitere, gleichartige Schiffe. Er hörte Stimmen und die Geräusche emsigen Hantierens zahlreicher Menschen, sah aber nur eine einzige Person, ein vielleicht zehnjähriges Kind, das mit wehendem Haar aus einem Haus gestürmt kam und dann mitten in der Bewegung innehielt, um ihn entsetzt anzustarren. Andrej lächelte freundlich und der Junge fuhr auf dem Absatz herum und verschwand wieder im Haus. Er konnte seine helle, erschrockene Stimme hören.

»Mach dir nichts draus, Andrej Delãny«, sagte Urd lächelnd. »Wir sind den Anblick von Fremden hier nicht gewohnt, das ist alles.«

Andrej schwieg. Auch ihm war diese Reaktion auf seinen Anblick nicht ganz fremd, obwohl sie zumeist eher Abu Dun galt, dessen nachtschwarze, riesenhafte Erscheinung auch so manchen vermeintlich tapferen Mann einzuschüchtern vermochte. Dennoch, und das war seltsam, schmerzte ihn die Furcht des Kindes.

Er verscheuchte den Gedanken und setzte stattdessen die stumme Musterung seiner Umgebung fort. Sehr viel gab es allerdings nicht mehr zu sehen. Die Ansiedlung bestand aus weniger als einem Dutzend Häuser, die allesamt gedrungen und wuchtig aussahen, aus schweren Balken zusammengefügt, mit kleinen Fenstern und massiven Türen und Strohdächern, die mit Steinen beschwert waren, um dem unablässig drückenden Wind und den heftigen Stürmen standzuhalten. Am anderen Ende des Dorfes stritt sich eine Handvoll magerer Schafe um die kümmerlichen Grashalme und ein noch magererer Hund lief ihnen ein paar Schritte weit kläffend hinterher, trollte sich dann aber mit eingezogenem Schwanz, als Andrej ihm einen kurzen Blick zuwarf. Es gab nur ein einziges wirklich großes Gebäude, von dem er annahm, dass es Urds und Thures Vater gehörte. Aus einem anderen stieg grauer Qualm, so heftig und dicht, dass Andrej im ersten Moment glaubte, sein Dach wäre in Brand geraten. Urd, die darauf zusteuerte, zeigte jedoch keinerlei Anzeichen von Schrecken oder Hast, und so folgte er ihr still.

Aber er ertappte sich dabei, unauffällig ein kleines Stück zurückzufallen, sodass Urd nun vor ihm ging und er sie betrachten konnte. Unter dem groben, verschlissenen Kleid war ihre Gestalt nicht genau zu erkennen, aber Andrej spürte, dass sie ebenso wunderschön und mädchenhaft wie stark sein musste, so wie es ihre Gesichtszüge bereits vermuten ließen.

Urd beschleunigte auf dem letzten Stück ihre Schritte, sodass sie das Haus vor ihm erreichte und die Tür öffnen konnte. Der durchdringende Geruch nach glühender Kohle, brennendem Holz und heißem Metall schlug ihnen entgegen, begleitet von einer Welle trockener Hitze. Er hörte das Dröhnen wuchtiger, schneller Hammerschläge. Roter Feuerschein loderte hinter dem Mädchen auf und machte ihre Gestalt für einen Moment zu einer flachen, schwarzen Silhouette, und die herausdrängende Hitze ließ ihre Haare mit einem dünnen, knisternden Laut auffliegen, sodass ihn der Anblick mehr denn je an den eines Engels erinnerte. Andrej musste über den Gedanken lachen und prompt warf Urd ihm wieder fragend einen spöttischen Blick zu, lud ihn aber mit der Hand ein, einzutreten.

Hitze und Brandgeruch wurden unerträglich und das rote Licht und die unstet flackernden Schatten machten ihn für einen kurzen Moment beinahe blind. Trotzdem erkannte er sofort, dass er sich in einer Schmiede befand. In der Mitte des großen Raumes, direkt unter dem schwarzen Rauchabzug im Dach, erhob sich eine gewaltige Esse, aus der Flammen und grellgelbe Funken schlugen. Damit hatte er gerechnet. Doch die beiden hünenhaften Gestalten, die beiderseits der Esse standen und zwei riesige Hämmer schwangen, überraschten ihn. Es waren Thure und niemand anderes als Abu Dun. Über dem Feuer zwischen ihnen lag der gelb glühende Rohling eines Schwertes, das selbst für Abu Duns riesenhafte Pranken zu groß zu sein schien. Die beiden Männer ließen ihre Hämmer in gleichmäßigem Rhythmus darauf niedersausen, was nicht nur jedes Mal einen neuen Funkenschauer zur Folge hatte, sondern auch ein Dröhnen, unter dem der Boden erzitterte. Der Takt ihrer Bewegungen war vollkommen aufeinander abgestimmt und gleichmäßig, aber Andrej bemerkte auch, dass trotzdem so etwas wie ein Wettstreit zwischen ihnen im Gange zu sein schien. Jeder Schlag, gleich, ob nun von Abu Dun oder Urds Bruder ausgeführt, schien ihm kräftiger als der zuvor.

Thure ließ seinen Hammer ein letztes Mal auf das glühende Eisen krachen, dann bemerkte er die offen stehende Tür und seinen Gast. Sein Gesicht war vor Ruß beinahe so schwarz wie das Abu Duns, trotzdem konnte Andrej einen für ihn unerwarteten Ausdruck darauf erkennen: Thure schien sich zu freuen, ihn zu sehen.

»Andrej! Wie schön, dich gesund und guter Dinge wiederzusehen!«

Auch Abu Dun hörte auf, nach Leibeskräften auf das Stück wehrloses Eisen einzuprügeln, ließ den gewaltigen Schmiedehammer sinken und drehte sich zu ihm um. Er sagte nichts, sondern begrüßte Andrej nur mit einem knappen Nicken. Thure trat auf Andrej zu, hob plötzlich ohne Warnung seinen Hammer und warf ihn. Andrej fing ihn instinktiv auf und taumelte unter dem enormen Gewicht des Werkzeuges. Urds Gesicht verfinsterte sich für einen Moment.

»Thure, du bist ein Dummkopf!«, schimpfte sie. »Das ist deine Art, unsere Gäste zu begrüßen? Willst du ihn umbringen?«

Thure machte ein zerknirschtes Gesicht, lachte aber leise, während er näher kam und den Hammer in Andrejs Hand begutachtete. Vielleicht begutachtet er nicht nur den Hammer, dachte Andrej, sondern meine Hand, die wieder vollkommen unversehrt ist.

»Bitte verzeih, Andrej«, sagte Thure fröhlich. »Meine Schwester hat recht. Ich wollte dich nicht erschrecken.«

»Das hast du auch nicht«, erwiderte Andrej, machte eine blitzschnelle Bewegung aus dem Handgelenk, wie um den Hammer auf dieselbe Weise zurückzuwerfen, und lachte dann leise, als der Nordmann – ganz, wie er erwartet hatte – erschrocken die Hände in die Höhe riss.

»Und du bist genauso ein Dummkopf, Andrej«, sagte Urd tadelnd.

Andrej drückte Thure den Hammer in die Hand und ging zu Abu Dun. Der nubische Riese sah ihm schweigend und mit unbewegter Miene entgegen, aber Andrej konnte sich des Eindrucks nicht erwehren, dass er ihm etwas sagen wollte. Etwas Wichtiges.

»Wie ich sehe, bist du ja wieder ganz der Alte«, begann er. »Und gehört habe ich es auch schon.«

Abu Dun hob fragend die Augenbrauen. Sein Gesicht glänzte vor Schweiß, und Andrej konnte hören, wie schnell sein Herz schlug. Offensichtlich hatte der freundschaftliche Zweikampf, zu dem Thure ihn verführt hatte, ihn bis an die Grenzen erschöpft.

»Du wolltest mich sprechen?«, fragte Andrej, indem er sich zu Urds Bruder umwandte.

»Eigentlich wollte mein Vater euch sprechen«, antwortete Thure. Er wog den zentnerschweren Hammer in seiner Hand, als wäre er nicht mehr als ein Spielzeug, und warf ihn dann achtlos hinter sich. Erneut runzelte seine Schwester verärgert die Stirn. »König Harald – mein Vater – möchte dir und deinem Freund in aller Form dafür danken, dass ihr uns beigestanden habt.«

»Aber du wolltest vorher mit uns reden«, sagte Andrej. »Warum?«

Thure schaute erschrocken. Er zögerte einen Moment mit der Antwort, und als er sprach, klang seine Stimme besorgt. »Meine Schwester redet zuviel. Das war schon immer ihr größter Fehler. Wenn ich es genau bedenke, ihr einziger Fehler ... aber du hast recht. Bist du mit deiner Unterkunft zufrieden?«

»Sie ist warm«, antwortete Andrej. Thure grinste.

»Es ist vielleicht noch ein wenig früh. Doch ich möchte nicht, dass du einen falschen Eindruck von uns bekommst. König Harald möchte euch sprechen, aber noch nicht jetzt. Früher war mein Vater ein starker Mann, aber jetzt ist er alt und schwach geworden – zumindest sein Körper – und er braucht seine Ruhe. Jetzt schläft er, fürchte ich. Aber für heute Abend ist euch zu Ehren ein großes Fest angesetzt worden.«

»Das ehrt uns«, antwortete Andrej, »aber das ist nicht der Grund, aus dem du mich hast rufen lassen, nicht wahr?«

»Nein«, gestand Thure. »Du musst wissen, dass mein Vater ...« Tatsächlich suchte er unsicher nach Worten, was gar nicht zu dem Thure, den sie bisher kennengelernt hatten, zu passen schien. »Nun«, setzte er neu und mit festerer Stimme an, »er war nicht damit einverstanden, dass Björn und ich aufgebrochen sind, um unseren Bruder zu suchen. Er hat uns auch nicht so begrüßt, wie ich es mir vielleicht gewünscht hätte. Vielleicht wird er auch euch nicht so begrüßen, wie ihr es erwartet. Der Tod so vieler unserer Männer schmerzt ihn. Es mag sein, dass er euch ... ein wenig abweisend vorkommt. Ich wollte nur, dass du das weißt. Ich selbst und alle anderen hier sind euch sehr dankbar für das, was ihr für uns getan habt. Ohne euch wäre vielleicht keiner von uns nach Hause zurückgekehrt.«

Andrej tauschte einen raschen, fragenden Blick mit Abu Dun. Der Nubier schwieg weiter, das gefiel ihm nicht. Er sah Thure an. »Worauf willst du hinaus?«

»Bin ich so leicht zu durchschauen?«

»Sagen wir ... Abu Dun und ich haben eine gewisse ... Erfahrung«, antwortete Andrej gedehnt.

»Mit möglichen Auftraggebern?«, gab Thure zurück, und trotz der erstickenden Hitze schienen die Temperaturen in der Schmiede plötzlich zu fallen.

»Was genau willst du damit sagen?«, fragte Andrej. Thure wollte antworten, aber seine Schwester trat rasch zwischen ihn und Andrej und brachte sie beide mit einem zornigen Blick zum Verstummen. »Gar nichts will er damit sagen«, sagte sie scharf. »Mein Bruder begeht denselben Fehler wie ich. Er redet zu viel. Nur fürchte ich, dass es nicht sein einziger Fehler ist.« Sie funkelte Thure einen Moment lang herausfordernd an, streifte auch Andrej mit einem wütenden Blick und wandte sich dann wieder an ihren Bruder. »Statt Unsinn zu reden, solltest du lieber ins Frauenhaus gehen und dafür sorgen, dass unsere Gäste ein vernünftiges Mahl bekommen!«

»Ich habe gerade erst –«, begann Andrej aber Abu Dun sagte: »Das ist eine gute Idee.«

»Schwere Arbeit macht hungrig, nicht wahr?«, fragte Thure.

Abu Dun legte die Stirn in Falten. »Was für schwere Arbeit?«

Urd verdrehte die Augen. »Ihr habt euch gesucht und gefunden«, seufzte sie ergeben und versetzte ihrem Bruder einen Stoß mit beiden Händen, der ihn zurückstolpern ließ. »Und jetzt geh. Unsere Gäste sind hungrig.«

Thure war klug genug, zu schweigen und sich zu trollen. Urd folgte ihm, blieb aber noch einmal stehen und sah zu Abu Dun zurück. »Und du, schwarzer Mann – glaube nicht, dass ich auf deine Hautfarbe hereinfalle. Du gehst zum Meer hinunter und wäschst dich, bevor du zum Essen kommst!«

»Ein reizendes Ding«, sagte Abu Dun – sicherheitshalber erst, als Urd und ihr Bruder die Schmiede endgültig verlassen hatten und sie wieder allein waren. »Warum hat Björn sie nicht mitgebracht statt seines Bruders? Die Dauger wären schreiend vor ihr davongelaufen.«

»Und sie ist klug«, fügte Andrej hinzu. »Auch wenn du vielleicht nicht auf ihren Rat hören solltest.«

»Welchen Rat?«

»Dich zu waschen«, antwortete Andrej. »Nicht, dass sich am Ende noch herausstellt, dass du in Wahrheit weiß bist.«

Abu Dun zog eine Grimasse, stellte den Hammer behutsam neben der Esse auf den Boden und wandte sich wieder dem halb fertig geschmiedeten Schwert zu. Schon beim Eintreten hatte Andrej gesehen, wie groß es war, musste seine Einschätzung jetzt aber überrascht noch einmal nach oben korrigieren. »Was wird das, wenn es fertig ist?«

»Ein Schwert«, antwortete Abu Dun.

»Hm«, machte Andrej. Das rot glühende Stück Metall, das knackend abkühlte, sah tatsächlich aus wie ein Schwert, aber seine Abmessungen waren geradezu gewaltig. Selbst für Abu Duns gewaltige Pranken war es zu mächtig. Andrej wusste nicht, was es wog, aber er bezweifelte, dass Thure es heben, geschweige denn damit kämpfen konnte.

»Sag nicht, dass es für dich ist«, sagte er.

»Thure schmiedet es für sich«, erwiderte Abu Dun. »Und jetzt frag mich nicht, was er damit will. Der Kerl ist einfach ein Angeber.« Er stieß mit dem Fuß nach dem Schmiedehammer. »Vielleicht erträgt er es nicht, nicht mehr der stärkste Mann im Dorf zu sein, und will sich beweisen.«

»Du hast ihm gezeigt, dass du stärker bist als er.«

»Das ließ sich leider nicht vermeiden.«

»Und was hast du ihm sonst noch verraten?«, fragte Andrej geradeheraus.

»Verraten?« Abu Dun grunzte abfällig. »Nichts. Es war nicht nötig. Er wusste alles, was er wissen musste.«

»Zum Beispiel?«

Der Nubier beugte sich vor, schloss die Finger um die Parierstange des Schwertes und zog die Hand hastig wieder zurück. Es roch nach versengter Haut. »Thure ist ein Krieger. Ich mag ihn nicht, aber ich erkenne einen Krieger, wenn ich einem begegne. Und ihm geht es wohl genauso. Er hat mir auf den Kopf zugesagt, dass wir Söldner sind, und mich gefragt, ob wir für ihn und seine Leute kämpfen würden.«

»Und was hast du geantwortet?«

»Warum sollte ich lügen? Weder du noch ich sehen aus wie Reisende, die durch die Welt ziehen und heilige Reliquien verkaufen.«

»Das meine ich nicht.«

Abu Dun streckte nun auch die andere Hand aus und verbrannte sich abermals die Finger bei dem vergeblichen Versuch, das Riesenschwert aus dem Feuer zu nehmen. Nicht einmal seine Kräfte reichten aus, es mit nur einer Hand zu heben. Schließlich gab er achselzuckend auf und zeigte auf Andrejs rechte Hand. »Ich habe zwar eine Weile gebraucht, aber ich glaube, ich weiß jetzt, warum er das getan hat. Seine Schwester hat den Verband entfernt, aber ich habe gehört, wie er es ihr befohlen hat.«

Erwartete er jetzt, dass er Überraschung zeigte? Ungerührt sah Andrej ihn an.

»Er weiß es«, fuhr Abu Dun fort. »Vielleicht weiß er nicht genau, *was* wir sind, aber er weiß, dass wir nicht sind, was wir vorgeben.«

»Harmlose Reliquienverkäufer?«

Abu Dun blieb ernst. »Er hat mir ein Angebot gemacht.« Dann verbesserte er sich: »Uns.«

»Unsere Schwerter gegen was?«, fragte Andrej.

»Eine Passage nach Hause«, antwortete Abu Dun.

»Nach Hause?«

»Zumindest in ein Land, von wo aus wir nach Hause können«, erwiderte Abu Dun, schärfer, als es Andrej notwendig erschien. »Diese Leute hier wissen so wenig, wo unser Zuhause ist, wie wir davon wussten, dass es sie gibt, bevor es uns hierher verschlagen hat. Aber sie würden uns nach Göteborg bringen. Das ist eine weite Fahrt. Keiner von ihnen war jemals dort, doch Thure hat immerhin davon gehört und ist trotzdem sicher, dass er den Weg findet. Ich glaube ihm. Er ist ein guter Seemann.«

»Vor allem, wenn er zwei so fleißige Ruderer hat, die noch dazu umsonst arbeiten«, sagte Andrej säuerlich. Abu Dun beachtete ihn nicht.

»Wenn wir ihnen helfen, bringen Sie uns nach Hause, so einfach ist das.«

»Und du willst, dass wir dieses Angebot annehmen«, vermutete Andrej.

»Ich will zurück. Verdammt, ich will mich endlich wieder einmal schlafen legen, ohne Angst haben zu müssen, dass ich an meiner Decke festfriere! Ich will wieder ein Land sehen, das nicht weiß ist, und Wasser, in dem man baden kann. Und sag mir nicht, dass es dir nicht genauso ergeht!«

»Eine Sonne, die einem das Wasser aus dem Gehirn brennt. Quälender Durst und Sand zwischen den Zähnen …« Andrej machte ein nachdenkliches Gesicht. »Ja. Eine verlockende Vorstellung.«

»Sag mir nicht, sie wäre es nicht für dich!«, beharrte der Nubier. »Wie lange sind wir jetzt schon in diesem verdammten Land? Ein Jahr?«

»Ungefähr.«

»Ein Jahr zu viel, nach meinem Geschmack«, antwortete Abu Dun. »Ich will endlich zurück. Wo ist das Problem? Wie oft haben wir unsere Schwerter schon für viel weniger vermietet?«

»Es wäre nicht nötig«, antwortete Andrej. Für einen Moment sah er noch einmal das Gesicht des Kriegers vor sich, dem er die Hand vom Arm geschlagen hatte, und ein eisiger Schauer lief ihm über den Rücken. Etwas an diesen Männern machte ihm Angst. Nicht ihre körperliche Kraft, denn die konnte er bezwingen, nein, das, was sie im Innersten antrieb und zu dem machte, was sie waren. »Björn hat gesagt, dass wir hier warten können, bis ein Schiff vorbeikommt, das uns mitnimmt. Sein Bruder wird zu seinem Wort stehen.«

»Und wie lange wird das dauern?«, fragte Abu Dun. »Einen Monat? Drei? Oder ein Jahr?« Er schüttelte den Kopf, als Andrej antworten wollte. »Wir könnten uns wenigstens anhören, was er zu sagen hat. Heute Abend, während der Feier.«

Andrej hatte weder jetzt noch am kommenden Abend Lust, sich das Angebot des Nordmannes anzuhören. Alles in ihm sträubte sich schon jetzt gegen die Vorstellung, einem dieser unheimlichen Krieger noch einmal gegenüberzustehen ... aber vielleicht hatte Abu Dun ja recht. Was schadete es schon, mit Thure zu reden?

König Harald lebte in einem Haus, das groß genug war, um alle Bewohner des Dorfes aufzunehmen, trotzdem aber nur aus einem einzigen, großen Raum bestand. Eine Anzahl dreifach armdicker Balken stützte das weit überhängende Dach, das aus getrocknetem Gras bestand und aussah, als würde es beim ersten Funken in Flammen aufgehen. Trotzdem gab es ein halbes Dutzend Feuerstellen unter genauso vielen Rauchlöchern im Dach. Die Fenster, von denen es angesichts der Größe dieses Hauses nur sehr wenige gab, waren klein und mit dünnen Häuten verschlossen, die zwar den Wind aussperrten, aber auch einen Großteil des Lichtes. Zu allem Überfluss hatte es draußen bereits wieder zu dämmern begonnen, und das weitaus früher, als Andrej erwartet hatte. Vielleicht war die Zeit hier nicht ganz so aus ihrer Bahn geraten wie auf der Insel, auf der sie Björn und seinen Bruder getroffen hatten, aber die Tage waren hier dennoch weitaus kürzer, als er es gewohnt war. Möglicherweise hatte Abu Dun ja recht, und sie sollten besser alles daran setzen, um hier fortzukommen.

»Mein Vater ist jetzt bereit, euch zu empfangen.« Thure winkte sie in den hinteren Bereich des Langhauses. Sie waren schon vor einer geraumen Weile eingetroffen und warteten nun darauf, begrüßt zu werden, und Andrejs Geduld war allmählich erschöpft. *König* Harald, der immerhin über ein Volk von beinahe einhundert Köpfen herrschte, liebte anscheinend ein großes Protokoll. Er war schon einfacher und schneller zu *richtigen* Königen vorgelassen worden. Aber schließlich hatte Thure ihn gewarnt, dass sein Vater ein wenig … schwierig sein konnte.

Sie folgten dem Nordmann. Etliche von Haralds Kriegern – zwei von ihnen, die schon mit auf der Insel gewesen waren, kannte er, aber sie wichen seinem Blick aus – bildeten ein bedrohliches Spalier, und Harald selbst saß auf einem riesigen Thron mit einer geschnitzten Lehne, auf dem selbst ein Mann von Thures Statur klein gewirkt hätte. Harald sah darin aus wie ein Zwerg. Ein sehr alter und sehr kranker Zwerg.

Andrej schätzte ihn auf siebzig, wenn nicht mehr Jahre.

Früher einmal musste er ein stattlicher Mann gewesen sein, ebenso groß wie Björn, möglicherweise sogar wie Thure, jetzt jedoch war seine Gestalt ausgemergelt und zusammengesunken, und seine Schultern schienen unter der Last von viel zu vielen Jahren gebeugt. Sein Gesicht war von Falten zerfurcht, und sein Haar, das einmal so dicht und lang wie das seiner Söhne gewesen sein musste, hing ihm in dünnen, grauen Strähnen ins Gesicht und bis auf seine Schultern hinab. Doch die Augen waren noch lebendig und wach und musterten Andrej und Abu Dun aus einem Netz unzähliger winziger Fältchen heraus aufmerksam. Als er den Mund öffnete, um zu reden, sah Andrej, dass er kaum noch Zähne hatte.

»Ihr seid also die beiden Fremden, von denen mir mein Sohn berichtet hat.« Er sprach mühsam, mit dünner Stimme – ein krächzendes Fisteln, als stecke etwas in seinem Hals, das ihn am Sprechen zu hindern versuchte.

»Ich bin Andrej Delãny«, antwortete Andrej und hob die Hand zum respektvollen Gruß. »Das ist Abu Dun.«

Harald sah zuerst ihn und dann den Nubier lange und so durchdringend an, dass Andrej sich unter diesem Blick unwohl zu fühlen begann. Zugleich hatte er das sonderbare Gefühl, dass der alte König ihm verschwörerisch zuzublinzeln schien. Aber als er sich an seinen Sohn wandte, tat er dasselbe, und Andrej erkannte, dass es sich nur um ein nervöses Leiden handelte, denn an seiner Wange zuckte ein Nerv. »Du hast nicht übertrieben, als du von ihnen erzählt hast«, sagte er. »Das scheinen mir wirklich tapfere Männer zu sein.«

»Das sind sie, Vater«, antwortete Thure. Er hatte neben dem hölzernen Thron seines Vaters Aufstellung genommen und sah auf Andrejs Hand hinab. *Und sie sind noch viel mehr.*

»Dann lasst uns ein großes Fest zu ihren Ehren feiern«, sagte Harald. »Niemand soll mir nachsagen, ich hätte denen nicht die gebührende Ehre erwiesen, die mir meine Söhne zurückgebracht haben.« Er versuchte aufzustehen, doch es gelang ihm erst, als Thure die Hand ausstreckte und ihn stützte.

Langsam, um sich dem Tempo des alten Mannes anzupassen, gingen sie zum anderen Ende des großen Raumes. Als sie fast angekommen waren, entzündeten einige Frauen Fackeln und eine Anzahl kleiner Öllampen, sodass Andrej erst jetzt die reich gedeckte Tafel sehen konnte, die dort bereits auf sie wartete. An ihrem Kopfende erhob sich ein Stuhl mit einer geschnitzten Lehne, der fast so eindrucksvoll war wie der Thron, auf dem Harald sie begrüßt hatte. Der greise König nahm darauf Platz, und Thure setzte sich zu seiner Rechten. Der Stuhl auf der anderen Seite blieb leer.

Allerdings nur für einen Augenblick.

Andrej riss ungläubig die Augen auf, als er den blonden Hünen sah, der an den Tisch trat.

»Björn?«, rief er. Abu Dun sagte nichts, aber auch er sah ehrlich erschüttert aus.

Es war tatsächlich Björn, so unglaublich es ihm auch vorkommen mochte. Sein Gesicht war eingefallen und grau wie nach einer langen, schweren Krankheit, und seine Augen wirkten trüb. Er trug den rechten Arm in einer Schlinge, und als einziger Mann im Raum kein Schwert am Gürtel – wohl, um sich nicht mit dem Gewicht zu belasten – und unter seinem Wams war ein fest angelegter, sauberer Verband zu erkennen. Er mochte nur noch ein Schatten des kraftstrotzenden Riesen sein, den sie auf der Insel kennengelernt hatten, aber er lebte. Selbst Andrej hätte vielleicht Tage gebraucht, um mit der schrecklichen Wunde fertig zu werden, die ihm die Streitaxt geschlagen hatte.

»Ich habe dir doch gesagt, Björn ist stark«, sagte Thure, der sich ganz unverhohlen über ihre fassungslosen Gesichter amüsierte.

»Und mein Bruder kennt sich gut mit Heilkräutern aus«,

fügte Björn hinzu. »Ohne ihn wäre ich wohl nicht mehr am Leben. Aber ohne euch auch nicht. Thure hat mir erzählt, was du getan hast. Ich danke dir dafür.«

»Ja, ja, und nun setzt euch«, mischte sich Harald ungeduldig ein. Er klatschte in die Hände. »Setzt euch, alle. Und bringt Fleisch und Met für unsere Gäste, und Musik!«

Während Andrej und Abu Dun – verwirrt – Platz nahmen, trug ein halbes Dutzend Frauen (zu Andrejs Enttäuschung war Urd nicht unter ihnen) Schalen voller Fleisch, Obst, Brot und Gemüse auf. Die Musik, nach der Harald verlangt hatte, kam nicht, aber er wiederholte seinen Befehl auch nicht. Stattdessen wandte er sich mit seiner mühevoll fistelnden Stimme direkt an Andrej.

»Man hat mir berichtet, ihr hättet Schiffbruch auf der Insel erlitten.«

»Der Sturm«, bestätigte Abu Dun, und Andrej fügte hinzu: »Und die Strömung, von der wir nicht wussten.«

»Ihr habt Glück, dass ihr noch am Leben seid. Diese Insel gibt kaum einen wieder frei, den sie einmal hat. Hat euch denn niemand vorher gewarnt?«

»Es lag nicht in unserer Absicht, sie anzulaufen«, erwiderte Andrej. »Um ehrlich zu sein, sind wir … ein wenig vom Weg abgekommen. Abu Dun hier ist in seiner Heimat als guter Seemann bekannt, aber diese Gewässer hier sind tückisch.«

»Vor allem, wenn man mit einem Schiff wie dem euren unterwegs ist«, bestätigte Harald geheimnisvoll. »Ist es wahr, dass es die *Fenrir* ist?«

»Man hat uns gesagt, dieses Schiff trüge diesen Namen«, antwortete Andrej ausweichend, »aber –«

»Aber es heißt doch, die *Fenrir* wäre ein Schiff voller blutgieriger Wolfsmenschen, die die Küsten im Norden plündern und die Bewohner der Städte in Angst und Schrecken versetzen«, unterbrach ihn Harald. »Ihr seht mir nicht aus wie Wolfsmenschen. Auch«, fügte er mit einem Seitenblick auf

Abu Dun hinzu, »wenn ich jemanden wie deinen Freund da noch nie gesehen habe.«

Andrej wäre es lieber gewesen, wenn Harald nicht über Abu Dun gesprochen hätte, als wäre er nicht anwesend. Aber er schüttelte nur den Kopf. »Es gibt keine Wolfsmenschen, König Harald«, sagte er fest. »Glaubt mir – Abu Dun und ich sind viel herumgekommen. Es gibt nicht viele Orte auf der Welt, an denen wir noch nicht waren. Aber so etwas wie ein Wolfsmensch ist uns nirgendwo begegnet.«

»Das ist bedauerlich«, gab Harald zurück. »Mir ist nämlich zu Ohren gekommen, dass es diese Wolfsmenschen erst seit Kurzem nicht mehr gibt. Man erzählt sich, zwei geheimnisvolle Fremde sollen sie aufgespürt und ausgelöscht haben, in einem einzigen Tag. Ich hätte sie gerne einmal kennengelernt.«

Andrej lächelte höflich und griff nach seinem Becher mit Met, aber nicht, um zu trinken, sondern um sich dahinter zu verstecken. Er warf Abu Dun einen Unheil verkündenen Blick zu, aber der Nubier nickte ihm beruhigend zu. Er hatte nichts gesagt, und Andrej bereute es sofort, ihn verdächtigt zu haben.

»Diese beiden«, mischte sich Thure ein, »sind vielleicht keine Dämonenjäger, aber ich glaube, sie können viel wertvoller sein ... für uns.«

»Und wie das?«, wollte Harald wissen. Andrej interessierte die Antwort auf diese Frage ebenfalls brennend. Wieder warf er einen fragenden Blick auf Abu Dun, in den sich immer noch ein wenig Zweifel mischte, den der Nubier erneut mit einem ärgerlichen Stirnrunzeln zurückwies.

»Die mächtigsten Krieger, die ich kenne«, antwortete Thure. Er sah Andrej rasch von der Seite an und fuhr dann, sehr ernst, an seinen Vater gewandt fort. »Es fällt mir nicht leicht, es einzugestehen, doch ich glaube, sie sind noch stärker als ich.«

Anscheinend war er nicht der Einzige, dem es schwerfiel,

das zu glauben, denn für einen Moment kehrte eine atemlose Stille ein. Alle (Andrej und Abu Dun eingeschlossen) starrten den hünenhaften Krieger an, auf den Gesichtern Fassungslosigkeit. Schließlich war es Björn, der die seltsame Stille mit einem leisen, unecht klingenden Lachen durchbrach.

»Das ist ein großes Kompliment für dich, Andrej«, sagte er, ohne seinen Bruder aus den Augen zu lassen. Er wirkte angespannt, wie auch alle anderen in der Runde. »Dem letzten, der das von sich behauptet hat, hat er den Schädel eingeschlagen.«

»Was der Beweis dafür war, dass er gelogen hat«, versetzte Thure trocken. »Sonst wäre es mir nicht gelungen.« Er wandte sich wieder an seinen Vater. »Und sie sind Söldner.«

»Ist das wahr?«, wandte sich Harald an Andrej. Er sah nicht erfreut aus.

»Es gab eine Zeit, in der wir für Geld gekämpft haben, ja«, antwortete Andrej vorsichtig. »Aber das ist lange her.«

»Und warum tut ihr es nicht mehr?«, wollte der alte König wissen.

Andrej hob die Schultern. »Menschen ändern sich.«

»Dann wollen wir auch nicht mehr darüber reden. Esst und trinkt. Feiert mit uns und lasst uns nicht mehr von vergangenen Schrecken sprechen.«

»Aber sie können uns helfen«, beharrte Thure. Er wies mit dem Kopf auf Abu Dun. »Ich habe mit ihm gesprochen. Sie würden für uns kämpfen.«

In Haralds Stimme zu lesen war ebenso unmöglich wie in seinem zerfurchten Gesicht, aber Andrej spürte dennoch seine plötzliche Anspannung, eine Anspannung, die schnell auch von den anderen Besitz zu ergreifen schien. Zwischen dem alten König und seinem Sohn schwelte schon seit langer Zeit ein Konflikt, das begriff er plötzlich, und es schien, als stünde er nun kurz davor, endgültig auszubrechen. »Kämpfen? Warum? Und gegen wen?«

Thure ließ eine bedeutungsvolle Pause verstreichen, bevor er antwortete und erneut auf Andrej deutete. »Er hat einen Dauger getötet. Er allein.«

Ein erstauntes Raunen ging durch die Runde der Krieger am Tisch – obwohl etliche von ihnen dabeigewesen waren und es den übrigen mit Sicherheit erzählt hatten.

»Björn hat mir davon berichtet«, sagte Harald und nickte. »Das ist erstaunlich. Eine große Heldentat. Und?«

»Vielleicht ist es ja kein Zufall, dass sie gekommen sind«, antwortete Thure. »Vielleicht haben die Götter sie zu uns geschickt.«

»Weil Sie Mitleid mit einem alten Mann haben und nicht wollen, dass er den Tod seines ältesten Sohnes beklagen muss, bevor seine Tage zu Ende gehen?«, vermutete Harald. Er schnaubte. »Du willst deinem Vater schmeicheln, Thure. Wir sind Sterbliche. Wir sind nicht wichtig genug, als dass die Götter sich so sehr in unser Leben mischen.«

»Tun sie das nicht schon, solange es uns gibt?«, antwortete Thure. Mit großer Geste zeigte er erst auf Andrej, dann auf Abu Dun. »Sie haben einen Dauger erschlagen, Vater! Mit zwei so gewaltigen Kriegern an unserer Seite können wir sie besiegen. Wir können diesen Fluch ein für alle Mal brechen!«

»Oder ihn schlimmer machen, als er je war«, fügte Harald hinzu. Er schüttelte den Kopf. »An manche Dinge sollte man nicht rühren.«

»Eines Tages werden sie zu uns kommen und uns alle töten«, versetzte Thure. »Wir haben den Nagelfahr gesehen. Er hat unseren Weg gekreuzt. Und er war nahe. Näher als je zuvor.«

Andrej wurde hellhörig. Auch dieses Mal wirkte das Wort wie ein kalter Schleier, unheimlich und drückend, der sich über die Runde legte. Das Schweigen, das sich am Tisch ausbreitete, erstickte alle Geräusche. Er dachte an den Schatten, das riesige, finstere Ding, das der Nebel so plötzlich ausgespien und ebenso schnell und lautlos wieder verschlungen hatte.

»Ja, deine Brüder haben mir davon berichtet«, sagte Harald. Er wirkte besorgt. »Ein Grund mehr, das Schicksal nicht herauszufordern. Vielleicht ist sein Auftauchen ja eine Warnung, die wir besser beherzigen sollten.«

»Oder wir –«, begann Thure wütend.

»Verzeiht, wenn ich mich einmische«, unterbrach ihn Andrej, indem er sich direkt an Harald wandte. »Aber es ist nicht so, dass wir uns schon handelseinig wären, und –«

»– und das werden wir auch nicht, Andrej Delãny«, fiel ihm Harald ins Wort. Er wirkte aufgebracht und zornig, aber Andrej spürte, dieser Zorn galt nicht ihm. »Es tut mir leid, wenn mein Sohn falsche Hoffnungen in dir und deinem Freund geweckt hat, aber wir brauchen eure Hilfe nicht. Ich bin dir dankbar, dass du das Leben meines Sohnes gerettet hast, und es soll euch vergolten werden. Doch wir brauchen eure Schwerter nicht. Unsere Krieger sind genug, um für die Sicherheit unseres Volkes zu garantieren.«

»Du weißt, dass das nicht stimmt, Vater«, sagte Thure. Er warf seinem Bruder einen Beistand heischenden Blick zu, doch Björn sah beschämt zu Boden, und Thure fuhr mit mühsam beherrschter Stimme fort: »Seit wie vielen Jahren lebt unser Volk in Furcht vor ihnen? Seit hundert, oder mehr? Wie viele müssen noch sterben, bis wir endlich anfangen, uns zu wehren?«

»Gegen das Schicksal kannst du dich nicht wehren, mein Sohn«, sagte Harald sanft. »Und du kannst die Götter nicht mit dem Schwert besiegen.«

»Lasse und seine Familie sind tot!«, beharrte Thure. »Soll ihr Tod wirklich umsonst gewesen sein?«

Ein Schatten huschte über das Gesicht des alten Königs, als Thure den toten Sohn erwähnte, doch er schüttelte auch jetzt nur sacht und tieftraurig den Kopf. »Er hätte niemals dorthin fahren dürfen«, antwortete er. »Ich habe ihn gewarnt. Wir alle haben ihn gewarnt, auch du. Er wusste, was geschehen würde.«

»Er wusste es nicht!«, beharrte Thure trotzig. In seiner Stimme war ein Vorwurf, dessen Grund Andrej verborgen blieb. Den alten Mann aber traf er tief, das konnte er an seiner betroffenen Miene erkennen. »Er war jung und dumm. So viele sind vor ihm gestorben, –«

»Genug!« Harald schlug mit seiner schmalen Hand kraftlos auf den Tisch, wie ein anderer es vielleicht mit der Faust getan hätte. Das Geräusch war kaum hörbar, doch die Wirkung war beeindruckend. Augenblicklich kehrte Stille ein. Eine sehr ungute Stille. Erschrocken blickten die Männer ihren greisen König an in Erwartung eines Machtwortes, das dem Wortgefecht ein Ende setzen würde. Nur Björn starrte weiter zu Boden, als ginge ihn das alles nichts an.

»Genug«, sagte Harald noch einmal. »Ich will dieses Gespräch nicht führen. Weder jetzt noch irgendwann.«

»Aber –«, versuchte es Thure noch einmal.

»Du wirst deinem Vater gehorchen«, unterbrach ihn Harald eisig. »Und wenn nicht ihm, dann deinem König.«

Thure starrte ihn einen Herzschlag lang wütend an. Er presste die Kiefer so fest aufeinander, dass man seine Zähne knirschen hören konnte, und für einen winzigen Augenblick war Andrej überzeugt, dass er sich auf seinen Vater stürzen würde. Er spannte sich und spürte, dass er nicht der einzige war … aber dann sprang Thure so heftig auf, dass sein Stuhl umfiel, und stürmte ohne ein weiteres Wort davon. Andrej sah ihm besorgt nach, und auch Björn hob endlich den Kopf und starrte seinem Bruder hinterher. Ein seltsamer Ausdruck erschien auf seinem Gesicht; Sorge und Mitgefühl mischten sich mit Furcht, das war unübersehbar.

»Bitte verzeih, Andrej«, sagte Harald. »Mein Sohn ist jung

und ungestüm. Aber es ist wohl auch das Vorrecht der Jugend, Leidenschaft zu zeigen. Er wird sich beruhigen, und wir wollen uns nicht den Abend verderben lassen.« Er schlug noch einmal und ebenso kraftlos wie eben mit der flachen Hand auf den Tisch. »Und jetzt trinkt und seid fröhlich! Musik! Und mehr Met! Betrinkt euch! Euer König befiehlt es!«

4

Am nächsten Morgen erwachte Andrej mit dem ersten grauen Schimmer der Dämmerung, der durch das schmale Fenster in sein Zimmer drang. Sein frühes Erwachen erstaunte ihn – der Missklang über Thures so überhasteten Aufbruch hatte nur wenige Augenblicke angehalten, dann hatten die Männer dem aufgefahrenen Festmahl und vor allem dem Met in reichlichem Maße zugesprochen, und die Feier hatte bis lange nach Mitternacht gedauert, bis schließlich auch der letzte Krieger betrunken vom Stuhl gefallen war oder sich schwankend erhoben hatte, um ins Freie zu torkeln. Längst nicht alle hatten es auch geschafft. Andrej hatte eine verschwommene Erinnerung an Abu Dun, der irgendwann eine, dann gleich zwei blonde Schönheiten auf seinen Oberschenkeln geschaukelt und damit begonnen hatte, Geschichten aus seiner Heimat und seiner Vergangenheit zu erzählen, Geschichten, die wüster und unglaubhafter wurden, je mehr er dem süßen Honigbier zusprach, das in einem riesigen Krug vor ihm stand. Einem Krug, der im Übrigen nie leer zu werden schien, so sehr sich der Nubier auch bemühte. Schließlich hatten auch sie sich erhoben, wie üblich als Letzte, um in die Quartiere zu wanken, die man ihnen zugewiesen hatte. Doch so lange das Fest auch gedauert hatte – die Nächte waren hier ebenso lang wie die Tage kurz, und Andrej erwachte mit jenem Gefühl bleierner Schwere in den Gliedern, das von zu langem Schlaf herrührte.

Er drehte sich auf die Seite und tastete mit der Hand hinter sich, doch das Bett neben ihm war leer und kalt. Wenn er sich richtig erinnerte, hatte er Abu Dun in der vergangenen Nacht zusammen mit den beiden jungen Frauen in seinem Quartier verschwinden sehen, wobei er sie beide wie Kinder auf den Armen getragen hatte. Und er meinte sich auch (ganz sicher war er nicht; anscheinend hatte er dem süßen Met, der ihm doch eigentlich gar nicht schmeckte, reichlicher zugesprochen, als gut für ihn war) an das eine oder andere Angebot erinnern zu können, das ihm ein hübsches Augenpaar oder ein lächelnder Mund gemacht hatte. Die Menschen in diesem Teil der Welt, das hatten sie (und vor allem Abu Dun) rasch herausgefunden, hatten eine erfrischend natürliche Einstellung zu körperlicher Liebe, und dazu kam sicherlich auch, dass das ganze Dorf ihnen nicht nur zu Dank verpflichtet war, sondern gerade Abu Dun mit seiner riesenhaften Statur und seiner exotischen Erscheinung eine unbestreitbare Wirkung auf Frauen ausübte. Er selbst hatte sich jedoch schließlich allein schlafen gelegt – wie meistens in letzter Zeit.

Ein nicht einmal kleiner Teil von ihm bedauerte die entgangene Gelegenheit, wie immer, wenn er nach einem Abend wie dem gestrigen allein erwachte, doch Andrej fragte sich auch, ob dieses Bedauern tatsächlich echt oder ob er tief in seinem Inneren froh war, für sich zu sein.

Außerdem war in ihm die Erinnerung an ein schmales Gesicht und das Haar eines Engels lebendig, und – so verrückt es auch war – wäre er auf eines der verführerischen Angebote eingegangen, so hätte er das Gefühl gehabt, Urd, die er kaum kannte und der er nichts schuldig geblieben war, betrogen zu haben.

Andrej blinzelte die letzte Müdigkeit weg, setzte sich auf und stellte fest, dass er offensichtlich nicht der erste war, der an diesem Morgen erwachte. Auf dem kleinen Schemel neben seinem Bett stand ein Tablett mit Brot, Obst und einem Becher noch warmer Milch, und er glaubte, Urds betörenden Duft wahrzunehmen, von dem noch ein schwacher Hauch in der Luft hing. Es konnte noch nicht lange her sein, dass sie an seinem Lager gewesen war. Vielleicht war es auch ihr Eintreten gewesen, das ihn geweckt hatte.

Er trank die Milch, rührte das Essen jedoch nicht an (sein Magen rebellierte allein bei seinem Anblick) und lächelte dann, als er die Schale mit sauberem Wasser entdeckte, die neben dem Schemel auf dem Boden stand. Tatsächlich fühlte er sich schmutzig vom vergangenen Abend, aber er bückte sich trotzdem nicht nach der Schale, sondern schlüpfte nur rasch in Wams und Hose und verließ dann das Haus.

Anders als gestern Morgen war er nicht allein. In den meisten Häusern brannte bereits Licht, ein trübgelber Schein von Kerzen oder Öllampen, der dem Grau der Dämmerung trotzte, und auf den Wegen waren bereits ein halbes Dutzend Menschen unterwegs. Zwei oder drei Gesichter wandten sich in seine Richtung, man lächelte ihm verschlafen zu, grüßte ihn mit einem Kopfnicken oder einem knappen Winken, so selbstverständlich, als begrüßten sie keinen Fremden, sondern jemanden, der zu ihnen gehörte. Der Gedanke erfüllte ihn mit einer Wärme, die ihn überraschte und verwirrte. Andrej versuchte vergeblich, sich zu erinnern, was gestern Abend im Einzelnen geschehen war. Möglicherweise hatte er sich mit dem einen oder anderen hier inniger verbrüdert, als er sich ursprünglich vorgenommen hatte.

Er verscheuchte den Gedanken, drehte sich um und ging einige Meter zum Meer hinunter, um sich zu waschen. Vom Wasser stieg ein eisiger Hauch auf, der ihn schaudern ließ, und als er tapfer in die Hocke ging und die Hände ausstrecken wollte, roch er den leichten, aber penetranten Gestank nach totem Fisch. Nur einen Moment später entdeckte er auch dessen Ursprung: Weniger als einen Steinwurf von ihm entfernt tanzten zerstückelte Fische auf dem Wasser; vermutlich die Reste des Festmahls der vergangenen Nacht, die jemand einfach ins Meer gekippt und sich – vergebens – darauf verlassen hatte, dass die Dünung sie mit sich riss. Todesmutig schöpfte er sich dennoch eine Handvoll eiskaltes Wasser ins Gesicht, verzog angeekelt den Mund und hörte ein spöttisches Lachen hinter sich, als er sich prustend aufrichtete.

Es war der Junge, der gestern so erschrocken vor ihm davongelaufen war. Von Schrecken oder gar Furcht war auf seinem Gesicht jetzt nichts mehr zu erkennen. Er grinste Andrej fröhlich und mit unverhohlener Schadenfreude an und fragte: »Wascht ihr euch da, wo du herkommst, alle mit schmutzigem Wasser?«

»Wenn kein sauberes da ist«, gab Andrej verstimmt zurück. Er richtete sich auf, behutsam, und nicht zu seiner vollen Größe, um den Jungen nicht zu erschrecken und abermals in die Flucht zu schlagen, aber dessen Grinsen wurde breiter, als er den Kopf in den Nacken legte, um zu Andrej hochzusehen.

»Sauberes Wasser gibt es im Bach«, sagte er.

»Und wo ist dieser Bach?«, erkundigte sich Andrej.

Der Junge deutete mit dem Daumen über die Schulter. »Dort hinten. Das Wasser ist klar. Und man kann es sogar trinken.«

Andrej blinzelte aus brennenden Augen (er hoffte, dass sie nur vom Salzwasser brannten) und setzte sich schulterzuckend in Bewegung. In wenigen Augenblicken hatte er das Dorf durchquert, fand den Bach aber nicht und schlurfte mit hängenden Schultern und sinkender Laune weiter. Er hatte sich waschen wollen und keinen Morgenlauf vorgehabt.

Der steinige Uferstreifen, auf dem das Dorf gebaut war, endete gute zwei Dutzend Schritte hinter dem Langhaus des Königs an einem bewaldeten Hang. Irgendwann (vielleicht vor hundert Jahren, mutmaßte Andrej) hatte es einmal einen

Zaun gegeben, von dem jetzt aber nur noch ein paar faulige Stümpfe geblieben waren, Haralds Zähnen gleich, dachte Andrej, um die sich nun Unkraut und Kletterpflanzen rankten. Andrej sah gleich drei oder vier Trampelpfade, die sich den Hang hinaufwanden und zwischen Bäumen und Unterholz verschwanden. Willkürlich folgte er einem davon und machte nach einigen Schritten wieder kehrt, als seine scharfen Ohren das entfernte Plätschern von Wasser vernahmen. Er folgte dem Geräusch, aber es dauerte eine Weile, bis er in der Ferne flirrendes Sonnenlicht sah, das sich auf fließendem Wasser brach. Erst jetzt bemerkte er, dass die Sonne inzwischen am Himmel stand. Zwischen den Bäumen jedoch war es noch düster, und so kühl, dass es ihn fröstelte und er schneller ausschritt. Schließlich erreichte er einen kaum einen Schritt breiten, aber tief eingeschnittenen, reißenden Bach, der sich hangabwärts ins Meer ergoss. Nach der Beschreibung des Jungen hätte er den Bach lange suchen können, wäre er nicht durch Zufall darauf gestoßen, dachte er sarkastisch.

Andrej ließ sich in die Hocke sinken, tauchte die Hände in das schnell fließende Nass, das ihm kälter vorkam als das Meerwasser, und streifte dann tapfer das Wams ab, um sich gründlich zu waschen. Hinterher klapperte er buchstäblich mit den Zähnen, Gesicht und Hände waren taub vor Kälte, doch der widerliche Fischgeruch war verschwunden, und er fühlte sich herrlich erfrischt und zum ersten Mal an diesem Tag wirklich wach.

Außerdem hatte er das Gefühl, beobachtet zu werden.

Er ließ sich nichts anmerken, sondern blieb noch eine kurze Weile am Ufer des Baches hocken, um sein Wams dann langsam und umständlich überzustreifen. Er lauschte konzentriert und sah seinen Verdacht bestätigt. Irgendjemand stand nicht weit entfernt im Unterholz und verfolgte jede seiner Bewegungen. Andrej spürte jedoch keinerlei Feindseligkeit oder Arglist, nur Neugier und erfreutes Interesse, also entschied er, den vorwitzigen Beobachter nicht zu packen, bevor dieser überhaupt wusste, wie ihm geschah (was er mit Leichtigkeit gekonnt hätte), sondern sich langsam zu erheben und sich dem neugierigen Späher zuzuwenden. Kurz darauf entfernten sich schnelle, leichtfüßige Schritte, und auch ein weniger scharfes Auge als das seine hätte das sachte Wippen im Unterholz bemerkt, als die biegsamen Zweige wieder in ihre ursprüngliche Position zurückschnellten. Als er sich dem Versteck näherte, roch er einen sachten, aber unverkennbaren Duft und lächelte erfreut.

Es fiel ihm nicht schwer, Urds Spur zu folgen. Andrejs Sinne waren so scharf wie die eines Spürhundes, aber jetzt musste er sie nicht anstrengen. Sie hatte sich keine Mühe gegeben, ihre Fährte zu verbergen. Beinahe hätte man sogar meinen können, sie wollte, dass er ihr folgte.

Das Erste, worüber er – wortwörtlich – stolperte, war das zerschlissene blaugraue Kleid, das sie gestern getragen hatte. Es lag wie achtlos fallen gelassen auf dem Trampelpfad, auf dem er ihrer Spur folgte, und er hörte ein leises Plätschern. Als er die Zweige auseinanderbog um hindurchzuspähen, fand er sich unversehens am Ufer eines kreisrunden Sees wieder, dessen Wasser so kristallklar war, dass man bis auf den tiefen Grund hinabsehen konnte.

Jetzt aber nahm etwas anderes seine ganze Aufmerksamkeit gefangen. Er starrte Urd an, die mit kraftvollen Zügen durch das Wasser schwamm, ihr rückenlanges goldfarbenes Haar wie eine Schleppe hinter sich herziehend, und vorgab, seine Anwesenheit nicht zu bemerken.

Andrej ließ sich mit untergeschlagenen Beinen am Ufer nieder, geduldete sich einen Moment und amüsierte sich dann im Stillen über den Ausdruck von schlecht gespielter Überraschung, als Urd das andere Ufer erreichte und sich umwandte. Wasser tretend verharrte sie einige Augenblicke lang auf der Stelle und versuchte dann – scheinbar erschrocken – mit beiden Händen all das zu bedecken, was sie Andrej vorher so ausführlich gezeigt hatte. Prompt ging sie unter und kam erst nach einem Moment prustend und Wasser spuckend wieder an die Oberfläche. Er war sicher. Das kleine Schauspiel war nur für ihn bestimmt gewesen.

»Andrej Delãny!«, schimpfte sie, nachdem sie wieder halbwegs zu Atem gekommen war. »Ist es in deiner Heimat etwa üblich, ehrbare Frauen beim Baden zu beobachten?«

Andrej schwieg.

»Wie kommst du überhaupt hierher?«, fuhr sie fort, scheinbar noch zorniger.

»Ich bin der Spur gefolgt, die du mir gelegt hast«, antwortete Andrej lächelnd. »Sie war ja auch kaum zu übersehen.«

Urd funkelte ihn an, aber nur für einen Moment. Dann lachte sie und schwamm mit wenigen schnellen Stößen zurück, um sich mit beiden Händen am steinigen Ufer zu seinen Füßen festzuklammern. »Warum kommst du nicht ins Wasser?«, fragte sie. »Es ist herrlich.«

»Und ziemlich kalt«, vermutete Andrej. Zugleich fragte er sich, was eigentlich in ihn gefahren war, dieser mehr als deutlichen Aufforderung nicht Folge zu leisten.

Vielleicht war es ihr Anblick. So dicht am Ufer, wie sie jetzt im Wasser schwebte und sich mit den Fingerspitzen an einem Stein festhielt, konnte er nur ihr Gesicht und ihre Schultern erkennen, nichts mehr von alledem, was sie ihm gerade so freizügig gezeigt hatte. Aber dieser Anblick schien ihm beinahe reizvoller. Ihr Gesicht war längst nicht das schönste, das er jemals gesehen hatte – und wie auch? Andrej hatte längst aufgehört, zu zählen, wie viele Frauen er schon gehabt hatte. In einem Leben, das nach Jahrhunderten zählte und nicht nach Jahren, ging auch ihre Zahl in die Hunderte, und viele von ihnen waren schöner und verführerischer gewesen als Urd, und viele auch williger. Und dennoch war etwas an ihr, das ihn verwirrte. Er schreckte zurück, denn sie rührte an etwas, tief verborgen in seinem Inneren, das nicht geweckt werden durfte. Nie wieder.

Als hätte sie seine Gedanken gelesen, veränderte sich Urds Lächeln unmerklich. Immer noch offen und einladend, wirkte es jetzt auch ein bisschen traurig. Dann stellte sie eine Frage, die ihn überraschte.

»Wer war sie?«

»Sie?« Andrej spürte, wie er sich versteifte. »Was ... wen meinst du?«

»Die Frau, die dir das Herz gebrochen hat«, antwortete Urd. Sie machte Anstalten, sich aus dem Wasser zu ziehen, überlegte es sich aber anders und ließ sich stattdessen tiefer hineinsinken. »Bringst du mir mein Kleid?«, bat sie.

Andrej stand auf, holte das Kleid und drehte sich diskret herum, während sie aus dem Wasser stieg und es überstreifte. Nach den letzten Augenblicken erschien ihm das albern, aber er glaubte zu spüren, dass sie es von ihm erwartete, und auch ihm selbst wäre nicht wohl dabei gewesen, sie jetzt noch einmal nackt zu sehen. Scham oder andere kindische Gefühle waren dabei nicht im Spiel. Es kam ihm in diesem Moment einfach richtig vor. Erst als er hörte, dass sie sich in ihrem nassen Kleid ins Gras setzte, drehte er sich wieder herum und nahm neben ihr Platz.

Sie saßen eine geraume Weile schweigend nebeneinander, dicht genug, dass er den intensiven Geruch ihres nassen Haares spüren konnte, aber ohne sich zu berühren, und sahen einfach auf den See hinab, dessen Wasser nun wieder so unberührt und glatt dalag wie ein Spiegel, und schließlich sagte Andrej leise: »Maria. Ihr Name war Maria.«

»Ein Mädchen aus deiner Heimat?«

»Ja«, antwortete Andrej. »Vielleicht.«

»Vielleicht?«

Andrej hätte lieber nicht darüber gesprochen, aber jetzt, wo er einmal angefangen hatte, war es, als könne er nicht aufhören. »Ich weiß nicht einmal genau, woher sie stammte. Du, die du nicht viel anderes kennst, würdest sagen, aus meiner Heimat, aber …«

»Ich verstehe«, sagte Urd leise. »Es muss lange her sein.«

Länger, als du dir auch nur vorstellen kannst. Jahrzehnte. So viele, viele Jahrzehnte.

»Aber du hast sie nicht vergessen«, fuhr sie fort.

Andrej schwieg. Er wollte antworten, irgendetwas, um ihre Neugier zu befriedigen, doch während er in ihr Gesicht sah, durchfuhr ihn ein heißer Schrecken, als er sich eingestehen musste, dass sie recht hatte. Und doch konnte er sich nicht einmal mehr an Marias Gesicht erinnern. Er sah es zwar vor sich, lebendig und strahlend und für einen Moment so wirklich, dass es den Anblick von Urds Antlitz zu überlagern schien. Aber mit einem Mal war er nicht sicher, ob dieses Bild auch echt war. Vielleicht hatte die Zeit es verändert. Vielleicht hatte *er* es verändert, in all diesen endlosen Jahren, in denen er es wie einen ehernen Schutzschild vor sich hergetragen hatte.

»Sie muss dir sehr wehgetan haben«, sagte Urd. »Was ist geschehen? Hat sie dich verlassen, oder ist sie gestorben?«

»Sie wurde mir genommen«, antwortete Andrej. Das eisige Zittern in seiner Stimme erschreckte ihn selbst, aber Urds Blick wurde weich. Sie schwieg eine geraume Weile und rückte auch nicht näher, und doch spürte er plötzlich eine Wärme, wie er sie seit unendlich vielen Jahren nicht mehr empfunden, und ebenso lange vermisst hatte.

»Der Mann, der sie dir genommen hat – oder die Männer – leben Sie noch?«, fragte sie.

Auch diesmal antwortete Andrej nicht gleich. Er war verwirrt, zutiefst verunsichert und erschrocken über seine eigene Reaktion. Wie lange trug er Marias Bild jetzt in sich? Wie oft hatte er sich geweigert, über sie zu reden, nicht mit Abu Dun, nicht mit sich selbst und schon gar nicht mit irgendeiner fremden Frau. Wie stark waren die Mauern gewesen, die er rings um seine Seele errichtet hatte? Und doch war es diesem Mädchen mit wenigen, einfachen Worten gelungen, sie einzureißen. Er fühlte sich hilflos. »Ich weiß es nicht«, gestand er. »Vielleicht. Wahrscheinlich nicht. Es ist lange her.«

Urds Blick wurde für einen Moment forschend, und Andrej war sich nur zu sehr der Tatsache bewusst, wie wenig seine Worte zu seinem jugendlichen Äußeren passten. Urd konnte nicht annehmen, dass er sehr viel älter war als sie oder ihre Brüder, aber das war er. Jahrhunderte sogar. Vielleicht jedoch erahnte sie jetzt, in diesem Moment, als sie ihm in die Augen sah, die Wahrheit. Vielleicht blitzte, flüchtig und kurz, sogar Furcht in ihrem Blick auf. Doch schon im nächsten Augenblick hatte sie sich wieder in der Gewalt, und die Wärme kehrte zurück, stärker sogar als zuvor.

»Wenn es wirklich so lange her ist, dann solltest du dir vielleicht erlauben, sie gehen zu lassen.«

Andrej sah sie fragend an. Er war nicht sicher, ob er verstand, worauf Sie hinauswollte. Oder ob er es verstehen wollte.

»Du bist ein Christ, nicht wahr?«, fragte Urd. Andrej nickte. »Ich kenne mich in eurer Religion nicht sonderlich gut aus«, fuhr sie fort, »aber glaubt ihr nicht daran, dass eure Seelen nach dem Tod zu eurem Gott auffahren – so wie wir glauben, dass sich die Krieger nach ihrem Ende an Odins Tafel wiederfinden?«

»Ich bin zwar getauft«, antwortete Andrej, »aber es ist ziemlich lange her, dass ich –«

»Wenn du das glaubst, Andrej«, fuhr Urd unbeeindruckt fort und ohne seinen Einwand zur Kenntnis zu nehmen, »dann lass ihre Seele los und gestatte ihr heimzukehren. Das bist du ihr schuldig, wenn du sie wirklich so geliebt hast, wie du sagst.«

Als ob er sich nicht dasselbe gefragt hätte – mehr als einmal und sogar mit nahezu denselben Worten! Und doch klang es aus ihrem Mund völlig anders, als hätten die Worte plötzlich eine vollkommen neue und ihm bis zu diesem Moment unbekannte Bedeutung gewonnen. Er war verwirrt. Was tat dieses Mädchen mit ihm?

Er wollte antworten, doch in diesem Moment hatte er erneut das Gefühl, beobachtet zu werden, doch jetzt auf eine weniger angenehme Art.

Es waren nicht die scharfen Sinne des Vampyrs in ihm, die ihn warnten, sondern das ganz simple Brechen eines Zweiges irgendwo im Gebüsch hinter ihnen. Es war sogar Urd, die einen halben Wimpernschlag vor ihm zusammenfuhr und erschrocken aussah, um dann sofort wieder zu lächeln und ihm besänftigend die Hand auf den Unterarm zu legen, als er aufspringen wollte.

»Keine Sorge. Das ist nur mein kindischer Bruder.«

»Thure?« *Sollte ihn das etwa beruhigen?*

»Ich glaube, ich habe es dir schon gesagt«, erwiderte Urd, jetzt wieder spöttisch. »Er ist nicht eifersüchtig. Und selbst wenn er es wäre – er hätte keinen Grund dazu. Wir sitzen nur hier, oder?«

»Ich mag es trotzdem nicht, beobachtet zu werden«, grollte Andrej. Die Wahrheit war, dass er es nicht mochte, von *Thure* beobachtet zu werden.

»Obwohl du selbst so gerne andere beobachtest?«, neckte sie ihn. Ihre Hand lag noch immer auf seinem Arm, das aber auf eine so selbstverständliche und vertraute Art, dass er es erst wirklich zur Kenntnis nahm, als sie sie nun zurückzog.

»Nur, wenn man mich dazu auffordert«, antwortete er. Die Bemerkung tat ihm sofort wieder leid, aber Urd nahm sie ihm offenbar nicht übel. Sie kicherte nur, dann stand sie mit einer geschmeidigen Bewegung auf. »Du kannst jetzt herauskommen, Thure«, sagte sie laut.

Thure kam nicht aus seinem Versteck, sondern entfernte

sich im Gegenteil hastig. Andrej musste plötzlich gegen das heftige Verlangen ankämpfen, aufzuspringen und ihm nachzueilen, um dem anderthalb Köpfe größeren Nordmann auf drastische Weise zu zeigen, wie wenig hundert Pfund mehr an Muskeln gegen hundert Jahre mehr an Lebenszeit ausmachten. Aber gleich verwarf er den Gedanken wieder, weil er zu albern war. Warum ihn Thures Verhalten so über die Maßen ärgerte, verstand er nicht. Urd und er hatten nichts getan, was er nicht hätte sehen dürfen … und doch fühlte er sich, als hätte Thure sie in einem Moment allergrößter Intimität überrascht.

»Und warum läuft er dann davon, wenn er uns nicht bespitzelt hat?«, fragte er scharf.

»Vielleicht hat er Angst vor dir?«, neckte ihn Urd weiter, fügte aber dann, jetzt ernster, hinzu: »Vielleicht ist es ihm peinlich. Begeh nicht den Fehler, ihn falsch einzuschätzen, nur weil er so groß und stark ist. Auch starke Männer haben Gefühle. Ist das bei deinem schwarzen Freund nicht so?«

»Abu Dun? Doch. Manchmal hat er sogar zu viel davon«, erwiderte Andrej.

»Und Thure ist nicht anders. Er ist nicht eifersüchtig, und er weiß, dass ich ihm die Augen auskratzen würde, wenn er auch nur *versuchen* sollte, mir etwas vorzuschreiben. Aber er hat stets ein waches Auge auf mich. Er beschützt seine Familie … wie es die Aufgabe großer Brüder ist.«

»Großer Brüder? Ich dachte, Björn wäre der ältere.«

Urd lachte. »Eine Minute«, bestätigte sie. »Vielleicht auch zwei. Aber bestimmt nicht mehr. Björn und er sind Zwillinge. Björn ist der Erstgeborene – auch wenn er nicht so aussieht. Aber Thure benimmt sich trotzdem, als wäre er der ältere. Er fühlt sich für uns alle verantwortlich.« Sie bog die Zweige auseinander, hinter denen Thure gestanden und sie beobachtet hatte, aber Andrej wusste, dass er schon längst fort war. »Das ist auch der Grund, aus dem er gestern mit meinem Vater in Streit geraten ist. Er gibt sich die Schuld an Lasses Tod.«

»Euer Bruder, der auf der Insel gestrandet ist?« Andrej trat neben sie und folgte der Spur des Nordmannes einen Moment lang mit Blicken. Thure schien tatsächlich in aller Eile vor ihnen geflohen zu sein. Die herführende Spur zeugte dafür von umso größerer Vorsicht. Immerhin war es ihm gelungen, sich anzuschleichen, ohne dass Andrej es bemerkt hatte; was nicht vielen Männern gelang. Seltsamerweise kam seine Fährte nicht aus der Richtung des Dorfes, sondern aus der entgegengesetzten.

»Gestrandet?« Urd sah ihn stirnrunzelnd an und schüttelte dann heftig den Kopf. »Hat Thure dir das erzählt? Nein. Lasse ist bestimmt nicht *gestrandet*. Er ist ganz bewusst dorthin gefahren und hat alle Warnungen in den Wind geschlagen.«

»Warum?«

»Weil er ein Dummkopf war«, antwortete Urd so leichthin, als sprächen sie über eine entlaufene Katze, nicht über ihren Bruder, der vor wenigen Tagen ums Leben gekommen war. »Thure hatte ihn gewarnt, und mein Vater hatte ihm *verboten*, sich der Insel auch nur zu nähern, aber natürlich hat er es trotzdem getan.«

»Warum?«

»Weil er ein Dummkopf war.«

»Warum hat dein Vater es ihm verboten?«

»Die Insel ist verflucht«, antwortete Urd wie selbstverständlich. Dann runzelte sie die Stirn. »Das ist seltsam.«

»Was?«

»Ich …« Urd schüttelte den Kopf, schien für einen Moment zu lauschen und lächelte dann wieder. »Ich dachte, ich hätte etwas gehört. Aber ich habe mich wohl getäuscht.«

Andrej horchte nun ebenfalls und wollte ihr schon beipflichten – alles, was er hörte, waren die Geräusche des Waldes, ganz sacht durchdrungen vom regelmäßigen Rauschen der Brandung und den gedämpften Lauten des erwachenden Dorfes – doch in diesem Moment … *spürte* er etwas. Etwas, das auf eine bizarre Art vertraut und, obwohl er schon so vieles erlebt und gesehen hatte, doch fremd und Furcht einflößend war. Als wäre etwas Großes und sehr Gefährliches vorübergegangen und hätte sie mit seinem Odem gestreift.

»Du hast recht«, sagte er. »Dort oben ist etwas. Gibt es Wölfe auf der Insel? Oder Bären?«

»Nur Schafe und ein paar entlaufene Hunde, die verwildert sind«, antwortete Urd. »Aber sie fürchten unsere Nähe. Sie wissen, dass die Menschen sie erschlagen würden.«

»Weil sie so gefährlich sind?«

»Weil sie dann und wann ein Schaf reißen. Meine Brüder dulden keine Konkurrenz.«

Das klang ebenso einleuchtend wie absurd, fand Andrej. Er trat einen Schritt vor und lauschte noch einmal, diesmal mit *allen* seinen Sinnen, aber demselben Ergebnis. Was immer dort oben gewesen war, war nun fort.

»Was gibt es auf dieser Höhe?«, fragte er.

»Nur Wald«, antwortete Urd. »Und ein paar Weiden. Warum fragst du?«

Andrej antwortete nicht, sondern begann den Anstieg mit langsamen Schritten. Das sonderbare Gefühl kam nicht wieder, aber je weiter es zurücklag, desto mehr beunruhigte es ihn. Als er weiterging, wollte Urd sich ihm anschließen, aber Andrej hob erschrocken die Hand. »Bleib lieber hier.«

»Warum?«, fragte Urd belustigt. »Glaubst du, ich hätte Angst vor ein paar Hunden? Warum denn, wenn ich doch so einen großen und starken Beschützer bei mir habe.«

Andrej resignierte. Wahrscheinlich hatte sie recht, und seine Fürsorge war übertrieben. Er zuckte mit den Schultern. »Aber bleib hinter mir.«

»Selbstverständlich, mein Beschützer«, sagte Urd und trat mit einem demonstrativen Schritt direkt neben ihn.

»Erzähl mir von dieser Insel«, sagte Andrej, während sie nebeneinander langsam durch den Wald gingen. Die Steigung des Bodens nahm ebenso allmählich wie stetig zu, und trockenes Laub und Tannenadeln knisterten unter ihren nackten Füßen. »Du hast gesagt, sie wäre verflucht? Wieso?«

»Ich dachte, du hättest es gesehen.« Andrej warf ihr einen schrägen Blick zu und Urd fuhr etwas ernster, aber immer noch belustigt, fort: »Ich weiß es nicht. Die Leute erzählen Geschichten von Ungeheuern und verfluchten Schiffen und zornigen Göttern.« Sie hob die Schultern und unterbrach sich für einen Moment, um sich unter einem tief hängenden Ast hindurchzuducken. »Man darf sie nicht ernst nehmen. In diesem Land sind die Abende lang, und man hat viel Zeit, um Märchen zu erzählen. Oder sie sich auszudenken.« Sie lachte abfällig. Trotzdem fuhr sie fort. »Die Menschen, die dort früher gelebt haben, sollen mit Dämonen im Bunde gewesen sein. Angeblich mussten sie ihnen Menschenopfer darbringen. Und als sie nicht mehr genug aus ihren eigenen Reihen aufbringen konnten, sagt man, fingen sie an, Schiffe aufzubringen und ihre Nachbarn zu überfallen, um an mehr Menschen zu kommen, die sie den Dämonen opfern konnten.«

»Und deshalb haben deine Leute sie angegriffen und das Dorf niedergebrannt«, vermutete Andrej.

Urd hielt inne. Sie wirkte überrascht, dass er davon wusste, nickte aber schließlich und ging weiter. »Nicht nur mein Volk. Fünf Könige schickten ihre Krieger. Es gab eine große Schlacht, aber am Ende haben sie gesiegt und das Dorf der Dämonen niedergebrannt. Doch das ist lange her. Ich war damals noch ein Kind, genau wie Björn und Thure – auch wenn es sich so anhört, als hätten sie allein die Schlacht gewonnen, wenn sie davon erzählen. Und was die Dämonen angeht …« Sie hob die Schultern. »Ich glaube nicht an Geister und Dämonen.«

Das tat Andrej auch nicht – jedenfalls nicht auf die Art, auf die Urd das Wort verstehen mochte, aber ihre Geschichte ergab für ihn dennoch Sinn … wenn man aus Dämonen

Menschenhändler und aus Opfern *Sklaven* machte. Wie weit musste er noch reisen, damit dieser Wahnsinn endlich ein Ende hatte?

Er zwang sich, an etwas anderes zu denken. »Aber wenn deine Leute an den Fluch glauben, warum ist dein Bruder dann trotzdem dorthin gefahren?«

»Weil er ein Dummkopf war«, antwortete Urd zum wiederholten Mal. »Und gierig. Es gibt dort Gold und andere Schätze – sagt man – und er wollte wohl auf Schatzsuche gehen. Außerdem liegt die Insel auf halbem Wege nach Grünland. Wahrscheinlich wollte er dorthin – habe ich schon erwähnt, dass Lasse ein schrecklicher Dummkopf war?«

»Das *schrecklich* ist neu«, sagte Andrej. »Was ist dieses Grünland?«

Urd setzte gehorsam zur Antwort an, aber Andrej brachte sie mit einer hastigen Geste zum Schweigen. Sofort prallte er zurück und duckte sich, denn vor ihnen öffnete sich der Wald plötzlich zu einer halbrunden Lichtung, auf der knöchelhohes, saftiges Gras von kräftigem Grün wuchs, das Andrej in dieser Kraft noch nie gesehen hatte. Erneut überkam ihn das Gefühl von Fremdheit und Gefahr, dieses Mal noch drängender als das erste Mal, aber ebenso flüchtig. Jetzt aber traute Andrej seinen Sinnen, und für einen winzigen Moment, viel zu kurz, um sicher sein oder es gar erkennen zu können, glaubte er etwas zu sehen; einen Schatten, riesig, bedrohlich und so seltsam ungelenk, doch so *schnell*, dass er sich seinen Blicken entzog, lange bevor er ihn wirklich hatte erfassen können. Seine Hand zuckte zum Gürtel und suchte nach seiner Waffe, die er unten im Dorf zurückgelassen hatte.

»Was?«, fragte Urd alarmiert.

Andrejs Blick tastete aufmerksam über die Lichtung und den gegenüberliegenden Waldrand. Er erkannte tanzende Schatten, hörte seltsame Geräusche, die er nicht einzuordnen wusste, aber nichts, was ihn an das eben Gesehene erinnerte.

»Was hast du, Andrej?«, fragte Urd noch einmal.

»Nichts«, antwortete Andrej. »Ich bin anscheinend ein bisschen nervös, das ist alles.«

Er musste Urd nicht ansehen, um zu spüren, dass sie ihm nicht glaubte. Aber sie sagte nichts, trat stattdessen mit einem schnellen Schritt an ihm vorbei und auf die Lichtung hinaus.

Andrej hielt unwillkürlich die Luft an, aber es war nur das rasche, in den Augen schmerzende Aufflammen ihres Haares, das sich in flüssiges Gold zu verwandeln schien, als sie ins Sonnenlicht hinaustrat. Er folgte ihr, hielt aber nach einem Schritt inne, um sich aufmerksam und mit klopfendem Herzen umzublicken. Die Lichtung war und blieb leer, aber er meinte trotzdem die Erinnerung an eine Anwesenheit, fremd und feindlich, zu spüren, die sich wie feiner Dunst auf seine Haut legte.

Urd sagte etwas, doch er achtete nicht auf sie. Er drehte sich noch einmal im Kreis und sah sich aufmerksam und mit allen Sinnen lauschend um. Langsam näherte er sich der Stelle, an der er den Schatten zu sehen geglaubt hatte. Er fand nichts. Keine Spuren im Gras, keine abgerissenen Äste oder zertretenes Laub, aber er spürte mit seinem ganzen Körper, schmerzhaft heftig, dass etwas hier gewesen war.

»Andrej!«

Urds Schrei ließ ihn erschrocken herumfahren. Sie stand am anderen Ende der Lichtung, nur ein paar Schritte von der Stelle entfernt, an der er sie zurückgelassen hatte, und winkte aufgeregt mit beiden Armen.

Andrej verfluchte sich abermals dafür, sein Schwert nicht mitgenommen zu haben, und rannte so schnell zu ihr, wie er nur konnte. Schon von Weitem konnte er erkennen, dass sie schreckensbleich geworden war und am ganzen Leib zitterte. Er rannte schneller und wäre im taufeuchten Gras um ein Haar ausgerutscht. Als er sie endlich erreichte, hätte er beinahe laut aufgelacht.

Urd sah aus, als wäre ihr gerade einer der Dämonen begegnet, von denen sie so ausführlich gesprochen hatte. Seine Nähe schien sie nicht zu beruhigen, sondern im allerersten Moment nur noch mehr zu erschrecken. Ihre Augen waren schwarz vor Angst.

Was vor ihr im Gras lag, das war allerdings nicht mehr als ... ein totes Schaf.

Andrej blinzelte. Doch das Schaf blieb ein Schaf. Es musste schon zu Lebzeiten in einem erbärmlichen Zustand gewesen sein, ausgemergelt und räudig, aber es blieb ein totes Schaf.

»Urd?«, fragte er. »Was hast du?«

»Aber ... aber siehst du es denn nicht?«, murmelte Urd. Ihre Stimme zitterte, und trotz des Entsetzens, mit dem sie der Anblick erfüllte, gelang es ihr nicht, den Blick vom Kadaver des Tieres loszureißen.

»Ein totes Schaf, ja«, sagte er. »Wahrscheinlicher hat es einer der Hunde gerissen, von denen du mir erzählt hast.« Er bekam keine Antwort, ließ sich in die Hocke sinken und besah sich das verendete Tier genauer, und plötzlich verstand er Urds Reaktion besser. Erstaunt stellte er fest, dass das Tier in verrenkter Haltung lag, den Kopf so weit in den Nacken gelegt, dass sein Genick nur gebrochen sein konnte. Weißer Schaum stand vor seinem Maul, und wo einmal Augen gewesen waren, gähnten jetzt nur leere, blutige Höhlen.

Andrej tauschte einen fragenden Blick mit Urd, beugte sich ein wenig vor und berührte das Schaf vorsichtig mit der Hand. Der Körper war noch warm und Andrej fühlte die gleiche, seltsame Spannung wie auf der Lichtung, eine Spannung, die ihm Übelkeit verursachte.

Er setzte gerade an, etwas zu sagen, als er einen krächzenden Schrei hörte und mit einem Ruck den Kopf hob. Aber es war nur ein Rabe – wenn auch ein außergewöhnlich großes Tier mit einem Ehrfurcht gebietenden Schnabel und prächtigem, blauschwarzem Gefieder – der auf einem Baumwipfel über ihnen saß und sich wahrscheinlich über die Konkurrenz ärgerte, die ihm das geschenkte Festmahl streitig zu machen drohte. Er wandte sich wieder dem Schaf zu.

»Das war kein Hund«, murmelte Urd. Ihre Stimme war flach und fremd.

»Nein«, gestand Andrej widerwillig. Auch ihn erschreckte der Anblick mehr, als er es sollte. Er hatte Schlimmeres gesehen in seinem Leben. Viel Schlimmeres. Aber der Zustand dieses Schafes versetzte ihn in Unruhe. Kein Raubtier sollte seine Beute *so* reißen.

Andrej kämpfte das flaue Gefühl im Magen nieder und zwang sich, das tote Tier genauer zu untersuchen. Zumindest auf den ersten Blick konnte er keinerlei Verletzungen erkennen. Es verströmte einen fremdartigen, scharfen Geruch, und als er es kräftiger packte, bewegte sich sein ganzer Körper wie ein Schlauch, in dem Wasser hin und her schwappte, wenn man ihn anstieß. Es war, als hätte es keinen einzigen Knochen im Leib, nicht einmal mehr Muskeln und Fleisch; eine leere Hülle, die nur noch von Haut und räudigem Fell zusammengehalten wurde.

Andrej stieß es mit dem Fuß an, der Kopf rollte herum, und ein Schwall einer bräunlichen, widerlich riechenden Flüssigkeit schoss aus seinem Maul. Urd fuhr mit einem würgenden Laut herum und schaffte es gerade noch, sich nicht zu übergeben. Der Rabe krächzte schadenfroh.

»Du hast recht«, presste er mühsam hervor. »So etwas kann kein Hund.«

»Aber welches Tier tut so etwas?«, flüsterte Urd.

Wenn es überhaupt ein Tier war, dachte Andrej. Eine Antwort auf ihre Frage wusste er allerdings auch nicht. Er zuckte ratlos mit den Schultern, atmete tief ein, um das flaue Gefühl endgültig niederzukämpfen, und sah sich noch einmal aufmerksam um. Dann sah er die Spuren: eine Reihe großer, weit auseinanderliegender Abdrücke, die sich im feuchten Gras schon beinahe aufgelöst hatten. Andrej kniete nieder und fand schließlich einen Abdruck im weichen Boden darunter, dessen Umrisse noch zu erkennen waren. Er sah nicht aus wie eine Wolfsfährte – ganz gewiss nicht! –, aber er konnte auch nicht sagen, an was ihn die Form erinnerte. Vielleicht ein Huf, oder auch eine Klaue oder Kralle … und doch war der Abdruck zu groß, um ihn eindeutig bestimmen zu können, und der Anblick allein jagte ihm einen eisigen Schauer über den Rücken.

»Was ist das, Andrej?«

Er sah hoch und bemerkte erst jetzt, dass Urd hinter ihn getreten war und sich neugierig vorbeugte. Ihr Gesicht war immer noch bleich wie das einer Toten. »Welches Tier hinterlässt solche Spuren?«

Andrej wusste ihr keine Antwort zu geben. *Ein Tier?* Er konnte nur hoffen, dass es tatsächlich ein Tier gewesen war. Mühsam richtete er sich wieder auf und wies mit dem Kopf zum Dorf. »Komm. Ich finde, dein Vater sollte das hier sehen.« Der Rabe krächzte zustimmend. Oder war es höhnisch?

Es war wieder Abend. Der Tag war noch kürzer gewesen und noch schneller vorübergegangen, als Andrej befürchtet hatte, und die Nacht war so plötzlich hereingebrochen, wie er es aus Abu Duns Heimat kannte, aber mit der zehnfachen Kälte. Mit der Dämmerung war Wind aufgekommen, der sich beinahe zu einem Sturm gesteigert hatte und nun heulend am Dach des Langhauses zerrte. Es klang, als strichen unsichtbare Dämonen um das Gebäude und wimmerten vor Wut, nicht eingelassen zu werden.

Andrej versuchte vergebens, sich an die Frage zu erinnern, die König Harald ihm gerade gestellt hatte. Sie hatten sich wieder an demselben langen Tisch versammelt wie schon zuvor, und auch jetzt kamen die Frauen kaum damit nach, den Männern Met nachzuschenken, den sie in unglaublichen Mengen in sich hineinschütteten. Man hätte meinen können, dass das Fest der vergangenen Nacht noch in vollem Gange wäre, nur dass keinem der Männer zum Feiern zumute schien und in den Gesichtern Bestürzung, Schrecken und blanke Furcht lag.

Erst vor wenigen Augenblicken waren die letzten Männer zurückgekommen. Einige Gesichter waren noch rot von der Kälte, die nach Einbruch der Dunkelheit mit unsichtbaren Krallen über die Insel hergefallen war, und Abu Duns Kleider (natürlich hatte er zu den Letzten gehört, die eintrafen) dampften in der Wärme; er sah jetzt tatsächlich aus wie ein Dämon, unter dessen schwarzer Haut das Feuer der Hölle schwelte.

»Thure?« König Harald, der anscheinend eingesehen hatte, dass er von Andrej keine Antwort bekommen würde (auf welche Frage auch immer), wandte sich leicht verärgert an seinen zweitältesten Sohn.

Der hünenhafte Nordmann schüttelte den Kopf. Er sah sehr ernst aus. »Nichts. Wir haben die Insel von einem Ende zum anderen durchsucht. Zweimal. Eine Meute räudiger Köter war alles, was wir gefunden haben.«

Der alte König seufzte. Er sah sehr besorgt aus, aber Andrej fragte sich, ob er den wahren Grund seiner Sorge kannte. Müde ließ der Alte sich in seinen Stuhl zurücksinken, stützte den Kopf gegen die geschnitzte Lehne und schloss für einen Moment die Augen. Dann setzte er sich mit sichtbarer Anstrengung wieder auf und blickte das tote Schaf an, das auf einem umgedrehten Rundschild vor ihm auf der Tischplatte lag; so, wie erst gestern Nacht ein Festmahl dort gestanden hatte. Der durchdringende Gestank, den das Tier verströmte, erfüllte mittlerweile das gesamte Haus. Nicht einmal der Geruch der heftig rußenden Fackeln und zahlreichen Kerzen und Öllampen vermochte ihn ganz zu überdecken.

Andrej nahm einen großen Schluck Met und behielt ihn so lange im Mund, bis er daran zu ersticken glaubte. Das Zeug schmeckte auch jetzt so widerwärtig süß wie gestern, aber der Geschmack war ihm immer noch lieber als die saurer Galle, die ihm beim Anblick des verendeten Tieres in die Kehle stieg.

»Aber etwas hat dieses Schaf getötet«, sagte Harald. »Und es war kein Raubtier. Jedenfalls keines, von dem ich je gehört hätte.« Der Blick, den er Andrej bei diesen Worten zuwarf, machte eine Frage daraus. Er beantwortete sie mit einem stummen Kopfschütteln.

»Wenn es ein Tier war!«, sagte Thure. Der Einwurf handelte ihm einen verärgerten Blick seines Vaters ein, doch er fuhr trotzig fort: »So etwas kann kein Tier! Jedenfalls keines von dieser Welt!«

»Und was genau willst du damit sagen?«, fragte Björn. Er saß wieder zur Rechten seines Vaters und wirkte als einziger Mann nicht durchgefroren, erschöpft und zu Tode verängstigt, dafür aber noch genauso krank und blass wie gestern Abend. Andrej war es immer noch ein Rätsel, wie er seine schweren Verletzungen hatte überleben können.

»Das weißt du so gut wie ich!«, antwortete Thure heftig. »Wir wissen, wer uns dieses Ungeheuer geschickt hat, und warum!«

Harald sah ihn einige Herzschläge lang aus eng zusammengekniffenen Augen durchdringend an. »Wir wissen gar nichts, Thure.« Thure wollte widersprechen, doch der alte Mann schnitt ihm mit einer zornigen Geste das Wort ab. »Die Welt ist groß. Gerade eben haben wir Gäste aus einem Land, von dem noch nie einer von uns auch nur gehört hatte! Wer will schon sagen, welche Kreaturen es gibt?«

Andrej verstand zwar, warum Harald das sagte, aber ihm wäre trotzdem wohler gewesen, wenn er Abu Dun und ihn nicht in einem Atemzug mit jenem unheimlichen Was-auchimmer genannt hätte, das für den grausigen Tod des Schafes auf dem Schild zwischen ihnen verantwortlich war.

»Warum weigerst du dich, das Offensichtliche zu akzeptieren, Vater?«, fragte Thure. »Du weißt so gut wie ich, was das zu bedeuten hat. Sie sind auf uns aufmerksam geworden und sie werden kommen. Vielleicht finden wir demnächst einen von uns so, und –«

»Schweig!«, sagte Harald scharf. »Noch ist nichts geschehen, außer dass ein Schaf zu Tode gekommen ist. Wir werden wachsam sein, aber ich dulde nicht, dass du die Gedanken der Männer mit deinen Geschichten verwirrst.«

Seine Stimme war so scharf und befehlend wie am gestrigen Abend, doch dieses Mal gelang es ihm nicht, seinen Sohn zum Schweigen zu bringen. Thure schürzte nur abfällig die Lippen und fuhr mit bebender Stimme fort: »Ich weiß deine Absichten zu schätzen, Vater. Du herrschst nun schon so lange im Frieden über uns, dass du glaubst, dieser Zustand würde ewig anhalten. Aber es nützt keinem, die Augen vor der Wahrheit zu verschließen. Das da –« Er deutete heftig gestikulierend auf das tote Tier. »– ist das Werk Nagelfahrs! Er ist auf dem Weg hierher! Willst du, dass er uns alle tötet?«

Andrej seufzte innerlich und bereitete sich auf einen erneuten Streit zwischen den beiden ungleichen Männern vor, doch der alte König reagierte ganz anders, als er erwartet hatte. Er atmete tief ein und schüttelte traurig den Kopf. »Keine Macht der Welt könnte uns retten, wenn es wirklich der Wille der Götter wäre, mein Sohn. Was geschehen wird, wird geschehen.«

Thure lachte hässlich. So sollte kein Sohn über seinen Vater lachen, dachte Andrej, selbst wenn er alt und schwach und möglicherweise schon ein bisschen wirr im Kopf war. »König Harald!«, antwortete Thure. »Ich ehre und respektiere dich. Du warst über lange Jahre ein guter König, der sein Volk mit Weisheit regiert hat. Doch allmählich beginne ich mich zu fragen, ob du vielleicht zu alt wirst.«

Harald reagierte auch jetzt nur mit einem Lächeln. »Und was genau willst du damit sagen, mein Sohn?«, erwiderte er ruhig.

»Vielleicht sind deine Schultern nicht mehr stark genug, um die Last der Verantwortung zu tragen«, antwortete Thure. Ein Schaudern ging durch den Raum. Plötzlich richteten sich alle Blicke auf Thure und seinen Vater, und Andrej bemerkte, wie sich die eine oder andere Hand zum Gürtel senkte, keine einzige davon die Bewegung jedoch zu Ende führte. Er tauschte einen raschen Blick mit Abu Dun, und der Nubier trat unauffällig an seine Seite. *Seine* Hand schloss sich um den Schwertgriff, und auch Andrej tastete unter dem Tisch insgeheim nach seiner Waffe. Er hatte eine ungute, wenn auch genaue Vorstellung davon, was als Nächstes passieren würde. Es war nicht das erste Mal, dass er so etwas erlebte.

»Du zweifelst an meinem Entschluss?«, fragte Harald. Er nickte betrübt. »Du willst meine Krone.«

»Nein!«, antwortete Thure heftig. »Aber ich bezweifle, dass es der Wille der Götter ist, dass wir uns kampflos in unser Schicksal ergeben. Wäre es so, wozu hätten sie uns das Eisen gegeben, um Schwerter daraus zu schmieden. Warum würden sie uns Hilfe schicken, gerade in dem Moment, in dem wir sie am nötigsten brauchen?«

Andrej zuckte zusammen, und auch Harald sah ihn und Abu Dun kurz nachdenklich an, schüttelte aber dann nur noch einmal den Kopf und seufzte tief. »Vielleicht hast du recht, Thure«, sagte er traurig. »Ich bin alt. Die Last, für das Wohl eines ganzen Volkes zu sorgen, ist mir schon lange zu schwer geworden. Möglicherweise ist auch die Krone zu schwer für mein Haupt.« Er sah seinen Sohn lange schweigend an und niemand im Raum gab auch nur einen Laut von sich. Andrej kam es vor, als hielten alle den Atem an, bis der alte König erneut sprach: »Ich bin zu einem Entschluss gekommen. Nicht erst jetzt. Ich hätte es schon lange tun sollen.« Er wandte sich mit einer unendlich müden Bewegung zu Björn. »Du bist mein ältester Sohn, Björn. Ich übergebe dir die Krone. Ich vertraue dir, dass du unser Volk ebenso sicher und zuverlässig beschützt, wie ich es versucht habe.«

Björn starrte seinen Vater fassungslos an, und nun erhob sich ein erstauntes – vielleicht unwilliges?, dachte Andrej – Raunen und Flüstern unter den Männern. König Harald nickte jedoch nur bekräftigend und fuhr fort: »Gebt es überall bekannt. Sagt es jedem, dass ab diesem Moment nicht mehr König Harald über diese Insel herrscht, sondern König Björn.«

»Vater, ich glaube nicht, dass ich –«, begann Björn, doch Harald unterbrach ihn sofort.

»Das ist mein letzter Befehl als dein König. Ich hätte es längst tun sollen. Du bist alt genug, und ich weiß, dass du der Aufgabe gewachsen sein wirst. Aber es ist kein Geschenk, das ich dir mache. Es ist eine Bürde, die ich dir auferlege. Aber jemand muss sie tragen.«

»Das war dann wohl die kürzeste Revolution, die ich je erlebt habe«, flüsterte Abu Dun auf Deutsch in Andrejs Ohr. Andrej nickte zwar, nahm die Hand aber nicht vom Schwert. Abu Dun schien der Einzige zu sein, der die Situation komisch fand. Die allgemeine Anspannung war nicht gewichen, sondern hatte noch zugenommen, und Andrej las in den Bewegungen und Gesten der Männer, was ihre Gesichter zu verhehlen versuchten. Thure wirkte im ersten Moment ebenso überrascht und schockiert wie sein Bruder, doch Andrej bezweifelte, dass er so rasch aufgeben würde. Dazu stand zu viel für ihn auf dem Spiel.

Umso mehr verblüfften ihn die nächsten Worte des Nordmannes. »Ganz, wie du befiehlst, Vater«, sagte er steif. Dann fuhr er auf dem Absatz herum und stürmte hinaus. Zwei oder drei Krieger folgten ihm auf dem Fuß, einen Moment später folgten noch einmal so viele, und gut die Hälfte der Zurückgebliebenen hätte es ihnen gerne gleichgetan, brachte aber sichtlich nicht den Mut dazu auf.

»Er wird sich wieder beruhigen, König Björn«, sagte Harald, und ein leises, spöttisches Lächeln huschte über sein Gesicht. Björn, der beim Klang des Wortes *König* zusammengefahren war, versuchte mit wenig Erfolg ein Lächeln und warf Andrej dann einen flehenden Blick zu, den dieser aber geflissentlich ignorierte. So sehr ihn das gerade Miterlebte auch beeindruckte – es ging ihn nichts an.

»Eines noch.« Harald wandte sich wieder an Abu Dun und ihn. »Es ist nicht unsere Art, so mit denen umzugehen, denen wir zu Dank verpflichtet sind, Andrej Delãny. Und ich hoffe, dass du meine Entscheidung verstehst.«

»Aber du möchtest, dass wir gehen«, vermutete Andrej.

Harald nickte. Björn sah aus, als habe man ihm einen Schlag versetzt. »Ja«, sagte Harald. »Auch wenn es nicht eure Schuld ist – aber euer Hiersein übt einen schlechten Einfluss auf Thure aus. Und auf die, die insgeheim darauf gehofft haben, dass er unser nächster König wird. Nehmt unseren Dank und an Kleidern, Waffen und Nahrungsmitteln, was immer ihr braucht. Morgen früh werden wir ein Schiff bemannen, das euch nach Süden bringt. Ich werde den Männern eine Nachricht an König Sören mitgeben. Er ist ein alter Freund und treibt Handel mit den großen Städten jenseits des Meeres. Von dort aus werdet ihr den Weg nach Hause finden.«

»Das nenne ich einen Rauswurf«, sagte Abu Dun, aber auch jetzt wieder auf Deutsch und so leise, dass nur Andrej die Worte hören konnte. Er klang jedoch weniger verstimmt als erleichtert.

»Ich verstehe dich, Harald«, antwortete Andrej. »Und ich nehme dir deine Entscheidung nicht übel. Im Gegenteil. So sehr ich eure Gastfreundschaft auch genieße – aber Abu Dun und ich sind froh, so schnell wie möglich wieder in unsere Heimat zu kommen.«

»Vater, du –«, begann Björn.

Möglicherweise hatte Harald sich ja noch nicht ganz daran gewöhnt, nicht mehr König zu sein, denn er unterbrach seinen Sohn sofort mit einer herrischen Geste. »Ich weiß, was du sagen willst, Björn. Aber ich weiß auch, dass unsere Gäste mich verstehen. Habe ich recht?«

Andrej nickte zwar, und es gelang ihm sogar, überzeugend zu lächeln ... dennoch fragte er sich, ob er sich die unterschwellige Drohung, die in diesen Worten lag, nur einbildete.

»Dein Vater hat recht, Björn«, antwortete er und verbesserte sich sofort. »*König* Björn. Wir genießen eure Gastfreundschaft, euer Essen und euer gutes Bier, doch es ist lange her, dass wir unsere Heimat gesehen haben. Zu lange.« Bevor Björn etwas erwidern konnte, stand er auf und wies Abu Dun an, es ihm gleich zu tun. »Und jetzt sollten wir uns schlafen legen. Es war ein anstrengender und aufregender Tag, und ich fürchte, der morgige wird es nicht weniger.«

»Dieses Mal seid ihr es nicht, die rudern müssen«, lächelte Harald.

Andrej erwiderte das Lächeln, wandte sich überdies wortlos um und ging. Abu Dun schloss sich ihm an. Seine Hand lag immer noch auf dem Schwertgriff, und das so, dass jedermann es sehen musste.

Erst, als sie das Haus verlassen hatten und in die Kälte und den heulenden Sturm hinausgetreten waren, brach Abu Dun sein Schweigen. »Ich würde sagen, das war knapp.«

»Ja«, bestätigte Andrej. Er hing seinen eigenen Gedanken nach. Natürlich hatte er die Wahrheit gesagt: Sowohl Abu Dun als auch er träumten schon lange davon, endlich wieder in jenen Teil der Welt zurückzukehren, in dem sie geboren und aufgewachsen waren. Und dennoch war da ein winziger Teil in ihm, der nicht fortwollte. Ein Teil, der –

Er wehrte sich gegen den Gedanken, bevor dieser tatsächlich Gestalt annehmen konnte.

»Ich verstehe nicht ganz, dass Thure so einfach aufgibt«, fuhr Abu Dun nachdenklich fort, während sie nebeneinander auf das Haus zugingen, in dem der Nubier schlief. Hinter den dünnen Tierhäuten, die seine Fenster verschlossen, brannte Licht, und Andrej glaubte einen schlanken, wohlgeformten Schatten dahinter zu erkennen. Vielleicht auch zwei. Er lächelte.

»Er hat hoch gespielt und verloren«, antwortete er, widerwillig und in der Hoffnung, Abu Dun würde es damit gut sein lassen und das Thema beenden. Natürlich tat er es nicht.

»Dieser kleine Auftritt dort drinnen hätte ihn gut das Leben kosten können«, sagte er stattdessen. »Er hat viel riskiert.«

»Und es wahrscheinlich gerade deshalb nicht zum Äußersten kommen lassen«, vermutete Andrej. »Er mag ein Hitzkopf sein, aber er ist nicht dumm. Und gewiss nicht verantwortungslos.« Er blieb stehen. Plötzlich wurde ihm klar, dass Thure keineswegs versucht hatte, seinem Vater die Krone zu entreißen, nur, um sich seines Thrones zu bemächtigen. So wenig er verstanden hatte, wovon der Nordmann sprach, so überzeugt war er nun davon, dass Thures Sorge um das Wohl seines Volkes und seine Angst echt waren. Er fuhr fort: »Es hätte blutig geendet. Hast du die Reaktion der Männer nicht bemerkt?«

»Doch«, sagte Abu Dun. Sie hatten das Haus erreicht, und er streckte die Hand nach dem Türgriff aus, blieb jedoch noch einmal stehen und wandte sich zu Andrej um. »Aber das hat noch nie einen daran gehindert, einmal Begonnenes zu Ende zu bringen.«

»Thure schon«, antwortete Andrej. Aus dem Haus drangen gedämpfte Geräusche. Schritte. Ein Rascheln und leises Kichern. Abu Dun konnten sie so wenig entgehen wie ihm, aber er tat so, als höre er nichts. »Er ist kein verantwortungsloser Mann. Er wollte kein Blutvergießen.«

»Wie edel von ihm«, spöttelte Abu Dun. Dann gähnte er ausgiebig und blinzelte heftig. »Ich bin müde, Andrej. Und morgen steht uns ein anstrengender Tag bevor.«

Andrej grinste. »Ja, damit hast du wohl recht«, sagte er. »Dann geh und ruh dich aus. Zum Reden haben wir ja noch Zeit genug während der Überfahrt.«

Damit machte er endgültig kehrt und eilte zu seinem Haus, das nur wenige Schritte entfernt lag. Wenn man bedachte, dass das ganze Dorf nur aus einer Handvoll kleiner Gebäude bestand, dann hatte man ihnen tatsächlich ein königliches Quartier zugewiesen. Andrej vermutete, dass Harald kurzerhand zwei komplette Familien ausquartiert hatte, um seine Gäste unterzubringen. Aber wenn es die Familien derer waren, deren Leben sie möglicherweise auf der Eisinsel gerettet hatten, dann war das ein kleiner Preis, den sie gerne bezahlten. Wieso zerbrach er sich überhaupt den Kopf darüber, das sah ihm gar nicht ähnlich? Morgen zu dieser Zeit waren sie längst schon wieder auf See und viele Meilen entfernt, und in ein paar Wochen, spätestens Jahren, würde er diese Episode ebenso wie die Menschen hier vergessen haben.

Trauer erfüllte ihn plötzlich, aber er kämpfte auch dieses Gefühl nieder. Es war gut, dass sie gingen. Wären sie länger geblieben – vielleicht nur wenige Tage –, dann hätte er sich vielleicht den trüben Gedanken stellen müssen, und das wollte er nicht.

Er öffnete die Tür. Wind wirbelte pulverfeinen Schnee herein und versuchte mit triumphierendem Geheul, das unbekannte Terrain zu erobern, und Andrej drehte sich rasch herum und stemmte sich mit der Schulter gegen die Tür, um sie wieder zu schließen.

Als das Wehklagen des Windes erlosch, hörte er ein Rascheln hinter sich.

Blitzschnell fuhr er herum und riss das Schwert heraus, und aus der Dunkelheit, an die sich selbst seine empfindlichen

Augen erst einen Moment lang gewöhnen mussten, drang ein leises, spöttisches Lachen an sein Ohr.

»So schreckhaft, großer Krieger?«

Andrej blinzelte. Aus der Schwärze vor seinen Augen schälten sich allmählich die vertrauten Umrisse einer Gestalt heraus.

»Urd?«, murmelte er.

»Hast du jemand anderen erwartet?«, antwortete sie. »Wenn es so ist, dann musst du es nur sagen. Ich kann wieder gehen.«

Andrej blickte einen Moment lang schuldbewusst auf das Schwert in seiner Hand hinab, steckte es dann hastig weg und machte zögernd einen Schritt auf sie zu. »Urd?«, murmelte er noch einmal. »Was ... was tust du hier?«

Urd setzte sich auf das schmale Bett und schlug die Felldecke zurück, unter der sie sich bisher vor der Kälte verkrochen hatte, die selbst hier drinnen herrschte. Dann streckte sie die Hand aus und ergriff seinen Arm, um ihn zu sich herabzuziehen. »Komm her, du Dummkopf«, flüsterte sie. »Lass uns einen großen Krieger zeugen.«

Ganz gleich, wie fest er es sich auch vorgenommen hatte, es gelang ihm nicht, am nächsten Morgen vor Urd aufzuwachen. Immerhin war es noch dunkel, als er die Augen aufschlug, aber bis Sonnenaufgang konnte es nicht mehr allzu lange hin sein. Der Sturm war im Laufe der Nacht erloschen, und durch die dünne Tierhaut vor dem einzigen Fenster drangen schon Stimmen und die Geräusche emsiger Arbeit; Schritte, Poltern und Schlurfen, das regelmäßige Klatschen der Wellen, die sich an Fels oder hölzernen Schiffsrümpfen brachen, und das ferne Klagen eines Horns. Urd war fort, irgendwann während der Nacht gegangen, als er geschlafen hatte, aber er glaubte die Wärme ihrer samtweichen Haut noch zu spüren, und ihr Duft erfüllte das Zimmer wie ein zartes, aber betörendes Parfum.

Andrej blieb noch einen Moment lang liegen und hing seinen Erinnerungen an die zurückliegende Nacht nach, bittersüße Bilder weckten Gefühle, an denen er sich nur für wenige kostbare Sekunden festklammerte, wie ein Ertrinkender an einem Stück Eis, das ihn noch vor dem Tod bewahrte, aber unbarmherzig unter der Wärme seiner Hände schmolz. Schließlich aber schüttelte er den Gedanken mit einer bewussten Anstrengung ab und setzte sich auf. So berauschend die vergangene Nacht auch gewesen sein mochte, es wurde Zeit, dass sie dieses Land verließen. Noch ein paar Tage länger (oder vielleicht auch nur eine einzige Nacht) und er würde vielleicht nicht mehr die Kraft dazu aufbringen. Er war nicht einmal sicher, ob er es wirklich bedauerte, dass Urd nicht mehr neben ihm lag. Vielleicht wäre es ihm unmöglich gewesen, fortzugehen, hätte ihm ihr Gesicht beim Aufwachen entgegengelächelt. Was hatte dieses Mädchen nur mit ihm gemacht?

Na, was wohl?, flüsterte eine lautlose Stimme in seinen Gedanken. Sie klang beinahe so spöttisch wie die Urds, jagte ihm aber, ganz anders als die ihre, auch Angst ein.

Er stand auf, kleidete sich hastig an – diesmal zog er auch das Kettenhemd und den warmen Mantel über – und verließ fluchtartig das Haus, auf der Flucht vor den Erinnerungen, die es beherbergte.

Der Nubier stand nur ein knappes Dutzend Schritte entfernt am Ufer, drehte ihm den Rücken zu und beobachtete eine Anzahl Männer dabei, wie sie das kleinste der drei Drachenschiffe beluden. Weitere Männer hasteten auf Deck des Schiffes und machten es reisefertig. Auch Abu Dun war nicht allein: Die beiden jungen Frauen, die Andrej schon zuvor bei ihm gesehen hatte, standen zu seinen Seiten. Abu Dun hatte die Arme um ihre Schultern geschlungen, und es sah aus, als müsse er sich auf sie stützen.

»Anscheinend hast du eine anstrengende Nacht hinter dir«, begrüßte ihn Andrej spöttisch.

Der Nubier zog eine Augenbraue hoch. »Nur kein Neid«, erwiderte er. »Wie ich dich kenne, war es die deine vermutlich auch. Zweifellos hast du kein Auge zugetan, vor lauter Beten, Buße und Selbstkasteiung.«

Andrej hatte tatsächlich nicht sehr viel geschlafen in dieser Nacht, fand aber, dass das den Nubier nichts anging, und beließ es bei einem angedeuteten Schulterzucken. Er zeigte auf das Schiff. »Wie weit sind sie?«

»So gut wie fertig«, antwortete Abu Dun. »Wir können binnen einer halben Stunde aufbrechen, wenn du es so eilig hast.« Plötzlich grinste er. »Ich muss König Björn nur noch davon überzeugen, zwei bestimmte Gepäckstücke an Bord nehmen zu dürfen, aber ich fürchte fast, es könnte schwierig werden.« Er machte ein nachdenkliches Gesicht. »Was meinst du? Ob Thure sich wohl auf einen Handel einlässt, wenn ich ihm im Gegenzug helfe, seinem Bruder die Krone wegzunehmen?«

Andrej machte ein erschrockenes Gesicht, aber die beiden Frauen in Abu Duns Armen kicherten und strahlten ihn fröhlich an, und Andrej fiel erst jetzt auf, dass der Nubier in seiner Muttersprache geredet hatte. Dennoch war ihm nicht wohl dabei. »Gehen wir«, sagte er, statt auf die scherzhafte Bemerkung einzugehen, die er im Übrigen nicht komisch fand.

»So eilig?«, fragte Abu Dun. Sein Lächeln fiel in sich zusammen und eine andere, unausgesprochene Frage erschien in seinen Augen.

»Gibt es irgendeinen Grund, noch länger zu warten?«, fragte Andrej beinahe grob.

Er setzte sich unverzüglich in Bewegung und Abu Dun zog eine Grimasse und murmelte: »Dich hat es ja ganz schön erwischt, wie?«, folgte ihm aber gehorsam – ohne die beiden blonden Schönheiten aus seinen Armen zu entlassen. Erst als sie das Ende des hölzernen Steges und damit das Schiff erreicht hatten, das unter ihnen in der Dünung schaukelte, machten sie sich los und schüttelten beide gleichzeitig die Köpfe. Andrej fragte sich, ob sie tatsächlich alles gemeinsam und gleichzeitig taten.

Abu Dun dagegen machte ein enttäuschtes Gesicht. »Und ihr habt wirklich keine Lust, ein Land kennenzulernen, in dem die Sonne mehr als zwei Stunden am Tag scheint und wo man Wasser trinken kann, ohne es vorher in Stücke brechen zu müssen?«, fragte er.

»Hör mit dem Unsinn auf«, sagte Andrej ärgerlich.

»He, he!«, protestierte Abu Dun. »Ich kann nichts dafür, wenn sie nicht kommt, um dich zu verabschieden, Hexenmeister, also lass deine schlechte Laune bitte nicht an mir aus! Bei Allah, du bist ja schlimmer als ein Weib, das seine Zeit hat!«

Diesmal kommentierten seine beiden Begleiterinnen die Worte mit einem albernen Kichern – Abu Dun hatte wohl ganz bewusst in ihrer Sprache gesprochen – doch Andrejs Miene verdüsterte sich nur noch mehr. Er sagte nichts, sondern sprang mit einem Satz in das Schiff hinunter und hätte in seiner Hast um ein Haar eine Gestalt umgerannt, die ihm entgegenkam. Im ersten Moment hielt er sie für einen der Männer, die Fässer mit Wasser und Lebensmitteln an Bord brachten. Erst als er eine Entschuldigung murmelte und sich an ihr vorbeidrängen wollte und sie die Hand ausstreckte, um ihm den Weg zu versperren, sah er, dass es kein Mann war, sondern eine junge Frau mit dem schulterlangen, gelockten Haar eines Engels.

»Das dachte ich mir, dass du dich heimlich davonschleichen willst, ohne auch nur auf Wiedersehen zu sagen«, sagte Urd streng. »Ihr Männer seid anscheinend überall auf der Welt gleich!« Aber ihre Augen straften ihre Worte Lügen und nahmen ihnen die Schärfe. Plötzlich stellte sie sich auf die Zehen und küsste ihn neckisch auf die Nasenspitze.

Um ein Haar hätte er sie von sich gestoßen, einzig und allein, um dem Drang zu widerstehen, sie einfach in die Arme zu schließen und nie wieder loszulassen.

Stattdessen stand er wie angewurzelt.

»Was ist los mit dir, Andrej?« Urd trat einen Schritt zurück und sah ihn argwöhnisch, wenngleich immer noch lächelnd an. »Fällt es dir so schwer?«

»Was?« Mehr als dieses eine Wort brachte er nicht heraus.

Urd setzte zu einer Antwort an, und Andrej zwang sich, rasch und unaufrichtig hinzuzufügen: »Ich hätte mich noch von dir verabschiedet, aber –«

»Lüg nicht«, sagte sie spitz. »Es nutzt nichts. Du entkommst mir sowieso nicht ... und meinen Brüdern übrigens auch nicht. Oder glaubst du ernsthaft, sie würden euch ziehen lassen, ohne sich gebührend von zwei so gewaltigen Kriegern zu verabschieden?« Sie deutete hinter ihn, und als Andrej sich herumdrehte, sah er tatsächlich die beiden Brüder über den Steg näher kommen. Thure wirkte so finster wie eh und je und ging langsam, wohl aus Rücksicht auf seinen Bruder, der noch immer krank und mitgenommen wirkte und sich nur mit Mühe voranschleppte. Nicht wie ein König, dachte Andrej ... aber für einen Mann, der eigentlich tot sein sollte, hielt er sich hervorragend.

Er sprang mit einem federnden Satz – und bevor Urd noch etwas sagen konnte – wieder auf den Steg hinauf und ging dem ungleichen Brüderpaar entgegen. Thure wich seinen Blicken aus, doch Björn rang sich ein gequältes Lächeln ab und versuchte, sich die Anstrengung nicht anmerken zu lassen, die der kurze Weg für ihn bedeutet hatte. »Du hättest dir die Mühe nicht machen müssen«, sagte Andrej. »Abu Dun und ich müssen uns ohnehin noch von König Harald ... von eurem Vater verabschieden.«

»Das wird nicht nötig sein«, sagte Thure, bevor Björn antworten konnte. »Unser Vater schläft noch. Ich fürchte, er hat dem Met in der vergangenen Nacht doch ein wenig zu ausgiebig zugesprochen. Doch ich soll euch noch einmal seiner Dankbarkeit versichern.« Er deutete auf das Drachenboot. Andrej spürte, wie Urd hinter ihm auf den Steg sprang, aber er widerstand dem Impuls, nach ihr zu sehen. »Dieses Schiff bringt euch zu König Sören. Er ist ein freundlicher Mann und unserem Vater zu Dank verpflichtet. Er wird euch helfen, weiterzukommen. Die Überfahrt dauert nur zwei Tage ...« Er grinste unfroh. »Vielleicht weniger, wenn ihr selbst ein wenig Hand an die Ruder legt.«

Andrej lachte ebenso unfroh wie der Nordmann und wollte gerade antworten, als er ein schrilles Krächzen hörte und gen Himmel sah.

Der Rabe schwebte mit weit ausgebreiteten Flügeln über dem Dorf und tanzte, nicht wie ein Rabe, sondern einer Möwe gleich, auf dem unsteten Wind, der vom Meer heraufblies. Urd schien dieses Verhalten genauso ungewöhnlich zu finden wie Andrej, denn sie blickte ihn erschrocken an. Vielleicht weckt der Anblick ja auch die gleichen Erinnerungen wie in mir, dachte Andrej, der an die gestrigen Ereignisse auf der Waldlichtung dachte. Und nur einen Augenblick später gewahrte er sogar noch ein zweites, vollkommen gleichartiges Tier, das dicht über den Baumwipfeln herangeflogen kam und sich mit einem misstönenden Krächzen auf dem First des Langhauses niederließ.

»Raben?«, wunderte sich Abu Dun. »Hier, so weit draußen auf dem Meer? Ich wusste gar nicht, dass es sie hier gibt.«

»Manchmal treibt der Sturm sie auf das Meer hinaus«, antwortete Thure achselzuckend. »Die meisten ertrinken, aber ein paar schaffen es wohl, sich auf eine Insel zu retten. Oder ein Schiff.«

Andrej schrak zusammen und hatte Mühe, sich nichts anmerken zu lassen. Thures Worte erinnerten ihn an Ereignisse, die er lieber vergessen hätte. Und im nächsten Moment sagte auch der Nordmann leise: »Solange es nicht Hugin und Munin selbst sind, soll es mir recht sein.«

»Odins Raben«, sagte Abu Dun.

In Thures Augen erschien ein Ausdruck widerwilliger Anerkennung. »Du kennst dich in unserer Götterwelt aus.«

»Und nicht nur in eurer«, erwiderte Abu Dun. »Götter und Unsterbliche sind gewissermaßen unsere Passion.«

Andrej sah alarmiert zu seinem Freund hoch. Er wusste, dass Abu Dun es liebte, zuweilen mit dem Feuer zu spielen, doch gerade in diesem Moment erschien es ihm äußerst unpassend. Thure wirkte angespannt, mehr noch als sonst. Aber dann lachte er nur leise. »Wahrlich, es ist schade, dass ihr nicht länger bleibt. Ich bin sicher, wir hätten noch eine Menge interessanter Gespräche führen können.« Er räusperte sich, sah den Nubier noch einen kurzen Moment mit aufgesetztem Lächeln an und wandte sich dann direkt an Andrej: »Und ich muss dich um Verzeihung bitten, Andrej Delãny. Ich wollte dich gewiss nicht in etwas hineinziehen, was nicht deine Sorge ist. Bitte behalte uns nicht in zu schlechter Erinnerung.« Plötzlich zwinkerte er Andrej beinahe verschwörerisch zu. »Und vor allem nicht unsere Schwester.«

Andrej lächelte nicht, sondern zog nur die Augenbrauen hoch. Er fand Thures Bemerkung nicht amüsant, sondern fühlte sich eher peinlich berührt ... und Urd anscheinend auch, wenn er das ärgerliche Aufblitzen in ihren Augen richtig deutete. Der Rabe über ihnen krächzte empört.

»Ich wollte nur, dass du das weißt«, fuhr Thure fort, als ihm klar wurde, dass seine Bemerkung die Stimmung nicht auflockerte, »und dass ich dir dankbar bin, dass du keine Partei ergriffen hast, gestern Abend. Ich habe darauf gehofft, wenn ich ehrlich sein soll – aber ich bin froh, dass du es nicht getan hast. Du hast mich vor einer großen Dummheit bewahrt.«

»Ja, so scheint es«, sagte Andrej kühl. Wieder fiel ihm auf, wie unglücklich Björn aussah. »Dann gibt es ja keinen Grund, noch länger zu warten. Das Schiff ist zum Ablegen bereit?«

»Wann immer du es wünschst«, sagte Björn.

»Je eher, desto besser«, antwortete Abu Dun an seiner Stelle. »Umso weniger müssen wir frieren.«

Thure lachte auf, kurz und unecht, und aus dem Langhaus des Königs drang ein gellender Schrei, gefolgt von einem gewaltigen Scheppern und Bersten.

Andrej war mit dem Schwert in der Hand an ihm vorbei und schon auf halbem Wege zum Ende des Steges, bevor Thure herumgewirbelt war, und Abu Dun folgte ihm auf dem Fuß, seinen gewaltigen Krummsäbel schwingend. Auch aus anderen Richtungen stürmten Männer herbei und zogen ihre Waffen, noch bevor das splitternde Krachen ganz verklungen war. Dennoch kamen sie alle zu spät.

Ein zweiter Schrei drang aus dem Haus, laut und entsetzt, gefolgt vom hellen Klingen aufeinanderprallender Waffen, und plötzlich wurde die Tür aus den Angeln gesprengt, und eine blutüberströmte Gestalt taumelte rücklings aus dem Haus, um zu ihren Füßen zusammenzubrechen. Andrej sprang mit einem Satz über den Mann hinweg und ins Haus, registrierte ein schattenhaftes Huschen aus den Augenwinkeln und riss das Schwert hoch. Im allerletzten Moment begriff er seinen Irrtum und lenkte die Waffe ab, sodass die Klinge nur eines der bizarren Hörner des Helmes abtrennte, doch die schiere Wucht des Hiebes reichte aus, um den Krieger gegen die Wand zu schmettern und ohnmächtig zusammenbrechen zu lassen.

Den Dauger, der hinter ihm heranstürmte, hielt er weder auf, noch konnte er den Angriff mildern.

Andrej warf sich mit einer verzweifelten Bewegung zur Seite, sodass die zweischneidige Streitaxt des Angreifers harmlos durch die Luft zischte, und Abu Dun, der unmittelbar hinter ihm hereingestürmt kam, fing die Hand, die den Axtstiel umklammerte, mit einer solchen Kraft auf, dass Andrej hören konnte, wie die Finger brachen. Der Dauger gab jedoch nicht einmal einen Schmerzenslaut von sich, sondern rammte Abu Dun stattdessen die andere Faust mit solcher Gewalt in den Leib, dass der nubische Riese ein schmerzerfülltes Grunzen ausstieß und einen halben Schritt rückwärts taumelte.

Andrej kam mit einer geschmeidigen Bewegung wieder auf die Füße, stieß dem Dauger das Schwert in den Rücken und stürmte weiter, noch während Abu Dun zu einem gewaltigen Fausthieb ausholte. Kampfgeräusche, Wimmern und Schluchzen wiesen ihm den Weg tiefer in das Gebäude hinein, denn sehen konnte er praktisch nichts. Der Tag war noch zu weit entfernt, als dass das schwache Grau der Dämmerung bereits seinen Weg herein gefunden hätte, und es brannte kein Feuer. Er sah nur ein schnell verblassendes, rötliches Glimmen, den Docht einer einzelnen Kerze, die über Haralds Schlaf gewacht hatte und nun umgestürzt war.

Aber er konnte seinen Gegner *riechen.* Es war derselbe fremdartige Geruch, den er auf der Eisinsel wahrgenommen hatte, und er ließ ihn genau wie dort innerlich erschauern.

Vor ihm wurde gekämpft, aber wer immer sich dort erbittert wehrte, war dem Tode näher als dem Leben. Andrej wusste nicht, ob die Angreifer über dieselben scharfen Sinne verfügten wie Abu Dun und er, aber sie waren genauso schwer umzubringen, und allein das machte sie zu tödlichen Gegnern für jeden von Haralds Männern.

Und um ein Haar auch für ihn.

Auch jetzt war es wieder sein Geruchssinn, der ihn warnte und ihm möglicherweise das Leben rettete, ihn aber sicher vor einer schweren Verletzung bewahrte. Andrej duckte sich, spürte den scharfen Luftzug einer Klinge, die über ihn hinwegpfiff, und schlug mit dem eigenen Schwert zurück, und *seine* Klinge fand ihr Ziel und enthauptete den Angreifer.

Selbst für einen Dauger war das ein Schlag zu viel, denn

er kippte stocksteif nach hinten. Andrej fing seine Waffe auf, noch bevor er auf dem Boden aufschlug, und bewegte sich rasch und lautlos weiter. Er roch mindestens noch einen weiteren Krieger, vielleicht auch zwei. Sie stanken nach Tod.

Ein Schatten sprang ihn aus der Dunkelheit an und verschwand schneller wieder, als er ihn erkennen konnte. Andrej stieß mit beiden Schwertern zugleich nach ihm, traf nichts als leere Luft und stolperte zurück, als er im gleichen Moment seinerseits von einer Klinge getroffen wurde, die seinen Mantel aufschlitzte, jedoch von dem eisernen Kettenhemd darunter abprallte, ohne es durchdringen zu können. Er stolperte unter der reinen Wucht des Treffers zurück, schlug blindlings um sich, um jeden möglichen Angreifer auf Distanz zu halten, und konnte zu seiner eigenen Überraschung fühlen, wie die Klinge traf. Funken sprühten, als die erbeutete Klinge gegen eine gleichartige prallte und ihm im nächsten Moment aus der Hand gerissen wurde. Er taumelte unter dem Anprall eines hünenhaften Körpers zurück. Rasiermesserscharfer Stahl biss in seine Handfläche. Trotzig schloss Andrej die Finger um die Klinge, entriss sie seinem Besitzer und schlug ihm gleich darauf den blutigen Handrücken ins Gesicht.

Jedem anderen Mann hätte dieser Hieb das Bewusstsein geraubt, aber der Dauger wankte nicht. Stattdessen schlossen sich seine Hände plötzlich mit furchtbarer Kraft um Andrejs Hals.

Zuerst war er einfach nur verblüfft. Der Dauger war stark wie ein Bär, viel stärker als jeder normale Mann, dem er jemals begegnet war; fast so stark wie Abu Dun. Andrej ließ sein Schwert fallen, packte die Handgelenke des anderen und versuchte seinen Griff zu sprengen, aber es gelang ihm nicht. Der Druck auf seinen Kehlkopf schien ganz im Gegenteil eher noch weiter zuzunehmen. Seine Lungen schrien nach Luft und der Schmerz in seinem Hals war quälend. Alles begann sich um ihn zu drehen, und hinter seinen Augen wuchs eine wohlbekannte Dunkelheit heran. Noch ein paar Augenblicke, begriff er, und er würde das Bewusstsein verlieren und sterben, wenn der Kerl ihm nicht vorher das Genick brach oder ihm gleich den Kopf abriss. Jede Faser in ihm sträubte sich dagegen, aber er hatte keine Wahl, als nach der Seele des Dauger zu greifen und –

Rotes Fackellicht ergoss sich wie Blut über die Gestalt des Daugers und die Abu Duns, die plötzlich hinter ihm aufragte und ihn mit einem einzigen, gewaltigen Handgriff von Andrej wegzerrte, in die Höhe riss und ihm dann mit der furchtbaren Kraft seiner gewaltigen Muskeln gegen einen der Stützpfeiler schmetterte, die das Dach trugen. Der Anprall war so gewaltig, dass das gesamte Gebäude zu erbeben schien, und der Dauger stürzte haltlos zu Boden wie eine Marionette, deren Fäden man durchschnitten hatte, und rührte sich nicht mehr.

Abu Dun schien das nicht zu genügen. Der Schrei, mit dem Andrej ihn zurückzuhalten versuchte, kam zu spät. Abu Dun umschloss sein Gesicht mit den gewaltigen Pranken und brach ihm mit einem einzigen Ruck das Genick.

»Verdammt, Pirat!«, fauchte Andrej, während er sich umständlich aufrappelte und zugleich nach seinem Schwert tastete. »Warum hast du das getan?«

»Das war meine Revanche«, antwortete Abu Dun. Sein Gesicht war blutbesudelt. Es war sein eigenes, wie Andrej sehr wohl sah. »Du hast meinen Angreifer getötet, gerade vorhin. Niemand verdirbt mir ungestraft den Spaß.«

Das Flackern von rotem Licht wurde stärker. Schritte näherten sich, Gestalten kamen angerannt, die Fackeln und Schwerter trugen und von einem bärtigen Riesen angeführt wurden, der einen gewaltigen Schmiedehammer schwang. Offensichtlich hatte Thure sich nicht die Zeit genommen, seine Waffe zu holen, sondern sich das Erstbeste geschnappt, dessen er habhaft wurde. Andrej war allerdings sicher, dass in seinen Händen auch ein Hammer eine gefährliche Waffe war, und Thure bewies ihm das auch im nächsten Moment, als er sein riesiges Werkzeug schwang und den Kopf des toten Daugers zu Brei schlug. Abu Dun wandte sich angewidert ab.

»Wozu war das gut?«, fragte Andrej eisig.

»Ich wollte nur sichergehen«, antwortete Thure. »Man kann nie wissen.«

»Sichergehen?«, wiederholte Andrej. »Wessen? Dass ich ihm keine Fragen mehr stellen kann?«

»Fragen?« Thure lachte. »Einem Dauger? Dauger beantworten keine Fragen, das habe ich dir schon einmal gesagt. Sie –«

»Herr! Hierher! Schnell!«

Thure fuhr herum und stürzte in die Richtung, aus der der Schrei gekommen war, und Andrej und Abu Dun folgten ihm hastig. Sie mussten nur wenige Schritte weit gehen.

Harald saß auf dem Stuhl am Kopfende der großen Tafel, an der sie die vergangenen beiden Abende verbracht hatten. Auf den ersten Blick sah es so aus, als schliefe er. So gnadenlos die Angreifer auch gewesen sein mochten, waren sie doch mit ihm barmherzig gewesen.

Aber auch ihm hatten sie die Kehle durchschnitten.

Er hatte sagen wollen: Es tut mir leid. Er hatte sagen wollen, dass er ihren Schmerz verstand und teilte. Er hatte sagen wollen, dass er ihren Vater gemocht hatte, auch wenn er ihn kaum kannte, er hatte *irgendein* Wort des Bedauerns sagen wollen, oder ihr tröstend den Arm um die Schultern legen, doch er hatte nichts von alledem getan. Als Urd zu ihm gekommen war und mit steinernem Gesicht auf der Bettkante neben ihm Platz genommen hatte, war bereits die Sonne aufgegangen. Jetzt stand sie als glühender gelber Ball über dem Horizont, ein gleißendes Licht, das Wärme versprach, und dieses Versprechen niemals einlösen würde, nicht hier, in diesem Teil der Welt. Sie saßen noch immer schweigend und in unveränderter Haltung nebeneinander. Andrej fühlte ihren Schmerz, und er konnte nicht sagen, was ihm selbst mehr wehtat: sie so leiden zu sehen, oder das Eingeständnis seiner eigenen Unfähigkeit, ihr Trost zu spenden.

»Wenn ich wenigstens weinen könnte«, murmelte Urd plötzlich. Es waren die ersten Worte, die sie sprach, seit sie zu ihm gekommen war. Sie starrte weiter ins Leere, und Andrej fragte sich, ob die Worte ihm gegolten hatten. Er war nicht einmal sicher, ob sie wusste, dass er da war.

Gewiss nicht zum ersten Mal, seit sie sich neben ihn gesetzt hatte, streckte er die Hand nach ihr aus, um sie zu berühren, doch wieder wagte er es nicht und ließ die Hand sinken.

Aber sie musste die Bewegung wohl gespürt haben, denn zum ersten Mal wandte sie jetzt den Kopf und sah ihn an, und plötzlich erschien auch wieder ein Lächeln auf ihrem Gesicht. Wenn auch ein Lächeln, das ihm schier das Herz zerreißen wollte. Seine Stimme klang krächzend und wie die eines Fremden in seinen Ohren, als er antwortete: »Und warum kannst du es nicht?«

»Vielleicht, weil man uns von Kindesbeinen an beigebracht hat, dass es sich nicht gehört.«

»Um einen geliebten Menschen zu weinen?«, sagte Andrej zweifelnd. »Das ist grausam.«

»Um einen Krieger zu weinen«, antwortete Urd und dieses Mal ließ ihr Lächeln sein Herz nicht zerbrechen, sondern zu Eis erstarren. »Mein Vater war nicht nur unser König, sondern auch ein großer Krieger. Als er noch jung war, war er ebenso stark und tapfer wie Björn oder Thure. Er ist einen ehrenvollen Tod gestorben. Den Tod eines Kriegers. Man hat uns gelehrt, dass es keinen Grund zur Trauer gibt, um einen Krieger zu weinen, der in der Schlacht fällt.«

»In der Schlacht?« Andrej schüttelte den Kopf. »Es war

keine Schlacht, Urd. Sie haben ihn umgebracht. Sie haben einem kranken, alten Mann einfach die Kehle durchgeschnitten. Das war kein fairer Kampf.«

»Er ist durch das Schwert gestorben, und damit den Tod, der einem Krieger zukommt«, widersprach Urd. »Er wird in Ehren nach Walhalla gehen und schon heute Nacht an Odins Tafel sitzen. Es besteht kein Grund zum Klagen.« Andrej sah sie zweifelnd an, und Urd fuhr mit einem bedächtigen Nicken und in ernstem Ton fort: »Das ist ein ziemlicher Unsinn, nicht wahr? Und weißt du, was das Schlimmste daran ist? Bis heute Morgen habe ich es sogar geglaubt.«

Andrej schwieg auch dazu. Es gab so viel, das er ihr über den *Tod* hätte erzählen können ... und zugleich so wenig. Nichts davon hätte sie getröstet. Was hätte er auch sagen sollen? Dass der Tod nichts Schlimmes, sondern nur ein Teil des Lebens war, dass er sie eines Tages alle ereilen würde (von ein paar Ausnahmen wie Abu Dun und ihm einmal abgesehen) und dass es keinen Grund gab, ihn zu fürchten? Er wusste es ja nicht einmal selbst. Er war schon so oft gestorben, dass der Tod für ihn etwas so Selbstverständliches wie der Schlaf geworden war, und er hatte schon lange aufgehört, über seine Natur zu grübeln. Die Wahrheit war: So oft er auch schon jene unsichtbare Grenze überschritten hatte und wieder zurückgekehrt war, er hatte niemals auch nur eine einzige Erinnerung von dort mitgebracht. Vielleicht gab es nichts, woran man sich erinnern konnte.

Aber das konnte er ihr unmöglich sagen. In all den Jahren hatte er nicht einmal den Mut gehabt, es sich selbst einzugestehen.

»Warum erlaubst du dir nicht selbst zu weinen?«, fragte er.

»Hast du es dir erlaubt?«, fragte sie.

Nein. Das hatte er nie. Alles, was er sich jemals erlaubt hatte, war Zorn.

Urd wartete einige Sekunden lang vergebens auf eine Antwort, lächelte wieder dieses traurige, herzzerreißende Lächeln und tat dann plötzlich das, wofür ihm selbst der Mut gefehlt hatte: Sie griff nach seiner Hand. »Du bist verletzt!«

Andrej begriff seinen Fehler zu spät und versuchte halbherzig, die Hand zurückzuziehen, aber Urd hielt sie mit erstaunlicher Kraft fest. »Das ist nichts.«

»Das ist Blut«, verbesserte ihn Urd.

»Ja«, antwortete Andrej. Seine Hand und der Saum seines Hemdes waren dunkelbraun und hart von eingetrocknetem Blut, dort wo die Klinge des Daugers ihn verletzt hatte. »Aber es ist nicht mein Blut.«

Der Zweifel wich nicht aus Urds Blick. Sie hielt seine Hand eisern mit der Linken fest, befeuchtete den Daumen der anderen Hand mit der Zunge und rieb anschließend über seine Handfläche. Erstaunt sah sie die vollkommen unversehrte Haut, die unter dem eingetrockneten Blut zum Vorschein kam.

»Ich sagte doch, es ist nicht meins«, sagte Andrej. »Ich hatte Glück.«

Urd maß ihn mit einem Blick, der ihm das Gefühl gab, etwas Falsches gesagt zu haben, ließ seine Hand aber los und sah zur Seite. Lange Zeit lastete eine unangenehme Stille zwischen ihnen, ein Schweigen, das sie plötzlich trennte und zu einer Mauer werden würde, wenn er es erlauben würde. Er war froh, als es plötzlich an der Tür klopfte und sie geöffnet wurde, noch bevor er Einlass gewähren konnte.

Es war Abu Dun. Der Nubier trat nicht ein, sondern blieb mit der Hand auf dem Türgriff und vorgebeugtem Oberkörper stehen und versuchte so zu tun, als würde er Urds Anwesenheit nicht bemerken. »Björn möchte mit uns reden. Gleich.«

Andrej deutete ein Nicken an, aber Urd sah mit einem Ruck auf und wirkte aufgeschreckt. Er stand auf, wobei sich seine Hand endgültig aus Urds Umklammerung löste. Die Trennung erlebte er beinahe schmerzhaft und schnell ging er auf den Nubier zu. Urd erhob sich ebenfalls und folgte ihm. Abu Dun runzelte die Stirn, und obwohl er nichts sagte, war es ihm überdeutlich anzumerken, dass ihm das nicht gefiel. Andrej übersah seine missbilligende Miene und blieb stehen, damit Urd an seine Seite treten konnte.

Eine sonderbare Stille schien sich über das kleine Dorf gesenkt zu haben. Noch immer waren Geräusche des alltäglichen Lebens zu hören – sogar mehr noch als am Morgen – doch sie alle wirkten gedämpft, zögerlich, als hätte die Welt etwas von ihrer Lebendigkeit eingebüßt. Überall waren hastende Menschen zu sehen, die ihren Geschäften nachgingen, doch sie alle bewegten sich mit gesenkten Blicken und steinernen Mienen. Selbst die wenigen Kinder, die er sah, tollten nicht so laut und ausgelassen herum, wie man es hätte erwarten können. Das Schiff, das Abu Dun und ihn hatte wegbringen sollen, hatte seinen Platz jetzt mit einem zweiten Drachenboot getauscht. Männer waren damit beschäftigt, es zu beladen, und andere trugen weitere Fässer, Kisten und Säcke herbei, um sie am Ende des hölzernen Steges aufzustapeln. Andrej runzelte fragend die Stirn, doch Abu Dun hob nur die Schultern, und Urd tat so, als hätte sie die stille Frage nicht bemerkt.

Schweigend gingen sie zum Langhaus des toten Königs. Vor der Tür standen zwei bewaffnete Krieger Wache, die jedoch wortlos beiseite traten, um sie passieren zu lassen.

Das Innere des Langhauses war jetzt hell erleuchtet. Überall brannten Fackeln, und man sah auch hier ein emsiges Hantieren und Arbeiten. Bewaffnete Männern standen einfach nur da und taten nichts, ein paar – wenige – nickten Abu Dun und ihm grüßend zu, der überwiegende Teil jedoch sah zur Seite, als seien sie nicht anwesend. Etwas hatte sich geändert in seiner Abwesenheit, begriff Andrej. Jemand hatte ihren

König getötet. Und schlimmer: Ihre Heimat war angegriffen worden. Jemand hatte sie in ihrem vertrautesten Lebensbereich attackiert. Was erwartete er? *Alles* hatte sich verändert.

Der neue König und sein Bruder warteten am Kopfende der großen Tafel auf sie. Björn saß auch jetzt wieder zur Rechten des hölzernen Thronsessels, obwohl der Platz auf dem Thron ihm von Rechts wegen zugestanden hätte, und Thure stand hinter ihm, hatte beide Unterarme auf die geschnitzte Rückenlehne gestützt und starrte scheinbar ins Leere. Sein Gesicht war eine Maske ohne Ausdruck geworden, doch Andrej spürte, wie es dahinter arbeitete. Seine schwieligen Hände umklammerten das geschnitzte Holz mit solcher Kraft, dass er sich nicht gewundert hätte, wäre es unter dem Druck gesplittert.

»Andrej«, begrüßte ihn Björn. »Abu Dun. Danke, dass ihr gekommen seid.«

»Es tut mir so leid«, sagte Andrej. Erst, als er die Worte aussprach, begriff er, dass sie wahr waren. Sein Blick streifte die Rückenlehne des leeren Thrones und blieb für einen winzigen Moment an den braunrot eingetrockneten Flecken hängen, Haralds Blut, das bisher niemand weggewischt hatte und das wahrscheinlich auch für alle Zeiten bleiben würde. Es war seltsam, aber er musste sich eingestehen, dass er den alten Mann gemocht hatte, obwohl er ihn kaum kannte. Der Gedanke an seinen Tod machte ihn zornig. Abu Dun und er waren Krieger, solange er sich zurückerinnern konnte. Tod und Töten waren ihr Geschäft. Aber nicht so. Erst jetzt wurde ihm klar, dass das, was er zu Urd gesagt hatte, aus seiner tiefsten Seele gekommen war. Es war kein fairer Kampf gewesen, sondern ein heimtückischer, gemeiner Mord an einem wehrlosen, alten Mann. »Ich wollte, ich hätte es einen Moment eher gemerkt, und –«

»Das hätte nichts geändert«, unterbrach ihn Björn. »Einer der Leibwächter meines Vaters hat den Angriff überlebt und davon erzählt. Sie haben ihn zuerst getötet. Erst danach haben sie die Wachen angegriffen. Sie konnten nichts tun. Und auch ihr hättet nichts mehr tun können. Es war zu spät.«

Thure erwachte für einen winzigen Moment aus seiner Starre und sah seinen Bruder mit gerunzelter Stirn an. Andrej spürte, dass ihm etwas auf der Zunge lag, doch er sprach es nicht aus, sondern versank erneut in wortlosem Brüten.

»Doch ich danke euch trotzdem dafür, dass ihr zumindest seine Mörder getötet habt. Ich weiß nicht, ob es uns gelungen wäre. Und wenn, so hätte es das Leben vieler gekostet.«

Andrej sah ihn fragend an. Björn hatte Abu Dun und ihn nicht nur hierher befohlen, um ihnen seinen Dank auszusprechen, das spürte er. Aber es dauerte noch eine geraume Weile, bis der neue König weitersprach.

»Ihr habt die Schiffe gesehen, die wir vorbereiten?«

Andrej nickte.

»In sieben Tagen, von heute an gerechnet«, fuhr Björn fort, »werden wir den Leib meines Vaters den Flammen übergeben, wie es bei uns Sitte ist. Ich schicke die Boote los, um die Herrscher unserer benachbarten Königreiche zu dieser Zeremonie einzuladen. Auch König Sören wird kommen. Er war ein guter Freund meines Vaters, und er ist ein treuer Verbündeter unseres Volkes. Ich weiß, wir haben euch versprochen, dass das Schiff, das zu ihm fährt, euch mitnimmt, und ihr seid weder uns noch meinem Vater etwas schuldig, aber –«

»Selbstverständlich bleiben wir zu seiner Bestattung«, sagte Andrej, als Björn nicht weitersprach, sondern plötzlich die Lippen aufeinanderpresste und mit der unversehrten Hand an seine Seite griff, um einen jähen Wundschmerz vorzutäuschen, damit niemand sah, dass er nur mit Mühe die Tränen zurückhielt. Thure sah seinen Bruder überrascht, vielleicht auch missbilligend, an, schwieg aber weiter. Auch Abu Dun schien von dieser plötzlichen Schwäche verblüfft zu sein.

»Ich danke dir«, sagte Björn. »Ich hätte es nicht gewagt,

euch darum zu bitten, aber ich bin sicher, dass es meinen Vater freut, wenn er uns aus Walhalla heraus zusieht.«

»Noch mehr würde es ihn freuen«, sagte Thure dumpf, »wenn wir –«

»Nicht jetzt!«, unterbrach ihn Björn, leise, aber so scharf, dass Thure nicht weitersprach, sondern nur die Lippen aufeinanderpresste. Seine Augen blitzten zornig.

»Ich weiß, was du sagen willst, und vielleicht hast du sogar Recht damit«, fuhr Björn müde fort, »Aber jetzt ist nicht der Moment dafür.«

»Wann denn sonst?«, wollte Thure wissen. »Sie haben unseren König erschlagen! Was muss noch geschehen, um dir endlich die Augen zu öffnen? Sollen sie uns erst alle töten?«

»Halt endlich den Mund, Thure«, mischte sich Urd ein. »Kannst du von nichts anderem mehr sprechen als von Krieg und Tod?«

»Solange ich nichts anderes erlebe, nicht«, gab Thure bissig zurück. Er stützte sich so fest auf die Lehne, dass das Holz knackte, während er sich zu seiner vollen Größe aufrichtete. Damit überragte er Urd um annähernd zwei Haupteslängen, und sein Gesicht war jetzt nicht mehr leer, sondern eine Grimasse der Wut. Urd ließ sich davon jedoch nicht beeindrucken. Sie schüttelte nur resigniert den Kopf.

»Wenn du schon nicht auf deine Vernunft hörst und dir auch die Trauer um unseren Vater gleich zu sein scheint«, seufzte sie, »dann erinnere dich wenigstens daran, wie man sich in Gegenwart von Gästen benimmt. Es geziemt sich nicht, vor ihnen zu streiten.«

So wie Thure aussah, dachte Andrej, wäre er gerne noch weiter gegangen, als sich nur mit seinem Bruder zu *streiten*. Aber er beherrschte sich, gab nur einen abfälligen Laut von sich und stampfte dann wütend davon. Diesmal folgte ihm keiner der Krieger. Björn sah ihm traurig nach.

»Verzeih meinem Bruder, Andrej. Er meint es nicht so.«

Andrej war ziemlich sicher, dass Thure genau wusste, was er tat. Er hatte überrascht mit angesehen, dass der riesige Nordmann auch jetzt wieder scheinbar kampflos aufgegeben hatte. Aber er hatte Urds Worte nicht vergessen. Dies war nicht der Moment, um darüber zu reden. Er nickte nur, und Björn bedankte sich mit einem angedeuteten Lächeln für sein Verständnis.

Abu Dun räusperte sich laut. »Vielleicht können wir deinen Männern helfen, die Schiffe zu beladen, oder uns auf andere Weise nützlich machen. Ich kann nicht herumstehen und gar nichts tun.«

»Ihr könntet ...«, begann Björn, brach erschrocken ab, um neu anzusetzen: »Ihr seid unsere Gäste und müsst nicht arbeiten. Aber ich weiß dein Angebot trotzdem zu schätzen. Ich danke euch dafür.«

Andrej fragte sich, was Björn wirklich hatte sagen wollen, doch ihm war auch klar, dass jetzt nicht die Zeit war, beharrlich zu sein. Abu Dun und er wandten sich wortlos um und verließen das Haus, und Urd folgte ihm auch jetzt.

Draußen, nur ein paar Schritte vom Haus entfernt, gerade außerhalb der Hörweite der beiden Posten vor der Tür, blieb sie stehen und sah nach links. Erst als Andrejs Blick ihrer Bewegung folgte und er die dröhnenden Hammerschläge hörte, wurde ihm klar, dass sie Thures Schmiede anstarrten. Offensichtlich war ihr Bruder in seine Werkstatt gegangen und ließ seinen Zorn an einem Stück Eisen aus.

»Björn hat recht«, sagte sie. »Du darfst es Thure nicht übel nehmen. Er kann nicht anders.«

»Es wäre ihm lieber, wenn wir blieben«, brachte Abu Dun das auf den Punkt, was Andrej nicht aussprechen wollte. Urd wirkte ebenfalls erschrocken, antwortete dann aber mit einem widerwilligen Nicken. Sie schwieg.

»Er hat Angst, dass sie wiederkommen«, fuhr Abu Dun fort. »Hat er recht damit?«

»Es ist nicht seine Schuld«, sagte Urd ausweichend. »Er ist besessen von dieser Insel und seinem Hass darauf. Und er gibt sich die Schuld an allem, was geschehen ist.« Ein Schatten huschte über ihr Gesicht, und ihre Stimme wurde noch leiser und sank zu einem Flüstern herab. »Und vielleicht stimmt das sogar.«

Abu Dun setzte zu einer überraschten Frage an, aber Andrej warf ihm nur einen raschen Blick zu, und sie geduldeten sich, bis Urd von sich aus weitersprach. »Er war nicht immer so, müsst ihr wissen. Früher war er fröhlich. Er hat gerne gelacht und sich ständig irgendeinen Schabernack ausgedacht. Aber vor einigen Jahren ist das Schiff, mit dem er unterwegs war, in einen Sturm geraten und an die Küste der verbotenen Insel getrieben worden. Seither …«

»Was ist passiert?«, fragte Andrej sanft.

Urd drehte sich zu ihm herum und versuchte ihm fest in die Augen zu blicken, aber ihre Kraft reichte nicht dazu. »Ich weiß es nicht«, sagte sie und schlug die Augen zu Boden. »Niemand weiß es. Er hat nie darüber gesprochen, und von denen, die mit ihm auf dem Schiff waren, ist keiner zurückgekehrt. Aber seither ist er wie besessen. Er glaubt, dass das, was dort haust, eines Tages über uns hereinbrechen und uns alle vernichten wird.«

»Und er ist trotzdem noch einmal dorthin zurückgekehrt?«, fragte Abu Dun.

»Um nach Lasse und seiner Familie zu suchen«, bestätigte Urd. »Er wollte allein gehen, aber Björn und einige andere haben darauf bestanden, ihn zu begleiten.«

»Und jetzt glaubt er, er hätte etwas geweckt, das nun zu euch herüberkommt«, vermutete Andrej. Und nicht nur Thure glaubte daran. Nach allem, was geschehen war, sah es ganz so aus, als wäre es wahr.

»Und du?«, wollte Abu Dun wissen. »Glaubst du das auch?«

Urd lachte unsicher. »Hättest du mir diese Frage gestern

gestellt, hätte ich die Antwort gewusst. Bis gestern waren es nur Geschichten.«

»Und jetzt waren die Dauger hier.« Er setzte sich in Bewegung und bedeutete Urd, ihm zu folgen, um den immer lauter werdenden Hammerschlägen zu entgehen, die aus der Schmiede herausschallten. »Erzähl mir von diesen Daugern. Was sind sie? Dämonen?«

Abu Dun zog fragend die linke Augenbraue hoch. Andrej wusste so gut wie er, dass diese Männer keine Dämonen gewesen waren, sondern nur Menschen, wenn auch Menschen, denen Schreckliches zugestoßen war. Doch er wollte wissen, wofür Urd sie hielt.

»Sie sind Menschen«, antwortete Urd. »Ich glaube nicht an Dämonen und Geister.«

»Menschen?«, vergewisserte sich Andrej. »Ich habe nie zuvor Männer getroffen, die so stark waren. Und so schwer zu besiegen.«

»Und doch hast du einen von ihnen erschlagen«, antwortete Urd.

»Das ist … etwas anderes«, sagte Andrej und verfluchte sich selbst für sein Zögern.

Urd sah ihn auch prompt misstrauisch an, und Abu Dun fügte hinzu: »Andrej würde es niemals zugeben, weil er ein so bescheidener und stiller Mensch ist, aber er ist der zweitstärkste Krieger der ganzen Welt.« Er lachte leise. »Nach mir, versteht sich. Obwohl ich zugeben muss, dass sogar ich mich ein bisschen anstrengen musste, um diesen Kerl in Stücke zu brechen. Was also sind diese Dauger? Ganz normale Menschen, sagst du? Wenn, dann würde mich interessieren, was mit ihnen geschehen ist.«

»Es würde dir nicht gefallen, Abu Dun«, antwortete Urd. »Es heißt, dass ein Mann zum Dauger wird, wenn er einen Schluck vom Blut des Nagelfahr nimmt. Doch wenn seine Wirkung vorüber ist, bezahlt er mit dem Leben dafür.«

»Er stirbt?«, vergewisserte sich Abu Dun. »Ja, du hast recht. Das würde mir nicht gefallen.« Er sah Andrej an. »Deshalb hat Thure gesagt, sie würden keine Fragen beantworten.«

Andrej nickte zwar, blieb aber wieder stehen und wandte sich fragend an Urd. »Was ist dieser Nagelfahr, von dem ihr immerzu sprecht?«

»Immerzu spricht allerhöchstens Thure von ihm«, antwortete Urd kopfschüttelnd, fuhr aber fort: »Es ist ein Schiff.«

»Ein Schiff?«, vergewisserte sich Andrej. Ganz kurz blitzte eine Erinnerung vor seinem geistigen Auge auf: ein gewaltiger, dräuender Schatten, der aus dem Nebel auftauchte und ebenso rasch wieder darin verschwand. »Was für ein Schiff?«

»Es ist nur eine Legende«, beharrte Urd. »Man sagt, es wäre aus den Haaren und Fingernägeln der Toten gemacht, denen die Tore Walhallas verschlossen geblieben sind. Angeblich befährt es das Meer zwischen der verbotenen Insel und Isengard, um jeden zu töten, der versucht, sich dem Reich der Götter zu nähern.« Sie lachte noch einmal unsicher auf. »Aber wie gesagt: Das ist nur eine Legende.«

»Ja«, sagte Abu Dun. »So wie die Dauger, nicht wahr?«

Urd blinzelte irritiert. Der Gedanke schien sie erst zu erschrecken, dann aber schüttelte sie abwehrend den Kopf und bedachte den Nubier mit einem mitleidigen Blick. »Ich bin sicher, dass mein Bruder herausfindet, was dieser feige Überfall zu bedeuten hat«, sagte sie heftig. »Und er wird die Verantwortlichen bestrafen.«

Und damit ging sie, bevor Andrej Gelegenheit fand, sie zurückzurufen. Wütend starrte er Abu Dun an. »War das notwendig?«, fauchte er.

»Ja«, sagte Abu Dun gelassen.

Andrej blickte ihn zornig an und wollte dann zu Urd eilen, doch Abu Dun legte ihm rasch die Hand auf die Schulter und hielt ihn zurück, und das mit deutlich mehr Kraft, als notwendig gewesen wäre. »Wir müssen reden, Hexenmeister«, sagte er. »Allein.«

Ohne dass er wusste, warum, waren sie wieder zu dem kleinen See gegangen, an dem er zusammen mit Urd gesessen hatte. Andrej gefiel das nicht. Nichts war hier zwischen ihnen passiert, sie hatten nur geredet, und doch war dieser Ort bereits jetzt etwas Besonderes für ihn, und es war ihm unangenehm, in Abu Duns Begleitung hierher zu kommen, so wie es ihn gestört hatte, von Thure beobachtet zu werden. Er verbot sich jedes entlarvende Wort – schon um sich eine spitze Bemerkung Abu Duns zu ersparen, nach der ihm im Moment nicht der Sinn stand – aber er machte keinen Hehl aus seinen Gefühlen. Seine finstere Miene kommentierte Abu Dun jedoch nur mit einem verächtlichen Verziehen der Lippen, ließ sich mit hörbar knackenden Gelenken am Ufer des kleinen Sees in die Hocke sinken und tauchte die Hand ins Wasser, um anschließend an seinen Fingerspitzen zu schnuppern. Er runzelte die Stirn.

»Was soll das?«, fragte Andrej scharf. Wenn Abu Dun jetzt eine seiner üblichen anzüglichen Bemerkungen machte, würde er sich im nächsten Moment kopfüber im See wiederfinden, mit einem zentnerschweren Stein auf dem Bauch.

Abu Dun sah jedoch ernst zu ihm auf, während er sich die Hand am schwarzen Stoff seines Mantels trocken rieb. »Nichts. Ich wollte nur ...« Er stockte, sah sich um und fragte: »War es hier, wo ihr das tote Schaf gefunden habt?«

»Nicht weit von hier«, antwortete Andrej. »Warum?«

»Zeig es mir«, verlangte der Nubier.

Andrejs Geduld war nun beinahe erschöpft, aber er riss sich zusammen und drehte sich brüsk herum und ging voraus. Abu Dun würde seine Gründe für dieses seltsame Benehmen haben. Der Nubier ließ normalerweise keine Gelegenheit ungenutzt verstreichen, ihn zu reizen, aber er war auch sensibel genug, um zu spüren, wann es besser war, es nicht zu tun.

Abu Dun brach das unbehagliche Schweigen erst, als sie die Lichtung erreicht hatten, wo Urd ihren grausigen Fund gemacht hatte. »Hier?«, fragte er.

Andrej nickte stumm. Hörte er Zweifel in Abu Duns Frage? Der Nubier tat jedenfalls nichts, um diesem hässlichen Gedanken den Stachel zu nehmen, sondern ließ sich nur in die Hocke sinken und betastete den dunklen Abdruck, den der Körper des Tieres hinterlassen hatte. Das Gras hatte sich längst wieder aufgerichtet, aber dort, wo der braune Schleim aus seinem Körper geronnen war, war es verdorrt, beinahe wie verbrannt. Als Abu Dun sich aufrichtete und an seinen Fingern roch, verzog er angeekelt das Gesicht. Widerlich. »Und die Spuren?«

Andrej zuckte die Achseln. Abu Dun wusste so gut wie er, dass die Spuren längst verschwunden waren.

»Du hast recht«, sagte Abu Dun leise. »Irgend etwas war hier.«

»Ja«, erwiderte Andrej bissig. »Das Gefühl hatte ich auch. Was suchen wir hier?«

»Nichts«, antwortete Abu Dun. »Ich wollte nur an einem Ort mit dir reden, an dem nicht ganz so viele neugierige Ohren mithören.«

»Du traust ihnen nicht?«

»Ihm«, antwortete Abu Dun. »Thure. Ich frage mich, ob dieser Überfall heute Morgen tatsächlich Zufall war.«

»Warum?«

»Du hast das Mädchen gehört. Bisher waren die Dauger nur eine Legende für sie. Und jetzt treten sie gleich zweimal hintereinander in Erscheinung. Ein seltsamer Zufall, wenn du mich fragst.« Er drehte sich langsam im Kreis und nahm seine Umgebung dabei aufmerksam in Augenschein, wie um sich zu überzeugen, dass sie auch tatsächlich allein waren. Auch Andrej lauschte, hörte aber nichts.

»Verdächtigst du etwa Thure, den Überfall auf seinen Vater geplant zu haben?«

»Er war nicht glücklich über die Entscheidung seines Vaters, Björn zu seinem Nachfolger zu ernennen.«

»Björn ist der Ältere«, erinnerte Andrej.

»Ja, aber die beiden Mädchen haben mir erzählt, dass Harald schon mehr als einmal darüber nachgedacht hat, Thure an seiner Stelle zum neuen König zu machen.«

»Dann wäre es doch klüger gewesen, wenn er Björn an seiner statt getötet hätte«, sagte Andrej. »Vielleicht war es zu spät, um die Mörder zurückzurufen. Wäre Harald noch König gewesen, als er getötet wurde –«

»Hätte Björn automatisch seine Nachfolge angetreten«, unterbrach ihn Andrej. Einen Moment lang war er beinahe versucht gewesen, Abu Dun in seinem Gedankengang zu folgen, aber er konnte zu viele Fehler darin entdecken. »Und selbst wenn es so wäre, dann wäre er ziemlich dumm gewesen, Björn auf der Eisinsel das Leben zu retten, nicht wahr?«

»Was an Zauberei grenzt«, sagte Abu Dun. »Ich verstehe bis heute nicht, wie ihm das gelungen ist.«

»Umso dümmer wäre es gewesen, ihn zu retten«, wandte Andrej ein. »Wenn er die Krone wollte, hätte er Björn seinem Schicksal überlassen müssen. Niemand hätte ihm einen Vorwurf gemacht.« Er schüttelte heftig den Kopf, und seine Stimme wurde eine Spur schärfer. »Was ist los mit dir, Pirat? Dass Thure Schwierigkeiten damit hat, auf ein Mal nicht mehr der stärkste Mann weit und breit zu sein, kann ich verstehen … aber du?«

»Unsinn!«, sagte Abu Dun verärgert. »Ich mag es nur nicht, manipuliert zu werden. Und ich dachte, du auch nicht.«

Andrej stellte erstaunt fest, dass der Vorwurf ihn nicht wütend machte; er empfand nichts weiter als Verwirrung … die mit jedem Moment größer wurde. Auch in ihm keimte der Verdacht, dass zwischen Thure und seinem Bruder nicht alles so war, wie es den Anschein hatte.

»Doch was streiten wir…«, seufzte Abu Dun, »in ein paar Tagen sind wir fort und Thure kann mit seinem Bruder machen, was immer ihm beliebt.« Seine Augen wurden ein wenig schmaler. »Du willst wirklich bis zur Trauerfeier bleiben?«

»Wir haben es Björn versprochen.«

»Genau genommen hast *du* es ihm versprochen«, antwortete Abu Dun. Er ließ sich zum zweiten Mal in die Hocke sinken, um die Brandfläche im Gras zu betrachten. »Sie werden uns wohl kaum mit Gewalt zurückhalten, wenn wir es uns anders überlegen.« Er stand wieder auf, hob plötzlich den Kopf und sah sich erschrocken um. Dann runzelte er die Stirn und nickte unmerklich zu den Baumwipfeln hoch.

Der Rabe war wieder da. Dieses Mal saß er nicht nur auf einem Ast und krächzte, als wolle er seinem Unmut Ausdruck verleihen, sondern sah Andrej an, nicht nur mit dumpfer tierischer Neugier, sondern mit so viel intelligentem Verständnis, dass es Andrej einen kalten Schauer den Rücken herunterjagte.

Ein ihm mittlerweise fast vertrautes Krächzen erscholl, und ein zweiter Rabe gesellte sich zu dem ersten Tier, um ebenso reglos und aus genauso beunruhigend wissenden Augen auf sie hinabzublicken.

»Das ist unheimlich, Hexenmeister«, murmelte Abu Dun. »Lass uns von hier verschwinden.«

Andrej erhob keine Einwände.

Urd kam auch an diesem Abend wieder zu ihm, und sie verbrachten die Nacht miteinander. Sie sprach kein Wort, ja, gab keinen einzigen Laut von sich, sondern legte sich nur neben ihn und schloss ihn in die Arme, und obwohl dies die einzige Berührung in dieser Nacht blieb, hatte Andrej am nächsten Morgen das Gefühl, schon seit endlos langer Zeit einem Menschen nicht mehr so nahe gewesen zu sein.

Wie er es schon erwartet hatte, war sie schon fort, als er erwachte, und genau wie am Morgen zuvor, blieb er auch jetzt noch eine Weile liegen und genoss das Gefühl, nicht mehr allein aufgewacht zu sein, sondern die zurückliegende Nacht mit einem Menschen verbracht zu haben, der ihm etwas bedeutete. Dieses Gefühl hatte er lange vermisst. Zu lange.

Draußen war es bereits hell, und durch das Fenster drangen die gewohnten Geräusche des Dorfes. Andrej staunte über sich selbst. Sie hatten sich am vergangenen Abend früh zurückgezogen – kurz nach Dunkelwerden, was nach der Zeitrechnung seiner Heimat gerade einmal später Nachmittag gewesen war – und die Nächte waren hier ungewöhnlich lang. Er hätte lange vor Sonnenaufgang wach werden und sich völlig ausgeruht fühlen müssen, aber er war es nicht, und er spürte ganz im Gegenteil eine große, wenn auch durchaus angenehme Mattigkeit. Die Menschen in diesem Teil der Welt schliefen gern und lange, worüber sich Abu Dun genau so gern und lange lustig gemacht hatte, aber wie es aussah, begann er sich wohl allmählich an diesen sonderbaren Rhythmus anzupassen.

Noch ein Grund, nicht länger in diesem öden, kalten Land zu bleiben.

Er stand auf, kleidete sich an und vermisste sein Kettenhemd. Gestern Abend hatte er es achtlos neben seinem Bett fallen lassen, nun war es fort. Hatte Urd es mitgenommen?

Andrej hatte gar nicht vorgehabt, das lästige Kleidungsstück anzuziehen, aber das verschwundene Kettenhemd war ihm ein willkommener Anlass, nach Urd zu suchen. Er verließ das Haus, ging mit schnellen Schritten zum Langhaus und fand es leer vor. Eine Anzahl Öllampen brannte, obwohl bereits heller Tag war, und es roch frisch. Alles war aufgeräumt und stand ordentlich an seinem Platz. Jemand hatte hier gründlich sauber gemacht, und Andrej stellte fest, dass ihm das missfiel. Er fand es unangemessen; als hätte man nicht nur versucht, alle Spuren des Kampfes zu beseitigen, sondern auch alles, was an den ehemaligen König erinnerte, der hier drinnen zu Tode gekommen war.

Andrej verspürte einen leisen Ärger auf sich selbst. Abu Duns Misstrauen wirkte anscheinend ansteckend.

Wahrscheinlich hatte der Nubier sogar recht. Andrej hatte Situationen wie diese schon zu oft erlebt, und er kannte die Menschen zu gut, um ernsthaft zu glauben, dass ein Mann wie Thure sich so kampflos geschlagen geben würde. Spätestens in einem Jahr, dessen war er sich sicher, würde König Thure auf dem geschnitzten Thron sitzen, und nicht mehr König Björn. Aber er würde den Teufel tun und sich in den brüderlichen Machtkampf hineinziehen lassen; was auch immer sein wahrer Grund war.

Er verließ das Haus, sah sich unschlüssig um und musste sich eingestehen, dass er nicht wusste, wo genau er nach Urd suchen sollte. Doch das Dorf bestand aus wenig mehr als dem Pier und einem Dutzend Gebäude, und er hatte einen Mund, um zu fragen.

Aus keinem anderen Grund als dem, dass sie am nächsten lag, ging er zuerst zu Thures Schmiede. Aus der offen stehenden Tür drangen auch jetzt wieder Hammerschläge, aber das Feuer brannte nicht mehr annähernd so hoch und höllisch heiß wie das letzte Mal. Thure stand mit dem Rücken zur Tür und schwang einen Hammer, der in seinen riesigen Pranken wie ein Spielzeug aussah.

»Komm herein, Andrej Delãny«, sagte er, obwohl Andrej sicher war, nicht das mindeste Geräusch verursacht zu haben.

Er ging zu ihm und sah, dass Thure nicht mehr an seinem monströsen Riesenschwert schmiedete, sondern eine Zange in der anderen Hand hielt. Mit der hatte er den Ärmel eines Kettenhemdes gepackt, das über dem Feuer lag. »Ich habe mich schon gefragt, wo es geblieben sein mochte«, sagte Andrej.

»Es war beschädigt«, antwortete Thure. »Urd hat es mir gebracht. Aber keine Sorge. Gleich ist es wieder wie neu. Du wirst nicht einmal mehr sehen, dass es gerissen war.«

»Ich habe nicht einmal gemerkt, dass es beschädigt war«, gab Andrej zu.

Thure lachte und ließ den Hammer mit einem Geschick, das man seinen groben Händen niemals zugetraut hätte, auf das dünne Kettengeflecht niedersausen. Andrej sah erst jetzt, dass Etliche der winzigen Glieder neu waren und noch dunkelrot glühten, während Thure sie mit ebenso schnellen wie geschickten Hammerschlägen schloss. »Aber du hättest es gemerkt, spätestens beim nächsten Kampf. Es hätte dich den Arm kosten können. Oder Schlimmeres.«

»Ja«, sagte Andrej. »Anscheinend habe ich wieder einmal Glück gehabt. Du machst das sehr gut. Bist du ein guter Schmied?«

»Der beste, den es in unserem Dorf gibt«, antwortete Thure. »Allerdings auch der einzige.« Er ließ den Hammer ein letztes Mal auf das Metall krachen, dass die Funken flogen, legte das Werkzeug aus der Hand und warf Andrej das Kettenhemd zu. Andrej fing es geschickt auf, wobei er darauf achtete, nicht die reparierte Schulter zu berühren. Die Kettenglieder zischten noch immer vor Hitze.

»Ich hätte dich eher für einen Heilkundigen gehalten«, sagte Andrej, während er das instand gesetzte Hemd musterte und dann Thure einen anerkennenden Blick zuwarf. In ein paar Tagen, sobald das Metall seinen frischen Glanz verloren hatte, würde man nicht einmal mehr sehen, dass es einmal beschädigt gewesen war. »So gut, wie du dich um deinen Bruder gekümmert hast.«

»Seine Wunde war nicht so schlimm, wie es zuerst den Anschein hatte. Aber du hast recht – ich kenne mich ein wenig mit Verletzungen aus. Und wir haben gute Heilkräuter hier.«

»Ein Schmied, der zugleich Heiler ist?«, wunderte sich Andrej. »Eine ungewöhnliche Kombination.«

»Es ist ein gefährlicher Beruf«, antwortete Thure. »Man verletzt sich schnell. Da bleibt es nicht aus, dass man sich irgendwann mit Wundheilung auskennt ... ob man will oder nicht.« Er zog eine Grimasse. »Außerdem ist unser Volk zu klein, als dass ein Mann nur einen Beruf haben könnte.«

»Das ist es in der Tat«, antwortete Andrej. »Ihr führt hier ein sehr abgeschiedenes Leben, habe ich recht?«

»Abgeschieden und hart«, bestätigte Thure. »Für manchen zu hart. Aber wir wollen es so. Es gefällt uns. Und es ist sehr friedlich ... oder war es bisher.«

»Bevor wir gekommen sind?«

Wenn Thure ihm diese Offenheit übel nahm, so ließ er es sich jedenfalls nicht anmerken. »Manche mögen das denken«, antwortete er, »aber ich nicht. Wären dein großer schwarzer Freund und du nicht gewesen, dann wären wir jetzt vielleicht alle nicht mehr am Leben. Es ist nicht eure Schuld. Wenn jemand die Schuld an dem trägt, was passiert ist, dann Lasse. Er hätte diese Insel niemals anlaufen dürfen.«

»Deine Schwester meint, der Sturm hätte sein Schiff vielleicht vom Kurs abgebracht.« Das entsprach nicht ganz der Wahrheit, aber er wollte Thure nicht gestehen, wie abfällig Urd über ihren Bruder gesprochen hatte.

Thure war deutlich offener als er, denn er schnaubte abfällig durch die Nase und maß Andrej mit einem Blick, der sehr deutlich machte, was er von Urds Version der Geschichte hielt. »Lasse war ein Narr. Er wurde gewarnt. Von mir, von unserem Vater und vielen anderen. Er wusste, was passieren würde. Aber er hielt sich wohl für klüger als wir alle zusammen. Er hat das Ende gefunden, das viele *kluge Männer* ereilt.

Ich weine ihm keine Träne nach, wenn du das erwartest. Es tut mir leid um sein Weib und die, die bei ihm waren, doch Lasse trägt selbst Schuld an seinem Schicksal.«

»Wenn er so ein Narr war, wie alle sagen«, fragte Andrej vorsichtig, »warum habt ihr ihn dann überhaupt gehen lassen? Ich dachte, es ist bei euch üblich, füreinander zu sorgen?«

Der riesige Schmied schüttelte den Kopf, als hätte er etwas sehr Dummes gesagt, und sah sich suchend um. Er bückte sich nach seinem gewaltigen Schmiedehammer und hob ihn auf, bevor er Andrejs Frage beantwortete. »Es war seine Zeit, Andrej. Sie war schon lange erreicht. Unser Vater war ein sehr großzügiger Mann. Er hat ihm sogar ein Jahr länger gewährt, als ihm von Rechts wegen zugestanden hätte.«

»Seine Zeit?«

Thure ließ das Werkzeug wieder fallen und bückte sich, um Kohle und Holz ins Feuer zu werfen. Andrej wollte ihm helfen, doch der Nordmann wehrte ihn ab. »Lass es bleiben, Andrej. Das Zeug ist schmutzig. Nicht, dass Urd und du euch gleich wieder waschen müsst.«

Andrej ließ die Bemerkung unbeachtet, auch wenn es ihm schwerfiel. Zwischen Thure und Abu Dun schien es offensichtlich noch mehr Gemeinsamkeiten zu geben als nur ihre hünenhafte Gestalt. »Was genau heißt: *Seine Zeit?«*, beharrte er stattdessen.

»Unsere Insel ist klein«, antwortete Thure, ohne ihn anzusehen und jetzt scheinbar ganz darauf konzentriert, sein Feuer wieder zu den gewohnten, höllischen Temperaturen anzufachen. In ein paar Minuten, dachte Andrej, würde es hier drinnen wieder heiß wie in der Hölle sein. »Du hast unser Dorf gesehen. Wir haben wenig Platz und viel zu viele Menschen.«

Es dauerte einen Moment, bis Andrej begriff, was Thure damit sagen wollte. Er war entsetzt. »Und deshalb schickt er sie einfach fort?«

»Nicht einfach«, erwiderte Thure lachend. »Früher waren wir ein kriegerisches Volk, Andrej. Die Weiber mussten Söhne gebären. Viele Söhne, die zu Kriegern heranwachsen konnten. Aber die Zeiten haben sich geändert. Heute führen wir keine Kriege mehr, doch unser Volk wächst weiter. Wenn ein Vater zu viele Söhne hat, gibt er einem von ihnen ein Schiff und Nahrung für ein Jahr, damit er in die Welt hinausfahren und irgendwo sein Glück suchen kann.« Er hob die Schultern. »Manche finden es und kommen zurück.«

»So wie du?«, vermutete Andrej. »Du warst auch auf dieser Insel.«

Verärgert sah Thure ihn an und schwieg.

Natürlich war sein Einwurf nicht klug gewesen, vermutlich war sogar äußerst dumm, doch Andrej war es leid, der Einzige auf der ganzen Insel zu sein, der nicht wusste, was doch alle anderen so selbstverständlich von ihm zu erwarten schienen. »Du warst auch auf dieser Insel«, stellte er noch einmal fest.

In Thures Augen blitzte es kurz, aber so wütend auf, dass Andrej dachte, er würde als Nächstes nach seinem Schmiedehammer greifen, um damit nach ihm zu werfen. Dann aber grollte er verächtlich: »Ja. Aber ich war es nicht, der das Nagelfahr geweckt hat. Das war Lasse. Er hat den Preis für seine Dummheit bezahlt, und gut.«

»Aber jetzt kommt es hierher«, vermutete Andrej. Thure starrte ihn nur aus dunkel brennenden Augen an, und Andrej fuhr – gegen seine innere Überzeugung und wohl wissend, was für ein gefährliches Spiel er trieb – fort: »Und dein Bruder glaubt nicht daran. Nicht einmal jetzt, wo sie hier waren.«

Wieder blitzte Zorn in Thures Augen auf, hell und stark. Wütend griff er nach seinem Hammer, schwang ihn mit beiden Armen und schlug damit so heftig ins Feuer, das Funken und glühende Holzsplitter in alle Richtungen flogen. »Ja, du hast recht!«, schrie er, »Und, ja, ich *wollte*, dass ihr bleibt.

Vielleicht war der Tod meines Vaters nur eine Warnung, sich nicht in Dinge zu mischen, die uns nichts angehen. Vielleicht kommen sie nie wieder. Aber vielleicht kehren sie auch zurück, um uns alle auszulöschen. Die Götter sind launisch. Wer will schon sagen, was passiert? Ich hatte die Hoffnung, dass dein Freund und du bleiben, um uns beizustehen, denn wir allein sind ihnen nicht gewachsen.«

»Und du glaubst, wir wären es?«

Thures Blick flog zu Andrejs rechter Hand, dann trat er mit einem Ruck vom Feuer zurück und begann, die Funken und Brandnester auszutreten, die er mit seinem Wutanfall gerade selber entfacht hatte. »Ich weiß nicht, was ihr seid, Andrej. Am Anfang habe ich euch für Dämonen gehalten, wenn du es unbedingt wissen willst. Vielleicht seid ihr es. Vielleicht auch nicht. Es interessiert mich nicht mehr. Aber ich weiß, wozu ihr fähig seid.« Er rammte das letzte glimmende Stück Holz regelrecht mit dem Fuß in den Boden und funkelte Andrej an. »Ihr habt schon mehr für uns getan, als ihr uns schuldig gewesen wärt. Du kannst mit gutem Gewissen deiner Wege gehen. Ich werde nicht versuchen, euch zurückzuhalten. War es das, was du hören wolltest?«

Zu Andrejs eigener Überraschung spürte er das Nagen seines schlechten Gewissens. Ganz plötzlich wurde ihm klar, dass ihm bei Thure derselbe Fehler unterlaufen war, den so viele andere bei Abu Duns Anblick begingen. Nur weil er so groß war und eine solche Kraft ausstrahlte, ein Bär von einem Mann, den scheinbar nichts erschüttern konnte, hatte er ihm keine Gefühle zugebilligt. Aber ganz plötzlich begriff er, dass es tatsächlich wohl nur die Sorge um seine Familie und sein Volk war, die Thure dazu brachte, das zu tun, was er eben getan hatte.

Doch das Unbehagen blieb. So sehr er ihn mit einem Male auch verstand, er spürte immer noch, und jetzt noch deutlicher als zuvor, dass Thure etwas vor ihm verheimlichte.

»Wir können nicht gegen den Willen deines Bruders hierbleiben. Und auch dein Vater wollte, dass wir gehen.«

»Ja, da hast du wohl recht«, sagte Thure kalt. »Verzeih. Wer bin ich schon, den Befehl unseres Königs infrage zu stellen.« Er lachte verächtlich. »Und jetzt entschuldige mich bitte, Andrej Delãny. Es wartet eine Menge Arbeit auf mich.« Er machte eine Kopfbewegung zur Tür. »Warum gehst du nicht und suchst nach meiner Schwester? Geht und amüsiert euch. Zeuge einen Sohn mit ihr. Wer weiß, vielleicht bleibt uns ja noch genug Zeit, und er wächst zu einem ebenso großen Krieger heran wie du. Wir könnten ihn brauchen.«

Er war nicht gegangen, um nach Urd zu suchen, fand sie aber trotzdem. Zusammen mit einigen anderen Frauen kam sie gerade vom Bach zurück, als er die Schmiede verließ, wo sie Wäsche gewaschen und ein paar Krüge mit frischem Wasser geholt hatten. Sie zeigte sich erfreut, ihn zu sehen, warf aber auch einen raschen, beunruhigten Blick auf die Schmiede. Andrej verdrehte kurz die Augen, schüttelte den Kopf und sie lächelte befreit. Ohne ein weiteres Wort mit ihm zu wechseln, schloss sie sich den anderen Frauen an, die bereits im Langhaus verschwunden waren, und sie sprach ihn auch nicht während des restlichen und der folgenden Tage ein einziges Mal auf das Gespräch zwischen ihm und ihrem Bruder an. Aber am folgenden Abend kam sie wieder zu ihm, und auch an jedem anderen, und wenn sie noch um ihren Vater trauerte, so verbarg sie es, denn in keiner dieser Nächte beschränkten sie sich wieder darauf, einander nur in den Armen zu halten.

Andrej genoss jede Minute dieser Zeit, aber der winzige Tropfen Bitterkeit, der sich in sein Hochgefühl mischte, wurde auch mit jedem Tag größer. So berauschend und wunderbar diese Zeit auch war, so sehr er auch daraus schöpfte, was er allzu lange vermisst hatte, so fest war auch sein Entschluss, mit dem ersten Schiff abzureisen, das ablegte, sobald die Trauerfeier für Harald vorüber war. Es war nicht sein Wille. Er wollte um nichts auf der Welt von hier fort, aber er würde gehen.

Er musste es tun, wenn er sich je von dieser Insel losreißen wollte.

Es war der Abend der Beisetzungsfeier. Andrej hatte das Gefühl, dass auch dieser Tag wieder kürzer gewesen war als die vorangegangenen, als befände sich die Welt in einem Sturzflug in eine immerwährende Nacht, in der die Sonne niemals mehr aufgehen würde. Trotzdem war das kleine Dorf taghell erleuchtet. In jedem Haus brannte Licht, überall prasselten Feuer, die nicht nur Helligkeit und Wärme verbreiteten, sondern die Luft auch mit erstickendem Qualm und penetrantem Geruch von nassem Holz erfüllten. Im Zentrum des kleinen Dorfplatzes, dessen Abmessungen nicht einmal an so manchen Patio heranreichten, war ein beinahe mannshoher Stapel aus Baumstämmen errichtet worden. Einige Frauen (Urd war auch unter ihnen, und sie hatte sein Angebot, ihr zu helfen, prompt mit der spöttischen Bemerkung abgelehnt, er wolle doch nicht etwa *Weiberarbeit* tun) stopften sämtliche Ritzen und Hohlräume mit trockenem Reisig und Wolle aus. Krüge mit Öl standen bereit, und der Junge, der am ersten Tag so erschrocken vor Andrejs Anblick davongelaufen war (er musste sich eingestehen, dass er nicht einmal seinen Namen kannte), hatte die Aufgabe übernommen, diejenigen, die sich dem Scheiterhaufen näherten, genau in Augenschein zu nehmen und streng darauf zu achten, dass niemand eine Fackel oder Kerze bei sich trug, damit der Scheiterhaufen nicht etwa verfrüht in Flammen aufging.

Andrej betrachtete die Vorbereitungen mit gemischten Gefühlen. Den ganzen Tag über hatten auch Abu Dun und er dabei geholfen, im nahen Wald Bäume zu schlagen und die Stämme auf die passende Länge zu kürzen, während die Frauen und Kinder Arme voll trockenem Reisig gesammelt hatten. In dem bewaldeten Hang über dem Dorf gähnte jetzt eine Lücke, als hätte ein mythisches Ungeheuer ein Stück aus dem Wald herausgebissen. Allzu viele solcher Beisetzungen, hatte Abu Dun spöttisch angemerkt, konnte die kleine Insel nicht verkraften, wollte sie nicht bald ebenso karg und felsig daliegen wie ihre Nachbarinnen. In den letzten Tagen hatte Andrej nur wenig mit dem Nubier gesprochen. Abu Dun hatte noch ein einziges Mal versucht, ihn in eine Diskussion über Thure und sein Verhältnis zu seinem neuen König zu verwickeln und es dann beleidigt aufgegeben, als Andrej sich stur geweigert hatte, den Faden aufzunehmen. Darüber hinaus hatte er die meiste Zeit mit seinen beiden blonden Eroberungen verbracht. Andrej hatte auch dazu nichts gesagt, obwohl er Thures Worte keineswegs vergessen hatte. Er gönnte Abu Dun seinen Spaß, so wie dieser sich auch (ungewöhnlich genug für ihn) mit anzüglichen Bemerkungen, Urd betreffend, zurückhielt. Morgen in aller Frühe (sobald die Kapitäne der Schiffe, die in den letzten beiden Tagen gekommen waren, ihren Rausch ausgeschlafen hatten) würden sie in See stechen, und dann konnte er Abu Dun erklären, was der wahre Grund für Thures vermeintliche Großzügigkeit war.

Die Frauen waren mit ihrer Arbeit fertig. Urd, die als Erste begonnen hatte, nahm sich den letzten Krug Öl und goss ihn sorgsam über dem Scheiterhaufen aus, dann betrachtete sie ihr Werk noch einmal ausgiebig und kritisch, nickte zufrieden und trat ein paar Schritte zurück. Die anderen Frauen entfernten sich hastig, doch Urd blieb noch einen Moment reglos stehen. Andrej konnte ihr Gesicht nur als Silhouette gegen den hellen Hintergrund der zahllosen Feuer erkennen, die in sicherem Abstand zu dem riesigen Scheiterhaufen brannten, aber er meinte Trauer über ihre ebenmäßigen Züge huschen zu sehen. Es tat ihm weh, ihr Leid zu spüren, aber zugleich erfüllte ihn der Anblick auch mit einem warmen Gefühl. Urd hatte sich während der zurückliegenden Tage nicht ein einziges Wort der Trauer gestattet, aber sie war offensichtlich doch nicht so hart, wie sie sich gab.

Schließlich wandte sich Urd ihm zu und auf ihrem Gesicht erschien das gewohnte, strahlende Lächeln. »Jetzt ist es beinahe vollbracht. Nicht mehr lange, und die Seele unseres Vaters kann nach Walhalla gehen.«

Andrej nickte und gab sich Mühe, ein zufriedenes Gesicht zu machen. Jenes eine Mal, als sie ganz ehrlich zu ihm und vermutlich auch zu sich selbst gewesen war, hatte sie zugegeben, was sie von den Überzeugungen ihres Volkes hielt. Doch auch wenn dieser Moment sich nicht wiederholt hatte, zweifelte Andrej nicht daran, dass sie selbst das, was sie gerade gesagt hatte, für Unsinn hielt. Wahrscheinlich sprach sie so, weil es dem Augenblick angemessen war, oder weil so viele andere Ohren mithörten.

»Kann ich mit dir reden?«, fragte er ernst und so leise, dass nur sie die Worte verstehen konnte.

»Wenn du mich begleitest.« Urd deutete auf ihr Kleid, dessen Saum nass und schwer von dem ausgegossenen Öl war. »Ich muss mich umziehen und waschen, bevor das Feuer entzündet wird.« Ein kurzes spöttisches Funkeln erschien in ihren Augen. »So sehr ich meinen Vater darum beneide, an Odins Tafel zu sitzen, hatte ich eigentlich nicht vor, ihm jetzt schon zu folgen.«

Andrej blieb ernst, trat beiseite und schloss sich Urd an, als sie an ihm vorüberging und mit schnellen Schritten das Meer ansteuerte, nicht, wie er angenommen hatte, das Haus, das sie sich mit den anderen unverheirateten Frauen teilte. In den letzten Tagen hatte sie ohnehin nur sehr wenig Zeit dort verbracht.

Sie brauchten länger als erwartet, um den felsigen Küstenstreifen zu erreichen. Die Einwohnerzahl des kleinen Dorfes hatte sich in den letzten beiden Tagen mehr als verdreifacht. Fünf zusätzliche schlanke Drachenboote tanzten jetzt hinter dem Steg auf den Wellen, und jeder der selbsternannten Könige (auch dazu hatte sich Abu Dun die eine oder andere spöttischen Bemerkung, manche sogar in Hörweite derjenigen, über die er redete, nicht verkneifen können) hatte gute zwei oder drei Dutzend Begleiter mitgebracht. Andrej fragte sich, ob sich die Dorfbewohner diese große Anzahl von Gästen überhaupt leisten konnten. Urd hatte ihm gesagt, dass ein harter Winter bevorstünde (noch ein Grund, nicht länger hierzubleiben, wenn sie tatsächlich glaubte, jetzt wäre *Somm*er!) und er hatte die Vorratskammern gesehen, die ihre Leute für die bevorstehenden dunklen und kalten Monate angelegt hatten. Wenn dieses Fest vorüber und alle Gäste abgereist waren, würde nicht mehr allzu viel von ihren Wintervorräten übrig sein.

Urd ging ein wenig schneller, als sie den Steg betraten und sie nicht mehr ununterbrochen nach rechts und links ausweichen musste, um nicht mit irgendjemandem zusammenzustoßen, und Andrej holte mit zwei schnellen Schritten ganz zu ihr auf und konnte sich im letzten Moment noch bremsen, ihr den Arm um die Schulter zu legen. Urd würde nichts dagegen haben, und ihr Bruder auch nicht, doch mit jedem Besucher, der eintraf, war ihm klarer geworden, dass Thures vermeintliche Großzügigkeit nicht bei jedem gut angesehen war. Niemand hatte es gewagt, in seiner Gegenwart eine entsprechende Bemerkung zu machen, doch ihre Blicke hatten Bände gesprochen. Morgen um diese Zeit würden Abu Dun und er nicht mehr hier sein, Urd aber schon.

»Warum so ernst, großer Krieger?«, fragte Urd plötzlich, als hätte sie seine Gedanken gelesen.

»Da ist etwas, was ich dich fragen muss«, sagte er, wobei er gegen seinen Willen genau den Ernst in seine Stimme legte, über den Urd sich gerade lustig gemacht hatte. Ihre Augen blitzten auch umso spöttischer, doch sie schüttelte den Kopf, als er fortfahren wollte.

»Warte einen Moment.« Sie hatten das Ende des Steges erreicht, doch Urd verlangsamte nicht ihren Schritt, sondern ging einfach weiter und verschwand einen halben Atemzug später mit einem gewaltigen Platschen im Wasser. Eisiger Schaum spritzte hoch zu Andrej, der entsetzt die Augen aufriss und darauf wartete, dass sie wieder auftauchte. Doch die Zeit verstrich und Andrej fror erbärmlich. Schließlich erkannte er zumindest ihre Silhouette unter den schwarzen Quellen und zwang das besorgte Gefühl nieder, das sich in ihm breitzumachen begonnen hatte. Allmählich, schalt er sich selbst, begann er sich wirklich albern aufzuführen. Nur weil sie eine Sterbliche und viel verwundbarer war als er, würde ein Bad in eisigem Wasser sie nicht umbringen.

»Also, Andrej«, fragte Urd, nachdem sie zu seinen Füßen prustend aus dem Wasser aufgetaucht war und das Kinn auf die Unterarme stützte. »Was gibt es so Wichtiges, was du mich fragen willst?«

Der Spott in ihren Augen weckte in Andrej den Verdacht, dass sie bereits wusste, was er sie fragen wollte, aber seine Kehle war mit einem Male wie zugeschnürt. All die geschliffenen Worte, die er sich in den letzten Tagen so sorgsam überlegt und zurechtgelegt hatte, waren einfach weg. Er kam sich vor wie ein Knabe, der sich in seine Amme verliebt hatte und nicht wusste, wie er die sonderbaren und verstörenden neuen Gefühle, die er in sich spürte, in Worte fassen sollte. Statt zu antworten, druckste er einen Moment hilflos herum und hatte dabei nicht nur das Gefühl, sich endgültig zum Narren zu machen, sondern glaubte Urds Spott beinahe körperlich zu spüren.

Schließlich kniete er sich auf den Steg und streckte die Hand aus, um ihr aus dem Wasser zu helfen. Urd ignorierte die Geste, stemmte sich mit einer ebenso geschmeidigen wie kraftvollen Bewegung hoch und nahm in einer getreulichen Nachahmung seiner eigenen Haltung neben ihm Platz. Dann umschlang sie die Beine mit den Armen und stützte das Kinn auf die Knie, um fragend zu ihm aufzublicken.

Das aber machte ihm die Sache nicht leichter. Was wohl auch nicht in ihrer Absicht lag.

»Also?« fragte sie.

»Ich weiß, dass es der falscheste Moment ist, den ich mir aussuchen konnte«, begann er unbeholfen. »Aber es ist wahrscheinlich auch der letzte. Morgen früh gehen Abu Dun und ich von hier fort.«

»Und du glaubst wirklich, dass irgendeiner der Männer morgen früh schon wieder nüchtern genug ist, um sein Schiff zu finden?« Sie kicherte. »Kaum.«

Andrej zwang sich, ernst zu bleiben. »Wir sind schon lange unterwegs«, antwortete er. »Abu Dun und ich … nun, wir müssen wieder in unsere Heimat.«

»Weil ihr dort wichtige Angelegenheiten zu erledigen habt?«, vermutete Urd. Vielleicht zum allerersten Mal genoss Andrej den spöttischen Ton in ihrer Stimme nicht, sondern wünschte sich, sie würde ihn ernst nehmen.

»Auch das«, sagte er und gestand im nächsten Moment kopfschüttelnd: »Nein. Man nennt das Gefühl ganz simpel Heimweh. Euer Land ist faszinierend, aber es ist nicht unser Land.«

»Du meinst, ihr könntet hier nicht leben.«

»Nicht für immer.«

»Und wie kommst du dann darauf, dass ich bei euch leben könnte?«

Andrej blinzelte. »Wie?«

»Das wolltest du mich doch fragen, nicht wahr?«, fragte sie. »Ob ich dich begleite.« Sie schüttelte den Kopf, ohne das Kinn von den Knien zu heben. »Die Antwort ist nein, Andrej.«

»Bist du sicher«, fragte er leise. Er war sehr enttäuscht, obwohl er mit der Antwort gerechnet hatte.

»Ich kann nicht mit euch kommen.«

»Mit mir.«

»Mit dir. So sehr ein Teil von mir es auch will. Aber ich kann hier nicht weg. So wenig, wie du und dein Freund bleiben könnt.«

»Du könntest es versuchen. Vielleicht für eine Weile. Ein Jahr – oder vielleicht zwei. Wenn es dir nicht gefällt, bringe ich dich zurück.«

»Um mir das Paradies zu zeigen, und es mir dann wieder zu nehmen?« Sie seufzte. »Ich glaube dir, dass deine Welt schöner ist als unsere. Abu Dun spricht schließlich oft genug davon. Es ist dort wärmer als hier. Die Sonne scheint heller und viel länger, und eure Städte sind größer, mit Platz für Tausende und Dächern aus purem Gold.«

Gegen seinen Willen musste Andrej lächeln. »Das hat Abu Dun dir erzählt?«, fragte er.

»Stimmt es denn nicht?«

»Doch«, antwortete er. »An manchen Orten schon.«

»Ich würde all diese Wunder gerne sehen. Doch mein Platz ist hier. Mein Volk braucht mich. Und ich brauche mein Volk. Warum bleibst du nicht eine Weile hier? Vielleicht nur, bis der Winter kommt.« Sie lachte. »Den würdet ihr ohnhin nicht ertragen.«

Andrej schwieg. Möglicherweise war Urds Vorschlag nur eine gutmütige Revanche für sein eigenes Ansinnen, aber er spürte auch einen plötzlich stechenden Schmerz. Urd irrte sich. Er würde den Winter hier ertragen, solange sie nur bei ihm war, und er zweifelte nicht daran, selbst Abu Dun zum Bleiben überreden zu können … oder im nächsten Frühjahr zurückzukommen, oder im übernächsten. Aber die Frage war eine andere. Wenn er bis zum Winter blieb, dann würde er nicht mehr gehen, nicht mit Einbruch des Winters, nicht im nächsten Frühjahr und auch nicht in dem darauffolgenden und dem darauf.

Und was spricht dagegen?, flüsterte ihm eine Stimme zu. Urd war jung, aber was war schon ein Menschenleben? Was hinderte ihn, eine kleine Weile zu bleiben, zwanzig oder dreißig oder auch fünfzig Jahre, und erst dann in eine Welt zurückzukehren, die außer Tod und Gewalt und unendlichem Leid für ihn bisher nicht viel bereitgehabt hatte? Warum tat er es nicht einfach? Was hatte er zu verlieren, außer Zeit, von der er mehr als genug hatte?

Urd stand mit einer so plötzlichen Bewegung auf, dass er zusammenschrak, und streckte ihm lachend die Hand entgegen, um ihm auf die Füße zu helfen. »Komm. Es wird Zeit. Ich möchte nicht zu spät kommen.«

Wie um ihren Worten den nötigen Nachdruck zu verleihen, wehte der klagende Ton eines Horns an ihr Ohr. Als Andrej zum Dorf hinaufsah, stellte er fest, dass die Feuer nicht mehr ganz so hoch brannten wie noch vor ein paar Augenblicken. Wortlos folgte er Urd zu einem niedrigen Haus, in dem sie verschwand, um schon nach wenigen Momenten in einem sauberen weißen Kleid wieder herauszutreten.

Das Horn rief zum zweiten Mal, als sie sich auf dem kurzen Weg zum Zentrum des Dorfes machten. Andrej fragte sich im ersten Moment, wie sie durch die dicht gedrängte Menschenmenge hindurchkommen sollten, die um den Scheiterhaufen lagerte, aber jeder, der ihrer ansichtig wurde, machte ihnen respektvoll Platz. Auf den letzten Schritten blieb er zurück, damit Urd an die Seite ihrer Brüder treten konnte, um ihrem Vater auf seinem letzten Weg die gebührende Ehre zu erweisen. Er runzelte flüchtig die Stirn, als er nur Björn und Thure gewahrte – hatte sie nicht von viel mehr Brüdern gesprochen? – verfolgte den Gedanken aber nicht weiter. Stattdessen hielt er nach Abu Dun Ausschau.

Er entdeckte den Nubier am anderen Ende des Platzes, arbeitete sich mit einiger Mühe zu ihm durch und erreichte ihn gerade in dem Moment, in dem das Klagen des Horns zum dritten Mal erklang.

Auch die letzten Gespräche verstummten nach und nach, und ein abschließendes Raunen lief durch die versammelte Menge.

Die Tür des Langhauses wurde geöffnet, und zwei Krieger traten gemessenen Schrittes heraus, sie trugen brennende Fackeln in der rechten und Schild und Speer in der linken Hand. Ihnen folgten vier weitere Männer, auf den Schultern ein übergroßer Rundschild, auf dem der Leichnam des alten Königs aufgebahrt war.

Er trug Rüstung und Helm, und jemand hatte seine schmalen Hände über dem Griff des Schwertes zusammengefaltet, das auf seiner Brust lag. Er sah aus, als schliefe er. Zwei weitere Krieger, ebenfalls mit Speer, Schild und Fackeln, bildeten den Abschluss des kleinen Trauerzuges.

Thure und sein Bruder begannen ein Lied in einer fremden, Andrej unbekannten Sprache anzustimmen, in das rasch die gesamte Menge einfiel, und auch das Horn ertönte wieder mit seinem düsteren Klagen. Eine Trommel schlug, langsam und im Takt der Schritte der Männer, die den Schild mit Haralds Leichnam trugen.

Abu Dun berührte Andrej verstohlen am Arm und nickte kaum merklich zu Thure hin. Im ersten Moment verstand Andrej nicht, worauf ihn der Nubier aufmerksam machen wollte, aber dann sah er es: Wie jeder andere Mann hier war auch Thure in Helm, voller Rüstung und Waffen erschienen, doch er trug nicht nur Schild, Speer und seine geliebte Streitaxt. Über seinen Schultern ragte der Griff eines mannslangen Schwertes auf; die Riesenklinge, an der er am ersten Tag zusammen mit Abu Dun geschmiedet hatte. Andrej wunderte sich zwar, beließ es aber bei einem angedeuteten Achselzucken. Zwar verstand er Thures Beweggründe seit ihrem

Gespräch in der Schmiede besser. Trotzdem hielt er ihn auch für einen Prahlhans.

Die Krieger näherten sich dem Scheiterhaufen, während sich die Menge respektvoll vor ihnen teilte, um sie passieren zu lassen. Alle bis auf einen löschten ihre Fackeln, und der letzte Mann übergab die seine an Björn, bevor sie dem ölgetränkten Scheiterhaufen gefährlich nahe kommen konnte. Die Zuschauer wichen vorsichtshalber ein paar Schritte zurück, obwohl der Raum auf dem hoffnungslos überfüllten Dorfplatz jetzt schon kaum ausreichte, um so viele Menschen aufzunehmen. Der Gesang wurde lauter, und das Schlagen der Trommeln schneller, und auch die Totenträger beschleunigten ihre Schritte, bis sie den Scheiterhaufen erreicht hatten. Behutsam luden die Männer den Schild mit dem toten König auf dem Holzstapel ab und zogen sich rasch zurück, der Gesang wurde noch einmal lauter, und auch der Takt des Trommelschlages nahm noch einmal zu.

Abu Dun griff erneut seinen Arm, doch diesmal war sein Blick auf den geschnitzten Firstbalken des Langhauses gerichtet.

Dort hockte der riesige Rabe, der aus Augen voller boshaft funkelnder Intelligenz auf sie herabsah.

»Lass es dir nicht anmerken«, raunte er auf Arabisch.

Das hatte Andrej nicht vorgehabt, aber er behielt das Tier dennoch aufmerksam im Auge, während er so tat, als beobachte er weiter die Totenfeier, die sich allmählich ihrem Höhepunkt zu nähern schien. Der Gesang war schon lange nicht mehr monoton und düster, sondern schnell und aufpeitschend geworden, und der Takt der Trommelschläge wurde immer wilder. Die Krieger begannen jetzt im gleichen Rhythmus abwechselnd mit dem Fuß aufzustampfen und ihren Speer an den Schild zu schlagen. Der Lärm, die Bewegung und die vielen Menschen hätten den Raben längst verscheuchen müssen, aber das Tier saß weiter reglos da und starrte sie an. Es war unheimlich ... anders konnte Andrej die Wirkung, die das sonderbare Verhalten des Tieres auf ihn hatte, nicht beschreiben.

Als der hämmernde Takt der Musik seinen Höhepunkt erreicht hatte, trat Björn gemessenen Schrittes vor und senkte die Fackel auf den Scheiterhaufen. Das ölgetränkte Holz fing mit einem dunklen *Wusch!* Feuer. Grelles Licht und eine Woge erstickender Wärme ließen nicht nur den jungen König zurücktaumeln, sondern die gesamte Menge erschauern und selbst Andrej schloss für einen Moment geblendet die Augen. Der Gesang hörte nicht auf, aber hier und da mischte sich ein erschrockener Ausruf hinein, und Björn ließ die Fackel fallen und stolperte so überrascht zurück, dass er wahrscheinlich gestürzt wäre, hätte ihn sein Bruder nicht im letzten Moment an den Schultern ergriffen und festgehalten. Anscheinend brannte das Feuer weitaus heißer, als alle erwartet hatten.

Zumindest heiß genug, um sogar Andrejs scharfe Augen zu täuschen. In dem gleißenden Licht schien der Leichnam des toten Königs zu zucken und sich zu winden, als wäre tatsächlich noch Leben in ihm, und einen halben Atemzug lang musste Andrej gegen die hysterische Vorstellung ankämpfen, den Toten im nächsten Moment aufstehen und sich rachsüchtig auf diejenigen stürzen zu sehen, die ihn auf diesen Scheiterhaufen gelegt und angezündet hatten.

Im nächsten Augenblick wurde seine Vision Wirklichkeit.

Nach der ersten, zischenden Stichflamme hätte das Feuer wieder in sich zusammenfallen müssen, doch stattdessen stoben plötzlich Funken in die Höhe und glühendes Holz, und inmitten der roten Glut richtete sich eine grell lodernde Gestalt auf.

Der Gesang verstummte und machte einem Chor gellender Schreckens- und Entsetzensschreie Platz. Menschen stürzten schreiend durcheinander, und noch bevor sich die brennende

Gestalt zur Gänze aufgerichtet hatte und von ihrem Scheiterhaufen gesprungen war, brach überall ringsum kopflose Panik aus. Männer und Frauen wandten sich ziellos zur Flucht und rissen einander von den Füßen, und selbst Abu Dun und er wurden von der Menge mitgerissen, wie Treibholz von einer plötzlichen Behandlungswelle.

Der Einzige, der die Nerven behielt, war Thure. Ohne das mindeste Zögern versetzte er seinem Bruder einen Stoß, der ihn haltlos in Urds Arme stolpern ließ, sprang auf die brennende Gestalt zu und rammte ihr seinen Schild ins Gesicht. Der lodernde Mann stolperte zurück und sein lichterloh flammender Arm schlug nach dem Nordmann, versengte sein Haar und seinen Bart und setzte seinen Mantel in Brand. Thure stürmte so unbeeindruckt weiter, als wäre nichts geschehen, rammte seinen Gegner endgültig zu Boden und ließ Axt und Schild fallen, um stattdessen mit beiden Händen nach dem gewaltigen Schwert zu greifen, das er auf dem Rücken trug. Als der brennende Geist mit einer sonderbar torkelnden Bewegung unaufhaltsam wieder auf die Beine kam, schwang er die Klinge in einem gewaltigen, rasend schnellen Bogen. Jemand kreischte. Ein Mann taumelte brüllend zurück und umklammerte mit der Rechten seine verstümmelte Linke, der plötzlich die letzten Glieder sämtlicher Finger fehlten, und die monströse Klinge beendete ihren Schwung und traf die brennende Gestalt dicht oberhalb der Hüfte, um sie scheinbar vollkommen mühelos in zwei Hälften zu teilen. Der Oberkörper des Mannes fiel Flammen schlagend nach hinten, während die Beine – grässlich genug – noch zwei ungelenk stolpernde Schritte machten und dann ebenfalls fielen. Der albtraumhafte Kampf hatte kaum länger als zwei oder drei Atemzüge gedauert.

Thure riss sich den brennenden Mantel von den Schultern und schrie: *»Hierbleiben! Hört sofort auf, wegzulaufen, ihr Feiglinge!«*

Tatsächlich blieben einige Männer stehen und sahen unschlüssig oder verängstigt zu ihm zurück, der Großteil aber setzte seine panische Flucht fort. Der Platz hallte wider von gellenden Schreien und den Geräuschen kopflos durcheinanderstürzender Menschen, und Thure wirbelte wütend herum und stieß mit seinem Schwert in den Scheiterhaufen.

»Das ist nicht König Harald, ihr Dummköpfe!«, schrie er. *»Hier! Seht!«*

Er musste noch einmal zustoßen, aber dann rutschte der brennende Holzstapel Funken sprühend und polternd auf die Seite, und ein in Flammen gehüllter Körper rollte aus dem Feuer heraus. »Das ist nicht Harald!«, schrie Thure noch einmal. »Das war ein –«

»Dauger!«

Der Schrei hallte vom anderen Ende des Dorfes herüber, und nur einen halben Atemzug später hörte man auch von dort einen Chor gellender Schreckensschreie, und dann das Klirren von Waffen.

Dann brach die Hölle los. Auch am anderen Ende des Dorfes wurden Schreie und Kampfgeräusche laut, und als Andrej herumfuhr, sah er etwas, das ihm auf schreckliche Weise bekannt vorkam: Die Tür des Langhauses flog auf, und zwei, drei, schließlich vier behelmte Gestalten mit Schwertern und schartigen Rundschilden stürzten heraus und griffen unverzüglich jeden an, der das Pech hatte, sich in ihrer unmittelbaren Nähe zu befinden. Zwei Männer fielen sofort, ein dritter versuchte sich schützend zwischen die Angreifer und zwei junge Frauen zu werfen, die vor Schreck wie gelähmt dastanden, und bezahlte diese Tapferkeit mit dem Leben.

»Abu Dun!« Andrej zog seine Waffe und machte eine befehlende Kopfbewegung hinter sich. Abu Dun fuhr mit einem Knurren herum und stürmte in die Richtung, aus der die Schreie und das Waffengeklirr kamen, wobei er kurzerhand jeden über den Haufen rannte, der nicht schnell genug zur

Seite sprang. Andrej stürmte auf das Langhaus zu, und Thure bewies ihm zum wiederholten Male, dass er vielleicht nicht das Zeug zum König, sehr wohl aber das zum Krieger hatte, indem er seine Männer mit raschen Gesten zum anderen Ende des Dorfes befahl und selbst an seine Seite sprang. Andrej schickte ein Stoßgebet zu allen Göttern, von denen er je gehört hatte, dass er mit seiner monströsen Waffe nicht immer so ungeschickt umging wie im Kampf mit dem Feuergeist, und lief schneller, um Abstand zu dem Nordmann zu gewinnen. Im nächsten Moment hatte er den ersten Dauger erreicht und enthauptete ihn mit einem einzigen, wütenden Hieb, nur einen halben Atemzug, bevor der die beiden jungen Frauen töten konnte, die noch immer wie erstarrt dastanden.

Andrej blieb keine Zeit, dem Krieger einen stummen Dank zu schicken, der sein Leben geopfert hätte, um das der Frauen zu retten, denn er wurde unverzüglich von zwei weiteren Daugern attackiert. An seiner Seite hatte Thure Mühe, seine mörderische Waffe so wirksam einzusetzen wie gerade. Andrej hatte zweimal gegen die unheimlichen Männer gekämpft, und er hatte diesen Kampf zweimal nur mit Mühe und Not gewonnen. Jetzt stand er gleich zwei Daugern gegenüber. Und kaum einen Atemzug später war er sich nicht mehr sicher, diesen Kampf auch zu überleben.

Er fing einen wuchtigen Schwerthieb mit seiner eigenen Klinge ab, duckte sich unter der Waffe des zweiten Angreifers weg und versetzte ihm gleichzeitig einen Tritt, der ihn auf der Stelle hätte ausschalten müssen, es aber nicht tat. Immerhin schleuderte er den Dauger zurück und gegen die Wand, sodass er sich – wenn auch nur für einen Moment – ganz auf seinen zweiten Gegner konzentrieren konnte. Andrej gedachte nicht, diese Chance ungenutzt verstreichen zu lassen.

Das Schwert mit beiden Händen schwingend, drosch er mit aller Gewalt auf den unheimlichen Angreifer ein, wobei er jegliche Finesse und Technik vergaß, sondern sich einzig auf seine übermenschlichen Kräfte verließ und nicht einmal die unheimliche Zähigkeit der Dauger reichte aus, um seinem ungestümen Angriff standzuhalten. Andrej brachte zwei, drei Treffer an, von denen mindestens einer hätte tödlich sein müssen, dann war auch der zweite Angreifer wieder heran. Von Thure hatte er keine Hilfe zu erwarten. Er hörte seine keuchenden Atemzüge und wie seine Waffe dumpf durch die Luft fuhr. Das bewies ihm, dass er noch lebte, aber Andrej blieb nicht einmal Zeit, auch nur einen Blick über die Schulter zu werfen. Die beiden Dauger attackierten ihn jetzt gemeinsam, nahezu so stark wie er, aber vielleicht eine Spur langsamer. Andrej sah sich von einem Atemzug auf den anderen in die Defensive gedrängt und wurde zwei- oder dreimal getroffen. Keiner dieser Hiebe vermochte das stabile Kettenhemd zu durchschlagen, aber die pure Wucht der Hiebe erschütterte ihn bis ins Mark, und jeder einzelne dieser furchtbaren Treffer kostete ihn Kraft, während seine Gegner keine Erschöpfung zu fühlen schienen. Andrej seinerseits brachte nur einen einzigen Treffer an, der den Oberarm eines Daugers bis auf den Knochen aufriss, aber der wechselte seine Waffe sofort in die andere Hand und griff ihn mit grimmiger Entschlossenheit weiter an. Und es war nur eine Frage der Zeit, sehr wenig Zeit, bis einer der wütenden Schwerthiebe, die immer schneller auf ihn herunterprasselten, *nicht* mehr von seinem Kettenhemd abprallen würde.

Dennoch war es der Kampflärm, der mittlerweile aus allen Richtungen auf ihn einzustürmen schien, der ihm schließlich half, eine Entscheidung zu treffen – das Klirren der Waffen, der Chor gellender Todesschreie und selbst die lautlosen Schreie der Verzweifelung aus hundert Kehlen, die er rings um sich herum spürte.

Andrej tänzelte zur Seite, schlug das Schwert des Daugers aus dem Weg und griff mit einer anderen, unsichtbaren Waffe nach seinem Gegner, um das Leben mit einem einzigen Ruck aus ihm herauszureißen. Doch da biss etwas grausam und heiß wie das Feuer der Hölle in seine Seele. Andrej keuchte vor Schmerz, hatte plötzlich nicht mehr die Kraft, sich auf den Beinen zu halten, und fiel auf die Knie. Glühende Qual wühlte in seinem Körper, und er konnte nicht mehr richtig sehen. Etwas Warmes, Klebriges rann an seiner Seite hinab, das Leben, das im Takt seines eigenen, wie rasend schlagenden Herzens aus ihm herauslief, und er spürte mehr, als er sah, wie der Dauger sein Schwert hochriss und zu einem gewaltigen Hieb ausholte. Dann nahm er sein Leben.

Es ging schnell, beinahe ohne Zeit und lautlos. Der Dauger erstarrte. Das Schwert entglitt seinen auf einmal kraftlosen Händen und polterte hinter ihm zu Boden, und das Trugbild von Leben wich aus seinen erlöschenden Augen.

Und war plötzlich in Andrej, wie etwas ... Modriges, Verrottetes, das sich lautlos und unaufhaltsam in ihm ausbreitete und seine Seele vergiftete. Er wollte aufstehen, aber konnte es nicht. Alles drehte sich um ihn, und für einen grässlichen Augenblick musste er all seine Willenskraft aufbieten, um nicht endgültig zusammenzubrechen und sich zu übergeben.

Aber das durfte er nicht. Es war noch nicht vorbei. Überall ringsum wurde gekämpft, und das helle metallene Klirren der Waffen und die gellenden Schreie der Kämpfenden wurden nur noch lauter. Er hörte Abu Dun brüllen, und auch in seiner Stimme war *Schmerz*, und eine ungläubige, überraschte Wut. Wenn er jetzt aufgab, würden viele sterben. Dann würde Abu Dun sterben.

Und Urd.

Der Gedanke an sie gab ihm neue Kraft. Mit einer wütenden Anstrengung drängte er die Übelkeit, den Schmerz zurück, stand auf und drehte sich taumelnd um. Auf seiner Zunge war immer noch der widerliche Geschmack, wie von etwas Verdorbenen, mit dem seine Seele in Berührung gekommen war. Die Welt bestand nur noch aus Schatten und rotem Licht, die einen bizarren Tanz miteinander aufführten, doch dann kämpfte er auch diese Vision nieder, und einer der Schatten gerann zu einer riesenhaften Gestalt in einem zerfetzten und noch schwelenden Mantel, die sich verzweifelt gegen einen viel kleineren Gegner wehrte, der mit übermenschlicher Kraft und Schnelligkeit auf ihn einschlug. Thure hatte schon mindestens zwei Treffer einstecken müssen und blutete aus ebenso vielen Wunden. Seine riesige Waffe erwies sich im Nahkampf als eher hinderlich, begriff Andrej. Noch zwei oder drei Augenblicke, und einer der mörderischen Hiebe des Daugers musste sein Ziel treffen.

Andrej nahm auch dieses Leben.

Diesmal war es schier unerträglich, nicht doppelt, sondern *hundertmal* schlimmer als die beiden Male zuvor. Der Dauger sank wie vom Blitzschlag getroffen zusammen, doch auch Andrej fiel wieder auf die Knie, ließ seine Waffe fallen und sank nach vorn. Etwas ... *fraß* sich in seine Seele, etwas Verdorbenes und Totes, das alles in ihm ebenfalls verderben und töten wollte, was jemals menschlich gewesen war. Es war, als hätte er geglaubt, einen Schluck erfrischendes Wasser zu trinken, und zu spät bemerkt, dass der Becher ätzende Säure enthielt.

Irgendwie – er hätte selbst nicht sagen können, wie – gelang es ihm, der verderblichen Macht noch einmal Herr zu werden, aber noch während er die bittere Galle hinunterschluckte, die sich in seinem Mund sammelte und seinen Kopf von dem Nebel aus schwarzen Fäden befreite, wurde ihm klar, dass ihm seine stärkste Waffe genommen worden war. Das Tote, Verzehrende war immer noch in seiner Seele, und er konnte damit fertig werden, dieses Mal vielleicht, aber kein weiteres Mal. Wenn er das Leben auch nur noch eines einzigen Daugers nahm, würde er sterben; oder selbst zu einem *Ding* werden, dass nur nach etwas Lebendigem aussah, während es innerlich schon längst verfaulte.

»Andrej?«

Die Stimme, rufend und drängend, schien von Weitem zu ihm zu dringen, wie durch einen klebrigen, übel riechenden Nebel, aber sie kam ihm bekannt vor. Mühsam zerriss er die Schwärze, die seine Gedanken einzulullen versuchte, zwang seine Augenlider, sich zu heben und sah hinein in das aus grobem Stein gemeißelte Gesicht mit angesengtem Haar und verschmortem Bart.

Das Gesicht kam ihm bekannt vor, aber der Gedanke entglitt ihm, bevor er ihn richtig fassen konnte. Alles ... entglitt ihm, auf eine schrecklich endgültige Weise, die ihn mit der Gewissheit erfüllte, dass es kein Zurück mehr geben würde, wenn es ihm nicht gelang, den Sturz aufzufangen. In ihm schrie das Ungeheuer, zerrte an seinen Ketten, heulend vor Wut und Schmerz, den auch ihm diese neue, verdorbene Nahrung zufügte. Er hatte das entsetzliche Gefühl, auf einen schwarzen Abgrund zuzuschlittern, und er musste diesen Sturz aufhalten, aber er wusste nicht, wie.

Der Mann, der sich über ihn beugte, offensichtlich schon. Er ohrfeigte ihn, blitzschnell und so hart, dass sein Kopf in den Nacken flog und Blut aus seiner Nase schoss. »Andrej! Was ist mit –?« Thure brach mit einem erschrockenen Laut ab, als er etwas in seinen Augen gewahrte, von dem Andrej immer gefürchtet hatte, dass es zu sehen war. Ein Ausdruck blanken Entsetzens breitete sich auf seinem Gesicht aus.

»Nichts«, murmelte Andrej. Er versuchte aufzustehen, sank mit einem kraftlosen Seufzen wieder zurück und schaffte es erst, sich aufzurichten, als Thure ihm dabei half.

»Ist alles in Ordnung?«, fragte der Nordmann.

»Sicher.« Andrej ließ seine Hand los, schüttelte den Kopf, um die letzte Benommenheit loszuwerden, und widerstand dem Impuls, den schlechten Geschmack auf seiner Zunge herunterzuschlucken. Wahrscheinlich wäre ihm übel geworden. »Aber erinnere mich daran, demnächst eine Liste der dümmsten Fragen aufzustellen, die ich je gehört habe. Bis jetzt führst du sie an.«

Thure lachte leise, und Andrej bückte sich nach seinem Schwert, hob es auf und wischte mit einer raschen Bewegung aus dem Handgelenk das Blut von der Klinge. Thure sah ihm stirnrunzelnd zu, aber Andrej sah erst nach einem Moment, dass er nicht das Schwert betrachtete, sondern sein zerrissenes Kettenhemd und die klaffende Wunde darunter, aus der noch immer warmes Blut sickerte.

»Tut mir leid um das Kettenhemd«, sagte Andrej. »Aber du wirst es schon wieder richten, da bin ich ganz sicher.«

Thure sagte nichts. Er sah nicht einmal erschrocken aus, sondern allenfalls nachdenklich. Er holte tief Luft, schwang sein gewaltiges Schwert über die Schulter, und sie stürmten nebeneinander los, trennten sich dann aber, um in entgegengesetzten Richtungen weiterzurennen. Thure eilte dorthin, wo Abu Duns wütendes Gebrüll erscholl, während Andrej das jenseitige Ende des Dorfes ansteuerte. Auch dort wurde gekämpft. Überall loderten Brände, und Andrej stolperte über unzählige Tote und Verwundete.

Auch an diesem Ende des Dorfes waren mindestens drei der unheimlichen Angreifer aufgetaucht, wenn nicht mehr, und auch hier war Panik ausgebrochen. Menschen liefen schreiend und kopflos durcheinander, rannten sich gegenseitig um oder sprangen in nackter Angst ins eisige Wasser. Eine lichterloh brennende Gestalt torkelte auf Andrej zu und brach kreischend zusammen, gerade als sie gegen ihn zu prallen drohte. Andrej sprang mit einem Satz durch die nach brennendem Fleisch stinkenden Flammen und stürmte weiter.

Einige beherzte Männer hatten sich endlich wieder daran erinnert, dass sie bewaffnet hergekommen waren, und sich den Angreifern entgegengeworfen. Auf dem hölzernen Steg tobte ein erbitterter Kampf, und noch bevor Andrej ankam, sah er, dass es den Nordmännern tatsächlich gelungen war, einen der unheimlichen Angreifer auszuschalten; wenn auch um einen entsetzlichen Preis.

Andrej verschwendete keine Zeit damit, die reglosen Körper zu zählen, die in einem absurd perfekten Kreis rings um den erschlagenen Dauger lagen, sondern setzte mit einem gewaltigen Sprung über sie hinweg und sprang auf den Steg. Er beschleunigte seine Schritte noch einmal und rammte dem ersten Dauger das Schwert bis zum Heft zwischen die Schulterblätter. Die Klinge brach in einem Sprühregen von Blut durch seine Brust und hätte um ein Haar noch den Mann vor ihm aufgespießt, der sich mit einem entsetzten Sprung zurück gerade noch in Sicherheit bringen konnte, aber ins Leere trat und mit hilflos rudernden Armen rücklings ins Wasser fiel. Andrej konnte nur hoffen, dass es an dieser Stelle nicht so tief war, dass er in seiner schweren Rüstung ertrank, aber ihm blieb keine Zeit, sich darum zu kümmern. Stattdessen schlang er den Arm um den Hals des Daugers, der nicht zu bemerken schien, dass er von seinem Schwert aufgespießt worden war, und mit seiner riesigen Axt weiter auf die vor ihm stehenden Männer einhackte. Andrej riss seinen Kopf zurück und brach ihm mit einer einzigen kraftvollen Bewegung das Genick.

Nicht einmal das brachte die unglaubliche Kreatur um.

Andrej riss sein Schwert heraus und ließ den Dauger los. Er stolperte zurück, stürzte aber nicht, sondern blieb mit haltlos pendelndem Kopf stehen und fiel erst, als ihm einer der Krieger mit einem gewaltigen Axthieb den Schädel spaltete.

Aber noch war ein letzter Dauger da, der noch immer wie ein leibhaftiger Dämon unter den Männern wütete.

Die wenigen Verteidiger, die noch auf den Beinen standen, waren schon fast am Ende des Steges angekommen und wurden von dem bizarren Angreifer unerbittlich weiter zurückgedrängt. Vielleicht noch zwei oder drei Schritte, und sie würden ins Wasser stürzen – und dort hinten war die See tatsächlich tief genug, um darin zu ertrinken.

Andrej beförderte den toten Dauger mit einem Fußtritt endgültig ins Wasser und wollte weiterstürmen, musste in diesem Moment aber gegen einen plötzlichen Schwindelanfall ankämpfen und konnte gerade noch einen hastigen Schritt zur Seite machen, um nicht ebenfalls ins Wasser zu fallen. Das Gift, das er mit der Seele des Daugers aufgenommen hatte, wirkte noch immer.

Er fand erst wieder in die Wirklichkeit zurück, als er ein gewaltiges Platschen hörte. Einer der Männer war rücklings ins Meer gestürzt, und ganz so, wie Andrej befürchtet hatte, zog ihn das Gewicht seines Kettenhemdes und seiner Waffen wie ein Stein in die Tiefe. Und auch die beiden anderen würden nur noch einen Atemzug lang aushalten.

Andrej sprang den Dauger mit weit ausgebreiteten Armen an und riss ihn von den Füßen, drehte sich aber noch in der Bewegung herum, sodass sie nicht ins Meer stürzten, sondern auf das Deck eines der Drachenboote, die am Steg festgemacht hatten.

Es gelang ihm, seine Drehung im Fallen zu vollenden, sodass er auf dem Rücken aufschlug und den Schwung ihres gemeinsamen Sturzes nutzen konnte, um den Dauger in hohem Bogen über sich hinwegzuschleudern. Aber auch ihm trieb der Aufprall die Luft aus den Lungen und ließ einen grellen Schmerz in seinem Hinterkopf explodieren, dem eine Welle von Dunkelheit und Schwärze folgte, die er diesmal nur noch mit allerletzter Kraft zurückdrängen konnte.

Irgendwie gelang es ihm, sich noch einmal ins Bewusstsein zurückzukämpfen und sich in die Höhe zu stemmen.

Aber auch der Dauger war schon wieder auf den Beinen und stürmte heran. Ein gut handlanger Splitter der Ruderbank, die unter ihrem Aufprall zerborsten war, ragte aus seinem Hals, ohne dass er es zu merken schien. Andrej fing seinen wütenden Schwerthieb noch auf einem Knie ab, bekam einen harten Tritt gegen die Schulter und fiel ungeschickt gegen den Mast. Die Klinge des Daugers riss Splitter aus dem steinharten Holz nur einen Fingerbreit über seinem Kopf, und ein zweiter, noch härterer Tritt traf seine verwundete Seite. Andrej keuchte vor Schmerz und brachte selbst einen Treffer an, der das Bein des Daugers vom Knöchel bis zur Hüfte hinauf aufschlitzte, ohne dass es die unheimliche Kreatur langsamer machte. Sie gab nur ein unwilliges Knurren von sich, trat Andrej mit dem anderen Fuß das Schwert aus der Hand und stieß mit seiner eigenen Klinge nach seiner Kehle. Andrej wusste, dass er treffen würde.

Eine zerschrammte Schwertklinge traf die Waffe des Angreifers, schmetterte sie zur Seite und riss seinen Arm mit solcher Gewalt herum, dass er das Gleichgewicht verlor und neben Andrej gegen den Mast prallte, und der Krieger, der Andrej im letzten Moment beigesprungen war, attackierte ihn sofort mit großer Wucht weiter. Sein Schwert biss tief in die Schulter des Daugers und fügte ihm eine weitere, heftig blutende Wunde zu. Der Dauger versuchte zurückzuschlagen, aber der Krieger wich ihm mit einer behänden Bewegung aus, ließ sein Schwert harmlos an sich vorbeizischen und deckte ihn seinerseits mit einem Hagel von Schlägen ein, von denen mehr als einer die Deckung des Angreifers durchbrach.

Jetzt erst sah Andrej, dass der Krieger eine Frau war, ein schlankes in ein weißes Kleid gehülltes Mädchen mit blondem Haar, das im Widerschein der zahllosen Feuer wie geschmolzenes Gold glühte.

Urd bewegte sich mit einer Schnelligkeit, die der Andrejs kaum nachzustehen schien, und sie führte auch ihr Schwert mit einem Geschick und einer Kraft, die die der meisten Männer übertraf. Ihre bloße Kraft reichte nicht an die des Daugers heran, doch was ihr an dieser fehlte, das machte sie durch Schnelligkeit und Entschlossenheit wett. Noch während Andrej die letzte Benommenheit abschüttelte (und sich wunderte, dass er noch am Leben war), trieb sie den Dauger mit immer schnelleren und kraftvolleren Schwerthieben vor sich her, und sie stand kurz davor, einen entscheidenden Treffer anzubringen, der den Unheimlichen töten würde. Wahrscheinlich wäre es ihr sogar gelungen.

Hätte sie nicht mit einem Mal ihr Schwert sinken lassen und den Dauger aus ungläubig aufgerissenen Augen angestarrt. »Lasse?«, fragte sie entsetzt.

Der Dauger stieß ihr das Schwert in den Leib.

Andrej schrie so gellend auf, als hätte die Klinge ihn selbst durchbohrt, sprang in die Höhe und riss dem Dauger die Waffe mit der bloßen Hand aus den Fingern. Er rammte ihm seine eigene Klinge in den Bauch, drehte sie mit einem Ruck herum und riss sie dann mit aller Gewalt nach oben.

Der Dauger fiel lautlos nach hinten und besudelte ihn mit Blut und seinem widerlich fauligen Geruch, und Andrej ließ das Schwert fallen und sank neben Urd auf die Knie. »Urd! Um Gottes willen! Was ist mit dir?«

Urd war bei Bewusstsein, und sie versuchte zu antworten, brachte aber nur einen wimmernden Laut über die Lippen. Ein einzelner Blutstropfen lief wie eine glänzende dunkelrote Träne an ihrem Kinn hinab.

»Nicht reden«, sagte er hastig. »Sei still! Versuch nicht zu sprechen. Ich helfe dir!« *Helfen?* Eine eisige Faust schloss sich um Andrejs Herz und drückte es so erbarmungslos zusammen, dass er nicht mehr atmen konnte, als sein Blick auf ihr Kleid fiel.

Der ehemals blütenweiße Stoff färbte sich so schnell rot, dass er erschrocken aufkeuchte. Unter ihrem Körper begann sich bereits eine dunkelrote Lache zu bilden, die in der eisigen Luft dampfte. Im Dorf hinter ihm wurde noch gekämpft, und der Feuerschein war wieder heller geworden, aber das bemerkte Andrej kaum. Mit einer einzigen Bewegung zerriss er den Stoff ihres Kleides und hätte beinahe laut aufgeschrien, als er den fast handbreiten Stich unter ihrer linken Brust sah. Die Klinge des Daugers konnte ihr Herz nur um Haaresbreite verfehlt haben, und die Wunde blutete so stark, als *hätte* sie es tatsächlich durchbohrt. Und – viel schlimmer noch – er konnte nicht nur sehen, er konnte *spüren*, wie das Leben aus ihr herausfloss. Eine warme, ruhig brennende Flamme war in ihr, und sie hatte ihr ihr Leben lang den Weg erhellt. Jetzt begann sie zu erlöschen, lautlos und unaufhaltsam. Er sah es in ihrem Blick.

Nein. Das durfte nicht sein. Das *durfte* nicht sein! Verzweifelt presste Andrej die Hände auf die Wunde, als könnte er den Blutstrom auf diese Weise stoppen, aber er schien es so nur noch schlimmer zu machen. Er konnte spüren, wie rasend schnell ihr Herz unter seinen Fingern hämmerte, und mit jedem einzelnen Schlag sprudelte das Leben weiter aus ihr heraus. In seiner Verzweiflung griff er in sie hinein, tastete nach der erlöschenden Flamme, die die Dunkelheit in ihrer Seele kaum noch zu erhellen vermochte, und versuchte, den Prozess umzukehren, aus dem Nehmen, das er so oft getan hatte, ein Geben zu machen, und sei es um den Preis seines eigenen Lebens.

Aber es ging nicht. Er konnte es nicht. Alles, was er je gekonnt hatte, war Zerstören, nicht Erschaffen. Urd starb unter seinen Händen – *durch seine Schuld!* – und es gab nichts, was er dagegen tun konnte.

Eine hünenhafte Gestalt landete mit solcher Wucht neben ihm auf dem Deck, dass das gesamte Schiff schwankte. Andrej sah auf und erwartete, Abu Dun zu sehen, aber es war Thure, wenngleich ihm der Nubier auf dem Fuße folgte. Beide waren blutbesudelt und außer Atem, und ihrer beider Kleider hingen in Fetzen.

»Sie stirbt, Thure«, sagte Andrej. Er merkte nicht einmal,

dass ihm die Tränen über das Gesicht liefen. »Sie wollte mich retten, und jetzt stirbt sie!«

Thure fiel neben ihm auf die Knie und drückte seine Hände beiseite. Sein Gesicht erstarrte zu einer ausdruckslosen Maske, als er die schreckliche Wunde in der Brust seiner Schwester sah. »Nicht, wenn ich es verhindern kann.«

Verhindern? Andrej *zweifelte* an Thures Verstand. Urd *starb*, jetzt und in diesem Moment und unter ihren Händen! Der Schmerz um seine Schwester musste seine Sinne verwirrt haben.

Thure stieß ihn jedoch derb zur Seite, lud sich seine Schwester auf und sprang. »Aus dem Weg!«, brüllte er. »Macht Platz! Und schickt Werdandi und Skuld zu mir!« Er sprang auf den Steg hinauf und rannte los.

Abu Dun half ihm auf die Beine, bückte sich nach dem Schwert, das Andrej fallen gelassen hatte und gab es ihm. Andrej nahm es mit leerem Blick entgegen und steckte es ein.

»Es tut mir leid«, sagte Abu Dun leise.

Andrej blickte ihn eine Sekunde lang ausdruckslos an und schloss dann die Augen. In ihm war plötzlich nichts als Leere. »Ja«, flüsterte er. »Mir auch.«

Abu Dun setzte zu einer Antwort an, aber dann sagte er nichts, sondern lächelte nur traurig, trat mit einem großen Schritt auf den Steg hinauf und wandte sich wieder um, um auch Andrej hinaufzuhelfen. Andrej ignorierte die ausgestreckte Hand und trat müde neben ihn. Er wartete darauf, dass der Schmerz kam, aber die Leere in ihm blieb. »Warum hat sie das getan?«, fragte Abu Dun.

Weil sie nicht wollte, dass ich sterbe. Weil sie lieber ihr eigenes Leben geopfert hat, als zuzusehen, wie ich sterbe.

Er sagte nichts, sondern schlang nur den Mantel enger um die Schultern und ging.

Der Kampf war vorbei, aber es war nicht stiller geworden. Das Dach eines Hauses hatte Feuer gefangen, und Dutzende von Männern und Frauen versuchten ebenso verzweifelt wie vergeblich, die Flammen zu löschen. Überall lagen Tote und Verletzte. Frauen beugten sich weinend über reglose Gestalten oder kümmerten sich um Verwundete, und längst nicht jeder schien begriffen zu haben, dass der Kampf vorbei war. Ein paar Frauen und Kinder rannten noch immer kopflos und schreiend herum, und überall waren Krieger zu sehen, die scheinbar ebenso ziellos herumirrten, in Wahrheit wohl aber nach weiteren Daugern suchten, die sich noch irgendwo versteckt haben mochten.

Andrej glaubte das nicht. So warnungslos und brutal dieser Überfall auch gewesen war, so sinnlos war er auch gewesen. Mehr als zweihundert Krieger hielten sich zurzeit im Dorf auf. Ohne Abu Dun, Thure und ihn hätten die Angreifer möglicherweise ein Blutbad unter den ahnungslosen Trauergästen angerichtet – aber sie hätten sich nicht ernsthaft einbilden können, gegen eine solche Übermacht zu *gewinnen.*

Aber vielleicht hatten sie das auch gar nicht gewollt ...

Was waren das für Gedanken?, dachte Andrej entsetzt. Für einen Moment empfand er Ekel vor sich selbst. Urd *starb,* und alles, woran er denken konnte, war *das?* Als ob es von Bedeutung wäre, ob diese Fremden, dieses Dorf oder die ganze verdammte Welt zum Teufel ging!

Doch er wusste auch, dass er sich nur selbst schützen wollte, vor dem unerträglichen Schmerz, den Urds Verlust ihm bedeuten würde. Vielleicht wäre er daran zerbrochen, hätte er versucht, sich ihm in diesem Moment zu stellen.

Aber auch das war kein Trost.

Auf dem letzten Stück blieb Abu Dun plötzlich stehen. Andrej sah ihn fragend an, und der Nubier druckste einen Moment lang wie ein unbeholfenes Kind herum und machte schließlich eine vage Handbewegung in eine unbestimmte Richtung. »Ich muss Björn finden. Wir …« Er fuhr sich nervös mit dem Handrücken über das Kinn, und Andrej bemerkte erst jetzt die tiefe, klaffende Wunde an seinem Handgelenk. »Es ist besser, wir stellen ein paar Trupps zusammen, die die nähere Umgebung absuchen. Wer weiß, wie viele von diesen … *Dingern* hier noch lauern.«

Nicht ein Einziger, dachte Andrej. Abu Dun wusste das so gut wie er. Aber er konnte auch verstehen, dass der Nubier ihn nicht in Thures Schmiede begleiten wollte. Auch er selbst hatte in diesem Moment vor nichts auf der Welt mehr Angst als davor, durch diese Tür zu treten. Aber er würde es sich nie verzeihen, wenn er es nicht tat.

»Abu Dun«, sagte er, als der Nubier sich herumdrehen und gehen wollte. Abu Dun verharrte noch einmal mitten in der Bewegung und sah ihn abwartend an.

»Nimm keinen von ihnen. Ganz egal, was passiert.«

Jetzt sah er echten Schrecken in Abu Duns Augen, doch er nickte bloß und war im nächsten Moment in der Menschenmenge verschwunden.

Andrej wappnete sich gegen das, was er sehen würde, trat durch die Tür und musste feststellen, dass es Dinge gab, auf die man sich nicht vorbereiten konnte. Die Schmiede war von einem Dutzend knisternder Fackeln taghell erleuchtet und viele Menschen hielten sich in dem nach Rauch und verbranntem Holz riechenden Raum auf. Die meisten schienen nur nutzlos herumzustehen oder taten beschäftigt, hinter der jetzt erkalteten Esse aber gewahrte er Thures breiten, gebeugten Rücken. Andrej eilte zu ihm, wobei er ganz gegen seine sonstige Art zwei oder drei Männer, die ihm nicht schnell genug Platz machten, grob aus dem Weg stieß, und der bittere Kloß in seinem Hals war wieder da, als er das schmale Bett sah, neben dem Thure kniete. Urd lag lang ausgestreckt und zu Andrejs ungläubigem Erstaunen immer noch mit offenen Augen und bei Bewusstsein darauf. Thure hatte ihr Kleid vollends aufgerissen, sodass die beiden Hälften ihren Körper wie ein Paar schlaffer, blutbesudelter Flügel umgaben. Die Wunde in ihrer Brust blutete noch immer, wenn auch nicht mehr so heftig wie zuvor, aber in dem Anblick war keine Hoffnung. Sie *hatte* nicht mehr viel Blut, das sie verlieren konnte, begriff er. Unendlich behutsam streckte er seine unsichtbare Hand aus und tastete nach ihrer Lebensflamme. Sie war nahezu erloschen, kaum noch ein mattes Glimmen, wo ein strahlendes Feuer sein sollte.

»Wo bleibt Werdandi?«, brüllte Thure, ohne den Blick zu heben.

»Ich bin schon da«, antwortete eine Stimme hinter Andrej. Plötzlich war er es, der grob zur Seite gestoßen wurde, mit einer Entschlossenheit und Kraft, die ihn überraschte, als er die grauhaarige, schmale Frauengestalt sah, die an ihm vorübereilte. Das musste Werdandi sein, nach der Thure verlangt hatte. Andrej schätzte sie auf mindestens sechzig, wenn nicht siebzig oder mehr Jahre. Sie hatte die zerbrechliche und deutlich gebeugte Gestalt sehr alter Menschen, bewegte sich aber mit der flüssigen Schnelligkeit eines Mädchens und sie gab ihre Anweisungen wie jemand, der es nicht gewohnt war, seine Worte wiederholen zu müssen. Selbst Thure sprang auf und machte ihr respektvoll Platz. Andrej vermutete, dass sie die Heilerin des Dorfes war. Seltsam genug – in all der Zeit, die Abu Dun und er jetzt hier waren, hatte er die alte Frau kein einziges Mal zu Gesicht bekommen, und das, obwohl die gesamte Sippe weniger als hundert Köpfe zählte.

Werdandi beugte sich über Urd, berührte ihre Stirn mit zwei Fingern und blieb einen Atemzug lang mit geschlossenen Augen und wie in sich hineinlauschend stehen. Auch Andrej lauschte, und nicht nur mit seinen menschlichen Sinnen. Da … *war* etwas, aber er konnte nicht sagen, was. Verwirrt und ein bisschen aufgeschreckt sah er die alte Frau an, doch

Werdandi richtete sich mit einem plötzlichen Ruck wieder auf und machte eine befehlende Geste zu Thure.

»Geh und such nach Skuld!«, verlangte sie. »Ich brauche Sie hier! Schnell! Und alle anderen verschwinden! Auf der Stelle!«

Tatsächlich gehorchten die meisten unverzüglich, und auch Thure eilte mit großen Schritten um das Bett herum, blieb neben Andrej stehen und sah ihn ungeduldig an. Andrej aber wollte nicht gehen. Der Anblick des sterbenden Mädchens brach ihm schier das Herz, aber sie allein zu lassen wäre noch schlimmer gewesen.

»Und du auch, Andrej Delãny«, sagte Werdandi. »Geh! Ich lasse dich rufen, sobald es ihr besser geht!«

Andrej wollte widersprechen, doch Thure griff ihn grob am Arm und zerrte ihn mit sich, fort von Urd und aus dem Haus.

Andrej fand in dieser Nacht keinen Schlaf mehr. Niemand auf der kleinen Insel tat das, abgesehen von denen, die nie wieder erwachen würden und sich in diesem Augenblick schon auf dem Weg nach Walhalla befanden, um zur Rechten eines Gottes Platz zu nehmen, dessen Grausamkeit nur noch von seiner Verachtung denen gegenüber übertroffen wurde, die ihm ihr Leben geweiht hatten.

Genau wie Abu Dun hatte er sich einem von mehr als einem Dutzend Suchtrupps angeschlossen, die die kleine Insel von einem Ende zum anderen durchkämmten, um nach weiteren Feinden Ausschau zu halten; eine Aufgabe, von der wohl nicht nur Andrej genau wusste, wie sinnlos sie war. Aber er war auch nicht der Einzige, der es in dieser Nacht nicht ertragen hätte, tatenlos zu sein oder sich gar schlafen zu legen, als wäre gar nichts geschehen.

Allein dreimal in dieser Nacht war er zur Schmiede zurückgekehrt, um nach Urd zu sehen, doch Thure hatte zwei Krieger vor der Tür postiert, die jedem – ihn eingeschlossen – mit ausgesuchter Höflichkeit, aber auch unerbittlich den Einlass verwehrten, und so hatte er die Insel ein zweites und ein drittes und schließlich sogar ein viertes Mal nach etwas abgesucht, von dem er wusste, dass es nicht da war. Das gute Dutzend Männer, das ihn am Anfang begleitet hatte – die meisten stammten aus dem Dorf, sodass er zumindest ihre Gesichter, wenn schon nicht ihre Namen kannte – war mittlerweile auf zwei Köpfe zusammengeschmolzen, und auch diese beiden Männer schleppten sich schon seit einer geraumen Weile mehr dahin, als sie gingen. Andrej musste immer öfter langsamer gehen, damit sie wieder zu ihm aufschließen konnten.

Schließlich war er es leid, Rücksicht auf die Männer zu nehmen, von denen er ohnehin spürte, dass sie nur noch mit ihm Schritt zu halten versuchten, weil sie sich verpflichtet fühlten, längst nicht mehr, weil sie es wollten.

War es Zufall, dass er ausgerechnet wieder den kleinen Quellsee erreicht hatte, als das Schwarz der Nacht dem ersten Trübgrau der kalten Dämmerung zu weichen begann? Wahrscheinlich nicht. Er war in dieser Nacht ein Dutzend Mal an ihm vorbeigekommen, als lenke ein Teil von ihm seine Schritte, nur um ihn zu quälen. Und plötzlich hatte er das Bedürfnis, allein zu sein.

Er blieb stehen und wartete, dass das Stolpern müder Schritte hinter ihm wieder lauter wurde, doch stattdessen hörte er ein anderes, beinahe schon vertrautes Geräusch: das Schlagen großer Flügel irgendwo über sich am Himmel, gefolgt von einem zaghaften Krächzen und einem Huschen, als glitte etwas durch die Baumwipfel. Andrej verbot es sich, den Kopf zu heben, aber seine Hand glitt zum Griff des Damaszenerschwertes an seinem Gürtel.

Ein Rascheln im Gebüsch kündigte seine beiden Begleiter

an, und Andrej sprach sie an, noch bevor sie keuchend und mit grauen Gesichtern, wankend vor Erschöpfung, neben ihm standen. »Es ist gut. Ihr könnt jetzt ins Dorf zurückgehen. Ich brauche euch nicht mehr.«

Die beiden Männer sahen ihn erleichtert an, machten aber keine Anstalten, seiner Aufforderung Folge zu leisten. Andrej spürte ihre Unentschlossenheit, aber auch ihre abgrundtiefe Erschöpfung.

»Ihr könnt Thure ausrichten, dass ich später zu ihm komme. Und wenn er mich vorher zu sprechen wünscht, dann findet ihr mich hier.« Er deutete auf den schwarzen Spiegel des Sees hinter sich. »Ich möchte allein sein.«

Während einer der Männer sich tatsächlich entschloss zu gehen, zögerte der andere noch. Andrej vermutete, dass Thure ihnen aufgetragen hatte, ihn sofort zu ihm zu führen, wenn sie die Suche beenden sollten.

»Aber –«, begann er.

»Sag ihm einfach, ich hätte euch gewaltsam davongejagt, wenn dir das lieber ist«, unterbrach ihn Andrej müde und verärgert. »Ich werde nichts anderes behaupten, keine Sorge.« *Und richte ihm aus, dass es vielleicht nicht klug ist, seine Krieger bis zur Erschöpfung anzutreiben, wenn man einen weiteren Angriff erwartet*, fügte er in Gedanken hinzu.

Der Mann ging und Andrej war endlich allein ... wenn auch nicht so allein, wie er es sich gewünscht hätte. Er blieb noch eine Weile reglos stehen und wartete darauf, dass die Schritte endgültig verklangen – zehn endlos schwere Herzschläge und es erforderte seine gesamte Willenskraft ruhig zu bleiben – bevor er wieder aus seiner selbst auferlegten Starre erwachte und nun doch den Kopf in den Nacken legte, um zu dem Raben hochzusehen; ohne dass er es bemerkt hatte, hatte sich zu dem einen auch der zweite Vogel gesellt. Er konnte die Tiere (wenn es welche waren) nur erkennen, wenn sie sich bewegten, denn sie waren nicht mehr als schwarze Schatten vor einem ebenso schwarzen Hintergrund, die vollkommen unsichtbar gewesen wären, hätten sie nicht das Licht der Sterne mit ihren Umrissen ausgelöscht. Aber er konnte ihre Blicke spüren. Blicke aus unsichtbaren Augen, in denen er keine Feindseligkeit wahrnahm – ganz bestimmt auch keine Wärme! –, sondern nur beiläufiges Interesse, wie er es vielleicht beim Anblick eines hübschen, im Grunde aber nutzlosen Tieres empfinden mochte.

Seine Hand, die sich so fest um den Schwertgriff geschlossen hatte, dass die Finger vor Taubheit zu prickeln begannen, ließ die Waffe zwar nicht los, aber er lockerte seinen verkrampften Griff ein wenig.

»Was wollt ihr?«, fragte er. Auch wenn er sich merkwürdig vorkam, wie er dort stand und das Wort an einen Raben richtete, so spürte er doch, dass er das Richtige tat. Dem Raben schienen solcherlei Bedenken ohnehin fremd zu sein, denn er antwortete mit einem misstönenden Krächzen und Andrej hörte ein Sirren wie von eisernen Flügeln. Das zweite Tier blieb weiter sitzen, still, aber im Blick etwas Erwartungsvolles.

»Wie du meinst«, sagte Andrej und seufzte. *Gut, dann sprach er eben mit einem Raben.*

Er zog sein Schwert, aber nicht wegen des Raben, sondern um sich in der vollkommenen Dunkelheit seinen Weg durch das Unterholz zu hacken, als er dem Tier folgte, das raschelnd über ihm von Ast zu Ast hüpfte, um ihm den Weg zu weisen.

Nicht, dass es nötig gewesen wäre. Andrej war nicht überrascht, als er nach wenigen Augenblicken erneut auf die Lichtung hinaustrat, auf der sie das tote Schaf gefunden hatten. Er wäre überrascht gewesen, wenn es nicht so gewesen wäre.

Und so war er noch weniger verblüfft, einen monströsen Schatten zu sehen, der mit einer auf unheimliche Weise *falsch* erscheinenden Bewegung im Unterholz auf der anderen Seite der Lichtung verschwand, einen halben Lidschlag, bevor sein Blick ihn wirklich erfassen konnte. Ein eisiger Hauch streifte seine Seele, nicht wirklich feindselig, aber so *fremd*, dass er das Bedürfnis hatte zu schreien.

»Es gibt keinen Grund, sich zu fürchten, Unsterblicher«, sagte eine Stimme hinter ihm. Andrej hatte weder etwas gehört, noch hatten ihn seine anderen Sinne gewarnt, aber nun spürte er etwas, wenn auch nur für einen kurzen Moment, wie ein Blick hinter einem Visier, das geöffnet und unmittelbar darauf schon wieder geschlossen wurde.

»Du musst Odin sein«, sagte er, noch bevor er sich herumdrehte. Er schob das Schwert in die verzierte Scheide an seinem Gürtel zurück.

Die Gestalt stand fünf oder sechs Schritte hinter ihm, ein Mann von mittlerer Größe und Statur mit schulterlangem, vollem weißen Haar und gleichfarbigem Bart, der ganz anders als allgemein üblich sorgsam gestutzt und gepflegt war. Er trug Rock, Stiefel und Wams aus fein gegerbtem, hellem Leder, einen dazu passenden Mantel und als einzige Waffe ein schlankes Schwert mit einem schmucklosen Griff. Das einzig Außergewöhnliche an ihm war sein linkes Auge. Er hatte keines. An seiner Stelle erblickte Andrej ein Geflecht aus weißlichem Narbengewebe, das, wenn man genau hinsah, die Umrisse einer Krähe hatte.

»Sind wir uns schon einmal begegnet?«, fragte der Einäugige. Andrej versuchte in ihn hineinzulauschen, aber da war nichts, das Visier blieb geschlossen. Es war, als stünde er einem ganz normalen sterblichen Menschen gegenüber, keinem seiner Art. Alles, was er spürte, war dieselbe gleichgültige Neugier wie die des Raben, und eine ruhig brennende Lebensflamme, wie man sie bei einem Mann seines scheinbaren Alters erwarten mochte. Er musste an Abu Duns Worte denken: Manche können sich tarnen.

»Nein«, sagte er.

»Das beruhigt mich«, antwortete der Weißhaarige. »Ich erinnere mich nämlich nicht daran, dich schon einmal gesehen zu haben, und eigentlich vergesse ich nie ein Gesicht. Jedenfalls nicht das eines unserer Art.«

»Bist du sicher, dass wir von derselben Art sind?«, fragte Andrej. Er gab sich Mühe, seine Stimme so ruhig wie nur möglich klingen zu lassen, aber es gelang ihm nicht. Er sprach nicht ruhig, sondern so kalt und schneidend wie Eis.

Sein Gegenüber gab darauf keine Antwort und runzelte nur die Stirn. »Und woher weißt du dann, wer ich bin?«

»Weil das da –« Andrej machte eine Kopfbewegung zu den Baumwipfeln hoch, ohne den Unsterblichen dabei aus den Augen zu lassen, »– deine Raben sind. Hugin und Munin. Welcher ist welcher?«

Odin lachte gutmütig, während Andrej ihn neugierig musterte und seine Chancen abwog, ihn blitzartig anzuspringen und zu überwältigen. Odin war eine halbe Handspanne kleiner als er, dafür aber massiger – Andrej schätzte, dass sie ungefähr dasselbe Gewicht hatten – und auch seine Waffe sah nicht gefährlicher aus als seine eigene Klinge. Aber Odin war älter als er, sehr viel älter (Andrej wagte nicht einmal, darüber nachzudenken, *wie viel*) und er wusste nur zu gut, was Erfahrung im Kampf bedeuten konnte.

Trotzdem. Ein winziger Fehler, das kleinste Anzeichen von Unaufmerksamkeit, und er würde die vermeintliche Unsterblichkeit dieses selbsternannten Gottes auf die Probe stellen.

Odin lachte erneut, aber Andrej konnte nicht sagen, ob dieses Lachen seiner Frage galt, oder ob er seine Gedanken gelesen hatte. »Ich glaube, das wissen sie selbst nicht genau. Aber du bist nicht hergekommen, um mit mir *darüber* zu reden, oder?«

Andrej war gar nicht gekommen, um zu reden, gleich mit wem, aber er erkannte ein Geschenk, wenn er eines bekam.

Wieder raschelte etwas, und zum zweiten Mal hatte er das

Gefühl, eine Bewegung in einem Winkel der Wirklichkeit zu erkennen, der nicht existierte. Zugleich spürte er einen eisigen Hauch, der seine Seele streifte.

»Keine Sorge«, sagte Odin noch einmal. »Es tut niemandem etwas, solange ich es ihm nicht befehle ... oder ich angegriffen werde.«

»Es?«, fragte Andrej.

»Sleipnir, mein Pferd«, antwortete der Weißhaarige. Er winkte ungeduldig mit der Hand und schüttelte den Kopf. »Aber du wolltest auch *darüber* nicht mit mir reden, nicht wahr?«

»Ich kann mich nicht erinnern, dass ich überhaupt mit dir reden wollte«, antwortete Andrej eisig. Warum sollte er dem Weißhaarigen etwas vormachen? Ein solches Vorhaben wäre ohnehin sinnlos. Der Rabe über ihm krächzte zustimmend.

»Nein, du würdest lieber etwas ganz anderes tun, ich weiß«, schmunzelte Odin. Er machte eine Kopfbewegung auf das Schwert an Andrejs Seite. »Willst du es versuchen?«

Andrej legte die Hand auf das Schwert – eine Bewegung, gegen die er vollkommen machtlos war –, schüttelte aber auch den Kopf.

»Das ist gut«, sagte Odin. »Ich hätte dich ungern verletzt ... auch wenn wir beide wissen, wie wenig dir das ausmachen würde, nicht wahr?«

Die Situation kam Andrej in zunehmendem Maße unwirklicher vor. Was *tat* er hier? »Wer bist du?«, fragte er.

»Du hast meinen Namen doch gerade selbst genannt«, antwortete Odin.

»Dann frage ich anders«, sagte Andrej. Odin sah einen Moment lang nicht in seine Richtung, aber Andrej widerstand der Versuchung, die Gelegenheit zu nutzen, sich ihm unauffällig zu nähern. »*Was* bis du?«

Die Frage schien den Weißhaarigen zu verblüffen. »Nun«, sagte er nach einem Moment, in nachdenklichem Ton. »Das da oben sind Hugin und Munin, Odins Raben. Dort hinten im Wald wartet Sleipnir, Odins Schlachtross, und ich habe nur ein Auge, lebe schon so lange, wie es diese Inseln gibt, und kann nicht getötet werden *(was zu beweisen wäre, dachte Andrej)*, also könnte es gut sein, dass die Menschen hier wissen, wer ich bin. Wenn du sie fragst, werden sie vielleicht antworten: Odin, unser Gott.«

»Ich glaube nicht an Götter.«

»Das ist ein Fehler, Andrej«, antwortete Odin, und nun war er es, der näher kam, entspannt und die Hand nicht einmal in der Nähe seiner Waffe. »Ich bin schon einigen begegnet.«

»Ich nicht«, beharrte Andrej. »Jedenfalls keinen, die diese Bezeichnung auch verdient hätten. Nur Unsterblichen, die versucht haben, Götter zu spielen. Das ist ein Unterschied.«

»Das stimmt. Aber er ist nicht so groß, wie du glaubst. Eines Tages wirst du das verstehen.« Odin schüttelte den Kopf, als Andrej etwas erwidern wollte. »Ich habe von euch gehört, Andrej, von dir und deinem großen schwarzen Freund. Ihr seid selbst unter unserer Art zu einer gewissen Berühmtheit gelangt.«

»Sind wir das?«, fragte Andrej spröde.

»Ja … aber ich bin nicht sicher, ob es die Art von Berühmtheit ist, die euch gefallen würde«, antwortete Odin, »aber dafür um so sicherer, dass es sinnlos wäre, mit dir darüber zu reden. Irgendwann wirst du verstehen, was ich meine … wenn du lange genug lebst, heißt das.«

»Du willst mir drohen«, sagte Andrej.

Die Überraschung in Odins Augen war nicht gespielt. »Drohen?« Er wirkte verletzt, lachte dann aber plötzlich wieder und kam einen weiteren Schritt näher. »Gewiss nicht, Andrej. Nein – ganz im Gegenteil. Ich bin hier, weil ich dir einen Rat geben will.«

»Und der wäre?«

»Geh fort, Andrej«, antwortete Odin. »Du und dein

Freund, ihr solltet an Bord eines dieser Schiffe gehen, die dort unten vor Anker liegen, und wieder in eure Heimat reisen.«

»Warum?«, fragte Andrej.

»Um dir weiteren Schmerz zu ersparen?«, schlug Odin vor.

Andrej lachte hart. »Ist das deine Art, mir zu sagen, dass wir uns aus Dingen raushalten sollen, die uns nichts angehen?«

»Dein Herz hat an diesem Mädchen gehangen«, sagte Odin. Er klang beinahe sanft. »Du bist zu stolz und zu hart gegen dich selbst, um es zuzugeben, ich weiß, aber ich kann hören, wie deine Seele blutet. Geh fort, Andrej. Geh mit Abu Dun fort, und nimm das Mädchen mit, wenn du willst. Keine Angst – sie wird leben. Und sie wird dich begleiten, wenn ihr Gott es ihr befielt.«

Vielleicht waren diese Worte ernst gemeint. Andrej entdeckte keine Spur von Spott oder Heimtücke in Odins Blick – und trotzdem machte ihn das Gesagte schier rasend. Seine Hand schloss sich fester um den Schwertgriff, und für den Bruchteil eines Atemzuges musste er sich mit aller Kraft beherrschen, um die Waffe nicht zu ziehen und sich auf den Weißhaarigen zu stürzen. Der einäugige Gott schien es nicht einmal zu bemerken.

»Du weißt nicht, was hier geschieht«, sagte er im milden Ton eines Vaters, der seinem Sohn etwas zu erklären versucht, was wichtig war, von dem er aber zugleich sehr wohl ahnte, dass er es noch nicht verstehen konnte. Einem Ton, der Andrejs rasende Wut nur noch weiter schürte. »Es täte mir aufrichtig leid, wenn du etwas tun würdest, was du später bereutest.«

»Wie dich daran zu hindern, weiterhin mit diesen wehrlosen Menschen zu spielen?«, fragte Andrej böse.

»Es ist kein Spiel, Andrej«, sagte Odin ernst.

»Dann erklär es mir«, fauchte Andrej. Odin musste seine

Wut spüren. Er machte keinen Versuch, sie zu verhehlen, und der Unsterbliche war nicht nur auf Augen und Ohren angewiesen, um in ihn hineinzuschauen. Er musste ahnen, wie es in Andrej aussah, und vermutlich auch, was er tun würde, wenn er nur die kleinste Chance dazu bekam. Fühlte er sich ihm so überlegen, dass er dieses Risiko einging? War er es vielleicht wirklich?

»Erklär mir, warum du diese Ungeheuer geschickt hast, um wehrlose Menschen niederzumetzeln!« Seine Stimme wurde bitter. »Aber verzeih – ich hatte ganz vergessen, dass sie nur Sterbliche sind. Was zählt schon ein Menschenleben im großen Spiel der Götter?«

Odin lächelte milde. Dabei verzog sich die weiße Narbe über seinem ausgestochenen Auge so, dass es aussah, als schlüge die Krähe mit den Flügeln. »Die Dinge sind nicht immer so, wie es den Anschein hat, Andrej. Ich dachte, du wüsstest das.«

»Ja«, seufzte Andrej. »Das ist wohl wahr.« Das Schwert *sprang* regelrecht in seine Hand und verwandelte sich in einen silbernen Halbkreis, der sich zwischen seinem Arm und Odins Kehle formte, zehnmal schneller, als ein Gedanke braucht, um zu entstehen und wieder zu vergehen, und mit der ganzen gewaltigen Kraft seines übermenschlich starken Körpers geführt. Nie zuvor hatte er sich so schnell bewegt, und nie zuvor mit solcher Gewalt zugeschlagen. Die Luft schien zu glühen, wo die Damaszenerklinge sie teilte. Odin hatte nicht einmal die Spur einer Chance, dem Hieb zu entgehen.

Nur, dass Odin nicht mehr da stand, wo er eben noch gewesen war.

Andrejs Klinge fuhr zischend durch nichts als leere Luft, und der Unsterbliche war plötzlich *hinter* ihm, schlang den Arm um seinen Hals und entrang ihm mit der anderen Hand das Schwert.

Das Nächste, was Andrej klar wahrnahm, war, dass er auf dem Rücken liegend hilflos nach Luft rang, während Odin kopfschüttelnd auf seiner Brust kniete und ihn mit nur einer Hand und unerbittlicher Kraft niederhielt. In der anderen hielt er Andrejs Schwert.

»Ich habe keinen Streit mit dir, Andrej Delãny. Und ich wünsche ihn auch nicht. Und auch du solltest es dir nicht wünschen, glaub mir. Wirst du vernünftig sein?«

Andrej starrte ihn nur hasserfüllt an, während er mühsam nach Atem rang. Odin schien das zu genügen. Er hielt ihn noch einen winzigen Moment nieder, stand dann plötzlich auf und trat zwei Schritte zurück. Wortlos wartete er, bis Andrej sich hochgestemmt und seine Benommenheit abgeschüttelt hatte. Dann verblüffte er Andrej mit einer kaum sichtbaren Bewegung aus dem Handgelenk, warf das Schwert in die Höhe, fing es nach einem halben Überschlag wieder auf und hielten es ihm mit dem Griff voran hin. Andrej sah die Waffe verständnislos an.

»Nimm es«, befahl Odin.

Als Andrej der Aufforderung nicht Folge leistete, nickte Odin ungeduldig, schließlich streckte Andrej die Hand aus und nahm die Waffe behutsam entgegen. Ebenso behutsam steckte er sie ein, und erst in dem Moment, in dem er es tat, spürte er, wie sich etwas Unsichtbares und Tödliches zurückzog, das bis jetzt über ihm geschwebt hatte.

»Und jetzt geh, Andrej Delãny«, sagte Odin. Alle Freundlichkeit war aus seinem Blick gewichen. »Geh und nimm deinen Freund und dieses Mädchen und fahr wieder nach Hause. Dorthin, wo es warm ist und wohin ihr gehört.«

Es war Tag, als er ins Dorf zurückkehrte, und trübgraues Licht lag über den Häusern. Hier und da brannte noch ein Feuer, aber nicht mehr annähernd so hoch wie während der

Nacht, und auch hinter den meisten Fenstern herrschte jetzt Dunkelheit. Überall lagen schlafende Männer, die sich in Felle oder Mäntel gehüllt hatten und so nah an die Feuer herangerollt waren, wie sie es gerade noch wagten, ohne sich selbst zu verbrennen, und ein Großteil der Krieger hatte sich zum Schlafen auf ihre Schiffe zurückgezogen und die feuchte Kälte, die vom Wasser aufstieg, gegen ein Gefühl trügerischer Sicherheit an Bord der Boote eingetauscht. Andrej sah nur sehr wenige Männer, die Wache standen, und selbst diese hielten sich nur noch mit Mühe auf den Beinen.

Der Anblick kam nicht unerwartet. Hinter den Männern und Frauen lag eine Nacht des Schreckens und großer körperlicher Anstrengung, und sie alle waren Sterbliche, deren verletzliche Körper irgendwann ihr Recht forderten. Dennoch empörte ihn die leichtfertige Verschwendung von Tageslicht. In einem Land, in dem Sonnenschein ein so kostbares Gut war, *gehörte* es sich einfach nicht, tagsüber zu schlafen.

Andrej schüttelte den Kopf über seine eigenen närrischen Gedanken und beschleunigte seine Schritte ein wenig, sah sich aber erst noch einmal aufmerksamer um. Sein erster Eindruck bestätigte sich: Die wenigen Männer, die noch auf ihren Posten waren, stützten sich schwer auf ihre Speere und kämpften mit Mühe darum, nicht im Stehen einzuschlafen. Einige hatte der Schlaf sicher schon übermannt. Wenn das Dorf jetzt angegriffen würde, dann wäre das Blutbad von gestern nur ein müdes Vorspiel gewesen.

Aber Andrej wusste auch, dass das nicht geschehen würde. So verrückt es ihm auch erschien: Er wusste, dass er auf Odins Wort vertrauen konnte. Vermutlich war er, so unglaublich es klang, so etwas wie ein Ehrenmann. Ein Mann, der zu seinem Wort stand. Bis das erste Schiff von hier ablegte, war das Dorf sicher.

Er musste über einige schlafende Männer hinwegsteigen, um die Schmiede zu erreichen, aber die beiden Posten rechts und links der Tür versuchten nicht mehr, ihn aufzuhalten. Der eine war tatsächlich im Stehen eingeschlafen, der andere zwar noch wach, aber er brachte nur noch die Kraft auf, ihm einen matten Blick zuzuwerfen, den Andrej mit einem eisigen Lächeln beantwortete. Dann ging er an ihm vorbei.

Auf den ersten Blick schien sich nichts geändert zu haben. Es war ein wenig dunkler geworden. Die Hälfte der Fackeln war erloschen, und niemand hatte sich die Mühe gemacht, sie gegen frische auszutauschen. Es roch schlecht, nach brennendem Holz und Kohle und nach Blut und Krankheit. Urd lag in scheinbar unveränderter Haltung auf dem schmalen Bett, hatte aber die Augen geschlossen, und jemand war so barmherzig gewesen, eine Decke über sie zu breiten. Sie war sehr blass. Aber wenigstens lebte sie noch.

Werdandi saß gemeinsam mit einer zweiten Frau (Andrej vermutete, dass es sich um Skuld handelte. Sie war nicht so alt wie sie, aber auch nicht so jung wie Urd) auf der anderen Seite des Bettes. Das Geräusch seiner Schritte ließ sie den Kopf heben. Im ersten Moment schien sie Mühe zu haben, den Anblick seines Gesichtes mit einer Erinnerung zu verbinden. Dann erschien ein Ausdruck erschöpfter Verärgerung auf ihren faltigen Zügen.

»Andrej Delãny«, begann sie in strafendem Ton. »Ich dachte, ich hätte dir gesagt, dass –«

»Ich weiß, was du gesagt hast«, unterbrach sie Andrej. »Wie geht es ihr?«

Statt zu antworten, holte Werdandi Luft zu einem noch schärferen Verweis, doch Skuld legte ihr rasch die Hand auf den Unterarm und sah ihrerseits zu Andrej hoch. Ihr Gesicht war so müde und abgekämpft wie das der Alten, aber es dauerte noch einmal einen Moment, bis es Andrej wirklich auffiel, dann aber war es so deutlich, dass er sich verblüfft fragte, wie er es auch nur einen einzigen Augenblick lang hatte übersehen können.

»Du bist ihre Tochter«, murmelte er mit einer Geste auf Werdandi. Die Alte funkelte ihn verärgert an, aber Skuld nickte, rang sich ein müdes, dennoch sehr warmes Lächeln ab und deutete auf das schlafende Mädchen. »Und ihre Mutter.«

Und die Ähnlichkeit zwischen ihnen war womöglich noch größer, dachte Andrej verstört, die Zeit hatte Skulds Gesicht weder so gezeichnet wie das der Alten, noch hatte sie ihren Blick so verhärtet.

Er wartete einen Moment lang vergebens darauf, dass eine der beiden Frauen etwas sagte, trat dann ganz an das Bett heran und ließ sich auf ein Knie herabsinken, um die Hand nach Urds Gesicht auszustrecken. Werdandi runzelte ärgerlich die Stirn, doch Andrej hielt nicht deshalb inne. Er lauschte in sie hinein, und er war nicht überrascht, die Lebensflamme wieder ein wenig kräftiger brennen zu spüren.

»Sie wird überleben«, sagte Skuld.

»Ich weiß«, antwortete Andrej. Skuld blickte fragend, und ihm selbst fiel auf, wie bitter seine Stimme geklungen hatte. *Keine Sorge – sie wird leben.*

»Die Götter waren gnädig zu ihr«, fügte Werdandi hinzu. Andrej musste sich beherrschen, um darauf nicht zu antworten – und sei es nur mit einem zornigen Blick –, und Skulds Verwirrung wurde größer. Andrej konnte ihr ansehen, wie sie sich in Gedanken eine Frage stellte und sie dann selbst mit einem erschrockenen Kopfschütteln beantwortete. Bevor eine der beiden Frauen etwas sagen konnte, stand er auf und streifte den Mantel von den Schultern. Obwohl auch jetzt in der Esse hinter ihnen kein Feuer brannte, war es sehr warm. »Ihr müsst müde sein«, begann er in verändertem Ton. »Ihr habt die ganze Nacht an ihrem Bett gewacht. Wenn ihr wollt, löse ich euch für eine Weile ab, damit ihr schlafen könnt.«

»Ich brauche nicht mehr viel Schlaf in meinem Alter«, antwortete Werdandi, und auch Skuld schüttelte, wenngleich nicht so feindselig wie ihre Mutter, den Kopf.

»Du musst ebenso müde sein wie wir, Andrej. Und der Kampf ist vielleicht noch nicht vorbei. Urd ist stark, aber die Klinge des Daugers hat ihr Herz nur um Haaresbreite verfehlt. Es mag sein, dass unsere Hilfe noch benötigt wird.« Andrej wollte widersprechen, doch sie winkte energisch ab. »Und Thure und Björn suchen nach dir. Sie haben mir aufgetragen, dich zu ihnen zu schicken, wenn ich dich sehe. Sie warten im Haus des Königs auf dich.«

Im Haus des Königs. Warum sagte sie nicht: *Im Haus meines Sohnes?*, fragte sich Andrej. Er sah nur noch einmal lange und traurig auf das bewusstlose Mädchen hinab – *Keine Sorge – sie wird leben* – bevor er sich wortlos abwandte und die Schmiede verließ.

Die Kälte sprang ihn an wie ein Raubtier, das geduldig in seinem Versteck gelauert hatte, um seine eisigen Krallen in sein Gesicht zu schlagen, und er begann schon nach dem ersten Schritt mit den Zähnen zu klappern. Dennoch machte er sich nicht die Mühe, seinen Mantel auf dem kurzen Weg noch einmal überzustreifen, sondern ging schneller.

Wie Skuld es gesagt hatte, warteten Thure und sein Bruder an der großen Tafel. Alle Stühle an dem langen Tisch waren besetzt, und noch mehr Krieger lehnten müde an der Wand oder hatten sich mit untergeschlagenen Beinen auf dem Boden niedergelassen. Zum ersten Mal saß Björn jetzt auf dem geschnitzten Thron, der seiner neuen Stellung zukam. Andrej schien es dennoch, als habe er sich nur deshalb dazu entschieden, weil es keinen anderen Sitzplatz mehr gab. Er hatte den Kopf zurückgelehnt und die Augen geschlossen, und im ersten Moment dachte Andrej, er würde schlafen. Dann aber öffnete er die Augen, und Andrej begriff, dass ihn nicht nur körperliche Müdigkeit plagte.

»König Björn«, sagte er mit einem angedeuteten Nicken.

»Björn genügt«, antwortete Björn. Er versuchte zu lächeln. Es misslang. »Ich bin nicht *dein* König, Andrej.« *Und viel-*

leicht will ich sogar niemandes König sein. »Nimm Platz und lass dir etwas zu Essen und einen Becher Met bringen. Du musst müde sein.«

»Nein, danke«, antwortete Andrej – nicht nur, weil es an der voll besetzten Tafel keinen Platz gab, auf den er sich hätte setzen können. Er zweifelte nicht daran, dass schon das fragende Heben einer Augenbraue genügt hätte, um einen der Männer aufstehen und seinen Stuhl für ihn räumen zu lassen, aber das wollte er nicht. Er wollte auch nicht bei all diesen Kriegern sitzen und essen und trinken, als wäre nichts anderes passiert als eine weitere Schlacht in einem Leben, das aus einer endlosen Aneinanderreihung von Kämpfen und Schlachten bestand.

»Wo ist Abu Dun?«, fragte er. Auf jeden Fall nicht hier. Das Haus war so überfüllt, dass er selbst die hünenhafte Gestalt des Nubiers nicht auf Anhieb gesehen hätte. In jedem Fall aber hätte er seine Nähe gespürt.

»Draußen bei den Schiffen«, antwortete Thure an Björns Stelle. »Er sagt, dass er lieber unter freiem Himmel schläft.« Er deutete ein Achselzucken an und schürzte die Lippen. »Ich kann ihn verstehen. Und es ist wahrscheinlich auch besser so.«

Andrej ging nicht auf die Herausforderung ein, die in seinen Worten lag. Jedes Mal, wenn er glaubte, endlich Sympathie für den riesigen Nordmann zu verspüren, schien Thure sich anzustrengen, seinen schlechten Ruf wiederherzustellen; anscheinend konnte er nicht aus seiner Haut. Andrej wandte sich wieder an Björn und sagte: »Wir haben die Insel gründlich abgesucht. Es ist niemand da.«

»Ich weiß«, seufzte Björn. Andrej fiel erst jetzt auf, dass er verletzt war. Seine linke Hand war verbunden, und sein Gesicht mit zahllosen, winzigen roten Punkten gesprenkelt, wo ihn glühende Funken getroffen hatten. Er musste noch einmal an die Szene vom vergangenen Abend denken und begriff mit einer Mischung aus sachtem Erstaunen und tiefem Schaudern, wie knapp der junge König dem Tod entronnen war. Wäre Thure auch nur einen halben Lidschlag später gekommen …

Andrej wollte nicht daran denken. Was für Björn galt, galt für die meisten Männer hier drinnen noch viel mehr. Kaum einer, der keine Verbände getragen hätte oder verschorfte Wunden auf Gesicht und Händen hatte. Er räusperte sich. »Wie viele sind ums Leben gekommen?«, fragte er.

Björn sah ihn nur traurig an, aber Thure antwortete. »Fast zwanzig. Und nicht alle waren Krieger.«

So brutal ihm der Gedanke selbst vorkam – angesichts des dämonischen Feindes, dem sie gegenübergestanden hatten, war diese Zahl erstaunlich niedrig, dachte Andrej. Und als hätte er diesen Gedanken gelesen, fügte Thure so, als wären die Worte nicht allein an ihn gerichtet, sondern an alle im Raum, hinzu: »Ohne dich und deinen Freund, Andrej Delãny, wären sehr viel mehr gestorben. Vielleicht alle.«

Andrej wusste, dass das nicht stimmte. Nicht einmal die nahezu unbesiegbaren Dauger hätten all diese Männer überwinden können. Er wusste aber auch, warum Thure das sagte. Noch vor wenigen Stunden hätte er mit einer scharfen Bemerkung geantwortet, aber jetzt beließ er es bei einem Achselzucken.

»Ich sehe nach Abu Dun. Ihr habt recht – es war eine lange und anstrengende Nacht. Ich bin müde. Wir sollten ausruhen und später über alles reden.«

Niemand antwortete ihm. Trotz der vielen Männer, die sich hier drinnen aufhielten und Andrej ausnahmslos anstarrten, war es beinahe unnatürlich still. Doch die Blicke, mit denen die Krieger ihn maßen, waren beredt genug, um ihm zu verraten, dass sie das Gespräch, auf das Thure mit seinen Worten abzielte, schon längst geführt hatten. Wahrscheinlich die halbe Nacht über.

Als er sich zum Gehen wandte, stand Thure auf und eilte mit hastigen Schritten an seine Seite. »Ich begleite dich.«

Andrej hatte nichts dagegen (jedenfalls sagte er es nicht laut), sie verließen das Langhaus und wandten sich dem Meer zu. Thure sagte kein Wort, sondern ging schweigend und mit steinernem Gesicht neben ihm, und auch Andrej tat ihm nicht den Gefallen, das Gespräch von sich aus zu eröffnen.

Sie mussten auch jetzt wieder über schlafende Männer hinwegsteigen, und Andrej spürte einen harten Kloß im Hals, als er die große Zahl in Felle und Mäntel gewickelter Gestalten sah, die unmittelbar am Ufer nebeneinander aufgereiht lagen. Es schienen ihm mehr zu sein als die zwanzig, von denen Thure gesprochen hatte, aber er stellte keine Frage, sondern trat schweigend auf den Steg hinaus und steuerte das Schiff an, auf das Thure, ebenfalls wortlos, deutete.

Es war das Drachenboot, mit dem sie gekommen waren. Auch an seinem Deck lagen schlafende Männer, und ein müder Krieger lehnte am Mast und tat, als stünde er Wache. Als er Thure gewahrte, fuhr er erschrocken zusammen, doch der riesige Schmied schüttelte nur rasch den Kopf und machte eine beruhigende Geste. Nebeneinander sprangen sie auf das Deck des Schiffes hinab. Zwei oder drei müde Gesichter hoben sich und blickten unter Decken und Fellen hervor, nur Abu Dun konnte er nicht sehen. Andrej warf Thure einen fragenden Blick zu, auf den der nur mit einem Kopfschütteln antwortete und zum Heck des Schiffes zeigte. Andrej folgte ihm, bis sie eine einzelne, mit einem blutbesudelten Mantel zugedeckte Gestalt erreichten. Obwohl an Deck drückende Enge herrschte, lag sie allein, ein Stück weg von den anderen Männern, als fürchteten diese ihre Nähe.

»Was soll das?«, fragte Andrej.

Thure antwortete auch darauf nicht, sondern ließ sich neben dem zugedeckten Körper in die Hocke sinken, streckte die Hand nach dem zerfetzten Mantel aus und sah auf eine Art zu Andrej hoch, die ihm nicht gefiel.

»Das ist der Dauger, der Urd niedergestochen hat. Ich habe ihn für dich aufgehoben. Die anderen haben wir in Stücke gehackt und ins Meer geworfen. Aber ich dachte, den hier wolltest du vielleicht sehen.«

Andrej schwieg. Sein Herz begann schneller zu schlagen. Er hatte Urds Schrei nicht vergessen, und auch nicht den fassungslos-entsetzten Ausdruck in ihren Augen, als sie ins Gesicht des Daugers gesehen hatte.

Thure ließ einen Augenblick verstreichen, bevor er den Mantel mit einem Ruck zurückschlug. Beim Anblick des verheerten Leichnams stieg Übelkeit in Andrejs Magen hoch, aber er kämpfte sie nieder und zwang sich, in das Gesicht des toten Mannes zu blicken. Er hatte ihn noch nie zuvor gesehen, doch obwohl er mindestens zehn Jahre jünger sein musste und nur noch ein Schatten des riesigen Schmieds, war die Ähnlichkeit doch unübersehbar.

»Das ist dein Bruder«, sagte er.

»Ja«, antwortete Thure. »Das ist Lasse. Sie schicken uns unsere Toten zurück, um uns zu vernichten.«

5

Am Ende hatte sein Körper dann doch sein Recht verlangt, und er war in einen tiefen, traumlosen Schlaf gesunken, aus dem er erst nach Einbruch der Dunkelheit ausgeruht und erfrischt wieder erwachte. Das Gefühl zurückgewonnener Stärke erfüllte ihn beinahe mit schlechtem Gewissen.

Er war allein, als er erwachte. Es war dunkel in seiner Kammer, und zum ersten Mal, seit – so kam es ihm vor – unendlich langer Zeit war das Bett neben ihm nicht nur leer und kalt, er fühlte auch, dass es die ganze Nacht über so gewesen war, und die Erkenntnis dieses Verlustes war so schmerzhaft, wie er es nicht erwartet hätte. *Du bist zu stolz, und zu hart gegen dich selbst. Aber ich kann spüren, wie deine Seele weint.* Die Erinnerung an diese Worte erfüllte ihn mit kaltem, entschlossenem Zorn.

Andrej setzte sich auf, bückte sich nach seinem Hemd und legte ärgerlich die Stirn in Falten, als er den hässlichen Riss in dessen Seite gewahrte. Der dünne Stoff war von seinem eingetrockneten Blut hart geworden, ein Anblick, der an einem Tag wie diesem Tag nichts Außergewöhnliches war. Aber der Riss war auch lang genug, dass jedermann sehen konnte, wie unversehrt seine Haut darunter war. Noch gestern hätte dieser Umstand Andrej Sorgen bereitet. Jetzt war er ihm gleichgültig.

Er zog sich an, verließ das Haus und steuerte das gegenüberliegende Gebäude an, in dem Abu Dun schlief. Anders als in den vergangenen Nächten lagen die meisten Häuser dunkel da. Hinter kaum einem Fenster war Licht, obwohl Andrej spürte, dass der Tag noch nicht lange vorüber sein konnte. Auch die meisten Feuer, die er sah, brannten nur mit kleinen, zögerlichen Flammen, gerade hoch genug, um der Kälte, die mit der früh hereingebrochenen Nacht heranstürmte, ihren ärgsten Biss zu nehmen, und er sah noch immer sehr viele im Schlaf zusammengerollte Gestalten. Die Menschen holten die Ruhe nach, die sie so bitter nötig brauchten. Hinter dem schmalen Fenster von Abu Duns Quartier jedoch gewahrte er den ruhigen gelben Schein einer Kerze. Er trat ein, ohne anzuklopfen.

Der Nubier lag mit geschlossenen Augen und in seinen Kleidern auf dem Bett. Rechts und links von ihm lagen die beiden jungen Frauen, auch sie bekleidet, und kuschelten sich in seine starke Umarmung, als suchten sie in dieser Nacht nichts anderes als Schutz in seiner Nähe.

Obwohl er sicher war, die Tür so leise wie möglich geöffnet zu haben, schlug Abu Dun die Augen auf und sah ihn einen Moment lang durchdringend an. Er bedeutete ihm, still zu sein, und brachte das Kunststück fertig, die Arme unter dem Rücken der beiden Frauen hervorzuziehen und trotz seiner Massigkeit und Größe so behutsam und leise aufzustehen, dass sie nicht einmal wach wurden. Bevor er sich zu Andrej umwandte, breitete er eine Decke über ihnen aus; eine Geste, die Andrej bei diesem großen Mann, der stets Wert darauf legte, möglichst Furcht einflößend zu wirken, auf sonderbare Weise anrührend fand. Erst als sie das Haus verlassen und Abu Dun die Tür lautlos hinter sich zugezogen hatte, wandte er sich an Andrej und brach sein beharrliches Schweigen.

»Ich hätte damit gerechnet, dich bei dem Mädchen zu finden.«

»Ich bin auf dem Weg dorthin«, antwortete Andrej. »Aber ich muss mit dir sprechen.«

»Das trifft sich gut. Ich nämlich auch mit dir, Hexenmeister.«

Andrej sah ihn fragend an, und Abu Dun fuhr fort, indem er mit bedächtigen Schritten die Schmiede ansteuerte: »Diese Leute hier haben ein Problem.«

Andrej nickte nur. Er fragte sich, ob Abu Dun von seinem Treffen mit der selbst ernannten Gottheit wusste, verneinte diese Frage aber auch gleich darauf in Gedanken. So sehr Abu Dun es liebte, den groben Kerl, den geheimnisvollen Krieger zu spielen, hatte er ihm doch nie etwas vormachen können. »Ich weiß«, antwortete er mit einiger Verspätung.

»Thure hat dir seinen toten Bruder gezeigt?«, vermutete Abu Dun.

»Den Dauger. Ja.«

Eine dunkle Wolke zog über Abu Duns Gesicht. »Sie hätten uns sagen können, dass wir es mit Untoten zu tun haben. Das hätte die Sache vielleicht ein bisschen leichter gemacht.«

Untote? Andrej war nicht sicher, ob das der richtige Ausdruck war. Er hatte die Seelen der Männer gespürt. Er hatte ihre Lebenskraft *geschmeckt*, auch, wenn sie von etwas Fauligem durchdrungen und längst zu etwas anderem gemacht worden waren, so war es doch die Lebensflamme eines Menschen gewesen, nicht einer bedauernswerten Seele, der eine bösartige Macht den Übergang in die andere Welt verwehrt hatte.

Wenn es denn so etwas wie eine andere Welt gab. Dessen war sich Andrej immer weniger sicher, je mehr er sich mit dem Gedanken beschäftigte.

»Und?«, fragte er nur.

»Eigentlich wollte *ich dir* diese Frage stellen«, gab Abu Dun zurück. »Was tun wir?«

»Tun?« Andrej versuchte vergeblich, Unverständnis zu

heucheln. Abu Dun zog nur verärgert die Augenbrauen zusammen. »Wir *könnten* Ihnen helfen«, sagte Andrej schließlich. »Aber ich bin nicht sicher, ob wir es auch *können.*«

Nun war Abu Dun verwirrt. Andrej fragte sich, warum er dem Freund nicht von seinem Gespräch mit Odin berichtete. Es gab keinen Grund für dieses Schweigen; nur viele, die dagegen sprachen. Trotzdem hob er nur die Schultern.

»Wir könnten allerdings auch das nächste Schiff besteigen und nach Hause fahren«, fuhr der Nubier in spöttischem Ton fort. »Das ist doch im Allgemeinen unsere Art, nicht wahr? Zu verschwinden und uns nicht in Dinge einzumischen, die uns nichts angehen. Falls sie uns wirklich nichts angehen, heißt das.«

»Du hast mit Thure gesprochen«, vermutete Andrej.

»Nein«, erwiderte Abu Dun. »Mit Björn.«

»Und was genau hat er von dir verlangt?«

»Verlangt? Nichts.« Abu Dun lachte leise und ballte die Faust, als hätte er etwas Unsichtbares aus der Luft gefangen, um es zu zerquetschen. »Er hat mich nicht einmal um etwas gebeten. Wusstest du, dass es in diesem Dorf nicht eine Familie gibt, die nicht schon mindestens einen der ihren an diese Ungeheuer verloren hat?«

»Warum gehen sie dann nicht einfach weg?«, fragte Andrej.

»Weil das hier ihre Heimat ist«, antwortete Abu Dun.

»Also *hat* er von dir verlangt, dass wir ihm helfen. Er war nur geschickt genug, es so zu tun, dass du glaubst, es wäre deine eigene Idee.«

Abu Dun schnaubte grob. »Nenn es, wie du willst. Mir tun diese Menschen leid. Mir ist nicht wohl dabei, mich einfach herumzudrehen und meiner Wege zu gehen, als ginge mich das alles nichts an.«

»Gestern hätten sie mich beinahe getötet«, sagte Andrej. Ein einziger Blick in Abu Duns Gesicht machte ihm klar, dass es dem Nubier nicht anders ergangen war.

Wieder lachte Abu Dun. Diesmal klang es hässlich. »Erzähl mir nicht, du hättest Angst. Wo es doch nichts gibt, was der große Andrej Delãny fürchtet – schon gar nicht den Tod. Außerdem haben wir unser Leben schon für weniger riskiert, wenn ich mich richtig erinnere.«

»Weniger als gar nichts?«

»So würde ich das nicht bezeichnen«, widersprach Abu Dun. »Hast du das Gold vergessen?«

»Welches Gold?«

»Das Gold auf der verbotenen Insel«, antwortete Abu Dun in leicht verärgertem Ton. »Das Gold, das ich beinahe aufgehoben hätte. Björn sagt, es gäbe dort noch sehr viel mehr davon. Und auch andere Schätze.«

»Gold«, sagte Andrej betont, »ist das, was mich am wenigsten interessiert.«

Der Nubier seufzte übertrieben. »Ah ja, ich vergaß. Dir geht es ja nur um die Gerechtigkeit, nicht wahr?«

Um ein Haar hätte Andrej mit *Ja* geantwortet, und es hätte in diesem Moment auch der Wahrheit entsprochen. Tatsächlich war es nicht nur die Erinnerung an den Schrecken der vergangenen Nacht, nicht nur der maßlose Zorn über das, was Urd (und damit ihm) angetan worden war. Was die selbst ernannte einäugige Gottheit über dieses Dorf brachte, das empörte ihn zutiefst. Es spottete allem, woran er jemals geglaubt hatte.

Er blieb stehen. »Und wenn es so wäre?«

»Dann hätten wir beide einen guten Grund, diesen Menschen zu helfen, nicht wahr?«

Andrej aber fing den Blick des Nubiers ein und las darin noch etwas anderes. Das Gold interessierte ihn doch mehr als er zugab. Auch wenn Abu Dun durch das Leben, das sie in den zurückliegenden Jahrhunderten geführt hatten, bewiesen hatte, wie wenig ihm Gold und Reichtümer in Wahrheit bedeuteten, so war er doch von Zeit zu Zeit weltlichen Genüssen nicht abgeneigt. Die Welt, aus der sie kamen und in die sie irgendwann wieder zurückkehren würden, hatte sich verändert, und die Zeiten, in denen ein Mann, nur mit seinem Schwert und einem mutigen Herzen bewaffnet, der Welt die Stirn bieten konnte, neigten sich unerbittlich ihrem Ende entgegen.

Vielleicht aber wollte Abu Dun nur sich selbst überzeugen, dass sie das Richtige taten.

Sie betraten die Schmiede. In der Esse brannte jetzt ein Feuer, das nicht hoch genug war, Eisen zur Rotglut zu erhitzen, sondern nur die Anwesenden wärmen sollte. Werdandi saß noch immer auf dem lehnenlosen Schemel auf der anderen Seite des Bettes, und sie schien sich nicht von dort weggerührt zu haben, seit Andrej gegangen war. Doch die endlosen Stunden und die Anstrengung hatten am Ende auch von ihr ihren Tribut gefordert: Ihr Kopf war auf die Brust gesunken, und sie schnarchte mit offenem Mund und so laut, dass sich Abu Duns Lippen unwillkürlich zu einem spöttischen Grinsen verzogen. Auch ihre Tochter war noch da und begrüßte den Nubier und ihn mit einem wortlosen Nicken. Dann sah er es: Urd lag nicht mehr bewusstlos da. Sie hatte sich aufgesetzt, wenn auch nur ein kleines Stück. Jemand hatte ihr ein Kissen unter den Nacken geschoben, um sie zu stützen, und als sie Andrej sah, erschien sogar ein Lächeln auf ihrem blassen Gesicht.

»Urd!« Andrej stürmte vorwärts und wäre in seiner Hast, zu ihr zu kommen, beinahe über seine eigenen Füße gestolpert. In Urds Lachen erschien eine Spur des gewohnten Spotts, aber Andrej sah auch, wie blass und krank sie unter diesem Lächeln war. Behutsam lauschte er in sie hinein und berührte ihre Seele. Ihre Lebensflamme brannte ruhig und stetig, aber sehr schwach.

Umso überraschter war er, in ihren Augen Verwirrung zu lesen. Aber es konnte doch nicht sein, dass sie seine lautlose Berührung gespürt hatte ... oder?

»Andrej!« Sie versuchte, sich aufzusetzen, verzog dann aber das Gesicht vor Schmerz und ließ sich zurückfallen. »Du machst ein Gesicht wie sieben Jahre Regenwetter. So sagt man doch bei euch, oder?«

»Sieben Tage«, korrigierte sie Andrej. »Sieben Jahre würde es höchstens heißen, wenn du Abu Dun fragst. Und ich freue mich, dich zu sehen. Ich war nur … überrascht.«

»Dass ich noch lebe?«

Andrej nickte, und nun lachte Urd tatsächlich, wenn auch nur leise und kurz. »Du hast geglaubt, dass ich sterbe«, vermutete sie. »Aber so leicht entkommst du mir nicht. Ich bin zäh, weißt du?«

Werdandi hörte plötzlich auf zu schnarchen und hob mit einem Ruck den Kopf. »Was tut ihr hier?«, fragte sie schmatzend und noch halb verschlafen, aber schon wieder ebenso unleidlich wie am Morgen. »Das Mädchen braucht Ruhe. Geht raus! Sofort!«

»Du hast sie gerettet!«, sagte Abu Dun.

»Es war der Wille der Götter, dass sie lebt«, beschied ihm die alte Frau. »Uns Menschen ist es nicht gegeben, die Dauer unseres Lebens zu bestimmen. Wir können nur versuchen, dem Willen der Götter zu folgen, aber es steht uns nicht an, ihren Ratschluss in Frage zu stellen.«

»Du hast recht, Mutter«, mischte sich Skuld ein. Sie legte Werdandi beruhigend die Hand auf die Schulter und warf Andrej einen raschen Blick zu, der ihn beruhigen sollte, und fuhr in sanftem Ton fort: »Aber du musst auch müde sein. Warum gehst du nicht und legst dich ein wenig schlafen? Ich rufe dich, wenn ich deine Hilfe brauche.«

Werdandi blickte sie aus eng zusammengekniffenen, vor Müdigkeit rot geränderten Augen an, und Andrej erkannte schnell, wie leicht sie ihre Tochter durchschaute. Zu seiner Überraschung blieb der erwartete Zornesausbruch der alten Frau jedoch aus. Sie zog nur eine Grimasse, stand auf und machte zwei kleine, mühsam schlurfende Schritte auf Abu Dun zu. »Sag, bist du so groß und stark, wie du aussiehst, schwarzer Mann?«, fragte sie.

»Ich glaube schon.« Abu Dun blinzelte verwirrt. »Warum?«

»Dann hilf einer alten Frau, nach Hause zu kommen«, antwortete Werdandi. Sie streckte dem riesigen Nubier eine faltige Hand entgegen, die in seiner gewaltigen Pranke nahezu verschwand, und Andrej amüsierte sich einen Moment lang ganz unverhohlen über Abu Duns Gesichtsausdruck. Fast hätte er laut aufgelacht. Aber schließlich ergab sich der Riese mit einem Seufzer in sein Schicksal und geleitete die alte Frau zur Tür. Andrej sah ihm kopfschüttelnd nach, und er gab sich keine Mühe, sein Grinsen zu unterdrücken, als er sich wieder Urd zuwandte.

»Ich glaube, ich kenne jetzt ihr Geheimnis. Ich würde mich auch nicht trauen zu sterben, wenn sie es mir verbietet.«

Urd lachte leise, und auch Skuld stand nun auf und schenkte ihm ein mildes Lächeln. »Du musst meiner Mutter nachsehen, wenn sie manchmal etwas … unwillig zu sein scheint. Sie ist alt, und die letzten Stunden waren sehr anstrengend für sie.«

»Und es gefällt ihr, sich stachelig wie ein Seeigel zu geben«, fügte Urd hinzu.

»Aber sie hat dich gerettet.«

»Sie und der Wille der Götter«, sagte Skuld. »Ich lasse euch jetzt einen Moment allein. Aber verlang nicht zu viel von Urd. Sie ist noch sehr schwach.«

»Keine Sorge«, versprach Andrej. »Ich bleibe nicht lange.«

»Das wird sich zeigen«, sagte Urd drohend. »Du bleibst schön hier. Ich kann im Moment nicht so gut laufen, weißt du?«

Andrej blickte fragend, und Urd fügte mit todernstem Gesicht hinzu: »Was, wenn dir wieder jemand nach dem Leben trachtet, und ich bin nicht da, um dich zu retten?«

Andrej lachte zwar, aber er hörte selbst, wie unecht seine Belustigung klang. Skuld verdrehte die Augen und ging, und Andrej ließ sich vorsichtig auf der Bettkante nieder. Er wartete, bis Skuld außer Hörweite war, dann sagte er leise und sehr ernst: »Das war sehr dumm von dir, Urd.« Urd blinzelte und sah empört aus, und Andrej küsste sie zärtlich auf die Stirn. »Und sehr tapfer.«

»So bin ich nun mal«, antwortete Urd. Sie versuchte ihn zu umarmen, aber Andrej entzog sich ihr.

»Tapfer oder dumm?«

»Das kommt immer darauf an, wer gerade fragt«, antwortete Urd und zog einen Schmollmund. »Aber in deinem Fall ... wohl eher dumm.«

Andrej blickte fragend, und Urd machte eine Kopfbewegung zu dem fast armlangen Schnitt in seinem Hemd. »Auf jeden Fall aber überflüssig, habe ich recht?«

Andrej schwieg, doch seine Hand fuhr zu seiner Seite in dem vergeblichen Versuch, den hässlichen Riss zu verbergen.

»Man kann dich nicht töten«, vermutete Urd.

»Oh, doch«, antwortete Andrej. »Ich fürchte, schon. Aber es ist ... nicht ganz so leicht wie bei den meisten. Fast so schwer, wie *dich* umzubringen.«

Urd lachte zwar gehorsam über seinen lahmen Scherz, aber ihre Augen blieben ernst. »Was bist du, Andrej?«, fragte sie, hob aber sofort die Hand, um ihn an einer raschen Antwort zu hindern. »Mein Bruder hat mir davon erzählt, gleich am ersten Tag, aber ich konnte es nicht glauben. Du und dein Freund ... was seid ihr? Dämonen?«

»Nein«, sagte Andrej. Die Frage tat ihm weh, obwohl sie ihn nicht überraschte. »Obwohl es den einen oder anderen gibt, der uns wahrscheinlich dafür hält.«

»Und was seid ihr dann?«

»Das möchte ich nicht sagen«, antwortete Andrej. »Jedenfalls jetzt noch nicht. Aber wenn du willst, dann gehe ich.«

Urds Blick hielt den seinen einen endlosen Moment lang fest, ohne dass es ihm gelang, darin zu lesen. »Wie kommst du auf den Gedanken, dass ich das will?«, fragte Urd.

Andrej deutete auf den Riss in seinem Hemd. Urd schwieg und ein neuer Ausdruck, den er ebenfalls nicht zu deuten vermochte, erschien in ihren Augen. Was immer es war, es war Trauer darin.

»Glaubst du, ich wäre zu dir gekommen, wenn ich wollte, dass du jetzt gehst?«, fragte sie. »Ich weiß nicht, was du bist, Andrej. Aber ich glaube nicht, dass ihr Dämonen seid … und wenn, dann müssen Dämonen wohl anders sein, als man sagt.« Sie lachte leise. »Meine Großmutter sagt, dass die Welt groß ist. Viel größer, als die meisten meinen.«

»Das stimmt«, sagte Andrej.

»Dann ist sie wahrscheinlich auch voll von Dingen, von denen noch nie jemand gehört hat.« Sie legte den Kopf schief. »Wirst du mir eines Tages erzählen, wer du bist?«

»Vielleicht«, sagte Andrej. *Wenn ich sicher bin, dass du es auch hören willst. Und dass du die Wahrheit erträgst.*

»Hat sie es gewusst?«, fragte Urd unvermittelt.

»Sie? Wer?«

»Maria.«

Er hatte gewusst, wen sie meinte, und trotzdem fuhr er zusammen. Sein Unbehagen hatte sich wohl in seiner Miene gezeigt, denn Urd sah plötzlich schuldbewusst aus. Es dauerte lange, bis er antwortete. »Ich weiß es nicht. Ich habe es ihr nie gesagt. Ich glaube, damals habe ich es selbst noch nicht genau gewusst. Aber ich nehme an, sie hat es geahnt.«

»Und sie hat dich trotzdem geliebt?«

Andrej nickte.

»Und was bringt dich dann auf den Gedanken, dass es bei mir anders sein könnte?«, fragte Urd.

Nichts ließ ihn das denken. Die Wahrheit war: Er hatte Angst davor, dass es nicht so sein könnte.

»Ich glaube, ich muss jetzt gehen«, sagte er unbeholfen und stand auf. »Deine Mutter hat recht. Du bist noch sehr schwach und brauchst Ruhe.«

»Du willst nicht darüber reden«, stellte Urd fest.

»Nein«, gestand Andrej. »Nicht jetzt. Aber wir werden es tun, das verspreche ich dir. Nur nicht jetzt.« Er wollte sich umwenden und gehen, doch Urd streckte rasch die Hand unter ihrer Decke hervor und hielt ihn fest.

»Wirst du uns helfen?«, fragte sie.

Andrej überlegte einen Moment und machte sich dann mit sanfter Gewalt los. »Das weiß ich noch nicht. Ich muss zuerst mit deinem Bruder reden.«

Er fand Thure genau dort, wo er es erwartet hatte – nämlich im Haus und an der Tafel seines Bruders. Björn war bei ihm, und auch einige andere Männer, aber nur sehr wenige. Dafür saß Abu Dun auf dem Platz, auf dem er zuvor stets Björn gesehen hatte, und die wenigen anwesenden Krieger hielten, gewiss nicht zufällig, einen größeren Abstand zu dem riesenhaften Nubier, als eigentlich nötig gewesen wäre.

Die ohnehin nur halblaut geführten Gespräche am Tisch verstummten, als Andrej eintrat, und er fand sich wieder einmal in der unangenehmen Situation, von allen angestarrt zu werden. Andrej verzog keine Miene, sondern ging mit schnellen Schritten zum Tisch, fixierte Thure mit Blicken und sagte ruhig: »Raus. Alle!«

Björn zog überrascht die Augenbrauen hoch, während Thure aussah, als hätte er diese Worte erwartet.

Eine leise Unruhe erhob sich am Tisch, aber Thure brachte sie mit einer raschen befehlenden Geste zum Schweigen. »Tut, was der Mann sagt. Bitte, lasst uns einen Moment allein.«

Nach und nach und noch immer mit einem unwilligen Murren, gehorchten die Männer und gingen. Andrej wartete, bis er spürte, dass Thure, sein Bruder, Abu Dun und er auch wirklich allein waren. Dann warf er Abu Dun einen fragenden Blick zu, den dieser mit einem unmerklichen Kopfschütteln beantwortete. Er wandte sich direkt an Thure.

»Ich will jetzt alles wissen.«

»Alles? Ich verstehe nicht ganz, was –«

»Du kannst weiter den Dummkopf spielen, Thure«, unterbrach ihn Andrej eisig, »und darauf hoffen, dass wir ebensolche sind und dir glauben, und Abu Dun und ich reisen mit dem ersten Schiff ab, das diese Insel verlässt. Oder du erzählst uns alles, was du über diese Insel, das Nagelfahr und diese verfluchten Dauger weißt, und Abu Dun und ich überlegen, ob wir euch helfen. Es ist deine Entscheidung.«

Thure versuchte es noch einmal. »Aber ich –«

»Jetzt. Auf der Stelle.«

Thure starrte ihn lange an und Andrej konnte sehen, wie sein innerer Widerstand zerbrach. »Wahrscheinlich hast du recht. Ich kann nicht von dir und deinem Freund erwarten, dass ihr eure Leben für uns riskiert, wenn ich nicht ehrlich zu euch bin.«

»Erwarten kannst du es schon«, sagte Abu Dun in nachdenklichem Ton. »Aber wir würden es nicht tun.«

»Abu Dun!«, sagte Andrej streng.

Abu Dun duckte sich ängstlich. »Schon gut Sahib. Bitte den armen Mohren nicht wieder schlagen.«

Andrej beachtete ihn nicht. Er zog sich einen Stuhl heran und setzte sich so an den Tisch, dass er Thure und seinen Bruder gleichzeitig im Auge behalten konnte.

»Du hast recht, Andrej«, sagte Thure. »Es ist meine Schuld, ich wollte die Wahrheit nicht sehen. Ich habe genau das getan, was ich meinen Brüdern zeit ihres Lebens vorgeworfen habe, und die Augen vor ihr verschlossen. Manchmal hilft es.

Aber diesmal nicht. Ich bin schuld an allem, was geschehen ist.«

»Was redest du für einen Unsinn?«, murmelte Björn. »Du –«

Diesmal war es Andrej, der ihn mit einer Geste zum Schweigen brachte. »Lass ihn, Björn. Ich fürchte, dein Bruder sagt die Wahrheit.« Er nickte Thure aufmunternd zu. »Also? Was hat es mit dieser Insel auf sich? Und mit deinem Streit mit Odin?«

Björn riss entsetzt die Augen auf. »Odin? Aber was –«

»Er hat recht, Björn«, unterbrach ihn Thure. »An all dem Unglück, das über uns gekommnen ist, trage ich die Schuld.« Er wandte sich wieder an Andrej. »Urd hat dir erzählt, dass ich auf der Insel war?«

Andrej nickte, und Björn mischte sich abermals ein. »Andere waren auch dort, vor dir und nach dir, und –«

»Aber niemand außer mir«, fiel ihm Thure ins Wort, »kennt den Weg nach Asgard.«

Björn starrte ihn an. Andrej wusste im ersten Moment nichts mit dem Wort anzufangen – und Abu Dun allem Anschein nach genauso wenig – aber auf Björns Gesicht stand blankes Entsetzen. »Das … ist nicht wahr«, krächzte er. »Kein Sterblicher kann den Boden Asgards betreten!«

Thure sah ihn traurig an. »Es war der schlimmste Sturm, den ich jemals erlebt habe«, begann er, und während er sprach, sank seine Stimme endgültig zu einem Flüstern herab, so ausdruckslos und grau wie sein Gesicht. Er litt. Schon die Erinnerung an das, worüber er nun berichten musste, war mehr, als er ertragen konnte. »Der schlimmste Sturm, von dem ich je gehört habe. Schlimmer als irgendein Mensch und irgendein Schiff ihn jemals überstehen kann.«

»Aber ihr habt ihn überstanden«, wandte Abu Dun ein.

»Wir hatten Glück.« Thure gab einen Laut von sich, der wie ein Lachen klang. »Wenn man es Glück nennen will. Der

Sturm tobte tagelang. Die meisten Männer waren tot, der Mast gebrochen, das Segel zerfetzt. Über uns standen Sterne, wie keiner von uns sie jemals gesehen hat, und die Wellen waren höher als die Gipfel unserer Insel. Wir waren sicher, alle zu sterben. Die wenigen, die noch lebten, bereiteten sich darauf vor, nach Walhalla zu gehen. Aber wir sind nicht gestorben. Der Sturm warf uns gegen die Küsten eines fremden Landes.«

»Asgard«, vermutete Abu Dun.

»Asgard, Isengard.« Thure hob müde die Schultern. »Wer kennt den Unterschied? Es war ein Land, wie es keiner von uns je zuvor zu Gesicht bekommen hat. Ein Land, das es niemals geben kann, nicht auf dieser Welt. Ein Land aus Feuer und Eis, mit Bergen aus Eisen und Quellen, die so heiß sind, dass man sich verbrennt, wenn man versucht, daraus zu trinken.«

Björn lauschte weiter fasziniert, aber Andrej tauschte einen schnellen, überraschten Blick mit Abu Dun. Thure irrte sich, wenn er glaubte, dass es ein Land wie das von ihm beschriebene nicht geben konnte. Abu Dun und er waren dort gewesen. Es war noch nicht einmal lange her.

»Wir waren noch zu viert, als der Sturm sich endlich legte«, fuhr Thure fort. »Ich war noch jung damals. Kaum mehr als ein Kind. Ich hatte große Angst, und ich wollte nur nach Hause. Aber unser Skalde ließ das Schiff reparieren, so gut wir es vermochten, doch als es fertig war, da segelten wir nicht los. Er gab Befehl, die Insel zu erkunden. Die Männer hatten Angst und weigerten sich, aber am Ende haben sie seinem Befehl doch gehorcht. Wir begannen, die Insel zu erforschen.« Er atmete tief ein, und sein Blick leerte sich. »Und dann standen wir vor den Toren von Walhalla.«

Björn gab einen Laut des Entsetzens von sich, der in seiner Plötzlichkeit beinahe komisch klang. »Du lästerst die Götter!«, keuchte er. Thure sah ihn verächtlich an, und Björn fuhr mit schriller Stimme fort: »Und woher willst du das wissen? Keiner weiß, wie die Tore von Walhalla aussehen!«

»Wenn du davorstehst, weißt du es«, sagte Thure leise. »Es war Walhalla. Jeder von uns wusste es.«

»Und dann?«, fragte Andrej, als Thure nicht weitersprach, sondern ohne zu Blinzeln ziellos ins Leere starrte.

»Wie sieht es dort drinnen aus?«, wollte Abu Dun wissen.

Thure lachte bitter. »Keiner von uns hatte den Mut, einzutreten. Wir sind geflohen, aber es war zu spät. Die Hüter Walhallas hatten uns schon bemerkt. Einer der Männer starb, bevor wir zurück an der Küste waren, mit dem Rest stachen wir in See. Aber wir waren zu wenige, und das Schiff zu langsam, und das Nagelfahr hat uns eingeholt. Alle bis auf mich wurden getötet.« Seine Stimme versagte endgültig, und er ballte die Hände so fest zu Fäusten, dass seine Gelenke knackten, als würden trockene, dünne Äste zerbrechen. Der Anblick schnürte Andrej die Kehle zusammen. Er hatte kein Mitleid mit Thure, aber das Bild eines so großen und starken Mannes, der bei einer bloßen *Erinnerung* zusammenzubrechen drohte, jagte ihm einen eisigen Schauer über den Rücken. Thure hatte ihnen längst nicht alles erzählt, das war ihm klar.

»Und wieso hat es dich nicht geholt?«, wollte Abu Dun wissen.

»Ich weiß es nicht«, sagte Thure. »Der Sturm warf das Schiff an die Küste der verbotenen Insel, nicht weit von der Stelle entfernt, an der auch ihr mit der *Fenrir* gestrandet seid. Ich blieb endlose Tage dort, und irgendwann kam ein Schiff, das mich gefunden und hierher gebracht hat. Mehr weiß ich nicht. Ich weiß nicht, warum ich verschont wurde. Vielleicht haben sie mich übersehen. Vielleicht dachten sie, alle an Bord des Schiffes wären tot. Vielleicht treiben die Götter auch nur ein grausames Spiel mit mir.« Plötzlich und warnungslos schlug er mit den Fäusten so fest auf den Tisch, dass die Becher und Krüge darauf tanzten und ihren Inhalt verspritzten. »Aber wenn sie ein grausames Spiel mit jemandem treiben wollen, dann sollen sie es mit *mir* tun! *Ich* war in Asgard! *Ich* kenne ihr Geheimnis! Wenn sie jemanden für diesen Frevel bestrafen wollen, dann *mich!* Nicht meinen Bruder, nicht meine Schwester und nicht mein Volk!«

»Wenn das alles wahr ist«, sagte Björn, »warum hast du es uns dann nie gesagt?« In seiner Stimme war kein Vorwurf, nur eine Mischung aus abgrundtiefer Verwirrung und noch größerem Entsetzen.

»Warum wohl?«, erwiderte Abu Dun an seiner Stelle. »Wäre es dir angenehm, eine solche Geschichte zu erzählen?«

Andrej brachte ihn mit einem mahnenden Blick zum Schweigen. »Und das war die ganze Geschichte?«, fragte er, an Thure gewandt. »Seither ist nichts mehr passiert? In all den Jahren nicht?«

Thure verneinte. »Niemand ist seither mehr zu dieser Insel gefahren. Und die, die es versucht haben, sind nicht zurückgekommen.«

»Bis du wieder dorthin gefahren bist, um nach deinem Bruder zu suchen«, vermutete Abu Dun.

Thure nickte wortlos.

»Du hättest niemals dorthin –«, begann Björn, und Abu Dun fuhr ihn an:

»Halt den Mund!«

Björn wurde blass, und Andrej mischte sich rasch in besänftigendem Ton ein: »Er hat nichts anderes getan, als auch ich an seiner Stelle versucht hätte – und du wahrscheinlich auch. Er hat versucht, seinen Bruder zu finden.«

Björn machte nicht den Eindruck, als sei er von diesem Einwand überzeugt. In seinen Augen stand Zorn. Zum ersten Mal erwachte der König in ihm. Und es war auch nicht Einsicht, die ihn zum Verstummen brachte, sondern nur Furcht vor dem riesenhaften Nubier. Er warf Abu Dun lediglich einen bösen Blick zu und forderte seinen Bruder mit einem Nicken zum Weitersprechen auf.

»Ich dachte, es wäre sicher«, fuhr Thure fort. »Ich dachte, nach all den Jahren hätten Sie mich vergessen. Ich habe meine Fehler erst begriffen, als ich die Dauger gesehen habe. Aber da war es zu spät.«

»Erzähl uns von den Daugern«, sagte Andrej. »Was genau sind sie? Du hast gesagt, es wären Verfluchte. Die Seelen derer, denen der Weg nach Walhalla versperrt geblieben ist. Aber deine Schwester hat etwas anderes erzählt.«

Thure machte ein trauriges Gesicht. »Es ist beides wahr. Das Nagelfahr ist nicht wählerisch. Die, in dessen Adern sein Blut fließt, werden zu den Dienern Utgards. Es heißt, kein Mann könne sie besiegen und kein Schwert sie töten.«

»Das Gegenteil haben wir ja nun hinlänglich bewiesen«, sagte Abu Dun abfällig.

Das schien Björns Verunsicherung nur größer zu machen, und auch Thure sah erschrocken aus. »Habt Ihr das?«, fragte er. Abu Dun legte fragend den Kopf auf die Seite, und Thure fuhr leise fort: »Seid ihr *Männer*, Abu Dun?«

Der Nubier machte ein verächtliches Geräusch. »Deine beiden Schwestern sind jedenfalls der Meinung. Warum fragst du sie nicht?«

Jetzt blitzte in Björns Augen Zorn auf, und auch Thure schien aufgebracht. Besänftigend legte er dem Nubier die Hand auf den Arm. »Und warum trachtet dir Odin selbst nach dem Leben?«, wollte er wissen.

Thure sah ihn fragend an, und Björn schüttelte ärgerlich den Kopf. »Unsinn!«, behauptete er. »Woher willst du das wissen, Andrej?«

»Weil ich mit ihm gesprochen habe«, antwortete Andrej.

Thure riss ungläubig die Augen auf, und aus Björns Gesicht wich alle Farbe. Abu Dun runzelte die Stirn und sah verärgert aus. Andrej konnte es ihm nicht einmal verübeln.

»Unsinn«, sagte Björn schließlich noch einmal. Er versuchte ein nervöses Lachen. »Wann soll das gewesen sein?«

»Heute Morgen«, antwortete Andrej. »Oben auf der Lichtung, auf der wir das tote Schaf gefunden haben. Er war dort. Er hat auf mich gewartet.«

Lange, endlos lange, wie es schien, sagte keiner ein Wort. Abu Duns Verärgerung wuchs, während er mit Mühe um Fassung rang. Nur Thure starrte ihn weiter ausdruckslos an. Andrej hätte viel darum gegeben, zu wissen, was in diesem Moment hinter seiner Stirn vorging.

»Du lügst«, sagte Björn schließlich. Seiner Stimme fehlte jegliche Überzeugungskraft. »Das kann nicht die Wahrheit sein. Warum sollte Odin selbst wohl hierher kommen?«

»Um uns zu warnen. Um mir den guten Rat zu geben, Abu Dun und eure Schwester zu nehmen und von hier zu verschwinden, so schnell ich kann.«

»Das ist lächerlich!«, beharrte Björn und sein Blick irrte hilfesuchend zu seinem Bruder. »Diese ... diese Männer lügen! Ich weiß nicht, wer sie sind, und wer sie geschickt hat, aber es ist niemals wahr! Odin würde niemals mit –«

»Ich weiß nicht, wer dieser Mann war«, unterbrach ihn Andrej betont. »Aber er war ganz gewiss kein Gott.«

Wieder kehrte eine lange Stille ein, deutlich unangenehmer dieses Mal. Thure sah traurig aus.

»Du hast Glück, Andrej, dass wir alle dir zu großem Dank verpflichtet sind«, sagte Björn schließlich. »Für diese Worte allein müsste ich dich töten.«

»Warum versuchst du es nicht, kleiner Mann?«, schlug Abu Dun in durchaus freundlichem Ton vor. Andrej brachte ihn mit einem ärgerlichen Blick zum Verstummen.

»Du sprichst über unsere Götter«, beharrte Björn. Er griff nach einem Becher mit Met, der vor ihm auf dem Tisch stand, aber seine Hand zitterte so stark, dass er einen Gutteil seines Inhaltes verschüttete, ehe es ihm gelang, ihn an die Lippen zu setzen. Er trank nicht. »Wenn du wirklich Odin begegnet wärst, dann wärst du jetzt nicht mehr am Leben. Kein Sterblicher überlebt einen Blick in sein Gesicht.«

»Ich schon«, antwortete Andrej, ohne Thure dabei aus den Augen zu lassen. War der Nordmann bei dem Wort *Sterblicher* leicht zusammengefahren? »Und dein Bruder ebenfalls. Habe ich recht?«

Thure schwieg. Aber dieses Schweigen war Antwort genug.

»Das ist nicht wahr«, flüsterte Björn. »Thure, sag, dass das –«

»Er hat sich uns als Odin vorgestellt«, murmelte Thure, und sein Blick füllte sich wieder mit jener schrecklichen Leere, die Andrej schon einmal darin erblickt hatte. »Er hatte schreckliche Macht. Damals haben wir geglaubt, er wäre Odin selbst.«

»Aber ... aber gerade hast du gesagt, ihr wärt dort gewesen!«, krächzte Björn. »Du hast gesagt, ihr hättet Walhalla gesehen und –«

»Vielleicht waren es falsche Götter«, murmelte Thure. Er schüttelte müde den Kopf. »Ich weiß es nicht, Björn.«

»Der, mit dem ich gesprochen habe«, fügte Andrej hinzu, »war kein Gott, dessen bin ich sicher. An ihm war schon etwas ... Besonderes, aber ich kann dir versichern, Björn, dass er kein Gott war. Nur ein böser, alter Mann, der sich für göttlich hält.«

Auch jetzt antwortete niemand auf seine Worte. Die beiden Brüder sahen ihn an – der eine erschrocken, der andere verblüfft –, während Abu Dun plötzlich nicht mehr verärgert, sondern nachdenklich wirkte.

»Dann sind wir verloren«, seufzte Björn schließlich. »Sie werden wiederkommen und uns alle vernichten.«

Abu Dun wollte etwas sagen, doch Andrej brachte ihn mit einer raschen Geste zum Schweigen. Er überlegte sich seine nächsten Worte sehr genau. »Ihr glaubt an all diese Götter, habe ich recht?«, begann er.

Björn nippte nun doch an seinem Becher, verschluckte sich und hustete krampfhaft. »Sie *sind* unsere Götter«, verbesserte er ihn, nachdem er wieder halbwegs zu Atem gekommen war und in dem vergeblichen Versuch, würdevoll zu klingen. »Sie haben die Welt erschaffen und die Menschen. Sie wachen über uns und werden da sein, bis Ragnarök gekommen ist.«

»Diese Geschichte kommt mir bekannt vor«, meldete sich Abu Dun zwar mit unbewegtem Gesicht, aber spöttisch zu Wort. »Irgendwie wird sie überall auf der Welt erzählt ... mit anderen Namen, aber im Kern ist sie allerorten gleich.«

»Weil es die Wahrheit ist!«, beharrte Björn. »Die Götter –«

»– haben die Menschen und alles auf dieser Welt erschaffen«, fiel ihm Andrej ins Wort, sanft und mit einem warnenden Seitenblick zu Abu Dun. »Verzeih Abu Dun, König. Er wollte gewiss nicht eure Götter verspotten.«

»Wollte ich doch«, knurrte Abu Dun, leise und auf Arabisch. Andrej beachtete ihn nicht.

»Was er sagen wollte, ist«, fuhr er unbeeindruckt fort, »dass es seltsame Götter wären, die ein ganzes Volk für den Fehler eines Kindes büßen lassen.« Er deutete auf Thure. »Du hast ihn gehört. Er war damals noch ein Knabe, der nicht wissen konnte, dass er etwas Falsches tut. Ich glaube nicht, dass dieser Mann, den ich heute Morgen getroffen habe, der richtige Odin ist. Wahrscheinlich hast du recht, Björn: Wäre er es gewesen, hätte ich dieses Treffen nicht überlebt.«

»Und er würde uns nicht fürchten«, fügte Abu Dun hinzu.

»Fürchten?«, murmelte Björn verstört.

»Warum wohl sollte er Andrej und mich von hier fortschicken, wenn nicht, weil er uns fürchtet?«, fragte Abu Dun. Er schüttelte heftig den Kopf und deutete auf Andrej. »Er hat recht, Björn! Er ist ein verdammter Dummkopf, mir nichts davon gesagt zu haben, denn dann wären wir gemeinsam aufgebrochen, und euer sogenannter Gott würde jetzt vielleicht schon in Ketten vor dir knien. Wir sind Männern wie ihm schon begegnet, in anderen Teilen der Welt.«

Björns Augen wurden noch größer. »Ihr … ihr seid … *Göttern* begegnet?«, hauchte er.

»Keinen Göttern«, verbesserte ihn Andrej. »Nur solchen, die sich dafür ausgaben.«

»Solchen wie euch?«, fragte Thure. Die Worte hätten Andrej wütend machen sollen, aber sie taten es nicht. Er hörte nicht die mindeste Spur von Vorwurf darin.

»Du bist ein kluger Mann, Thure. Ich glaube sogar, klüger, als ich bisher angenommen habe, denn nur ein wirklich kluger Mann weiß die Vorteile zu schätzen, sich dümmer zu geben als er ist. Aber du solltest dann und wann auf deine Großmutter hören.«

Thure sah ihn fragend an.

»Auch Werdandi ist eine sehr kluge Frau«, fuhr Andrej fort. »Sie weiß, dass die Welt größer ist, als irgendein Mensch es sich vorzustellen vermag. Und dass es Dinge darin gibt, von denen bisher niemand gehört hat. Vielleicht gibt es eure Götter irgendwo. Vielleicht nicht.« Er zuckte mit den Achseln. »Ich weiß es nicht. Und ich maße mir auch kein Urteil darüber an. Wenn es sie gibt, dann sind es auf jeden Fall grausame Götter, dass sie tatenlos zusehen, wie ihre Kinder vernichtet werden.«

»Tun eure Götter das denn nicht?«, wollte Thure wissen.

Andrej lächelte traurig. »Doch«, gestand er. »Und das ist der Grund, aus dem ich auch nicht an sie glaube.« Er hielt Thures Blick einen Moment lang fest und knüpfte dann an seine Worte von zuvor an. »Dieser Mann, der sich selbst Odin nennt, ist jedenfalls kein Gott. Nur jemand, der es liebt, mit dem Schicksal ganzer Völker zu spielen.«

»Und du kannst ihn besiegen?«, fragte Thure. Andrej hätte es nicht für möglich gehalten, aber Björn wurde noch blasser.

»Nein«, sagte er offen. »Nicht ich allein. Und auch nicht Abu Dun und ich allein. Er ist stark. Aber vielleicht mit eurer Hilfe.«

»Schweigt«, flüsterte Björn. »Ich will das nicht hören. Ich will nicht, dass –«

»– unser Volk zugrunde geht?«, fiel ihm Thure ins Wort, sanft aber fest, sodass es Björn unmöglich war, etwas darauf zu erwidern. »Dass wir ein weiteres Jahrhundert unter diesen falschen Göttern leiden? Dass unsere Söhne und Töchter weiterhin sterben, ohne dass es einen Grund dafür gibt?«

»Du willst den Göttern den Krieg erklären?«, flüsterte Björn entsetzt.

»Nicht *den* Göttern, Björn«, antwortete sein Bruder. »Aber einem falschen Gott.«

Noch für diese Nacht hatte Thure ein großes *Ting* anberaumt und eine Weile unbeholfen herumgedruckst, bis Andrej sich schließlich erbarmt und von sich aus bemerkt hatte, Abu Dun und er wären müde und bräuchten dringend ein wenig Ruhe; und außerdem würden sie politische (oder gar religiöse) Streitgespräche ohnehin nicht interessieren.

Thure war erleichtert genug, sich ihrer auf diese Weise entledigen zu können, um ihre angebliche Müdigkeit nicht in Zweifel zu ziehen. Er hatte sie persönlich zur Tür begleitet (Andrej war allerdings sicher, dass er das nicht aus Höflichkeit tat, sondern um sich davon zu überzeugen, dass sie auch wirklich gingen und nicht etwa draußen stehen blieben, um zu lauschen), aber sie konnten hören, wie er sich auf der Stelle umwandte und lautstark mit seinem Bruder zu streiten begann, noch bevor er die Tür ganz hinter ihnen geschlossen hatte.

»Ich möchte jetzt nicht in der Haut seines Bruders stecken«, griente Abu Dun, kaum dass sie sich umgewandt hatten und losgegangen waren. Wieder sprach er lauter als als notwendig und in der Sprache der Nordmänner, wie um sicher zu gehen, dass die beiden Wachen vor der Tür ihn auch verstanden. Dann wechselte er übergangslos ins Arabische und machte ein ernstes Gesicht. »Allerdings auch nicht in meiner eigenen, wenn die Sache schiefgeht.«

Andrej blickte fragend, und Abu Dun legte eine kleine, dramatische Pause ein, bevor er fortfuhr: »Hättest du das auch in einer Kirche in deiner Heimat gewagt, oder in einer Moschee wie der meinen?«

»Bevor oder nachdem ich sie niedergebrannt hätte?«, erwiderte Andrej. Er lachte böse. »Außerdem war es keine Kirche, und Thure ist kein Pfaffe.«

»Du weißt recht gut, was ich meine, Hexenmeister«, beharrte Abu Dun ernst. »Wäre es dir irgendwo anders auf der Welt in den Sinn gekommen, die Menschen dazu anzustacheln, ihren Göttern den Krieg zu erklären?«

»Wenn ich mich richtig erinnere«, sagte Andrej, »dann war das wohl eher Thures Idee.«

»He!«, sagte Abu Dun scharf.

Andrej machte ein reuiges Gesicht, und Abu Dun fuhr in sanfterem Ton fort.

»Und ich dachte, du wärst es genauso leid wie ich, von einer Meute Fackeln schwingender Barbaren verfolgt zu werden, die mich ans Kreuz nageln oder lebendig verbrennen wollen, weil ich den Namen ihres Gottes nicht mit der entsprechenden Ehrerbietung genannt habe.«

»Das wird nicht geschehen«, antwortete Andrej, nicht so überzeugt, wie ihm lieb gewesen wäre. Er sah sich demonstrativ um und fügte mit einem ebenso wenig überzeugenden Lachen hinzu: »Außerdem sehe ich hier keine Barbaren.«

»Nein, gewiss nicht«, spöttelte Abu Dun. »Nur zivilisierte Menschen und prachtvolle Bauten. Wirklich, ich beginne allmählich, um mein Augenlicht zu bangen, bei all dem Glanz ringsum. Nicht einmal der Palast eures Papstes in Rom könnte mit dieser Pracht hier mithalten. Von dem des Kalifen von Bagdad will ich erst gar nicht sprechen. Die Edelsteine liegen hier auf der Straße herum. Man muss sich nur danach bücken.« Tatsächlich beugte er sich ächzend vor, wie um seine Worte zu beweisen, und hob einen daumennagelgroßen schwarzen Stein auf, um ihn einen Moment lang nachdenklich in den Fingern zu drehen und dann hastig und unter Andrejs schadenfrohen Blicken wieder fallen zu lassen, als er bemerkte, dass es nur die versteinerte Hinterlassenschaft eines Schafes war. Während er sich angewidert die Hände an seinem schwarzen Gewand abwischte, ging er weiter, und der Ernst kehrte in seine Stimme zurück.

»Nein, Andrej, ist dir wirklich noch nicht aufgefallen, dass hier etwas nicht stimmt?«

»Die Leute hier sind arm.«

»Das meine ich nicht.«

»Und was sonst?«

Abu Dun blieb wieder stehen und sah ihn ehrlich verblüfft an. »Wie lange ziehen wir nun schon gemeinsam durch die Welt?«

»Manchmal glaube ich, zu lange«, antwortete Andrej, doch Abu Dun blieb ernst.

»Und wie viele solcher Städte und Dörfer haben wir schon gesehen?«

Andrej wusste nicht, worauf der Freund hinauswollte, antwortete diesmal aber ehrlich: »Zu viele.«

»Und wann war das?«, fuhr der Nubier unbeeindruckt fort. »Vor einem Jahrhundert, oder zwei?«

»Was soll das?«, fragte Andrej.

Abu Dun hörte auf, die Finger an seinem Gewand zu reiben, und zeigte stattdessen mit großer Geste in die Runde.

»Hast du nicht auch das Gefühl, dass wir in der falschen Zeit sind?«

Statt direkt zu antworten, maß Andrej den riesigen Nubier mit einem langen, bedeutungsvollen Blick. Abu Dun trug einen schwarzen Mantel, der seine gewaltige Gestalt vollkommen verhüllte, dazu passende, schwarze Stiefel und einen ebenfalls schwarzen Turban. Das Einzige, was nicht tiefschwarz war, war der Griff seines riesigen Krummsäbels, der dann und wann unter seinem Mantel aufblitzte. Abu Dun war immer auf diese Weise gekleidet. Tatsächlich hatte es in all den ungezählten Jahren, die sie sich nun kannten, kaum einen Tag gegeben, an dem es anders gewesen wäre. Was Abu Dun über dieses Dorf sagte, das galt genauso für ihn selbst. Aber er wusste, was der Nubier meinte, und er musste ihm insgeheim recht geben.

Dann verscheuchte er den Gedanken. »Unsinn. Wir sind schon in schlimmeren Löchern gewesen, Pirat. Und es ist noch nicht sehr lange her.«

Der Nubier setzte zu einer heftigen Antwort an, schüttelte dann jedoch nur den Kopf und murmelte ein Wort in seiner Muttersprache, das Andrej nicht verstand. Als er weitersprach, klang er resigniert. »Thure versucht in diesem Moment wahrscheinlich, seine Nachbarn zu überreden, mit ihm in den Krieg gegen ihre Götter zu ziehen, Andrej. Du weißt, wie solche Menschen sind. Es würde mich nicht wundern, wenn sie seinen Kopf auf dem höchsten Schiffsmast aufspießten, den sie finden. Und unsere gleich dazu, wenn sich herumspricht, wer ihn auf diese Idee gebracht hat.«

Natürlich hatte Andrej auch schon darüber nachgedacht. Aber irgendetwas sagte ihm, dass das nicht geschehen würde. Thure mochte ein undurchsichtiger, ja, verschlagener Mann sein, über dessen wahre Beweggründe auch er sich noch nicht im Klaren war, aber eines war er nicht: tollkühn. Und schon gar nicht dumm.

»Er wird sie überzeugen«, sagte er.

»So, wie er dich überzeugt hat?«

»Mich? Wovon?«

»Dein Leben für ihn zu riskieren«, antwortete Abu Dun und fügte achselzuckend hinzu: »Und meines, nebenbei bemerkt.«

»Er hat mich von gar nichts überzeugt«, widersprach Andrej mit einer Heftigkeit, die er selbst nicht verstand. »Das war nicht nötig.«

»Dann geht es dir um das Mädchen.«

»Ihr Name ist Urd«, sagte Andrej scharf. »Nicht *Mädchen.*«

»Urd.« Abu Dun blieb ungerührt. Doch plötzlich wurde sein Blick weich. »Du hast dich wirklich in sie verliebt.«

Ganz instinktiv wollte Andrej die Behauptung empört verneinen, tat es aber dann nicht, als ihm klar wurde, wie albern eine solche Reaktion gewesen wäre. Warum konnte er nicht einmal mit Abu Dun, seinem engsten Vertrauten und Freund, über seine eigenen Gefühle sprechen?

»Dann nimm sie mit.«

»Ich habe sie gefragt«, antwortete Andrej. »Sie will nicht von hier fort.«

»Bist du sicher?«

Sie wird dich begleiten, wenn ihr Gott es ihr befielt. Andrej wusste, dass Odin zumindest in diesem Punkt die Wahrheit gesagt hatte. Aber das war es nicht, was er wollte. Er wollte nicht, dass sie nur mit ihm ging, weil ihr *Gott* es so angewiesen hatte.

Statt weiter auf Abu Duns Worte einzugehen, sah er den Nubier abschätzend an. »Ich kann mich täuschen, aber warst du es nicht, der mich gerade vor ein paar Stunden erst davon überzeugen wollte, dass es richtig ist, diesen Menschen hier zu helfen?«

»Und dieser Meinung bin ich immer noch«, antwortete

Abu Dun. »Mir wäre nur wohler, wenn ich deine Beweggründe begreifen würde.« Er hob rasch die Hand, als Andrej etwas darauf erwidern wollte. »Warum hast du nichts von deiner Begegnung mit Odin erzählt?«

Andrej konnte darauf nur die Schultern heben. Er wusste es nicht. Es war ihm einfach richtig vorgekommen.

»Dann erzähl mir wenigstens jetzt davon«, verlangte Abu Dun. »Wer ist er? Einer von uns?«

Andrej hob abermals die Schultern, unglücklich dieses Mal, und fügte hinzu: »Nein. Vielleicht. Ich weiß es nicht.«

»Also einer von *ihnen*«, grollte Abu Dun. Er beantwortete seine eigene Frage mit einem grimmigen Nicken. »Natürlich. Sonst hättest du auch kaum behauptet, ihn nicht allein besiegen zu können.«

Vielleicht konnten sie es nicht einmal gemeinsam. Es war nicht das erste Mal, dass sie einem Wesen einer Art gegenüberstanden, die der ihren glich und zugleich doch so vollkommen anders war. Älter. Mächtiger. Und grausamer.

Aber auch diese Erinnerungen weckten etwas in ihm, das er für immer vergessen wollte. Ein Schmerz, so bittersüß wie der, den die Erinnerung an Maria brachte, und zugleich anders, grausamer, denn in *dieser* Erinnerung war keinerlei Hoffnung.

Abu Dun deutete sein Schweigen richtig. »Das hättest du mir sagen müssen, Andrej. Was genau hat er von dir verlangt?«

»Was sie immer verlangen«, erwiderte Andrej bitter. »Dass wir verschwinden und uns nicht einmischen.«

»Ja, das passt«, grollte Abu Dun.

»Dann wirst du den Leuten helfen?«, fragte Andrej.

Abu Dun starrte ihn durchdringend an. »Die Frage ist eher, was *du* tun wirst.«

Andrej lächelte müde und formulierte seine Frage neu. »Wirst du mir helfen?«

»War es denn jemals anders?«, entgegnete Abu Dun und lachte leise. »Ich freue mich darauf, diesen Burschen zu treffen. Weißt du, ich habe da die eine oder andere Frage, die ich ihm gerne stellen würde.«

Am nächsten Morgen wusste Andrej immer noch nicht, was ein *Ting* war. Aber er wusste, dass es lange dauerte und laut war, und der Met in Strömen floss.

Er brauchte weniger Schlaf als die meisten anderen Bewohner des Dorfes und war mehrfach in dieser Nacht wach geworden und in die Schmiede gegangen, um nach Urd zu sehen, hatte sie aber jedes Mal schlafend vorgefunden und war nur einige Augenblicke geblieben, um zärtlich auf sie hinabzusehen und sich zugleich auf seine eigene Art davon zu überzeugen, dass das Feuer in ihr allmählich wieder höher brannte.

Auf dem Weg dorthin war er jedoch zweimal am Langhaus vorbeigekommen, und die Stimmen, die herausdrangen, waren jedes Mal gleich laut und erregt gewesen. Kurz vor Sonnenaufgang war einer der anderen Könige wutentbrannt aus dem Haus gestürmt und hatte seine Krieger aus dem Schlaf gebrüllt, um zusammen mit ihnen an Bord seines Schiffes zu gehen. Thure war ihm gefolgt, und Andrej hatte aus der Ferne beobachtet, wie er im Zelt im Heck des Drachenbootes verschwand. Er erfuhr nie, was die beiden Männer in diesen wenigen Augenblicken besprachen, aber das Schiff legte nicht ab, und wenig später ging die Mannschaft wieder von Bord, und auch ihr König kehrte zusammen mit Thure ins Langhaus zurück. Die Frauen brachten mehr Essen (und mehr Met), und die Besprechung ging weiter. Andrej hätte die scharfen Ohren eines Unsterblichen nicht gebraucht, um die aufgebrachten Stimmen zu hören, die aus dem Langhaus bis in sein Quartier drangen.

Als die Dunkelheit dem nächsten diesig-grauen Morgen wich, ging Andrej noch einmal zur Schmiede, um nach Urd zu sehen. aber sie schlief noch immer; und auf Werdandis Gesellschaft, die ihren Platz mit Skuld getauscht hatte und nun an deren Stelle am Bett ihrer Tochter Wache hielt, legte er keinen Wert, sodass er nur einen kurzen Moment blieb und die Schmiede dann wieder verließ – gerade rechtzeitig, um Thure zu sehen, der aus seinem Haus kam und sich suchend umsah.

Andrej eilte zu ihm, und Thure ließ es sich nicht nehmen, so zu tun, als bemerke er seine Annäherung nicht, bis Andrej vor ihm stand und fragte: »Suchst du mich?«

Thure spielte sein albernes Spielchen weiter, indem er ihn mit falschem Erschrecken ansah und sich dann in ein nervöses Lächeln rettete. »In der Tat, Andrej.«

Er sah müde aus. Unter seinen Augen lagen dunkle Ringe, und seine Haut hatte einen ungesunden Glanz. Es war das erste Mal, dass Andrej ein Zeichen körperlicher Erschöpfung an ihm entdeckte. »Die Beratung ist vorüber. Mein Bruder möchte dich sehen.«

Andrej wartete einen Moment lang vergebens darauf, dass ihm mehr gesagt wurde, sah jedoch bald ein, dass er sich mit diesen kurzen Sätzen würde zufrieden geben müssen, und wollte sich gerade umwenden, um Abu Dun zu holen, da schüttelte Thure rasch den Kopf und streckte den Arm aus, um ihn zurückzuhalten. »Nein. Nur dich.«

»Nur mich?« Andrej maß ihn mit einem misstrauischen Blick. »Wieso?«

Thure zögerte einen Augenblick, antwortete dann aber mit ungewohnter Offenheit. »Es geht nicht um dich, Andrej, oder um Björn. Aber viele der anderen … nun, dein Freund ist eine – wie soll ich sagen? – beeindruckende Erscheinung. Und er scheint mir ein Mann zu sein, der das offene Wort liebt.«

»Du meinst, viele haben Angst vor ihm.« Andrej lächelte knapp. »Und er hat ein loses Mundwerk, das ist wahr.«

»Die anderen haben sich entschieden«, sagte Thure. »Es war ein hartes Stück Arbeit, aber es ist uns gelungen, sie zu überzeugen, dass es endlich an der Zeit ist, uns gegen die falschen Götter zu erheben, die unser Volk seit einem Jahrhundert unterdrücken. Aber sie wollen mit dir sprechen, bevor sie sich endgültig entscheiden.«

»Mit mir? Warum?«

»Björn und ich haben ihnen gesagt, dass du auf unserer Seite kämpfen wirst«, antwortete Thure. »Aber sie wollen es aus deinem eigenen Mund hören.«

Andrej sah noch einmal zurück. Abu Dun schlief vermutlich, sonst wäre er schon längst herausgekommen, um sich über Thures Worte zu beschweren. Seine Erklärung klang einleuchtend … und doch war Andrej nicht wohl dabei.

Aber vielleicht war er einfach nur zu misstrauisch.

»Also gut. Gehen wir.«

Schlechte Luft und ein Schwall unangenehmer Wärme schlugen ihnen entgegen. Eine Mischung aus Anspannung und gereizter Müdigkeit lag in der Luft. Ein Mann lag schlafend mit dem Kopf auf der Tischplatte, und zwei andere waren hoffnungslos betrunken. Dennoch lag etwas … Beunruhigendes in der Luft. Diesmal verstummten die Gespräche nicht, sobald er den Raum betrat, aber er spürte, dass alle Augen auf ihn gerichtet waren. Er fragte sich, was Thure und sein Bruder diesen Männern über ihn erzählt hatten, wusste aber, dass er es bald erfahren würde. »Andrej!« Björn wies einladend auf den Platz zu seiner Rechten. Er war besetzt, aber der Mann, der auf dem Stuhl saß, sprang bei seinem Anblick hastig auf und beschaffte sich einen anderen Sitzplatz, indem er kurzerhand einen der Betrunkenen am Kragen ergriff und vom Stuhl zog. Andrej gefiel das nicht. Björn mochte es für ein Zeichen von Ehrerbietung halten, aber er war nicht hier, um sich vor diesen Männern aufzuspielen. Möglicherweise würden sie bald Seite an Seite in den Krieg ziehen, und es mochte sein, dass sein Leben dann ausgerechnet von dem Mann abhing, den er gerade von seinem Platz verjagt hatte.

»Nimm Platz, Andrej«, sagte Björn und gestikulierte noch heftiger mit beiden Armen. Andrej gehorchte auch, aber erst, nachdem sich der andere Krieger gesetzt, nach einem Becher Met gegriffen und ihm damit zugeprostet hatte.

»Wo ist dein Freund, Abu Dun?«, fragte Björn.

Andrej zwang sich, Thure keinen zornigen Blick zuzuwerfen. »Er schläft noch. Es war eine anstrengende Zeit. Aber ich kann für uns beide reden.« Er sah aufmerksam in die Runde, konnte aber den Ausdruck auf den Gesichtern der Männer nicht deuten. Die meisten sahen einfach nur müde aus. »Zu welchem Entschluss seid ihr gekommen?«

»Noch zu keinem, fürchte ich«, seufzte Björn. »Einige von uns sind noch immer unentschlossen.« Sein Blick suchte dabei einen vielleicht fünfzigjährigen, grauhaarigen und graubärtigen Mann, der als Einziger im Raum seinen Helm trug; einen gewaltigen Hörnerhelm, wie es hierzulande üblich war, nur dass diesem ein Horn fehlte. Folgte man der Schnittkante weiter mit den Augen, endete sie in einer hässlichen Narbe, die sein Gesicht in zwei Hälften spaltete.

»Warum sagst du nicht ganz offen, wen du damit meinst, Björn«, sagte er scharf. »Oder sag doch einfach, dass du mich für einen Feigling hältst.«

Björn wollte antworten, doch sein Bruder kam ihm zuvor.

»Niemand hält dich für einen Feigling, König Osrik. Im Gegenteil. Wir alle wissen, wie tapfer du bist. Die Krieger deines Volkes sind nicht umsonst für ihren Mut und ihre Unerbittlichkeit im Kampf berühmt. Umso mehr brauchen wir euch.«

»Das ist wahr«, fügte Björn hinzu. »Du befehligst das größte Heer. Wir brauchen deine Krieger. Ohne sie haben wir keine Chance.«

Andrej wusste nicht, was zwischen Osrik und allen anderen

vorgefallen war, doch Männern wie dem Grauhaarigen war er schon oft begegnet. »Es ist nicht immer gleich ein Zeichen von Feigheit, einen Kampf zu scheuen«, sagte er deshalb, an Björn gewandt. »Ich zum Beispiel weiß mich meiner Haut durchaus zu wehren, wenn es sein muss, und trotzdem bin ich in meinem Leben weit mehr Kämpfen ausgewichen, als ich geführt habe.«

Björn sah verwirrt aus, und Andrej wandte sich an Osrik. »Du hast Bedenken?«

»Meine Männer in einen sinnlosen Tod zu schicken?« Osrik nickte. »Ich wäre ein schlechter König, hätte ich sie nicht.«

»Dieser Kampf ist nicht sinnlos!«, fuhr Thure auf. »Worüber haben wir die ganze Nacht geredet? Wie viele allein aus deiner Sippe hast du an diesen falschen Gott verloren? Wie viele Kinder sind den Weibern deines Volkes im Winter verhungert, weil ihr nicht hinausfahren konntet, um zu fischen? Und wie viele eurer Söhne haben es trotzdem versucht und sind nicht zurückgekommen?«

»Zu viele«, antwortete Osrik. Einige der anderen Männer nickten zustimmend, und ein leises Murmeln und Raunen brandete auf, ebbte aber sofort wieder ab, als er weitersprach, nicht mehr an Thure gewandt, sondern jetzt direkt an Andrej. »Du scheinst mir nicht nur ein tapferer Mann zu sein, Andrej, sondern auch ein kluger. Björn hier und sein Bruder meinen, wir sollen gegen die falschen Götter in den Krieg ziehen. Meinst du das auch?«

»Ich habe keine Meinung dazu«, antwortete Andrej. Björn riss die Augen auf, und auch Thure sah erschrocken aus. Andrej wiegte den Kopf. »Es ist nicht mein Krieg. Und es sind nicht meine Götter«, fuhr er fort. »Thure und sein Bruder haben uns um Hilfe gebeten, und wir haben sie ihnen zugesagt, falls sie sie nötig haben. Aber ich kann euch nicht sagen, ob ihr einen Krieg beginnen sollt oder nicht.«

Ohne hinzusehen, entging ihm Björns und Thures Reaktion auf seine Worte keineswegs. Als er ihn gebeten hatte, ihn zu begleiten, hatte Thure sich eine andere Vorstellung erhofft. Osrik jedoch schien angenehm überrascht.

»Ich habe mich nicht in dir getäuscht, Andrej. Du *bist* ein kluger Mann.«

»Das mag sein«, antwortete Andrej. Ob *Osrik* ein kluger Mann war oder nicht, konnte er nicht beurteilen, aber er war ganz gewiss kein Mann, der Bescheidenheit zu würdigen wusste. »Da wo Abu Dun und ich herkommen, leben Dummköpfe nicht sehr lange.«

»Hier im Allgemeinen auch nicht«, sagte Osrik. »Aber auch kluge Männer leben nicht lange, wenn sie unnötige Risiken eingehen.«

»Was ja auch nicht unbedingt ein Zeichen von Klugheit wäre«, sagte Andrej.

Osrik lächelte, aber Björn reagierte ungehalten. »Haben wir uns zusammengefunden, um geschliffene Worte auszutauschen?«, fragte er.

Osrik beachtete ihn so wenig wie Andrej. »Thure sagt, ihr könnt sie besiegen?«, fragte er.

»Das können wir«, antwortete Andrej. »Die Frage ist, sollen wir es?« Er hob die Hand in Björns Richtung, als er spürte, dass er auffahren wollte. »Es ist wahr. Ich bin eurem sogenannten Gott begegnet. Er ist kein Gott. Aber er ist gefährlich und mächtig. Manchem von euch würde er durchaus wie ein Gott vorkommen. Vielleicht ist der Unterschied nicht so groß, wie du glaubst, Osrik.«

»Worauf willst du hinaus?«, fragte Osrik.

»Vielleicht ist dieser Odin ein falscher Gott«, antwortete Andrej. *Vielleicht gibt es keine richtigen Götter.* »Aber spielt es eine Rolle, ob ihr einen echten oder falschen Gott anbetet? Soweit ich weiß, hat er euch nichts getan … bis gestern Abend wenigstens.«

»Und was hätte er je *für* uns getan?«, fragte Björn heftig.

»Dasselbe, was eure richtigen Götter für euch getan haben?«, vermutete Andrej. »Nichts?«

Björn sah bestürzt aus. Dann verdunkelte sich sein Gesicht vor Zorn. »Ich verstehe nicht ganz, Andrej –«, begann er aufgebracht.

»Aber ich«, unterbrach ihn Osrik. Er hob umständlich die Hände und setzte mit ungelenken Bewegungen seinen Helm ab, und Andrej sah, dass sich die wulstige Narbe, die sein Gesicht zu teilen versuchte, wie eine rote Linie auch über seinen Schädel fortsetzte und in seinem Haar verschwand, wo sie schlohweiß wurde. »Du willst wissen, ob du dich auf uns verlassen kannst.«

Nun war Andrej tatsächlich überrascht. Seine Frage hatte keinem anderen Zweck gedient, aber wie es schien, hatte er den alten König unterschätzt.

»Du hast Angst, dass meine Männer der Mut verlässt, wenn wir in die Schlacht ziehen und sie Auge in Auge ihrem leibhaftigen Gott gegenüberstehen.« Er schüttelte heftig den Kopf und verzog das vernarbte Gesicht zu einem grimmigen Lächeln. »Ich kann dich verstehen, Andrej. Aber ich kann dich auch beruhigen. Ich bin vielleicht alt, aber ich bin noch nicht dumm, und ich bin auch nicht taub.« Er blickte mit Spott in den Augen in die Runde, und mehr als einer der Männer am Tisch sah rasch zu Boden. »Die Stimmen der jungen Krieger sind sogar an mein Ohr gedrungen. Sie sind unzufrieden. Sie hadern mit dem Schicksal, und sie glauben schon lange nicht mehr an die Güte und die schützende Hand Odins. Thure hat dir erzählt, wie sich unsere Welt verwandelt hat?«

Andrej nickte zwar, warf aber einen raschen, verunsicherten Blick zu Thure. Nein, *eigentlich* hatte er es nicht getan. Thure wich seinem Blick aus.

»Früher waren wir ein stolzes Volk, Andrej Delãny«, sagte Osrik. »Unsere Feinde haben uns gefürchtet, und unsere Kinder konnten im Schutz unserer Speere und Schilde sicher aufwachsen. Das Meer war voller Fische, und wir brachten große Reichtümer von unseren Kriegszügen mit nach Hause.« Damit, dachte Andrej, meinte er wohl eher *Raub*züge, aber er musste plötzlich an das denken, was Abu Dun gesagt hatte, über die Menschen dieser Inseln und sein Gefühl, sich in einer falschen Zeit zu befinden. Wahrscheinlich wäre es nicht besonders klug gewesen, den alten König jetzt auf diesen feinen Unterschied aufmerksam zu machen. Doch er bedeutete Osrik mit einem Nicken, weiterzusprechen.

»Niemand von uns hat diese Zeit selbst erlebt«, sagte Osrik. Das spöttische Glitzern war längst aus seinen Augen verschwunden und hatte einer neuen Ernsthaftigkeit Platz gemacht. »Wir kennen sie nur aus den Erzählungen der Alten. Ich weiß, dass es üblich ist, alles, was vergangen ist, als besser in Erinnerung zu behalten und alles, was ist, schlechter zu sehen. Aber ich glaube an diese Geschichten. Wir waren ein tapferes Volk, das vor niemandem knien musste, und nicht betteln, damit unsere Kinder den Winter überleben, ohne zu verhungern.«

»Was ist passiert?«, wollte Andrej wissen.

Osriks Blick verfinsterte sich. »Die Alten glauben, dass wir uns den Unmut der Götter zugezogen haben. Aber niemand weiß, wodurch. Wir haben stets zu ihnen gebetet. Sie haben stets ihren Anteil an unseren Ernten und unserer Beute als Opfer bekommen. Und doch erschien eines Tages der Nebel, und mit ihm das Nagelfahr. Seither ist uns der Weg in unsere angestammten Fischgründe verwehrt, und viele, die die Fahrt aus Verzweiflung oder Sorge um ihre Familien trotzdem gewagt haben, sind nicht zurückgekehrt. Vielleicht ist es so, wie du gesagt hast. Vielleicht hat ein falscher Gott die Stelle des wahren eingenommen.« Er griff nach seinem Becher mit Met, aber nicht, um daraus zu trinken, sondern nur, um ihn nachdenklich in den Fingern zu drehen und in die glitzernde Flüssigkeit zu blicken, als könne er dort die Antwort auf seine Fragen lesen. »Unser Volk stirbt, Andrej. Als mein Großvater über unsere Insel herrschte, waren wir dreimal so viele. Heute sind wir nur noch wenige, und wir sind schwach und ängstlich geworden. Wenn eines Tages mein Enkel auf meinem Thron sitzen wird, dann ist der Moment nicht mehr weit, an dem unser Volk ganz verschwindet. Die jungen Männer glauben nicht mehr an die Götter. Und ich kann es ihnen nicht einmal verübeln.«

»Nicht mehr an die *falschen* Götter«, fügte Thure hinzu, sehr leise, aber in einem Ton, der Osrik in seine Richtung sehen ließ. Abermals wandelte sich der Ausdruck in seinen Augen und als er weitersprach, sah Andrej seine Entschlossenheit.

»Wir haben keine Angst, zu sterben, Andrej. Keiner von uns hat das.«

»Aber ihr wollt sicher sein, dass es aus den richtigen Gründen geschieht«, vermutete Andrej. Osrik nickte.

»Diese Entscheidung kann ich euch nicht abnehmen. Ich kann euch meine Hilfe anbieten, aber ich kann euch nicht einmal versprechen, dass wir diesen Kampf gewinnen.«

»Du bist ein ehrlicher Mann, Andrej Delãny«, erwiderte Osrik. »Ich weiß das zu schätzen.« Er setzte den Becher mit einem harten Ruck wieder ab, ohne daraus getrunken zu haben. »Und wir sind Zeuge deiner Tapferkeit geworden. Aber es ist eine Sache, einen Dauger zu besiegen, und eine andere, einem leibhaftigen Gott gegenüberzutreten – oder doch zumindest einem Wesen, das über die Macht eines Gottes verfügt. Sag, Andrej, bist du einem *Gott* gewachsen?«

Ich habe mehr als einen getötet, dachte Andrej. Laut sagte er nichts. Aber Thure stand plötzlich auf, kam mit langsamen Schritten um den Tisch herum und blieb dann neben ihm stehen.

»Du zweifelst an meinem Wort, Osrik?«, fragte er. So schnell, als wäre er aus dem Nichts erschienen, tauchte ein

Dolch zwischen seinen Fingern auf. »Dann nimm diesen Dolch, Osrik. Ich sage es hier, laut und vor aller Ohren, dass ich mich nicht wehren werde, wenn du ihn mir ins Herz stößt, sollte sich herausstellen, dass ich die Unwahrheit gesagt habe. Ist dir mein Leben Pfand genug?«

»Für das von dreihundert meiner Krieger?« Osrik schüttelte den Kopf. »Kaum.«

Thure presste die Kiefer aufeinander. Das Messer blieb in seiner Hand, doch er zog nun mit der anderen das Schwert aus dem Gürtel und legte es mit einem Knall auf den Tisch. »Niemand kann dich zwingen, an unserer Seite zu kämpfen, König Osrik. Aber ich und meine Männer werden unsere Schwerter gegen den falschen Gott erheben. Wenn wir untergehen, so wird es der Wille der richtigen Götter sein.«

Zwei oder drei Augenblicke lang war es still. Dann zog einer der anderen Könige sein Schwert und legte es auf die gleiche Weise wie Thure auf den Tisch. Einen Moment später folgte ein zweiter seinem Beispiel.

»Ein wirklich dramatischer Auftritt, Thure«, sagte Osrik lächelnd. »Und was soll er beweisen?«

»Nichts«, sagte Thure. »Aber vielleicht das hier.«

Es war zu spät, um sich auf den Angriff vorzubereiten. Andrej begriff zu spät, was Thure vorhatte, doch nicht einmal seine Reflexe waren schnell genug, der Dolchklinge auszuweichen, mit der dieser plötzlich nach seinem Gesicht stieß. Er schrie auf vor Schmerz und Wut, als der geschliffene Stahl eine dünne, brennende Linie über seine linke Wange zog, sprang auf, entrang Thure die Waffe und setzte ihm die Spitze seines eigenen Dolches an die Kehle, während er ihn mit der anderen Hand und ohne die geringste Anstrengung in die Knie zwang. Ringsum wurden erschrockene Ausrufe laut. Stühle polterten, als auch andere Männer aufsprangen und nach ihren Waffen griffen ... und dann wurde es wieder still. Unheimlich still.

»Seht ihr?«, fragte Thure, krächzte es vielmehr, denn Andrej drückte ihm das Messer so fest gegen die Kehle, dass er den Kopf weit in den Nacken legen musste und kaum noch Luft bekam. »Ich habe euch gesagt, was er ist! Überzeugt euch selbst!«

Andrej verstand im allerersten Moment nicht einmal, wovon Thure sprach – so wenig, wie er den Grund dieses plötzlichen und so unerhört sinnlosen Angriffes erkannte. Er las keine Furcht in Thures Augen, nur einen Ausdruck von Triumph und grimmiger Entschlossenheit.

Und erst dann, nach einem schier endlosen Moment, verstand er.

»Du hast mich reingelegt, Schmied«, flüsterte er so leise, dass nur Thure die Worte verstehen konnte.

»Ja«, antwortete Thure ebenso leise. In seinen Augen lag Triumph. »Und wenn du mich dafür töten willst, dann tu es. Aber erst, wenn alles vorbei ist.«

Andrej ließ ihn los. Thure stolperte zurück und presste die Hand gegen den Hals, an dem ein dünnes Rinnsal aus hellrotem Blut hinablief, und auch Andrej hob die Finger ans Gesicht und fuhr sich über die Wange. Auch auf seiner Haut klebte Blut. Doch noch bevor er es fortwischen konnte, wurde ihm klar, warum nicht nur Osrik, sondern auch alle anderen ihn aus großen Augen anstarrten, Augen, in denen blankes Entsetzen und Unglauben geschrieben stand, aber auch eine wilde, ganz allmählich aufkeimende Hoffnung.

Seine Wange war unverletzt. Von dem Schnitt, den Thure ihm zugefügt hatte, war nichts mehr zu sehen.

Es war, als hielte die Zeit den Atem an. Niemand sagte etwas. Niemand atmete. Eine einzige falsche Bewegung, ein falscher Wimpernschlag, eine falsche Miene, und diese Männer würden sich auf ihn stürzen und ihn in Stücke reißen.

Aber schließlich erhob sich auch Osrik. Langsam zog er sein Schwert und legte es auf die gleiche Weise wie Thure zuvor auf den Tisch, und als er es getan hatte, folgten alle anderen Krieger seinem Beispiel.

Es dauerte bis zum nächsten Morgen, bis Urd aus dem heilenden Schlaf erwachte, in den die Kräuterkunde ihrer Großmutter und Skulds geduldige Pflege sie versetzt hatten. Er war noch ein gutes Dutzend Mal bei ihr gewesen, doch schließlich hatten Abu Dun und er damit begonnen, sich die Zeit mit allen möglichen Arbeiten zu vertreiben. Zwei oder drei Mal hatte er versucht, mit einem der fremden Krieger ein Gespräch zu beginnen, es aber bald wieder aufgegeben. Es war wie an den Tagen zuvor: Die Männer behandelten Abu Dun und ihn mit ausgesuchter Höflichkeit, aber auch unübersehbarer Scheu, hinter der sich wohl nichts anderes als blanke Furcht verbarg.

Dennoch gab es genug Arbeit. Eines der grasgedeckten Langhäuser war dem Angriff der Dauger zum Opfer gefallen und bis auf die Grundmauern abgebrannt. Abu Dun und er griffen kräftig mit zu und halfen, die Trümmer beiseite zu räumen und das wenige zu sichten, was dem Wüten der Flammen entgangen war. Zu Andrejs Entsetzen fanden sie in den Trümmern die Leichen zweier weiterer Dorfbewohner; eines davon war ein Kind von drei oder vier Jahren gewesen, das Alter des zweiten verkohlten Leichnams war nicht mehr festzustellen. Der Tag war eine Stunde alt (was hieß, dass bis zum Sonnenuntergang noch einmal dreifach so viel Zeit vergehen würde), als die beiden ersten Schiffe ablegten. Andrej hatte nicht einmal bemerkt, dass die Männer an Bord gegangen waren, so sehr war er damit beschäftigt gewesen, verkohlte Balken und von der Hitze zusammengebackene Mauerreste zu sortieren und auf verschiedene Stapel zu verteilen, wo sie von den Frauen und älteren Kindern abermals gesichtet wurden. Die Menschen hier waren sparsam. Was in seiner Heimat einfach weggeworfen worden wäre, wurde hier nochmals begutachtet, und den kritischen Blicken der Suchenden entging nicht ein einziger eiserner Nagel, kein rostiges Scharnier und kein Fetzchen Stoff, das nicht hoffnungslos verkohlt gewesen wäre. Erst das regelmäßige Klatschen von Rudern machte ihn darauf aufmerksam, dass die geschnitzten Drachenköpfe zweier Schiffe sich langsam in den Wind drehten. Er ließ den verkohlten Balken fallen, den er gerade von Abu Dun in Empfang genommen hatte (er war gute vier Meter lang und maß zwei Handspannen im Quadrat, und die Mühelosigkeit, mit der er damit jongliert hatte, brachte ihm nicht nur einen staunenden Blick aus großen Kinderaugen ein, sondern auch einen missbilligenden des Nubiers), trat gebückt aus der verkohlten Ruine heraus. Im Heck des größeren Schiffes erkannte er eine grauhaarige Gestalt mit einem gewaltigen Helm, der nur ein Horn hatte. »Osrik?«, rief er überrascht.

»Er kommt wieder, nur keine Sorge«, sagte eine Stimme hinter ihm.

Andrej fuhr überrascht herum.

»In längstens vier Tagen ist er wieder hier«, fuhr Urd fort. »Zusammen mit all seinen Kriegern. Du hast ihn überzeugt, wie es aussieht.«

»Urd?«, sagte Andrej ungläubig. »Aber was … ich meine, wie kommt es …«, sein Blick irrte zur offen stehenden Tür, »… dass du hier bist?«, führte er seinen begonnenen Satz zu Ende und fühlte sich dumm dabei.

Urd musste es ganz ähnlich ergehen, denn sie schürzte die Lippen, und in ihren Augen erschien schon wieder das gewohnte, belustigte Funkeln. »Diese lange Untätigkeit ist nichts für mich. Ich glaube, ich habe genug für die nächsten zwei Jahre geschlafen. Und außerdem hatte ich die verrückte Idee, dass du dich vielleicht freust, mich zu sehen … aber ich kann gehen und mir irgendwo eine nützliche Tätigkeit suchen, wenn du gerade mit wichtigeren Dingen beschäftigt bist.«

Tatsächlich wollte sie sich auf der Stelle herumdrehen und gehen, doch Andrej griff sie hastig an der Schulter, um sie zurückzuhalten, ließ sie aber auch sofort wieder los, als er spürte, wie sie unter seiner Berührung zusammenzuckte.

»Entschuldige«, sagte er unbeholfen und noch immer hoffnungslos verwirrt. »Ich war nur … überrascht, dich hier draußen zu sehen.«

»Ich hoffe doch, angenehm«, sagte sie.

Urd sah noch nicht gesund aus. Ihr Gesicht hatte nicht mehr Farbe als das einer Toten. Unter ihren Augen lagen dunkle Ringe, und ihre Lippen waren spröde und gerissen. Andrej schätzte, dass Sie zehn Pfund Gewicht verloren hatte, und es schien ihr unmöglich zu sein, still zu stehen. Etwas Unstetes und Flackerndes war in ihrem Blick. Aber noch vor Tagesfrist hatte sie auf Leben und Tod dagelegen, aufs Schwerste verwundet und möglicherweise auf dem Wege der Besserung, aber Tage davon entfernt, aufzustehen, und vielleicht Wochen, herumzugehen, als wäre nichts geschehen.

Urd legte blinzelnd den Kopf auf die Seite, und Andrej löste sich aus seiner Verblüffung. »Entschuldige.«

»Wofür?«, wollte sie wissen.

»Dass ich dich … äh … angestarrt habe«, antwortete er unbeholfen.

»Was gibt es da zu entschuldigen?«, fragte Urd spöttisch. »Wir Frauen mögen es im Allgemeinen, angestarrt zu werden. Wir geben es nur nicht zu.«

»Aha«, sagte Andrej nur. Urd lächelte nachsichtig.

»Wie … fühlst du dich?«, setzte er neu an. »Ich meine wie … wie geht es dir?«

»Es geht mir besser«, antwortete Urd. »Wenn du allerdings wirklich wissen willst, wie ich mich *fühle* …« Sie hob mit einem gespielten Seufzer die Schultern. »So, wie ich aussehe, fürchte ich. Wie sehe ich denn aus?«

»Fantastisch.«

»Lügner.«

»Also gut, du siehst schrecklich aus«, gestand Andrej. Nach einer winzigen Pause fügte er hinzu: »Doch ich muss immer daran denken, dass du eigentlich tot sein müsstest.«

»Du bist wirklich nicht sehr charmant, Andrej«, sagte Urd. »Aber ehrlich.« Sie machte eine Kopfbewegung auf die Schiffe hin. »Thure sagt, es wäre allein dir zu verdanken, dass sich Osrik entschieden hat, uns zu helfen.«

Andrej hatte Mühe, ihren Worten zu folgen (als ob ihn *das* in diesem Moment interessierte!) und wollte schon die Hand ans Gesicht zu heben, wo ihn Thures Messer getroffen hatte, als er innehielt.

Urd schien seine Absicht zu spüren, denn ihr Blick tastete kurz und aufmerksam über sein Gesicht. Das Lächeln blieb, aber in ihrem Blick lag etwas, das er nicht richtig deuten konnte, ihn aber mit einem flüchtigen Gefühl von Wärme erfüllte.

»Keine Angst«, sagte sie leise. »Ich werde nicht fragen.«

Hätte sie es in diesem Moment getan, hätte er alle ihre Fragen beantwortet, ohne Wenn und Aber. Aber sie tat es nicht.

»Ich freue mich, dass es dir besser geht«, sagte er daher nur, während er sie – sehr behutsam diesmal – in die Arme nahm. »Aber bist du sicher, dass es klug ist, dir jetzt schon wieder so viel zuzumuten?« Er versuchte sie zu küssen, aber Urd entzog sich ihm geschickt und lachte.

»Hätte ich mich mit dir eingelassen, wenn ich *klug* wäre?«, fragte sie.

»Zweifellos nicht«, knurrte eine Stimme hinter ihm. Andrej sah zurück, und Abu Dun fuhr fort: »Und wenn, dann nur aus der Not heraus. Ich war ja bereits vergeben.«

»Hast du nichts zu tun?«, fragte Andrej.

»Doch«, antwortete der Nubier. »Mehr als genug … genau wie du, aber das nur nebenher.« Er seufzte tief. »Aber geh ruhig. Ich übernehme deinen Teil der Arbeit ... wie ich es gewohnt bin.«

Andrej lachte zwar, aber er spürte, dass der Nubier ihm nicht alles sagte. Abu Dun war wohl so überrascht wie er. Aber sah er da auch Misstrauen auf seinem Gesicht?

Unsinn.

Als hätte er seine Gedanken erraten, räusperte sich der Nubier laut und verzog das Gesicht dann zu einer verschwörerischen Grimasse, wie ein schlechter Schausteller. »Warum geht ihr beiden Turteltäubchen nicht ein bisschen spazieren und tut, was frisch Verliebte hierzulande so tun?«

»Entlaufene Sklaven züchtigen, die ihre lose Zunge nicht unter Kontrolle haben?«, schlug Andrej vor.

»Wenn du auf dieser Insel einen findest, lass es mich wissen«, antwortete Abu Dun. »Ich fange ihn für dich ein und halte ihn fest.«

Instinktiv setzte Andrej zu einer passenden Antwort an, aber dann ließ er es bei einem knappen Kopfschütteln und wandte sich wieder Urd zu, die dem kurzen Geplänkel mit gerunzelter Stirn, aber lächelnd, gefolgt war.

»Er ist ein wirklich guter Freund«, sagte sie, während sie neben ihm langsam zum Meer hinunterging.

»Der beste, den du dir vorstellen kannst«, antwortete Andrej. »Aber ich will nicht über Abu Dun sprechen. Wie geht es dir? Ich bin vor Angst um dich fast gestorben!«

»Dann musst du wirklich große Angst gehabt haben«, vermutete Urd. »Wo es doch so gut wie unmöglich ist, dich zu töten ... aber meine Mutter hat mir erzählt, dass du Stunde um Stunde an meinem Bett gesessen und über mich gewacht hast. Wahrscheinlich hat das zu meiner raschen Genesung beigetragen.« Sie zwinkerte ihm zu. »Gib es ruhig zu. Du hast mir etwas von deinen Zauberkräften abgegeben, habe ich recht?«

Ich wollte, ich könnte es, dachte Andrej. Noch vor wenig

mehr als einem Tag hätte er ohne zu zögern sein Leben gegeben, um das ihre zu retten. Aber bei ihren Worten meldete sich auch sein schlechtes Gewissen. Er hatte keineswegs so viele Stunden an Urds Krankenlager verbracht, wie Skuld behauptet hatte, aber er tat nichts, um diese kleine Lüge richtigzustellen, sondern bedankte sich in Gedanken bei Urds Mutter und nahm sich vor, das bei nächster Gelegenheit auch laut zu tun ... sobald Urd nicht in Hörweite war.

Sie gingen zum Meer und den langen hölzernen Steg hinab, an dem noch immer drei weitere Schiffe lagen; darunter auch das, das um ein Haar zu ihrem und Andrejs Grab geworden wäre. Mehr als ein Dutzend Männer waren emsig dabei, es zu beladen und abfahrbereit zu machen, und Andrej versuchte, seine Schritte unauffällig in eine andere Richtung zu lenken. Er wollte nicht dorthin. Dieses Boot barg zu viele unangenehme Erinnerungen, sowohl für Urd als auch für ihn. Das Mädchen ignorierte ihn jedoch kurzerhand und steuerte das Schiff so zielsicher an, dass Andrej schließlich mit einem lautlosen Seufzer aufgab und ihr folgte. Aber er hatte seine Überraschung über ihre rasche Genesung inzwischen so weit überwunden, dass er in Urd hineinlauschen konnte.

Wie er erwartet hatte, war sie nicht annähernd so stark, wie sie sich gab. Er spürte deutlich, dass die wenigen Schritte ans Ufer nahezu all ihre Kraft in Anspruch genommen hatten; vielleicht sogar mehr, als sie hatte. Andrej hielt sich bereit, sie aufzufangen, sollten ihre Kräfte plötzlich versagen. Doch er sprach nicht laut aus, was ihm auf der Zunge lag. Vielleicht hatte Urd ja einen Grund, ihn hierher zu führen.

Wenn es ihn gab, dann teilte sie ihn ihm nicht mit. Sie blieb eine ganze Zeit einfach stehen und sah der nicht abreißenden Reihe von Männern zu, die Säcke und Fässer mit Proviant an Bord trugen.

»Er hätte dich beinahe getötet«, sagte sie dann unvermittelt.

»Der Dauger?« Andrej zuckte gespielt gleichmütig mit den Achseln. »Ich war keinen Moment in Gefahr«, erklärte er großspurig.

Urd sah stirnrunzelnd zu ihm hoch, und er fügte hinzu: »Schließlich warst du ja bei mir.«

»Das stimmt«, antwortete Urd, und das auf eine Art, dass er sich fragte, ob diese Worte so scherzhaft gemeint waren, wie sie sich anhörten. »Aber ich bin vielleicht nicht immer da, um auf dich aufzupassen.«

Andrej lachte, aber ihre Worte hinterließen ein sonderbar zwiespältiges Gefühl in ihm. Er fragte sich, warum sie ihn hierher geführt hatte. Ganz bestimmt war es kein Zufall.

»Es tut mir leid um deinen Bruder«, sagte er unbeholfen. »Ich wollte ihn nicht töten. Hätte ich gewusst, wer er war ... Aber es ging nicht anders.«

»Mein Bruder?« Urd sah ihn fragend an.

»Lasse.«

»Lasse?« Im ersten Moment schien sie mit diesem Namen nichts anfangen zu können, aber dann schüttelte sie den Kopf. »Oh, nein. Das war nicht mein Bruder.«

»Aber auch Thure hat gesagt –«

»Nicht mehr«, unterbrach sie ihn. »Er hat aufgehört, es zu sein, als er das Blut des Nagelfahr getrunken hat.«

»Das klingt, als hätte er es freiwillig getan«, sagte Andrej.

»Wer will das wissen?«, erwiderte Urd. »Manche glauben, das Nagelfahr nimmt nur die, die sich ihm freiwillig anbieten.«

»Und was glaubst du?«

Urd wich seinem Blick aus. »Wer will die Wahrheit kennen?«, fragte sie scheinbar leichthin. »Keiner, der bisher einen Fuß auf das Deck des Dämonenschiffes gesetzt hat, ist zurückgekehrt, um davon zu berichten. Aber es heißt, es würde von den schrecklichsten Dämonen Utgards gelenkt.«

»Und woher will man das wissen, wenn noch niemand von

dort zurückgekommen ist, um davon zu berichten?«, fragte Andrej.

Urd dachte einen Moment ernsthaft über diese Frage nach, und dann lachte sie. »Ja, eine wirklich gute Frage. Wenn mir eine überzeugende Antwort darauf eingefallen ist, gebe ich dir ein Zeichen, und du stellst sie mir noch einmal, einverstanden?« Andrej lächelte zwar, aber ohne echtes Gefühl. »Was tun wir hier, Urd?«

»Ich sehe den Schiffen zu, die nach Hause fahren, Andrej«, antwortete sie. »Das habe ich immer schon getan, schon als Kind. Kaum dass ich richtig laufen konnte, bin ich immer hierher zum Meer gekommen, um den abfahrenden Schiffen zuzuschauen. Ich habe mir immer vorzustellen versucht, wohin sie fahren, und welche fremden Länder und Völker die Männer an Bord wohl entdecken werden.«

Sie sah Andrej an. »Hast du das nicht getan, als du ein Kind gewesen bist?«

War er denn jemals ein Kind gewesen? »Da, wo ich herkomme, gibt es kein Meer«, sagte er.

Urd wirkte ehrlich überrascht. »Kein Meer?«, vergewisserte sie sich. »Das glaube ich nicht. Es kann kein Land ohne eine Küste geben.«

»Natürlich gibt es eine Küste. Aber unser Land ist …« Er suchte einen Moment nach Worten. »… größer als eure Insel. Viel größer.«

Und als Urd ihn ungläubig ansah, deutete Andrej in die Runde. »Wie weit kannst du auf eurer Insel in jede Richtung gehen, bis du zum Meer kommst?«

»Einen halben Tag«, antwortete Urd und fügte mit einem Lächeln hinzu: »Wenn du dich nicht zu sehr beeilst. Aber ich weiß, dass es Inseln gibt, die viel größer sind. Um König Osriks Reich zu durchqueren, bräuchtest du viele Wochen.«

»Von dort aus, wo ich geboren bin, müsstest du ein Jahr wandern, um das Meer zu erreichen«, sagte Andrej. »Und in der anderen Richtung ist das Land so groß, dass ein Menschenleben nicht ausreichen würde, um es zu Fuß zu durchqueren.«

Urds Blick ließ kaum Zweifel daran aufkommen, was sie von dieser Geschichte hielt. Trotzdem sagte sie: »Dann muss es eine wirklich gewaltige Insel sein.«

»Man nennt sie Kontinent«, erwiderte Andrej. »Aber du hast recht. Sie ist gewaltig. Und wunderschön.«

»Und jetzt wirst du mich gleich fragen, ob ich deine Heimat nicht kennenlernen will«, vermutete sie. Andrej schwieg dazu.

»Du hast mich gefragt, warum wir hierher gekommen sind«, fuhr Urd nach einem Augenblick fort, gerade, als die Stille zwischen ihnen drückend zu werden drohte. »Ich wollte den Schiffen zusehen und den Männern. In ein paar Tagen werden sie zurückkehren und sehr viel mehr Krieger mitbringen. Hunderte. Und viele von ihnen werden ihre Heimat und ihre Familien vielleicht niemals wiedersehen.«

»Ich weiß«, sagte Andrej. Er glaubte nun zu wissen, worauf Urd hinaus wollte.

Für die nächste Frage, die er ihr stellte, hasste er sich selbst, aber er stellte sie trotzdem: »Hat dich dein Bruder geschickt, um mich auf die Probe zu stellen?«

»Thure?« Urd schien ihm die Frage nicht übel zu nehmen. »Oh nein. Ich glaube nicht, dass er besonders erfreut wäre, wenn er wüsste, dass wir dieses Gespräch führen. Ich ... wollte nur sicher sein, dass du auch das Richtige tust.«

»Du willst diesen Krieg nicht.«

»Nein«, antwortete Urd. »Viele werden sterben. So viele Mütter werden um ihre Söhne weinen, und viele Schwestern um ihre Brüder. Nein, ich will diesen Krieg nicht.« Sie atmete hörbar ein. »Aber ich will auch dieses Leben nicht mehr. Mein Volk stirbt, wenn die Herrschaft der falschen Götter nicht gebrochen wird.«

»Weil sie euch den Weg zu euren Fischgründen verwehren?«

Urd sah ihn beinahe überrascht an. »Hat Thure dir das erzählt?«

»Nein«, antwortete Andrej. »Osrik.«

»Dann hat er wohl eine andere Art von Fischgründen gemeint«, spottete sie und strich eine Strähne ihres langen blonden Haares zurück, die der Wind losgerissen hatte. Die Bewegung war ganz beiläufig, und trotzdem von einer so selbstverständlichen Anmut, dass es ihm schwer fiel, sich auf ihre Worte zu konzentrieren.

»Dann haben sie mich belogen?«, fragte Andrej. »Willst du das damit sagen?«

»Oh, nein«, antwortete Urd hastig. »Sie haben schon die Wahrheit gesagt, jeder auf seine Art. Mein Bruder bewundert dich, Andrej, dich und deinen großen schwarzen Freund. Ich glaube, er fürchtet euch auch ein wenig – zumindest Abu Dun –, aber vor allem bewundert er dich. Thure ist im Grunde ein großes Kind geblieben. Er bewundert alles, was stark ist. Er würde dich niemals belügen.« Sie schüttelte noch einmal und noch heftiger den Kopf, und der Wind frischte zu einer eisigen Brise auf, die ihnen einen so intensiven Schwall von Salzwassergeruch entgegentrieb, dass ihm für einen Moment der Atem genommen wurde. Feine, schmerzhaft kalte Gischt durchnässte sie. Trotzdem zuckte Urd nicht mit der Wimper, sondern blickte nur weiter auf das Meer hinaus und hielt ihr widerspenstiges Haar mit einer Hand zurück. »Sie haben die Wahrheit gesagt. Unser Volk leidet. Immer mehr junge Männer gehen fort, um nie wiederzukehren. Aber das war schon immer so. Wir sterben nicht, weil die Winter zu hart werden oder unsere Netze leer bleiben. Wir sterben, weil wir nichts mehr haben, woran wir glauben können, Andrej. Ein Volk vermag viel zu ertragen, wenn es Hoffnung hat. Aber welche Hoffnung hat ein Volk, das falschen Göttern dient? Wofür sollen wir all das Leid und die Entbehrungen ertragen, wenn es nichts gibt, was wir dafür bekommen?«

Ihre Worte brachen ihm fast das Herz. Sollte er ihr sagen, dass das der unabänderliche Lauf der Welt war? Dass er unzählige Male drüben gewesen war, in jenem gelobten Land, für dessen Erringung so viele Menschen das einzige Leben geopfert hatten, das sie in Wahrheit besaßen, um dort nichts zu finden außer Leere und Dunkelheit und Vergessen? Er konnte es nicht.

»Und deshalb möchte ich, dass du meinen Brüdern hilfst, diesen Krieg zu gewinnen«, fuhr sie fort. »Das ist verrückt, nicht wahr? Ich bitte dich, etwas zu tun, was ich eigentlich um nichts auf der Welt will.«

»Das ist nicht verrückt«, antwortete Andrej so leise, dass er nicht sicher war, ob seine Worte sie erreichten, bevor der Wind sie ihm von den Lippen riss. »Es ist unglaublich tapfer.«

Wenn schon nicht gehört, so musste sie seine Antwort doch gespürt haben, denn sie wandte sich nun wieder direkt an ihn und sah auf eine Art zu ihm hoch, die ihn erschauern ließ. »Aber nur«, fügte sie hinzu, »wenn du auch sicher bist, dass wir diesen Kampf gewinnen können.«

Andrej strich ihr zärtlich mit der Hand über das Haar. »Das bin ich«, log er.

6

König Osrik kam nicht nach vier Tagen zurück, wie er es versprochen hatte, sondern erst am Abend des fünften, dafür aber nicht mit zwei Schiffen, sondern einer ganzen Flotte. Vor ihm waren bereits die Herrscher zweier weiterer benachbarter Inseln eingetroffen, sodass der kleine Steg schon lange nicht mehr ausreichte und in der Dünung mehr als ein Dutzend mit Tauen aneinandergebundener Drachenboote schaukelten. Als Osrik mit seinen Kriegern eingetroffen war, wuchs ihre Zahl auf über dreißig an, und mit dem letzten Grau des erlöschenden Tages gesellte sich sogar noch ein weiteres Schiff hinzu – auf dessen Anblick sowohl Andrej als auch Abu Dun gerne verzichtet hätten.

Das Horn, das einer der Männer blies, die Björn in den Baumwipfeln postiert hatte, um das Meer und die nähere Umgebung des Dorfes im Auge zu behalten, rief sie wieder zur Küste hinab, und Andrej konnte ein besorgtes Stirnrunzeln nicht unterdrücken, als er das rot-weiß gestreifte Segel und den geschnitzten Drachenkopf erkannte, die wie Boten aus einer lange zurückliegenden Zeit aus dem Nebel auftauchten, einer Zeit, die sie lieber vergessen hätten.

Es war die *Fenrir.*

Andrej musste sich eingestehen, dass er das Schiff (und die beiden unglückseligen Männer, die Thure auf der Insel zurückgelassen hatte, um sie wieder instand zu setzen) schlichtweg vergessen hatte, und so sehr es ihn freute, dass sie noch am Leben waren und ihre unmöglich erscheinende Aufgabe bewältigt hatten, so sehr hätte er sich gewünscht, das verfluchte Schiff niemals wiederzusehen.

Abu Dun, der neben ihm stand, schien es genauso zu ergehen. Er sagte kein Wort, und auf seinem schwarzen Gesicht zeigte sich nicht die mindeste Regung. Aber er hatte die Hand um den Schwertgriff gelegt, und Andrej spürte seine Anspannung. Mit diesem Gefährt verbanden sich für sie beide zu viele schlimme Erinnerungen. Anscheinend war er nicht der Einzige, dem es wie ein schlechtes Omen vorkam, es zurückkehren zu sehen, ausgerechnet jetzt, am Vorabend ihres Aufbruches.

Thure und sein Bruder betrachteten das Erscheinen des Schiffes offensichtlich auch als ein Omen – aber ein gänzlich anderes als Abu Dun und er. Björn sagte nichts, sah dem näher kommenden Schiff jedoch mit einer Ungeduld entgegen, die Andrej veranlasste, einen besorgten Blick mit Abu Dun zu tauschen. Doch Thure wartete gerade so lange, bis er vollkommen sicher war, das Schiff auch tatsächlich zu erkennen, dann riss er sein Schwert aus dem Gürtel und rief mit weit über den felsigen Strand hörbarer Stimme: *»Es ist die Fenrir! Sie ist zurück!«*

Niemand jubelte. Hier und da wurde ein besorgtes Murmeln und Raunen laut, und Andrej blickte in mehr als ein Gesicht, auf dem sich unübersehbarer Schrecken abzeichnete. Vor allem Osrik, der unmittelbar neben Thure stand, wirkte kein bisschen erfreut, sondern tief besorgt.

»Das verfluchte Schiff der Wolfsmenschen«, sagte er.

»Nein!«, widersprach Thure heftig und so laut, dass seine Worte überall zu verstehen waren. »Das Schiff Andrejs und Abu Duns!«

Andrej war nicht glücklich über diese Worte und noch sehr

viel weniger über den Blick, den Osrik (und nicht nur er allein) ihm und dem Nubier zuwarf.

»Versteht ihr denn nicht?«, fuhr Thure fort, indem er sein Schwert wieder einsteckte. »Dieses Schiff hat die Menschen an unseren Küsten in Angst und Schrecken versetzt, solange wir alle uns zurückerinnern können!« Er deutete mit der frei gewordenen Hand heftig gestikulierend auf Andrej. »Und diese beiden haben den Fluch gebrochen!«

»Und es auf der verbotenen Insel zurückgelassen«, sagte Osrik.

»Ja«, bestätigte Thure triumphierend. »Und jetzt kommt es zurück. Unsere Männer haben es instand gesetzt und hierher gebracht. Sie sind dem Nagelfahr entkommen! Begreift ihr denn nicht, was das bedeutet? Es ist ein Omen! Ein Zeichen unserer wahren Götter, dass wir das Richtige tun!«

»Vielleicht hat es sie einfach nur übersehen«, murrte Abu Dun, gerade so laut, dass Thure die Worte nicht entgehen konnten; und Osrik auch nicht. »Oder es war satt.«

In Osriks Augen erschien – ganz kurz – ein amüsiertes Funkeln, aber Thure wirkte für einen winzigen Moment beinahe ... *wütend?*, dachte Andrej. Dann aber fuhr er nur noch lauter und in noch überzeugenderem Ton fort: »Die Götter sind auf unserer Seite!«

»Warum sehen wir nicht erst einmal nach, wer an Bord ist, und entscheiden dann, auf wessen Seite die Götter stehen ...«, sagte Abu Dun.

Diese Bemerkung trug ihm einen zornigen Blick des hünenhaften Nordmannes ein, aber auch ein zustimmendes Nicken König Osriks. »Der schwarzgesichtige Fremde hat recht. Macht euch bereit!«

Für zwei oder drei Augenblicke ging jedes andere Geräusch im Scharren von mehr als hundert Schwertern unter, die gleichzeitig gezogen wurden. Etliche Krieger – Andrej war sicher, dass sie ausnahmslos zu Osriks Heer gehörten –

schwärmten aus und besetzten rasch und auf die routiniert-sichere Art von Männern, die dieses Handwerk gründlich gelernt hatten, die erste Reihe von Drachenbooten, die am Steg vertäut waren. Weitere, nicht ganz so viele, kletterten über die Boote auf die benachbarten Schiffe und nahmen dort Aufstellung. Als die *Fenrir* weiter heranglitt und dabei ganz allmählich herumschwenkte, sodass sie der Küste auf dem letzten Stück ihre schildbewehrte Flanke zuwandte, wurde sie von einer kleinen Armee erwartet.

Er sah rasch zu Osrik und den beiden Brüdern. Björn wirkte wie üblich schlicht verwirrt, und Andrej konnte ihm ansehen, dass er sich zutiefst an einen anderen, möglichst weit entfernten, friedlichen Ort sehnte, während Osrik die Vorbereitungen seiner Männer mit unübersehbarer Zufriedenheit betrachtete. Thure sah dem Schauspiel verächtlich zu.

Er tauschte einen wortlosen Blick mit Abu Dun, und auch sie drängten sich zwischen all den zusammengelaufenen Menschen zum Steg hinunter und gingen rasch bis zu seinem Ende. Gerade, als sie ihn erreicht hatten, kam die *Fenrir* mit einem gedämpften Knirschen, mit dem sich ihr Rumpf an dem des benachbarten Schiffes rieb, endgültig zum Halten. Er sah, dass einige Ruder eingezogen, andere nicht mehr vorhanden waren. Offensichtlich hatten die Männer das schlanke Drachenboot allein mithilfe des Segels hergefahren. Von der Besatzung war nichts zu sehen. Andrej widerstand dem Impuls, sein Schwert zu ziehen, machte sich aber für alle Fälle bereit. Er hatte kein gutes Gefühl.

Doch offensichtlich täuschte ihn seine innere Stimme diesmal. Es vergingen noch einige Augenblicke, in denen auch die Anspannung unter den Männern ringsum spürbar wuchs, dann jedoch richtete sich eine einzelne Gestalt hinter der Schildreling der *Fenrir* auf.

Wäre das Licht nur ein wenig schwächer gewesen und die Nerven der Männer eine Winzigkeit schlechter, hätte die

Sache durchaus übel für den armen Kerl ausgehen können, wie Andrej später klar wurde. Er war *kein* Dauger, doch es gehörte nicht viel dazu, ihn für einen solchen zu halten. Sein Gesicht war ausgemergelt und grau, seine Kleider hingen in Fetzen, und er hatte kaum noch Ähnlichkeit mit dem kräftigen Mann, den Andrej in Erinnerung hatte. Als er sich der Reling näherte und darüber hinwegzuklettern versuchte, reichten seine Kräfte kaum aus.

Etwas scharrte. Andrej hörte das typische Geräusch von Waffen, die fester ergriffen und bereit gemacht wurden und sagte rasch und laut: »Nicht! Das ist kein Dauger!«

Der Mann erstarrte mitten in der Bewegung, und ein Ausdruck plötzlichen, abgrundtiefen Erschreckens erschien auf seinem schmutzigen Gesicht. Andrej war sicher, dass er auf der Stelle an Bord der *Fenrir* zurückgeklettert wäre, hätten seine Kräfte dazu noch ausgereicht. Sie reichten jedoch nicht einmal mehr, sich an dem zerschrammten Schild festzuhalten. Nach einem Augenblick ließ er los und stürzte schwer auf das Deck des darunterliegenden Schiffes hinab, und noch bevor er dort aufgeschlagen war, sah er sich von vier oder fünf Männern umringt, deren Schwerter drohend auf ihn gerichtet waren.

»Nicht!«, sagte Andrej noch einmal.

Eine zweite, ebenso abgerissene und zu Tode erschöpfte Gestalt erschien auf dem Deck des ehemaligen Dämonenschiffes, und für einen ganz kurzen Moment, weniger als ein Lidschlag und viel zu kurz, um sicher zu sein, es auch wirklich gesehen zu haben, glaubte er eine Bewegung im Heck der *Fenrir* wahrzunehmen: das rasche Aufflackern und genauso schnelle Erlöschen eines Schattens, als hätte jemand versucht, aus dem Zelt des Kapitäns herauszutreten und sich dann im letzten Moment anders entschieden.

Auch der zweite Mann taumelte auf die Bordwand zu, aber er musste noch erschöpfter sein als sein Kamerad, denn er brach zwei Schritte vor ihr in die Knie und hatte nicht mehr die Kraft, sich noch einmal zu erheben. Andrej spürte mehr, als er sah, wie sich einige von Osriks Kriegern bereit machten, die *Fenrir* zu entern, und kam ihnen zuvor, indem er rasch auf das Deck des nächsten Drachenbootes hinunter und von dort aus mit einem einzigen gewaltigen Satz auf das nächste Schiff übersetzte. Abu Dun stürmte einen Moment nach ihm los, schaffte es aber trotzdem, vor ihm am Ziel zu sein und über den Schildwall der *Fenrir* zu flanken, wo er mit solcher Wucht aufprallte, dass das ganze Schiff hin und her schwankte. Dabei berührte er die zerschrammten und mit barbarischen Symbolen bemalten Schilde nicht einmal und kam mit leicht gespreizten Beinen und den riesigen Krummsäbel mit beiden Händen haltend in perfekter Abwehrhaltung auf und sah sich grimmig um. Andrej schüttelte den Kopf über so viel Prahlerei (der Nubier schien sich allzu viel von Thure abzuschauen...), kletterte ein wenig langsamer – und sehr viel kräftesparender – an Bord und warf nur einen flüchtigen Blick auf Abu Dun. Der hatte seine alberne Pantomime endlich aufgegeben, sich auf ein Knie sinken lassen und das Schwert in die rechte Hand gewechselt. Mit der anderen drehte er den halb bewusstlosen Mann auf den Rücken und schlug ihm dann leicht ins Gesicht, wohl um zu verhindern, dass ihm endgültig die Sinne schwanden. Er sagte etwas, das Andrej nicht verstand. Er nickte Abu Dun kurz zu und sah sich sehr aufmerksam um. Das Schiff hatte sich kaum verändert, seit Abu Dun und er das letzte Mal hier gewesen waren. Es war leer. Hier und da waren die Spuren der Reparaturen zu sehen, die die beiden Männer ausgeführt hatten – nichts davon sah sonderlich vertrauenerweckend aus, aber es hatte ganz offensichtlich seinen Dienst getan. Immerhin hatte die *Fenrir* ihr Ziel erreicht. Das Schiff roch schlecht, noch schlechter, als er es in Erinnerung hatte, als wäre es mit etwas Verdorbenem in Berührung gekommen, aber es gab kein Versteck, das groß genug für eine Ratte gewesen wäre, geschweige denn für einen Dauger oder etwas anderes, das auf der verbotenen Insel an Bord gekommen war.

Abgesehen von dem rot-weiß gestreiften Zelt im Heck.

Andrej zog sein Schwert, und seine Schritte wurden langsamer, während er sich dem Zelt näherte. Etwas … war darin. Er spürte es.

Mit einem letzten, entschlossenen Schritt überwand er die restliche Entfernung und beging nicht den Fehler, das zerschlissene Tuch vor dem Eingang zur Seite zu schlagen, sondern führte sein Schwert in einer blitzartigen Bewegung von rechts nach links. Der rasiermesserscharfe Stahl teilte das moderige Tuch, als wäre es gar nicht da. Die zerschnittenen Hälften fielen in einer flatternden Bewegung zu Boden, als wollten sie ihm spöttisch zuwinken, und darunter war tatsächlich nichts. Erst, als er zurücktrat und das Schwert sinken ließ, bemerkte er, dass Abu Dun hinter ihm stand.

»Was?«, fragte der Nubier knapp.

Andrej hob die Schultern. Er konnte das Gefühl kaum in Worte fassen … aber etwas *war* hier gewesen. Und er hatte das unheimliche Gefühl, dass es immer noch um sie herum war, wie eine knisternde Spannung in der Luft.

Abu Dun sah ihn beunruhigt an, eine stumme Frage im Blick, aber er sagte nichts, sondern trat nur an Andrej vorbei und stieß die Stofffetzen mit dem Fuß auseinander. Darunter war nichts als moderiges Holz.

Abu Dun schwieg weiter, und Andrej senkte zögernd sein Schwert, sah sich noch einmal aufmerksam auf Deck um und trat schließlich an die nebeneinander aufgereihten Schilde, die die Stelle der Reling einnahmen. Die Nacht stürmte mit Riesenschritten über das Meer heran, und er fragte sich, ob er Nebel sah oder die herankriechende Dunkelheit. Aber was immer es war … etwas verbarg sich in den lautlos wogenden Schatten.

»Was ist das, Hexenmeister?«, flüsterte Abu Dun.

Ratlos zuckte Andrej die Achseln. Er verspürte eine absurde Erleichterung, offensichtlich nicht der Einzige zu sein, der den unheimlichen Schatten sah, aber zugleich griff eine eisige Hand nach seinem Herzen und presste es ganz langsam zusammen. Er konnte es nicht wirklich sehen. Er war nicht einmal wirklich sicher, ob es wirklich ein Schatten war, der hinter der plötzlich greifbaren Dunkelheit wogte, und doch verstand er die lautlose Botschaft, dass dort draußen etwas war, das von ihnen, ihrem Kommen und all ihren Plänen wusste.

Dann war es verschwunden, so schnell und still, wie es aufgetaucht war.

Abu Dun warf ihm stirnrunzelnd einen Blick zu, aber Andrej sagte nichts, steckte nun endgültig sein Schwert ein und wandte sich brüsk ab, um zu dem halb bewusstlosen Mann zurückzugehen. Inzwischen war ein halbes Dutzend von Osriks Kriegern an Bord gekommen, die sich mit erhobenen Schilden und gezückten Schwertern rings um den reglos Daliegenden postiert hatten. Keiner der Männer sagte auch nur ein Wort, aber der Ausdruck auf ihren Gesichtern verriet nichts anderes als pure Angst. Andrej vermochte nicht zu sagen, ob diese Furcht ihm oder diesem von düsteren Sagen umwobenen Schiff galt.

»Gehen wir«, sagte er. Abu Dun setzte zu einer Frage an, aber Andrej wollte sie nicht hören. Ganz bewusst sah er nicht noch einmal zu der unheimlichen Nebelbank zurück ... oder was immer es auch war. Etwas verbarg sich darin, das sich sowohl seinen Blicken als auch seinen anderen Sinnen entzog, seine Anwesenheit aber zugleich mehr als deutlich kundtat.

»Kümmert euch um ihn«, befahl er den Kriegern, während er an dem zusammengesunkenen Mann vorbeiging und seinem Blick auswich. »Aber seid behutsam. Er hat eine Menge durchgemacht.«

Als sie über den Schildwall steigen wollten, kam ihnen Thure entgegen. Er hatte den Schild auf den Rücken gehängt, aber seine gewaltige Streitaxt in der Hand, und der Ausdruck auf seinem Gesicht war keine Furcht, sondern etwas ... anderes, das Andrej ganz und gar nicht gefiel.

Doch Abu Dun war schneller. »Thure, unser großer Heerführer«, sagte er spöttisch. »Wie immer in vorderster Front und begierig darauf, dem Feind ins Auge zu schauen, wie ich sehe?«

Thure warf dem Nubier zwar einen vor Zorn sprühenden Blick zu, enthielt sich darüber hinaus zu Andrejs Erleichterung aber jeglichen Kommentars und umklammerte den Stiel seiner gewaltigen Axt fest mit beiden Händen, als könnte er es gar nicht erwarten, sie auf einen Feind hinabsausen zu lassen. Sein Blick tastete aufmerksam über die Ruderbänke, die Rückseite des Schildwalles und schließlich den geschnitzten Drachenkopf, der sich zu anderthalbfacher Manneshöhe im Bug des Bootes emporschwang. Wenn man genau hinsah, dachte Andrej, obwohl er wusste, wie närrisch dieser Gedanke war, dann hatte er eigentlich eher Ähnlichkeit mit einem Wolfsschädel als einem Drachenkopf. Ihm lief ein eisiger Schauer über den Rücken.

»Das ist also die berüchtigte *Fenrir«*, murmelte Thure schließlich. Er schüttelte den Kopf. Widerwillige Bewunderung schwang in seinen Worten mit, als er weitersprach. »Sie haben es tatsächlich geschafft.«

»Hast du nicht damit gerechnet, oder ist es dir am Ende gar nicht recht?«, fragte Abu Dun.

Andrej konnte ihm ansehen, dass es ihm schwerfiel, die Fassung zu bewahren. Und zu Andrejs Überraschung antwortete er sogar: »Ich habe gehofft, dass sie es schaffen. Die beiden waren die besten Männer, die ich für diese Aufgabe einsetzen konnte. Aber wenn ich ganz ehrlich sein soll ...« Er hob die Schultern und wich zwar nicht Abu Duns, sehr wohl aber Andrejs Blick aus. »... große Hoffnung hatte ich nicht.«

»Und du hast diese beiden Männer trotzdem auf der Insel zurückgelassen?«, fragte Andrej. Warum wurde er zornig, fragte er sich? Er sollte Thure doch inzwischen kennen.

Trotz blitzte in Thures Blick auf. »Du weißt nicht, was dieses Schiff für uns bedeutet. Das ist die *Fenrir.* So mancher fürchtet sie mehr als das Nagelfahr, und die meisten wagen es nicht einmal, ihren Namen laut auszusprechen.«

»Damit hat es ja nun ein Ende«, sagte Abu Dun gelassen. Andrej war nicht überzeugt. Sie hatten die Besatzung dieses Schiffes ausgelöscht und den Fluch damit gebrochen, wie sie bis zu diesem Moment geglaubt hatten. Aber vielleicht irrten sie sich. Irgendetwas ... *war* noch immer auf diesem Schiff. *Wir hätten es verbrennen sollen,* dachte er.

Von Thures nächsten Worten fühlte er sich bestätigt. »Du verstehst nichts, Abu Dun. Dieses Schiff wird unsere Flotte anführen. Wir werden den Schrecken, der uns alle so lange heimgesucht hat, zurück zu denen tragen, die ihn uns geschickt haben.«

Wenn auch widerwillig, so musste Andrej doch eingestehen, dass Thures Vorschlag klug war. Was er selbst als ungutes Gefühl tief am Grunde seiner Seele spürte, das las er als unverhohlene Angst auf dem Gesicht jedes einzelnen Mannes, in das er blickte. Abu Dun und er waren gewiss nicht die Einzigen, die fühlten, dass dies kein *gewöhnliches Schiff* war. Aber die Krieger würden ihre Furcht beherrschen und sich dem Befehl des Nordmannes beugen, und wenn sie ihre Angst erst einmal besiegt hatten, da war Andrej sicher, dann würde es den Mut und den Kampfeswillen der Männer nur stärken, ausgerechnet mit *diesem* Schiff in die Schlacht gezogen zu sein. Aber Taktik und Strategie waren eine Sache. Er musste plötzlich noch einmal an das denken, was Abu Dun über diese Inseln und ihre Bewohner gesagt hatte. Vielleicht waren sie nicht nur in einer falschen Zeit gestrandet, sondern auch in einer Welt, in der Logik nicht mehr ihr angestammtes Gewicht hatte.

»Dieses Wrack?«, schnaubte Abu Dun. »Und ich dachte, ihr Nordmänner seid erfahrene Seeleute.« Er sah sich argwöhnisch um. »Der erste kräftige Windstoß, und es bricht auseinander.«

Thure lachte nur. »Jetzt unterschätzt du uns, schwarzer Mann«, sagte er mit gutmütigem Spott, dem der Ausdruck in seinem Blick allerdings jegliche Versöhnlichkeit nahm. »Ich werde meine besten Männer mit dieser Aufgabe betrauen. Wenn die Sonne das nächste Mal aufgeht, ist die *Fenrir* wieder seetüchtig, darauf gebe ich dir mein Wort.«

»Ja«, versetzte Abu Dun böse. »Und ich bin sicher, du verwettest das Leben deiner Krieger darauf.«

Möglicherweise war das selbst für die Duldsamkeit des Nordmannes zuviel, denn in seinen Augen blitzte es abermals zornig auf. Er setzte gerade zu einer wütenden Antwort an, als ihn eine helle Stimme spöttisch unterbrach: »Habt ihr beide eigentlich selbst in diesem Moment nichts Besseres zu tun, als euch gegenseitig zu beweisen, wer der Stärkere ist?«

Andrej war nicht der Einzige, der überrascht die Stirn runzelte, als er die schlanke Gestalt sah, die mit fließenden Bewegungen über den Schildwall kletterte. Urd trug nicht mehr ihr gewohntes zerschlissenes blaues Kleid, sondern Lederrock, Stiefel und Wams und darüber ein fein gewobenes Kettenhemd, das jede ihrer Bewegungen mit einem hellen Klingen begleitete, und dazu einen wuchtigen Lederhelm (ohne Hörner), Schild und Schwert. Erst später wurde Andrej klar, dass er sie unten am Steg vermisst hatte. Sie war nicht da und somit nicht in Gefahr gewesen, das war das Einzige, was in diesem Moment gezählt hatte, und so hatte er sich nicht weiter um ihren Verbleib gesorgt.

»Warum regelt ihr die Sache nicht endgültig?«, fuhr Urd fort. »Legt eure Waffen ab, reibt euch mit Schlamm ein und schlagt euch gegenseitig so lange ins Gesicht, bis ihr blutet und jeder für sich beanspruchen kann, mehr Hiebe eingesteckt zu haben.« Sie schnaubte. »Männer!«

»Was tust du hier?«, fragte Andrej, nachdem er endlich seine Überraschung überwunden hatte.

»Ach, ich wollte nur sehen, wie richtige Krieger eine gefährliche Situation wie diese meistern«, antwortete Urd spitz, und mit einem weiteren demonstrativen Kopfschütteln, das Abu Dun und ihrem Bruder galt. Der Nubier grinste breit, doch Thure wirkte verstimmt. Andrej konnte dieselbe Frage in seinen Augen lesen, die er gerade laut gestellt hatte. »Und nachsehen«, fuhr Urd nach einer kleinen, aber genau bemessenen Pause fort, »ob ich irgendwie helfen kann.«

Ohne auf eine Antwort zu warten, ließ sie sich neben dem am Boden liegenden Krieger auf die Knie sinken und betastete mit kundigen Bewegungen seinen Hals, seine Schläfen und seine Stirn. Dann stand sie rasch wieder auf und befahl den beiden Kriegern neben sich: »Bringt ihn in die Schmiede. Er braucht Wärme, und vor allem Wasser. Und sagt meiner Mutter Bescheid, dass sie sich um die beiden kümmert.«

Die beiden Krieger gehorchten – wenn auch nicht, wie Andrej mit leiser Verärgerung bemerkte, ohne Thure zuvor einen fragenden Blick zugeworfen und auf sein stummes Nicken gewartet zu haben.

»Deine Mutter?«, vergewisserte sich Abu Dun und sah Thure an, »Und ich dachte, Thure wäre euer Heiler.«

Urd verdrehte in gespielter Verzweiflung die Augen, antwortete aber trotzdem. »Ja, das stimmt. Und was glaubst du, von wem er es gelernt hat?«

»Genug jetzt!«, sagte Thure streng. Er klang verärgert, aber eben nur so wie ein Bruder, der sich über seine Schwester ärgert, und nicht so, dass man fürchten musste, er griffe zu seiner Streitaxt oder seinem Schwert. »Wir haben keine Zeit für solche Albernheiten.« Seine Stimme wurde lauter, während er sich an die Männer ringsum wandte. »Durchsucht das Schiff. Macht eine Liste von allem, was repariert werden muss. Ich will, dass sie in einer Stunde fertig ist, damit wir mit der Arbeit beginnen können.« Er wandte sich an Andrej. »Und du und dein Freund begleiten uns. Jetzt, wo die *Fenrir* hier ist, haben wir eine Menge zu besprechen.«

Andrej musste nicht zu Abu Dun hinübersehen, um zu wissen, was der Nubier von diesem Befehlston hielt. Zu seiner Erleichterung (und vielleicht auch nur aus Rücksicht auf Urd) verkniff sich Abu Dun aber eine Antwort und sprang mit einem kraftvollen Satz über den Schildwall und auf das darunterliegende Deck des benachbarten Schiffes. Andrej folgte ihm ebenso behände. Erst, als sie den Steg wieder erreicht hatten, blieb er noch einmal stehen und sah zur *Fenrir* zurück. Seine Vorsicht war übertrieben, und Andrej sagte sich, dass er allmählich begann, sich lächerlich zu machen.

Aber er hatte immer noch das Gefühl, angestarrt zu werden.

Andrej hatte nichts anderes erwartet, aber seine Geduld wurde dennoch überstrapaziert, als er erneut eine Beratung zwischen Björn und den vier Königen über sich ergehen lassen musste. Ohnehin war dies nur eine Fortsetzung des kaum verhohlenen Machtkampfes zwischen Osrik und Thure, der vor fünf Tagen begonnen hatte und nun fortgeführt wurde, als wäre keine Zeit vergangen.

Mitternacht musste längst vorüber sein, aber Andrej hatte schon vor einer Stunde aufgehört, dem Gespräch aufmerksam zu folgen, vielleicht auch vor zwei. Am Anfang hatten sich die versammelten Heerführer noch damit begnügt, sich über das fehlende Mitglied in ihrer Runde zu beklagen – König

Soundso, dessen Namen sich Andrej ebenso wenig gemerkt, wie er sich die Mühe gemacht hatte, sich sein Gesicht einzuprägen. Der Mann war von Anfang an der Schweigsamste von allen gewesen, und obwohl er Thure nicht ein einziges Mal widersprochen und keinen Zweifel gezeigt hatte, hatte Andrej gewusst, dass er nicht zurückkommen würde. Er war kein Krieger. Obwohl auf dieselbe martialische Art wie alle anderen gekleidet und von kräftigem Wuchs, war er innerlich ein sanfter Mann. An einem anderen Ort und in einer anderen Zeit hätte man ihn vermutlich als einen weisen Herrscher bezeichnet, der nicht mit dem Schwert regiert, sondern durch Gerechtigkeit und Güte. Hier und jetzt und in den Augen all dieser Männer galt er als Feigling. Andrej tat er sogar leid, aber er hatte sich nicht die Mühe gemacht, ihn zu verteidigen. Ob sie nun tatsächlich auf geheimnisvolle Weise in einem lange zurückliegenden Jahrhundert gestrandet waren oder diese Menschen einfach vergessen hatten, ihren Kalender weiterzuschreiben – Abu Dun und er würden bald nicht mehr hier sein, was auch geschehen mochte. Darüber hinaus würde er dem Mann keinen Gefallen erweisen, wenn er seine Partei ergriff.

»Also ist es beschlossene Sache«, sagte Thure, schlug fest mit der flachen Hand auf den Tisch und sah Andrej Beifall heischend an. »Nicht wahr?«

Andrej nickte wie selbstverständlich und kramte angestrengt in seinem Gedächtnis, um sich darauf zu besinnen, *was* eigentlich beschlossene Sache war. Gleichzeitig versuchte er unauffällig nach Abu Dun Ausschau zu halten, aber der Nubier war klüger gewesen als er und schon lange nicht mehr da. Wo er ihn vermutet hatte, saß nun Urd. In ihrer kriegerischen Kleidung fiel sie inmitten der Männer kaum auf, und ganz gegen ihre normale Art schien es den Kriegern auch nichts auszumachen, eine Frau in ihrer Mitte zu dulden. Vielleicht machten sie ja bei der Schwester des Königs eine Ausnahme.

»Was?«, fragte er schließlich.

Thure wirkte leise verärgert, zwang sich aber trotzdem zu einem geduldigen Lächeln. »König Osrik wird die Schiffe mit seinen eigenen Kriegern befehligen, während ich selbst den Rest der Männer führe. Dein Freund Abu Dun und du, ihr führt die Flotte mit der *Fenrir* an. Wir geben euch dreißig unserer besten Krieger mit und einen erfahrenen Navigator, der sich in den Gewässern jenseits der verbotenen Insel auskennt.«

In den Gewässern, die schon seit einem Jahrhundert kein Schiff mehr befahren hat?, dachte Andrej. *Interessant.* »Das wird Abu Dun nicht gefallen«, sagte er lahm und nur um Zeit zu gewinnen. »Und mir auch nicht.« Für die letzten vier Worte hätte er sich am liebsten selbst geohrfeigt. Sie waren ihm gegen seinen Willen herausgerutscht.

Thure wollte antworten, doch Osrik kam ihm zuvor. »Du fürchtest dieses Schiff noch immer.« Thure lachte abfällig, während Andrej es vorzog, nicht zu antworten. Der Grauhaarige musterte ihn noch einen Moment und nickte dann. »Und ich nehme an, du hast allen Grund dazu.«

»Er und sein Begleiter haben die Wolfsmenschen vernichtet«, sagte Björn. »Und die *Fenrir* erobert!«

»Einen Feind geschlagen zu haben, bedeutet nicht zwangsläufig, ihn nicht mehr zu fürchten«, antwortete Osrik, ohne Andrej dabei aus den Augen zu lassen.

Andrej antwortete mit einer Bewegung, deren Bedeutung sich jeder der Anwesenden nach eigenem Gutdünken aussuchen konnte, aber warf Urd einen unmissverständlich Hilfe suchenden Blick zu. Sie reagierte so, wie er es erwartet hatte: mit einem schadenfrohen Lächeln. »Ich bin nicht sicher, dass wir so überstürzt aufbrechen sollten«, sagte er schließlich … womit es ihm immerhin gelang, selbst Osrik ein überraschtes Stirnrunzeln zu entlocken.

»Welchen Grund gäbe es, noch zu warten?«, fragte Björn. »Wir sind uns einig. Wir haben günstigen Wind, der uns rasch an unser Ziel bringen wird, und die Männer sind bereit. Mehr als achthundert Krieger, die darauf brennen, in den Kampf zu ziehen. Warum warten?«

Einen Moment lang überlegte Andrej, ob er auf eine Antwort verzichten solle. Soweit er sich erinnerte, waren dies die ersten Worte, die Björn gesagt hatte, seit er sich zu den Männern an den Tisch gesetzt hatte. Überdies war er nicht wenig erstaunt. Bisher war er der Meinung gewesen, dass Björn der einzige Mann auf der Insel war, der nicht darauf brannte, in den Krieg zu ziehen ... dem Eindruck zum Trotz, den er bei ihrem ersten Zusammentreffen auf der Eisinsel von dem jungen Nordmann gewonnen hatte.

»Das mag sein«, antwortete er vorsichtig. »Dennoch gibt es keinen Grund, überhastet aufzubrechen.«

»Und keinen, auch nur einen einzigen weiteren Tag zu verschwenden«, antwortete Thure anstelle seines Bruders. »Das Heer steht bereit. Die Männer brennen darauf, in den Kampf zu ziehen, und unsere Vorräte sind begrenzt. Die Schiffe sind mit Wasser und Lebensmitteln beladen, aber wir wissen nicht, wie lange wir unterwegs sein werden. Vielleicht nur wenige Tage, vielleicht auch viele Wochen. Jeder Tag, den die Flotte untätig im Hafen liegt, ist vielleicht ein Tag, an dem die Männer hungern müssen, sollten wir keine Gelegenheit finden, unsere Vorräte aufzufrischen.«

Das alles hatte Andrej ebenfalls bedacht, und natürlich hatte Thure mit jedem Wort recht. Aber er war unentschlossen, ohne zu wissen, warum. Ganz gewiss war es nicht die Angst vor dem Kampf. Dazu war er schon in zu viele Schlachten gezogen, und mehr als eine war ihm aussichtsloser erschienen als die, die ihnen jetzt bevorstand. Und trotzdem. Irgendetwas war dieses Mal anders.

»Es wird allmählich Zeit für deine Gebete, Andrej.«

Andrej starrte Urd genauso verblüfft an wie alle anderen auch, aber sie nickte nur bekräftigend und fuhr leicht tadelnd fort: »Abu Dun hat mir extra aufgetragen, dich daran zu erinnern. Er ist schon vorausgegangen, um alles vorzubereiten.«

»Aha«, sagte Andrej. Dann begriff er und stand auf.

»*Gebete*?«, wunderte sich Thure. »Hast du nicht gesagt, dass du nicht an die Götter glaubst?«

»Das ist wahr«, antwortete Andrej und schob den Schemel dennoch zurück, um vollends aufzustehen. Er fiel polternd um. »Nenn es eine innere Übung, um den Geist zu disziplinieren. Abu Dun und ich vollziehen sie stets am Vorabend einer Schlacht ... aber das Wort *Gebete* macht es leichter. Es spart eine Menge umständlicher Erklärungen.« *Wie diese zum Beispiel.*

Thure sah einen Moment lang ganz so aus, als dächte er angestrengt darüber nach, ob diese Worte eine verkappte Beleidigung enthielten, beließ es aber dann bei einem verächtlichen: »Dann sehen wir uns morgen. Wir laufen bei Sonnenaufgang aus.«

Jemand machte eine Bemerkung, die Andrej nicht genau verstand, aber ein mehrstimmiges raues Gelächter zur Folge hatte, und er wandte sich endgültig ab und ging. Er konnte hören, wie ein zweiter Schemel zurückgeschoben wurde und ihm schnelle Schritte folgten, ging aber nur noch rascher und blieb erst stehen, nachdem er das Haus verlassen und die Tür hinter sich zugezogen hatte. Sie wurde nur einen Moment später wieder geöffnet, und er hörte ein leises Klingen wie von einem weit entfernten, eisernen Glockenspiel.

»Danke, dass du mich gerettet hast«, sagte er, ohne sich umzudrehen.

»Ich hatte den Eindruck, dass es nötig war.« Urd trat an seine Seite und blickte einen Moment schweigend auf das Meer hinaus. Die Nacht war so dunkel, dass es keinen Unterschied mehr zwischen Himmel und schwarz daliegendem Ozean mehr gegeben hätte, wären da nicht die mehr als zwei Dutzend Schiffe gewesen, die hinter dem hölzernen Steg vertäut waren. Das Dorf war nicht einmal groß genug, um die beinahe achthundert Krieger aufzunehmen, die in den letzten Tagen angekommen waren. Tagsüber hielten sich die Männer meist im nahen Wald auf oder verteilten sich überall auf der Insel (was den ohnehin kärglichen Wildbeständen vermutlich nicht guttat, dachte er), aber nun hatten sich alle Männer wieder auf die Schiffe zurückgezogen, vermutlich um morgen früh sofort bereit zum Aufbruch zu sein. Angesichts der fortgeschrittenen Stunde schliefen die meisten von ihnen sicher längst, aber trotzdem brannten überall auf den Schiffen kleine Feuer; als wären die Sterne, die er oben am Himmel vergebens suchte, auf das Meer heruntergefallen und versuchten es nun an unzähligen Stellen in Brand zu setzen.

Das einzige Schiff, das nahezu taghell erleuchtet war, war die *Fenrir*. Überall an Deck des schlanken Drachenbootes brannten Fackeln und lodernde Kohlepfannen, und trotz der späten Stunde mussten es mindestens zwei, wenn nicht drei Dutzend Männer sein, die an Deck des Schiffes sägten, hämmerten, bohrten, teerten und takelten. Andrej konnte nicht im Einzelnen erkennen, was die Männer taten, aber er zweifelte nicht daran, dass sie ihr Äußerstes gaben, um Thures Befehl auszuführen und das Schiff bis zum nächsten Sonnenaufgang wieder seetüchtig zu machen.

Er wusste nicht, ob er sich wünschen sollte, dass es ihnen auch gelang.

»Was war da drinnen los mit dir, Andrej?«, fragte Urd unvermittelt, nachdem sie eine Weile schweigend nebeneinandergestanden und das Schiff angestarrt hatten. »Wüsste ich es nicht besser, dann würde ich beinahe glauben, du hast Angst vor dem Kampf.«

Andrej sah stirnrunzelnd auf sie hinab. Urd schüttelte rasch den Kopf und fügte hinzu: »Wie ich schon sagte: Wüsste ich es nicht besser.« Bisher hatte sie einen Abstand von einer Armeslänge zu ihm gehalten, als spüre sie mit einem Male eine Entfernung zwischen ihnen, die sie nicht unaufgefordert zu überwinden wagte. Jetzt kam sie näher, schlang den Arm um seine Taille und schmiegte den Kopf an seine Schulter.

Andrej zögerte – selbst für sein eigenes Empfinden – einen winzigen Moment zu lange, die Geste zu erwidern und endlich die Hand vom Schwertgriff zu lösen, den er die ganze Zeit, ohne sich dessen bewusst zu sein, fest umklammert hatte, und den Arm um ihre Schulter zu legen. Er hoffte, dass sie es nicht bemerkt hatte, wusste aber, dass dieser Wunsch nicht in Erfüllung gehen würde. »Ich war nie ein Mann großer Worte, weißt du?«, sagte er schließlich.

»Ach?«, neckte Urd ihn, »und ich dachte, der schweigsame Große bei euch wäre Abu Dun.«

»Ich meinte *solcher* Worte.« Andrej machte eine Kopfbewegung auf die Tür, die Urd beim Verlassen des Hauses hinter sich geschlossen hatte. »Ich bin kein Feldherr.«

»Aber du bist ein großer Krieger.«

Andrej war nicht ganz sicher, wie diese Worte gemeint waren. Manchmal machte es die spöttisch-herausfordernde Art Urds schwer, sie zu verstehen. Vorsichtshalber antwortete er so, als wären sie ernst gemeint. »Ich habe eine Menge Schlachten geschlagen, wenn du das meinst. Aber ich bin kein Stratege. Ich habe nie begriffen, welchen Reiz es hat, mit Menschenleben zu jonglieren wie mit Spielfiguren auf einem Brett. So etwas überlasse ich lieber anderen.«

»Wie meinem Bruder?«

»Das kommt ganz darauf an, welchen von beiden du meinst«, antwortete Andrej, und nun meinte *er* die Worte ernst. »Ich werde nicht schlau aus Björn.«

»Weil er so anders ist als Thure?«

»Als wir uns auf der verbotenen Insel begegnet sind, hatte ich nicht diesen Eindruck«, antwortete Andrej. Er nahm den Arm von ihrer Schulter, aber nur, um ihr ins Gesicht blicken zu können. »Eigentlich war *er* es, der Abu Dun und mich am liebsten ohne weitere Umstände am nächsten Baum aufgehängt hätte ... hätte es dort einen gegeben.«

Urd lachte, aber ihre Augen blieben ernst. »Ja, das passt zu ihm.« Einen halben Atemzug lang amüsierte sie sich unverhohlen über seinen fragenden Ausdruck, dann fuhr sie etwas ernster fort: »Er versucht immer, sich härter zu geben, als er ist ... wenigstens, solange Thure in der Nähe ist.«

»Um ihn zu beeindrucken?« Andrej machte ein zweifelndes Gesicht. »Aber er ist der Ältere.«

»Und Thure war schon immer der Stärkere von beiden, nicht nur an Muskelkraft. Solange ich mich erinnern kann, hat er Björn damit gereizt, unentwegt zu behaupten, dass er eigentlich der Ältere und Björns vermeintliches Recht des Erstgeborenen nichts als eine Verwechslung ist. Ein Irrtum – oder Mitleid, das meine Mutter überkommen haben muss, als sie dieses schwächliche kleine Kind neben dem kräftigen Knaben gesehen hat, als der er zur Welt gekommen ist. Und er hat auch immer wieder behauptet, dass der Thron unseres Vaters eigentlich ihm zustünde.« Sie schwieg einen ganz kurzen Moment und sagte dann etwas, das Andrej überraschte. »Vielleicht hat er damit sogar recht.«

»Weil er wirklich der Erstgeborene ist?«

»Nein.« Urd schüttelte so heftig den Kopf, dass ihr Kettenhemd klimperte. »Ich meine: Ich war nicht dabei, aber meine Mutter hat mir immer wieder versichert, Björn wäre zuerst auf die Welt gekommen, und Werdandi sagt dasselbe. Warum sollten sie lügen? Vor allem, wo selbst meine Mutter insgeheim der Meinung ist, Björn wäre nicht zum König gemacht.«

»Traut sie es ihm nicht zu?«

»Oh, das ist es nicht«, widersprach Urd. Sie löste die Hand von seiner Taille und ging mit langsamen Schritten den abschüssigen Dorfplatz entlang, auf dem auch jetzt überall Lagerfeuer brannten, um die sich immer noch dick vermummte

Gestalten drängten, obwohl sie zum größten Teil kurz vor dem Erlöschen standen. Ihre Stimme wurde leiser. Vielleicht ging das, worüber sie sprachen, die anderen nichts an. Oder sie wollte nicht, dass sie hörten, dass sie mit *ihm* darüber sprach. »Björn ist vielleicht kein so gewaltiger Kämpfer wie Thure – wer ist das schon? –, aber er ist klug und besitzt einen großen Sinn für Gerechtigkeit. Wäre das alles, dann wäre er sicher ein besserer König als Thure.«

»Was spricht gegen einen klugen König, der noch dazu die Gerechtigkeit liebt?«, erkundigte sich Andrej.

»Nichts. Nicht, solange er nicht über ein Volk wie das unsere herrscht. Das Leben hier ist hart, Andrej. Viel härter, als du glaubst. Manchmal zwingt es uns, ungerechte Entscheidungen zu treffen. Mein Vater hat Dinge tun müssen, für die er sich selbst gehasst hat. Und auch Björn wird das eines Tages tun müssen, um das Überleben unseres Volkes zu sichern. Ich weiß nicht, ob er es kann. Wahrscheinlich wird er daran zerbrechen.«

»Warum gibt er die Krone nicht an seinen Bruder weiter?«, fragte Andrej. »Ich meine: Das ist nach euren Gesetzen doch möglich, oder?«

Urd nickte. Sie hatten die Hälfte des Dorfplatzes überquert und wieder blieb sie stehen. »Ich glaube, er täte nichts lieber als das«, sagte sie. »Doch du warst dabei, Andrej. Es war der letzte Wunsch unseres Vaters, dass Björn sein Nachfolger wird, nicht Thure. Und er respektiert seinen letzten Wunsch. Ebenso wie wir alle. Auch, wenn viele überrascht über seine Entscheidung waren.«

»Vielleicht hat sich euer Vater ja einen Nachfolger gewünscht, der nicht ganz so schnell mit dem Schwert bei der Hand ist«, vermutete Andrej. Die Worte taten ihm augenblicklich leid, aber Urd nickte zu seiner Überraschung.

»Ja, vielleicht. Aber das war vor dem Überfall.« Sie überlegte einen kurzen Moment. »Wer weiß ... vielleicht, wenn dieser Wahnsinn hier vorbei ist, und wir dann noch am Leben sein sollten ...« Sie zuckte mit den Achseln. »Vielleicht gibt er die Krone dann an Thure weiter. Es sollte mich nicht einmal wundern.«

»Oder ihr könnt endlich ein Leben führen, in dem ihr euch einen friedliebenden König leisten könnt.«

Urd sah ihn so verdutzt an, als hätte er unerwartet etwas sehr Dummes gesagt, ging aber nicht weiter auf seine Worte ein. Stattdessen drehte sie sich herum, machte aber nur einen einzelnen Schritt und blieb dann erneut stehen, um zum Meer hinunterzublicken. »Es liegt an der *Fenrir,* habe ich recht?«

»Was?« Andrej tat so, als habe er die Frage nicht verstanden.

»Dass du nicht an morgen denken willst. Du willst nicht mit diesem Schiff fahren.«

»Nein«, antwortete Andrej knapp. Auch er sah wieder zur *Fenrir* hin. Sie waren immer noch so weit entfernt, dass die Männer wie emsige kleine Ameisen wirkten, die auf einem brennenden Ameisenhügel herumeilten, und er nicht genau erkennen konnte, was sie im Einzelnen taten. Und es war ein verrückter Gedanke, aber für einen winzigen Moment glaubte er tatsächlich, eine dunkle, drohende Gestalt im Heck des Schiffes aufragen zu sehen, ein Schatten, der beinahe, aber eben doch nicht ganz menschlich war. Dann blinzelte er, und das Gespenst war verschwunden.

»Willst du mir erzählen, was ihr auf diesem Schiff erlebt habt?«, fragte Urd.

»Nein. Jetzt nicht.« *Und auch später nicht. Niemals.* Manche Dinge erwachten eben wieder zum Leben, wenn man über sie sprach.

»Es muss sehr schlimm gewesen sein«, sagte Urd, in einem Ton, der deutlich machte, dass sie keine Antwort erwartete. Mit einer plötzlichen Bewegung wandte sie sich um und deutete auf das kleine Haus, das Andrej trotz des furchtbaren

Platzmangels, der seit einigen Tagen im Dorf herrschte, immer noch für sich ganz allein hatte. Mit einem gezwungenen Lächeln sagte sie: »Aber ich will dich nicht aufhalten, Andrej. Schließlich musst du noch deine Gebete sprechen, oder welche Vorbereitungen ihr auch sonst am Abend vor der Schlacht zu tun habt.«

Andrej sah sie fragend an. In ihrer Stimme lag ein Klang, der ihn verwirrte.

»Die Krieger hierzulande haben auch eine Sitte, was den letzten Abend vor der Schlacht angeht«, fuhr sie fort. »Es ist eine sehr alte Sitte, musst du wissen. Eigentlich halten sich alle daran.«

Andrej begriff nur ganz allmählich. »Du bist verletzt.« Tatsächlich war Urd schon seit zwei oder drei Tagen nichts mehr von der nahezu tödlichen Wunde anzumerken, die sie davongetragen hatte. Dennoch hatte er es nicht gewagt, sie auch nur ein einziges Mal zu berühren.

»So schlimm nun auch wieder nicht«, behauptete Urd. »Die Wunde heilt gut. Wenn du mir nicht glaubst, kannst du dich davon überzeugen.«

Und warum eigentlich nicht?, dachte Andrej. Es war gut möglich, dass sie sich nie wieder sahen nach diesem Abend. Er zögerte trotzdem. Nach allem, was geschehen war, kam ihm ihr Vorschlag irgendwie unpassend vor auch, wenn er selbst nicht sagen konnte, warum.

Aber er konnte sich lebhaft vorstellen, was Abu Dun zu solchen Überlegungen gesagt hätte, und das gab den Ausschlag. »Wer bin ich schon, gegen eure alten Sitten verstoßen zu wollen?«, fragte er. »Außerdem muss ich es auf diese Weise wenigstens nicht länger ertragen, dich in dieser albernen Verkleidung herumlaufen zu sehen.«

»Was für eine Verkleidung?«, fragte Urd mit gespielter Empörung. »Dir gefällt meine Rüstung nicht? Nun, dann wirst du wohl versuchen müssen, sie mir wegzunehmen.« Und damit fuhr sie auf dem Absatz herum und rannte davon, so schnell sie konnte – und in gerader Linie auf ihr Ziel zu, ohne Rücksicht darauf zu nehmen, dass sie dabei über ein gutes Dutzend Männer und zwei oder drei Lagerfeuer hinwegspringen musste. Andrej folgte ihr auf dieselbe Weise, und das absichtlich nicht schnell genug, um sie einzuholen, bevor sie das Haus erreicht hatte. Er tat so, als koste es ihn all seine Kraft, nicht weiter zurückzufallen.

Urd erreichte das Haus, riss die Tür auf und stürmte hindurch, um in der Dunkelheit zu verschwinden, und Andrej folgte ihr lachend.

Etwas polterte. Andrej meinte einen Schatten zu sehen, aber er war zu schnell, und schaffte es gerade noch, mit einem ungelenken Satz über Urd hinwegzuspringen, die reglos hinter der Tür lag.

Noch im Sprung zuckte seine Hand zum Schwert, und er versuchte so aufzukommen, dass er festen Stand hatte. Weder das eine noch das andere gelang ihm. Finger von übermenschlicher Stärke schlossen sich um sein Handgelenk und hielten es unerbittlich fest, und er sah ein bärtiges, von weißem Haar eingerahmtes Gesicht vor sich, das nur ein Auge hatte. Wo das andere sein sollte, befand sich ein helles Narbengeflecht von der Form einer Krähe.

Verzweifelt versuchte er sich loszureißen und mit der freien Hand zuzuschlagen, doch den Kräften des einäugigen Gottes hatte er nichts entgegenzusetzen. Odin wischte seinen Arm mit einer spielerischen Bewegung zur Seite, stieß ihn so wuchtig gegen die Wand, dass ihm die Luft aus den Lungen gepresst wurde, und versetzte ihm dann einen Schlag mit dem Handrücken, der ihm nahezu das Bewusstsein raubte.

Vielleicht war es nur die Angst um Urd, die ihm die Kraft gab, die Schwärze noch einmal zurückzudrängen. Seine Knie begannen, unter dem Gewicht seines Körpers nachzugeben. Alle Kraft wich aus seinen Gliedern, und er sackte haltlos an der Wand entlang zu Boden, als Odin auch seinen Arm losließ und einen Schritt zurücktrat. Die Schwärze wollte wiederkehren, und er spürte plötzlich, dass es nicht nur der grausam harte Schlag gewesen war, der ihn getroffen hatte. Etwas ... *berührte ihn*, tief am Grunde seiner Seele, suchte und tastete und begann das Leben aus ihm herauszureißen, schnell, schmerzlos und mit einer beiläufigen Kraft, der er nichts entgegenzusetzen hatte.

Es war nicht das erste Mal, dass Andrej einem Unsterblichen gegenüberstand, der versuchte, sein Leben zu nehmen, aber nie zuvor war er auf einen Gegner von solch überlegener Stärke gestoßen. Er versuchte sich zu wehren, kämpfte mit aller Kraft, die er in sich fand, doch es war, als versuche er mit bloßen Händen den Sturm aufzuhalten. Seine körperlichen Kräfte versiegten, und nur einen Moment später auch alle anderen.

Dann hörte es auf.

So plötzlich, wie die unsichtbare Hand in ihn hineingegriffen und ihn seiner Lebenskraft beraubt hatte, zog sie sich auch wieder zurück. Vor seinen Augen wogten noch immer schwarze Nebel, und er schmeckte den bitteren Geschmack des Todes auf der Zunge, doch Odin verzichtete darauf, ihm auch noch das letzte bisschen Kraft zu nehmen. Stattdessen hörte Andrej, wie er einen weiteren Schritt zurücktrat. Etwas raschelte. Vielleicht hörte er ein Stöhnen. Urd.

Diesmal war es der Gedanke an sie, der ihn dazu brachte, noch einmal den Kopf zu heben und die Augen zu öffnen. Mehr konnte er nicht.

Und dann wünschte er sich, er hätte nicht einmal das gekonnt.

Odin hatte das bewusstlose Mädchen aufgehoben und trug es wie ein schlafendes Kind in den Armen. Er sah mit einem kalten Lächeln auf Andrej herab.

»Wenn du ... ihr etwas antust, dann –«

»– wirst du mich umbringen?«, fiel ihm Odin ins Wort. Er zog eine Grimasse. »Mach dich nicht lächerlich, Andrej. Ich habe dich gewarnt.«

»Sie hat nichts damit zu tun«, hörte sich Andrej selbst stammeln. »Wenn du jemanden töten willst, dann mich.«

»Wie edel«, sagte Odin spöttisch. »Ja, ich muss gestehen, für eine kurze Weile habe ich mit dem Gedanken gespielt ... aber das wäre nicht richtig. Du hast recht, weißt du? Sie trifft keine Schuld. Sie am allerwenigsten.«

»Dann lass sie gehen«, flehte Andrej. Mit verzweifelter Macht versuchte er aufzustehen, doch je mehr er sich bemühte, in sich noch ein winziges Quäntchen Kraft zu finden, desto schwächer schien er zu werden. Die Schwärze kehrte abermals zurück, und jetzt auf eine Art, die ihn spüren ließ, dass er sie nicht noch einmal würde besiegen können.

»Mach dir keine Sorgen um sie, Andrej«, sagte Odin. »Ihr wird nichts geschehen. Wenn du sie zurückhaben willst, dann weißt du, wo du mich findest.«

Seine Gestalt begann vor Andrejs Augen zu verschwimmen. Er ahnte mehr, als er sah, wie Odin sich herumdrehte und zur Tür ging. Die schwarze Woge in seinem Inneren wurde zu einer Sturmflut, die brüllend heranraste, sich immer höher und höher türmte ...

Dann nichts mehr.

Ein brennender Schmerz auf der linken Wange weckte ihn, nur einen Moment später gefolgt von einem noch heftigeren auf der anderen. Etwas dröhnte, und er hatte den Geschmack seines eigenen Blutes auf der Zunge.

Als Abu Dun ihn zum dritten Mal ohrfeigte, schlug Andrej die Augen auf und hielt sein Handgelenk fest. »Es ist gut«, sagte er mit schwerer Zunge. Alles drehte sich um ihn. Er war benommen und hatte im ersten Moment weder eine

Erinnerung, wo er war, noch was geschehen sein mochte. In ihm war nur ein Gefühl nie gekannter Schwäche ... und eines schrecklichen Verlustes.

»Bist du wach?«, fragte Abu Dun misstrauisch.

»Ja«, antwortete Andrej. »Und ich würde es auch gerne noch eine Weile bleiben. Also hör auf, auf mich einzuprügeln.« Seine Zunge wollte ihm noch immer nicht richtig gehorchen, und auch die Benommenheit wich nur ganz allmählich. Er fühlte sich, als wäre er aus einem endlos langen Erschöpfungsschlaf erwacht, spürte aber auch, dass er nicht mehr als ein paar Augenblicke bewusstlos gewesen war. Seine Glieder fühlten sich an, wie mit Blei gefüllt, und auch da, wo seine Erinnerungen sein sollten, war noch immer nichts anderes als ein bodenloser schwarzer Abgrund. Und das Gefühl der Leere. Des Verlustes. Etwas ... war ihm genommen worden.

»Was ist passiert?« Abu Dun legte die Hand unter sein Kinn und zwang Andrej, ihn anzusehen. Er wollte diese Hand wegschieben, aber seine Kraft reichte nicht einmal, um den Arm zu heben.

»Ich hatte gehofft, dass du mir das sagen könntest«, nuschelte er. »Wie ... kommst du hierher?«

Einen Moment lang sah Abu Dun hilflos aus. Dann zuckte er mit den Achseln. »Ich dachte, ich hätte etwas gehört.« Dann verbesserte er sich. »Gespürt.«

»Gespürt?«, fragte Andrej.

»Ich ... hatte plötzlich das Gefühl, dass jemand hier wäre«, antwortete Abu Dun unbehaglich. »Jemand, der nicht hierher gehört.«

Und da war er einfach hierher gekommen? Andrej blickte ihn zweifelnd an, und Abu Dun hob plötzlich in einer abwehrenden Bewegung die Hand vor das Gesicht. »He, beschwer dich gefälligst nicht! Die beiden blonden Schönheiten wollten mir gerade eine alte Sitte ihres Volkes erklären. Wenn ich nicht –«

»Urd«, murmelte Andrej, und erst, als er ihren Namen aussprach, kehrten die Erinnerungen zurück; zuerst die an ihr feines, blasses Gesicht, und dann die an das, was passiert war. Das Entsetzen war so groß, dass es ihn im ersten Moment lähmte.

»Urd?«, wiederholte Abu Dun. »Was ist mit –?«

»Odin«, sagte Andrej. »Er war hier. Er hat sie mitgenommen.«

Abu Dun starrte ihn eine volle Sekunde lang an, ohne dass sich in seinem Gesicht auch nur ein Muskel rührte. Dann nickte er bedächtig. »Wann?«, fragte er ruhig.

»Vor …« Andrej versuchte mit aller Macht, sich zu erinnern, gab dann aber auf. Er hob nur die Schultern.

»Und was genau hat er gewollt?«, fragte Abu Dun.

Andrej versuchte zu antworten, aber er konnte es nicht sofort. Seine Erinnerung schien ihm nicht mehr gehorchen zu wollen. Da war nur ein sonderbar vager Schmerz in ihm, den er nicht wirklich greifen konnte, der aber zugleich auch so schrecklich war, dass er schier unerträglich schien.

»Andrej?« Abu Duns Stimme klang besorgt.

»Ich …« Andrej schüttelte zwei-, dreimal den Kopf, um die Benommenheit endgültig loszuwerden, und versuchte aufzustehen. Er war so schwach, dass es ihm nur mit Abu Duns Hilfe gelang. Wie durch einen verschwommenen, rauschenden Nebel hindurch registrierte er, dass sich der Nubier noch einmal bückte und sein Schwert aufhob. Andrej erinnerte sich nicht einmal, es gezogen zu haben. Eigentlich war er sogar sicher, es nicht getan zu haben. Während er die Waffe entgegennahm (sie kam ihm plötzlich so schwer vor, dass er sie am liebsten mit beiden Händen gehalten hätte) und umständlich einsteckte, versuchte er mit aller Gewalt, Ordnung in das Chaos hinter seiner Stirn zu bringen. Alles ging durcheinander. Die Ereignisse schienen nicht in der richtigen Reihenfolge in seinem Gedächtnis abgelegt zu sein.

Das Einzige, woran er sich klar erinnerte, war Urds totenbleiches Gesicht.

»Wieso sie?«, fragte Abu Dun.

»Weil er mich will«, hörte Andrej sich sagen. Immer noch musste er die Worte erst aussprechen, um sich an die Geschehnisse zu erinnern. Was immer Odin mit ihm getan hatte – er hatte ihm mehr genommen als nur einen Teil seiner Lebenskraft. Einen halben Atemzug lang lauschte Andrej mit klopfendem Herzen in sich hinein. Das Ungeheuer schwieg. Es war noch da, aber so schwach wie er selbst und zu Tode verängstigt, keine brüllende Bestie, die unentwegt an ihren Ketten zerrte und mit harten Krallen an der Tür zu ihrem Verließ riss und scharrte, sondern ein wimmerndes Etwas, das sich in einen finsteren Winkel verkrochen hatte, um nicht gesehen zu werden.

»Ist alles in Ordnung?«, fragte Abu Dun noch einmal. Er klang besorgt.

»Ja.« Andrej schüttelte den Kopf. »Ich muss ... gehen.«

»Aha«, sagte Abu Dun. Als Andrej an ihm vorbeigehen wollte, stupste er ihn leicht mit dem Zeigefinger an, und Andrej stolperte zurück gegen die Wand und brauchte all seine Willenskraft, um nicht erneut in die Knie zu sinken. »Ja, du machst mir auch ganz den Eindruck, als wärest du auf einen Kampf mit einem Gott vorbereitet.«

»Lass mich«, protestierte Andrej, »Ich muss zu ihm. Er hat Urd.«

»Zweifellos hat er sie, und zweifellos wirst du sie ihm wieder wegnehmen. Und ich werde dich begleiten ... wenn du mir sagst, was du vorhast. Oder willst du einfach blindlings in eine Falle stolpern?«

Nichts anderes hatte er von dem Nubier erwartet. Umgekehrt hätte er ihm vermutlich ganz dasselbe vorgehalten. Trotzdem spürte Andrej, dass Abu Dun sich irrte. Wäre es sein Tod gewesen, den Odin wollte, dann würden sie dieses

Gespräch jetzt nicht mehr führen können. »Ich muss allein gehen. Er hat gesagt, dass –«

»Papperlapapp!«, unterbrach ihn Abu Dun. »Du hast genau zwei Möglichkeiten, Hexenmeister: Du gehst *mit* mir, oder ich gehe allein. Wo sollst du ihn treffen?«

Das hatte er nicht gesagt, aber Andrej war trotzdem sicher, es zu wissen. Er sah nur zur Tür, Abu Dun gab sich damit zufrieden und ließ die flache Hand auf den Schwertgriff klatschen. Andrej wollte noch einmal aufbegehren, sparte sich aber dann den Atem. Abu Dun würde sich sowieso nicht davon abbringen lassen, ihn zu begleiten, und insgeheim war er mehr als froh darüber. Umgekehrt hätte er nicht anders als sein Freund gehandelt.

»Dann gehen wir«, sagte er matt.

»Bist du sicher, dass ich dich nicht tragen soll?«, spöttelte Abu Dun. Noch bevor Andrej etwas erwidern konnte, wurde er wieder ernst und wiederholte seine Frage: »Fühlst du dich auch wirklich kräftig genug?«

Natürlich nicht. Aber Andrej wusste, dass seine Kräfte schon bald zurückkehren würden. Statt zu antworten, stieß er sich nur müde von der Wand ab und ging noch einmal zur Tür. Diesmal versuchte Abu Dun nicht, ihn zurückzuhalten, sondern runzelte missbilligend die Stirn und schloss sich ihm schweigend an.

Draußen schien keine Zeit vergangen zu sein. Der Anblick des Dorfplatzes hatte sich nicht im Geringsten verändert, und auch vom Deck der *Fenrir* wehten noch immer emsige Arbeitsgeräusche herauf. Auch ohne Abu Duns Worte wäre ihm klar gewesen, dass nur wenige Augenblicke vergangen sein konnten. Und offensichtlich war der Nubier auch der Einzige gewesen, der von dem Zwischenfall etwas bemerkt hatte. Wenn auch nicht alle, so schliefen die allermeisten, die er sah, und mit Ausnahme des Langhauses brannte auch in keinem einzigen Gebäude mehr Licht. Trotzdem blieb Andrej nach zwei Schritten noch einmal stehen und deutete mit dem Kopf zu Abu Duns Unterkunft hin.

»Denk dir irgendeine Ausrede für die beiden Mädchen aus. Ich möchte nicht, dass uns jemand folgt.«

Gehorsam wandte sich der Nubier um, blieb aber nun seinerseits stehen. »Wir treffen uns auf der Lichtung. Ich mache einen kleinen Umweg, also lass dir ein wenig Zeit, und …« Er runzelte die Stirn, maß Andrej mit einem langen, besorgt-kritischen Blick und setzte neu an. »Oder geh einfach so schnell, wie du kannst. Ich bin wahrscheinlich sowieso eher dort.«

Und auch damit hatte er vermutlich recht, dachte Andrej. Er hatte sich nicht getäuscht: Seine Kräfte kehrten bereits zurück, aber er fühlte sich trotzdem schrecklich schwach und müde. Wenn Thure und Osrik ihn in diesem Moment sähen, würden sie es sich vielleicht noch einmal überlegen, an seiner Seite in den Krieg gegen die Götter zu ziehen.

Niemand nahm von ihm Notiz, als er das Dorf durchquerte und Richtung auf den Bach nahm. Hier und da hob sich ein Kopf oder ein müdes Augenpaar blinzelte ihn an, die meisten Männer aber schliefen und versuchten, dem Rest der Nacht noch ein wenig Schlaf abzuringen, und selbst wer ihn erkannte, konnte nicht wissen, wohin oder gar weshalb er unterwegs war. Dennoch sah Andrej sich unentwegt unauffällig um und lauschte aufmerksam, und er beschleunigte seine Schritte erst wieder ein wenig, als er das Dorf hinter sich gelassen und den schmalen Trampelpfad erreicht hatte, der zur Quelle hinaufführte.

Er brauchte deutlich länger, als er erwartet hätte, und obwohl seine Kräfte jetzt immer schneller zurückkehrten, musste er einen Moment innehalten und nach Atem ringen. Die Temperaturen waren noch einmal weiter gefallen. Die Luft strich über sein Gesicht wie unsichtbares Eis, und sein Atem erschien als grauer Dampf vor seinen Lippen. Während er darauf wartete, dass sich sein hämmernder Pulsschlag wieder beruhigte, suchte sein Blick die Baumwipfel ab. Schatten bewegten sich darin, der Wind spielte raschelnd mit Laub, aber mehr konnte er dort nicht entdecken. Hatte er sich getäuscht, und Odin erwartete ihn an einem anderen Ort?

Aber er hätte nicht gewusst, wo.

Nach einer Weile gab er das sinnlose Grübeln auf und setzte seinen Weg fort, allerdings sehr viel langsamer, als er es gekonnt hätte, um Abu Dun auf diese Weise Gelegenheit zu geben, die Lichtung im großen Bogen zu umgehen und sich ihr von der anderen Seite zu nähern, aber auch sich selbst, um seine Kräfte zu erneuern. Andrej machte sich nichts vor – er hatte gerade am eigenen Leib gespürt, wie entsetzlich stark der Unsterbliche war. Aber Stärke war nicht alles. Odin wusste, wie hoffnungslos überlegen er ihm war, aber er wäre nicht der Erste seiner Art, dem gerade das Wissen um seine Überlegenheit zum Verhängnis wurde. Wenn er Urd etwas angetan hatte, dann *würde* er ihn töten, selbst wenn es sein eigenes Leben kostete.

Die Wolkendecke riss (gewiss nicht zufällig) auf, als er die Lichtung erreichte und zwischen den letzten Bäumen hervortrat, und er spürte die Anwesenheit des Unsterblichen einen halben Atemzug, bevor er ihn sah; ein eisiger Hauch, der seine Seele berührte und ein Gefühl unerhörten Alters und unersättlicher Gier zurückließ. Der weißhaarige Gott stand auf der anderen Seite der kleinen Lichtung, dicht am Waldrand, und ein Schatten bewegte sich hinter ihm, riesig und formlos und zu groß, um vom Unterholz noch verborgen zu werden.

»Du bist also wirklich gekommen. Ich habe mich nicht in dir getäuscht.« Odin klang zufrieden, beinahe erleichtert, dachte Andrej. Aber er war nicht in der Stimmung, dem Unsterblichen auch nur einziges positives Gefühl zuzubilligen.

»Wo ist sie?«, sagte er.

Odin deutete auf den Boden zu seinen Füßen, und Andrej

erkannte erst jetzt den reglosen Körper, der dort im nassen Gras lag. Während er rasch über die Lichtung eilte, tastete er nach Urds Lebensflamme und stellte mit einem Gefühl unendlicher Erleichterung fest, dass sie ruhig und kraftvoll brannte. Zumindest hatte Odin ihr nicht dasselbe angetan wie ihm.

»Das reicht«, sagte Odin, als Andrej bis auf drei oder vier Schritte herangekommen war.

Er blieb gehorsam stehen, blieb aber auch weiter angespannt. Seine Hand lag auf dem Schwertgriff, doch er hatte nicht vor, die Waffe zu benutzen. Sollte Odin es ruhig glauben. »Also, ich bin hier«, sagte er noch einmal. »Jetzt lass sie gehen.«

»Ich hatte nie vor, irgendetwas anderes zu tun«, antwortete Odin. Andrej war jetzt nahe genug, um sein Gesicht erkennen zu können, und was er darin las, schien die Worte des Weißhaarigen zu bestätigen. »Ich wollte nur sichergehen, dass du auch allein kommst …« Er lächelte flüchtig. »Oder doch zumindest nur in Begleitung deines schwarzen Freundes, der dort hinten im Gebüsch lauert und glaubt, ich hätte ihn nicht bemerkt.«

Andrej schwieg, aber auf der rechten Seite der Lichtung raschelte es im Unterholz, und als er den Kopf wandte, sah er, wie Abu Dun aus seinem Versteck heraustrat und mit weit ausgreifenden Schritten auf sie zukam. Er hatte den gewaltigen Krummsäbel gezogen, und auf seinem Gesicht war nichts als grimmige Entschlossenheit.

»Du kannst die Waffe wegstecken, mein Freund«, sagte Odin. Er klang leicht amüsiert. »Ich bin nicht hier, um mit euch zu kämpfen.«

»Aber vielleicht sind wir mit dieser Absicht gekommen«, grollte Abu Dun. Mit raschen Schritten trat er neben Andrej und dann wieder ein Stück zur Seite, sodass sie den Weißhaarigen von zwei Seiten angreifen konnten, sollte es nötig sein. »Was willst du?«

»Dich kennenlernen?«, fragte Odin. In seinem einzelnen Auge glitzerte es amüsiert. »Ich habe schon eine Menge über dich gehört, Abu Dun. Wie ich sehe, war nur sehr wenig davon übertrieben.«

»Dann hoffe ich für dich, dass man dir auch das Richtige erzählt hat.« Abu Dun deutete mit dem Säbel auf das bewusstlose Mädchen. »Du wirst sie gehen lassen. Sofort.«

»Du hast tatsächlich ein so großes Herz, wie man es behauptet, Abu Dun«, erwiderte Odin, schüttelte aber auch rasch den Kopf, als der Nubier etwas darauf sagen wollte. »Und ich hoffe, du bist auch so klug, wie man es behauptet.«

»Klug genug immerhin«, antwortete Abu Dun, »um mich nicht von ein bisschen Hokuspokus und ein paar geschliffenen Worten beeindrucken zu lassen. Wer bist du? Was willst du von uns?«

Andrej machte eine besänftigende Geste, und der monströse Schatten hinter Odin bewegte sich leicht. Etwas wie ein modriger Geruch wehte aus dem Wald heraus und verschwand dann wieder. »Nicht, Abu Dun«, sagte er.

Odin schien nichts dagegen zu haben, also machte er einen weiteren vorsichtigen Schritt, dann noch einen und ließ sich schließlich neben Urd in die Hocke sinken. Ihr Gesicht war sehr blass, und das kalte Licht der Sterne und des nahezu zur Gänze gerundeten Mondes überzog es mit einer Schicht aus glitzerndem Silber und schien ihm so auch noch das letzte bisschen Leben zu nehmen. Aber als er die Hand ausstreckte und ihren Hals berührte, spürte er das ruhige Schlagen ihres Herzens.

»Keine Angst, Andrej«, sagte Odin. Andrej war ihm jetzt so nahe, dass er ihn mit dem ausgestreckten Arm berühren konnte. Eine blitzartige Bewegung, ein Sprung, der selbst für die übermenschlich schnellen Reflexe des Unsterblichen zu viel sein musste … Er schüttelte den Gedanken ab, und Odin fuhr fort: »Ich habe ihr nichts getan. Und sie ist sehr stark.« Das schien ihn beinahe zu amüsieren, denn er lächelte plötzlich und sah Andrej erwartungsvoll an. Als er keine Antwort bekam, wurde sein Blick noch spöttischer. »Ist dir denn wirklich nie etwas an ihr aufgefallen, Unsterblicher?«

Andrej blickte ihn einen Moment lang verständnislos an, sah dann wieder auf Urd hinab und dann noch einmal in Odins Gesicht, und schließlich erhob er sich wieder und trat einen halben Schritt zurück. Seine Hand umfasste den Schwertgriff fester. »Du willst nicht sagen, dass –«

»Sie könnte eine von uns werden«, unterbrach ihn Odin. »Noch ist sie eine Sterbliche, aber die Frauen in ihrer Familie waren schon immer etwas Besonderes.«

»Du meinst, sie … könnte so werden wie wir?«, murmelte Andrej. Warum erstaunte ihn das? Er hatte Skuld kennengelernt, und die alte Werdandi, und auch wenn er das Gefühl damals vielleicht nicht richtig gedeutet hatte, so hatte er doch sofort gespürt, dass irgendetwas an diesen beiden Frauen nicht so war wie an allen anderen. Trotzdem fuhr er fort: »Aber sie ist eine Sterbliche!«

»Das warst du auch einmal, wenn ich mich richtig erinnere«, antwortete Odin amüsiert und fügte mit einem Seitenblick auf Abu Dun hinzu: »Genau wie du.«

»Was soll das heißen?«, fragte Abu Dun.

»Unser Erbe ist stark in manchen Sterblichen«, antwortete Odin. »Nicht in allen. Nur in sehr wenigen, um genau zu sein. Aber manche haben die Kraft, den nächsten Schritt zu tun.« Etwas … veränderte sich in seinem Blick, als er sich wieder ganz zu Andrej herumdrehte. Er wirkte weicher. »Du liebst dieses Mädchen. Du bist immer noch zu stolz, um es dir einzugestehen, und du glaubst immer noch, dass es ein verbotenes Gefühl ist.«

Andrej schwieg. Las der Unsterbliche seine Gedanken? Und wenn ja, warum quälte er ihn so?

»Du glaubst, dass dein Herz einer anderen gehört. Und du denkst, dass du sie betrügen würdest, wenn du dich deinen wahren Gefühlen hingibst. Aber das ist nicht wahr.« Er schien auf eine Antwort zu warten. Andrej schwieg weiter. »Es ist nicht unsere Art, Andrej, solche Dinge zu tun. Wir mischen uns nicht in die Leben der Sterblichen ein, und auch nicht in die Euren. Aber ich beobachte dich nun schon so lange, und du tust mir leid. Deshalb werde ich dir sagen, was mit deiner ersten großen Liebe geschehen ist.«

»Sie ist tot«, flüsterte Andrej. Die Worte schienen sich ihren Weg durch seine Kehle wie zerbrochenes Glas zu schneiden und hinterließen nichts als Schmerz.

»Ja«, bestätigte Odin. »Sie starb kaum eine Stunde, nachdem ihr euch das letzte Mal gesehen habt. Aber das letzte Wort, das über ihre Lippen kam, war dein Name.«

»Hör auf«, murmelte Andrej. »Ich ... ich will das nicht hören. Du lügst.«

»Du weißt, dass ich die Wahrheit sage«, antwortete Odin sanft. »Du hast jetzt lange genug um sie getrauert. Glaubst du, sie hätte gewollt, dass du dein Herz für die nächsten tausend Jahre in Stein verwandelst? Wenn du glaubst, dass sie dich wirklich geliebt hat, dann kannst du das nicht annehmen. Sie hätte gewollt, dass du weiterlebst.«

Also hatte er endlich Gewissheit. Andrej verspürte ein schreckliches Gefühl von Leere, aber auch noch etwas, das neu war und wofür er sich beinahe schämte: eine ganz allmählich erwachende, unendliche Erleichterung. Er wusste, dass der Unsterbliche die Wahrheit sagte. Tief in sich hatte er es seit einem Jahrhundert gewusst. Er hatte nur nie die Kraft gehabt, es sich einzugestehen.

»Nimm dieses Mädchen und geh deiner Wege, Andrej Delãny«, fuhr Odin fort. »Sie wird dir folgen, auch ohne dass ich es ihr befehle. Und du musst keine Angst davor haben, sie an deiner Seite älter werden und schließlich sterben zu sehen.

Sie wird eine von uns werden, wenn du es willst. Ich kann dir zeigen, wie du sie dazu machst.«

Alles in ihm schrie danach, dieses Angebot anzunehmen, aber seine Kehle war wie zugeschnürt. Maria war tot, und obwohl er es im Grunde schon seit so langen Jahren gewusst hatte, tat diese Erkenntnis entsetzlich weh. Er blickte wieder in Urds bleiches Gesicht hinab, und eine Welle von Zärtlichkeit überkam ihn, sodass er sich am liebsten zu ihr hinuntergebeugt, sie in die Arme geschlossen und an sich gepresst hätte, um sie nie wieder loszulassen. Ja, er könnte es tun. Er spürte, dass Odins Angebot ehrlich gemeint war. Er könnte sie nehmen und zusammen mit ihr und Abu Dun von hier fortgehen und ihr ein Leben schenken, das nach Jahrhunderten zählte, wenn nicht nach Jahrtausenden, statt nach so wenigen Sommern. Und zugleich war es ihm unmöglich. Jetzt, wo er wusste (und es sich endlich selbst eingestand), dass es Maria nicht mehr gab, wäre es ihm falsch vorgekommen, durch und durch schäbig, die Erinnerung an sie einfach abzuschütteln und Urd zu nehmen, wie ein neues Spielzeug, das man gegen ein Zerbrochenes eintauschte.

»Was willst du?«, fragte Abu Dun.

»Nichts«, antwortete Odin. »Nur, dass ihr geht. Mischt euch nicht in diesen Streit. Es ist nicht eurer.«

»Aber vielleicht wollen wir ihn ja dazu machen«, erwiderte Abu Dun.

»Dort unten sind mehr als achthundert Krieger versammelt«, antwortete Odin. Er klang noch immer beinahe nachsichtig, genau wie beim ersten Mal, als Andrej mit ihm gesprochen hatte, fast wie ein Vater, der geduldig ein ums andere Mal versuchte, seinem uneinsichtigen Kind etwas zu erklären. »Keiner von ihnen wird zurückkehren, wenn ihr sie tatsächlich in diesen Krieg führt. Ist euch das Leben der Sterblichen wirklich so wenig wert?«

»Wahrscheinlich mehr als dir«, erwiderte der Nubier scharf.

»Warum tust du nicht, was du uns gerade selbst geraten hast? Geh deiner Wege und lass die Menschen hier endlich in Frieden.«

Odin seufzte. »Du weißt nicht, worauf du dich einlässt. Möchtest du es sehen?«

»Warum eigentlich nicht?«, fragte Abu Dun, täuschte einen Schwerthieb an und warf sich gleichzeitig und mit weit ausgebreiteten Armen auf den Unsterblichen.

Odin war nicht mehr da, als Abu Dun mit einer Wucht im Gras aufprallte, als wäre der Mond vom Himmel gestürzt, aber damit hatte Andrej gerechnet und stürmte gleichzeitig los, riss sein Schwert aus dem Gürtel und führte einen wuchtigen Tritt nach dem Weißhaarigen aus. Sein Schwerthieb ging ins Leere, als Odin sich mit einer unvorstellbar schnellen Bewegung unter der Klinge wegduckte, aber sein Fußtritt traf und fegte ihm die Beine unter dem Leib weg. Odin stürzte, und Abu Dun rollte herum und schwang seinen Krummsäbel in einem gewaltigen, glitzernden Bogen nach seiner Kehle.

Andrej *sah* nicht einmal, wie der Unsterbliche seine Waffe zog, aber plötzlich hatte er die Klinge in der Hand, fing Abu Duns Schwerthieb ab und versetzte Andrej zugleich einen Tritt, der seinen Oberschenkel mit der Wucht eines Hammerschlages traf und ihn zurückstolpern ließ, bis er stöhnend auf ein Knie sank.

»Sleipnir!«, schrie Odin.

Und das Grauen brach aus dem Wald.

Andrej sah im ersten Moment nur etwas Riesiges, Schwarzes mit drahtigem Fell, wirbelnden Beinen und viel zu vielen starren Augen, die glotzten, und Zangen, die schnappten, scharf und gebogen wie die Klinge eines Krummsäbels. Etwas traf ihn mit unvorstellbarer Wucht, schleuderte ihn meterweit durch die Luft und ließ ihn mit solcher Gewalt zu Boden fallen, dass ihm beinahe die Sinne schwanden. Das Schwert entglitt seinen plötzlich kraftlosen Fingern, und etwas noch viel Grauenhafteres, entsetzlich *Gieriges* streifte seine Seele und begann alles darin auszulöschen, was jemals menschlich in ihm gewesen war.

»Halt!«

Selbst Odin Stimme drang nur noch wie durch einen dichten Vorhang aus Nebel und Pein an sein Gehör, aber er spürte, wie sich die grausame Macht – widerwillig – zurückzog und den Würgegriff um seine Seele lockerte. Einen Moment später zerrissen auch die blutigen Schleier vor seinen Augen, und er fand die Kraft, sich auf die Ellbogen hochzustemmen und sich dann ganz zu erheben.

Wenigstens versuchte er es, aber sein Bein gab unter dem Gewicht seines Körpers einfach nach, und er sank mit einem schmerzerfüllten Keuchen wieder zurück. Sein Oberschenkel war gebrochen. Stöhnend wälzte er sich herum, griff ganz instinktiv nach seinem Schwert und versuchte gleichzeitig, seine ganze Aufmerksamkeit auf die Verletzung zu richten.

Es gelang ihm, den Schmerz auszublenden, aber nicht, den zerbrochenen Knochen zu heilen. Etwas blockierte seine Kräfte, und er spürte eine ganz sachte, warnende Berührung derselben verheerenden Macht, die ihn gerade schon einmal in die Knie gezwungen hatte, und stellte seine Bemühungen erschrocken ein.

»Das war sehr dumm von deinem Freund«, sagte Odin kalt. »Von Abu Dun hätte ich nichts anderes erwartet … aber du?«

Andrej drehte sich mit zusammengebissenen Zähnen herum, und was er sah, war beinahe noch schrecklicher als die blitzartige Vision der Hölle, die er gerade erlebt hatte. Odin richtete sich gemächlich wieder auf und steckte sein Schwert ein. Abu Dun lag drei oder vier Meter neben ihm im Gras. Sleipnir drückte ihn mit zwei ihrer zahlreichen Beine zu Boden, und ihre schrecklichen Fänge schwebten nur eine halbe Handbreit über seinem Gesicht.

»Sleipnir, lass ihn los«, sagte Odin. Das groteske Monster zögerte einen Moment, kroch aber dann widerwillig und mit einem grässlichen Staksen rückwärts von der Brust des Nubiers herunter. Abu Dun rührte sich nicht, sondern blieb weiter wie tot liegen, und Odin ging zu Sleipnir, schwang sich mit einer kraftvollen Bewegung in ihren Nacken und griff nach einem Zügel, der aus dem schwarzen Fell ragte. Die grausamen Augen des Ungeheuers ließen Abu Dun keinen Moment los. Seine säbellangen Reißzähne zuckten enttäuscht.

»Jetzt wisst ihr, womit ihr es zu tun habt«, sagte Odin. Seine Hand berührte den Zügel kaum, aber Sleipnir setzte sich trotzdem in Bewegung, kroch über Abu Dun hinweg und dann auf Andrej zu, trügerisch ungelenk und langsam. Andrejs Herz schlug schneller. Der bloße Anblick reichte beinahe, um ihn zu lähmen, aber es war nicht die abgrundtiefe Hässlichkeit des gigantischen Geschöpfes, die ihm die Kehle zuschnürte. Es war das, was er *spürte*. Diese Kreatur war einfach *falsch*, ein Geschöpf, das nicht aus dieser Welt stammte und auch nicht hierher gehörte, und dessen bloßer Anblick töten konnte.

Odin brachte sein Grauen erregendes Reittier neben ihm zum Stehen und beugte sich vor, um ihm ins Gesicht zu sehen. Er lächelte dünn. »Glaubst du immer noch, dass deine Krieger dir folgen werden, wenn sie mein treues Schlachtross sehen?«, fragte er. »Ich habe es im Guten versucht, aber noch einmal warne ich euch nicht. Wenn diese Flotte morgen früh ausläuft, wird keiner von euch lebend zurückkehren.«

Und damit drehte er Sleipnir herum, und das achtbeinige Ungeheuer verschwand raschelnd im Unterholz. Für einen Moment schien noch ein unsichtbarer, erstickender Schatten zurückzubleiben, bis auch er verschwand.

Andrej kämpfte sich auf die Beine und benutzte das Schwert als Krücke, um mit zusammengebissenen Zähnen zu Abu Dun und Urd hinüberzuhumpeln. Sein erster Blick galt Urd, aber sie lag noch immer mit geschlossenen Augen da und hatte von den schrecklichen Geschehnissen anscheinend nichts mitbekommen. Wenigstens hoffte Andrej es.

Auch Abu Dun lag noch immer wie erstarrt, begann sich aber wieder zu regen, als Andrej neben ihn trat. Sein Gesicht war unter der schwarzen Haut grau vor Entsetzen.

»Alles in Ordnung?«, fragte Andrej.

Abu Dun reagierte nur mit einem bösen Blick und stemmte sich ächzend in die Höhe. Andrej widerstand dem Impuls, die Hand auszustrecken, um ihm auf die Beine zu helfen. Er wäre vermutlich selbst gestürzt.

»Was zur Hölle war das, Andrej?«, murmelte der Nubier. Seine Stimme bebte.

»Sleipnir«, antwortete Andrej. Er hatte plötzlich einen fauligen Geschmack im Mund und musste mehrfach schlucken, um weitersprechen zu können, und prompt wurde ihm ein wenig übel. »Hast du noch nie von Sleipnir gehört, Odins achtbeinigem Schlachtross?«

»Das war kein *Pferd*, Andrej. Das war eine verdammte *Spinne!*«

»Sag mir nicht, du hättest Angst vor Spinnen.«

»Nicht, solange sie nicht größer sind als ich.«

Abu Dun sah sich suchend um, bückte sich nach seinem Schwert und hob es auf. »Ich glaube es nicht«, fuhr er fort. »Ich habe das Biest gesehen, aber ich glaube es trotzdem nicht. Ich meine: So ein Tier kann es doch gar nicht geben!«

»So wenig wie einen Mann, der von einem Speer durchbohrt wird und weiterläuft, als wäre nichts geschehen?«, fragte Andrej.

Abu Dun dachte einen Moment lang über diese Worte nach und schüttelte dann entschieden den Kopf. »Das ist etwas anderes«, behauptete er. »Ein solches Geschöpf ist wider die Natur. Allah kann nicht wollen, dass so etwas existiert.«

»Dann sollten wir vielleicht dafür sorgen, dass sein Wille auch geschieht«, sagte Andrej.

Abu Dun sah ihn einen halben Atemzug lang durchdringend an, und dann schweigend in die Richtung, in der Odin und die gigantische Kreatur verschwunden waren. Schließlich steckte er sein Schwert ein und seufzte sehr tief. »Glaubst du, dass wir ihn besiegen können?«, fragte er.

Andrej hob nur die Schultern. Er war sehr sicher, dass sie es nicht konnten. Doch statt etwas zu sagen, ließ er sich neben Urd auf das unversehrte Knie sinken und berührte noch einmal ihre Stirn. Er hätte sie wecken können, aber er hoffte, dass sie das Bewusstsein nicht zurückerlangte, bevor sie wieder im Dorf waren.

»Wir könnten sein Angebot annehmen«, sagte Abu Dun nachdenklich. »Oder wenigstens auf seine Warnung hören.«

»Seit wann lässt du dich einschüchtern?«, fragte Andrej.

»Es kommt ganz darauf an, wie viele Beine derjenige hat, der mich einzuschüchtern versucht«, antwortete Abu Dun. »Und wie lang sie sind.« Er schüttelte den Kopf, als Andrej etwas sagen wollte. »Ich habe keine Angst. Aber können wir es schaffen?«

»Und seit wann stellst du solche Fragen?«

»Seit du so viel zu verlieren hast, Hexenmeister«, erwiderte der Nubier mit einem langen Blick auf das bewusstlose Mädchen.

»Sie darf nichts davon erfahren«, sagte Andrej. »Nichts von diesem Treffen, und nichts von dem, was Odin gesagt hat.«

»Aber du hast verstanden, was er sagte?«, vergewisserte sich Abu Dun. »Du weißt, was sie –«

»Ja«, unterbrach ihn Andrej, so scharf, dass Abu Dun schwieg und überrascht die Augenbrauen hochzog. Er beugte sich vor, versuchte Urd auf die Arme zu nehmen und zog hörbar die Luft zwischen den Zähnen ein, als in seinem Bein der Schmerz wütend explodierte. Es begann zu heilen, das spürte er, aber es ging sehr viel langsamer, als er es gewohnt war.

Er konnte nur hoffen, dass von dem, was Odin ihm angetan hatte, nichts zurückblieb.

Abu Dun schob ihn grob zur Seite, lud sich Urd ohne die geringste Mühe auf die Arme und maß ihn mit einem fragenden Blick. »Glaubst du, dass du es bis zum Dorf schaffst, oder soll ich euch beide tragen?«, fragte er durchaus ernst.

Andrej würdigte ihn nicht einmal einer Antwort, sondern kämpfte sich tapfer in die Höhe und humpelte mit zusammengebissenen Zähnen und schwer auf sein Schwert gestützt hinter ihm her.

Hätte Andrej an die Macht von Omen und schlechten Vorzeichen geglaubt, wären sie am folgenden Morgen vermutlich nicht ausgelaufen. Es begann damit, dass der Tag später anbrach als die vorherigen, sehr viel später. Die Dämmerung kroch grau und kalt über einen Horizont, der plötzlich unnatürlich weit entfernt zu sein schien, aber es war ein Sonnenaufgang ohne Sonne. Mit dem Tag war auch Nebel aufgekommen, der als nasser grauer Dunst über der Welt lag und den Morgen kälter werden ließ als die vorangegangene Nacht, und auch die Sonne löste sich zu einem verwaschenen, trübgelben Fleck auf, der keine spürbare Wärme und nicht einmal Licht spendete.

Andrej hatte – natürlich – keinen Schlaf mehr gefunden. Sein Bein schmerzte immer noch, hatte sich auf den Weg herab zum Dorf aber immerhin weit genug erholt, dass er ohne Hilfe gehen konnte, und er hatte die wenigen Stunden, die die Nacht noch gedauert hatte, damit zugebracht, an Urds Bett zu sitzen und sich den Kopf darüber zu zerbrechen, was er ihr wohl antworten sollte, wenn sie aufwachte und ihn fragte, was geschehen war.

Er wusste es nicht.

Vielleicht eine Stunde vor Sonnenaufgang war er noch

einmal kurz zu Abu Dun gegangen, hatte ihn aber zu seiner nicht geringen Überraschung schlafend und mit seinen beiden Eroberungen im Arm vorgefunden und war schon nach wenigen Augenblicken wieder zurück zu Urd gegangen ... um festzustellen, dass sie fort war. Das Bett war leer, und auch ihre Kleider waren verschwunden, als hätte sie nur darauf gewartet, dass er ging, um sich in aller Heimlichkeit davonschleichen zu können.

Einen Moment lang hatte er mit dem Gedanken gespielt, sie zu suchen, sich dann aber dagegen entschieden. Wenn sie zu ihren Brüdern gelaufen war, um ihnen von der vergangenen Nacht zu erzählen, war es ohnehin zu spät, und der Schaden bereits angerichtet. So hatte er beschlossen, dem Schicksal die Entscheidung zu überlassen, und sich geduldet, bis es draußen allmählich heller wurde und die Geräusche des erwachenden Dorfes ihm sagten, dass es an der Zeit war, an Bord zu gehen. Urd war nicht zurückgekommen, aber er gestattete sich das Gefühl der Enttäuschung nicht, das sich in ihm breitmachen wollte. Sie würde noch kommen, um sich zu verabschieden.

Und vielleicht wäre es sogar besser, wenn sie es nicht tat.

Er verließ das Haus, verbot sich auch einen sehnsüchtigen Blick zum Langhaus und schlenderte gemächlich zum Steg hinunter. Rings um ihn herum begann nicht nur das Dorf allmählich zu erwachen, auch auf den Schiffen brannten jetzt mehr und größere Feuer, und gedämpfte Stimmen und der Geruch von brennendem Holz und nassem Nebel wehten vom Meer herauf. Andrej überkam ein seltsames Gefühl, dass er nicht abschütteln konnte: Was, wenn Odin recht hatte? Vielleicht nicht alle, aber doch viele der Männer, an denen er vorüberging, würden nie wieder zurückkommen. Hatten sie wirklich das Recht, all diese Leben dem sicheren Untergang zu weihen?

Andrej zwang sich, nicht weiter darüber nachzudenken.

Odin war anscheinend nicht nur mit dem Schwert, sondern auch mit dem Wort ein höchst gefährlicher Mann, aber letzten Endes war das hier nicht *ihr* Krieg. Die Dinge nahmen auch ohne sie ihren Lauf. Selbst wenn Abu Dun und er jetzt klammheimlich verschwänden, würde die Flotte vermutlich trotzdem aufbrechen. Und die Chancen all dieser Männer, lebend zurückzukehren, stünden dann noch ungleich schlechter.

Der Gedanke hätte ihn aufmuntern sollen, aber er tat es nicht, sondern hinterließ einen schalen Nachgeschmack. Er klang zu sehr nach einer Ausrede, die er sich selbst zurechtgelegt hatte.

Er beschleunigte seine Schritte und ging hinunter zum Steg, ertappte sich auf dem Weg dorthin aber dabei, seinen Blick immer wieder über die Menge schweifen zu lassen und nach Urd Ausschau zu halten.

»Verliebter Dummkopf«, murmelte er. Vielleicht hatte er es auch nicht nur gemurmelt, denn der Mann, an dem er gerade vorbeiging, hob plötzlich den Kopf und sah ihn verwirrt an. Andrej schenkte ihm ein breites Grinsen, und der Tag ging so schlecht weiter, wie er angefangen hatte, denn draußen auf dem Meer erklang ein gellender Schrei, und Andrej rannte los, noch bevor er überhaupt begriffen hatte, woher er kam.

Natürlich von der *Fenrir*.

An Deck des Schiffes brannten noch immer ebenso viele Fackeln und Feuerstellen wie während der ganzen Nacht, und die Männer rannten ziellos durcheinander, nicht wie am vergangenen Abend, sondern aufgeregter und chaotischer. Eine der Gestalten brannte lichterloh.

Andrej sprang mit einem gewaltigen Satz auf das Deck des ersten Schiffes, setzte auf das nächste über und flankte mit einer kraftvollen Bewegung über die Schildreling der *Fenrir* und sah die lodernde Gestalt, die in diesem Moment auf der anderen Seite des Schiffes mit einem gewaltigen Platschen ins

Wasser sprang. Ohne nachzudenken, hetzte er hinter ihr her und sprang ebenfalls über Bord.

Das Wasser war so eisig, dass es ihn wie ein Faustschlag traf und er das Gefühl hatte, durch eine Glasscheibe gesprungen zu sein, die seinen Körper sofort mit tausend rasiermesserscharfen Klingen in Stücke zu schneiden begann. Einen Moment lang war er blind, und die grausame Kälte drohte seine Muskeln zu lähmen. Das schwere Kettenhemd und der Schild wollten ihn in die Tiefe ziehen, und für die Dauer von zwei oder drei unmöglichen Atemzügen musste er um sein eigenes Leben kämpfen, statt das des unglückseligen Mannes zu retten. Dann gelang es ihm, die Panik niederzuringen und wenigstens den schweren Schild abzustreifen, und noch bevor er auftauchte, bemerkte er im Augenwinkel einen Schatten und verzweifelte Bewegung. Mit zwei kräftigen Zügen schwamm er hin, bekam den zappelnden Mann zu fassen und ignorierte seinen Widerstand, der ohnehin bereits schwächer zu werden begann.

Als sie die Wasseroberfläche durchbrachen, klatschte ein Tau neben ihm ins Wasser. Andrej hielt den Mann nur noch mit einem Arm, drehte sich auf den Rücken und griff mit der frei gewordenen Hand nach dem Seil. Über ihnen wurden zwei der großen Schilde weggerissen, starke Arme streckten sich ihm entgegen und hoben den Mann aus dem Wasser. Noch stärkere (schwarze) Hände griffen nach Andrej und zogen ihn mit einem Ruck auf das Deck der *Fenrir* hinauf, und kräftige Arme fingen ihn auf, als er zusammenzubrechen drohte.

»Also mir war das Wasser zu kalt«, sagte Abu Dun und fügte ein gespieltes Schaudern hinzu. Aber sein Blick tastete sehr aufmerksam über Andrejs Gesicht, und er hielt sich bereit, sofort wieder zuzugreifen, sollte der abermals zusammenbrechen.

Sehr weit war Andrej auch nicht davon entfernt, so schwach

fühlte er sich. Seine Kleider hatten sich so mit Wasser vollgesogen, dass ihn schon ihr bloßes Gewicht zu Boden zu zerren drohte, und jetzt, da er aus dem Wasser war, schien die Kälte nur noch mehr zuzunehmen. Seine Finger und Zehen schmerzten, und seine Lippen wurden taub, sodass er kaum reden konnte. »Das Wasser ist herrlich erfrischend«, sagte er bibbernd. »Warum versuchst du es nicht auch einmal?«

»Nein danke«, antwortete Abu Dun. »Ich habe im vergangenen Jahr erst gebadet … oder war es im vorletzten?« Er kratzte sich nachdenklich am Schädel und grinste noch breiter, aber dann wurde er nur umso ernster. »Wolltest du dich umbringen?«

»Wenn, dann bestimmt nicht auf diese Art«, antwortete Andrej, drehte sich brüsk herum und ging die zwei Schritte zu dem unglückseligen Krieger hin, den seine Kameraden inzwischen auf den Rücken gedreht und damit begonnen hatten, ihn aus seinen nassen Kleidern zu schälen. Sein Gesicht und sein Hals boten einen grässlichen Anblick. Sein Haar war fast zur Gänze verbrannt, und die Flammen hatten auch den Großteil seines Gesichts verheert. Andrej konnte nicht erkennen, ob er noch atmete, konzentrierte sich für einen Moment und lauschte in ihn hinein.

»Lasst ihn«, sagte er dann. »Er ist tot.« Wahrscheinlich hatte ihn die Kälte umgebracht, oder er war schlichtweg ertrunken, weil er in seiner Panik versucht hatte, unter Wasser zu atmen.

Die Männer stellten ihre Bemühungen ein und standen auf, und mehr als einer von ihnen maß Andrej mit verwirrten oder auch erschrockenen Blicken. Schließlich kniete einer der Krieger noch einmal nieder und legte das Ohr auf die Brust des Mannes.

»Er *ist* tot«, sagte er und richtete sich auf.

»Das war nicht besonders klug«, knurrte Abu Dun in sein Ohr.

»Warum?«, fragte Andrej. »Hattest du Angst, dass ich ertrinke? Oder mir einen Schnupfen hole?«

Statt zu antworten, warf Abu Dun nur einen Blick auf die Männer, die sie in einem immer dichter werdenden Kreis umstanden. Die meisten blickten betroffen auf den Toten hinab, aber Andrej spürte auch die Blicke, mit denen die Männer ihn maßen, wenn sie glaubten, dass er es nicht bemerkte. Abu Dun hatte recht, dachte er. Niemand hatte bisher (in seiner Gegenwart) auch nur eine einzige Bemerkung gemacht, aber Andrej wusste natürlich, was die Männer hinter vorgehaltener Hand über ihn und Abu Dun tuschelten. Er hatte soeben einen ganzen Krug Öl ins Feuer gegossen.

»Er hätte noch leben können«, sagte er trotzig. »Einen Versuch war es wert.« Bevor Abu Dun etwas erwidern konnte, wandte er sich in forderndem Ton an den erstbesten Mann. »Was ist hier passiert?«

Der Krieger schrak so heftig zurück, als hätte er Angst, dass Andrej ihn schlagen würde, aber ein anderer antwortete rasch an seiner Stelle. »Es war ein Unfall, Herr. Niemand kann etwas dafür.«

»Was ist passiert?«, fragte Andrej noch einmal, nun an ihn gewandt.

»Niemand kann etwas dafür!«, verteidigte sich der Krieger. »Es ... war seine eigene Schuld! Das Öl hat sich entzündet!«

»Was für Öl?«

»Wir reiben uns mit Öl ein, wenn wir nachts arbeiten müssen, um uns vor der Kälte zu schützen, und er ist dem Feuer zu nahe gekommen, das war alles. Nichts als ein Unfall!«

»Und es hat auch niemand etwas anderes behauptet«, sagte eine Stimme hinter ihnen.

Andrej drehte sich um und erblickte Urd und Thure. Thure war in kompletter Rüstung erschienen, einschließlich seines gewaltigen Hörnerhelms, wodurch er nun endlich auch für jedermann sichtbar größer als Abu Dun war, und auch Urd trug wieder die Kleider eines Kriegers, so wie gestern Abend, und jetzt hatte sie sogar Schild und Schwert angelegt. Im Gegensatz zu dem ihres Bruders lag auf ihrem Gesicht jedoch ein betroffener Ausdruck.

»Niemand macht euch einen Vorwurf«, fuhr sie fort. »Es war ein Unfall, an dem niemanden die Schuld trifft ... allerhöchstens ihn selbst.« Sie sah einen Moment lang mit echtem Mitgefühl auf den Toten hinab und gab sich dann einen sichtbaren Ruck. »Bringt ihn an Land. Und sorgt dafür, dass er in Ehren beigesetzt wird.«

»Und ihr anderen arbeitet weiter«, fügte Thure in grobem Ton hinzu, unnötig laut, wie Andrej fand. »Wir laufen bald aus, und das Schiff ist noch nicht bereit.«

Zwei Krieger hoben den Toten auf und trugen ihn von Bord, und auch die anderen eilten davon und nahmen ihre unterbrochenen Arbeiten hastig wieder auf.

»Das war nicht nötig«, sagte Urd zornig. Ihre Augen blitzten, während sie zu ihrem Bruder herumfuhr. »Der Mann ist tot.«

»Und es war seine eigene Schuld«, entgegnete Thure kühl. »Du hast es gehört. Er war leichtsinnig, der Tod ist das Schicksal, das einem unvorsichtigen Krieger droht.«

Urd starrte ihn an. »Manchmal ...«, zischte sie, sprach dann aber nicht weiter, sondern presste nur wütend die Lippen aufeinander und wandte sich jäh an Andrej. Ihre Augen loderten noch heller, als sie offensichtlich ein anderes Opfer erspähte, auf das sie ihren Zorn lenken konnte.

»Und du, Andrej«, fauchte sie. »Von dir hätte ich ein bisschen mehr Vernunft erwartet! Wolltest du dich umbringen?«

»Ich kann schwimmen«, antwortete Andrej.

»In diesem Wasser?«, fauchte Urd. »Und in voller Rüstung? Was sollte das? Wolltest du uns allen beweisen, wie stark du bist? Nenn mir einen Text, der deine Tapferkeit gebührend würdigt, und ich sorge dafür, dass er auf deinen Grabstein gemeißelt wird.«

»Ich wollte den Mann retten«, antwortete Andrej. »Er war nur einen Augenblick im Wasser –«

»– das bei dieser Kälte auch in einem einzigen Augenblick tötet«, unterbrach ihn Thure. »Meine Schwester weiß das, und ich ebenfalls, und jeder andere Mann hier auch. Aber du und dein Freund vielleicht nicht.«

»Diese Information wäre hilfreich gewesen, bevor wir an Bord dieser Schiffe gegangen sind«, beschwerte sich Abu Dun. Niemand nahm Notiz von ihm.

Thure warf seiner Schwester einen beinahe drohenden Blick zu, der sie – zu Andrejs Erstaunen – tatsächlich endgültig zum Schweigen brachte, fuhr aber mit einem erzwungenen Lächeln und an Andrej gewandt fort: »Deine Absichten waren sicherlich ehrenhaft, und was du getan hast, war sehr mutig. Aber du hättest ihn nicht retten können. Wer bei diesen Temperaturen über Bord fällt, ist verloren. Nimm meiner Schwester ihre Worte nicht übel.« Er zwang sich zu einem Lächeln. »Wahrscheinlich war es mehr die Angst um dich, die sie so wütend gemacht hat.«

»Wir laufen in Kürze aus«, fuhr Thure fort. »Du solltest an Land gehen und dich umziehen. Unsere Mutter kann dir helfen, wieder ein bisschen Wärme in –«

»Das wird nicht nötig sein«, unterbrach ihn Andrej und unterdrückte ein Frösteln. Er hatte Mühe, Thure nicht an die Kehle zu gehen. »Das bisschen Wasser trocknet schon. Wenn wir gleich auslaufen, ist es vielleicht besser, wenn ich mich noch einmal davon überzeuge, dass auch wirklich alles in Ordnung ist.«

Thure blinzelte. Im ersten Moment wirkte er sprachlos, aber dann hob er nur die Schultern, und Andrej gab ihm keine Gelegenheit, einen weiteren Einwand vorzubringen, sondern fuhr zornig herum und ging zum Bug der *Fenrir*. Wie überall an Bord waren auch hier zahlreiche Männer damit beschäftigt, in aller Hast die letzten Reparaturen zu Ende zu bringen und das Schiff endgültig zum Auslaufen bereit zumachen. Respektvoll machten sie ihm Platz und wichen dabei seinem Blick aus.

»Und das war noch sehr viel weniger klug.«

Erst, als er Abu Duns Stimme hinter sich hörte, wurde Andrej klar, dass er schon eine ganze Weile hier stand und zu dem geschnitzten Drachenkopf der *Fenrir* hochsah, einem Drachenkopf, der ihm mehr denn je wie ein unheimlicher Wolfsschädel vorkam. Er schwieg.

»Jeder andere Mann an deiner Stelle würde sterben oder allermindestens krank werden«, fuhr Abu Dun fort.

»Ich nicht«, antwortete Andrej grob.

»Ich weiß das. Aber müssen es auch alle anderen wissen?«

»Es ist dieses Schiff, Abu Dun«, sagte Andrej, ohne auf die Worte des Nubiers einzugehen, »dieses verdammte Schiff. Wir sind noch nicht einmal ausgelaufen, und schon ist der erste Mann tot.«

»Das war ein Unfall. So etwas passiert.«

Und natürlich hatte er damit recht, dachte Andrej. So etwas *passierte* unentwegt und überall auf der Welt. Nichts als ein dummer und unnötiger Unfall.

Und dennoch wusste er zugleich, dass es an diesem Schiff lag, das verflucht war und nirgendwo anders hingehörte, als auf die tiefste Stelle des Meeresgrundes. Sie sollten nicht hier sein, weder auf dieser Insel noch auf diesem Schiff. Niemand sollte das.

»Es ist nur ein Schiff, Andrej.«

Obwohl er die Stimme erkannt hatte, versuchte er sich noch einen kurzen Augenblick einzureden, es wäre auch diesmal Abu Dun gewesen. Aber als er sich umwandte, war es Urd.

»Ja, nur ein Schiff«, knurrte er. »Und noch dazu eines, das

bald ausläuft. Ich nehme an, du bist gekommen, um dich zu verabschieden?«

Urd blinzelte getroffen, und auch Abu Dun sah ihn mit verändertem Blick an, ein wenig erstaunt über seinen groben Ton. Andrej bedauerte ihn auch bereits selbst. Was Thure gerade über seine Schwester gesagt hatte, galt offensichtlich auch für ihn. Er mahnte sich in Gedanken zur Mäßigung, kämpfte aber trotzdem gegen das um Verzeihung heischende Lächeln, nach dem ihm zumute war. Wahrscheinlich *war* sie gekommen, um sich von ihm zu verabschieden, bevor dieser schreckliche Unfall auch diesen letzten Augenblick zerstört hatte, und das, was er jetzt tun musste, brach ihm fast das Herz. Aber er war es ihr schuldig. Zorn und Verbitterung vergingen meist nach wenigen Tagen, aber der Schmerz konnte ewig anhalten.

»Das ist nett gemeint, Mädchen«, sagte er. »Aber es wäre nicht nötig gewesen. Und deine Verkleidung finde ich immer noch albern.«

Urds Lächeln erlosch und machte etwas anderem Platz, das den Dolch, den er sich selbst ins Herz gestoßen hatte, noch tiefer drückte. Sie setzte dazu an, etwas zu sagen, machte aber dann nur ein wütendes Gesicht und fuhr auf dem Absatz herum.

»Du bist ein Idiot, Andrej«, sagte Abu Dun ruhig.

»Nein«, widersprach Andrej. »Das war ich ihr schuldig. Wir werden nicht wiederkommen. Ich will nicht, dass es ihr so ergeht wie mir.«

»Oh, ich verstehe«, sagte Abu Dun spöttisch. »Du willst ihr den Abschied leicht machen. Besser, sie hasst dich, und ist froh, wenn du nicht zurückkommst, statt sich die nächsten hundert Jahre die Augen auszuweinen, wie?« Er schüttelte noch heftiger den Kopf und machte ein abfälliges Gesicht. »Du *bist* ein Idiot, Andrej. Sogar noch ein viel größerer, als ich dachte.«

Andrej setzte zu einer zornigen Antwort an, um den Nubier auf dieselbe Weise zum Schweigen zu bringen wie Urd, doch in diesem Moment fiel ihm auf, dass Urd zwar gegangen war, aber keine Anstalten machte, das Schiff zu verlassen. Sie steuerte das kleine Zelt im Heck der *Fenrir* an, das irgendwann im Laufe der Nacht dort wieder neu errichtet worden war.

Abu Dun gab ein leises, abfälliges Lachen von sich. »Du siehst richtig, Hexenmeister. Sie wird nicht gehen.«

»Was soll das heißen, sie wird nicht gehen?«

»Dass sie nicht gekommen ist, um sich von dir zu verabschieden«, antwortete Abu Dun spöttisch. »Und nebenbei. Sie trägt auch keine Verkleidung.«

»Du willst damit nicht sagen, dass –« Andrej brach mitten im Satz ab und stampfte wütend hinter Urd her. Sie war mittlerweile im Zelt verschwunden und hatte die Plane hinter sich geschlossen, und die Männer, an denen er vorbeikam, machten ihm erschrocken Platz. Zornig schlug er die Zeltplane beiseite und sah, dass Urd sich auf einem Fell in der Mitte des kleinen Raumes niedergelassen hatte und einen ledernen Beutel zwischen den Knien hielt, aus dem sie irdene Schalen und Tiegel und andere Utensilien kramte, die eher in das Labor eines Alchimisten gepasst hätten als an Bord eines Schiffes, das sich bereit machte, in eine Schlacht zu fahren.

»Was tust du hier?«, fragte er scharf.

Urd sah nicht einmal zu ihm hoch, aber er konnte den grimmigen Ausdruck spüren, der auf ihren Zügen erschien. »Was glaubst du wohl, wonach es aussieht?«, antwortete sie schnippisch. »Ich richte mich häuslich ein. Gleich kommen meine Zofen und bringen meinen Badezuber und den Spiegel. Dort hinten in der Ecke wird der Herd stehen, und irgendwo wird sich auch noch ein Plätzchen finden, wo ich meinen Webstuhl aufstellen kann. Und jetzt wäre ich dir sehr verbunden, wenn du mich allein lassen würdest. Dieses Zelt ist nämlich nur für *Mädchen*. Es geziemt sich nicht, wenn ich einen fremden Mann empfange.«

»Ich habe dich gefragt, was du hier tust«, beharrte Andrej. »Wir legen in wenigen Augenblicken ab.«

»Ich weiß«, antwortete Urd. Sie hielt für einen Moment damit inne, ihre Utensilien aus dem Beutel zu kramen und in einer Ordnung, die nur sie selbst kannte, vor sich auf dem Fell zu verteilen, und sah nun doch zu ihm hoch. »Also bin ich zeitig an Bord gekommen. Schließlich wollte ich die Abfahrt nicht verpassen. Oder hast du erwartet, dass ich hinter euch herschwimme?«

»Du wirst uns nicht begleiten.«

»Aber hat Thure es dir denn nicht gesagt?«, erwiderte Urd mit gespielter Überraschung. »Wie nachlässig von ihm. Seltsam – das passt eigentlich gar nicht zu ihm.«

»Er hat nichts gesagt, und du wirst nicht mitfahren«, sagte Andrej entschieden. »Das dulde ich nicht.«

»*Was* duldest du nicht?«, erklang Thures Stimme hinter ihm. Offensichtlich hatte er gesehen, welches Ziel Andrej ansteuerte und war ihm gefolgt, um sich einzumischen.

Andrej stand mit einem Ruck wieder auf, mit dem seine Schulter um ein Haar das kleine Zelt niedergerissen hätte, und drehte sich zornig zu ihm herum. »Dass Urd uns begleitet, davon war nie die Rede!«

»Aber ich habe dir gesagt, dass ich euch unseren besten Navigator mitgebe«, antwortete Thure. Er deutete auf seine Schwester. »Urd ist die Allerbeste von uns, wenn es darum geht, den Kurs anhand der Sterne zu berechnen.«

»Sie ist eine Frau!«, versetzte Andrej wütend.

»Stell dir vor, Andrej, das weiß ich«, spöttelte der Nordmann, »und ich müsste mich sehr täuschen, wenn du es nicht mittlerweile genauso gut wüsstest wie ich.«

Für diese Bemerkung allein hätte Andrej ihm am liebsten die Faust ins Gesicht geschlagen, aber er beherrschte sich.

»Wir fahren in den Krieg, Thure«, presste er heraus. »Das hier ist kein Spiel. Ich werde nicht zulassen, dass Urds Leben in Gefahr gerät.«

»Aber was soll mir denn passieren, Andrej?«, fragte Urd. »Wo ich doch einen so großen, starken Beschützer bei mir habe.« Sie wartete, bis Andrej ihr ins Gesicht sah, und fuhr dann mit einem unschuldigen Lächeln fort: »Abu Dun wird schon auf mich aufpassen. Da bin ich ganz sicher.«

Es fiel Andrej immer schwerer, seinen Zorn zu beherrschen, der aus nichts anderem als Schrecken und Sorge um sie geboren war. Er setzte zu einer noch wütenderen Entgegnung an, besann sich im letzten Moment eines Besseren und wechselte zu einem bittenden Ton, mit dem er an Thures Vernunft zu appellieren versuchte. »Das kann nicht dein Ernst sein, Thure. Du weißt, was uns möglicherweise bevorsteht. Sie ist deine Schwester.«

»Eben«, antwortete Thure. Ein kurzes, gequältes Lächeln flammte auf und erlosch wieder. »Und schon deshalb weiß ich, wie sinnlos es wäre, sie von irgendetwas abbringen zu wollen, was sie sich einmal in den Kopf gesetzt hat. Ich dachte, so gut kennst du sie mittlerweile auch. Und wir brauchen sie.« Er schnitt Andrejs Widerspruch mit einer nun eindeutig befehlenden Geste ab. »Ich verstehe deine Sorge, aber sie ist nicht nötig. Glaub mir, Urd kann auf sich selbst aufpassen. Besser als so mancher Mann.«

»Und jetzt, wo das geklärt ist«, sagte Urd, »wäre ich euch sehr verbunden, wenn ihr euren Streit woanders fortsetzen könntet. Ich habe eine Menge zu tun.« Sie runzelte angestrengt die Stirn und sah sich suchend in dem winzigen Zelt um. »Wo habe ich jetzt nur wieder mein Nähzeug hingetan?«

7

Die Flotte war tatsächlich noch eher als von Thure angestrebt ausgelaufen, jedenfalls hatte er das behauptet. Andrej konnte es nicht beurteilen – der Tag war für seinen Geschmack nie wirklich zum Tag geworden, sondern so grau, trüb und nass geblieben, wie er angefangen hatte, und es war ihm immer rätselhafter, wie die Menschen hier das Verstreichen der Zeit überhaupt maßen. Für ihn, und auch für Abu Dun, war der Himmel eine einzige, eintönige graue Fläche, auf der es nichts gab, was dem Blick Halt geboten hätte und auf der es unmöglich war, die Richtungen zu lesen.

Er hatte fast den ganzen Tag im Bug des Schiffes stehend zugebracht und in die Richtung geblickt, in die die *Fenrir* von den ebenso gleichmäßigen wie kraftvollen Ruderschlägen der Männer angetrieben lief, und das Gefühl heraufziehenden Unheils hatte in all der Zeit keinen Moment nachgelassen, sondern sich im Gegenteil zu etwas verdichtet, das mehr Gewissheit als Warnung zu sein schien.

Aber nichts war geschehen. Vielleicht war es ja tatsächlich so, wie Thure es am Morgen über seine Schwester gesagt hatte: Vielleicht entsprangen seine düsteren Vorahnungen nichts anderem als seiner Angst um Urd … die er übrigens den ganzen Tag über nicht mehr zu Gesicht bekommen hatte. Wenn sie tatsächlich als Navigator an Bord gekommen war, so schien sie ihre Aufgabe auf eine andere Art zu erledigen, als Andrej es jemals erlebt hatte, denn sie hatte ihr Zelt kein einziges Mal verlassen. Und auch Abu Dun hatte sich den ganzen Tag über in beleidigtes Schweigen gehüllt und die wenigen Versuche Andrejs, mit ihm ins Gespräch zu kommen, entweder gar nicht oder mit patzigen Bemerkungen beantwortet.

Als das monotone Grau des Tages allmählich wieder zum ebenso gleichförmigen Schwarz der Nacht zu werden begann (Andrejs trügerische Hoffnung, es könne in einer Umkehrung der bösen Überraschung von heute Morgen nunmehr wärmer werden, hatte sich nicht erfüllt), sah er endlich ein, dass vermutlich *er* es war, der sich kindisch benahm, und gab seinen einsamen Ausguck unter dem starrenden Wolfsschädel am Bug der *Fenrir* auf. Abu Dun hockte auf einer Ruderbank und machte sich einen Spaß daraus, einen schweren Riemen, der überall sonst von zwei Männern bedient wurde, mit nur einem Arm zu handhaben (und das mit einer gelangweilten Miene) und maß ihn mit einem spöttischen Blick, als er näher kam. Das allein reichte, Andrej jegliche Lust auf eine Unterhaltung mit dem Nubier zu nehmen. Abu Duns Grienen wurde nur noch breiter, und Andrej spürte seinen belustigten Blick zwischen den Schulterblättern, als er einfach mit steinernem Gesicht an ihm vorbeimarschierte und auf das kleine Zelt im Heck des Schiffes zusteuerte.

Urd saß mit dem Rücken zum Eingang, als er die Plane beiseiteschlug, und hatte sich über eine Anzahl kleiner, mit ebenso kompliziert wie barbarisch anmutenden Runen beschrifteter Steine gebeugt, die sie nach einem bestimmten Muster ausgelegt zu haben schien. Sie sah nicht zu ihm zurück und hob nicht einmal den Kopf, schien aber trotzdem ganz genau zu wissen, dass er es war, denn sie sagte mit schnippischer Stimme: »Ich habe mein Nähzeug gefunden, danke.«

Andrej schluckte die scharfe Entgegnung hinunter, die ihm schon wieder auf der Zunge lag, zögerte einen Moment und bückte sich dann tiefer, um das Zelt zu betreten. Urd runzelte ärgerlich die Stirn, sagte aber nichts, und nachdem Andrej eine geraume Weile vergebens gewartet hatte, dass sie das Wort ergriff, sagte er: »Es tut mir leid.«

»Ach?«, machte Urd. Sie verschob einige der Runensteine, und ihr Stirnrunzeln wurde tiefer.

»Ein schlechtes Omen?«, fragte Andrej.

»Nein«, antwortete Urd. »Ja.« Sie zuckte mit den Achseln. »Ich weiß es nicht. Ich glaube nicht an diesen Unsinn.«

»Warum tust du es dann?«, fragte Andrej. Gleichzeitig fragte er sich, was *er* hier eigentlich tat. Er war gewiss nicht gekommen, um mit Urd über Omen und Runensteine zu sprechen.

»Um mir die Zeit zu vertreiben«, antwortete Urd und sah ihn nun doch an. Es war zu dunkel hier drinnen, um den Ausdruck auf ihrem Gesicht deuten zu können, doch Andrej meinte zu spüren, dass ihre Verärgerung nur aufgesetzt war. Auch wenn ihn ihre nächsten Worte sofort wieder daran zweifeln ließen: »Draußen gefällt mir die Gesellschaft nicht.«

»Ich sagte schon, es tut mir leid«, antwortete Andrej, eine Spur schärfer, als er es eigentlich beabsichtigt hatte. Er hatte sich ziemlich dumm benommen am Morgen, aber er würde es nicht besser machen, wenn er den Fehdehandschuh, den sie ihm vermutlich nur aus Trotz hinhielt, gehorsam aufnahm. »Ich habe das nicht so gemeint.«

»Warum hast du es dann gesagt?«

»Vielleicht aus Sorge um dich«, antwortete Andrej ehrlich. »Ich war … überrascht. Ich wusste nicht, dass du uns begleitest.«

»Und es gefällt dir nicht«, vermutete Urd.

»Nein«, erwiderte Andrej. »Das tut es nicht.«

»Weil ich eine Frau bin, und Frauen an Bord von Schiffen nichts zu suchen haben? Sie sollen ja Unglück bringen, sagt man.«

»Siehst du, und an diesem Unsinn glaube *ich* nicht«, antwortete Andrej betont. »Ich möchte nur nicht, dass dir etwas geschieht.«

»Oh, dann hast du mich nur aus lauter Sorge beleidigt.« Sie nickte. »Ich verstehe. Aber deine Sorge war überflüssig. Ich kann mich meiner Haut wehren.«

Das konnten Abu Dun und er auch, tausendmal besser, als sie auch nur ahnen konnte, und trotzdem hatten sie beide es nur der Großmut eines vermeintlichen Gottes zu verdanken, dass sie noch am Leben waren. Aber er erinnerte sich auch gut daran, wie erstaunt er selbst über Urds Geschick im Umgang mit dem Schwert gewesen war, als sie ihm im Kampf mit dem Dauger beigesprungen war.

»Ich weiß. Was soll ich noch tun, um mich bei dir zu entschuldigen? Es tut mir leid!«

Urd erwiderte nichts, sondern zuckte nur erneut mit den Achseln und machte weiter ein trotziges Gesicht. Aber jetzt spürte er genau, dass ihr Widerstand aufgesetzt war. Ihre Finger begannen mit den Runensteinen zu spielen und zerstörten das Muster, das sie gerade so sorgsam ausgelegt hatte.

»Und das mit der Verkleidung bedaure ich ebenfalls«, fügte er hinzu. »Ich war einfach nur überrascht. Ich bin es nicht gewohnt, Frauen in den Kleidern eines Kriegers zu sehen.«

»Gibt es Frauen, die mit Waffen umgehen können, bei euch nicht?«, wollte Urd wissen.

»Doch«, antwortete Andrej. Dann lächelte er. »Aber nicht solche.«

Urd sah ihn einen Herzschlag lang an, als hätte er etwas Falsches gesagt, dann warf sie die Runensteine endgültig durcheinander, kroch auf den Knien zu ihm hin und warf ihm überraschend die Arme um die Schultern, um ihn zu sich herabzuziehen und ihn kurz, aber sehr innig zu küssen.

»Sind dir *solche* vielleicht lieber?«, fragte sie.

»Auf jeden Fall«, erwiderte Andrej und fügte rasch, damit sie die Worte nicht falsch verstehen konnte, hinzu: »Vor allem, wenn sie so klug und stark sind.«

Ganz richtig konnte dieses Kompliment wohl nicht gewesen sein, denn Urd ließ ihn wieder los und rutschte sogar ein kleines Stück von ihm weg. Ihr Blick wurde forschend. Dann überraschte sie ihn ein weiteres Mal. »Du hast recht. Ich habe mich auch ziemlich dumm benommen. Eigentlich genau wie die Frauen, mit denen ich nicht verglichen werden möchte. Bitte entschuldige.«

»He!«, protestierte Andrej. »*Ich* bin hergekommen, um mich bei *dir* zu entschuldigen.«

»Na ja, dann können wir diesen dummen Streit ja vergessen.«

»Was für einen Streit?« Andrej schüttelte mit einem leisen, noch immer ein wenig befangenen Lächeln den Kopf, schlug die Zeltplane endgültig hinter sich zu und rutschte mit untergeschlagenen Beinen in eine etwas bequemere Stellung. Urd beobachtete ihn aufmerksam und etwas schien ihr auf der Zunge zu liegen, aber dann wandte sie sich wieder ihren Steinen zu und schob sie mit der Hand zusammen, um sie dann rasch in einem kleinen Lederbeutel zu verstauen, von denen es eine ganze Anzahl hier drinnen gab. Darüber hinaus sah Andrej zahlreiche kleine Krüge, flache Schalen aus Ton und Holz und etliche winzige Säckchen und Beutel, und erst jetzt fiel ihm der schwache, aber unverkennbare Kräutergeruch auf, der hier drinnen herrschte.

»Thure behauptet, du wärst als Navigator an Bord gekommen. Das hier sieht aber eher aus wie die Stube einer Kräuterhexe.«

»Schließt das eine das andere etwa aus?«, fragte Urd. »Ich verstehe mich lange nicht so gut darauf wie Werdandi oder meine Mutter – nicht einmal so gut wie Thure –, aber ich habe ein wenig Erfahrung darin, Wunden zu versorgen und Krankheiten zu behandeln.«

»Und du rechnest damit, es zu müssen?«

»Wir haben eine lange Reise vor uns«, erwiderte Urd. »Nehmt ihr keinen Heiler mit, wenn ihr in den Krieg zieht?«

Andrej antwortete nicht darauf. Er wollte nicht über dieses Thema reden. Nicht jetzt, und nicht mit ihr. Umso erstaunter war er selbst, sich sagen zu hören: »Wer hat dir beigebracht, so mit dem Schwert umzugehen? Dein Bruder?«

»Björn, ja«, bestätigte Urd.

»Björn?« Andrej war überrascht. »Ich hätte gewettet, es wäre Thure gewesen.«

»Thure?« Urd schüttelte so heftig den Kopf, dass ihr blondes Haar flog. »Thure ist kein guter Kämpfer, Andrej. Dazu ist er zu stark. Ich weiß, es klingt widersinnig, aber –«

»Nein«, unterbrach sie Andrej. »Das tut es nicht.« Er hatte viele Männer gekannt, die zu stark gewesen waren, um *wirklich* gute Krieger zu werden. Selbst Abu Dun war nicht anders gewesen, in jener lange zurückliegenden Zeit, in der sie sich kennengelernt hatten. Heute verblüffte der Nubier so manchen, wenn er geschickt wie eine Ballerina tänzelte und sein Schwert (oder jede beliebige andere Waffe) dabei so mühelos handhabte, wie ein Maler seinen Pinsel oder ein Dichter seine Feder, aber als sie noch Feinde gewesen waren und er ihm das erste Mal gegenübergestanden hatte, war er einfach nur ein Koloss gewesen, ein Berg aus Muskeln und Fett, der keine Notwendigkeit gesehen hatte, die Finessen des ritterlichen Kampfes zu erlernen, da seine schiere Körperkraft reichte, jeden Gegner in den Boden zu rammen.

»Thure war niemals ein geschickter Kämpfer«, fuhr Urd fort, als ahne sie seine Gedanken. »Er ist es bis heute nicht … auch wenn keiner es wagte, ihm das ins Gesicht zu sagen. Er schlägt einfach alles kurz und klein, was ihm vor die Axt gerät. Aber Björn ist anders. Er hat mir das Schwertkämpfen beigebracht. Und er war ein guter Lehrer.«

Andrej erinnerte sich daran, wie Björn gegen den Dauger

gekämpft hatte, und stimmte Urd mit einem Kopfnicken zu. »Und du? Warst du eine gute Schülerin?«

»Es muss an die fünf oder vielleicht auch schon sechs Jahre her sein«, antwortete Urd, »dass er mich das letzte Mal besiegt hat.« Sie lachte leise. »Am Schluss hat er sich geweigert, gegen mich anzutreten, und mich eine Valkry genannt.«

»Valkry? Was soll das sein?«

»Nichts«, behauptete Urd kopfschüttelnd. »Eine Legende. Es heißt, es wären kämpfende Frauen, die fliegen können. Odins Leibgarde, die kein Mann aus Fleisch und Blut besiegen kann.«

Die Vorstellung erschreckte Andrej, und anscheinend konnte Urd den Schrecken auch auf seinem Gesicht lesen, denn sie schüttelte plötzlich und heftig den Kopf und beeilte sich zu wiederholen: »Wie gesagt: Es ist nur eine dumme Geschichte. Auf jeden Fall weigert sich Björn seither, gegen mich anzutreten. Er behauptet, dass ich unfair kämpfe.«

»Tust du das denn?«

»Willst du es ausprobieren?«, fragte Urd schelmisch.

Beinahe hätte er genickt. Aber dann versuchte er, sich Abu Duns Kommentare vorzustellen, wenn er jetzt und an Deck eines überfüllten Schiffes einen Schaukampf mit Urd begann. »Später vielleicht«, antwortete er. »Aber du versprichst mir trotzdem, kein Risiko einzugehen.«

»Es sei denn, ich muss dir wieder den Hals retten. Also versprichst du mir, gut auf dich aufzupassen, damit ich nicht auf dich aufpassen muss, dann musst du auch nicht auf mich aufpassen.«

»Aha«, sagte Andrej. »Kannst du das noch einmal sagen?«

Urd lachte, und Andrej streckte die Hand nach ihr aus, doch Urd entzog sich ihm geschickt und wies mit der Hand zum Ausgang. »Dafür ist jetzt keine Zeit. Thure hat dir doch gesagt, dass ich der Navigator bin. Ich muss allmählich an meine Arbeit gehen.«

»Bis jetzt haben die Männer ihren Weg ganz gut allein gefunden.«

Urd machte eine wegwerfende Geste. »Jeder Dummkopf kann bei hellem Tageslicht nach Norden rudern«, sagte sie, und Andrej fragte sich, von welchem Tageslicht sie eigentlich sprach. »Aber wir erreichen bald den Punkt, an dem wir unseren Kurs ändern müssen, und dann werden meine Dienste benötigt. Aber du kannst mich ja begleiten und auf mich aufpassen … nur um sicherzugehen, dass mir kein Stern auf den Kopf fällt.«

Sie scheuchte ihn mit einer übertriebenen Geste zur Seite und kroch auf allen vieren an ihm vorbei, um sich mit einer eleganten Bewegung draußen aufzurichten. Andrej folgte ihr auf dieselbe Art (doch nicht ganz so elegant) und sah sich überrascht um. In der kurzen Zeit, die er im Zelt gewesen war, war es endgültig dunkel geworden. Salzwassergeruch und nasse Kälte hüllten sie ein, und am Himmel stand kein einziger Stern. Die Wolkendecke war so dicht, dass nicht einmal der Vollmond zu sehen war.

»Jetzt bin ich gespannt.«

»Worauf?«

»Wie du den Kurs an den Sternen bestimmen willst, wenn keine am Himmel stehen.«

Urd sah ihn und dann die tiefschwarze Kuppel über ihnen an und runzelte die Stirn. »Ja, das ist in der Tat ein Problem«, gestand sie, hob dann die Schultern und fügte leichthin hinzu: »Aber nicht mehr lange. Wir bekommen Wind … Rückenwind.«

»Ich nehme an, das liest du an den Sternen ab, die nicht zu sehen sind«, sagte Andrej spöttisch.

»Ich kenne mich in diesen Gewässern aus«, antwortete Urd. »Und ich bin nicht nur mitgekommen, um mit Steinen zu spielen.« Sie wandte sich mit erhobener Stimme an die Männer an den Rudern. »Spart eure Kräfte für später und hört auf! Ihr könnt das Segel setzen!« Während die Männer gehorchten, mit routinierten Bewegungen die Ruder einzogen und zu einem Spalier beiderseits der Reling aufrichteten, löste sie eine Fackel aus ihrer Halterung, ging ganz zum Heck und gab den hinter ihnen fahrenden Schiffen ein Zeichen. Hinter ihnen in der Schwärze wurde eine Flamme lautlos zur Antwort geschwenkt und das Signal wiederholte sich mehr als zwei Dutzend Mal an anderen Stellen. Die Schiffe, die ihnen in einem weit auseinandergezogenen Keil, dessen Spitze die *Fenrir* bildete, folgten, waren den ganzen Tag über kaum mehr als Gespenster gewesen, jetzt hatte die Nacht sie endgültig verschluckt. Nur eine Unzahl winziger blinkender Lichter folgte ihnen mit geisterhafter Lautlosigkeit.

Urd senkte die Fackel, betrachtete das Muster aus gelben und roten Funken einen Moment lang kritisch und steckte sie dann in ihre Halterung zurück, offensichtlich zufrieden mit dem, was sie gesehen hatte.

»Wie lange werden wir unterwegs sein?«, fragte Andrej.

»Eineinhalb Tage, vielleicht zwei«, antwortete Urd.

»Wir reisten drei Tage«, erwiderte Andrej zweifelnd. »Und Thure hat mit noch mehr gerechnet.«

»Es gibt eine starke Strömung. Ihr musstet gegen sie anrudern, uns dagegen hilft sie. Außerdem werden wir fast die ganze Zeit über günstigen Wind haben.«

Gut, Andrej sparte sich die Frage, woher sie *das* nun wieder wissen wollte. Er glaubte ihr. Wortlos wartete er darauf, dass der erste Teil ihrer Vorhersage eintraf und die Wolkendecke aufriss, und er musste sich auch nicht lange gedulden. Schon nach wenigen Augenblicken spürte er einen ersten, sachten Windhauch, der intensiv nach Salzwasser roch, aber auch ein wenig faulig. Nicht sehr viel später erschien in der bisher geschlossenen Wolkendecke die erste Lücke, und Andrej atmete erleichtert auf, als er zum ersten Mal seit vielen Tagen wieder das majestätische Funkeln der Sterne über sich sah.

Das Segel, das bisher schlaff von der Rahe gehangen hatte, begann sich knatternd zu blähen, und das Schiff nahm wieder an Fahrt auf. Urd stand die ganze Zeit reglos neben ihm und blickte aufmerksam in den Himmel hinauf. Andrej tat dasselbe, aber ihm sagte der Anblick nichts. Die Sterne droben waren ihm vollkommen fremd.

»Und?«, fragte er schließlich.

»Wir müssen schneller gewesen sein, als ich erwartet habe.« Klang sie besorgt? Für eine ganze Weile setzte sie ihre stumme Beobachtung fort, dann wandte sie sich mit einer knappen Geste an den Mann am Ruder. Die *Fenrir* ächzte leise, als sie gehorsam ihren Kurs änderte, ein Laut, der in Andrejs Ohren zum ärgerlichen Knurren eines erwachenden Wolfes wurde.

»Das müsste genügen«, sagte Urd. Ganz überzeugt klang sie nicht. »Aber ich bleibe besser noch ein wenig hier und beobachte die Sterne.«

Wohin hätte sie denn auch gehen wollen?, dachte Andrej. Aber das ironische Lächeln verschwand schnell wieder von seinen Lippen, als er den besorgten Ausdruck in ihren Augen gewahrte. Oder war es Angst? Vor ihnen lag mehr, als Urd ihm bisher gesagt hatte. Aber er verbot sich jede Frage.

Stattdessen sah er noch einmal zu den anderen Schiffen zurück. Jetzt, wo sich die Wolkendecke mehr und mehr aufzulösen begann, waren nicht nur die tanzenden Funken in der Dunkelheit zu sehen, sondern auch die schwarzen Silhouetten der Schiffe, mindestens die ersten sechs oder vielleicht auch acht. Alles was dahinter war, blieb weiter in der Nacht verborgen, die plötzlich die Beschaffenheit von Nebel zu haben schien. Die Formation war ein wenig durcheinandergeraten – wahrscheinlich hatten nicht alle Kapitäne sofort dem plötzlichen Kurswechsel folgen können –, schien im Großen und Ganzen aber erhalten geblieben zu sein, und die Schiffe begannen ihre ursprünglichen Positionen auch schon wieder einzunehmen.

»Beeindruckend, nicht wahr?«

Andrej registrierte ein wenig überrascht, dass Abu Dun seinen Platz mit Urd getauscht hatte. Er hatte es nicht einmal gemerkt.

»Was?«

»Diese Schiffe.« Abu Dun trat vollends neben ihn. »Die Männer, die sie fahren. Die Schiffe sehen primitiv und grobschlächtig aus, aber diese Männer verstehen ihr Handwerk. Wusstest du, dass sie in früheren Zeiten bis vor unsere Küsten gekommen sind?«

Andrej sah ihn überrascht an, aber auch ein wenig zweifelnd, und der Nubier fuhr mit einem bekräftigenden Nicken fort: »Es heißt, die Seevölker hätten schon den Pharaonen zu schaffen gemacht. Bisher habe ich das nur für alte Geschichten gehalten, aber jetzt, wo ich sie sehe ...« Er hob die mächtigen Schultern. »Ich war früher selbst Seefahrer ...«

»Flusspirat.«

»... aber gegen eine Flotte dieser Schiffe anzutreten, hätte ich mir zweimal überlegt. Kein Wunder, dass dieser angebliche Gott sich so große Mühe gegeben hat, uns einzuschüchtern.«

»Wie meinst du das?«

»Wie ich das meine?« Abu Dun lachte. »Du glaubst doch nicht ernsthaft, dass dieser Kerl uns am Leben gelassen hat, weil wir ihm so sympathisch waren? Er hätte uns töten können, ganz mühelos. Ich meine, *wirklich* töten. Aber er hat uns verschont und uns nur angeraten, unserer Wege zu gehen und sich nicht in seine Angelegenheiten zu mischen. Was denkst du wohl, warum er das getan hat?«

»Keine Ahnung«, antwortete Andrej. »Aber du wirst es mir ganz bestimmt gleich sagen.«

»Weil er Angst hatte!«

»Vor uns?«

»Vor dem hier!« Abu Dun machte eine ausholende Bewegung zu den Schiffen hin. »Vor uns beiden brauchte er keine

Angst zu haben, aber vor dem hier schon. Er wollte um jeden Preis verhindern, dass diese Flotte ausläuft – weil er wusste, dass dieses Heer ihn besiegen wird.«

Die Frage war nur, um welchen Preis, dachte Andrej. Aber wahrscheinlich hatte Abu Dun recht. Warum sonst hätte der Unsterbliche sie verschonen sollen?

Statt zu antworten, sah er sich nach Urd um. Nach kurzem Suchen entdeckte er sie im Bug des Schiffes und ging zu ihr. Das Segel war inzwischen prall gebläht, und die *Fenrir* schoss immer schneller dahin.

Die Art, mit der Urd dastand und die Hand auf den hochgezogenen Bugspriet gelegt hatte, gefiel ihm nicht. Zweifellos war es eine bedeutungslose Geste, vielleicht um sich abzustützen und um auf den schwankenden Planken das Gleichgewicht besser halten zu können, aber ihn erinnerte der hochgereckte Drachenkopf mit dem weit aufgerissenen Maul mehr denn je an einen Wolfsschädel, und Urd, so wie sie dastand, kam ihm vor wie eine mythische Herrin der grauen Jäger, die die Hand auf den Nacken des Leitwolfs legte.

Andrej verscheuchte diesen kindischen Gedanken und ging schneller.

»Sind wir auf Kurs?«, fragte er, als er neben ihr stand.

»Noch nicht ganz«, antwortete Urd. »Aber bald. Wir müssen einen Umweg machen. Es gibt Untiefen, denen wir besser ausweichen sollten.« Plötzlich lachte sie, riss ihren Blick aber keinen Moment von dem schwarz daliegenden Wasser. »Kannst du es nicht erwarten, endlich in die Schlacht zu gehen?«

Andrej wollte antworten, doch in diesem Moment gewahrte er etwas weit vor ihnen, aber genau auf dem Kurs der *Fenrir* und damit der gesamte Flotte, das ihn überraschte und zugleich besorgte.

»Was ist das?«

»Das Licht?«

Tatsächlich leuchtete vor ihnen ein blasses, grünliches Licht, ein unwirklicher bleicher Schein, der in sanftem Rhythmus zu pulsieren schien. Aber er erstrahlte nicht am Himmel oder direkt über dem Meer, sondern *darunter*, als schwenke jemand unter der Wasseroberfläche eine sanft brennende Laterne.

»Das ist völlig harmlos«, sagte Urd, nachdem sie sich eine ganze Weile und ganz unverhohlen über seinen verblüfften Gesichtsausdruck amüsiert hatte. »Meeresleuchten.«

»Und was ... ist das?«, fragte Andrej zögernd.

»Das weiß niemand«, antwortete Urd. »Es kommt nur hier vor, und auch nur sehr selten. Aber niemand hat jemals davon berichtet, dass es gefährlich wäre.«

»Vielleicht ist keiner von denen zurückgekommen, denen es gefährlich geworden ist.«

Urd maß ihn mit einem strafenden Blick. »Du bist ein Miesmacher, Andrej. Ich finde es schön.«

Und das war es auch, wie Andrej eingestehen musste. Je länger er das unheimliche Phänomen ansah, desto schwerer fiel es ihm, seinen Blick davon zu lösen. An diesem seltsamen grünen Licht war etwas ... Verlockendes, dem er sich mit jedem Moment weniger entziehen konnte; wie leuchtender Sirenengesang. Vielleicht, dachte er, war an den Geschichten, die sich die Seeleute seit so langer Zeit erzählten, ja doch etwas dran.

»Du hast recht«, sagte er. »Es *ist* schön.«

»Ich weiß«, antwortete Urd, riss ihren Blick mit sichtlicher Mühe von dem grün leuchtenden Wasser vor dem Bug des Schiffes los und sah ihn nachdenklich an. »Bist du sehr müde, großer Krieger?«, fragte sie. »Oder soll ich dir etwas genauso Schönes zeigen?«

Die ganze Nacht über und noch die Hälfte des nächsten Tages fuhr die Flotte weiter in die Richtung, von der Urd unerschütterlich behauptete, sie wäre Norden. Für eine Weile war die Fahrt geradezu gespenstisch gewesen. Trotz ihrer eindeutigen Worte hatte sich Urd nicht von der Stelle gerührt, sondern war im Bug des Schiffes stehen geblieben, und kurz darauf hatte sich auch Abu Dun zu ihnen gesellt, um das unheimliche Glühen im Wasser zu beobachten. Das Schiff – und mit ihm die gesamte Flotte – hatte direkt auf das leuchtende Meer zugehalten und es schließlich durchquert; gespenstische Augenblicke, in denen sie von einem verwirrend schönen Irrlicht eingehüllt gewesen waren. Keiner der Männer an Bord hatte in dieser Zeit auch nur ein einziges Wort von sich gegeben. Irgendwann aber war das seltsame Leuchten ebenso lautlos, wie es aufgetaucht war, wieder hinter ihnen zurückgefallen und schließlich ganz erloschen, und Urd hatte nur noch einmal den Kurs des Schiffes bestimmt und sich dann in ihr Zelt zurückgezogen.

Jetzt war die gesamte Flotte zum Stillstand gekommen. Die *Fenrir* schaukelte nahezu reglos auf den Wellen, nur ganz sacht vorwärts gezogen von der Strömung, von der Urd gestern erzählt hatte, und Andrej stand hinter der Schildreling und sah dem viel größeren Schiff König Osriks zu, das gerade zum zweiten Mal versuchte, sich neben sie zu schieben, ohne die weitaus kleinere *Fenrir* dabei zu zermalmen. Andrej hoffte, dass die Männer an Bord des anderen Schiffes tatsächlich so gute Seeleute waren, wie Abu Dun gestern Abend gemutmaßt hatte, denn es war die größte *Drakkar*, die er jemals gesehen hatte, ein Koloss von mehr als vierzig Metern Länge, mit drei Dutzend Rudern auf jeder Seite und einer Besatzung von mindestens einhundert Mann; ein Wal, der sich neben einen schlanken Hai schob.

Andrej unterdrückte ein Lächeln, als ihm klar wurde, dass dieser Vergleich auch in anderer Hinsicht gelten mochte, straffte aber die Schultern, als das Schiff mit einem leichten Ruck neben der *Fenrir* anlegte und der grauhaarige König mit dem einhornigen Helm unverzüglich an Bord kletterte, selbstverständlich gefolgt von fünf seiner Leibwächter, von denen der kleinste zwei Fingerbreit größer war als er. Nahezu gleichzeitig erschütterte ein zweiter, heftigerer Stoß das Schiff, als auch Thures Drachenboot auf der anderen Seite anlegte. Das Schiff lief schon seit einer geraumen Weile neben der *Fenrir* her, aber er hatte wohl ganz bewusst abgewartet, bis Osrik als Erster an Bord gekommen war. Mochte Odin wissen, warum ...

Andrej straffte die Schultern noch ein bisschen mehr und trat Osrik entgegen. Der alte König begrüßte ihn mit einem stummen Kopfnicken, aber einem durchaus freundlichen Lächeln, ging jedoch trotzdem wortlos an ihm vorbei, um zuerst Thure die Hand zu reichen. Abu Dun verdrehte die Augen, aber er schien Andrejs Gedanken zu lesen und verkniff sich jeden Kommentar.

Osrik und Thure tauschten ein paar Belanglosigkeiten und sahen dann auffordernd zu Abu Dun und ihm, und Abu Dun zog abermals eine Grimasse, die weder Osrik noch Thure entgehen konnte. »Na, das nenne ich doch mal ausgesuchte Höflichkeit«, maulte er.

»Tu mir einen Gefallen und sag einfach gar nichts«, sagte Andrej leise, während er auf Thure und den grauhaarigen König zuzugehen begann.

»Keine Sorge«, antwortete Abu Dun. »Ich werde schweigen wie ein Grab.«

»Gut«, sagte Andrej.

»Kein Wort kommt über meine Lippen«, versicherte Abu Dun.

Andrej sah ihn böse an.

»Du wirst nicht den geringsten Laut von mir hören.«

Andrej schwieg und begrüßte auch Thure mit einem stummen Kopfnicken.

»Keinen Ton«, sagte Abu Dun.

»Abu Dun!«

»Ist ja schon gut. Ich bin jetzt ganz ruhig.« Er wandte sich Thure und dem grauhaarigen König zu und verbeugte sich so tief, dass sich das Ende seines schwarzen Turbans löste und mit einem klatschenden, nassen Geräusch auf das Deck fiel. Osrik hatte sichtliche Mühe, ein Lachen zu unterdrücken, als der Nubier sich wieder aufrichtete und mit schon fast tollpatschigen Bewegungen seinen Turban wieder zurechtzurücken versuchte. Aber vermutlich ahnte er auch, dass Abu Dun nur den Narren spielte, um die Spannung zu lösen.

»Andrej, Abu Dun«, sagte Thure. »Hattet ihr eine angenehme Nacht?«

Andrej entschied, nicht daruber nachzudenken, ob sich in diesen Worten eine Anzüglichkeit verbarg, und beließ es bei einem kühlen Nicken, und Abu Dun grunzte: »Kalt.«

»Und es wird noch viel kälter werden, fürchte ich«, sagte Thure. »Bald erreichen wir die verbotene Insel ... aber ihr wisst ja, wie es dort ist.«

»Doch zuerst müssen wir durch den Nebel«, fügte Osrik hinzu. Er klang nervös.

»Welchen Nebel?« Andrej sah in die Richtung, in die der Bug der *Fenrir* wies. Der Tag war so trüb und deprimierend wie der vorherige. Von der Sonne war nicht mehr als ein verwaschener gelber Fleck am Himmel zu sehen, und das Meer schien sich irgendwo auf halbem Wege zum Horizont in grauer Entfernung aufzulösen, aber von *Nebel* war weit und breit nichts zu sehen.

»Er wird kommen, keine Angst.« Urd gesellte sich zu ihnen. Sie sah übernächtigt aus, dabei war sie lange vor Andrej eingeschlafen ... aber wieder einmal verschwunden gewesen, als er erwachte. »Sobald es wieder dunkel wird.« Ihr Blick suchte einen Moment lang den Himmel ab. »Aber wenigstens bekommen wir keine Wolken. Die Nacht bleibt klar.«

Auch Abu Dun legte den Kopf in den Nacken, um in den

Himmel zu sehen, und machte dann ein ratloses Gesicht. So fühlte sich auch Andrej.

»Das ist in diesem Teil des Meeres immer so«, erklärte Urd. Nach einem halben Atemzug verbesserte sie sich. »Fast immer.«

»Aber deshalb sind wir nicht hier.« Osrik schenkte Urd ein entschuldigendes Lächeln, wurde dafür aber umso ernster, als er sich wieder an Andrej wandte. »Wir erreichen bald die Gewässer, in denen wir auf das Nagelfahr treffen könnten.«

»Das ist nicht gesagt«, mischte sich Urd ein, laut, aber ohne Osrik dabei direkt anzusehen. »Viele Schiffe haben diesen Teil des Meeres befahren, ohne das Nagelfahr auch nur zu Gesicht bekommen zu haben. Manche behaupten sogar, dass es gar nicht existiert.«

»Es existiert, verlass dich darauf«, sagte Thure. »Ich habe es mit eigenen Augen gesehen. Und diese beiden da –« Er deutete auf Andrej und Abu Dun. »– auch.«

Osriks Blick wurde fragend, und Andrej musste an den monströsen Schatten denken, der im Nebel an ihnen vorübergeglitten war. Er hätte gerne etwas anderes getan, aber schließlich nickte er widerwillig.

»Und du bist sicher, dass es tatsächlich das Nagelfahr gewesen ist?«, fragte Urd.

»Nein«, gestand Andrej. »Es war ... *Etwas*. Ich weiß nicht was, aber es war unheimlich.«

»Dann kann es alles Mögliche gewesen sein«, sagte Urd mit einem zufrieden wirkenden Nicken. »Ihr kennt euch in diesem Teil des Ozeans nicht aus, das hast du selbst gesagt. Auch das Meeresleuchten hat euch Angst gemacht.»

Abu Dun machte ein Gesicht, wie um sofort energisch zu protestieren, doch Osrik erstickte den beginnenden Streit im Keim. »Wir werden die Flotte aufteilen. Ich fahre mit meinen Schiffen ein Stück weit nach Osten und umgehe die Nebelbank, und ihr solltet dasselbe in westlicher Richtung tun.«

»Und unsere Streitkräfte teilen?«, fragte Thure zweifelnd. »Hältst du das für klug?«

»Wir hätten die doppelte Kraft, uns zu verteidigen, sollten wir wirklich auf ... *irgendetwas* stoßen«, pflichtete ihm Abu Dun bei. Das unmerkliche Zögern in seinen Worten schien Osrik ebenso wenig zu gefallen wie Andrej, aber nach einem kurzen Moment, in dem er angestrengt nachgedacht hatte, schüttelte er dennoch den Kopf. »Und die doppelte Aussicht, dass wenigstens die Hälfte von uns die Küste Isengards erreicht. Wir brechen sofort auf, aber wir werden länger brauchen als der Rest der Flotte, weil wir eine größere Strecke zurücklegen müssen. Nutzt diese Zeit und gönnt den Männern an den Rudern eine Stunde Pause. Sie werden ihre Kräfte noch dringend brauchen.«

»Ich will mich nicht einmischen«, mischte sich Abu Dun ein, »aber Andrej und ich haben schon in vielen Schlachten gekämpft, großen und kleinen.«

»Wie wir alle«, sagte Osrik.

»Das bezweifle ich nicht«, antwortete Abu Dun. »Aber habt ihr je gegen einen Feind wie diesen gekämpft?«

Osrik sah ihn einen Moment lang abschätzend an. »Einen, den es gar nicht gibt?«, fragte er dann mit einem amüsierten Seitenblick auf Urd, den sie mit einem wütenden quittierte.

»*Wenn* es ihn gibt, und er tatsächlich so übermächtig ist, wie Thure annimmt«, fuhr der Nubier unbeeindruckt fort, »dann ist es vielleicht nicht klug, unsere Kräfte aufzuteilen.«

»Wenn es wirklich das Nagelfahr ist«, erwiderte Osrik ruhig, »kann kein Schwert und keine Waffe dieser Welt etwas ausrichten, sollten wir darauf stoßen.«

»Umso wichtiger wäre es, ihm mit möglichst vielen Schiffen zu begegnen«, beharrte Abu Dun.

Diesmal sah Osrik ihn länger an und mit verändertem Ausdruck. »Du meinst, damit wenigstens einige von uns übrig bleiben und entkommen können, während er damit beschäftigt ist, die anderen zu töten.« Abu Dun antwortete nur mit einem stummen Nicken, und auch Andrej deutete seine Zustimmung mit den Augen an, als Osrik ihm einen fragenden Blick zuwarf. Auch in solchen Schlachten hatten sie schon gekämpft, und so grausam sich der bloße Gedanke auch anhören mochte ... es war eine Taktik, die funktionierte.

»Das ist nicht unsere Art zu kämpfen«, sagte Osrik. Er klang ein wenig verächtlich. »Davonzulaufen und zu hoffen, dass es andere trifft, und nicht uns.«

»Selbstverständlich nicht, Osrik«, sagte Thure rasch. »Doch wir haben es hier nicht mit einem Feind aus Fleisch und Blut zu tun, sondern mit einer Kreatur, die direkt aus Utgard stammt. Kein Schwert vermag sie zu verletzen, und kein noch so tapferes Herz sie zu beeindrucken.«

»Dann ist es nur umso sicherer, die Flotte zu teilen«, beharrte Osrik. Er sah aus, als läge ihm etwas ganz anderes auf der Zunge. »Wenn es wirklich so ist, dann erreicht auf diese Weise zumindest die Hälfte von uns ihr Ziel.«

»Aber –«, begann Thure.

»Es ist beschlossen«, fuhr Osrik mit leicht erhobener Stimme fort. »Sobald wir Isengard erreicht haben, übergebe ich dir das Kommando über meine Männer, doch solange wir auf See sind, befehlige ich die Schiffe.«

Nicht nur Andrej konnte Thure ansehen, wie schwer es ihm plötzlich fiel, nicht aus der Haut zu fahren, aber er beherrschte sich. Nur sein Gesicht verfinsterte sich noch weiter. »Ganz wie Ihr es wünscht, König Osrik«, sagte er steif.

Osrik seufzte tief und sah einen Moment lang genauso verärgert aus wie Thure, dann aber gab er sich einen Ruck und lachte. »Ja, ich wünsche es in der Tat. Und ich bin sicher, du wirst meine Entscheidung irgendwann verstehen.«

»Und was ist daran so erheiternd?«, wollte Thure mit spröder Stimme wissen.

»Nichts«, antwortete Osrik. »Nicht an deinen Worten,

Thure. Aber ich sehe deinen Vater vor mir. Er hat genauso reagiert, wenn irgendetwas nicht nach seinem Willen ging.«

»Mein Vater –«, begann Thure, nur, um schon wieder von dem Grauhaarigen unterbrochen zu werden.

»– war dein Vater, und du bist du, ich weiß.« Osrik machte eine wegwerfende Geste. »Wir sollten uns nicht streiten. Wie sollen wir einen so übermächtigen Gegner besiegen, wenn wir uns nicht einmal über den Kurs einig werden? Aber ich bin aus einem anderen Grund gekommen.«

»Und welchem?«, fragte Urd, als Thure nicht darauf antwortete, sondern den alten König nur mit mühsam beherrschtem Ärger anstarrte.

»Isengard«, antwortete Osrik. »Und Walhalla. Dein Bruder ist der Einzige, der den Weg zur Festung des falschen Gottes kennt.« Er wandte sich wieder an Thure und schien sich ganz unverhohlen über den zornigen Ausdruck auf seinen Zügen zu amüsieren. »Die Götter mögen uns davor bewahren, Thure, und ich kann mir auch keinen Gegner vorstellen, der es zuwege brächte … aber sollte dir etwas zustoßen und wir die Küste ohne dich erreichen, wie sollen wir das vermeintliche Walhalla finden? Es wäre besser, du zeichnetest uns einen Plan.«

»Und noch besser, einen für jeden Kapitän«, fügte Abu Dun hinzu. Er sah verblüfft aus, und auch Andrej fragte sich, warum bisher ganz offensichtlich niemand diesen so nahe liegenden Vorschlag gemacht hatte. Er war davon ausgegangen, dass es schon lange vor dem Auslaufen der Flotte geschehen war.

»Das kann ich nicht«, sagte Thure.

»Wieso?« Abu Dun sah plötzlich misstrauisch aus, und auch Osrik runzelte unwillig die Stirn.

»Es ist lange her«, antwortete Thure. »Ich war noch ein halbes Kind damals, und ich hatte große Angst. Außerdem war es Nacht, und der Sturm hat die ganze Zeit über getobt.

Aber ich bin sicher, dass ihr den Weg findet. Ihr werdet spüren, in welche Richtung ihr gehen müsst.«

Osrik wollte etwas sagen, doch wieder kam ihm Abu Dun zuvor. »Spüren?«, wiederholte er. »Das ist ein bisschen wenig, um ein so großes Heer auf den Weg zu bringen, meinst du nicht selbst?«

»Es wird reichen«, beharrte Thure. »Sobald wir die Küsten Isengards erreicht haben, wisst ihr, was ich meine.«

»Und auch das finde ich ein bisschen wenig«, sagte Abu Dun. »Du willst, dass wir fast tausend Krieger ins Feld führen, und kannst uns nicht einmal sagen wohin?«

»Nein«, sagte Thure trotzig. Dann lachte er. Es klang hässlich. »Aber noch bin ich ja nicht tot, oder? Und ich bin auch immer noch nicht damit einverstanden, diese Flotte zu teilen«, fügte er mit einem herausfordernden Blick in Osriks Richtung hinzu, so herausfordernd, dass einer von Osriks Leibwächtern – er war etwas kleiner als Thure, aber nicht viel, und beinahe genauso muskulös – vortrat und die Hand auf den Schwertgriff legte und Osrik eine rasche erschrockene Bewegung machte, um ihn zurückzuhalten.

»Es ist wirklich nicht nötig, dass wir miteinander streiten, Thure. Das wäre nicht im Sinne deines Vaters, und es kann auch nicht in unserem sein. Wir sind zwei Männer, die unterschiedlicher Meinung sind. Die Zukunft wird zeigen, wer von uns recht hat und wer nicht. Wenn du mir also diesen Plan nicht zeichnen kannst, dann kehre ich jetzt auf mein Schiff zurück und lasse das Segel setzen.« Er wartete einen Moment vergebens – und als er weitersprach, tat er es an Urd gewandt, nicht an Andrej oder Abu Dun, als kommandiere sie dieses Schiff. Andrej war nicht einmal sicher, ob es nicht tatsächlich so war. »Ihr solltet eine Stunde warten, vielleicht zwei. Aber nicht länger. Ich werde meinen Männern befehlen, schnell zu rudern.«

Thure machte ein finstereres Gesicht, und auch Urd sah

kurz in den Himmel hinauf und wirkte nicht erfreut, auch wenn Andrej mutmaßte, dass ihre Verärgerung eher dem Umstand galt, zwei Stunden kostbares Tageslicht grundlos verschenken zu sollen. Sie wollte gerade sprechen, als ihr Bruder ihr zuvorkam. »Du hast vollkommen recht, Osrik«, sagte er in verändertem Ton, nach einem unechten Räuspern und einem gezwungenen Lächeln. »Wir sind verschiedener Meinung, aber das sollte uns nicht zu Feinden machen. Ich muss mich bei dir entschuldigen.« Er machte eine befehlende Geste in Urds Richtung. »Trink einen Becher heißen Wein mit mir, und nimm meine Entschuldigung an.«

Urd ging, vermutlich um den Wein zu holen (und nicht, ohne ihrem Bruder einen bösen Blick zugeworfen zu haben), und Osrik schüttelte den Kopf. »Eine Entschuldigung ist nicht notwendig, und was den Wein angeht ... der Tag ist zu kurz, um Zeit zu verschenken. Wir holen es nach, sobald wir –«

»Aber es dauert nicht lange«, unterbrach ihn Thure. »Nur einen Becher, damit ich auch sicher sein kann, dass du es mir wirklich nicht übel nimmst.«

Osrik sah immer noch unschlüssig aus, gab sich dann aber geschlagen und blickte rasch über die Schulter zu Urd zurück, die in diesem Moment bereits wieder aus ihrem Zelt heraustrat und einen bauchigen Krug in beiden Händen hielt. Sie kam jedoch nicht zu ihnen, sondern steuerte mit schnellen Schritten das eiserne Feuergestell in der Mitte des Schiffes an. Für einen Moment glaubte Andrej, dass Osrik nun doch gegen diese neuerliche Verzögerung protestieren und auf sein Schiff zurückkehren würde, dann aber nickte er nur erneut und begann ein belangloses Gespräch mit Thure, dem Andrej schon nach den ersten Worten nicht mehr zuhörte.

Stattdessen wandte er sich ab und ging zum Bug der *Fenrir*, und Abu Dun folgte ihm. Eine Weile standen sie einfach da und blickten schweigend auf das Meer. Die Schiffe bewegten sich noch immer, wenn auch nicht mehr annähernd so schnell wie bisher, und so sehr sich Andrej auch anstrengte, er konnte keine Spur des Nebels entdecken, von dem Osrik und die anderen gesprochen hatten. Tatsächlich mussten sie sich hier besser auskennen als Abu Dun und er, und Andrej neidete ihnen dieses Wissen nicht. Ihm war dieser Ozean in zunehmendem Maße unheimlich.

»So dumm kann er doch eigentlich gar nicht sein«, sagte Abu Dun plötzlich.

»Osrik?«

»Thure«, verbesserte ihn Abu Dun mit einem ärgerlichen Blick. »Ein einziger Mann kennt den Weg zu unserem Ziel, und er hält es nicht für nötig, ihn auch nur irgendjemandem zu beschreiben? Und diese Leute nennen sich Krieger!«

»Jeder macht Fehler«, antwortete Andrej.

»Nicht solche!«, schnaubte Abu Dun. »Und wieso kommt Osrik erst jetzt auf den Gedanken –«

Er brach ab, und Andrej spürte es im gleichen Moment. Etwas … *geschah.* Aber er konnte nicht sagen, was es war. Als wäre ein sachter Ruck durch die Wirklichkeit gegangen, so als hätte jemand die gesamte Welt genommen und ein winziges Stück in eine andere Richtung gelenkt.

Dann hörte er das Geräusch, drehte sich stirnrunzelnd herum und begann zu begreifen.

Das Segel hing plötzlich schlaff von der Rahe, nass von der Feuchtigkeit, die der Stoff aufgesogen hatte, und so schwer, dass die Falten wie mit Messern gezogene Linien aussahen. Die bisher straff gespannten Taue hingen durch, und das gesamte Schiff zitterte, als wäre es von einer unsichtbaren Hand berührt worden.

Der Wind war erloschen. Von einem Atemzug auf den anderen.

»Was bedeutet das, Hexenmeister?«, flüsterte Abu Dun. »Das … das ist nicht normal!«

Andrej konnte ihm nur recht geben. Das war keine normale Flaute. Der Wind hatte nicht nachgelassen, sondern von einem Lidschlag auf den anderen einfach aufgehört, so plötzlich, wie eine Flamme im Sturm erlischt. Und Abu Dun und er waren nicht die Einzigen, denen das aufgefallen war. Zahlreiche Männer blickten das plötzlich schlaff und traurig herabhängende Segel verblüfft an, in etlichen Augen war Erschrecken oder gar Furcht zu lesen.

Abu Dun berührte ihn an der Schulter, und als Andrej sich herumdrehte und wieder nach Norden sah, konnte er einen erschrockenen Ausruf gerade noch unterdrücken. Der Nebel, nach dem er bisher vergeblich Ausschau gehalten hatte, war da. Der Horizont war endgültig verschwunden, und über dem Wasser lag ein grauer, sonderbar faseriger Dunst, wie aufsteigender Dampf nach einem Sommergewitter über einer Wiese, ein erstickender Hauch, der eigentlich gar nicht wie Nebel aussah, sondern etwas Bedrohliches, Fremdes, das lautlos vom Wasser aufstieg und die Flotte einzukreisen begann. Es war keine Nebelwand, die sich ihnen näherte. Etwas kam. Es war unsichtbar, vielleicht auch noch zu weit entfernt, um es sehen zu können, aber Andrej spürte es.

»Wir sollten hier verschwinden«, meinte Abu Dun. Andrej hätte es nicht treffender ausdrücken können.

Er lief mit raschen Schritten zu Thure und Urd zurück. Auch sie hatten den Nebel inzwischen entdeckt, ebenso wie Osrik, der als Einziger nicht erschrocken aussah, sondern nur sehr aufmerksam. Und er war auch der Erste, der die Lähmung überwand, die bei dem unheimlichen Anblick von ihnen allen Besitz ergriffen hatte.

»Auf die Schiffe!«, befahl er. »Schnell!«

Der Befehl wäre vermutlich gar nicht nötig gewesen, denn seine und Thures Begleiter hasteten bereits zu ihren Schiffen zurück, die rechts und links der *Fenrir* festgemacht hatten, und ohne dass es eines besonderen Befehles bedurft hätte, klatschten die Ruder ins aufspritzende Wasser, kaum, dass der Abstand zwischen den Bootsrümpfen groß genug war, wenn auch dennoch zu früh, denn auf der rechten Seite krachte ein Ruder auf eines der großen Schilde, die die Reling der *Fenrir* bildeten, und zerbarst, aber niemand nahm davon Notiz. Auch überall hinter ihnen brach aufgeregte Eile aus, als auch die Männer an Bord sämtlicher anderer Drachenboote ihre Ruder zu Wasser ließen. Für einen winzigen Moment fühlte sich Andrej hilflos. Noch vor einem Augenblick hätte er Thure am liebsten ans andere Ende der Welt gewünscht, jetzt wusste er nicht, was sie tun sollten. Eine blitzartige Vision tauchte vor seinem inneren Auge auf und machte ihm das Denken noch schwerer: der riesige Schatten, den er im Nebel gesehen hatte.

»Und jetzt?«, wandte er sich an Urd.

»Rudert«, murmelte Urd, und dann noch einmal, und so laut sie konnte: *»Rudert!«*

Ihre Warnung wäre nicht nötig gewesen. Kaum, dass die *Fenrir* frei war, tauchten die Männer die Riemen ins Wasser und ruderten, so schnell sie nur konnten. Auch Andrej und Abu Dun ergriffen jeder eines der großen Ruder und passten sich widerwillig dem viel langsameren Takt der Männer an. Andrej hätte am liebsten aufgeschrien, als ihm klar wurde, dass sie direkt in den Nebel hineinruderten, statt zu tun, was er instinktiv angenommen hatte, nämlich zu wenden und sich von ihm zu entfernen. Ohne mit Rudern innezuhalten, drehte er den Kopf und sah, dass Urd inzwischen neben dem Mann am Steuerruder stand und ihm mit knappen Gesten Befehle erteilte. Er konnte nicht sagen, ob das Schiff darauf reagierte. In den wenigen Augenblicken, die vergangen waren, war aus dem blassen Dunst ein nahezu undurchdringlicher, grauer Nebel geworden, der die *Fenrir* vollkommen einhüllte. Selbst die beiden Schiffe König Osriks und Thures, die sich noch nicht sehr weit von ihnen entfernt haben konnten, waren wie vom Erdboden verschwunden.

»Rudert!«, rief Thure noch einmal. »Schneller, um Odins willen!«

Andrej hätte sich gewünscht, dass sie einen anderen Gott angerufen hätte, sah aber nur wieder nach vorne und versuchte, den immer noch dichter werdenden Nebel mit seinen scharfen Augen zu durchdringen. Was immer darin war, blieb unsichtbar, aber er spürte es. Etwas kam. Schnell. Unaufhaltsam. Gnadenlos.

»Rudert!«, schrie Urd zum dritten Mal, und die Männer versuchten noch einmal, den Takt der Ruderschläge zu beschleunigen. Überall rings um sie herum waren die Geräusche anderer, schnellerer Ruderschläge zu hören, und auch wenn es nur die beiden Schiffe Thures und Osriks waren, die sie hören konnten, war Andrej doch klar, dass die gesamte Flotte nun mit verzweifelter Kraft in den Nebel hineinfuhr – so aberwitzig es ihm auch selbst erschien. Etwas wartete darin auf sie. Und sie fuhren ihm mit aller Kraft *entgegen?* Das war Irrsinn!

Die Zeit schien sich zu dehnen, nahm kein Ende mehr. Andrej wusste, dass sie erst seit wenigen Augenblicken in den Nebel getaucht waren, und doch kam es ihm bereits vor wie eine Ewigkeit. Er fühlte sich blind, hilflos und ausgeliefert, jetzt, da er der übernatürlichen Schärfe seiner Sinne beraubt war. Abu Dun kämpfte auf der Bank neben ihm mit dem Ruder und schien sich vollkommen auf seine Tätigkeit zu konzentrieren, doch Andrej musste ihn nicht einmal ansehen, um zu wissen, dass es dem Nubier nicht anders erging als ihm. Auch er fühlte die Bedrohung.

Und dann war es da, ein Schatten, riesig, schwarz und drohend, der plötzlich vor dem Bug des Schiffes emporwuchs, als wäre warnungslos ein Berg aus schwarzem Granit aus dem Meer aufgetaucht. Die Männer schrien auf, und Andrej spannte instinktiv die Muskeln und bereitete sich auf den Zusammenprall vor.

Aber er kam nicht.

Der Schatten glitt an ihnen vorüber, dicht genug, um die ersten drei oder vier Ruder zerbersten zu lassen und die Männer schreiend und verletzt von ihren Bänken zu fegen. Die *Fenrir* schwankte, lehnte sich für einen schrecklichen Moment bedrohlich auf die Seite und richtete sich dann mit einem Ruck wieder auf, der selbst Abu Dun und ihn um ein Haar und den größten Teil der Männer tatsächlich von den Ruderbänken schleuderte. Ein Chor gellender Schreie wurde rings um sie herum laut.

Und dann hörten sie ein Geräusch, dass keiner der Männer, die es hörten, je wieder vergessen sollte: das dumpfe Splittern eines Schiffsrumpfes, der von einer unwiderstehlichen Gewalt getroffen und zertrümmert wurde. Schreie und ein nicht enden wollendes Krachen und Bersten wehten durch den Nebel herüber, von dem grauen Dunst sonderbar gedämpft und aller Höhen und damit auch jeglicher Lebendigkeit beraubt, und darunter glaubte Andrej noch ein anderes, unheimliches Geräusch zu hören. Ein düsteres Grollen, wie von einem gigantischen Raubtier, das sich zum Sprung bereit macht.

»Beidrehen!«

Im allerersten Moment reagierte keiner der Männer auf seinen Befehl. Die meisten hatten ihn nicht einmal gehört. Aber dann wiederholte er ihn und griff gleichzeitig nach seinem Ruder, um es einzutauchen und entgegen der bisherigen Richtung durchs Wasser zu ziehen, und auf der anderen Seite vollzog Abu Dun die Bewegung in entgegengesetzter Richtung nach, und die *Fenrir* begann sich zitternd und widerwillig nach links zu drehen; in die Richtung, aus der noch immer ein Chor gellender Schreie herüberwehte, in den sich inzwischen auch Kampflärm mischte. Seltsamerweise hielt auch das Splittern und Bersten noch immer an, als wäre der Zusammenprall immer noch im Gange.

»Aufstehen«, brüllte Andrej. »An die Ruder!«

Nicht einmal die Hälfte der Männer gehorchte sofort. Etliche krümmten sich verletzt am Boden, und noch mehr starrten ihn nur entsetzt an, und Andrej blickte in kaum ein Augenpaar, das nicht von purer Angst erfüllt gewesen wäre. Diese Männer waren keine Feiglinge, sondern gehörten ganz im Gegenteil zu den tapfersten Kriegern der Welt, aber das, was gerade im Nebel an ihnen vorübergeglitten war, war kein Feind, wie sie ihm jemals gegenübergestanden hätten. Abu Dun und er hatten nicht als Einzige den eisigen Hauch gespürt, der ihre Seele gestreift hatte.

Aber es verging auch nur noch ein halber Atemzug, bis die Männer ihr Entsetzen überwanden und schließlich einer nach dem anderen nach ihren Rundern griffen, um Andrejs Befehl nachzukommen. Die *Fenrir* schwenkte herum – zitternd und widerstrebend, als spüre auch das Schiff, dass sie sich etwas grundlegend *Falschem* und Widernatürlichem näherten, aber dennoch schneller werdend – und glitt auf den immer noch anhaltenden Lärm zu. Andrej hörte das Klirren von Waffen und Schreckens- und Schmerzensschreie, und auch das Splittern und Bersten von Holz.

Dann tauchte ein Schatten vor ihnen auf. Es war König Osriks Schiff, die riesige Drakkar, beinahe doppelt so groß wie die *Fenrir*, die ihnen vor wenigen Augenblicken noch schier unbesiegbar vorgekommen war. Jetzt, und obwohl noch immer halb vom Nebel verborgen, bot sie einen Anblick der Verheerung. Der Bug mit dem gewaltigen Drachenkopf war verschwunden, und das gesamte vordere Drittel des Schiffes ein einziges Durcheinander aus zerborstenem Holz und Splittern und verrenkten Körpern. Der Mast war gebrochen, und das gesamte Schiff lag so schräg im Wasser, dass die Ruder halb in den Himmel zu deuten schienen; als versuche irgendetwas auf der anderen Seite, das Schiff unter Wasser zu ziehen. Von dem unheimlichen Angreifer war nichts zu sehen, aber Andrej gewahrte aufgeregte Bewegung an Deck und hörte immer noch Schreie und Waffenlärm. Dort drüben wurde gekämpft.

Andrej konnte nicht erkennen, was im Einzelnen an Deck des Schiffes geschah, sondern hatte nur einen vagen Eindruck von hin und her tanzenden Schatten, aber er spürte die Panik, die unter den Männern an Bord des größeren Schiffes ausgebrochen war, und hörte das helle Klingen aufeinanderprallender Waffen und den dumpfen, ungleich schrecklicheren Laut, wenn sie ihr Ziel fanden und auf Leder, Fleisch und Knochen trafen. Die *Fenrir* glitt weiter auf das größere Schiff zu, und weitere Ruder zersplitterten, doch diesmal waren die Männer so klug, früh genug loszulassen oder beiseite zu springen, sodass es keine neuen Verletzten gab. Andrej und Abu Dun sprangen gleichzeitig auf und nutzten die schräg aufwärts deutenden Ruder der Drakkar, um das Schiff zu entern, und links und rechts von ihnen folgten die anderen Männer ihrem Beispiel. Der Nebel schien dichter zu werden, als sie das Deck betraten, und im allerersten Moment musste Andrej angestrengt um sein Gleichgewicht kämpfen, weil er die Schräglage trotz allem unterschätzt hatte.

Nicht alle Männer hatten so viel Glück wie Abu Dun und er. Zwei oder drei stürzten und verschwanden schreiend und hilflos nach Halt um sich greifend in der grauen Wand. Schatten bewegten sich darin, und Andrej hatte einen vagen Eindruck von etwas Großem, Unförmigem, das gierig nach allem griff, was unvorsichtig genug war, sich ihm zu nähern. Die Kälte, die früher seine Seele gestreift hatte, war wieder da, schlimmer als je zuvor, und drohte ihn zu lähmen. Alles in ihm schrie danach, sein Schwert fallen zu lassen und herumzufahren, um einfach davonzulaufen, fort von diesem schrecklichen *Ding*. Hinter ihm schleuderten tatsächlich zwei Männer ihre Waffen von sich und versuchten, sich mit einem verzweifelten Sprung auf das Deck der *Fenrir* hinab in Sicherheit zu bringen. Nur einem von ihnen gelang es, der andere sprang zu kurz und verschwand mit einem gewaltigen Aufplatschen im Wasser, um nicht wieder aufzutauchen.

»Dort!« Abu Dun deutete mit seinem Säbel nach vorne und rannte im gleichen Augenblick los. Andrej wusste nicht, was er entdeckt hatte, aber er folgte ihm. Die Schreie und das Geräusch klirrender Waffen wurden lauter, und ein blutüberströmter Krieger taumelte ihnen entgegen und brach zusammen. Abu Dun setzte mit einem gewaltigen Sprung über ihn hinweg und verschwand in den grauen Wogen, und Andrej hörte den dumpfen Laut, mit dem sein Krummsäbel auf ein Ziel traf und es zerschmetterte, dann tauchte auch er in den Nebel ein, und die Wirklichkeit geriet vollends zu einem Albtraum. Um ihn herum war reine Bewegung, kämpfende Männer, bei denen nicht nur er weder Freund noch Feind auseinanderhalten konnte, denn alle schienen ziellos aufeinander einzuschlagen. Metall mit einer rasiermesserscharfen Schneide zuckte nach seinem Gesicht. Andrej wich der Waffe mit einer hektischen Bewegung aus, stieß gleichzeitig mit seinem Schwert in den Nebel und spürte, dass er etwas traf, aber er wusste nicht, was, noch, ob es einer der Angreifer gewesen war oder einer ihrer eigenen Männer. Der Nebel stank nach Blut und Tod, und die Kälte am Grunde seiner Seele nahm immer mehr zu. Ein weiterer Krieger (er kannte den Mann! Es war einer von denen, die gerade noch mit König Osrik zusammen gewesen waren!) tauchte aus den alles verschlingenden Schwaden auf, brach mit einem gurgelnden Schrei unmittelbar neben ihm zusammen und stolperte dann über das schräge Deck hilflos zurück in den Nebel. Seine gesamte rechte Seite war aufgerissen und zerfetzt, als hätte ihn ein gigantischer Krallenhieb getroffen. Holz splitterte. Andrej hörte erneut jenes schreckliche, tiefe Grollen und fühlte Wut, pure Raserei, die keinen anderen Sinn hatte, als ziellos alles zu zerstören, was in ihren Weg geriet. Irgendwo vor ihm war Abu Dun, der inmitten der anderen Krieger verbissen gegen etwas kämpfte, was Andrej immer noch nicht erkennen konnte.

Ein weiterer von Osriks Kriegern stürmte auf ihn zu und versuchte in blinder Angst, ihn zu attackieren. Andrej wich auch seinem Axthieb aus, entrang ihm die Waffe und schleuderte ihn mit einem Fausthieb zu Boden, der ihm das Bewusstsein raubte, ihn aber nicht tötete. Wie viele Männer mochten sich schon gegenseitig umgebracht haben in diesem grässlichen Nebel?

Andrej verscheuchte den Gedanken, kämpfte mit einer Anstrengung, die seine Kräfte beinahe überstieg, die Panik nieder, die sich wie ein lautloses Gift in seine Seele geschlichen hatte, und versuchte, seine ganze Aufmerksamkeit auf die Eindrücke zu richten, die ihm andere als seine menschlichen Sinne vermittelten. Er konnte Abu Dun fühlen, seine grimmige Entschlossenheit, aber auch die Angst, mit der selbst der Nubier rang, all die anderen Männer ringsum, die sich verzweifelt gegen etwas wehrten, von dem sie nicht wussten, was es war, ja, das sie nicht einmal *sehen* konnten, und sein lautloses geistiges Tasten berührte etwas, das so kalt war, dass es ihn zu verbrennen schien. Blindlings stürmte er weiter, rutschte auf einer Pfütze aus Blut oder etwas anderem, Schlimmerem aus und fiel hilflos auf den Rücken. Eine weitere Gestalt tauchte aus den grauen Schwaden über ihm auf und beugte sich vor; ein Mann, den er ebenfalls von Bord dieses Schiffes kannte.

Ein Irrtum, der ihn um ein Haar das Leben gekostet hätte.

Andrej streckte die Hand aus, als der andere dasselbe tat, um ihm – wie er meinte – auf die Beine zu helfen, und die Schwertklinge des Kriegers schrammte Funken sprühend über sein Kettenhemd und grub sich knirschend in seine Schulter. Andrej keuchte vor Schmerz und Überraschung, kam mit einer Bewegung, mit der er den anderen zugleich ein

Stück weit von sich stieß, in die Höhe und schrie: »*Aufhören! Ich bin es!*«

Wenn der andere ihn jemals gekannt hatte, so war dieses Wissen jetzt fort. Die Augen, in die Andrej blickte, waren leer.

Er stand einem Dauger gegenüber.

Andrejs Überraschung und Schrecken waren so groß, dass der Krieger um ein Haar einen zweiten und womöglich tödlichen Treffer angebracht hätte, denn diesmal stieß seine Schwertklinge nach seinem Gesicht. Im letzten Moment wich Andrej der Waffe aus, tänzelte herum und stieß dem Dauger zugleich die eigene Klinge tief in den Leib. Das unheimliche Geschöpf gab nicht einmal einen Laut von sich, sondern versuchte, seinerseits nach ihm zu schlagen, und Andrej packte sein Schwert mit beiden Händen und enthauptete ihn mit einem einzigen, kraftvollen Hieb. Der reglose Torso kippte nach hinten und verschwand im Nebel, und Andrej presste für einen Moment die Hand auf die blutende Schulter und kämpfte den Schmerz nieder.

»Andrej! Hierher!«

Abu Duns Schrei riss ihn in die graue Wirklichkeit zurück. Er stürmte weiter, sah weitere verschwommene Schemen auf sich zutorkeln, wich ihnen aber aus, so gut er konnte. Der Mann, den er gerade enthauptet hatte, war bereits tot gewesen und er hatte keine andere Wahl gehabt, aber er wollte nicht noch mehr ihrer eigenen Krieger töten müssen; ganz egal, aus welchem Grund. Abu Dun brüllte noch einmal seinen Namen, und Andrej beschleunigte seine Schritte, prallte gegen die jenseitige Reling und verwandelte seinen begonnenen Sturz mit aller Kraft in einen Sprung, mit dem er auf dem Deck des Schiffes landete, dass Osriks Drakkar gerammt hatte.

Wenn es ein Schiff war.

Andrej vermochte nicht zu sagen, was er sah. Der Nebel war hier etwas weniger dicht, sodass aus den tanzenden

Schatten wieder die Umrisse menschlicher Körper wurden, Krieger, die in verbissener Wut miteinander fochten, und nun konnte er auch Abu Dun ausmachen, einen hünenhaften Schatten, der sich gegen gleich drei Angreifer zur Wehr setzte. Andrej musste nicht in sie hineinlauschen, um zu wissen, dass es Dauger waren. Alles andere, was er sah, war ... nein, er wusste es nicht. Kein Schiff.

Mit einem einzigen, gewaltigen Satz war er neben dem Nubier, tötete einen seiner Gegner, indem er ihm sein Schwert fast bis ans Heft in die Kehle stieß und ihn aus der gleichen Bewegung heraus enthauptete, mit der er die Waffe wieder herausriss, und fegte einem zweiten mit einem kraftvollen Tritt die Beine unter dem Leibe weg. Noch bevor er wieder in die Höhe kommen konnte und während Abu Dun sich des dritten Angreifers mit einem gewaltigen Hieb seines Säbels entledigte, der ihn nahezu in zwei Hälften spaltete, enthauptete Andrej auch diesen Gegner und richtete sich schwer atmend neben Abu Dun auf.

»Seit wann brauchst du Hilfe gegen drei Männer?«, keuchte er.

»Seit es *so etwas* gibt«, antwortete Abu Dun grimmig und deutete mit seinem Säbel in den Nebel hinein. Andrejs Blick folgte der Geste, und sein Herz setzte für zwei komplette Schläge aus.

Sie waren nicht auf einem Schiff. Der Nebel verwischte alle Konturen und ließ die Dinge unheimlicher und noch bizarrer erscheinen, als sie es ohnehin waren, doch schon das Wenige, was er wirklich erkennen konnte, war beinahe mehr, als er ertrug. Andrej hatte einen flüchtigen Eindruck gewaltiger Zähne und Krallen, die sich in den Rumpf der Drakkar gegraben hatten, glotzender pupillenloser Augen und borstiger Panzerplatten und dünner, peitschender Fäden, die gierig nach allem griffen, was in ihre Reichweite geriet. Über ihren Köpfen flatterte etwas Schwarzes, Schleimiges, wie ein

Segel aus faulender, menschlicher Haut, und was er in einem ersten, verschwommenen Eindruck für Ruder gehalten hatte, das waren plötzlich riesige, mehrgliedrige Beine, drahtig beharrt, mit denen das groteske Ding über das Wasser lief, wie eine Spinne über einen Tautropfen. *Dieses ganze verdammte Ding lebt!*, dachte er entsetzt. *Es war kein Schiff!*

Etwas Schwarzes, Dünnes züngelte nach seinem Gesicht und berührte es auf eine Art, die kaum zu ertragen war. Andrej riss sein Schwert in die Höhe und wurde mit einem leisen Prasseln wie von Regentropfen belohnt, mit dem ein Dutzend oder mehr der haardünnen Fäden rings um ihn herum auf das Deck fielen. Kurz und heftig durchfuhr ihn Schmerz, der nicht sein eigener war.

Nicht alle Männer hatten so viel Glück. Hinter ihm erscholl ein gellender Schrei, und als Andrej herumfuhr, sah er, wie einer von Osriks Kriegern von Dutzenden der dünnen, peitschenden Tentakeln gepackt und mit brutaler Kraft zu Boden gezerrt wurde. Einen schrecklichen, endlosen Moment lang versuchte er noch, sich zu wehren, dann lag er plötzlich still ... aber nur kurz, denn das schwarze Geflecht zog sich so rasch zurück, wie es ihn gepackt hatte, und der Krieger griff nach seinem Schwert und richtete sich mit einer ungelenk anmutenden Bewegung wieder auf.

Abu Dun musste im gleichen Moment wie er begriffen haben, was diese unheimliche Beobachtung bedeutete, vielleicht sogar etwas eher, denn er war über dem Mann, noch bevor der ganz auf die Füße gekommen war, und schickte ihn mit einem wuchtigen Schwerthieb wieder zu Boden. In seinem Gesicht stand pures Entsetzen geschrieben, als er sich zu Andrej wandte. In seinen Augen erschien eine Frage, deren Antwort er ebenso gut kannte wie Andrej, die er aber einfach nicht wahrhaben wollte. Noch bevor er etwas sagen konnte, spie der Nebel rings um ihn herum ein Gewirr schwarzer, nass glänzender dünner Fäden und Tentakel aus, die aus allen

Richtungen heraus gleichzeitig nach ihm zu greifen versuchten.

Abu Dun trennte die Hälfte davon mit einem einzigen, gewaltigen Schwerthieb ab und zerriss die, die sich um seine Glieder schlingen wollten, mit der bloßen Kraft seiner riesigen Pranken, und Andrej sprang an seine Seite und schnitt ganze Büschel des dämonischen Haares mit wuchtigen Schwerthieben ab. Abermals verspürte er ein Aufflackern von rasendem Schmerz und auch Zorn, und ein lautloser, wütender Schrei gellte hinter seiner Stirn.

Mit einem letzten, wuchtigen Hieb verschaffte er sich Luft, sprang einen halben Schritt zurück und packte das Schwert mit beiden Händen, um es wuchtig in das schwarze Deck unter seinen Füßen zu rammen. Ein Splittern wie von berstendem Metall oder Eis erklang, und aus dem Schrei hinter seinen Schläfen wurde ein zorniges, schmerzerfülltes Geheul.

»Dieses Ding lebt!«, schrie er. *»Tötet es!«*

Etwas schlug nach ihm, kein peitschender Nesselfaden, sondern etwas Großes, Hartes aus Horn oder Knochen, das möglicherweise einmal menschlich gewesen war und ihn mit einem einzigen, mächtigen Hieb von den Füßen schleuderte. Andrej hackte es mit einem blitzschnellen Schwerthieb ab, als es zum zweiten Mal nach ihm schlagen wollte, dann war Abu Dun neben ihm, zerrte ihn auf die Füße und rammte gleichzeitig seinen Säbel in das Deck, wie er es gerade bei Andrej gesehen hatte. Aus dem lautlosen Wutgebrüll wurde etwas anderes, Schlimmeres, ein Schmerz und eine Raserei, groß genug, um die ganze Welt in Stücke zu reißen.

Plötzlich waren überall rings um sie herum Gestalten, torkelnde Männer mit leeren Augen, die aus allen Richtungen zugleich auf Abu Dun und sie einstürmten, vier, fünf, sechs und mehr Krieger, die vor wenigen Augenblicken noch ihre Verbündeten waren und jetzt zu etwas durch und durch Furchteinflößendem geworden waren. Abu Dun schleuderte den ersten mit einem Fußtritt davon, der ihn zurücktorkeln und ins Wasser stürzen ließ, und Andrej trat blitzschnell hinter ihn, sodass sie sich Rücken an Rücken verteidigen konnten. Jetzt, wo sie wussten, wie man sich der Dauger erwehren musste, gelang es ihnen, selbst dieser Übermacht standzuhalten und einen nach dem anderen zu erledigen. Der Nebel spie immer noch weitere Angreifer aus, und Abu Duns Krummsäbel und Andrejs Damaszenerschwert wüteten schrecklich unter ihnen.

Dennoch hätten sie keine Chance gehabt, wären sie nicht gewesen, was sie waren.

Irgendwann hörte es auf, und eine letzte, blutüberströmte Gestalt wankte aus dem Nebel heraus und direkt in Abu Duns Schwerthieb hinein, der sie des Kopfes, der rechten Schulter und des dazugehörigen Armes beraubte, und dann kam kein weiterer Dauger mehr. Auch Andrej taumelte vor Erschöpfung. Er hatte aufgehört zu zählen, wie oft er getroffen worden war und aus wie vielen Wunden er blutete. Das Gefühl rasenden Zornes, das sie einhüllte, wurde immer gewaltiger, und er spürte mehr, als er sah, wie sich die grotesken Zähne und Knochenklingen aus dem Rumpf des benachbarten Schiffes zu lösen begannen. Der Boden zitterte. Schwarzes Blut sprudelte aus den schrecklichen Wunden, die Abu Dun und er dem Ungeheuer geschlagen hatten, und der Schmerz, den Andrej am ganzen Körper spürte, war so übermächtig, dass er beinahe zu seinem eigenen wurde. Doch Andrej spürte auch die unvorstellbare Kraft, die immer noch dahinter lauerte. Sie hatten diesem Ding wehgetan und es wütend gemacht, es aber nicht geschwächt.

»Weg hier!«, keuchte er. »Schnell!«

Abu Dun machte nicht den Eindruck, als hätte er gegen diesen Vorschlag etwas einzuwenden, ließ es sich aber auch nicht nehmen, seinen Säbel noch einmal mit beiden Händen zu ergreifen und mit einer gewaltigen Anstrengung nicht nur bis ans Heft durch die bebenden Planken zu rammen, sondern die Klinge auch mit einer wütenden Bewegung herumzudrehen, sodass ein Schwall aus schwarzem Blut und stinkendem Eiter aus der Wunde schoss.

Diesmal war der Schrei nicht mehr lautlos, sondern tatsächlich ein wütendes Brüllen, unter dem der gesamte Ozean zu erbeben schien. Das Schiff bäumte sich auf. Wasser spritzte zu fünf- oder zehnfacher Manneshöhe auf, und hinter der Wand aus eisiger Gischt glaubte Andrej einen Schatten wahrzunehmen, der zu einem Schiff wurde, während er den Nebel teilte, aber ihm blieb keine Zeit, genauer hinzusehen, denn das monströse lebende *Ding* bäumte sich noch einmal und mit solcher Urgewalt auf, dass Abu Dun und er von den Füßen gerissen wurden und hilflos über das Deck schlitterten. Irgendwo fand Andrej Halt und stemmte sich mühsam auf die Knie. Der Schatten neben ihnen wuchs weiter heran und wurde nun tatsächlich zu einem Schiff, hinter dessen geschnitztem Drachenkopf eine hünenhafte Gestalt in einem schwarzen Fellmantel aufragte, die eine riesige zweischneidige Streitaxt über der Schulter trug.

»Nicht!«, schrie Andrej. *»Kommt nicht an Bord!«*

Möglicherweise kam seine Warnung schon zu spät. Zu schnell schoss Thures Schiff heran und versuchte im letzten Moment sogar noch den Kurs zu ändern, aber sein Schwung war einfach zu groß. Die vorderen vier oder fünf Ruder splitterten, und ein Chor lauter Schmerzensschreie und Schreckensrufe wehte zu ihnen herüber, als das zerberstende Holz Männer aufspießte oder, wenn sie Glück hatten, von den Ruderbänken fegte, und plötzlich hob sich ein Dutzend der vermeintlichen Ruder des Nagelfahr und riss weitere Männer von den Beinen. Drei oder vier taumelten kreischend zurück, mit gebrochenen Gliedmaßen und tödlich verwundet, und mindestens ebenso viele stürzten ins eisige Wasser.

Neben ihm kämpfte sich Abu Dun auf die Beine und streckte die Hand aus, um ihm aufzuhelfen, und etwas griff aus dem Nebel heraus und zerrte ihn mit einem brutalen Ruck von Andrej fort; kein Büschel dünner peitschender Äste diesmal, sondern ein armdicker Strang aus nass glänzendem Fleisch oder Horn, der sich um seine Schultern und seinen Hals wickelte und ihn mit unwiderstehlicher Gewalt zu erdrücken suchte.

Andrej sprang auf und schlug mit seinem Schwert zu, doch die harte Klinge prallte einfach von dem glänzenden Chitin ab, und das mit solcher Gewalt, dass sie ihm beinahe aus den Händen gerissen worden wäre und ein pulsierender Schmerz bis in seine Schultern hinaufschoss und seinen Arm mit Taubheit lähmte. Abu Dun ließ seinen Säbel fallen, griff mit beiden Händen zu und ächzte vor Anstrengung, um den tödlichen Würgegriff zu sprengen, aber nicht einmal seine gewaltigen Körperkräfte reichten dazu aus. Andrej hörte, wie seine Knochen unter dem unbarmherzigen Druck zu knirschen begannen, schwang seine Klinge zu einem zweiten Hieb und wurde wieder mit Schmerz bestraft, der in seinem Arm explodierte. Diesmal entglitt das Schwert seinen plötzlich kraftlosen Fingern und polterte zu Boden, aber immerhin war es ihm gelungen, dem grässlichen Etwas eine handlange Wunde zuzufügen, aus der eine schwarze, übel riechende Flüssigkeit spritzte. Mit tauben Fingern tastete er nach seinem Schwert, hob es auf und sah etwas, das ihn vor Entsetzen aufstöhnen ließ.

Hinter Abu Dun klaffte plötzlich ein gigantisches Maul voller spitzer, handlanger Reißzähne, von denen schwarzer Geifer troff. Eine gespaltene Zunge tastete nach dem Nubier, wickelte sich wie eine Peitschenschnur um sein Bein und zerrte ihn auf den mahlenden Schlund zu. Abu Dun keuchte vor schierer Panik und wehrte sich mit aller Kraft, aber es gelang ihm nicht einmal, die schreckliche Bewegung zu verlangsamen. Noch ein halber Atemzug, und das monströse Maul würde den Nubier verschlingen.

Eine hünenhafte Gestalt landete mit solcher Gewalt neben Andrej auf dem Deck, dass das gesamte Schiff unter ihnen zu erbeben schien, stieß ihn aus dem Weg und schwang eine monströse Axt, die den würgenden Arm mit einem einzigen Hieb zerteilte.

Abu Dun sank keuchend auf die Knie, riss das abgetrennte Ende von seinem Hals und fiel gleich darauf nach vorne, als sich die Schlangenzunge mit einem Ruck spannte und ihn weiter auf das geifernde Maul zuzerrte.

Andrej trennte sie mit einem Schwerthieb ab, und Thure schwang seine Axt zu einem zweiten Hieb, der Zähne und schwarze Knochen splittern ließ.

Gemeinsam zerrten sie den Nubier auf die Füße. Abu Dun versuchte etwas zu sagen, brachte aber nur ein gequältes Würgen hervor und wäre auf der Stelle wieder zusammengebrochen, hätten sie ihn nicht gestützt. Blut lief aus seinem Mund, und Andrej konnte fühlen, wie schwer er verletzt war. Das Wutgebrüll des Nagelfahr steigerte sich zu schierer Raserei, und der Boden unter ihren Füßen zuckte und bebte so heftig unter ihnen, dass sie sich kaum noch auf den Beinen halten konnten.

»Weg hier!«, keuchte Andrej. »Schnell!«

Sie schafften es gerade noch. Osriks Schiff schnellte in einer Wolke eisiger Gischt in die Höhe, als sich die Zähne und Krallen des Nagelfahr aus seinem Rumpf lösten, und die emporschießende Reling riss sie alle drei von den Beinen, sodass sie schwer übereinanderfielen. Das Brüllen dröhnte ihnen in den Ohren, und als Andrej sich hochzustemmen versuchte, kippte die Drakkar mit einem plötzlichen Schlag in die Waagerechte zurück, sodass er abermals hart stürzte. Eisiges Wasser schwappte über die Bordwand und durchnässte ihn bis auf die Haut.

Andrej empfand ein absurdes Gefühl von Verärgerung, als er bemerkte, dass Thure vor ihm auf die Beine kam, und das mit spielerischer Leichtigkeit. Und es war auch der Nordmann, der Abu Dun auf die Füße half, nicht er. Andrej stemmte sich als Letzter in die Höhe und hatte im ersten Moment sogar Mühe, auf dem heftig hin und her schwankenden Deck das Gleichgewicht zu halten.

»Ist alles in Ordnung?«, fragte Thure. Andrej war nicht sicher, wem die Frage galt, aber Abu Dun spie ein würgendes »Ja« heraus, spuckte dann einen Schwall dickes, schleimiges Blut, sank auf das rechte Knie hinab und musste sich mit beiden Händen abstützen, um nicht gleich wieder zu fallen. Thure zog ihn zum zweiten Mal auf die Beine und sah ihm aufmerksam und sehr ernst ins Gesicht.

»Ist auch wirklich alles in Ordnung mit dir?«

Abu Dun nickte trotzig, fuhr sich mit dem Handrücken über den Mund und schluckte ein paar Mal schwer. Andrej konnte ihm ansehen, wie viel Kraft es ihn kostete, mit den schweren Verletzungen fertig zu werden, die ihm der Fangarm zugefügt hatte, aber schließlich nickte er noch einmal, straffte trotzig die Schultern und setzte zu einer Antwort an, sah dann aber nur stirnrunzelnd und besorgt an Thure vorbei. »König ... Osrik?«

Auch Thure wirkte im ersten Augenblick genauso überrascht und verwirrt wie der Nubier, dann aber zeigte sich tiefste Erleichterung auf seinem Gesicht. »Osrik! Ich bin ja so froh, dass –«

»Das ist nicht mehr Osrik!«, schrie Andrej. *»Weg!«*

Er fuhr hoch und herum, doch so schnell er auch war, Abu Dun war schneller. Mit einer einzigen Bewegung stieß er Thure zur Seite, fing den Arm des Daugers ab, mit dem dieser sein Schwert schwang, und rammte der unheimlichen Kreatur die Faust ins Gesicht.

Nicht einmal die ungeheuerlichen Kräfte des nubischen Riesen reichten, um den Dauger niederzuwerfen, aber der vermeintliche König wankte und ließ seine Waffe fallen, und mehr brauchte Abu Dun nicht. Er packte den Dauger mit beiden Händen, riss ihn hoch über den Kopf und schleuderte ihn mit einer kraftvollen Bewegung über Bord. Im nächsten Moment waren Andrej und er an der Reling und beugten sich gleichzeitig vor, und Andrej hätte es nicht erstaunt, den Dauger wieder auftauchen zu sehen, um mit einem einzigen Satz wieder zu ihnen heraufzuspringen. Doch das Einzige, was sie sahen, war schäumendes, schwarzes Wasser.

»Kaum zu glauben«, sagte Abu Dun, »aber manchmal sind diese schweren Rüstungen wohl doch zu etwas Nutze.«

Andrej sah angestrengt in den Nebel hinaus. Tief in sich fühlte er noch immer den Schmerz und die grenzenlose, heulende Wut des Nagelfahr, und für einen winzigen Moment glaubte er einen grotesk aufgeblähten Schatten über das Wasser davonkriechen zu sehen – dann hatte der Nebel den Spuk endgültig verschluckt.

Abu Dun sah Thure an. Der Nordmann wirkte erschüttert. Selbst in der fast vollkommenen Dunkelheit konnte Andrej sehen, wie blass er war.

»Das ... das war nicht mehr Osrik«, murmelte er. »Aber wie ...?« Er schüttelte hilflos den Kopf und sah Abu Dun an. »Du hast mir das Leben gerettet.«

Abu Dun grinste flüchtig. Auf seinen Lippen klebte immer noch Blut. »Dann sind wir ja jetzt quitt. Ich bleibe ungern jemandem etwas schuldig, und du hast gerade für mich –«

Etwas sirrte, ein Laut wie von einer Armbrust, nur mächtiger, lauter und bösartiger, und Abu Dun brach mitten im Wort ab. Eine geschlagene Sekunde lang stand er wie erstarrt, dann senkte er den Kopf, ganz langsam, und starrte den doppelt daumendicken, schwarzen Dorn an, der annähernd zwei Handspannen weit aus seiner Brust ragte.

Andrej und Thure sprangen gleichzeitig hinzu, als er zusammenbrach.

Die Flotte war zum Stillstand gekommen. Die Schiffe hatten sich zusammengefunden und Rumpf an Rumpf festgemacht, so dicht nebeneinander, dass man jedes der verbliebenen sechsundzwanzig Drachenboote trockenen Fußes hätte erreichen können. Sämtliche Segel waren gerefft und die Ruder eingezogen. Nur die Strömung bewegte die Flotte noch fast unmerklich von der Stelle, als hätte sie sich in ein einziges, großes Boot mit zahlreichen Rümpfen und ebenso zahlreichen Masten und Drachenköpfen verwandelt.

»Wie geht es deinem Freund?«

Andrej schmiegte die Finger um den Becher mit heißem Met, den ihm einer der Männer gereicht hatte, um die Wärme aufzusaugen, und blies in die dampfende Flüssigkeit, bevor er sich zu Thure umwandte.

In den letzten beiden Stunden war der Nordmann von Schiff zu Schiff gegangen, um die Kapitäne über die veränderte Lage zu informieren und die Mannschaften aufzumuntern, und Andrej hatte nicht einmal gemerkt, dass er zurück auf die *Fenrir* gekommen war.

»Deine Schwester kümmert sich um ihn«, antwortete er, mit einiger Verzögerung und auch erst, nachdem er einen kräftigen Schluck aus seinem Becher genommen hatte. Heiß schmeckte das Zeug noch scheußlicher, aber die Wärme tat gut.

»Dann ist er in den besten Händen«, sagte Thure. Es klang ehrlich. »Wenn es jemanden gibt, der Abu Dun retten kann, dann ist es Urd.«

»Abu Dun wird nicht sterben«, antwortete Andrej. Seine Worte klangen grober, als er es beabsichtigt hatte, aber Thure schob seinen barschen Ton auf die Sorge um seinen Freund, denn er machte ein mitfühlendes Gesicht.

»Abu Dun ist viel zu stur, um auf diese Weise zu sterben«, fügte er mit einem schiefen Grinsen hinzu, um seinen Worten etwas von ihrer Schärfe zu nehmen. »Er wartet darauf, mindestens einem leibhaftigen Drachen gegenübertreten zu können. Vorher werde ich ihn nicht los, keine Sorge.«

Thure lachte, und auch Andrej stimmte für einen Moment in dieses Lachen ein, verkroch sich aber dann hastig hinter seinem Becher, damit der Nordmann nicht sah, was er tatsächlich empfand. Er unterdrückte den Impuls, zu dem rotweiß gestreiften Zelt im Heck der *Fenrir* zurückzublicken, in das sie Abu Dun gebracht hatten.

Erst vor einigen Augenblicken war er von dort zurückgekehrt, und was er dort gesehen hatte, machte ihm mehr zu schaffen, als er zugeben wollte. Abu Dun würde nicht sterben, das war die Wahrheit, aber er war schwer verletzt, und seine Heilung machte nur kleine Fortschritte, beunruhigend klein. Der Dorn, den das Nagelfahr auf ihn abgeschossen hatte, hatte sein Herz zwar knapp verfehlt (und das war vermutlich auch der einzige Grund, aus dem er noch lebte), seinen Brustkorb aber komplett durchschlagen und ihm entsetzliche Verletzungen zugefügt, und er hatte sehr viel Blut verloren. Jeder andere Mann wäre an dieser Wunde auf der Stelle gestorben. Andrej fragte sich, ob er selber diese Verletzung überlebt hätte. Abu Dun war schon immer der Stärkere von ihnen gewesen.

Doch Abu Dun und er waren keine normalen Krieger. Auch sie waren nicht unverwundbar, aber eine Verletzung, die sie erlitten, brachte sie entweder um oder heilte binnen weniger Minuten oder schlimmstenfalls Stunden.

Jedenfalls sollte es so sein.

Aber Abu Duns Wunde heilte nicht. Die Knochenbrüche und inneren Verletzungen, die ihm der Fangarm des Ungeheuers zugefügt hatte, waren längst verschwunden, aber in seiner Brust gähnte noch immer eine schreckliche Wunde, und statt sich zu erholen, lag er fiebernd da und fantasierte. Andrej hatte seine Hände fesseln müssen, damit er Urd nicht verletzte, weil er in seinem Fieberwahn um sich geschlagen hatte. Hätte

Andrej nicht gewusst, dass es vollkommen unmöglich war, er hätte geschworen, dass etwas den Nubier vergiftet hatte.

»Ich würde dir gerne anbieten, mit der *Fenrir* zurückzufahren, damit dein Freund eine gute Pflege bekommt«, sagte Thure, »aber ich fürchte, dass das nicht geht. Wir brauchen euch. Jetzt vielleicht mehr denn je.«

»Ich sagte doch: Mach dir keine Sorgen«, entfuhr es Andrej, schon wieder in schärferem Ton als beabsichtigt. »Er erholt sich schon wieder. Und du hast es ja gerade selbst gesagt: Wenn es jemanden gibt, der ihm helfen kann, dann ist es deine Schwester.«

Thure sagte nichts mehr, sondern sah ihn nur auf eine teilnahmsvolle Art an, die ihn allmählich zu ärgern begann, und Andrej trank einen weiteren Schluck heißen Met. Das Zeug schmeckte kein bisschen weniger scheußlich als noch vor einigen Augenblicken, schien aber sonderbarerweise sogar noch heißer geworden zu sein, seit man ihm den Becher gereicht hatte, aber er nahm trotzig einen zweiten, noch größeren Schluck, verbrannte sich Lippen und Zunge und genoss das Gefühl von Hitze, das sich für einen flüchtigen Moment in seinem Magen ausbreitete. Thure streckte die Hand aus, ließ sich einen eigenen Becher geben und trank einen mindestens ebenso großen Schluck, ohne eine Miene zu verziehen.

Ein unbehagliches Schweigen begann sich zwischen ihnen breitzumachen, eine Stille und Befangenheit, die rasch auch auf die Männer übergriff, die sich in ihrer unmittelbaren Nähe befanden. Niemand hatte etwas gesagt, aber die Gedanken der Männer standen überdeutlich auf ihren Gesichtern geschrieben. Zu viele hatten gesehen, was dem Nubier zugestoßen war, und noch mehr, in welchem Zustand sie ihn in das kleine Zelt im Heck der *Fenrir* geschafft hatten. Diese Männer waren hart; die stärksten aus einem starken Volk, und dennoch hätte kaum einer von ihnen die grässliche Verletzung überlebt, die Abu Dun davongetragen hatte.

Vielleicht nur, um das Schweigen nicht noch übermächtiger werden zu lassen, fragte Andrej: »Wie ist die Stimmung unter den Männern?«

Thure nippte abermals an dem heißen Met und sah ihn ausdruckslos an. Schließlich füllte er den Becher nach, wandte sich um und ging mit langsamen Schritten zum Bug. Andrej wusste im ersten Moment nicht, was er von diesem Benehmen halten sollte, tat dann aber dasselbe wie der Nordmann: Er ließ sich seinen Becher erneut randvoll gießen und folgte ihm.

Thure war neben dem Drachenkopf der *Fenrir* stehen geblieben. Das Schiff bildete – wenn auch flankiert von dem riesigen Boot, das bisher Osrik gehört hatte und nun zu Thures neuem Flaggschiff geworden war, und einem zweiten, nur unwesentlich kleineren auf der anderen Seite – noch immer die Spitze der nunmehr reglos daliegenden Flotte, sodass sie noch immer auf das Meer hinaussehen konnten, nicht auf den Rumpf eines anderen Bootes. Sein geschnitzter Drachenbug erinnerte Andrej wieder an einen Wolfskopf, obwohl die Ähnlichkeit nicht auf der Hand lag. Nicht im Entferntesten. Aber er wäre nicht erstaunt gewesen, zu erfahren, dass es vielen anderen Männern genauso erging wie ihm. Keiner von ihnen war freiwillig an Bord gekommen, und keiner fühlte sich hier wohl. Dieses Schiff war verflucht. Seit Abu Dun und er es betreten hatten, klebte das Unglück wie Pech an ihm. Trotz der drückenden Enge, die an Bord der *Fenrir* herrschte, waren sie gute fünf oder sechs Schritte vom nächsten Krieger entfernt. Niemand kam diesem Symbol dessen, was das vermeintliche Drachenboot in Wahrheit war, näher als unbedingt nötig. Andrej nahm an, dass das der einzige Grund war, aus dem Thure jetzt hierher gekommen war; um allein mit ihm zu reden und vielleicht auch um ihm und seinen Kriegern zu demonstrieren, wie wenig er sich von Aberglauben einschüchtern ließ.

»Also?«, fragte er.

Thure antwortete, ohne den Blick vom schwarz daliegenden Meer und dem glitzernden, sternenübersäten Himmel vor dem Schiff zu lösen. Auch in diesem Punkt hatte sich Urds Vorhersage bewahrheitet. Der Wind war wieder aufgekommen und hatte nicht nur den Nebel, sondern auch die Wolken vom Himmel gefegt. Die Nacht war klar und sehr kalt. »Die Stimmung ist gar nicht einmal so schlecht. Wenn man bedenkt, was wir gerade getan haben.«

»Eine Schlacht verloren?«, fragte Andrej.

Thure sah ihn nun doch an. Er wirkte verärgert. »Wir haben das Nagelfahr besiegt, Andrej. *Ihr* habt es besiegt, Abu Dun und du.«

Andrej presste kurz die Lippen aufeinander, um die Antwort hinunterzuschlucken, die ihm auf der Zunge lag. *Um den Preis, dass all die Krieger in ihrer Begleitung sie jetzt noch mehr fürchteten als ohnehin.* »Besiegt?«, fragte er bitter. »Ganz so würde ich es nicht bezeichnen.«

»Und wie nennst du es sonst?«, wollte Thure wissen. »Nie zuvor hat ein Mensch eine Begegnung mit dem Nagelfahr überlebt! Und ihr habt es geschlagen!«

»Wir haben es nicht geschlagen, Thure«, antwortete er leise. »Wir haben ihm Schmerzen zugefügt, das ist alles. Wahrscheinlich haben wir es erst richtig wütend gemacht.«

Er konnte Thure ansehen, wie zornig ihn seine Worte machten, doch der Nordmann beherrschte sich. Er antwortete erst, nachdem er sich rasch und unauffällig umgesehen hatte, um sicher zu sein, dass auch niemand sie hörte. Doch sie waren allein. Die einzigen Laute, die an ihr Gehör drangen, waren das gedämpfte Murmeln der Männer und das hektische Hämmern, Sägen und Hantieren derer, die dabei waren, die schlimmsten Schäden an Osriks Schiff zu beheben. Thure hatte entschieden, das Boot nicht nur um jeden Preis wieder seetüchtig, sondern auch zu seinem neuen Flaggschiff zu machen, wie eine trotzige Herausforderung an alles, was immer dort draußen in der Dunkelheit auf sie lauern mochte.

»Das ist vielleicht sogar wahr. Aber das wissen nur Abu Dun, du und ich. Und das ist auch gut so. Was zählt, ist das, was die Männer gesehen haben. Solange sie dieses Meer befahren, ist das Nagelfahr ihr größter Schrecken. Niemals hat ein Schiff seinen Angriff überstanden. Wir haben ihn überstanden und wir haben es in die Flucht geschlagen.«

Vermutlich, dachte Andrej, wusste er genauso gut wie er selbst, dass er Unsinn redete. Dennoch konnte er ihn verstehen. Thures Reaktion war die einzig richtige, wollte er die Angst und das Entsetzen, die nach dem Angriff des Nagelfahr von den Männern Besitz ergriffen hatten, nicht zu ihrem größten Feind werden lassen. Aber irgendetwas daran war falsch. Andrej konnte nicht sagen was, aber er wusste es.

Doch er schwieg und fragte stattdessen: »Wie viele Schiffe haben wir verloren?«

»Drei.«

»Das ist tatsächlich eine gute Bilanz«, sagte Andrej bitter. »Wenn man bedenkt, dass wir unser Ziel noch nicht einmal erreicht haben.«

Thure wirkte wieder verärgert, antwortete aber nicht. Nachdem sich der Nebel gelichtet hatte, hatte eine rasche Zählung ergeben, dass tatsächlich drei Schiffe fehlten. Niemand vermochte zu sagen, ob das Nagelfahr sie versenkt hatte, ihre Mannschaften einfach in Panik geraten und geflohen oder in dem undurchdringlichen Nebel möglicherweise die Orientierung verloren und in die falsche Richtung gerudert waren. Thure glaubte an die dritte Möglichkeit und hatte es nicht an hörbarem Spott und Häme über die Unfähigkeit der entsprechenden Besatzungen fehlen lassen, doch Andrej wusste auch, dass das nur das war, was er *laut* sagte. Er selbst hätte nicht zu sagen vermocht, welches Schicksal er den vermissten Männern wünschen sollte.

»Und wie geht es nun weiter?«, fragte er.

»Wir bleiben hier, bis es wieder Tag wird«, antwortete Thure, in dem er sich wieder herumdrehte und in die Nacht hinausblickte. Andrej sah in dieselbe Richtung. Vor ihnen war nichts als Schwärze. »Urd hat uns für morgen guten Wind vorhergesagt. Wenn wir zusätzlich rudern –«

»– und die Männer völlig erschöpft sind, wenn wir unser Ziel erreichen«, sagte Andrej.

»– müssten wir die Küste Isengards bei Sonnenuntergang sehen«, fuhr Thure ungerührt fort. »Es ist unmöglich, dort nachts zu marschieren. Das Land ist zu gefährlich. Doch wir können die Festung des falschen Gottes am nächsten Tag erreichen.«

Und dann?, dachte Andrej. Ohne es zu wollen, sah er plötzlich wieder Sleipnir vor sich, erinnerte sich an das kalte, lähmende Entsetzen, mit dem der bloße Anblick des Ungeheuers sein Herz erfüllt hatte, und fragte sich, welche Schrecken dieses Land noch für sie bereithalten mochte, und ob der Preis diesen Einsatz wert war.

»Und dann?«, fragte er noch einmal, und jetzt laut und an Thure gewandt. »Was geschieht, wenn wir den falschen Gott besiegt haben, Thure?«

Thure maß ihn mit einem langen und sehr nachdenklichen Blick. »Dann kann unser Volk endlich in Freiheit leben.« Ein dünnes Lächeln, das Andrej nicht deuten konnte, erschien auf seinen Lippen. »Und ich nehme an, du wirst meine Schwester nehmen und mit ihr von hier fortgehen.«

»Bin ich so leicht zu durchschauen?«, fragte Andrej.

»Du bist ein Mann«, antwortete Thure.

»Und du hättest nichts dagegen?«

»Würde es denn etwas ändern?«, wollte Thure wissen.

»Was zählt ist, was deine Schwester möchte«, sagte Andrej, ohne direkt auf Thures Frage zu antworten. Er schüttelte den Kopf. »Und ich glaube nicht, dass sie von hier fortgehen würde.«

»Ich habe dich nie gefragt, was du wirklich bist, Andrej Delãny. Und ich werde es auch jetzt nicht tun. Was mich angeht, so glaube ich, dass die Götter dich geschickt haben, um uns beizustehen.«

»Götter, die nicht meine sind, und an die ich nicht einmal glaube?«

»Muss der Sturm an die Götter glauben, um ihrem Willen zu gehorchen?«, fragte Thure. »Wissen die Fische, dass die Götter sie geschickt haben, um unsere Netze zu füllen?« Er wiederholte sein Kopfschütteln. »Niemand weiß das, Andrej. Und es steht uns auch nicht zu, solche Fragen zu stellen.«

»Und trotzdem ziehen wir gerade gegen einen Gott in den Krieg.«

»Einen *falschen* Gott!«, antwortete Thure heftig. Für einen winzigen Moment erschien etwas in seinem Blick, das Andrej nicht gefiel, erlosch aber wieder, bevor er seine Bedeutung ergründen konnte. Dann stellte er eine Frage, die Andrej noch weniger gefiel. »Dieser falsche Gott … er ist einer von eurer Art, habe ich recht?«

»Hattest du nicht versprochen, keine Fragen zu stellen?«, fragte Andrej.

Thure hob die Schultern, und nach einem Moment tat Andrej dasselbe und antwortete doch. »Nicht genau. Vielleicht… war er es einmal, vor langer Zeit.« *Und bedeutete das, dass Abu Dun und er eines Tages genauso werden würden?*, fragte er sich schaudernd. Er musste an all die anderen denken, die sie kennengelernt hatten, an Seth und Osiris, an Anubis und Horus, und wieder schauderte es ihn eisig. Aber dann dachte er auch an Meruhe. Auch sie hatte zu ihnen gehört, und sie war vollkommen anders gewesen.

Vielleicht wolltest du sie ja auch einfach nur anders sehen, wisperte eine Stimme hinter seiner Stirn. Andrej weigerte sich, ihr zuzuhören.

»Es ist ganz allein die Entscheidung meiner Schwester, was

sie tut«, knüpfte Thure an seine eigenen Worte von gerade an. »Doch wenn sie der Preis ist, den du verlangst, um uns zu helfen, dann zahle ich ihn gerne.«

Etwas Falscheres hätte er in diesem Moment kaum sagen können, doch Andrej beherrschte sich, hob aber trotzdem seinen Becher und nahm einen übertrieben langen Schluck daraus, um seinen Zorn vor dem Nordmann zu verbergen. Thure war ein sehr guter Beobachter.

Als er ihn absetzte, hatte er sich wieder vollkommen in der Gewalt. »Ja, und außerdem gibt es wahrscheinlich keinen Mann auf der ganzen Welt, der Urd zu irgendetwas zwingen kann, was sie nicht selbst will«, sagte er lächelnd.

»Das ist wahr.« Thure lachte laut, leerte seinen Becher mit einem einzigen, kräftigen Schluck und warf ihn anschließend in hohem Bogen über Bord. »Und jetzt lass uns versuchen, ein paar Stunden Schlaf zu finden. Ich fürchte, morgen wird ein anstrengender Tag.«

Thures Vorhersage hatte sich als nur zu wahr herausgestellt. Eine halbe Stunde vor Sonnenaufgang hatten die Männer damit begonnen, die Vertäuung der Schiffe zu lösen und die Boote mit Hilfe ihrer Ruder wieder voneinander wegzustaken, und pünktlich mit dem ersten, trüben Grau der heraufziehenden Dämmerung, das sich den ganzen Tag über nicht aufhellen sollte, hatten die Schiffe Segel gesetzt und die Mannschaften zusätzlich die Ruder ins Wasser getaucht. Den ganzen Tag über waren sie, von einem günstigen Wind getrieben, von der Strömung gezogen und vom gleichmäßigen, schnellen Takt der Ruderschläge zusätzlich beschleunigt, in erstaunlichem Tempo nach Norden gefahren, und – ebenfalls, wie Thure es vorhergesagt hatte – im allerletzten Licht des Tages war eine dünne, weiße Linie am Horizont vor ihnen aufgetaucht. Thure hatte die Segel einholen, die Ruderer aber noch eine geraume Weile nach Einbruch der Dunkelheit ihre Arbeit verrichten lassen, bis er schließlich (wie es schien, vollkommen willkürlich) seine Fackel schwenkte und damit das Signal zum Anhalten gab. Die drei vermissten Schiffe waren nicht wieder aufgetaucht.

Jetzt war es beinahe wieder Tag. Andrej hatte auch in dieser Nacht nur wenig Schlaf gefunden, aber weder Abu Dun noch er brauchten annähernd so viel Schlaf wie ein normaler Mensch; tatsächlich hatte er sich schon oft gefragt, ob sie *überhaupt* schlafen mussten, oder ob es nicht nur eine liebe, alte Gewohnheit war, auf die sie verzichten konnten, wenn sie es nur einfach einmal ausprobieren würden. Den allergrößten Teil der zurückliegenden Nacht hatte er wach auf dem Deck gelegen, den sternenklaren Himmel über sich betrachtet und versucht, das Chaos einander widersprechender Gefühle und Erinnerungsfetzen hinter seiner Stirn zu ordnen.

Nicht, dass er sonderlich viel Erfolg dabei gehabt hätte. Seit sie Thure und seinen Bruder (und vor allem Urd) getroffen hatten, war einfach zu viel geschehen. Zu viel Neues, und zu viel Altes, das aus dem Kerker der Vergangenheit ausgebrochen war und sein Recht forderte.

Jetzt war er wieder bei Abu Dun und Urd in dem kleinen Zelt im Heck der *Fenrir*. Allein in der zurückliegenden Nacht war er mindestens ein Dutzend Mal hier gewesen, um nach dem Nubier zu sehen, hatte ihn aber – genau wie Urd – in tiefem Schlaf vorgefunden und es nicht gewagt, ihn zu wecken. Abu Duns Zustand hatte sich in den beiden vergangenen Nächten deutlich gebessert, und er war ein- oder zweimal aufgewacht und hatte sich beim letzten Mal sogar an Andrej und an das, was geschehen war, erinnert. Trotzdem war er noch weit davon entfernt, gesund zu sein. Urd hatte die Wunde in seiner Brust versorgt und mit ihren Heilkräutern behandelt, so gut sie konnte, und wäre er ein normaler Mensch gewesen, hätte die Schnelligkeit, mit der sie heilte, jeden anderen in blankes Erstaunen versetzt, wenn nicht in Angst. Aber er *war* kein normaler Mensch. Die Wunde dicht unterhalb seines Herzens war noch immer groß und hässlich, und sie roch schlecht, als hätte sich das Fleisch entzündet oder begänne unter seiner Haut von innen heraus zu faulen. Das hätte nicht so sein dürfen.

Immerhin war Abu Dun nun wach und das war mehr, als Andrej erhofft hatte.

»Dein Freund wird hier an Bord bleiben müssen«, sagte Urd, nachdem sie Abu Duns Wunde versorgt und den Verband um seine Brust erneuert hatte.

»Den Teufel werde ich tun«, maulte Abu Dun. »Du glaubst doch wohl nicht, dass ich mir den ganzen Spaß entgehen lasse, Mädchen?«

Urd maß ihn mit einem eher mitleidigen als beleidigtem Blick, obwohl Andrej wusste, wie sehr sie es hasste, so genannt zu werden. »Der größte Spaß wird darin bestehen, einen Scheiterhaufen für dich zu errichten und deinen Körper in Ehren zu verbrennen, *Junge*. Ich weiß, wie stark du bist. Jeder hier weiß das. Du musst es niemandem beweisen. Aber falls dir das noch niemand gesagt hat: Auch starke Männer sind nicht unsterblich.«

»Ich schon«, gab Abu Dun gereizt zurück. Er versuchte sich aufzurichten, verzog das Gesicht zu einer Grimasse und sank mit einem zornigen Blick in Urds Richtung wieder zurück, als gäbe er ihr die Schuld an seiner Schwäche. Andrej warf ihm einen raschen, mahnenden Blick zu. Dass Abu Dun ein unleidlicher Patient war, hatte Urd ihm schon in der vergangenen Nacht gesagt, und es überraschte ihn nicht. Der Nubier war es nicht gewohnt, krank zu sein.

»Du bleibst hier, punktum«, sagte Urd bestimmt. »Eigentlich müsstest du tot sein. Ich habe nie einen Mann gesehen, der eine solche Verletzung überlebt hätte.«

»Du bist eben noch nicht sehr viel in der Welt herumgekommen«, nörgelte Abu Dun, verzog aber gleichzeitig schmerzhaft die Lippen. »Wahrscheinlich habe ich es überhaupt nur deiner sogenannten *Pflege* zu verdanken, dass es mir schlecht geht.«

»Wenn das so sein sollte, dann wirst du dich vermutlich bald erholen«, erwiderte Urd, immer noch lächelnd und ganz offensichtlich nicht gewillt, sich von den Worten des Nubiers aus der Fassung bringen zu lassen. »Ich werde die Krieger nämlich begleiten. Aber ich gebe ein paar Männern Instruktionen und lasse sie bei dir zurück, damit sie sich weiter um dich kümmern. Vielleicht gesundest du auf diese Weise ja schneller.«

Andrej bedachte den Nubier mit einem beinahe drohenden Blick. Von ihrem Standpunkt aus hatte Urd sicherlich recht, aber sie wusste nicht alles. Abu Dun musste sie begleiten, *unbedingt.* Allein hätte er gegen den falschen Gott nicht die Spur einer Chance.

Ebenso wenig wie zusammen mit Abu Dun, meldete sich die wispernde Stimme in seinem Kopf wieder zu Wort, die er in letzter Zeit immer öfter hörte, und jedes Mal brachte Andrej sie mit größerer Anstrengung zum Schweigen. So auch jetzt.

Er überlegte gerade, wie er sich mit Abu Dun verständigen könnte, ohne Urd noch mehr zu verraten, als sie ohnehin schon ahnen musste, als die Zeltplane hinter ihnen mit einem Ruck beiseitegeschlagen wurde und Thure den Kopf hereinstreckte. »Es ist so weit. Die Sonne geht gleich auf. Wir gehen an Land.«

Abu Dun, der nur auf dieses Stichwort gewartet zu haben schien, fuhr grunzend hoch und sackte sofort mit einem Ächzen wieder zurück. Urd setzte zu einer neuerlichen Ermahnung an, doch Andrej kam ihr zuvor. »Dann lasst uns bitte einen Moment allein.«

»Wozu?«, wollte Urd wissen. In ihren Augen sah er Misstrauen und es schmerzte ihn. Er versuchte zu lächeln. »Vielleicht gelingt es mir doch noch, ihn irgendwie zur Vernunft zu bringen.«

»Mit einer Keule?«, fragte Urd.

»Nur einen Augenblick«, beharrte Andrej. Abu Dun fügte hinzu: »Das ist ein Männergespräch, Mädchen. Davon verstehst du nichts.«

»Ja, und ich glaube, das will ich auch gar nicht«, gab Urd böse zurück, schwang sich aber auf die Knie und kroch aus dem Zelt. Thure blickte ihr kopfschüttelnd nach und wandte sich dann mit hochgezogener Augenbraue und fragendem Blick an Andrej, den dieser aber mit einem übertrieben gequälten Grinsen beantwortete. Schließlich zuckte der Nordmann mit den Achseln und richtete sich wieder auf.

»Gut. Aber ich brauche dich, sobald wir an Land gehen.«

»Ich werde kommen«, versprach Andrej.

Nachdem Thure die Plane wieder hinter sich geschlossen hatte und seine Schritte auf dem Deck verklungen waren, knurrte Abu Dun: »Wir. Er braucht nicht dich, Hexenmeister. Er braucht *uns.*«

»Ja«, gestand Andrej widerwillig. »Er braucht uns. Die Männer brauchen uns. Und ich brauche dich. Aber nicht in diesem Zustand. Du wärst keine Hilfe, wenn ein Kind mit einem Knüppel dich besiegen kann.«

Abu Dun schenkte ihm einen bösen Blick und versuchte noch einmal – und jetzt sogar mit Erfolg – sich auf beide Ellbogen zu stemmen. Aber Andrej sah, welche Mühe ihm schon diese kleine Bewegung abverlangte. »Ich verstehe einfach nicht, was mit mir los ist. Was hat dieses … *Ding* mir angetan?«

»Ich glaube, ich weiß es«, murmelte Andrej. Und vielleicht wusste er damit auch die Lösung. Aber er hatte große Angst davor.

Abu Dun sah ihn fragend an.

»Die Dauger«, sagte Andrej.

Die Frage in Abu Duns Blick wurde noch drängender. Er schwieg.

»Auf dieser Insel«, fuhr Andrej zögernd, fast widerwillig fort, als ob irgendetwas in ihm nicht wollte, dass er über diese schrecklichen Momente sprach. »Du hast keinem von ihnen das Leben genommen, nicht wahr?«

Abu Dun zog eine Grimasse. »Das war nicht nötig«, sagte er großspurig. »Mein Schwert war genug.«

»Aber ich. Als sie das Dorf überfallen haben, da habe ich zwei von ihnen genommen.«

»Und mich gewarnt, es nicht zu tun«, erinnerte sich Abu Dun und nickte. »Warum?«

»Weil es mir beinahe so ergangen wäre, wie dir jetzt.« Selbst darüber zu sprechen, fiel ihm schwer. Mit einem Male meinte er wieder, den fauligen Geschmack auf der Zunge zu spüren, das Falsche und Verdorbene, das begonnen hatte, auch ihn zu verderben. »Ich hatte das Gefühl, krank zu sein ... mich zu verändern. Du hast gehört, was Urd über das Nagelfahr und die Dauger erzählt hat? Angeblich ist es das Blut des Nagelfahr, das Menschen zu solchen Ungeheuern macht.«

»Ich habe Osrik gesehen«, sagte Abu Dun.

»Und es ist wahrscheinlich dasselbe Gift, mit dem es auch dich vergiftet hat. Dieses Ding ist durchaus in der Lage, uns zu töten, das ist dir doch klar, oder?«

Abu Dun schnitt eine Grimasse und blickte auf den weißen Verband, der sich hell von seiner nackten, nachtschwarzen Brust abhob. Er sagte nichts.

»Aber ich brauche dich«, fuhr Andrej nach einer langen Weile unheilvollen Schweigens unvermittelt fort.

Abu Dun sah ihn beharrlich weiter und wortlos an. Natürlich wusste er, worauf Andrej hinauswollte. Und natürlich wollte er es so wenig wie er selbst. Aber schließlich schüttelte er ablehnend den Kopf. »Nein«, sagte er.

»Es ist der einzige Weg«, beharrte Andrej. »Ich vertraue dir.«

»Nein«, sagte Abu Dun noch einmal. »Es ist viel zu –«

»– gefährlich, ich weiß», unterbrach ihn Andrej. Für einen winzigen Moment hatte er das Gefühl, nicht mehr allein zu sein und wandte erschrocken den Kopf zum Eingang, aber dort war niemand. Das Deck unter ihnen begann sacht zu zittern, und er hörte das schwere Klatschen der Ruder, die zu Wasser gelassen wurden, doch niemand hielt sich in unmittelbarer Nähe des Zeltes auf. Er hätte es gehört.

Er wandte sich wieder zu dem Nubier um und fuhr mit ernster Stimme fort. »Wenn ich allein dort hinausgehe, verliere ich. Und dann werden alle hier sterben. Und du vielleicht auch.«

»Der große Andrej Delãny, der unbesiegbare Vampyr, hat Angst?«, spöttelte Abu Dun. Doch seine Augen blieben ernst, und sein höhnischer Ton hatte nur die Absicht, seine eigene Furcht zu überspielen. »Dass ich das noch erleben darf!«

Andrej schwieg.

»Es wird schon irgendwie gehen«, beharrte Abu Dun. »Ich bin schwach und steif gelegen. Die lange Ruhe bekommt mir nicht. Ich habe Untätigkeit noch nie gut vertragen. Gib mir ein paar Augenblicke, und es wird gehen.«

Er versuchte, sich weiter hochzustemmen, um seine Worte unverzüglich unter Beweis zu stellen, und Andrej versetzte ihm einen Stoß mit der flachen Hand gegen die Schulter, der ihn mit einem schmerzerfüllten Keuchen wieder zurücksinken ließ. »Nein. Wird es nicht.«

Eine neue, mit Furcht gemischte Sorge erschien in Abu Duns Blick. »Du weißt, was passieren kann.«

»Ich weiß, dass ich dir vertrauen kann«, erwiderte Andrej ernst. Sein Herz klopfte.

Noch einmal vergingen schier endlose Momente, in denen der Nubier ihn durchdringend ansah, dann aber stemmte er sich endgültig hoch, streckte die Hand aus und berührte Andrej sacht mit den Fingerspitzen an der Stirn. Es wäre nicht nötig gewesen. Körperliche Berührung war niemals nötig, machte es nicht einmal wirklich leichter, und vielleicht wollte der Nubier sich und ihm auf diese Weise nur eine allerletzte Gelegenheit geben, es doch nicht zu tun. Doch Andrej schwieg, schloss nur die Augen und deutete kaum spürbar ein Nicken an, und Abu Dun streckte eine weitere, unsichtbare Hand aus und griff tief in ihn hinein und nach der Quelle seiner Lebenskraft.

Es war nicht das Furchtbarste, was Andrej jemals erlebt hatte, aber es kam dem nahe. Er spürte, wie sich etwas wie eine gnadenlose Faust um die unsichtbare Flamme tief am Grunde seiner Seele schloss und alle Wärme und jegliche Kraft aus ihm herauszureißen begann. Es war nicht das erste Mal, dass ein anderer Unsterblicher versuchte, seine Lebenskraft zu nehmen, nicht einmal der gnadenloseste oder brutalste Angriff, den er je erlebt hatte, aber es war *anders*, und es tat auf eine Art weh, die schlimmer war als jeder körperliche Schmerz, denn diesmal war es kein Feind, der seine Kraft stahl, sondern der Mensch, dem er auf der ganzen Welt und in seinem nahezu unendlichen Leben am meisten vertraute. Und er spürte das Ungeheuer, das auch in Abu Dun lauerte, der dunkle Bruder seiner eigenen Nemesis, die Bestie, die sie alle tief in sich trugen und die ihnen letzten Endes erst die Kraft gab, das zu sein, was sie waren. Als sich Abu Duns unsichtbare Hand zurückziehen wollte, erwachte das Tier mit einem Heulen unstillbarer Gier zum Leben, fegte seine Hand beiseite und griff nun ihrerseits nach Andrejs Kraft, um auch noch das letzte Fünkchen davon aus ihm herauszureißen. Instinktiv versuchte Andrej sich zu wehren, aber es war zu spät und Abu Dun zu stark für ihn. Er spürte, wie er auf einen dunklen, mahlenden Abgrund gerissen wurde und –

Dann war es vorbei.

Abu Dun sank mit einem Laut furchtbarer Anstrengung

zurück und ballte die Hände mit solcher Kraft zu Fäusten, dass seine Gelenke knackten, und auch Andrej sank nach vorne und wäre gestürzt, hätte er nicht die Arme ausgestreckt und sich abgefangen, ohne es auch nur zu merken. Alles drehte sich um ihn, und der schwarze Abgrund war noch immer da und versuchte, ihn zu verschlingen. Er fühlte sich schwach, so unendlich müde, dass er nichts lieber getan hätte, als die Augen zu schließen und zu schlafen.

Aber wenn er diesem Wunsch nachgab, dann würde er nie wieder aufwachen.

Mit aller Kraft, die er noch in sich fand, zwang er sich, die Augen zu öffnen und Abu Dun anzusehen. Das Gesicht des Nubiers war grau vor Anstrengung, und auch in seinen Augen stand eine Furcht geschrieben, die mindestens so groß war wie die, die Andrej empfand. Wahrscheinlich größer, denn das, was Andrej fürchtete, war er selbst.

»Ist ... alles in Ordnung?«, murmelte Andrej.

»Wenn du wissen willst, ob ich noch ich selbst bin, lautet die Antwort *ja*«, erwiderte der Nubier undeutlich, schüttelte wie benommen den Kopf und zwang sich dann zu einem schiefen Grinsen. »He, eigentlich sollte ich *dir* diese Frage stellen, meinst du nicht?« Plötzlich wurde er sehr ernst. »War es schlimm?«

»Und bisher dachte ich, es wäre Thure.«

»Thure wäre *was?*«

»Derjenige, der die dümmste Frage gestellt hat, an die ich mich erinnere.«

Abu Dun tat so, als müsse er überlegen, und setzte dann zu einer vermutlich typischen Abu-Dun-Antwort an, fuhr dann aber plötzlich hoch und sah an ihm vorbei. Andrej drehte sich ebenso hastig herum (und prompt wurde ihm schwindelig) und hatte abermals das Gefühl, nicht mehr allein zu sein. Ein Schatten verschwand hinter der Zeltplane, und er glaubte leichte, schnelle Schritte zu vernehmen. Er tauschte zuerst einen fragenden Blick mit Abu Dun, ehe er mühsam die Hand hob und den Stoff zur Seite schlug. Niemand stand nahe beim Zelt, aber nur wenige Schritte entfernt entdeckte er Urd, die zu ihm hinsah. Und was Andrej in ihrem Gesicht las, das traf ihn wie ein Stich ins Herz.

»Urd?«, fragte Abu Dun.

»Woher weißt du das?«

»Weil sie eine Frau ist, und damit neugierig«, antwortete Abu Dun lachend. Aber seine Augen blieben ernst, und nach einem Moment wurde er es auch wieder. »Sag es ihr nicht, Hexenmeister. Nicht, bevor du sie –«

Zu einer von uns gemacht hast? Andrej wusste nicht, ob er das konnte. Sie hatten nichts anderes als Odins Wort, dass es möglich war; und er war nicht einmal sicher, ob er es überhaupt *wollte*. Nicht *so*.

Wortlos und müde kroch er auf Händen und Knien aus dem Zelt. Seine Glieder fühlten sich an, als wären sie mit Blei gefüllt. Urd sah ihn immer noch aus einiger Entfernung mit steinernem Gesicht an. Er vermochte nicht zu sagen, ob er Furcht in ihren Augen las.

»Bleib noch im Zelt«, sagte er halblaut und auf Arabisch. »Du verlässt es besser erst, wenn wir anlegen.«

Abu Dun grummelte eine Antwort, die er nicht verstand, schlug die Zeltplane aber hinter ihm zu. Andrej schlang den Mantel enger um die Schultern, als er die grimmige Kälte plötzlich mit unerwarteter Heftigkeit spürte. Es begann hell zu werden, und es wurde wärmer. Es war seine eigene Schwäche, die ihn frösteln ließ. Er fühlte sich, als wäre er zur Ader gelassen worden. Höchste Zeit, dass er wieder zu Kräften kam. Die *Fenrir* näherte sich mit gleichmäßigen langsamen Ruderschlägen der Küste und würde sie bald erreicht haben. Wenn sie in diesem Moment angegriffen wurden, dann würde Andrej Thure nicht mehr nutzen als jeder beliebige seiner Krieger. Aber er wusste auch, dass Abu Dun die schwerere

Bürde von beiden übernommen hatte, denn einmal von der Kette gelassen, war es beinahe unmöglich, das Ungeheuer zurückzurufen.

Er spürte, dass Urd etwas sagen wollte, und ging mit schnellen Schritten an ihr vorbei zum Bug. Gerade jetzt wollte er nicht mit ihr reden.

Wie üblich war er allein im Bug des Schiffes. Er hatte gehofft, dass Urd ihm nicht folgen würde, aber damit gerechnet, Thure hier anzutreffen. Der Nordmann war jedoch in der Zwischenzeit wieder auf das größere Flaggschiff der Flotte übergewechselt, wo er in albern nachdenklicher Haltung dastand, den rechten Fuß auf der Reling und die gewaltige Streitaxt in der rechten Hand, als posiere er für ein Heldengemälde. Er hatte sogar den Helm abgesetzt: vermutlich, dachte Andrej spöttisch, damit sein langes Haar auch hübsch im Wind flatterte.

Thure schien seinen Blick zu spüren, denn er drehte sich in seine Richtung, deutete dann ein Nicken an und sah wieder nach vorne. Andrej fragte sich, was er dort zu sehen hoffte. Seine eigenen Augen waren weitaus schärfer als die des Nordmannes, aber er sah nicht mehr als ein schmutzigweißes Schimmern, von dem auch er nicht sicher sagen konnte, ob es sich tatsächlich um die Küste handelte oder vielleicht nur schaumige Brandung war. Es begann zu dämmern, aber noch war der Tag noch lange nicht hell genug, um wirklich sehen zu können. Nicht einmal für ihn.

Er hörte Schritte und wusste, dass es Urd war, tat aber so, als hätte er nichts gehört. Urd blieb einen halben Schritt hinter ihm stehen und strafte Abu Duns Vorurteil Lügen: Obwohl neugierig, hielt sie sich doch zurück und schwieg und wartete darauf, dass er von sich aus zu reden begann.

Aber Andrej würde nicht sprechen. Nicht jetzt, und möglicherweise niemals.

Der Takt der Ruderschläge änderte sich unmerklich, und

Andrej spürte eine vage Unruhe in seinem Rücken. Als er sich umsah, hatten die Männer bereits begonnen, das Segel zu reffen. Auch die Ruder bewegten sich langsamer. Trotzdem glitt die *Fenrir* jetzt unruhiger dahin, und Andrej konnte fühlen, wie das Schiff plötzlich gegen die Strömung anzukämpfen begann, von der es sich bisher so bereitwillig hatte ziehen lassen, und aus ihrem sanften Sog auszubrechen suchte. Das weiße Schimmern vor ihnen war Gischt, die sich an der hellen Küste brach, sodass nicht genau auszumachen war, wo das eine aufhörte und das andere begann.

Die Schiffe verloren allmählich weiter an Fahrt, näherten sich aber unaufhaltsam der Küste. Thures Zeitplan erwies sich als beinahe unheimlich genau: Als die Dämmerung hell genug wurde, um mehr als ein graues Einerlei erkennen zu können, lag die Küste kaum noch eine Meile vor ihnen, und als sich der erste trübe Sonnenstrahl auf dem Metall der Rüstungen und Waffen brach, lief der Kiel der *Fenrir* knirschend auf matt schimmerndes Eis.

»Das also ist Isengard?«, flüsterte Andrej. Eigentlich galt die Frage niemandem im Besonderen, schon gar nicht Urd, aber sie nutzte die Gelegenheit und trat mit einem schnellen Schritt neben ihn. Sie hatte den wuchtigen Lederhelm, der zu ihrer Rüstung gehörte, nicht aufgesetzt, sondern trug ihn unter dem linken Arm, und der Wind spielte so unbändig mit ihrem Haar wie gerade mit dem ihres Bruders; doch an ihr fand Andrej es so aufreizend, dass er sich beherrschen musste, um sie nicht anzustarren.

»Jedenfalls sagt Thure das.«

»Du zweifelst daran?«

Jetzt war es Urd, die seinem Blick auswich. Sie trat dicht an seine Seite, ohne ihn zu berühren, und sah aus eng zusammengekniffenen Augen auf die Unendlichkeit aus mattem Weiß hinaus, die sich vor ihnen erstreckte. Die *Fenrir* kam mit einem leisen Knirschen und mit einem weniger sachten

Zittern endgültig zum Halten und legte sich sanft auf die Seite. Rechts und links von ihnen glitten fünfundzwanzig weitere Drachenboote auf dieselbe Weise den flachen Eisstrand hinauf. Wäre dies eine normale Landung und all diese Schiffe und ihre Besatzung Teil einer normalen Invasionsflotte gewesen, die Präzision dieses Manövers hätte Andrej zweifellos zutiefst beeindruckt. So erfüllte es ihn mit dunkler Vorahnung.

»Nein«, sagte Urd, wenn auch erst nach einer Weile und nicht sehr überzeugt. »Ich zweifle nicht daran. Es ist nur ...« Sie fröstelte und versuchte mit wenig Erfolg den Eindruck zu erwecken, dass es nur an der Kälte lag. Der Wind, der ihnen vom Land aus in die Gesichter blies, sollte wärmer sein als der draußen auf dem Meer, aber er war es nicht; als brächte er eine Kälte mit sich, die nicht von den äußeren Temperaturen herrührte, sondern ihre Seelen mit ihrem eisigen Hauch streifte.

»Niemand hat dieses Land je gesehen«, fuhr sie schaudernd fort. »Niemand außer Thure. Aber hier können keine Menschen leben ... oder?«

Andrej hatte schon unwirtlichere Orte gesehen, an denen Menschen lebten.

»Hier leben ja auch keine Menschen«, antwortete er dennoch. »Nur ein falscher Gott.«

»Und wenn er es nicht ist?«, fragte Urd, ohne den Blick von der weißen Einöde des toten Landes zu lösen. Andrej fragte sich, was sie dort eigentlich sah. Alles, was er erkannte, war eine monotone Fläche aus Eis, nur hier und da durchbrochen von einem gefrorenen Felsen oder einem Flecken kahler, ebenfalls gefrorener Erde. Wenn hier jemals etwas gelebt hatte, dann musste es sehr lange her sein. Erst dann wurde ihm klar, was Urd gerade gesagt hatte.

»Wenn er *was* nicht ist?«, fragte er.

»Odin«, antwortete Urd. »Was, wenn er kein falscher Gott ist?«

Dann hat das alles hier noch weniger Sinn, dachte Andrej. Er wusste nicht, was er antworten sollte, ohne entweder sich selbst oder sie zu belügen und wollte weder das eine noch das andere.

»Du glaubst uns nicht?«

Urd hob so mühsam die Schultern, als müsste sie dabei eine unsichtbare Zentnerlast bewegen. »Ich weiß nicht, was ich noch glauben soll. Alles ist so …«

Sie sprach nicht weiter, und es war auch nicht nötig. Andrej verstand auch so, was sie meinte. Es kam ihm länger vor, aber tatsächlich waren sie erst seit wenigen Tagen bei ihrem Volk, und in diesen wenigen Tagen hatte sich alles verändert, woran diese Menschen seit Jahrhunderten geglaubt hatten.

Andrej war erleichtert, als sich das Schiff noch weiter auf die Seite legte und plötzlich ein lang anhaltendes Poltern und Klappern erklang, als überall Planken auf den Strand hinabgelassen wurden, damit die Männer das Land trockenen Fußes erreichen konnten. Ohne Urds Bemerkung aufzunehmen, beeilte er sich, zum Heck der *Fenrir* und damit zum Zelt zurückzugehen.

»Darf ich jetzt herauskommen, oder willst du mich noch ein bisschen verstecken?«, nörgelte Abu Dun, als er die Zeltplane zur Seite schlug.

»Du solltest erst am Schluss von Bord gehen«, antwortete er ernst. »Und versuche wenigstens ein bisschen, den Rekonvaleszenten zu spielen. Es muss nicht gleich jeder merken, wie es dir wirklich geht.«

»Ich lebe im Moment von geliehener Kraft«, antwortete Abu Dun. »*Deiner* Kraft, Hexenmeister. Was glaubst du, wie es mir geht? Ich *fühle* mich krank.«

Andrej verzichtete auf eine Antwort, sondern trat nur zwei Schritte zurück, damit der Nubier aus dem Zelt herauskriechen und sich aufrichten konnte.

Immerhin war Abu Dun klug genug, um nicht zu schnell

aufzustehen. Gebückt und mit hängenden Schultern stemmte er sich ächzend auf die Beine. Der zerrissene Mantel und das eingetrocknete Blut, das den Stoff schwer und hart machte, taten ihr Übriges, um ihn angeschlagen wirken zu lassen. Nicht allzu viele Männer hatten tatsächlich gesehen, was Abu Dun zugestoßen war, aber einige eben doch. Wie alle Seeleute redeten auch diese Männer gern und neigten zur Übertreibung. Vermutlich hatte es längst die Runde gemacht, dass der vermeintlich unbesiegbare schwarze Riese so gut wie tot war. Ihn jetzt auf seinen eigenen Beinen von Bord spazieren zu sehen, tat der Moral der Krieger sicher gut … dennoch würde er überzeugender sein, wenn er tatsächlich von Bord *ging*, und nicht *sprang*.

Sie waren unter den Letzten, die das Schiff verließen, und Andrej war noch immer so schwach, dass er um ein Haar die Hand nach Abu Dun ausgestreckt hätte – nicht, um ihn zu stützen, sondern um sich an *ihm* festzuhalten – als sie über die wippende Planke zum Strand hinunterbalancierten. Abu Dun grinste ganz unverhohlen schadenfroh.

»Tu mir den Gefallen und spiel wenigstens den Kranken, damit *ich* nicht so schnell gehen muss«, verlangte Andrej.

Abu Dun feixte weiter, aber er verlangsamte seinen Schritt. »So schlimm?«

»Ich habe mich schon besser gefühlt«, antwortete Andrej. »Aber ich erhole mich wieder, keine Sorge.«

Abu Dun widersprach ihm nicht, doch sein Blick sagte, dass er sich sehr wohl Sorgen machte, und tatsächlich hatte Andrej nicht die geringste Ahnung, wie lange es dauern würde, bis sich seine Kräfte erneuert hatten. Vielleicht nicht lange, vielleicht auch viele Tage.

Thure, der bisher zusammen mit seinen Kriegern am Strand gestanden und heftig gestikulierend geredet hatte, unterbrach nun sein Gespräch mitten im Wort und eilte ihnen entgegen.

»Abu Dun! Ich bin erleichtert, dich wieder auf den Beinen

zu sehen!« Sein Blick streifte kurz Andrejs Gesicht, und er wirkte irritiert, erschrocken, doch beließ es bei einem angedeuteten Nicken. Er blieb am Ende der Planke stehen und streckte die Hand aus, um Abu Dun zu stützen. Der Nubier ignorierte die Geste und trat wortlos an ihm vorbei auf das Eis hinab. Thure runzelte missbilligend (und ein bisschen beleidigt, wie es Andrej vorkam) die Stirn, fuhr aber in unverändertem Ton und mit erhobener Stimme fort: »Ich bin froh, dass deine Verletzung doch nicht so schlimm war, wie es im ersten Moment ausgesehen hat. Wir alle haben uns schon große Sorgen um dich gemacht.«

Abu Dun schenkte ihm keinen Blick, ging ein paar Schritte weit den Strand hinauf und zog mit einem demonstrativen Frösteln den Mantel enger um die Schultern zusammen. Andrej entging nicht, dass die meisten Männer in seiner unmittelbaren Nähe unauffällig ein kleines Stück vor ihm zurückwichen, und die, die es nicht taten, kostete es sichtliche Überwindung. Ihre Blicke sprachen Bände. Abu Duns Auftauchen sorgte, gelinde gesagt, für Erstaunen.

»Missfällt dir irgendetwas, Abu Dun?«, wollte Thure wissen.

»Ich habe meinen Säbel verloren«, maulte Abu Dun. »Du kannst es vielleicht nicht verstehen, aber ein Mann fühlt sich nackt ohne seine Waffe.«

Zu Andrejs Erleichterung ignorierte Thure die Spitze und lächelte sogar beinahe schelmisch. »Wenn das so ist, dann haben wir das hier ja nicht ganz umsonst geschmiedet.«

Und Thure zog, ohne die geringste Mühe, das riesige Schwert unter dem Mantel hervor, das Abu Dun und er am ersten Tag in der Schmiede angefertigt hatten, um es dem Nubier zu reichen. »Das heißt, wenn es dir nicht zu schwer ist …«

Einen halben Atemzug lang blickte Abu Dun den Nordmann ungläubig an, dann streckte er – zögernd – die Hand nach dem Schwert aus. Einen Moment lang wog er es prüfend in der Hand, dann schob er die Waffe wortlos unter den Gürtel, drehte sich ebenso wortlos um und ging.

»Ja, er scheint schon wieder ganz der Alte zu sein«, sagte Urd spöttisch.

»Alles in Ordnung?«, murmelte Thure.

»Sicher«, erwiderte Andrej. »Du solltest Abu Dun mittlerweile doch kennen.«

»Ich rede nicht von ihm«, antwortete Thure.

Andrej hatte Mühe, sich sein Erschrecken nicht anmerken zu lassen. Sah man es ihm so deutlich an? »Keine Sorge. Ich bin …« Er versuchte ein verlegenes Grinsen zu schauspielern. »Ich fürchte, ich war noch nie besonders seefest.«

»Hast du mir nicht erzählt, du wärst früher selbst Kapitän eines Schiffes gewesen?«, fragte Thure.

Andrejs Grinsen wurde noch verlegener. »Genau das war ja mein Problem.« Dann schüttelte er heftig den Kopf. »Eine Weile festen Boden unter den Füßen, und es geht mir wieder besser.«

Thures Blick war nun endgültig zweifelnd, doch Andrej ließ ihm keine Zeit, diesen Zweifel in Worte zu fassen, sondern ging rasch an ihm und auch Abu Dun vorbei den Strand hinauf. Die Männer machten ihm ebenso bereitwillig Platz, wie gerade dem Nubier, und musterten ihn, genau wie Abu Dun, mit scheuen Blicken. Nicht zum ersten Mal, aber mit einer neuen und schmerzhaften Intensität, wurde ihm klar, dass all diese Krieger Abu Dun und ihn in Wahrheit fürchteten. Niemand hatte es gewagt, es laut auszusprechen, aber spätestens seit Thures entlarvendem Angriff im Langhaus hielten sie sie vermutlich für Dämonen. Wie groß musste ihre Angst vor den Bewohnern dieser Insel sein, wenn sie trotzdem bereit waren, sich ihrer Führung anzuvertrauen?

Er schüttelte auch diesen Gedanken ab. Für solcherlei Überlegungen war es nun zu spät.

Stattdessen sah er sich zum ersten Mal aufmerksam in dieser neuen, weißen Welt um. Die kurze Dämmerung war beinahe vorüber, und am Horizont zu seiner Linken tauchten die Schatten mächtiger, unter weißen Eispanzern liegender Berge auf, deren Gipfel mit dem tief hängenden Himmel zu verschmelzen schienen. Irgendwo dazwischen meinte er vage, eine Bewegung zu erkennen, doch als er genauer hinsah, war sie verschwunden. Die Kälte war so grausam spürbar, dass man meinte, sie berühren zu können.

»Gib dir keine Mühe, Andrej.« Andrej sah sich nicht nach Thure um, doch der Nordmann fuhr ungerührt fort: »Dieses Land narrt unsere Sinne. Manchmal scheinen Dinge aufzutauchen, die sofort wieder verschwinden, und anderes, was da ist, sieht man erst, wenn es beinahe zu spät ist.«

Andrej fragte sich, warum Thure ihm das sagte. Um ihm Angst zu machen? Wenn das seine Absicht war, hatte er Erfolg.

Er sah sich noch einmal sehr aufmerksam um und blickte dann wieder zur Küste zurück. Mittlerweile waren sämtliche Krieger von Bord gegangen. Auf jedem Schiff blieben nur einige wenige Männer zurück, um die Boote zu bewachen, und die Planken wurden eingezogen; eine ganz normale, vernünftige Maßnahme, damit sie nicht etwa abrutschten und die Krieger ins eisige Wasser waten mussten, um sie zu bergen. Trotzdem verdüsterte sich sein Gesicht bei diesem Anblick. Ihm kam es vor, als wolle Thure auch ganz sichergehen, das ihnen die letzte Möglichkeit genommen war, doch noch kehrtzumachen. Und etlichen Männern schien es wie ihm zu ergehen. Für einen Moment brach Unruhe unter den Kriegern aus, die aber beinahe ebenso schnell wieder verschwand. Nicht zum ersten Mal musste sich Andrej im Stillen eingestehen, dass er selten eine diszipliniertere Armee gesehen hatte.

Dann fiel ihm etwas auf.

Er trat an Thure vorbei und zählte die Schiffe. Einen Moment später tat er es noch einmal und sagte dann: »Zwei Schiffe fehlen.«

»Ich habe sie weggeschickt, um die Küste abzusuchen«, bestätigte Thure. »Es gibt Fjorde im Westen.«

Und warum waren sie dann nicht dort an Land gegangen?, dachte er, und als hätte er seine Gedanken gelesen, fügte Thure hinzu: »Sie sind zu schmal und die Wände zu steil, um ungefährdet dort zu landen. Es wäre eine Todesfalle.«

»Und?« Andrej sah Thure fragend an, bekam aber nur ein nichtssagendes Schulterzucken zur Antwort. »Und wie geht es weiter?«, fragte er schließlich.

Statt direkt zu antworten, sah sich nun auch Thure sehr aufmerksam in der Runde um. Er wirkte, fand Andrej, ein bisschen hilflos. Schließlich hob er die Hand und deutete nach Norden. Vielleicht. Andrej hatte mittlerweile die Orientierung verloren und beschlossen, dass jede beliebige Richtung, in die sie gingen, *Norden* war. »Dort.«

»Und du bist sicher?«

»Du nicht?«

»Würde ich dann fragen?«, gab Andrej gereizt zurück.

»Spürst du es denn nicht?«, fragte Thure. Er klang ehrlich erstaunt.

Andrej schüttelte den Kopf und presste ärgerlich die Lippen aufeinander, sah aber noch einmal und aufmerksamer in die angegebene Richtung. Vielleicht waren dort Berge, vielleicht auch nur ein Schatten oder Morgennebel oder der Dunst aufsteigender Kälte, der seine Augen täuschte. Und alles, was er spürte, war, dass sie nicht hier sein sollten. Das Land zu ihren Füßen *schrie* es ihnen entgegen.

»Wann brechen wir auf?«

»Sobald die Kundschafter zurück sind«, sagte Thure und hob rasch und besänftigend die Hand, wie um jedem möglichen Widerspruch zuvorzukommen. »Es wird nicht lange dauern. Sie sind schon eine Weile vor uns losgefahren und müssten bereits auf dem Rückweg sein.«

Nun wurde Andrejs Blick bohrend, und Thure schien es auf einmal schwerzufallen, ihm standzuhalten. »Wir werden verfolgt.«

»Das Nagelfahr?«

Thure schüttelte bedrückt den Kopf. »Schiffe«, sagte er. »Der Ausguck hat sie schon vergangene Nacht entdeckt. Aber der Mann war glücklicherweise klug genug, zu mir zu kommen, statt gleich Alarm zu schlagen. Es kann Zufall sein«, versicherte er hastig. »Wer weiß, welche Völker hier leben. Vielleicht harmlose Kaufleute, die unsere Flotte gesehen und voller Angst die Flucht ergriffen haben. Vielleicht auch Piraten, die überlegen, ob sie sich an eine so große Beute heranwagen sollen.«

»Aber vielleicht auch jemand ganz anderes, nicht wahr?«

Es war nicht Andrej, der es aussprach, sondern Abu Dun. Keiner von ihnen hatte bemerkt, dass der Nubier herangekommen war, doch offensichtlich hatte er zumindest Thures letzte Worte verstanden. Er wirkte verärgert. »Und du hast es nicht für nötig gehalten, uns etwas davon zu sagen?«

»Wozu wäre das gut gewesen?«, fragte Thure. »Hätten sie uns auf See angreifen wollen, dann hätten sie es längst getan. Und wenn sie dumm genug sind, uns hier anzugreifen …« Er deutete mit einem abfälligen Laut auf die mehr als siebenhundert Krieger, die sich am Strand versammelt hatten. »Sollen Sie es versuchen.«

Andrej tauschte einen besorgten Blick mit Abu Dun. Er wusste, dass Thures Optimismus nicht von ungefähr kam. Dieses Heer war sicherlich nicht das größte, mit dem er jemals losgezogen war, aber möglicherweise eines der schlagkräftigsten. Er hatte diese Männer im Kampf erlebt und gesehen, wozu sie fähig waren.

Trotzdem gefiel es ihm nicht, dass Thure ihm diese wichtige Information vorenthalten hatte. »Und wer könnten sie sonst sein?«, fragte er. »Außer harmlose Kaufleute oder Seeräuber?«

Er sah Thure an, dass er die Antwort wusste. Trotzdem zögerte der Nordmann. »Vielleicht sind wir nicht die Einzigen, die von dieser Insel wissen. Odin weiß, dass wir kommen. Du selbst hast mit ihm gesprochen.«

»Ich erinnere mich flüchtig«, sagte Andrej. Worauf wollte Thure hinaus? Wollte er Abu Dun und ihm die Schuld geben?

»Wenn ich wüsste, was der falsche Gott plant, hätte ich es euch gesagt«, antwortete Thure, lauter und in schärferem Ton als bisher. »Wir warten hier, bis die Schiffe zurück sind. Nutzt die Zeit und ruht noch ein wenig aus. Du siehst aus, als könntest du es gebrauchen.«

Die letzten Worte galten Andrej, nicht Abu Dun, und er fuhr auf dem Absatz herum und stürmte davon, bevor Andrej Gelegenheit zu einer Antwort fand.

Letzten Endes dauerte es dann doch noch beinahe eine Stunde, bis ein rot-weiß gestreiftes Segel über dem Horizont im Westen auftauchte und mit an den Nerven zerrender Langsamkeit näher kam. Nicht nur Andrej, sondern auch Abu Dun mokierte sich darüber (und zwar so laut, dass jeder, der es wollte, es hören konnte; und jeder, der es nicht wollte, auch), dass sie die Landung auf den Augenblick genau geplant und ausgeführt hatten, um dann eine ganze kostbare Stunde zu verschwenden, in der sie tatenlos dasaßen und sich an einem der zahllosen Feuer wärmten, die die Männer überall auf dem Strand entzündet hatten. Zugleich war Andrej aber auch beinahe erleichtert, feststellen zu können, dass Thure doch nicht so unfehlbar war, wie er sich gerne gab. Offensichtlich hatte er sehr viel früher mit der Rückkehr der Schiffe gerechnet.

Und er musste sich insgeheim eingestehen, dass der Nordmann mit seinen letzten Worten recht gehabt hatte. Er *brauchte* Ruhe. Ganz allmählich kehrten seine Kräfte zurück, doch das geschah nicht annähernd so schnell, wie er es gewohnt war. Zudem war er sich nicht sicher, wie lange sie vorhalten würden. Er fühlte sich krank, so krank wie Abu Dun in den letzten beiden Nächten gewesen war. Vielleicht zum ersten Mal seit einem Jahrhundert spürte er wieder, was es hieß, müde zu sein, zu Tode erschöpft und mit nur einem Wunsch: sich auszustrecken, und sei es auf dem blanken Eis, und zu schlafen.

Natürlich gab er diesem Wunsch nicht nach, sondern begnügte sich damit, möglichst nahe ans Feuer heranzurücken und die Hände über die wärmenden Flammen zu halten; ein unerwartetes Geschenk, das er dankbar annahm. Wie schnell man doch bescheiden wurde, wenn sich die Dinge nur tiefgreifend genug änderten.

Irgendwann hatte sich Urd zu ihnen gesellt, aber nicht neben ihm Platz genommen, sondern auf der anderen Seite, direkt neben Abu Dun, neben dessen hünenhafter Gestalt sie noch schmaler und zerbrechlicher wirkte. Manchmal – immer dann, wenn sie zu glauben schien, dass er es nicht merkte – sah sie in seine Richtung, und was er in diesen Momenten in ihren Augen las, drehte den unsichtbaren Dolch, der sich in sein Herz gebohrt hatte, langsam und qualvoll noch weiter herum. Andrej war mehr als erleichtert, als ein Ruf ihn aufblicken ließ und er den winzigen Farbtupfer am Horizont erkannte.

Zusammen mit Abu Dun, Urd und Thure eilten sie dem Schiff entgegen. So langsam es sich im ersten Moment auch genähert zu haben schien, so schnell war es doch in Wirklichkeit. Das Drachenschiff lief mit voll geblähtem Segel und heftig arbeitenden Rudern schnell auf die Küste zu, und trotzdem schienen Ewigkeiten zu vergehen, bis es endlich heran war und seinen Platz am Ende der langen Reihe von Schiffen auf dem Strand einnahm. Der Mann, der von Bord sprang, machte sich nicht die Mühe, eine Planke zum Strand herunterzulassen, sondern flankte über die niedrige Reling und landete im eisigen Wasser, um mit weit ausgreifenden Schritten auf sie zuzurennen.

»Sagtest du nicht, es wären zwei Schiffe gewesen?«, fragte Abu Dun.

Thure antwortete nicht darauf, aber er nickte düster, und auch in Andrej machte sich ein ungutes Gefühl breit, als er den Ausdruck auf dem Gesicht des Mannes sah, der ihnen schnell und zitternd vor Kälte entgegenkam. Seine Schritte hinterließen nasse Spuren auf dem Eisstrand, die beinahe augenblicklich wieder gefroren.

»Ihr habt sie gefunden?«, begann Thure, noch bevor der Krieger auch nur ein einziges Wort sagen konnte.

Der Mann nickte, schüttelte gleich darauf den Kopf und machte dann eine Bewegung, wie sie hilfloser nicht sein konnte. »Ja, Herr«, stammelte er. »Wir …«

»Sprich endlich!«, fuhr Thure ihn an. »Was ist passiert?«

»Es war eine Falle, Herr!«, stieß der Mann hervor. »Es war nicht unsere Schuld. Sie haben gewusst, dass wir kommen, und uns aufgelauert.« Der Blick, mit dem er Thure dabei ansah, gefiel Andrej nicht. Vielleicht gehörte Thure ja zu denen, die Überbringer schlechter Nachrichten grundsätzlich erschlugen.

»Wer?«, fragte Thure scharf.

»Swörbröder«, antwortete der Krieger. »Es waren Swörbröder.«

Weder Andrej noch Abu Dun sagte dieses Wort etwas, aber Urd sog erschrocken die Luft zwischen den Zähnen ein, und auch überall ringsum wurde ein entsetztes Murmeln und Raunen laut. Sie waren längst nicht die Einzigen, die dem Schiff entgegengeeilt waren. Die anderen Krieger hielten zwar einen respektvollen Abstand, aber der Mann hatte laut genug gesprochen, um überall verstanden zu werden.

»Bist du sicher?«, fragte Thure.

»Sie haben die *Mjölnir* versenkt und jeden, der an Bord war, erschlagen«, antwortete der Krieger. Andrej fiel erst jetzt auf, dass er nicht nur vor Kälte und Furcht zitterte. Sein Kettenhemd war zerrissen, und das Lederwams darunter dunkel von eingetrocknetem Blut. Und als er zum Schiff hinsah, entdeckte er auch dort die Spuren schwerer Kämpfe: Ein Teil der Reling war schwarz, als hätte er gebrannt, und auch das Segel war an einer Seite angesengt und zerfetzt. Etliche der Männer, die zu ihnen herabsahen, trugen frische Verbände, und auch ihre Zahl kam ihm nicht annähernd so groß vor, wie sie hätte sein sollen.

»Und ihr konntet entkommen?«, erkundigte sich Thure. Andrej konnte nicht sagen, ob der sonderbare Unterton in seiner Stimme misstrauisch oder drohend war.

»Nein, Herr«, erwiderte der Krieger. »Sie hätten uns auch töten können. Sie hatten uns eingekreist, und ihre Übermacht war zu groß. Sie haben uns gehen lassen, damit ich dir etwas ausrichte.« Der Mann wartete offensichtlich auf eine Aufforderung, weiterzusprechen und unter Thures nun ohne Zweifel drohendem Blick beeilte er sich, hinzuzufügen: »Ich soll dir sagen, dass wir in ihr Gebiet eingedrungen sind. Sie werden das nicht dulden, sondern uns alle töten, wenn wir nicht auf der Stelle kehrtmachen und zurückfahren.«

Im ersten Moment schienen diese Worte Thure ehrlich zu verblüffen. Dann ließ er ein verächtliches Lachen hören. »Und das ist alles?«, fragte er. »Mehr nicht?«

»Mehr nicht«, bestätigte der Krieger, fügte aber trotzdem fast im selben Atemzug hinzu: »Ihr Anführer hat mir aufgetragen, dich an das Wort deines Vaters zu erinnern.«

Thure schnaubte abfällig. »Warum kommt er nicht selbst her und versucht, es einzufordern? Wie viele sind es?«

»Sieben oder acht Schiffe«, antwortete der Mann. »Wir konnten es nicht genau erkennen. Wir sind in den Fjord hineingefahren, wie du es uns aufgetragen hast, aber sie lagen im Hinterhalt auf der Lauer. Alles ging viel zu schnell.«

»Sieben oder acht Schiffe«, wiederholte Thure, jetzt in eher nachdenklichem Ton. »Also vielleicht dreihundert Mann. Kaum mehr.«

»Aber es sind Swörbröder, Thure«, erinnerte der Krieger. »Und sie –«

»Ich habe es gehört«, unterbrach ihn Thure. Er wirkte jetzt wirklich verblüfft, als wisse er nicht genau, was er von dieser Information halten sollte. »Konntet ihr erkennen, was sie vorhaben?«

Er bekam ein stummes, ängstliches Kopfschütteln zur Antwort, das ihm aber in diesem Moment zu genügen schien. »Es ist gut«, fuhr er in verändertem, beinahe sanftem Ton fort. »Geh und lass deine Wunden verbinden und dir eine Decke und etwas Heißes zu Trinken geben. Ihr bleibt hier und bewacht die Schiffe, damit sie nicht etwa auf die Idee kommen, sie zu stehlen oder zu verbrennen, während wir fort sind. Und ihr anderen«, fügte er mit erhobener Stimme und an die Männer hinter sich gewandt hinzu, »macht euch fertig. Wir brechen auf!«

Der verwundete Krieger eilte davon, sichtlich erleichtert, den Moment halbwegs unbeschadet überstanden zu haben, und auch Thure wollte sich umdrehen und gehen, da ergriff Abu Dun ihn unsanft am Arm.

»Was bedeutet das? Wer sind diese Swörbröder?«

Thure riss sich los. »Meine Schwester kann euch alles erklären«, sagte er unwillig. »Jedenfalls kein Grund, Angst zu haben. Ich muss mich um die Vorbereitungen kümmern. Wir brechen auf.«

Und damit verschwand er zwischen den Männern, noch bevor Abu Dun ihn zurückhalten konnte.

Einen halben Herzschlag lang machte Abu Dun ganz den Eindruck, als wollte er hinter ihm herstürmen, und Andrej brachte ihn mit einem raschen, erschrockenen Blick zur Besinnung. Demonstrativ und deutlich lauter, als notwendig gewesen wäre, wandte er sich an Urd. Sie war dem Gespräch schweigend gefolgt, aber der Schrecken, mit dem sie das Gehörte erfüllt hatte, stand ihr deutlich ins Gesicht geschrieben. »Wer sind diese ... Swörbröder?«

Urd setzte umständlich ihren Helm auf, bevor sie antwortete, und hatte Mühe, ihr unbändiges blondes Haar unter der eng anliegenden Lederkappe zu verstauen. »Piraten«, sagte sie. »Ein Volk von Seeräubern und Mördern, das das Meer unsicher macht. Niemand weiß genau, wo sie leben, aber sie sind ein Fluch, fast so schlimm wie das Nagelfahr.« Sie versuchte vergebens, eine Strähne ihres blonden Haares unter den Helm zu schieben, die ihr immer wieder ins Gesicht fallen wollte, schürzte ärgerlich die Lippen und zog ihren Dolch aus dem Gürtel, um sie kurzerhand abzuschneiden.

»Und wieso haben wir bisher nichts von ihnen gehört?«, fragte Abu Dun und warf einen gereizten Blick in Thures Richtung.

»Weil mein Vater schon vor vielen Jahren einen Vertrag mit ihnen geschlossen hat«, antwortete Urd. Sie hatte eine zweite widerspenstige Haarsträhne ertastet und hob das Messer, aber Andrej drückte ihre Hand mit einem stummen Kopfschütteln herunter. »Wir zahlen ihnen jährlich einen Tribut, und dafür lassen Sie unsere Inseln und unsere Schiffe in Frieden.«

»Ihr lasst euch erpressen?«, fragte Abu Dun. Er klang empört. »Von *Piraten?«*

»So, wie du früher selbst einer warst?«, mischte sich Andrej ein, bevor Urd antworten konnte. »Und ihr wisst nicht, wo diese Swörbröder leben? Wo genau ihre Heimat ist?«

»Falls sie eine solche haben«, antwortete Urd. »Nein. Früher einmal sollen sie sich als Söldner verdingt haben, und sie sind gnadenlos und sehr gefährlich. Das ist alles, was ich über sie weiß. Einmal im Jahr kommt ein Schiff und holt den Tribut ab, sonst bekommen wir sie nicht zu Gesicht. Niemand spricht mit ihnen. Es sind schlechte Menschen.«

»Söldner also«, sinnierte Abu Dun. »Vielleicht haben sie ja einen neuen Dienstherren?«

Urd sah ihn verblüfft an, doch Andrej dachte einen Moment ernsthaft über diese Worte nach, verwarf den Gedanken aber auch gleich darauf wieder. Die Vorstellung, Odin könne ein Söldnerheer anheuern, um sich ihrer zu erwehren, war geradezu grotesk.

Oder wäre es gewesen, wäre er tatsächlich ein Gott, flüsterte eine wohlbekannte Stimme hinter seiner Stirn, und dieses mal gelang es Andrej nicht mehr, sie zum Schweigen zu bringen.

»Ich kümmere mich um die Verletzten«, sagte Urd, vielleicht eine Spur zu hastig. Sie drehte sich um und ging auf das Schiff zu, so eilig, dass Andrej sich beunruhigt fragte, ob sie dem Gespräch über die Piraten – das ihr sichtlich unangenehmer war, als sie zugeben wollte – auszuweichen suchte, oder ihm.

Auch Abu Dun sah ihr stirnrunzelnd nach. »Ich glaube, du handelst dir gerade ein Problem ein, Hexenmeister.« Andrej konnte nicht genau sagen, ob seine Stimme spöttisch klang oder wirklich besorgt. »Mag sein«, antwortete er. »Aber wenn, dann ist es auch *mein* Problem.«

Verdutzt sah ihn Abu Dun an, und Andrej wusste selbst nicht, warum er so gereizt reagierte. Abu Dun hatte nicht nur recht, er selber hatte sich dasselbe auch schon eingestanden, mehr als einmal. Jetzt aber wandte er sich genau so abrupt um, wie Urd gerade, und folgte ihrem Bruder.

Thure hatte mittlerweile ein gutes Dutzend Männer um sich herum versammelt – unter ihnen auch die verbliebenen drei Könige, die sich seinem improvisierten Siegeszug angeschlossen hatten, und Andrej fragte sich unwillkürlich, wie es ihm gelungen war, so offensichtlich und ohne den geringsten Widerstand nach Osriks Tod das Kommando über sein Heer zu übernehmen. Thure war so sehr damit beschäftigt, seine Männer herumzukommandieren, dass Andrej sich mehrfach laut räuspern musste, um seine Aufmerksamkeit zu erregen. Die wenigen Männer, die seiner Befehlsflut bisher entgangen waren, nutzten die günstige Gelegenheit, sich unauffällig aus dem Staub zu machen, und Thures ohnehin griesgrämige Miene verfinsterte sich noch weiter. »Ja?«, bellte er.

»Was willst du jetzt tun?«, fragte Andrej

»Nichts anderes, als wir ohnehin vorhatten«, antwortete er ungeduldig, als ginge Andrej das nichts an. »Wir marschieren los. Mit ein bisschen Glück erreichen wir heute Abend die Berge. Dahinter liegt die Festung des falschen Gottes.«

Andrej blinzelte überrascht zu den eisglitzernden Giganten am Horizont hin. *Heute Abend*? Hätte er eine Schätzung abgeben müssen, hätte er auf eine Woche getippt, wenn nicht mehr.

»Nicht *diese* Berge«, sagte Thure, der seinen zweifelnden Blick bemerkt hatte. »Dahinter ist nichts mehr. Nur noch das Ende der Welt. Ich meine *diese* Berge.«

Er deutete zu seiner Linken, und Andrej sah ungläubig in dieselbe Richtung. »Da sind keine Berge.«

»Sie werden da sein«, beharrte Thure. »Wie ich schon gesagt habe: Dieses Land täuscht unsere Sinne. Wenn wir schnell genug marschieren, erreichen wir sie noch bevor es dunkel wird.«

»Mit den Piraten hinter uns?«

Thure schnaubte. »Du sagst es. Piraten. Auf dem Meer oder wenn sie mit großer Übermacht angreifen können, sind sie vielleicht gefährlich. An Land sind sie nicht mehr als eine Bande dahergelaufener Strauchdiebe. Sie wagen es nie, uns offen anzugreifen! Wir sind mehr als doppelt so viele wie sie.«

Andrej gefiel der Gedanke trotzdem nicht, eine so mächtige Streitmacht im Rücken zu haben. »Wenn ihr diese Männer kennt, können wir vielleicht mit ihnen reden.«

»Reden?« Thure ließ die Hand auf den Schwertgriff klatschen. »Das ist die einzige Sprache, die sie verstehen, glaube mir. Wir haben es oft genug versucht.«

»Deinem Vater scheint es ja immerhin gelungen zu sein«, sagte Andrej, doch Thure schüttelte nur noch grimmiger den Kopf. »Mein Vater hat sich den Frieden erkauft –«

»Was manchmal nicht der schlechteste Weg ist.«

»– und der Preis dafür war viel zu hoch«, fuhr Thure unbeirrt fort. »Unsere Kinder haben im Winter gehungert, und zu viele von ihnen sind *ver*hungert, weil wir diesen verdammten Tribut zahlen mussten. Sie sind die nächsten auf meiner Liste!«

Andrej sah verstört zu ihm hoch. »Wie?«

»Hast du gedacht, ich –« Thure unterbrach sich, zwang sich mit einer sichtbaren Anstrengung zur Ruhe und versuchte sogar zu lächeln. »Das ist natürlich die Entscheidung meines Bruders. Entschuldige. Ich habe mich hinreißen lassen.«

»Warum so lange warten?«, fragte Abu Dun, der mit ausgreifenden Schritten näher kam. Die Spitze des gewaltigen Schwertes, das er unter dem Mantel trug, schrammte hinter ihm her und hinterließ einen schimmernden Kratzer im Eis. »Lass uns sie angreifen, solange wir im Vorteil sind.«

»Was für ein Vorteil sollte das sein?«, fragte Andrej. War der Nubier verrückt geworden?

Abu Dun hatte offenbar beschlossen, ihn nicht zu beachten, denn er sprach, an Thure gewandt, weiter: »Wie gut kennt ihr diese Swörbröder?«

»Gut genug, um zu wissen, dass sie uns im Moment mit Sicherheit beobachten«, antwortete Thure. »Ich an ihrer Stelle würde das jedenfalls tun. Und gut genug, um zu wissen, dass ein Angriff auf sie Selbstmord wäre. Ich kenne den Fjord, in dem sie sich versteckt haben. Ein einziges Schiff kann dort eine ganze Flotte aufhalten, wenn es sein muss.«

»Dann ist der Fjord zugleich auch eine Falle, aus der sie nicht entkommen können«, sagte Abu Dun. »Wenn es uns gelingt, sie dort festzuhalten, stellen sie keine Gefahr mehr dar.«

»Thure hat recht«, sagte Andrej. »Sie wären dumm, uns nicht zu beobachten. Wir würden in dieselbe Falle laufen wie die beiden Schiffe heute Nacht.«

»Ja, womöglich«, sagte Abu Dun. »Aber warum lassen wir sie dann nicht zu uns kommen?«

Andrej sah ihn ebenso überrascht an wie Thure. »Wie meinst du das?«, fragte der Nordmann.

»Du rechnest damit, dass sie uns beobachten«, sagte Abu Dun. »Ich hoffe sogar darauf, dass sie das tun. Wir könnten abmarschieren und nach Einbruch der Dunkelheit zurückkommen.« Er deutete mit einem Nicken auf die lange Reihe von Schiffen, die schräg auf dem Strand lagen. »Wenn ich Pirat wäre, dann würde ich mir eine so fette Beute nicht entgehen lassen. Und wenn ich *du* wäre«, fügte er mit einem angedeuteten Lächeln hinzu, »dann würde ich mir die Gelegenheit nicht entgehen lassen, zur Abwechslung ihnen eine Falle zu stellen. Ich nehme doch an, sie werden nicht schlecht erstaunt sein, wenn sie mit einer Handvoll Wachen rechnen und auf ein komplettes Heer stoßen.«

Andrej schwieg, aber er musste widerwillig eingestehen, dass Abu Duns Worte eine Menge für sich hatten. Und auch Thure dachte einen Moment angestrengt nach, schüttelte dann aber den Kopf.

»Nein. Das würde uns einen ganzen Tag kosten, vielleicht mehr. Und wir hätten Verluste, die wir uns nicht leisten könnten.«

»Und die vielleicht noch weit höher wären, wenn uns die Piraten in den Rücken fallen«, gab Abu Dun zu bedenken.

Thure schüttelte noch einmal den Kopf, ungeduldig dieses Mal. »Sie wagen es nicht, uns zu folgen«, sagte er überzeugt. »An Land sind sie uns unterlegen, und das wissen Sie.«

»Aber –«, begann Abu Dun, doch Thure unterbrach ihn, laut und verärgert. »Wir sind nicht hergekommen, um Krieg gegen Piraten zu führen. Aber in einer Sache hast du recht.« Er machte keine Anstalten, zu erklären, in welcher, sondern winkte den erstbesten Krieger herbei, auf den sein Blick fiel. »Lauf zu den Schiffen zurück. Sie sollen in See stechen und Segel setzen. Sag ihnen, dass sie zwei Tage vor der Küste kreuzen und uns am Morgen des dritten wieder hier abholen sollen.«

Der Mann sah nicht besonders glücklich über diesen Befehl aus, und er setzte tatsächlich dazu an, Thure zu widersprechen, besann sich aber eines Besseren, als ihn ein zorniger Blick aus den Augen des riesigen Nordmannes traf und drehte sich wortlos herum, um davonzueilen. Abu Dun starrte Thure mit offenem Mund an, und auch Andrej war im allerersten Moment so fassungslos, dass er nicht wusste, was er sagen sollte.

»Drei Tage?«, murmelte Abu Dun schließlich. »Und du bist sicher, dass wir bis dahin wieder zurück sind?«

»Wenn nicht«, sagte Thure grimmig, »dann sind wir alle tot.« Er wartete sichtlich auf eine Antwort, zuckte dann nur mit den Achseln und bildete schließlich mit den Händen einen Trichter vor dem Mund, um mit weit tragender Stimme zu rufen: *»Abmarsch!«*

»Wer hat diesen Dummkopf eigentlich zum Befehlshaber einer ganzen Armee gemacht?«, fragte Abu Dun kopfschüttelnd; wenn auch erst, nachdem Thure davongeeilt und sicher außer Hörweite war.

»Ich glaube, das war er selbst«, murmelte Andrej. An ihm nagte der Zweifel schon seit Längerem und ohne, dass er es bisher so recht zur Kenntnis genommen hatte. »Ist dir eigentlich klar, was er gerade getan hat?«

»Eine einmalige Chance vertan, diesen Piraten endgültig den Garaus zu machen?«, fragte Abu Dun.

Andrej nickte und schüttelte dann den Kopf. »Das möglicherweise auch. Aber er hat *uns* auch jede Möglichkeit genommen, noch umzukehren.«

Sie waren seit zwei Stunden unterwegs, und von den Bergen war noch immer nichts zu sehen. Es war nicht wärmer, aber immerhin auch nicht kälter geworden, und vor einer Weile hatte es leicht zu schneien begonnen, kurz darauf aber auch schon wieder aufgehört. Der Himmel war so wolkenlos geblieben wie während der Nacht, aber der Tag war trotzdem nicht klar. Ein leichter Dunst lag über dem Land, der nicht nur die Sicht trübte, sondern auch die Geräusche der langen Heereskolonne dämpfte und jegliches Echo verschluckte.

Andrej lief am Ende der Kolonne, wo er sich mit Abu Dun abwechselte, der im Moment ganz vorne bei Thure marschierte, zusammen mit dessen Unterführern, denen er das Kommando über die verschiedenen Teile seiner kleinen Armee übertragen hatte. Andrej hatte sich weder die Mühe gemacht, sich ihre Gesichter einzuprägen, noch ihre Namen, und schon gar nicht die Aufgaben, die Thure ihnen im Einzelnen zugewiesen hatte. Er glaubte nicht, dass es nötig sein würde. Was immer sie hier erwartete, es würde ganz bestimmt keine offene Feldschlacht sein, die nach wie auch immer gearteten *Regeln* verlief. Er fragte sich mehr und mehr, in welche Katastrophe Thure die Männer wohl führen würde … und wie Abu Dun und er jemals so dumm hatten sein können, ihm in dieses haarsträubende Abenteuer zu folgen. Urd hatte vollkommen recht gehabt: Thures Körperkraft und Stolz übertrafen eindeutig seine Klugheit. Für ein Leben als

Schmied und Raufbold mochte das ausreichen, aber ihm ein Heer anzuvertrauen konnte nur in einem Fiasko enden.

»So nachdenklich, Hexenmeister?«

Andrej fuhr erschrocken zusammen, blickte einen Augenblick lang verdattert in Urds Gesicht und fragte sich, wie lange sie wohl schon neben ihm herging, ohne dass er es bemerkt hatte. Und es dauerte noch eine geschlagene dritte Sekunde, bis er überhaupt begriff, was sie gesagt hatte.

»Warum nennst du mich so?«, fragte er.

»Um dich zu ärgern?«, schlug sie vor. »Ich meine ... so wie du mich ansiehst, scheint es mir zu gelingen.«

Andrej wurde sich bewusst, dass er sie tatsächlich anstarrte, und bemühte sich hastig um ein Lächeln, aber seine steif gefrorenen Züge verzogen sich nur zu einer Grimasse.

»Abu Dun hat dich ein paar Mal so genannt«, sagte sie nach einer Weile. »Ich habe es gehört.«

»Abu Dun redet zu viel.«

»Mehr als du, wenigstens in letzter Zeit und mit mir«, antwortete Urd. »He, was muss ich noch tun, um ein Gespräch mit dir anzufangen?«

»Und worüber möchtest du reden?«, fragte Andrej.

»Das ist mir ziemlich gleich«, antwortete Urd. »Nur nicht über *Swörbröder* und *Hinterhalte* und *Fallen*. Dein Freund spricht über nichts anderes mehr.«

»Und dein Bruder?«

»Ist sogar noch schweigsamer als du, auch wenn das schwer zu glauben ist«, antwortete Urd. »Ich bin gespannt, wie lange seine Geduld noch reicht.«

»Vielleicht ist er so still, weil er weiß, dass Abu Dun recht hat«, sagte Andrej. Unwillkürlich sah er in die Richtung, aus der sie gekommen waren. Hinter ihm ging nur noch eine Handvoll Männer, aber in dem frisch gefallenen Schnee war die Spur der Kolonne unübersehbar. Sie wurden nicht verfolgt, jedenfalls nicht so offensichtlich, dass er irgendetwas gehört oder gespürt hätte. Doch jemand, der ihnen folgen wollte, hätte es kaum nötig gehabt, ihnen nahe zu kommen. Der Gedanke, dass sich ein so großer Trupp wie der ihre unauffällig bewegen konnte, war lächerlich. Und außerdem gab es nur eine Richtung, in die sie gehen konnten.

»Nein, bitte nicht!«, seufzte Urd. »Ich bin geflohen, weil ich nichts mehr darüber hören wollte. Erzähl mir eine Geschichte aus deinem Leben, Andrej.«

»Da gibt es nicht viel zu erzählen«, antwortete er ausweichend. Urd sah ihn zweifelnd an, und Andrej rettete sich in ein verlegenes Schulterzucken. »Ich könnte eine Menge spannender und abenteuerlicher Geschichten erzählen –«

»Geschichten von großen Schlachten und gewaltigen Ungeheuern, die du erschlagen hast. Nehme ich an.«

»– aber ich glaube nicht, dass das die Art von Geschichten sind, die du hören wolltest«, schloss Andrej.

»Und es gibt keine anderen?«, bezweifelte Urd.

»Nein«, antwortete Andrej, zuckte abermals mit den Achseln und verbesserte sich: »Nicht viele. Und es ist lange her.«

»Das klingt traurig«, sagte Urd. »Ein so langes Leben, und alles, wovon du erzählen kannst, sind Schlachten und Tod?«

»Woher willst du das wissen?«

»Weil du ununterbrochen davon sprichst«, antwortete Urd.

»Ich meine, dass ich ein langes Leben hatte«, beharrte Andrej.

Urd lachte. »Dein Freund Abu Dun. Wenn auch nur die Hälfte der Heldentaten wahr ist, mit denen er prahlt, dann reichen auch zwei Leben nicht, um sie alle zu vollbringen.«

»Sagte ich schon, dass Abu Dun zu viel redet?«

»Das eine oder andere Mal«, sagte Urd ruhig. Wieder lachte sie leise, sah ihn aber auf eine plötzlich sonderbar forschende Art an, die ihm klarmachte, dass ihre Heiterkeit nur vorgeschoben war. »Wie alt bist du, Andrej Delãny?«, fragte sie dann.

»Ein wenig älter, als ich aussehe«, antwortete er ausweichend. Urds Blick wurde nun vollends bohrend, und er fügte mit einem Grinsen hinzu, das ihm gründlich misslang: »Ich habe mich gut gehalten.«

»Du willst nicht darüber reden«, sagte Urd. »Ich weiß: Jetzt nicht.«

Andrej reagierte gar nicht darauf, sondern wandte erneut im Gehen den Kopf, um zurückzuschauen. Die wenigen Männer, die noch hinter ihnen marschierten, wichen seinem Blick hastig aus, und wiederum ein Stück dahinter gewahrte er zwei oder drei verschwommene Schemen, selbst für seine scharfen Augen kaum noch zu identifizieren: die Nachhut, die Thure in einem Abstand von einer Viertelstunde hinter ihnen hermarschieren ließ, um auch ganz sicher zu sein, dass niemand sie verfolgte. Eine scheinbar umsichtige, nach Andrejs Meinung aber entschieden dumme Vorsichtsmaßnahme. Hätte er die Männer angeführt, die sie – vielleicht – verfolgten, wären die armen Hunde dort hinten die Ersten gewesen, die starben und ihren Platz mit seinen eigenen Leuten tauschten.

»Warum machst du es mir so schwer, Andrej?«, fragte Urd plötzlich. Andrej verstand nicht einmal, was sie meinte, und sah sie wortlos und mit leicht gerunzelter Stirn an. Urd wirkte für einen Moment gründlich verärgert, schluckte ihren Ärger aber hinunter. »Du hast mich gefragt, ob ich mit dir komme«, erinnerte sie. »Wie kann ich diese Frage ehrlich beantworten, wenn ich nichts über dich weiß?«

»Gar nicht«, räumte er ein. »Aber vielleicht würdest du nicht mehr mitkommen wollen, wenn du alles über mich wüsstest.« Er hob rasch die Hand. »Wenn das hier vorbei ist, beantworte ich alle deine Fragen.«

»Dann muss ich mich wohl damit zufriedengeben«, seufzte Urd. Sie machte keinen Hehl aus ihrer Enttäuschung. »Also gut. Wahrscheinlich kommt es auf einen Tag nicht mehr an.«

»Obwohl du eine Frau bist, und damit von Geburt an neugierig?«, versuchte Andrej die plötzliche Spannung mit einem Scherz aufzulockern. Was gründlich misslang, dem Blick nach zu urteilen, mit dem Urd ihn maß.

»Eigentlich bin ich auch nur gekommen, weil Thure mit dir sprechen will. Ich soll dir sagen, dass wir unser Ziel bald erreichen, und er vorher noch mit Abu Dun und dir reden möchte.« Sie deutete mit dem Kopf nach vorne, zur Spitze der Kolonne hin. Andrej sah einen kurzen Moment lang in dieselbe Richtung, ohne mehr zu erkennen als vorher: Weite und Leere, in denen sich Schatten und dampfende weiße Kälte jagten. Was auch immer Thure mit seinem *Ziel* gemeint haben mochte, es war entweder unsichtbar, oder er und Andrej waren sich uneins über die Bedeutung des Wortes *bald*.

Urd sah ihn weiter erwartungsvoll und auffordernd an, doch Andrej ging nicht etwa schneller, sondern blickte noch einmal zum Ende der Kolonne. Der Gedanke, seine Position dort aufzugeben, behagte ihm nicht.

»Keine Sorge«, sagte Urd. »Sie verfolgen uns nicht.«

»Ach?«, fragte Andrej. »Wer?«

»Die Swörbröder«, antwortete Urd. »Sie wissen genau, dass sie an Land keine Chance gegen uns haben. Wir sind mehr als doppelt so viele wie sie.«

»Wer hat gerade noch einmal darauf bestanden, dass wir nicht über die Piraten reden?«, fragte Andrej.

»Ich habe lediglich darauf bestanden, dass *du* nicht über sie sprichst«, antwortete Urd. »Von mir war nie die Rede.«

Sie gingen mit schnelleren Schritten an der Kolonne vorbei bis ganz nach vorne. Abu Dun sah ihnen schweigend entgegen, aber mit besorgtem Gesichtsausdruck, und auch Thure machte einen angespannteren Eindruck, als man nach Urds Worten eigentlich hätte annehmen sollen, bemühte sich aber immerhin um etwas, das mit viel gutem Willen als Lächeln durchgehen mochte, und bedeutete Andrej mit einer Geste, sich zu beeilen. Mit dem anderen Arm deutete er nach vorne, wo noch immer nichts zu sehen war.

»Es ist jetzt nicht mehr weit. Bevor die Sonne untergeht, müssten wir es sehen.«

»Was?«, fragte Andrej. »Den Nebel?« Erst, als er die Worte aussprach, begriff er selbst, dass vor ihnen tatsächlich ein leichter, grauer Dunst über dem Land lag, dem sie sich in gerader Linie näherten.

Thure schüttelte jedoch den Kopf. »Das ist kein Nebel.«

»Kein Nebel?« Abu Dun blinzelte. »Was dann?«

»Ihr werdet es gleich sehen«, antwortete Thure geheimnisvoll. »Aber gebt acht, dass ihr nicht zu nahe hingeht.«

Abu Dun machte ein fragendes Gesicht, aber Andrej war klar, dass Thure ihnen keine weiteren Erklärungen liefern würde, und sparte sich den Atem für jede entsprechende Frage. Stattdessen besah er sich den *Nebel* etwas genauer, ohne allerdings zu einem wirklich anderen Ergebnis zu kommen als zuvor; allenfalls fiel ihm nun auf, dass mit dem vermeintlichen Nebel etwas nicht stimmte: Er war sonderbar statisch und beschränkte sich auf ein ausgedehntes, aber fest umrissenes Gebiet vor ihnen, und auch der Wind, der ebenso sacht wie ununterbrochen wehte, schien ihm nichts anhaben zu können. Als sie näher kamen, sah Andrej, dass die Böen den Nebel immer wieder auseinanderzureißen versuchten und dass es ihnen auch gelang, er sich aber auch genauso schnell wieder zu bilden schien, als stiege er ununterbrochen und direkt aus dem Boden auf.

Ganz genau das war der Fall. Und es war auch kein Nebel.

Andrej verspürte einen warmen, feuchten Hauch und roch Wasser – kein Salzwasser –, und eine besonders heftige Windböe zerriss den grauen Vorhang, wie um ihm einen kurzen Blick auf seine wirkliche Quelle zu gewähren. Vielleicht hundert oder hundertfünfzig Schritte vor ihnen brodelte ein See aus kochend heißem Wasser, ein Stück kleiner als der klare Quellsee, an dem er das erste Mal allein mit Urd gesprochen hatte, aber siedend heiß und mit nackten Ufern, von denen das brodelnde Wasser jegliches Leben heruntergebrannt hatte. Dann schloss sich der Vorhang aus grauem Dampf wieder.

»Eine der heißen Quellen, von denen du erzählt hast?«, vermutete Abu Dun.

»Ja.« Thure nickte. »Kommt dem Dampf nicht zu nahe.« Die letzten Worte hatte er lauter ausgesprochen, und die nächsten rief er mit noch lauterer, weithin hörbarer Stimme: »Keiner berührt den Dampf, er kann euch verbrühen!«

Andrej bezweifelte das. Der Dampf war heiß, aber nicht *so* heiß, doch Thures Warnung war in anderer Hinsicht vielleicht nur zu berechtigt: So angenehm warm dieser staubfeine Dunst auch sein mochte, musste er doch zugleich jeden, der ihm nahe kam, binnen eines einzigen Augenblickes bis auf die Haut durchnässen und danach ebenso schnell wieder abkühlen, was bei den hier herrschenden Temperaturen durchaus zu einer tödlichen Gefahr werden konnte.

Nur einen kurzen Moment später begriff er, dass Thures Warnung auch noch einen anderen Grund gehabt hatte. Die Erde erzitterte – kein wirkliches Beben, sondern nur ein kurzer, wenn auch sehr heftiger Ruck –, und eine brüllende Wassersäule schoss zehn oder fünfzehn Manneslängen hoch über die Dampfwolke hinaus und zerstob zu kochendem Regen, der mit einem hörbaren Zischen in weitem Umkreis auf den Felsen und das Eis niederging. Keiner der Männer war der Dampfwolke auch nur nahe genug gewesen, um von einem einzigen Tropfen berührt zu werden, doch die gesamte Kolonne bewegte sich trotzdem erschrocken und rasch ein kleines Stück zur Seite.

»Was für ein gemütliches Fleckchen Erde«, grollte Abu Dun auf Arabisch. »Da fühlt man sich doch gleich wie zu Hause, nicht wahr?«

»Ja«, pflichtete ihm Andrej bei. »Es fehlen nur noch die gemütlichen Sandstürme.«

»Hier lebt niemand«, sagte Thure, bevor Abu Dun antworten konnte, und so vorsichtig, als hätte er Angst, ihre Worte könnten von irgendjemandem – oder etwas – gehört werden und vielleicht eine Reaktion hervorrufen. »Dieses Land ist nicht für Menschen bestimmt.«

»Und was suchen wir dann hier?«, nörgelte Abu Dun.

»Vielleicht sorgen wir dafür, dass nicht irgendwann die ganze Welt so aussieht«, antwortete Thure. Er schauderte übertrieben. »Wenn das hier das Land der Götter ist, dann frage ich mich allmählich, warum wir sie eigentlich anbeten.«

»Vielleicht waren eure Gebete ja nicht inbrünstig genug«, sinnierte Abu Dun. »In meiner Heimat gibt es kristallklare Flüsse, schattige Oasen und fruchtbare Felder und Wälder.«

»Die Sandstürme nicht zu vergessen«, fügte Andrej hinzu. »Und die Skorpione, die Spinnen und die Schlangen. Von deinen reizenden Landsleuten ganz zu schweigen.«

»Ja, die Menschen hier sind sehr viel umgänglicher«, bestätigte Abu Dun – auch jetzt wieder in seiner Muttersprache, zugleich aber auch mit einer so spöttischen Betonung, dass nicht nur Thure die Stirn runzelte. »Und so warmherzig, nicht wahr?«

»Ihr solltet in einer Sprache reden, die alle hier verstehen.« Andrej war überrascht. Er hatte mit diesem Einwand von Thure gerechnet, aber es war Urd, die diese Worte sagte, und das in besorgtem Ton. Und selbstverständlich hatte sie recht. Er hatte sich mittlerweile beinahe daran gewöhnt, dass die Männer Abu Dun und ihn argwöhnisch beäugten, doch seit sie an diesem Morgen von Bord gegangen waren und jedermann gesehen hatte, auf welch unheimliche Weise der Nubier wieder gesundet war, starrten viele der Männer Abu Dun ganz unverblümt an, und in mehr als einem Augenpaar las er unverhohlene Angst.

»Du hast recht«, sagte er. »Entschuldige.« Er lachte nervös. »Anscheinend macht dieses Land nicht nur deine Leute nervöser, als es sollte.«

»Vielleicht hat mein Bruder ja recht«, murmelte Urd. »Wenn das die Welt ist, wie sie die Götter für sich haben wollen, dann müssen wir wahrscheinlich hier sein, um es zu verhindern.«

Andrej merkte auf. In Urds Stimme war ein Ton, der ihm nicht gefiel, und sie wich seinem Blick aus. Selbstverständlich litt sie, wie alle hier – selbst Abu Dun und er –, unter der Kälte, den Mühen des anstrengenden Marsches und auch der Angst vor dem, was vor ihnen liegen mochte, aber da war noch mehr. »Warum erzählst du mir nicht von Grünland«, bat er, nicht, weil ihn das Thema wirklich interessiert hätte, sondern nur, um sie auf andere Gedanken zu bringen. »Wie ist es dort?«

»Ich war noch niemals dort, also wie soll ich diese Frage beantworten?«, gab Urd zurück, jetzt schon wieder in unüberhörbar spöttischem Ton und mit einem amüsierten Funkeln in den Augen. Aber sie fuhr dennoch fort. »Man sagt, dass dieses Land seinen Namen verdient. Es ist ein fruchtbares Land, voller saftiger Wiesen, wo das Vieh weiden kann, dichter Wälder und reiner Flüsse. Angeblich hat unser Volk früher dort in Frieden gelebt. Es war niemals kalt, und die Tage waren stets länger als die Nächte. Sie hatten keine Feinde, und niemand musste hungern oder um sein Leben fürchten. Aber dann haben wir die Götter erzürnt, und unser Volk wurde von dort vertrieben.«

Andrej hatte es selbst nicht einmal bemerkt, aber etwas in seinem Gesicht musste sich wohl verändert haben, denn Urd zog die Augenbraue hoch und fragte: »Was ist so komisch an dieser Geschichte? Findest du nur sie naiv, oder auch mich?«

»Nein«, versicherte Andrej hastig. »Es ist nur … irgendwie kommt sie mir bekannt vor.«

»Ich glaube, ich habe sie schon einmal erzählt«, sagte Urd.

»Man erzählt sie sich auch bei uns«, antwortete Andrej kopfschüttelnd. »Nur kommt ein bisschen weniger Eis darin vor.«

Urd setzte zu einer weiteren – und diesmal sichtlich verärgerten – Antwort an, als die Erde erneut erschauerte. Hinter ihnen stieg eine weitere, kochend heiße Säule aus Wasser und Dampf in die Höhe und regnete zu Boden. Andrej gewann ein paar kostbare Augenblicke, als er dem ebenso bedrohlichen wie faszinierenden Naturschauspiel zusah, und ganz, wie er erhofft hatte, war Urds Ärger verflogen, als er sich wieder zu ihr umwandte. Dennoch fuhr er in versöhnlicherem Ton fort: »Ich wollte mich nicht über dich lustig machen, Urd. Es war die Wahrheit – auch dort, wo ich herkomme, erzählen sich die Menschen eine ganz ähnliche Geschichte.«

»Vielleicht sind sie ja mit uns verwandt.«

»Oder es ist der Traum jedes Menschen, dass es irgendwo auf der Welt einen Ort gibt, wo er in Frieden und Ruhe leben kann.«

»Eine schöne Vorstellung«, sagte Urd. »Hast du einen solchen Ort gefunden auf deinen vielen Reisen?«

Andrej blieb ihr die Antwort auf diese Frage schuldig. Es hätte ihn traurig gemacht, laut auszusprechen, dass er das verneinen musste. Aber wenn er ehrlich war, dann hatte er eigentlich auch nie danach gesucht. Sein Versuch, Urd durch eine belanglose Frage aufzuheitern, hatte eher das Gegenteil bewirkt, aber ihm wollten auch einfach keine Worte einfallen, die ihre Schwermut nicht noch schlimmer gemacht hätten. Eine geraume Weile gingen sie schweigend nebeneinander her, und Andrej fühlte sich immer unbehaglicher. Am liebsten hätte er zu Abu Dun aufgeschlossen, aber das wäre eine kindische Reaktion gewesen. Und er war auch ziemlich sicher, dass Urd sie ihm übel genommen – oder sich im besten Fall darüber lustig gemacht – hätte. So beschränkte er sich darauf, schweigend neben ihr herzugehen und (mit wenig Erfolg) den Eindruck zu erwecken, dass alles in Ordnung und ihm allenfalls kalt wäre.

Der Geysir spuckte noch zwei oder drei Mal Dampf und kochendes Wasser und hüllte sich dann wieder in grauen Nebel, und genau wie Thure es vorhergesagt hatte, neigte sich der Tag nun rasch seinem Ende zu. Die Sonne verblasste zusehends, und aus einem trübgrauen Tag wurde eine noch trübere, kurze Dämmerung. Von den Bergen, die Thure ihnen versprochen hatte, war immer noch nichts zu sehen.

Aber mit dem allerletzten Licht des Tages sahen sie die Festung des falschen Gottes.

Abu Dun und Thure, die wieder ein paar Schritte vorausgingen, blieben plötzlich so abrupt stehen, als wären sie unversehens an einem Abgrund angekommen, und auch die Männer unmittelbar hinter ihnen prallten erschrocken zurück und erstarrten dann mitten in der Bewegung. Andrej runzelte die Stirn, schritt schneller aus und blieb dann genauso abrupt stehen. Unmittelbar vor ihnen gähnte tatsächlich ein Abgrund von mindestens zwei, wenn nicht dreihundert Metern Tiefe, und jetzt sahen sie auch die Berge, von denen Thure gesprochen hatte.

Sie waren nicht nur da, den ganzen Tag über waren sie auch unter ihren Füßen gewesen, buchstäblich.

»Was bei Allah ist *das?«*, murmelte Abu Dun.

Andrej wusste die Antwort auf diese Frage nicht, aber er hätte das, was er empfand, auch nicht treffender in Worte fassen können.

Der Anblick war majestätisch und erschreckend zugleich, vor allem aber eines: unheimlich. Vor ihnen gähnte ein mindestens zweihundert Meter tiefes, kreisrundes Loch im Boden, dessen Wände so perfekt lotrecht in die Tiefe stürzten, als wären sie aus dem Felsen herausgestanzt worden. Auf dem Grund dieses gigantischen Kraters war etwas, das nicht nach

Eis oder Fels aussah. Bei dem schlechten Licht war es ihm unmöglich, den Boden des Abgrundes genauer zu erkennen. Aus der Mitte des Kraterbodens jedoch wuchs ein zyklopisches ... *Etwas*, wie ein mahnend emporgereckter, schwarzer Lavafinger. Er starrte in die Tiefe.

Natürlich wusste er, dass es ein Berg war. Es war nicht der erste erloschene Vulkan, den er sah, auch wenn er sich nicht erinnern konnte, jemals eine Caldera *dieser* Größe zu Gesicht bekommen zu haben, aber es war zugleich auch ... *etwas anderes.*

»Was ... ist das?«, fasste Urd in Worte, was sie in diesem Moment wohl alle dachten. »Das ist unheimlich.«

»Es ist nur ein Felsen«, brummelte Abu Dun. Niemand antwortete. »Ein *hässlicher* Felsen«, fügte der Nubier hinzu, und dazu sagte erst recht niemand etwas.

Andrej hätte sich gewünscht, dass Abu Dun geschwiegen hätte. Für einen Moment war selbst ihm, als hätten die Worte des Nubiers etwas geweckt, an dessen Schlaf besser nicht gerührt wurde. Der Tag verblasste jetzt immer schneller, aber dort unten, tief am Grunde dieses unheimlichen Tales, schien mit den länger werdenden Schatten gleichzeitig noch etwas anderes Einzug in den kreisrunden Talkessel zu halten. Andrej konnte das Gefühl nur schwer in Worte kleiden, aber er war nicht der Einzige, der es spürte. Immer mehr und mehr Männer versammelten sich vor dem jäh aufklaffenden Abgrund, und ihre Unruhe wuchs im gleichen Maße wie ihre Anzahl.

»Das ist nur ein Berg«, sagte Thure schließlich. »Gefährlich ist nicht der Stein, sondern das, was in ihm haust. Aber wir sind genug, um mit jeder Gefahr fertig zu werden.«

Andrej warf einen überraschten Blick auf Abu Dun, aber der Nubier wirkte genauso verblüfft wie er. Thures Worte schienen ihm nicht besonders klug gewählt; jedenfalls nicht, wenn er tatsächlich vorgehabt hatte, seine Männer zu beruhigen.

»Und wie kommen wir dort hinunter?«, fragte Abu Dun schließlich.

Thure trat noch einen Schritt näher an den Abgrund heran, ließ sich in die Hocke sinken und tat einen Moment lang so, als müsse er die Felswände rechts und links aufmerksam mit Blicken absuchen. Er war ein miserabler Schauspieler, fand Andrej. »Als wir damals hier waren, gab es einen Pfad. Er war schmal und steil, aber … dort!« Er streckte den Arm aus und deutete nach links. Andrej war nicht einmal mehr überrascht, dort nicht mehr zu erkennen, als Felsen und rasch schwärzer werdende Schatten. Und auch Abu Dun erging es offensichtlich nicht anders, denn er ließ sich neben dem Nordmann in die Hocke sinken, runzelte demonstrativ die Stirn und beugte sich so weit vor, dass nicht nur Urd erschrocken die Luft zwischen den Zähnen einsog.

»Ich sehe nichts. Und selbst wenn – es wäre besser, wir warten, bis es hell geworden ist. Der Abstieg ist gefährlich.«

Aber bestimmt nicht für dich, antwortete Thures Blick. Laut sagte er: »Es sieht schlimmer aus, als es ist. Ich war damals noch ein Kind und unser Skalde ein alter Mann, und wir haben es auch geschafft. Und es wäre noch viel gefährlicher, die Nacht hier oben zu verbringen.«

Abu Dun stemmte sich ächzend in die Höhe. »Wegen der Piraten, die uns nicht verfolgen«, vermutete er.

Thure tat so, als hätte er nichts gehört. »Der falsche Gott weiß vielleicht noch nicht, dass wir kommen. Aber wenn wir bis morgen früh hier warten, weiß er es ganz bestimmt.« Er schüttelte heftig den Kopf, wie um jedem denkbaren Widerspruch zuvorzukommen. »Sobald es ganz dunkel geworden ist, wird es hier *wirklich* kalt. Wir müssten Feuer entzünden, wenn wir nicht Gefahr laufen wollen, die Hälfte der Krieger morgen früh erfroren zu finden. Der Vorteil der Überraschung wäre damit dahin. Und es wird auch *mit* diesem Vorteil schon schwer genug, ihn zu überwinden.«

»Nur, damit ich dich richtig verstehe«, fragte Abu Dun mit übertrieben gespieltem Entsetzen nach. »Du willst nicht, dass wir ein Feuer entzünden?«

»Auf keinen Fall«, antwortete Thure. Es gelang ihm nicht vollkommen, den verächtlichen Unterton aus seiner Stimme zu verbannen. Vielleicht wollte er es auch nicht. »Es sei denn, du willst auch ganz sicher sein, dass der falsche Gott von unserem Kommen erfährt.«

Abu Dun wollte auffahren, doch Andrej kam ihm – in besänftigendem, dennoch aber hörbar scharfem Ton – zuvor. »Wir können nicht ohne Licht dort hinuntergehen. Ein solcher Abstieg wäre schon tagsüber gefährlich genug.«

»Vielleicht für dich oder deinen Freund, Andrej«, antwortete Thure bissig. »Möglicherweise gibt es ja da, wo ihr herkommt, keine Berge. Wir sind das Klettern gewohnt. Du solltest meine Krieger nicht unterschatzen.«

Andrej hatte mit dieser Antwort gerechnet, und trotzdem starrte er den Nordmann für die Dauer von fünf oder sechs Herzschlägen fassungslos an. Es gelang ihm immer noch nicht, in der Dunkelheit hinter ihm irgendetwas auszumachen, dass wie ein Pfad aussah, und seine Augen waren zehnmal schärfer als die Thures oder irgendeines anderen Mannes hier. Obwohl er sie nicht direkt ansah, registrierte er, dass Urd totenbleich wurde, und der Ausdruck auf den Gesichtern der Krieger rings um sie herum war ganz ähnlich. Niemand wagte es, zu protestieren oder Thure gar laut zu widersprechen, doch Andrej konnte sich gut vorstellen, wie es jetzt in den Männern aussah. Sie alle waren erschöpft und am Ende ihrer Kräfte, ausgelaugt und gezeichnet von der Reise, den Kämpfen und dem langen, anstrengenden Marsch hierher, und selbst ihm jagte schon die bloße Vorstellung einen eisigen Schauer über den Rücken, bei nahezu vollkommener Dunkelheit einen Pfad hinuntersteigen zu sollen, den er nicht einmal *sah*.

Als hätte er seine Gedanken gelesen, machte Thure eine

herrische Geste mit der freien Hand und wandte sich zugleich auffordernd an Abu Dun. »Ich zwinge niemanden, mich zu begleiten. Aber es wird Zeit. Wir müssen den Berg erreichen, bevor es hell wird.«

Abu Dun schürzte verächtlich die Lippen und ließ Thure vergebens auf eine Reaktion warten. Schließlich gab der riesenhafte Nordmann ein ärgerliches Knurren von sich und wandte sich auf dieselbe, auffordernd-ungeduldige Art an Andrej.

»Und du?«

»Wir sollten miteinander reden, Thure«, sagte Andrej, ruhig und so leise, dass nur Thure und allenfalls noch Abu Dun und Urd seine Worte verstehen konnten. »Allein.«

Für einen winzigen Moment verdüsterte sich Thures Gesicht vor Zorn. Seine Hand schloss sich so fest um den Griff seiner Streitaxt, dass die dünnen Lederriemen hörbar knirschten, mit denen er umwickelt war. Dann aber zuckte er nur trotzig mit den Schultern, wies aber auch zugleich mit einer Kopfbewegung nach links, irgendwo hinein in die Dunkelheit, die nahezu vollkommen geworden war, seit sie die Klippe erreicht hatten. Noch immer wortlos und mit Bewegungen, denen man seinen verhaltenen Zorn ansah, fuhr er herum und stapfte zwei oder drei Dutzend Schritte davon, bis er tatsächlich in den Schatten verschwand. Andrej und Abu Dun folgten ihm, und wie er es erwartet hatte (aber nicht unbedingt zu seiner Freude), schloss sich ihnen auch Urd an.

»Also?«, empfing sie Thure, kaum dass sie ihn erreicht hatten und noch bevor Andrej auch nur ein einziges Wort sagen konnte. »Was soll das? Wenn ihr plötzlich Angst habt, dann ist es ein bisschen zu spät dafür, meinst du nicht auch, Andrej?«

»Das hat nichts mit Angst zu tun«, sagte Andrej, um seine Fassung bemüht. »Aber in einem Punkt hast du recht, Thure. Es ist zu spät, um noch kehrtzumachen.«

»Und was tun wir dann hier?«, wollte Thure wissen.

Diesmal kam Abu Dun Andrej zuvor. »Das wäre jetzt der passende Moment, uns die Wahrheit zu sagen.« Thure wollte auffahren, doch Abu Dun schnitt ihm mit einer jetzt eindeutig wütenden Bewegung das Wort ab. Seine Stimme wurde lauter. »Du hast uns gebeten, für dich zu kämpfen. Für dein Volk und dich.«

»Und jetzt, wo es so weit ist, kommen euch Bedenken?«

Zu Andrejs Überraschung nahm der Nubier auch diese nunmehr ganz unverhohlene Beleidigung ohne mit der Wimper zu zucken hin. »Ich habe kein Problem damit«, antwortete er hörbar ruhiger als bisher. »Und nur, falls du es tatsächlich noch nicht gemerkt haben solltest. Andrej und ich sind die Einzigen hier, die vermutlich nichts zu befürchten haben. Aber ich habe ein Problem damit, Männer vollkommen sinnlos in den Tod zu schicken.«

»Und belogen zu werden«, fügte Andrej hinzu.

»Was soll das?«, mischte sich Urd ein. Sie wirkte aufgebracht und verstört, doch Andrej sah ihr an, dass sie selbst nicht ganz sicher war, wem dieser Zorn nun eigentlich galt. »Was willst du damit sagen?«

»Dass dein Bruder uns belogen hat«, antwortete Andrej. »Und euch auch.«

»Du solltest dir vielleicht ganz genau überlegen, was du sagst«, sagte Thure.

»Vielleicht sollte ich es wiederholen, und das vor allen Männern«, gab Andrej zurück. »Du bleibst dabei, dass du nur einmal hier gewesen bist, vor zwanzig Jahren oder vielleicht sogar noch mehr?«

Thure schwieg. Urds Stirnrunzeln wurde noch tiefer.

»Das ist gelogen«, sagte Andrej schließlich, als er einsah, dass er keine Antwort von Thure bekommen würde.

»Ich verstehe«, seufzte Thure. »Ich hätte nicht von der Bucht erzählen sollen.«

»Du warst nicht besonders überrascht, die Piraten auftauchen zu sehen«, bestätigte Abu Dun. »Und ich finde, du hast uns ein bisschen zu zielsicher hierher geführt, wenn man bedenkt, dass du nur ein einziges Mal und noch dazu als ein halbes Kind hier gewesen sein willst. Und du findest auf Anhieb und in völliger Dunkelheit einen Pfad, den man vermutlich selbst bei hellem Tageslicht nur schwer ausmachen würde.« Er zuckte mit den Achseln und schaffte es irgendwie, diese kleine Bewegung verächtlich aussehen zu lassen. »Ich bin nicht ganz sicher, was du wirklich vorhast, Thure. Ich bin nicht einmal ganz sicher, wer du bist. Aber eines bist du ganz gewiss: ein erbärmlicher Lügner. Hältst du all die Männer, die ihr Leben in deine Hand gegeben haben, für so dumm, das nicht zu bemerken?«

Thure starrte ihn einen Moment lang hasserfüllt an, dann aber konnte Andrej ihm ansehen, wie es hinter seiner Stirn arbeitete und er zu einem Entschluss kam. Zorn und kaum noch beherrschte Wut wichen aus seinem Gesicht und machten etwas anderem Platz. »Ja. Ihr habt recht. Ich bin noch einmal hier gewesen. Mehr als einmal.«

»Warum?«, murmelte Urd. Sie klang vollkommen fassungslos.

»Weil wir sonst niemals hierher gefunden hätten«, antwortete ihr Bruder. »Weil ich herausfinden wollte, was es wirklich mit diesem vermeintlichen Gott auf sich hat.«

»Warum hast du uns nichts davon gesagt?«, fragte Urd.

»Ich hielt es für besser so«, erwiderte Thure und klang schon wieder ein bisschen trotzig. »Was hätte ich sagen sollen? Dass ich von all diesen Männern erwarte, einen Feind anzugreifen, der nicht besiegt werden kann? Dass wir eine Festung stürmen sollen, die kein lebender Mensch stürmen kann? Dass ich sicher bin, dass die allermeisten von denen, die mich begleiten, nicht zurückkehren werden? Wie viele wären wohl mitgekommen?«

»Wahrscheinlich alle«, sagte Andrej. »Auf jeden Fall aber mehr, als du vermutlich ahnst.« Er schüttelte traurig den Kopf. »Es gehört ein wenig mehr dazu als Tapferkeit und ein starker Arm, um ein Heer zu führen, Thure. Diese Männer sind bereit, für dich zu sterben. Sie haben ein Anrecht auf Ehrlichkeit.«

»Vielleicht hast du recht«, erwiderte Thure grob. »Vielleicht auch nicht. Es spielt keine Rolle. Wenn wir den falschen Gott besiegen und unser Volk befreien, dann ist dieser Preis jedes einzelne Leben wert, den er kostet.«

»Auch dein eigenes?«, wollte Abu Dun wissen.

»Ja!«, erwiderte Thure heftig. »Und ja, ich weiß, dass ihr vermutlich nichts zu befürchten habt. Jeder einzelne Mann hier weiß, dass ihr nicht das seid, was ihr zu sein vorgebt. Die Männer halten euch für Dämonen, und sie fürchten euch!«

»Und sie waren trotzdem bereit, uns zu folgen«, seufzte Andrej. »Das ist sehr mutig. Glaubst du nicht selbst, dass ein so großer Mut zumindest eine kleine Belohnung verdient?« Er schüttelte abermals den Kopf, und seine Stimme klang weniger herausfordernd als beinahe enttäuscht, als er fortfuhr: »Dann sag uns wenigstens jetzt die Wahrheit. Was erwartet uns dort unten?«

»Die Piraten«, vermutete Abu Dun, als Thure weiter nichts sagte, sondern es nur bei einem verstockten Gesichtsausdruck beließ. Und auch diesmal vergingen etliche Augenblicke, bevor er widerwillig nickte.

»Ja«, gestand er. »Aber vielleicht auch nicht, wenn wir schnell genug sind. Sie stehen in seinen Diensten, das ist wahr, aber ich glaube nicht, dass sie schon dort unten auf uns warten. Es gibt einen Weg, der vom Fjord aus direkt ins Tal hinunterführt. Doch er ist weiter als dieser hier. Viel weiter. Wenn wir die Festung des falschen Gottes bis zum nächsten Sonnenaufgang erreichen, dann sind wir schnell genug, um ihnen zuvorzukommen.«

»Und sitzen in der Falle, sobald sie auftauchen«, schnaubte Abu Dun.

»Nicht, wenn wir bis dahin gesiegt haben«, behauptete Thure. »Sie sind keine Männer von Ehre. Keine Krieger wie die, die uns begleiten. Sie werden nicht für einen Herren kämpfen, den es nicht mehr gibt.«

Die Wahrscheinlichkeit, dass er damit recht hatte, war gar nicht einmal so gering, dachte Andrej. Dennoch war Thures Plan schierer Irrsinn. »Dann teilen wir uns auf«, sagte er nach kurzem Überlegen. »Ob diese Piraten nun Männer von Ehre sind oder nicht, sie sind gewiss nicht dumm. Sie werden uns nicht den Gefallen tun, uns einen so sicheren Fluchtweg offen zu lassen. Und ich möchte keinen Gegner hinter mir haben, über dessen Stärke und Absichten ich nichts weiß.«

»Aber –«, protestierte Thure.

»Dann bleibe ich mit fünfzig Kriegern zurück«, sagte Abu Dun, ohne seinen Einwand auch nur zu hören. »Ihr gebt uns ein Zeichen, sobald ihr sicher unten angekommen seid, dann folgen wir euch.«

Thure versuchte noch einmal zu widersprechen, doch Abu Dun drehte sich wortlos auf dem Absatz um und ging mit schnellen Schritten zu den wartenden Männern zurück.

8

Selbst jetzt, als er den harten Fels unter den Füßen spürte, konnte er ihn immer noch nicht sehen. Andrejs Augen waren schärfer als die eines Falken und lichtempfindlicher als die einer Katze, das hier aber ... war etwas anderes. Er konnte den Felsen fühlen – seine Härte, die von dem dünnen Überzug aus rutschigem Eis nicht gemildert wurde, die Kälte, die er ausstrahlte, wie es der Sand in Abu Duns Heimat mit der Sonnenhitze des Tages tat. Jeder Fußbreit Boden schrie ihm mit ebenso lautloser wie unüberhörbarer Stimme zu, dass er gehen sollte, fort von dieser Insel, weg aus diesem Teil der Welt, solange er es noch konnte.

Noch vor wenigen Stunden hätte er über Gedanken wie diesen laut gelacht, denn sie waren nichts anderes als unvernünftig und kindisch – und damit nur zu oft gefährlich. Auf ihren unzähligen Reisen in fremde und exotische Länder waren Abu Dun und er auf viele vermeintlich unerklärliche und anscheinend übernatürliche Dinge und Geschöpfe gestoßen, doch die Welt war zu groß und die Schöpfung zu mächtig, als dass sich letzten Endes nicht doch immer eine Erklärung gefunden hätte.

Aber das hier ...

Andrej hätte es niemals laut ausgesprochen, ja, er gestattete nicht einmal sich selbst, seine Unruhe in Worte zu fassen.

Mit jedem Schritt hatte er ein bisschen mehr das Gefühl, sich von der Welt, wie er sie bisher gekannt hatte, zu entfernen. Hier gehörte er nicht her. Selbst der Felsen, dessen grausame Kälte er längst nicht mehr nur in den Händen und auf dem Gesicht spürte, sondern auch durch die dicken Stiefelsohlen hindurch, erschien ihm trotz seiner Härte und Unverrückbarkeit zugleich sonderbar substanzlos; wie durch Zauberei schien er sich immer wieder sowohl seinem Begreifen als auch seinen Blicken zu entziehen. Seit sie den schmalen Pfad betreten hatten, schien sogar die Natur selbst zu ihrem Feind geworden zu sein. Das Eis war hier glatter als anderswo, der Wind schneidender und die Dunkelheit tiefer. Mehr als nur einmal war er auf dem Weg hier herunter über ein Hindernis gestolpert, das wie aus dem Nichts vor ihm aufgetaucht war, und einmal war es nichts anderes als schieres Glück gewesen, dass er nicht abgestürzt war, als sein Fuß unversehens ins Leere trat.

Nicht alle Männer hatten so viel Glück gehabt. Mindestens drei von ihnen waren abgestürzt. Eine schreiende Gestalt, die ebenso verzweifelt wie sinnlos mit den Armen um sich geschlagen und nach einem Halt gegriffen hatte, den sie nie wieder finden sollte, und zwei weitere, die dem Tod mit tapferem Schweigen entgegenrasten, waren an ihm vorbei in die Tiefe gestürzt. Aber er wusste, dass es weit mehr Tote gegeben haben musste: Seine scharfen Ohren hatten ihn die Schreie der Männer hören lassen, die weiter oben abgestürzt waren, und auch das dumpfe Geräusch, mit dem sie auf den Felsen aufgeprallt waren. Die Schlacht hatte noch nicht einmal begonnen, und doch hatten sie schon mindestens ein Dutzend Tote zu beklagen. Andrej hoffte, dass sie diesen Preis Wert war und sich Thures Plan als richtig herausstellen würde, denn er wusste, dass Abu Dun den Nordmann für jedes einzelne Leben zur Verantwortung ziehen würde, das in dieser Nacht sinnlos geopfert wurde.

Und wenn nicht Abu Dun, dann er.

Ein Stein löste sich aus der Dunkelheit über ihm, prallte von seiner Ferse ab und verschwand in hohem Bogen in der Schwärze unter ihnen. Es war nicht der erste Brocken, der sich unter den Schritten eines der Männer lockerte, aber diesmal dauerte es nur einen Moment, bis er den gedämpften Aufprall hörte und dann das leise Kollern, mit dem er über den hart gefrorenen Boden rollte und schließlich zum Liegen kam. Sie waren nahezu am Ziel. Andrej blieb stehen.

»Was ist los?«

Andrej drehte sich halb herum und spürte einen dünnen Stich seines schlechten Gewissens, als er erst nach einem Moment Urds Stimme erkannte; und das, obwohl er darauf bestanden hatte, dass sie unmittelbar hinter ihm ging.

»Nichts«, sagte er hastig. Eilig ging er weiter und gewahrte einen weiteren verschwommenen Schatten, der dicht und ohne Vorwarnung hinter Urd erschien, so als hätte die Nacht ihn ausgespien; der Pfad war zu schmal, als dass zwei Personen nebeneinander darauf gehen oder die eine die andere gar noch überholen konnte, und jeder Halt musste unweigerlich die gesamte, sich mühsam vorwärtsschleppende Kolonne durcheinanderbringen. Die Männer waren längst in einen monotonen Rhythmus verfallen, in dem sie einfach einen Fuß vor den anderen setzten und dabei mit der linken Hand Halt an der eisigen Wand neben sich suchten, und Andrej zweifelte nicht daran, dass viele dies mehr schlafend als wach taten; ihm selbst war es auf dem letzten Stück ja kaum anders ergangen. Jede noch so kleine Unterbrechung dieses monotonen Rhythmus mochte weiter oben zu einer Katastrophe führen.

»Wir sind gleich da«, fügte er leiser in einem Ton hinzu, von dem er hoffte, dass er beruhigend klang.

Er ging schneller, soweit das auf dem abschüssigen und spiegelglatten Boden möglich war, schloss nach wenigen Schritten zu dem vor ihm gehenden Krieger auf und fiel wieder in denselben, schleppenden Takt, den sie die ganze Nacht über beibehalten hatten. Wieder stürzte ein winziges Steinchen an ihm vorbei in die Tiefe, und diesmal erfolgte der Aufprall hörbar früher. Vielleicht noch ein Dutzend Schritte, schätzte Andrej, allerhöchstens zwei – er hätte den Boden unter sich längst sehen müssen, Dunkelheit hin oder her. Aber da war nichts als alles verschlingende Schwärze. Was, flüsterte eine dünne, angstvolle Stimme hinter seiner Stirn, wenn es keinen Boden *gab?* Wenn sie geradewegs ins Nichts marschierten?

Andrej verscheuchte den Gedanken mit einiger Mühe, sah sich noch einmal kurz und aufmerksam nach Urd um und versuchte dann, die schattenhaften Gestalten unter sich zu erkennen. Eine davon war Thure, der noch immer den Beleidigten spielte und sein mehrmaliges Angebot, die Führung zu übernehmen, beharrlich missachtet hatte. Andrej gefiel das nicht. Auch wenn ihn seine scharfen Sinne das ein oder andere Mal plötzlich im Stich zu lassen schienen, war er doch sicher, dass er jegliche Gefahr, die dort unten auf sie lauern mochte, früher gespürt hätte als Thure. Er hatte ihm seine Bedenken auch ohne Umschweife mitgeteilt, doch der Nordmann hatte trotzdem darauf bestanden, die Spitze zu übernehmen; ein Akt von nicht nur überflüssigem, sondern auch gefährlichem Stolz, mit dem er ihm, Abu Dun und allen anderen wohl beweisen wollte, wie sicher er war, dass ihre Feinde *nicht* in der Ebene auf sie warteten. Andrej konnte das sogar verstehen, aber es gefiel ihm trotzdem nicht.

Zugleich war er aber auch erleichtert gewesen, nicht die Spitze übernehmen zu müssen. Es war eine Rolle, die er nur zu gut kannte und die ihm niemals etwas ausgemacht hatte, aber heute war nicht *niemals,* sondern ein besonderer Tag und ein besonderer Ort. Obwohl er sich, seit sie losmarschiert waren, weitestgehend erholt hatte, und er spürte, wie seine Kräfte Schritt für Schritt zurückkehrten, statt sich zu verbrauchen, wie es bei all den Männern rings um ihn herum der Fall war, war er zugleich doch noch weit davon entfernt, bereit für einen weiteren Kampf sein; jedenfalls nicht gegen die Art von Feind, die er erwartete. Abu Dun hatte weit mehr von seiner Kraft genommen, als er angenommen hatte. Tatsächlich war Andrej erst im Laufe dieser Nacht klar geworden, *wie* viel. Nur wenig mehr, und es wäre *zu* viel gewesen.

Er hörte, wie sich der Rhythmus der Schritte unter ihm änderte, und zugleich glaubte er auf einer anderen Ebene ein erleichtertes, unendlich tiefes, lautloses Seufzen zu spüren; Thure und in seinem Gefolge die ersten zwei oder drei Männer hatten das Ende des Pfades erreicht und blieben aufatmend stehen. Er hörte einen gedämpften Zusammenprall und gleich darauf einen nicht mehr ganz so gedämpften Fluch, und dann Thures Stimme, die die Männer ungeduldig aufforderte, weiterzugehen und einen Halbkreis zu bilden. Dann – endlich – spürte auch er wieder festen und vor allem *ebenen* Boden unter den Füßen, und die Dunkelheit schien sich ein wenig zu lichten; als hätten sie eine unsichtbare Barriere überwunden und kehrten nun wieder in die Welt zurück, die sie alle kannten und in die sie gehörten. Rasch trat er einen weiteren Schritt nach vorne und zugleich zur Seite und streckte die Hand nach Urd aus. Zugleich sah er sich aufmerksam um.

Immer noch konnte er nichts klar erkennnen. Obwohl sie nur wenige Schritte entfernt waren, konnte er die Männer noch immer nur als verschwommene Schemen ausmachen, und auch ihre Stimmen erschienen ihm sonderbar gedämpft, flach und düster, als wäre ihnen etwas genommen worden, das einen Teil ihrer Menschlichkeit ausmachte. Zu seiner Überraschung bemerkte er, dass der Boden unter ihm weder gefroren war, noch aus hartem Fels bestand, und hinter der rasch wachsenden Zahl von Kriegern, die sich um Thure zu scharen begannen, wuchs etwas empor, von dem er nur annehmen konnte, dass es weder aus Eis noch aus Felsen bestand.

Und da war noch etwas. Aber er konnte nicht sagen, was.

»Du kannst meine Hand jetzt loslassen, Andrej«, sagte Urd. »Es sei denn, du hast vor, sie zu zerquetschen. Aber das würdest du mehr bedauern als ich. Mit gebrochenen Fingern kann ich so manches nicht mehr tun, was dir anscheinend Freude bereitet.«

Andrej blickte Urd einen halben Atemzug lang verständnislos an, erst dann wurde ihm klar, wie fest sich seine Hand um ihre Finger geschlossen hatte, und er ließ sie erschrocken los. Trotz ihrer spöttischen Worte sah Urd ernst aus, und ihr erschrockener Blick kam nicht allein von dem Schmerz, den er ihr zweifellos mit seinem Griff zugefügt hatte. Er konnte ihre Furcht spüren, und dieses Gefühl schürte sein schlechtes Gewissen nur noch mehr. Was hatte ihn eigentlich auf den Gedanken gebracht, dass er der Einzige war, den diese unheimliche Umgebung ängstigte?

»Verzeih«, sagte er hastig.

Urd begann ihre schmerzende Linke mit den Fingern der anderen Hand zu massieren und verzog die Lippen zu einem kurzen Lächeln. »Schon gut. Du hast mich ja gewarnt, dass du nicht willst, dass ich mitkomme.«

Andrej sagte nichts, auch wenn es ihm schwer fiel. Genau diese spöttische Art war es, die er so sehr an ihr liebte, aber in diesem Moment – und hier! – erschien sie ihm unpassend.

»Seid ihr der Meinung, das wäre jetzt der richtige Moment, um herumzuschäkern?«, polterte eine grobe Stimme hinter ihm. Andrej drehte sich verärgert herum und blickte in Thures Gesicht hinauf, und was er darin las, ließ ihn die wütende Antwort vergessen, die ihm auf der Zunge lag. Thure wirkte noch immer kein bisschen weniger aufgebracht und verärgert als vor Stunden, als sie diesen Marsch begonnen hatten, aber er hatte recht: Dass sie mehr oder weniger unbehelligt hier unten angekommen waren, bedeutete nicht, dass sie der Gefahr bereits entronnen waren.

»Alles in Ordnung?« Thures Worte galten Urd, die jedoch nur mit einem trotzigen Kopfnicken antwortete und aufhörte, ihre gequetschten Finger zu massieren.

»Dann sollten wir die Zeit nutzen, um ein wenig auszuruhen«, fuhr Thure fort, jetzt wieder an Andrej gewandt. »In einer Stunde geht die Sonne auf. Dann marschieren wir weiter.«

In einer Stunde? Andrej hätte beinahe gelacht. Sie hatten das fünf- oder sechsfache dieser Zeit gebraucht, um hier herunterzukommen. Und es würde mindestens genauso lange dauern, bis auch der letzte Mann ihrer kleinen Armee zu ihnen gestoßen war. Wieder einmal wurde ihm klar, wie groß die Kluft war, die zwischen Thures Absichten und seinen Fähigkeiten als Heerführer klaffte.

»Dann sollen die Männer sich ausruhen«, sagte er trotzdem. »Aber wir müssen Wachen aufstellen.«

»Und einen Schildwall bilden?«, schlug Thure vor. Spät hörte Andrej den spöttischen Unterton in seiner Stimme, und als er sich umsah, stellte er fest, dass ein guter Teil der Krieger bereits dabei war, genau das zu tun, was Thure gerade vorgeschlagen hatte: Sie bildeten den Anfang eines weit auseinandergezogenen Halbkreises, indem sie sich hinknieten und ihre großen Schilde von den Rücken nahmen, um sie als Schutzwall vor sich aufzustellen.

Er ignorierte Thures belustigte Miene und gab sich stattdessen Mühe, ein möglichst zufriedenes Gesicht zu machen. Ohne dem Nordmann auch noch ein einziges Wort zu gönnen, drehte er sich wieder zu Urd herum, nahm ihre Hand und deutete – eigentlich wahllos – nach links. »Komm.«

Urd machte ein fragendes Gesicht, folgte ihm aber gehorsam. Der Strom von Kriegern, die das Ende des Pfades erreichten und sich mit hängenden Schultern und mühsamen Schritten weiterschleppten, war dünner, als er gehofft hatte, aber stetig. Erst als sie sich ein gutes Stück entfernt hatten, deutete Andrej auf eine windgeschützte Stelle am Fuße der Felswand, die nahezu lotrecht hinter ihnen in die Höhe strebte und mit der Dunkelheit verschmolz, lange, bevor man ihr Ende ausmachen konnte.

»Warte«, sagte er, als Urd dazu ansetzte, sich erschöpft zu Boden sinken zu lassen, obwohl er nichts lieber wollte, als dasselbe zu tun. Sein Reservoir an innerer Kraft mochte sich allmählich wieder füllen, aber sein Körper war müde. Trotzdem schüttelte er nur noch einmal den Kopf, nahm mit einer umständlichen Bewegung den großen Rundschild vom Rücken und streifte dann den Mantel ab. Urd blickte fragend – vor allem, als ihn die Kälte sofort und erbarmungslos wie ein Raubtier ansprang und er nichts dagegen tun konnte, dass seine Zähne zu klappern begannen – und machte auch sofort wieder (was hatte er erwartet?) ein spöttisches Gesicht, als er den Mantel wie eine Decke auf dem eisigen Boden ausbreitete. Aber ihr Stolz hinderte sie nicht, dieses Angebot anzunehmen und sich mit untergeschlagenen Beinen darauf niederzulassen. Erschöpft lehnte sie sich mit Schultern und Hinterkopf gegen den Fels und schloss die Augen.

Aber Urd wäre auch nicht Urd gewesen, hätte sie ihn nicht unmittelbar darauf schon wieder spöttisch angesehen und gesagt: »Das ist sehr zuvorkommend von dir, großer Krieger. Aber falls dir doch zu kalt wird und du das Bedürfnis hast, dich zu wärmen, kannst du gerne zu mir unter meinen Mantel schlüpfen.«

»Ich glaube nicht, dass dein Bruder sehr begeistert wäre«, sagte Andrej.

Urd lächelte und sagte dann in plötzlich ernstem Ton: »Warum reizt du ihn so, Andrej? Von Abu Dun hätte ich das erwartet, aber dich habe ich eigentlich für klüger gehalten.« Sie hob müde die Hand, um seinem Widerspruch zuvorzukommen. »Nur falls du es noch nicht selbst gemerkt hast: Er weiß, dass er etwas falsch gemacht hat.«

»Es hat nichts damit zu tun, Urd«, widersprach Andrej, schüttelte gleich darauf den Kopf und verbesserte sich mit einem Achselzucken: »Oder doch.«

»Aha«, sagte Urd.

Andrej suchte einen Moment lang vergeblich nach den richtigen Worten, fand sie nicht und rettete sich schließlich in ein erneutes Achselzucken, bevor er sich – weiter, als notwendig gewesen wäre, von ihr entfernt – mit angezogenen Knien auf den Boden sinken ließ. Als er endlich weitersprach, tat er es, ohne sie dabei anzusehen. »Dein Bruder ist ein tapferer Mann, Urd. Daran gibt es keinen Zweifel. Nicht einmal Abu Dun zweifelt daran, auch wenn er noch so oft das Gegenteil behauptet. Aber die Grenze zwischen Tapferkeit und Dummheit ist manchmal sehr schmal.«

Urd lachte leise. Andrej sah sie immer noch nicht an, doch er konnte hören, wie sie den Kopf schüttelte. »Glaub mir, Andrej, es gibt manches, was man Thure nachsagen kann – aber nicht, dass er dumm wäre.« Ein weiteres, ehrliches Lachen. »Auch wenn ich zugeben muss, dass er sich manchmal redliche Mühe gibt, diesen Eindruck zu erwecken.«

»Ich weiß«, sagte Andrej. »Ich habe auch nicht gemeint, dass Thure dumm ist. Aber das, was er tut, ist es. Einen Fehler zu begehen, ist eine Sache. Aber das hier ist ... Wahnsinn. Wenn ich es nicht besser wüsste, dann –« *Könnte ich meinen, er führt diese Männer absichtlich in den Tod?*, führte er den Satz in Gedanken zu Ende.

»Ja?«, wollte Urd wissen, als er auch nach etlichen weiteren Momenten nicht weitersprach.

Andrej hob nur die Schultern. »Wahrscheinlich hast du recht«, sagte er, um einen spöttischen Tonfall und ein ebensolches, wenn auch müdes, Lächeln bemüht. »Vielleicht bin ich einfach nur nervös. Wenn diese Piraten wirklich auf uns warteten, hätten sie uns längst angegriffen.«

Das entsprach nicht dem, was er wirklich dachte. Es entsprach nicht einmal dem, was er fühlte, der nagenden, an Gewissheit grenzenden Überzeugung, dass Thure Urd, Abu Dun, ihn und all diese Männer geradewegs in eine Falle führte.

»Du hast gehört, was Thure gesagt hat«, sagte Urd. Andrej hörte ein Rascheln, und als er den Kopf wandte, sah er, wie ihre Hand unter dem Mantel hervorglitt und in seine Richtung tastete, sich dann aber wieder zurückziehen wollte, als sie begriff, dass sie zu weit von ihm entfernt saß. Rasch beugte er sich zur Seite und ergriff – diesmal sehr behutsam – ihre Finger, und Urd schenkte ihm ein flüchtiges, aber sehr warmes Lächeln. »Wir marschieren in einer Stunde weiter. Warum kannst du nicht einfach tun, was er vorgeschlagen hat, und dich ausruhen? Oder kannst du nur noch an Krieg und Kampf denken?«

Noch vor einem Tag hätte ihn diese Frage empört und auch jetzt ertappte er sich dabei, sie mit gespielter Empörung von sich weisen zu wollen. Dann aber zuckte er mit den Achseln, so halbherzig, wie er sich in diesem Moment fühlte. Was, dachte er erschrocken, wenn Urd die Wahrheit sagte? Abu Dun und er waren jetzt seit so vielen Jahren zusammen, reisten seit so vielen, ungezählten Jahrzehnten durch die Welt, und wenn er ganz ehrlich zu sich selbst war (was er bisher stets sorgsam vermieden hatte), dann war es ganz genau so, wie sie gerade gesagt hatte. Sie waren von einer Schlacht zur nächsten gezogen, von einem Krieg in den anderen, von einem Töten ins nächste. Sie *hatte* recht. Vielleicht hatten Abu Dun und er irgendwann während dieser Zeit verlernt, an etwas anderes zu denken.

»War es damals auch so?«, fragte sie.

»Damals?«

»Als es jemanden in deinem Leben gab, den du geliebt hast, Andrej.«

Jemanden? Andrej schwieg, während er versuchte, ernsthaft über diese Frage nachzudenken. Sie tat weh, denn Urd hatte – und er war nicht einmal sicher, ob es unabsichtlich geschehen war – an eine Wunde gerührt, die immer noch nicht wirklich verheilt war. Er versuchte, sich an Marias Gesicht zu erinnern, an den Ausdruck in ihren Augen, die schon seit so langer Zeit nur noch in seiner Erinnerung existierten, und konnte es nicht.

Er wusste nicht einmal, wann genau er angefangen hatte, ihr Gesicht zu vergessen.

»Habe ich etwas Falsches gesagt?«, fragte Urd. Sie klang erschrocken.

»Nein«, antwortete Andrej leise. »Etwas Richtiges.«

»Dann solltest du vielleicht wieder anfangen, an andere Dinge zu denken«, sagte Urd. »Wenn diese Frau wirklich so war, wie ich glaube, hätte sie nicht gewollt, dass du so wirst.« Sie lächelte milde, und ihre Finger schlossen sich fest um die Andrejs. »Ich weiß, es ist der falsche Moment und sicherlich der falsche Ort, aber wenn ich dir dabei helfen kann, dann tue ich es.«

Aber wie konnte sie das?, dachte Andrej. Sie wusste ja nicht einmal, wer er wirklich war. Sie mochte das eine oder andere ahnen und das eine oder andere befürchten, sie mochte sich für stark genug halten, mit allem fertig zu werden, was sie in ihm vermutete … aber er bezweifelte, dass sie es war. Niemand war es. Selbst er fürchtete sich noch immer vor dem, was er wirklich war, nach all diesen ungezählten Jahren. Und vielleicht, dachte er, so entsetzlich ihm diese Vorstellung auch selbst erschien, vielleicht war es gut, dass Maria niemals vor dieser Wahl gestanden hatte.

»Willst du es mir sagen?«, fragte Urd geradeheraus, fast als hätte sie seine Gedanken gelesen. Vermutlich sprach sein Gesicht in diesem Moment Bände.

»Nicht jetzt«, antwortete Andrej. Beinahe hätte er selbst über seine Antwort gelacht. Zum wie vielten Male beantwortete er dieselbe Frage mit denselben Worten? Wie konnte er von ihr erwarten, dass sie ihm verzieh, was er war, wenn er nicht einmal selbst den Mut hatte, es sich einzugestehen?

Aber Urd überraschte ihn ein weiteres Mal. »Morgen«, sagte sie. »Wenn das alles hier vorbei ist, dann wirst du mir die Wahrheit sagen, Andrej Delãny. Bevor wir wieder an Bord der Schiffe gehen.«

»Bevor wir sie verlassen«, verbesserte er sie.

»Weil du Angst hast, ich würde nicht mitkommen, wenn ich weiß, was für ein finsteres Geheimnis in dir schlummert?«, fragte Urd spöttisch und beantwortete ihre eigene Frage mit einem heftigen Kopfschütteln und einem leisen, glockenhellen Lachen. »Jetzt fang bloß nicht an, mit mir zu schachern. Du nimmst dich zu wichtig, Andrej. Oder glaubst du tatsächlich, ich würde hier zurückbleiben und darauf warten, dass ich erfriere, nur, weil ich deine Nähe nicht mehr ertrage?« Sie schüttelte noch einmal und noch heftiger den Kopf. »Du unterschätzt mich immer noch. Ich lebe seit zwanzig Jahren mit meinen Brüdern zusammen. Was glaubst du wohl, könnte noch schlimmer sein?«

Andrej wollte antworten, und gerade, als er den Mund öffnete, um es zu tun ... *spürte er etwas.*

Selbst seine übermenschlich schnellen Reaktionen wären zu spät gekommen. In der unglücklichen Haltung, in der er hockte, brauchte er einen Augenblick zu lange, um aufzuspringen und sich schützend über Urd zu werfen. Wäre der Körper dort herabgestürzt, wo sie saß, hätte er sie unweigerlich getroffen. So aber prallte er kaum eine Armeslänge neben ihr auf den Boden und zerschmetterte in einer grässlichen, weichen Explosion aus zerreißendem Fleisch und spritzendem Blut, das sie beide befleckte. Noch während Andrej, Urd fest an sich gepresst und mit der freien Hand bereits nach der Waffe greifend, über den Boden rollte, hörte er ein metallisches Klirren und nur den Bruchteil eines Atemzuges später den Chor erschrockener Schreie, der aus der Höhe zu ihnen herabwehte. Ein zweiter Krieger stürzte aus der Dunkelheit heraus und zerschmetterte ein gutes Stück weiter entfernt auf dem Boden, und noch bevor Andrej sich vollends aufgerichtet und schützend vor Urd gestellt hatte, brach überall rings um sie herum die Hölle los.

Eine Axt kam aus der Dunkelheit herangeflogen, traf einen der Männer hinter dem erst halb fertigen Schildwall und spaltete seinen Schädel, nur einen Moment später gefolgt von einem Speer, der mit solcher Wucht in einen zweiten Schild fuhr, dass er ihn einfach durchschlug und den Mann dahinter tötete. Und plötzlich spie die Nacht Gestalten aus, riesige, gehörnte Schatten, die Äxte, Schwerter und Speere schwangen und lautlos wie Gespenster auf die noch immer vollkommen überraschten Männer eindrangen. Auch über ihnen in der Dunkelheit wurden die Schreie und Geräusche eines verbissenen Kampfes lauter, und noch mehr Gestalten stürzten aus dem Himmel und zerschmetterten rings um sie herum.

»Bleib hier!«, schrie Andrej, versetzte Urd mit der freien Hand einen Stoß, der sie tatsächlich rückwärtsstolpern und gegen die Wand prallen ließ, und bückte sich gleichzeitig nach seinem Schild. So schnell die Bewegung auch war, hätte sie ihn doch um ein Haar das Leben gekostet. Die Angreifer stürmten weiter in gespenstischer Lautlosigkeit heran, trotzdem aber entsetzlich *schnell*, und Thures kluge Idee, einen Teil seiner Krieger einen lebenden Schutzwall rings um sie herum bilden zu lassen, entpuppte sich nun als deren Todesurteil. Andrej sah mit Entsetzen, dass kaum einer der Männer Gelegenheit fand, seine Waffe zu heben oder auch nur aufzustehen. Binnen eines einzigen Augenblickes wurden sie einfach überrannt, und schon im nächsten Atemzug brachen die Angreifer wie ein lautloser Wirbelsturm über Thures völlig überraschte Krieger herein. Wie aus dem Nichts tauchten gleich zwei der riesigen Gestalten unmittelbar vor Andrej auf und attackierten ihn mit Äxten, die ihm nicht kleiner vorkamen als die, mit der Thure so gerne protzte. Irgendwie gelang es ihm, dem Hieb des einen mit einer verzweifelten Bewegung auszuweichen, die doppelte Schneide der zweiten Axt jedoch traf seinen hochgerissenen Schild mit solcher Wucht, dass der zerbarst und Andrej hilflos zurücktaumelte. Blut rann an seinem Arm hinunter, und irgendwo am Rande seines Bewusstseins flackerte ein grausamer Schmerz. Er beachtete ihn nicht. Blindlings stach er mit dem Schwert zu und traf, spürte aber selbst, dass die rasiermesserscharfe Klinge nur Stoff und Leder zerfetzte, kein Fleisch. Dann waren die beiden Angreifer gleichzeitig über ihm, und plötzlich war *er* es, der getroffen wurde; zwei, vielleicht auch drei Mal, nicht so hart, dass es ihn wirklich gefährdet hätte, aber schlimm genug, um Blut fließen und ihn weiter haltlos zurückstolpern zu lassen. Vielleicht wäre er gestürzt, wäre er nicht mit dem Rücken gegen die Felswand geprallt. Eine Axt bohrte sich knirschend und Funken sprühend in den harten Stein, die Schneide der anderen verfehlte seine Schulter so knapp, dass er ihren Luftzug spürte und eine Anzahl winziger zerbrochener Glieder aus seinem Kettenhemd stoben. Andrej duckte sich, entging einem weiteren Hieb buchstäblich um Haaresbreite und brachte endlich selbst einen Treffer an, der diesmal nicht nur den Mantel seines Gegenübers zerfetzte. Ein eher wütendes als schmerzerfülltes Knurren erklang, aber einer der Männer wankte ein Stück weit zur Seite, und endlich hatte er Luft. Ohne auch nur daran zu denken, dass es ihn durchaus einige Finger oder auch die Hand kosten konnte, packte er die Streitaxt des anderen und verdrehte sie mit einem so harten Ruck, dass er hören konnte, wie das Handgelenk brach, das sie hielt, und damit war es vorbei. Andrej tötete den Mann, indem er ihm mit aller Wucht das Knie ins Gesicht stieß, als er wimmernd vor Schmerz vor ihm zu Boden sank, tänzelte herum und durchbohrte den zweiten Angreifer mit seinem Schwert.

Und hörte Urd hinter sich schreien.

Der Kampf konnte allerhöchstens ein paar Sekunden gedauert haben, auch wenn es ihm wie eine kleine Ewigkeit vorgekommen war, doch von Thures im Entstehen begriffener Schlachtordnung war nichts mehr zu sehen. Überall rings um ihn herum tobten verbissene Zweikämpfe, und flüchtig bemerkte er mit kaltem Entsetzen, dass die unheimlichen Angreifer die meisten dieser Zweikämpfe gewannen; Thures Männer schienen gleich reihenweise zu fallen, und die Nacht spie immer noch mehr und mehr riesige, dämonische Gestalten aus, die wie die Berserker unter die Krieger des Nordmannes fuhren und sie dezimierten.

Und auch Urd wehrte sich verzweifelt gegen gleich zwei Angreifer.

Andrej war so schnell bei ihr, dass sogar er selbst das Gefühl hatte, es wäre keine Zeit vergangen, und dennoch war er nicht sicher, schnell genug gewesen zu sein. Urd hatte es nicht rechtzeitig geschafft, den Schild vom Rücken zu nehmen, und schwang ihr kurzes Schwert mit beidhändigen, kraftvollen Hieben, mit denen es ihr bisher gelungen war, die beiden Piraten auf Distanz zu halten. Doch sie blutete aus einer tiefen Wunde in der Schulter, und ihre Bewegungen verloren mit jedem Atemzug mehr von ihrer Geschmeidigkeit und Kraft. Andrej war endlich bei ihr, stieß einem der Piraten das Schwert in den Rücken und tötete den zweiten, indem er ihm die geballte Faust in den Nacken schlug, dann ließ er das Schwert fallen und konnte gerade noch zugreifen, als Urd mit einem erschöpften Seufzen gegen die Felswand stürzte und zusammenzubrechen drohte.

»Urd!«, schrie er. Sie reagierte nicht auf seine Stimme. Ihre Schulter blutete entsetzlich stark, und er konnte ihren Schmerz und ihre Schwäche wie seine eigenen fühlen. Behutsam ließ er sie zu Boden gleiten, bettete ihren Hinterkopf und die Schultern an der harten Wand und löste erst dann den Schild von ihrem Rücken. Warmes, klebriges Blut besudelte seine Finger, und tief in ihm regte sich etwas, als der Geruch des warmen Lebenssaftes in seine Nase stieg. Beinahe entsetzt kämpfte Andrej das Gefühl nieder, hörte ein Geräusch hinter sich und reagierte ganz instinktiv, indem er herumfuhr und Urds Schild, wie einen zu großen Teller nur am Rand haltend, in weitem Bogen herumschwang. Der mit Bronze verstärkte Rand des Schildes enthauptete einen der beiden Angreifer, die sich auf sie stürzen wollten, so mühelos wie ein Schafott, und Andrej schaltete den zweiten aus, indem er auf ihn zusprang und ihm den Knauf seiner Damaszenerklinge gegen die Kehle schlug. Der Mann ließ Schwert und Schild fallen, schlug beide Hände gegen den Hals und brach ebenso verzweifelt wie vergebens nach Atem ringend auf die Knie. Andrej schleuderte ihn mit einem Fußtritt endgültig zurück und fuhr erneut zu Urd herum.

Sie war weiter zusammengesunken und stützte sich mit dem linken, unverletzten Arm ab, um nicht endgültig zu stürzen. Die Wunde in ihrer Schulter blutete immer heftiger, und als Andrej in sie hineingriff, spürte er, wie schnell und unaufhaltsam das Leben aus ihr herauslief.

Was er nun tat, war ein Akt bloßer Verzweiflung, für den er sich niemals entschieden hätte, hätte er auch nur einen Sekundenbruchteil Zeit gehabt, darüber nachzudenken. Rings um ihn herum tobten die Kämpfe weiter, immer wütender und erbarmungsloser, und ein Teil von ihm registrierte sehr wohl, dass die wenigen von Thures Männern, die überhaupt noch standen, erbarmungslos an die Felswand zurückgedrängt wurden – aber nichts davon war in diesem Moment wichtig. Ohne selbst zu wissen, was er tat, fiel er endgültig neben Urd auf die Knie, ergriff ihre Hand und presste ihre zitternden Finger gegen seine Brust.

»Nimm mich!«, flüsterte er. »Ich weiß, dass du es kannst!«

Urd öffnete mühsam die Augen. Ihr Blick flackerte, und etwas tief darin begann zu erlöschen. Er spürte ihre Angst, den grausamen Schmerz und die Schwäche, die sie verzehrten, aber auch ihre abgrundtiefe Verwirrung.

»Du kannst es!«, stieß er hervor. »Bitte, Urd! Tu dasselbe, was Abu Dun getan hat! Ich weiß, dass du es kannst!«

Und das Unglaubliche geschah. Etwas ... berührte ihn, zitternd und unsicher, ganz sacht wie eine Feder, so zögernd und furchtsam wie eine Hand, die sich einem Stück glühender Kohle nähert, tastete nach etwas tief in ihm, von dem sie nicht einmal wusste, was es war – und tauchte hinein in den Quell pulsierenden, warmen Lebens am Grunde seiner Seele.

Es war nicht so grausam, fordernd und endgültig wie das, was Abu Dun getan hatte. Im gleichen Moment, in dem sie spürte, wie seine Kraft zu der ihren wurde, schrak sie beinahe zurück, aber nicht weit genug und nicht endgültig genug, um die Verbindung zu trennen. Zum zweiten Mal binnen viel zu kurzer Zeit spürte Andrej, wie das Leben aus ihm herausgerissen wurde, und doch war es jetzt vollkommen anders. So sehr Abu Dun auch sein Freund und Vertrauter war, so bedenkenlos er ihm hundertmal sein Leben anvertraut hatte und es weitere tausendmal tun würde, so war das, was am Morgen zuvor auf dem Schiff geschehen war, doch trotzdem ein Kampf gewesen, ein verzweifeltes Ringen ums Überleben, mit dem sich die beiden ungleichen Ungeheuer, die in seiner und Abu Duns Seele schlummerten, gegenseitig zu verzehren versucht hatten. Was Urd tat, war ... *anders*. Es war sanft, ebenso fordernd und unbarmherzig wie die Krallen der Bestie, die sich gestern in seine Seele gegraben hatten, aber da war keine Spur von Feindseligkeit, keine Gier, sondern ein unendlich tiefes Erstaunen und ein dankbares Nehmen.

Andrej spürte, wie er schwächer wurde, aber er presste

Urds Hand weiter fest gegen seine Brust, bis die Flamme in ihrem Herzen wieder ruhig und gleichmäßig brannte. Erst dann ließ er sie los, richtete sich mühsam wieder auf und tastete nach seinem Schwert. Die Klinge schien Zentner zu wiegen, und als er den Schild an seinem Arm befestigte und aufstehen wollte, drohte ihn dessen Gewicht beinahe zu Boden zu reißen. Alles drehte sich um ihn. In seinem Mund war ein bitterer, scharfer Geschmack, und alle Geräusche erreichten sein Ohr verzerrt und sonderbar unwirklich. Rings um ihn herum tobten Dutzende erbitterte Zweikämpfe, und er hörte und spürte das Sterben von Männern, ohne wirklich darauf reagieren zu können. Er hatte kaum noch die Kraft zu stehen.

Aber er musste kämpfen. Der Krieger in ihm, der noch zu klarem, logischem Denken imstande war, erklärte ihm mit gnadenloser Kälte, dass Thures Männer den Kampf verloren. Wer immer die Gegner waren, ihre Falle war perfekt geplant gewesen, und sie waren ausgeruht und offenbar ausgezeichnet vorbereitet. Es war kein Zufall, dass sie immer zu zweit angriffen und Thures Männer nicht in einer Schlachtformation attackierten, sondern in eine Unzahl einzelner Handgemenge verwickelten; Handgemenge, die sie nahezu ausnahmslos zu gewinnen schienen. Irgendwo in dem Chaos aus ringenden Schatten glaubte er Thure zu erkennen, vielleicht der Einzige, der sich wirklich gegen die unheimlichen Angreifer halten konnte, aber nicht einmal seine gewaltigen Kräfte konnten diese Schlacht ganz allein schlagen.

Andrej sah noch einmal zu Urd zurück – sie lag lang ausgestreckt auf dem Rücken und hatte die Augen geschlossen, doch er spürte, dass sie bei Bewusstsein war – und blickte dann auf den Piraten hinab, dessen Kehlkopf er mit dem Schwertknauf zerschmettert hatte. Der Mann starb. Er konnte seine Panik spüren, seine verzweifelten Versuche zu atmen, aber auch die Dunkelheit, die bereits in ihm heranwuchs, und jetzt gab es nur noch eines, was er tun konnte. Wie durch ein Wunder wurde er in diesem Augenblick nicht von weiteren Piraten attackiert, und er nutzte diese Chance. Zitternd vor Schwäche sank er neben dem sterbenden Mann auf ein Knie herab, ließ sein Schwert fallen und streckte die Hand aus, um das Gesicht des Piraten zu berühren. Andrej wusste zwar, dass es unmöglich war, dennoch meinte er im allerletzten Moment eine neue, ungleich schlimmere Angst in dessen Augen aufflackern zu sehen, eine Furcht vor etwas, das tausendmal schlimmer war als der Tod, als würde er mit seinem allerletzten Atemzug noch begreifen, was geschah.

Andrej nahm sein Leben so schnell und barmherzig, wie er es nur konnte.

Die Augen des Mannes erloschen, und er fühlte neue Kraft in sich, eine Stärke, die den Beigeschmack des Falschen und Verbotenen hatte, und die längst nicht ausreichte, das Gefühl bleierner Schwere aus seinen Gliedern und die unendliche Müdigkeit aus seiner Seele zu verjagen. Sie gab ihm aber zumindest die Kraft, wieder aufzustehen und nach einem weiteren Opfer Ausschau zu halten.

Er musste nicht lange suchen. Sein Denken klärte sich, so schnell und plötzlich, als hätte jemand einen unsichtbaren Schleier von seinen Gedanken gezogen, und er sah, dass seine Vermutung richtig gewesen war: Die Piraten griffen tatsächlich immer in Zweiergruppen an, eine Taktik, die alles andere als ritterlich oder fair, ihm aber auch ganz und gar nicht unbekannt war, und die auch Abu Dun und ihn schon das eine oder andere Mal in Bedrängnis gebracht hatte. Sie mussten diese Art des Kämpfens lange und ausgiebig geübt haben, denn sie hatten verheerenden Erfolg. Ihre Äxte und Schwerter fuhren absolut synchron auf ihre Opfer hinab, sodass ihre Gegner kaum eine Chance hatten, sie nacheinander abzuwehren oder gar selbst anzugreifen, und nur zu oft beendete schon der erste Streich den ungleichen Kampf.

Andrej wollte einem Krieger in unmittelbarer Nähe beispringen, kam aber zu spät. Der Mann wehrte einen Axthieb ab und fiel im selben Moment, von einem Schwert getroffen, das sich tief in seinen Rücken grub, und Andrej rächte ihn, indem er seinen Mörder auf dieselbe Weise niederstreckte. Augenblicklich fuhr der überlebende Pirat herum und schwang seine Streitaxt zu einem gewaltigen, beidhändigen Hieb, und Andrej tauchte darunter hindurch, stach mit seinem Schwert nach dem Unterschenkel des Kriegers und fing ihn auf, als er mit einem schmerzerfüllten Grunzen zusammenbrach.

Er nahm sein Leben, noch während er ihn gänzlich zu Boden sinken ließ, und etwas in ihm schrie triumphierend auf und stürzte sich gierig auf das neue, verbotene Mahl. Was er tat, war *falsch.* Er wusste sehr wohl, wie gefährlich es war, und dass er möglicherweise einen Preis dafür entrichten musste, der zu hoch war, aber es ging nicht um ihn. Wenn sie diesen Kampf verloren, wenn er starb, dann würde auch Urd sterben, und das konnte und wollte er nicht zulassen. Sollte doch die ganze verdammte Welt zum Teufel gehen – was interessierte es ihn, wenn er sie verlor?

Andrej sprang auf, mischte sich in einen weiteren ungleichen Kampf und kam diesmal rechtzeitig genug, um den Krieger mit einem wuchtigen Schwerthieb zu retten. Noch während der Pirat stürzte, griff Andrej nach seiner Lebenskraft und entriss sie ihm, und er tat dasselbe mit seinem Kameraden, ohne ihn auch nur berührt zu haben. Der Krieger brach wie vom Blitz getroffen zusammen, und Andrej hörte einen triumphierenden Schrei vom Grunde seiner Seele heraufschallen. Ein Schatten huschte durch den grauen Nebel, in dem sich die Welt rings um ihn herum aufzulösen begann. Andrej riss das Schwert hoch, begriff seinen Fehler im allerletzten Moment und lenkte seinen Hieb ab, sodass die Klinge nur über den Rand des Schildes fuhr, Funken sprühend. In den Augen des anderen loderte blankes Entsetzen hoch – und das nicht wegen der Waffe, die ihn um ein Haar getroffen hätte –, und er beging einen tödlichen Fehler, als er im Zurückprallen ganz instinktiv mit seinem eigenen Schwert zustach.

Er hatte das Pech, zu treffen.

Sein Schwert grub sich knirschend durch Andrejs Kettenhemd und fügte ihm eine zwar harmlose, aber heftig schmerzende Wunde an der Seite zu, und Andrej glaubte regelrecht zu *hören*, wie der Schmerz die Ketten des Ungeheuers zerriss.

Und der Vampyr war frei.

Er fand nicht einmal mehr genug Zeit, das Entsetzen zu begreifen, mit dem ihn diese Erkenntnis erfüllte. Das Ungeheuer schlug zu, ein blitzartiger, lautloser Krallenhieb, mit dem es nach dem ersten Opfer in seiner Reichweite schlug und das Leben so abrupt aus ihm herausriss, dass der Mann nicht einmal begriff, dass er starb; oder gar wie er starb.

Und Andrej verfiel endgültig in Raserei.

Es war nicht das erste Mal, dass das Ungeheuer die Oberhand über seinen Willen gewann, aber nie zuvor war es so endgültig gewesen und nie zuvor so durch und durch grässlich. Für einen winzigen Augenblick furchtbarer Hilflosigkeit kam er sich noch vor wie ein Gefangener in seinem eigenen Körper, nur ein Gast, der zum bloßen Zuschauen verdammt war, dann erlosch auch das, und die Welt versank in einem roten Strudel aus Gewalt und Tod und Blut und reinem, sinnlosem Blutrausch.

Später sollte ihm Thure erzählen, dass er die Schlacht praktisch ganz allein entschieden hatte. Doch während er es tat, nahm er kaum noch etwas außerhalb seines eigenen, abgeschlossenen Kosmos wahr, der aus nichts anderem als Blut und Gewalt und schierer Raserei bestand. Längst hatte er seinen Schild weggeworfen und kämpfte nur noch mit Schwert und bloßen Händen, und wer dem rasenden Zorn seiner Klinge entging, den tötete er scheinbar nur mit Blicken. Er benahm sich nicht nur wie einer, er *wurde* zum Dämon, der immer schneller und schneller über das Schlachtfeld tobte und alles und jeden tötete, der ihm zu nahe kam. Irgendwann änderte sich etwas. Noch immer war er von schattenhaften, gesichtslosen Schemen umgeben, aber niemand griff ihn mehr an oder versuchte, sich ihm in den Weg zu stellen. Freund und Feind flohen gleichermaßen vor ihm, ohne dass seine Klinge den einen oder anderen verschonte. Er watete durch ein Meer von Blut, abgeschlagenen Armen, Beinen, Köpfen, fühlte pure Gewalt, die in ihm explodierte, und seine Raserei nahm immer nur noch weiter zu. Und vielleicht hätte er überhaupt kein Halten mehr gekannt, solange es auch nur noch irgendetwas Lebendiges in seiner Nähe gab, wäre nicht plötzlich eine riesige schwarze Gestalt vor ihm aufgetaucht. Jemand schrie seinen Namen, ohne dass er verstand, und ein Gesicht, das schwärzer war als die Nacht, blickte in namenlosem Entsetzen auf ihn herab. Andrej stach mit dem Schwert danach, und eine Klinge, die fast länger zu sein schien als er selbst, schmetterte ihm das Damaszenerschwert aus der Hand.

Das letzte, was er sah, war Abu Duns riesige Faust, die auf sein Gericht zuraste.

Das Gesicht des Nubiers war auch das Erste, was er sah, als er das Bewusstsein zurückerlangte und die Augen aufschlug. Das Erste, was er *spürte*, war ein dumpfer Schmerz irgendwo in seinem Kiefer, wo kein Schmerz sein sollte, und der Geschmack von Blut im Mund, gefolgt von dem unangenehmen Druck, mit dem die Spitze eines Dolches seine Brust berührte, unmittelbar über seinem Herzen.

»Ist alles wieder in Ordnung?«, fragte der Nubier. »Ich meine: Bist du wieder du selbst?«

Obwohl er die Worte verstand, hatte er im allerersten Moment Mühe, in ihnen eine Bedeutung zu finden. Aber zugleich spürte er, dass sie eine hatten, und zwar eine *enorme* Bedeutung. Ohne auch nur zu ahnen warum, aber zugleich auch mit vollkommener und unerschütterlicher Gewissheit spürte er, dass sein Leben von der Antwort auf diese einfache Frage abhing. Und warum, zum Teufel, richtete man ein Messer auf ihn?

»Ich glaube, das letzte Mal war ich ich selbst, bevor ich dich kennengelernt habe, Pirat«, antwortete er. »Wäre es anders, dann hättest du diesen Moment wahrscheinlich nicht überlebt.«

Eigentlich nuschelte er es mehr, denn sein Gesicht war nicht nur taub vor Kälte, sondern auch so unförmig angeschwollen, als hätte ihn ein Maultier getreten. Oder Abu Duns Faust getroffen.

Der lächelte, aber seine Augen blieben ernst. Die Spitze seines Dolches wich um keinen Fingerbreit.

»Wenn ich wirklich noch das wäre, was du befürchtest, dann könntest du diese Frage jetzt wahrscheinlich nicht mehr stellen«, sagte Andrej. »Also nimm endlich dieses verdammte Messer weg, bevor *ich* es tue und es dir irgendwo hinstopfe, wo du es ganz bestimmt nicht gerne haben möchtest.«

Abu Dun zögerte noch einmal, und das gewiss nicht zufällig gerade lange genug, um ihm klarzumachen, dass er nicht endgültig zufrieden war, sondern ihm gegen seine eigentliche Überzeugung vertraute. Und auch das Messer zog sich zwar zurück, aber nicht annähernd so weit, wie Andrej es gerne gehabt hätte.

Entsprechend vorsichtig richtete Andrej sich dann auch auf, fuhr sich mit beiden Händen durch das Gesicht, sehr langsam, und versuchte sich auf den hässlichen Schmerz in seinem Unterkiefer zu konzentrieren und ihn zu lindern, ohne dass es ihm allerdings gelang. Er spuckte einen Klumpen halb geronnenen Blutes aus. Abu Dun schwieg, aber Andrej spürte sowohl seine Anspannung als auch die grimmige Entschlossenheit des Nubiers, im schlimmsten Fall zu tun, was er tun musste.

»Danke«, murmelte er.

»Vielleicht solltest du damit noch ein wenig warten«, sagte Abu Dun.

»Womit?«

»Dich zu bedanken, dass ich dich am Leben gelassen habe. Ich bin noch nicht ganz sicher, wie lange das so bleibt.«

Andrej sah ihm einen langen Herzschlag ernst und schweigend in die Augen, dann lächelte er, streckte gemächlich die Hand aus und nahm ihm den Dolch weg. Abu Duns Augen wurden groß, dann ächzte er vor Schrecken, vielleicht auch vor Schmerz, als Andrej ebenso ruhig nach seinem Handgelenk griff und ihn ohne die geringste Anstrengung neben sich auf die Knie zwang. Mit der gleichen Mühelosigkeit hätte er ihm in diesem Moment auch den Arm ausreißen können, denn in ihm war noch immer die Kraft von zehn Männern seiner Art (und eine leise, aber verlockende Stimme, die ihn fragte, warum er es nicht tatsächlich tat, um diesem grinsenden, überheblichen Riesenkerl wenigstens einen Teil von alledem zurückzuzahlen, was er ihm nach so vielen Jahren schuldig war).

Aber natürlich tat er nichts von alledem. Stattdessen ließ er Abu Duns Arm los, wirbelte das Messer mit einer geschickten Bewegung zwischen den Fingern herum, ohne es dabei loszulassen, und gab es Abu Dun mit dem Griff voran zurück.

»Es *ist* alles in Ordnung, Pirat. Und noch einmal: Danke.«

Abu Dun starrte das Messer in seiner Hand einen Moment lang ungefähr so begeistert an, wie es Urd vielleicht mit einer ganz besonders hässlichen Spinne getan hätte, bevor er die Waffe mit spitzen Fingern entgegennahm und dann rasch unter dem Mantel verschwinden ließ. Andrej fielen die vielen Schnitte und das eingetrocknete Blut auf dem schwarzen Stoff auf, doch er sagte nichts.

»Du solltest das nicht tun«, sagte Abu Dun.

»Was?«

Statt zu antworten, deutete der Nubier einen verstohlenen Blick in die Runde an. Andrej sah sich tatsächlich (und so unauffällig wie möglich) um und verstand sofort, was der Nubier meinte. Er war im Windschatten der Felswand aufgewacht, nicht weit von der Stelle entfernt, wo Abu Dun ihn niedergeschlagen hatte. Überall lagen Tote und Verwundete, und inzwischen mussten wohl sämtliche Krieger hier unten angekommen sein – und doch waren Abu Dun und er allein. Etliche Krieger hatten Thures Ermahnung schlichtweg in den Wind geschlagen und Feuer entzündet, um sich zu wärmen, vielleicht auch, um die Schatten und die Angst zu verjagen. Das nächste war gute fünfzehn oder auch zwanzig Schritte entfernt, und niemand sah in ihre Richtung. Andrej verstand nur zu gut, warum das so war.

»Du bist ein Angsthase, Pirat«, sagte er trotzdem. »Schließlich bin ich ein Hexenmeister, oder etwa nicht?«

»Du solltest es trotzdem bleiben lassen«, antwortete Abu Dun, und obwohl sein Gesicht dabei vollkommen ausdruckslos blieb, schwang in seiner Stimme zugleich etwas mit, das Andrej einen eisigen Schauer über den Rücken laufen ließ.

Er schloss für einen Moment die Augen und lauschte in sich hinein. Da war nichts. Das Ungeheuer war verstummt. Aber immer noch lauerte es, stärker denn je.

»Und verkneife es dir wenigstens für den Moment, mich Pirat zu nennen«, fuhr Abu Dun fort. »Das kommt im Augenblick bei den Männern nicht besonders gut an.«

Andrej setzte schon zu einer spöttischen Antwort an, als seine Vernunft die Oberhand gewann. Er zuckte nur stumm die Achseln und stand mit einer so raschen und geschmeidigen Bewegung auf, dass Abu Dun ihn überrascht ansah. Oder war es Angst, die Andrej in seinem Blick erkannte?

»Thure will mit dir sprechen«, sagte er jedoch nur.

Thure war im Moment derjenige, den er am allerwenigsten zu sehen wünschte. Andrej zog nur eine Grimasse. »Wo ist Urd?«, fragte er.

»Bei Thure.« Abu Dun machte eine hastige Geste. »Keine Angst. Sie ist verletzt, aber sie erholt sich gut.« *Dank deiner Hilfe?*, fügte sein Blick hinzu. Andrej tat so, als hätte er die stumme Frage nicht verstanden.

»Dann bring mich zu ihr«, verlangte er nur. Abu Dun wandte sich wortlos um und ging, vielleicht das Einzige, was er jetzt tun konnte, ohne die Kluft zwischen ihnen noch tiefer werden zu lassen. Andrej spürte einen plötzlichen, tiefen Stich, der sich bis in sein Herz grub, als er begriff, dass etwas zwischen ihnen zerbrochen war.

Was er gerade schon einmal beobachtet hatte, wiederholte sich, während er dem Nubier durch das improvisierte Lager folgte. Die Männer saßen erschöpft und müde an den Feuern, viele verletzt und mit frischen Verbänden an Köpfen und Gliedmaßen. Sie alle sahen ausnahmslos müde und zu Tode erschöpft aus, und nur allzu viele lagen reglos da, noch am Leben, doch er wusste, dass sie sich nie wieder erheben würden.

Wieso machte ihm der Anblick eigentlich so zu schaffen?

Er hatte ihn schon tausendfach erlebt, nach tausend Schlachten, in die er gezogen war, und vollkommen gleich, ob er als Sieger oder Verlierer aus ihnen hervorgegangen war. Und dennoch war heute etwas anders. Er konnte das Gefühl nicht begründen, aber er wusste einfach, dass all dieses Sterben und Leiden noch sinnloser war als sonst.

Und natürlich sah ihn keiner der Krieger an.

Die wenigen Männer, denen es nicht gelang, seinem Blick auszuweichen, schienen geradewegs durch ihn hindurchzustarren, und es war nicht einer unter ihnen, in dessen Augen er keine Furcht las. Auch das war er gewohnt, aber noch niemals *so*.

Sie fanden Thure nahezu an derselben Stelle, an der er Urd zurückgelassen hatte, nur einen Steinwurf vom Ende des Pfades entfernt, der für so viele Männer zur Todesfalle geworden war. Der Boden war getränkt mit Blut, und überall lagen zerbrochene Waffen und Fetzen von Kleidern und zerborstener Rüstung, aber zumindest hatten sie die Toten weggeschafft. Ein halbes Dutzend Feuer brannten in einem unregelmäßigen Dreiviertelkreis rings um den Nordmann und eine Handvoll seiner Krieger herum. Obwohl Andrej Thures Gesicht nicht erkennen konnte, spürte er die tiefe Sorge, die den hünenhaften Krieger quälte, während er sich über eine schmale, mit einem schweren Fellmantel bedeckte Gestalt beugte, die so zwischen zwei Feuern lag, dass sie so viel an Wärme wie möglich einfing.

Andrej beschleunigte ganz instinktiv seine Schritte, doch Thure musste seine Annäherung gespürt haben, denn er stand auf und drehte sich mit energischem Kopfschütteln und entschiedenem Gesichtsausdruck zu ihnen herum, ohne zuvor auch nur aufgesehen zu haben.

»Ich weiß, du willst zu Urd«, begann er, »und sie hat auch schon nach dir gefragt. Aber zuerst muss ich mit dir reden.«

»Sobald ich mit deiner Schwester gesprochen und mich davon überzeugt habe, dass –«

»Jetzt.« Thure schüttelte noch einmal und noch energischer den Kopf und hob zusätzlich die Hand. »Urd schläft im Moment. Und ich halte es für besser, wenn wir sie auch schlafen lassen. Sie braucht jedes bisschen Kraft, dass sie bekommen kann.«

Andrej hatte im allerersten Moment nicht übel Lust, Thure einfach zur Seite zu schieben und zu Urd zu eilen, aber seine Vernunft gewann auch jetzt wieder die Oberhand … wenn auch erst, nachdem er sich mit einem raschen Blick und einem behutsamen Tasten nach ihrer Seele davon überzeugt hatte, dass Thure die Wahrheit sagte: Urd schlief tatsächlich, und ihre Lebensflamme brannte zwar schwach, aber ruhig. Trotzdem musste er sich überwinden, widerwillig zu nicken und dem Nordmann zu folgen, als er eine auffordernde Handbewegung in die Dunkelheit machte. Viel lieber, als mit Thure zu reden, wollte er zu seiner Schwester gehen und sie einfach in die Arme schließen, ganz gleich, ob sie es spürte oder nicht.

»Ich muss dir danken, Andrej«, begann Thure, nachdem sie sich ein paar Schritte entfernt hatten. »Und mich zugleich bei dir entschuldigen ... bei euch beiden«, verbesserte er sich mit einem raschen Seitenblick auf Abu Dun. »Ihr hattet recht. Es *war* eine Falle.«

Andrej unterbrach ihn mit einem Kopfschütteln. »Das mag sein«, sagte er, betont kühl. »Aber jetzt ist nicht der Moment für Schuldzuweisungen. Wie viele Männer haben wir verloren?«

Thure zögerte einen Moment. »Mehr als achtzig«, sagte er dann. »Und noch einmal so viele sind verletzt. Nicht alle werden den Tag überleben.«

Als er das Wort *Tag* aussprach, hob Andrej schnell den Kopf und suchte den Himmel ab. Obwohl wolkenlos, war er doch vollkommen dunkel und sternenklar. Trotzdem behauptete Thure: »Es wird in spätestens einer halben Stunde hell. So lange können wir noch hierbleiben.«

»Damit sich die Piraten zu einem neuen Angriff formieren können?«, fragte Abu Dun böse.

»Das wagen sie nicht«, behauptete Thure. »Nicht, solange ihr bei uns seid.«

»Wir sind nur zwei«, erinnerte Andrej, erntete aber nur wieder ein energisches Kopfschütteln des Nordmannes.

»Ich weiß nicht, was du getan hast, Andrej«, sagte Thure ernst, »und ich glaube, ich will es auch gar nicht wissen. Aber die Piraten sind vor dir geflohen, nicht vor uns. Ohne dich und deinen Freund wären wir jetzt vielleicht alle tot.«

»Wie wahr«, sagte Abu Dun herausfordernd. »Und was genau willst du uns damit sagen?«

»Dass es mir leid tut«, antwortete Thure. »Und dass ich mich in aller Form bei euch entschuldige. Vor allem bei dir, Andrej. Ich war dumm. Mein Stolz hat vielen tapferen Männern das Leben gekostet.«

»Und auch das ist wahr«, sagte Abu Dun. »Worauf willst du hinaus?«

»Dass das nicht noch einmal passieren darf«, antwortete Thure. Andrej konnte körperlich spüren, wie schwer es ihm fiel, weiterzusprechen. Irgendwie gelang es ihm, seinem Blick standzuhalten und gleichzeitig durch ihn hindurchzusehen; ein Trick, dachte Andrej, den er sich wohl von seinen Männern abgeschaut haben musste. »Ich hätte es schon viel eher tun sollen, aber ich habe es nicht getan. Wenn ihr mich dafür zur Verantwortung ziehen wollt, dann bin ich bereit, sie zu tragen.«

»Wir?« Abu Dun machte ein abfälliges Geräusch. »Mach das mit den Müttern und Frauen der Männer aus, die heute gestorben sind.«

»Das werde ich«, antwortete Thure ernst. »Aber dazu müssen wir heimkehren. Ich will nicht, dass noch mehr Leben sinnlos weggeworfen werden.«

»Dann sollten wir umkehren«, schlug Abu Dun vor.

»Ich möchte, dass ihr die Führung übernehmt«, fuhr Thure fort, scheinbar ohne die Worte überhaupt zur Kenntnis zu nehmen. »Du, Andrej.«

»Ich?« Andrej hätte beinahe gelacht. »Deine Männer fürchten mich, Thure. Das muss ich dir nicht sagen, oder?«

»Nein«, antwortete Thure. »Du hast recht. Sie fürchten dich. Aber sie haben auch gesehen, was du getan hast ... was ihr beide getan habt. Ohne euch wären viele dieser Männer nicht mehr am Leben ... vielleicht alle. Sie werden dir folgen.«

»Du meinst, sie würden auch dem Teufel folgen, wenn er sie nur hier herausbrächte?«, fragte Abu Dun verächtlich.

»Wenn du es so nennen willst«, antwortete Thure, ohne dass sein Blick den Andrejs losließ. »Also? Was sagst du?«

Andrej sah ihn nur niedergeschlagen an. Er fühlte sich überrumpelt, aber auch hilflos. Was hätte er schon antworten sollen?

»Ich denke darüber nach«, sagte er schließlich.

»Wenn du uns endlich die ganze Wahrheit sagst«, fügte Abu Dun hinzu.

»Da gibt es nicht mehr viel zu erzählen«, antwortete Thure bitter. »Die Festung des falschen Gottes ist vielleicht noch eine Stunde entfernt ... etwas länger, wenn wir die Verwundeten mitnehmen. Was uns dort erwartet, weiß ich nicht. Ich habe sie nie betreten.« Er sah Andrej auf eine Art an, von der er nicht wusste, ob sie auffordernd, ungeduldig oder bittend war – vielleicht von allem ein wenig –, und fragte schließlich noch einmal: »Also?«

»Ich denke darüber nach«, wiederholte Andrej. »Du wirst eine Antwort bekommen, bevor es hell wird. Aber zuvor möchte ich mit Urd sprechen.«

Thure machte keinen Hehl aus seiner Enttäuschung, fügte sich aber. »Wie du willst. Ich werde sie wecken ... auch wenn ich es immer noch für einen Fehler halte. Wartet hier.«

Abu Dun starrte ihm mit finsterem Gesicht nach, und er wartete auch gerade lange genug, bis er außer Hörweite war, bevor er grollte: »Dir ist aufgefallen, was genau er gesagt hat, oder?«

»Dass er es für einen Fehler hält, Urd zu wecken? Ich weiß. Er hat recht damit, aber ich –«

»Das meine ich nicht«, unterbrach ihn Abu Dun. *»Wenn wir die Verwundeten mitnehmen ...«* Er ballte wütend die

Faust. »Ich verwette meine rechte Hand darauf, dass dieser Mistkerl die Verletzten zurücklassen würde, wenn wir ihn ließen.«

»Was für eine verlockende Vorstellung, du, ohne deine rechte Hand«, antwortete Andrej mit einem schiefen Grinsen und einer Geste, mit der er sich mit den Fingerspitzen über das Kinn fuhr. Es tat immer noch weh. Er wurde jedoch sofort wieder ernst. »Aber du hast vermutlich recht. Wenn es nach Thure ginge, würde er die Verwundeten zurücklassen und in Kauf nehmen, dass die Piraten sie umbringen. Wenn das alles hier vorbei ist, werde ich mich einmal in Ruhe mit diesem Dummkopf unterhalten.« Er sah einen Moment lang in die Richtung, in der Thure verschwunden war, und fragte dann mit leiserer, veränderter Stimme: »Glaubst du, dass er recht hat? Was die Piraten angeht, meine ich. Wir haben Ihnen ziemlich übel zugesetzt, aber sie –«

Abu Dun unterbrach ihn mit einem humorlosen Lachen. »Ziemlich übel zugesetzt? Du hast dich nicht selbst gesehen, Hexenmeister. Sogar *ich* hatte Angst vor dir!«

»Das hast du doch immer«, behauptete Andrej. »Du gibst es nur nicht zu.«

Abu Dun blieb ernst. »Was war los mit dir, Andrej?«, fragte er. »Du weißt genau, was passiert, wenn –«

»Ja, ich weiß es!«, schnappte Andrej. »Und es war ein Fehler. Sonst noch etwas?«

Er konnte Abu Dun ansehen, dass er zu einer wütenden Antwort Luft holte, dann aber hob er nur die Schultern und beließ es bei einem Kopfschütteln und einem tiefen Seufzen. »Du solltest dich selbst hören, Andrej«, sagte er, leiser und in mitleidigem Ton. »Du tust das alles nur ihretwegen, habe ich recht?«

»Und wenn es so wäre, ginge es dich dann etwas an?«, erwiderte Andrej bewusst grob.

»Ja«, behauptete Abu Dun. »Es geht mich etwas an, weil

ich nämlich dein Freund bin, und vielleicht der einzige, den du hast. Ich würde umgekehrt dasselbe von dir erwarten.«

»Was?«, fragte Andrej erbost. »Dass ich mich in deine Frauengeschichten einmische?«

Offensichtlich war Abu Dun entschlossen, sich nicht aus der Ruhe bringen zu lassen, denn sowohl sein Lächeln als auch seine Stimme wurden weich. »Wenn es nur eine *Frauengeschichte* wäre, dann müsste ich mich nicht einmischen. Du bist verliebt. Das habe ich mir schon lange für dich gewünscht, Andrej.«

»Ha!«, machte Andrej, schürzte abfällig die Lippen und drehte Abu Dun demonstrativ den Rücken zu. Sein Blick versuchte die knorrigen Schatten zu erfassen, die das improvisierte Lager in weitem Umkreis umstanden wie eine Reihe schemenhafter, riesiger Wächter, verlor sich aber dazwischen.

»Manchmal brauchen selbst Männer wie wir jemanden, dem sie ihr Herz schenken können«, fuhr Abu Dun unbeirrt fort. »Es ist gut so. Ich habe lange darauf gewartet, dass du endlich jemanden findest, dem du nicht immerzu den unbesiegbaren, starken Helden vorspielen musst. Aber was du gerade getan hast, war falsch. Und du weißt das.«

»Stimmt«, antwortete Andrej spröde, und noch immer, ohne seinen Blick von den sonderbaren Schatten zu lösen. »Und ich würde es wieder tun, wenn es sein müsste.« Er begann, langsam auf den Rand des Lagers zuzugehen, und Abu Dun schloss sich ihm an.

»Und damit alles zerstören?«, fuhr der Nubier fort. »Ist es das wirklich wert?«

»Nein«, antwortete Andrej. Er blieb nun doch stehen und sah zu Abu Dun hoch. »Aber *sie* ist es wert.«

»Sie ist nur eine Sterbliche, Andrej«, sagte Abu Dun sanft. Er hob die Hand, um ihn zu unterbrechen, als Andrej auffahren wollte. »Ich weiß, was du für sie empfindest. Auch ich habe sie gern, und wäre es anders gekommen, dann würden wir dieses Gespräch jetzt vielleicht genau anders herum führen. Und ich habe auch gehört, was Odin über sie gesagt hat. Aber er hat gelogen.«

»Nein«, antwortete Andrej. »Das hat er nicht.«

Abu Dun blinzelte einige Male und wirkte ehrlich überrascht, schüttelte aber dann nur erneut heftig den Kopf. »Ich weiß ja, dass man mit Verliebten nicht diskutieren sollte«, sagte er mit leisem Spott, »aber wenn es so einfach wäre –«

»Es *ist* so einfach, Abu Dun«, fiel ihm Andrej ins Wort. »Genauso einfach, wie es bei dir war. Oder hast du das schon vergessen?«

Diesmal schwieg der Nubier eine geraume Weile. Ein Ausdruck von tiefer Verwirrung erschien auf seinem Gesicht, beinahe so etwas wie Schrecken – doch dann winkte er ab. »Das war etwas anderes«, behauptete er.

»Weil du nie verstanden hast, was die *Puuri Dan* mit dir getan hat?«, fragte Andrej, und jetzt war er es, der dem Nubier mit einer raschen Handbewegung das Wort abschnitt. »Du hast gehört, was Odin gesagt hat. Manche tragen unser Blut in sich. Man muss ihnen nur helfen, ihre Kraft zu entdecken. Sie ist eine von uns, Abu Dun.«

»Du *willst* das glauben«, antwortete Abu Dun. Er klang traurig.

Natürlich sprach er damit die Wahrheit aus. Andrej *wollte* es glauben, und er glaubte es auch, ganz einfach, weil es die Wahrheit *war*. Aber natürlich konnte Abu Dun das nicht verstehen. Wie auch? »Komm mit«, sagte er.

Urd lag noch immer in unveränderter Haltung und mit geschlossenen Augen auf dem Rücken liegend da, als sie wieder zum Feuer zurückkehrten. Thure kniete neben ihr und hatte die Hand auf ihre Stirn gelegt, fast, als versuche er ihr auf diese Weise ebenso Kraft und neues Leben zu spenden, wie Andrej es vorhin getan hatte. Die Handvoll Männer, die mit ihm und seiner Schwester am Feuer saßen, begann spürbar unruhig zu werden, als Andrej und Abu Dun näher kamen. Die meisten von ihnen waren nur zu erleichtert, als der Nubier ihnen mit einer Geste bedeutete, zu verschwinden. Nur ein einzelner Krieger tauschte einen fragenden Blick mit Thure, hatte es dann dafür aber umso eiliger, davonzustürzen, als dieser wortlos nickte.

»Sie ist noch –«, begann Thure.

»Lass uns allein«, unterbrach ihn Andrej.

Täuschte er sich, oder blitzte in Thures dunklen Augen für einen Moment Zorn auf? Jedenfalls presste er kurz trotzig die Lippen aufeinander, rang sich dann aber ein widerwilliges Nicken ab und stand mit einer brüsken Bewegung auf. »Wie du willst. Aber streng sie nicht zu sehr an. Sie ist noch sehr schwach. Eigentlich ist es ein Wunder, dass sie noch lebt.«

Andrej antwortete nicht darauf, sondern wartete mit steinernem Gesicht, bis auch Thure mit raschen Schritten davongegangen war, dann trat er an Urd heran und ließ sich neben ihr auf die Knie sinken. »Du kannst aufhören, dich schlafend zu stellen. Das kaufe ich dir nicht ab.«

Abu Dun zog fragend die linke Augenbraue hoch, schwieg aber, und Urd spielte nur noch einen kurzen Moment lang weiter die Schlafende und öffnete schließlich die Augen. Was Andrej in ihrem Blick las, brach ihm beinahe das Herz.

»Wie geht es dir?«, fragte er, beinahe selbst überrascht über den sanft-mitfühlenden Ton in seiner Stimme.

»Wahrscheinlich besser, als es sollte«, antwortete Urd. Sie versuchte zu lächeln, verzog aber nur schmerzerfüllt die Lippen. »Deine Gesellschaft bekommt mir nicht, Hexenmeister«, fuhr sie trotzdem fort. »Das ist jetzt das zweite Mal, dass mich jemand aufzuspießen versucht, nur, weil ich in deiner Nähe bin.«

Die Frage in Abu Duns Blick wurde drängender, und Andrej bedeutete ihm mit einer knappen Geste, sich zu ihnen zu setzen und zugleich darauf zu achten, dass sie niemand belauschte. Unwillkürlich streckte er die Hand aus und strich Urd zärtlich eine Strähne ihres blonden Haares aus der Stirn. Etwas in ihm zog sich schmerzhaft zusammen, als er fühlte, wie kalt ihre Haut war, wie wächsern sie sich anfühlte und wie schnell ihr Herz schlug.

»Keine Sorge«, sagte er, nachdem eine kleine Ewigkeit vergangen zu sein schien, in der Urd ihn weiter mit einer sonderbaren Mischung aus Verwirrung, Zuneigung und abgrundtiefer Angst angeblickt hatte. »Das wird nicht noch einmal passieren.«

»Weil du bei mir bist, um mich zu beschützen?«, fragte Urd. »Wenn das deine Absicht war, dann musst du daran noch arbeiten.«

Andrej schüttelte den Kopf. »Weil ich dir zeigen werde, wie du dich selbst beschützen kannst. Auch wenn ich glaube, dass du es schon weißt.«

Mehr Zeit verging. Minuten, in denen sie einfach dalag und ihn ansah, ohne ein Wort zu sagen, ohne zu blinzeln. Andrej widerstand der Versuchung, in sie hineinzulauschen, nicht nur, weil er wusste, dass sie es gespürt hätte, sondern weil er es nie wieder tun würde ohne ihr Einverständnis. Mit dem Leben, das sie von ihm genommen hatte, war sie nun endgültig zu einem Teil von ihm geworden. Ganz gleich, welchen Zweifel Abu Dun hatte, und ganz gleich, wie recht er damit haben mochte – es war richtig gewesen, was er getan hatte. Er würde es jederzeit wieder tun.

»Andrej?«, fragte Abu Dun schließlich. Er klang zutiefst verwirrt, beinahe ängstlich.

»Sag es ihm«, sagte Andrej an Urd gewandt.

Sie versuchte sich aufzurichten und hätte es vermutlich sogar geschafft, hätte Andrej sie nicht mit sanfter Gewalt daran gehindert. Wenn man bedachte, dass sie noch vor weniger als einer halben Stunde praktisch im Sterben gelegen hatte, dann erholte sie sich unglaublich schnell – aber er durfte nicht zu viel von ihr verlangen. »Aber ich weiß doch gar nicht …«, begann sie, brach dann unentschlossen mitten im Satz ab und warf einen Hilfe suchenden Blick zu Abu Dun.

»Doch«, sagte Andrej leise. »Du weißt es.«

Urd sah ihn aus großen, angsterfüllten Augen an. Sie versuchte erneut, sich aufzurichten, und diesmal ließ Andrej sie nicht nur gewähren, sondern half ihr, sich in eine halb sitzende Position aufzusetzen. Was er ihr zu sagen hatte, war schon schwer genug zu ertragen, wenn sie sich Aug in Aug gegenübersaßen. Seufzend lehnte sie sich gegen die harte Felswand in ihrem Rücken.

»Was hast du mit mir gemacht, Andrej?«, flüsterte sie noch einmal. »Wer… *was* bist du?«

Es war diese Frage, vor der er Angst gehabt hatte. Sie stellte sie nicht zum ersten Mal, aber zum ersten Mal *so*, und er konnte spüren, wie sein Herz stockte. Diesmal würde er nicht mehr mit einem *Später* davonkommen.

»Wir«, verbesserte er sie sanft.

»Ihr, gut«, sagte Urd, und Andrej schüttelte den Kopf und unterbrach sie erneut.

»Wir alle, Urd. Abu Dun, ich … und du.«

Die Furcht in Urds Blick wurde größer. Ihr Gesicht, das ohnehin bleich wie das einer Toten gewesen war, verlor noch mehr an Farbe, und sie begann am ganzen Leib zu zittern. Plötzlich wollte Andrej nichts mehr, als sie in die Arme zu schließen und tröstend an sich zu drücken, doch er blieb reglos sitzen und sah sie nur weiter an. Der Schmerz in ihren Augen wurde zu seinem eigenen, schlimmer, als es jede körperliche Qual sein konnte.

»Andrej, bist du sicher, dass –«, begann Abu Dun, und Andrej hob erschrockenen die Hand und gebot ihm zu schweigen.

»Ich erwarte nicht, dass du es verstehst, Urd«, sagte er sanft. »Es ist der falscheste Moment überhaupt, ich weiß, aber du wärst gestorben, hätte ich es nicht getan. Es tut mir leid, dass du es auf diese Weise erfahren musst.«

»Erfahren?«, murmelte Urd. Ihr Zittern wurde noch stärker. »Was? Was ... was hast du mit mir gemacht?«

»Nichts«, erwiderte Andrej. Auch wenn es fast seine Kräfte überstieg, die bodenlose Furcht in ihren Augen mit anzusehen, hielt er ihren Blick doch fest. »Ich habe nichts getan, Urd. Ich habe dir nur gezeigt, was du schon immer gewesen bist. Eine von uns.«

Abu Dun sog so scharf und erschrocken die Luft zwischen den Zähnen ein, dass es fast wie ein Schrei klang, und aus der Angst in Urds Augen wurde für einen unendlich kurzen Moment etwas anderes, Schlimmeres.

»Es ist nichts Schlimmes, Urd«, fuhr Andrej mit leiser, nun ebenfalls zitternder Stimme fort und in einem flehenden Ton, für den er sich selbst hasste. »Wir sind keine Ungeheuer. Du musst keine Angst haben. Und eigentlich hast du es schon immer gewusst, habe ich recht?«

Natürlich bekam er keine Antwort. Der Ausdruck von Entsetzen in ihrem Blick schien für einen Moment sogar noch stärker zu werden – und erlosch dann. »Aber ... aber ich bin –«, begann sie

»– nichts anderes, als du schon immer gewesen bist«, unterbrach sie Andrej beinahe hastig. Er zwang sich zu einem Lächeln. »Die bezauberndste Frau, die ich jemals kennengelernt habe. Und ich fürchte«, fügte er mit einem gezwungenen, schiefen Grinsen hinzu, »dass ich dich jetzt länger am Hals haben werde, als ich am Anfang geahnt habe.«

Zu seiner Überraschung lächelte Urd, allerdings nur kurz, dann schüttelte sie den Kopf, verwirrt, erschrocken und so hilflos, dass er schon wieder all seine Selbstbeherrschung aufbieten musste, um sie nicht an sich zu drücken. Warum tat er es eigentlich nicht?

»Du … du erlaubst dir keinen bösen Scherz mit mir?«, fragte sie.

»Damit würde ich nicht scherzen«, erwiderte Andrej ernst. »Ich erwarte nicht, dass du es verstehst, Urd. Noch nicht. Aber ich weiß, wie du dich jetzt fühlst. Abu Dun und mir ist es am Anfang nicht anders ergangen. Du hast Angst, aber das musst du nicht.«

Er konnte ihr ansehen, wie wenig Trost sie aus diesen Worten schöpfte. Wie sollte sie auch etwas begreifen, dass selbst Abu Dun und er nach all diesen ungezählten Jahren noch nicht endgültig begriffen hatten und vielleicht niemals endgültig begreifen würden?

»Aber ich … ich bin doch nur ein … ein ganz normaler Mensch«, flüsterte sie stockend, und wieder loderte schwarze Furcht in ihren Augen und drohte zu etwas viel Schlimmerem zu werden.

»Genau wie Abu Dun und ich«, antwortete Andrej. Er versuchte abermals zu lächeln, und diesmal gelang es ihm sogar. »Wir haben nur ein paar kleine … Tricks auf Lager, die die meisten anderen verblüffen.«

»Ihr seid Dämonen«, flüsterte Urd. Es sollte scherzhaft klingen, aber das tat es nicht.

»*Wenn* wir es sind, bist du es auch«, antwortete Andrej. »Aber du wüsstest es, wenn es so wäre.« Er schüttelte den Kopf. »Denk an das, was du mir über deine Familie erzählt hast. Über Thure, über deine Mutter und Werdandi. Diese Kraft war schon immer in dir. Ich habe dir nur gezeigt, wie man sie benutzt. Und es ist nichts Schlechtes an ihr. Versuch jetzt nicht, alles zu verstehen. Dazu hast du noch Zeit. Sehr viel Zeit.«

»Zeit?« Urd blinzelte. »Du meinst –«

»Wenn das hier vorbei ist«, sagte Andrej, »dann werde ich versuchen, alle Fragen zu beantworten. Aber es könnte eine Weile dauern. So um die hundert Jahre. Oder auch zweihundert.«

Urd starrte ihn an, und eine neue Art von Erschrecken erschien in ihren Augen. Vielleicht hätte er das nicht sagen sollen. »Das ... das war ein Scherz ... oder?«

»Mit manchen Dingen scherze ich nicht«, antwortete Andrej, zuckte mit den Schultern und fügte mit einem ganz bewusst undeutbaren Lächeln hinzu: »Mit anderen schon.«

»Und wie ...« Urd fuhr sich nervös mit der Zungenspitze über die Lippen, und er konnte ihr ansehen, wie angestrengt sie nach Worten suchte. Schließlich rettete sie sich in ein hilfloses Schulterzucken, warf Abu Dun einen ebensolchen Blick zu und zwang sich dann mit sichtbarer Mühe, Andrej anzusehen. »Und was geschieht jetzt mit mir?«

»Was sollte denn deiner Meinung nach mit dir geschehen?«, gab Andrej mit übertrieben gespielter Verwirrung zurück. »Du wirst irgendwann aufwachen und zwei Köpfe haben, und außerdem ein Paar schwarzer Fledermausflügel.« Er runzelte die Stirn. »Ich könnte mir vorstellen, dass sie dir gut stehen.«

Urd blieb ernst. »Ich meine es ernst, Andrej. Was passiert mit mir?«

»Nichts«, antwortete Andrej. »Jedenfalls nichts, wovor du dich fürchten müsstest. Außer, es macht dir etwas aus, nie wieder krank zu werden und ein bisschen länger zu leben als die meisten anderen. Aber wir brechen in einer guten halben Stunde auf. Bis dahin solltest du dich erholt haben. Es sei denn, du möchtest, dass Abu Dun dich trägt.«

»Wieso ich?«, beschwerte sich Abu Dun.

»Weil du der stärkere bist«, erwiderte Andrej, ohne den Nubier auch nur anzusehen. »Jedenfalls behauptest du das immer. Meinst du, dass du das schaffst, Urd?«

»In … einer halben Stunde?« Urd starrte ihn an, als zweifelte sie ernsthaft an seinem Verstand. »Aber ich bin –«

»Du kannst es«, sagte Andrej. »Du musst es nur wollen. Vertrau mir.«

Urd sah ihn eine weitere Sekunde lang zutiefst verstört an, aber dann tat sie genau das, was Andrej insgeheim befürchtet hatte: Sie streifte die Decke ab und versuchte tatsächlich, sich in die Höhe zu stemmen. Aus den Augenwinkeln sah er, wie Abu Dun dazu ansetzte, die Hand auszustrecken, machte jedoch nur eine rasche, abwehrende Geste und wartete, bis Urd mit einem leisen Schmerzlaut wieder zurücksank.

»Und vielleicht«, fügte er in sanft spöttischem Ton hinzu, »sollte ich dir noch sagen, dass nicht einmal du dich überschätzen darfst. Lass dir Zeit. Du hast genug davon.«

Thure erwartete sie am anderen Ende des Lagers, und die Blicke, mit denen er Andrej begrüßte, waren beinahe noch finsterer als die, mit denen er gegangen war. »Wie geht es ihr?«, fragte er rau.

»Besser«, antwortete Andrej. »Sie hat großes Glück gehabt. Ihre Wunde ist nicht so schlimm, wie es im ersten Moment ausgesehen hat.«

»Es gibt also keinen Grund, sie zurückzulassen«, fügte Abu Dun hinzu.

Thure sah ihn böse an, zog es jedoch auch diesmal vor, die Bemerkung des Nubiers nicht zu beachten – wie er es am liebsten vermutlich überhaupt mit ihm getan hätte. »Ich lasse bereits Tragen für die Verwundeten bauen«, sagte er demonstrativ an Andrej gewandt. »Urd kann –«

»Sie wird gehen können«, unterbrach ihn Andrej. Thure starrte ihn ungläubig an, und Andrej fuhr mit einem beiläufigen Schulterzucken fort: »Ich sagte doch, sie hat Glück gehabt. Und du weißt ja, wie zäh deine Schwester ist. Oder möchtest du sie lieber davon überzeugen, sich tragen zu lassen, wenn sie aus eigener Kraft gehen will?«

Der Nordmann schwieg weiter, aber sein Blick wurde weicher, als er an ihm vorbei zu dem Feuer starrte, an dem seine Schwester lag. Schließlich machte er nur eine vage, hilflose Bewegung mit beiden Händen. »Hast du dich entschieden?«

»Ja«, antwortete Andrej. »Es ist besser, wenn du weiter die Führung der Männer behältst. Es sind deine Krieger und die Freunde deines Volkes.«

»Sie würden dir folgen.« Thure wirkte enttäuscht, beinahe erschrocken. »Und sie –«

»Das würden sie, aber nicht, weil sie mir vertrauen, sondern weil sie mich fürchten«, sagte Andrej kopfschüttelnd. »Du wirst sie anführen. Aber ich hätte nichts dagegen, wenn du Abu Dun und mich dann und wann um Rat fragen … und ihn auch beherzigen würdest.«

»Das werde ich«, versprach Thure in beinahe feierlichem Ton, der Andrej unbehaglich ahnen ließ, dass dieser Antwort ein ganzer Schwall von Versicherungen und Dankesbezeugungen folgen würde. Vielleicht nur, um dem zuvorzukommen, drehte er sich halb herum und deutete auf die verschwommenen Schatten jenseits des Lagers. Waren es mehr geworden? »Was ist das?«, fragte er. Thure schien im ersten Moment nicht richtig zu verstehen, wovon er sprach, dann aber lachte er. »Das ist nichts.«

»Nichts«, wiederholte Andrej. »Und wieso sehe ich dann etwas, wenn dort nichts ist?«

»Nichts, wovor … wir uns fürchten müssten«, antwortete Thure. Andrej war ziemlich sicher, dass er eigentlich *ihr* hatte sagen wollen.

»So, wie es auf dieser gastlichen Insel ja überhaupt nichts gibt, wovor wir uns fürchten müssten, nicht wahr?«, fragte Abu Dun spöttisch.

»Es hat hier nicht immer so ausgesehen«, antwortete Thure ungerührt. »Ich glaube, dass es hier früher einmal Leben gegeben hat. Vielleicht sogar Menschen.«

»Und das alles weißt du natürlich, weil du noch nie zuvor hier gewesen bist«, spöttelte Abu Dun. »Oder höchstens einoder zweimal, als kleiner Junge.«

Thure ließ sich immer noch nicht aus der Ruhe bringen, sondern lächelte nur knapp und geringschätzig und wandte sich dann ab, um auf die schweigenden Schattenwächter zuzugehen. Andrej blickte ihm einen Moment lang zweifelnd nach und folgte ihm dann, ganz bewusst, langsam und in einigem Abstand.

»Hör auf, ihn unnötig zu reizen.«

»Unnötig?« Abu Dun lachte glucksend. »Bitte verzeih, Sahib, wenn ich dummer kleiner Mohr deinem zukünftigen Schwager zu nahe getreten bin, aber –«

»Du bist nicht klein«, unterbrach ihn Andrej, »und darum geht es nicht. Ich traue dem Kerl nicht.«

»Nicht?«, wunderte sich Abu Dun. »Also jetzt bin ich erstaunt. Wo er doch ein so liebenswürdiger und netter Mensch ist.«

»Hör bitte auf, ihn zu reizen«, antwortete Andrej ruhig. »Ich weiß nicht, was – aber er hat irgendetwas vor, das spüre ich. Ich möchte nicht, dass er unnötig misstrauisch wird.«

»Misstrauisch«, antwortete Abu Dun, »wird er allerhöchstens, wenn ich aufhöre, ihn zu reizen.« Womit er wohl sogar recht hatte.

Thure war stehen geblieben und drehte sich nun ungeduldig zu ihnen herum. Andrej schritt auch schneller aus, aber er begriff bereits, was Thure mit seinen zweifellos bewusst geheimnisvoll gewählten Worten gemeint hatte. Die Schatten wurden zu Umrissen, die noch immer bizarr und düster wirkten, aber nicht mehr bedrohlich.

»Das hier war einmal ein Wald«, erklärte Thure mit einer

weit ausholenden Geste mit beiden Händen und absurdem Besitzerstolz in der Stimme.

»Und was ist damit passiert?«, fragte Abu Dun.

Thure hob zur Antwort nur die Schultern und machte ein ratloses Gesicht. Andrej trat an einen der toten Bäume heran und legte die Hand auf die eisverkrustete Borke. Was einmal lebendig und warm gewesen war, fühlte sich jetzt so hart und tot wie der Felsen an, der sie umgab, aber es war nicht die Kälte, die diesen Baum und mit ihm den gesamten Wald getötet hatte. Unter dem fingerdicken Panzer aus Eis war die Rinde schwarz und verkohlt. Den verzweigten Kronen, die sich mancherorts bis zu vier oder fünf Manneslängen über ihre Köpfe erhoben, fehlten nicht nur das Laub, sondern auch jegliche dünneren Äste, und es gab in diesem unheimlichen, erstarrten Wald kein Unterholz, keine heruntergefallenen Äste oder Schösslinge, weder lebendig noch erfroren.

»Hier muss ein gewaltiges Feuer getobt haben. Aber es ist lange her.«

»Ein Vulkanausbruch?«, fragte Abu Dun.

»Das hier ist kein Vulkan«, antwortete Andrej, bevor Thure etwas sagen konnte.

»Und was dann?«

»Viel spannender finde ich die Frage, wie du auf die Idee kommst, dass dieser Wald keine Gefahr für uns darstellt«, sagte Andrej an Thure gewandt.

»Es sind nur ein paar tote Bäume«, sagte Thure.

»Es ist ein toter *Wald*«, antwortete Andrej betont. »Gib mir fünfzig gute Krieger, und ich reibe dein ganzes Heer auf, wenn du so dumm bist, es in diese Falle zu führen.«

»Du, ja«, sagte Thure gelassen. »Und sie sind keine guten Krieger, sondern Piraten. Auf dem Meer mögen sie gefährlich sein, aber hier nicht. Außerdem …« Er sprach nicht weiter, sondern schlug wuchtig mit der Faust gegen den nächsten Baumstamm. Das Ergebnis war erstaunlich. Nicht einmal ein

Riese wie er war stark genug, den Baum zu erschüttern, aber Etliche der dünneren Zweige brachen dennoch und fielen mit einem Geräusch wie zerbrechendes Glas zu Boden.

»Niemand schleicht sich an uns heran«, sagte er zufrieden.

»So wenig, wie wir uns an jemanden anschleichen werden«, sagte Abu Dun.

»Wozu auch?«, fragte Thure. »Odin weiß längst, dass wir kommen. Oder glaubt ihr etwa ernsthaft, dass diese Piraten ganz zufällig ausgerechnet jetzt hier aufgetaucht sind?«

Nein, das glaubte Andrej tatsächlich nicht. Aber er konnte sich auch keinen Gott vorstellen, der sich der Hilfe von *Piraten* versichern musste, um sich zu verteidigen. »Wir brauchen eine Stunde?« fragte er.

»Mehr, wenn wir die Verwundeten mitnehmen«, antwortete Thure.

»Dann lassen wir sie zurück.«

Nicht nur Abu Dun starrte ihn ungläubig an. Auch Thure blinzelte überrascht und setzte zu einer passenden Frage an, doch Andrej schnitt ihnen mit einer herrischen Handbewegung beiden das Wort ab. »Wir lassen die Verwundeten hier«, sagte er. »Zusammen mit fünfhundert Mann, die sie beschützen.«

»Wie?«, murmelte Thure.

»Wir nehmen deine fünfzig besten Krieger mit«, sagte Andrej bestimmt. »Der Rest bleibt hier, um unseren Rückzug zu decken und auf die Verwundeten aufzupassen ... und auf deine Schwester.«

Das brachte Thure für einen Moment zum Nachdenken – aber schließlich schüttelte er nur abermals den Kopf. »Du willst den falschen Gott mit nur *fünfzig Männern* angreifen? Das ist Wahnsinn. Wir wissen nicht einmal genau, was –«

»– uns erwartet?«, unterbrach ihn Andrej. »Das stimmt. Aber ich bin sicher, dass es nichts ist, was fünfhundert Männer besser bewältigen könnten als fünfzig. Es würden nur noch mehr von ihnen sterben. Lass den größten Teil deiner Männer abziehen und dabei möglichst viel Lärm verursachen. In diesem sonderbaren Wald dürfte ihnen das nicht besonders schwerfallen. Wenn die Piraten wirklich noch hier sind, dann lenkt sie das vielleicht lange genug ab, damit wir ungesehen verschwinden können.« Er zuckte mit den Achseln. »Ich kann dir natürlich nichts befehlen. Du wolltest meinen Rat. Das ist er.«

»Du willst nicht, dass meine Männer in die Schlacht ziehen, weil du um ihre Leben fürchtest, aber du hast kein Problem damit, sie als Köder zu benutzen?«, vergewisserte sich Thure. »Eine sonderbare Logik.«

»Sie werden sie nicht angreifen«, sagte Andrej. »Nicht wenn sie glauben, dass wir uns zurückziehen.« Er hob die Hände mit unschuldigem Gesicht. »Aber wie gesagt: Es ist deine Entscheidung.«

Thure schwieg. Lange. Aber schließlich nickte er. »Ein guter Plan. Riskant für die, die weitergehen, aber sicher für die anderen … und vor allem für Urd. Er könnte aufgehen … aber dann haben wir keine Zeit mehr zu verlieren. Wir brauchen ein Versteck, und das, bevor es hell ist.«

»Ein Verstecke für fünfzig Männer?«, fragte Abu Dun.

»Es könnte ein bisschen eng werden«, räumte Thure ein. »Aber es gibt eine Höhle, nicht weit von hier. Wenn wir ein bisschen zusammenrücken, müsste es gehen. Und bevor du es sagst«, wandte er sich in schärferem Ton an Abu Dun, »wir haben sie damals entdeckt, als wir Schutz vor der Kälte gesucht haben.«

»Natürlich«, sagte Abu Dun.

»Bitte«, mischte sich Andrej ein. Abu Dun zog eine Grimasse, aber er behielt immerhin die nächste Bemerkung für sich, die ihm deutlich sichtbar auf der Zunge lag. Und auch Thure erwies sich als vernünftiger, als Andrej befürchtet hatte. Er drehte sich nur wortlos herum und ging. Andrej folgte dem Nordmann.

Die Höhle war nicht ganz so klein, wie Andrej nach Thures Beschreibung befürchtet hatte. Nicht, dass er tatsächlich etwas sehen konnte: Thure selbst und er waren die Letzten, die sich unter dem weit überhängenden Felsen, der den Eingang tarnte, hereingebückt hatten, und der Nordmann hatte seinen Kriegern bei Androhung der Todesstrafe verboten, eine Fackel oder auch nur das winzigste andere Licht zu entzünden, sodass in dem schmalen, niedrigen Schlauch vollkommene Dunkelheit herrschte, nur erfüllt von den Gerüchen und Lauten des halben Hunderts Männer, die sich in der Enge der steinernen Kaverne drängten. So war Andrej ganz auf das angewiesen, was ihm seine anderen Sinne mitteilten. Dies aber reichte, um ihn zu beunruhigen.

»Du siehst nicht gerade begeistert aus, Andrej. Was bereitet dir Sorge? Es war deine eigene Idee.«

Andrej fragte sich, woher Thure eigentlich wissen wollte, wie er aussah. In der Höhle war es so dunkel, dass selbst er das Gesicht des Nordmannes nur als verwaschenen grauen Fleck in einem Meer aus den unterschiedlichsten Grauschattierungen erkennen konnte. Trotzdem wandte er sich ganz dem hünenhaften Krieger zu und sah dort hinauf, wo er sein Gesicht vermutete. »Das bin ich auch nicht«, räumte er ein. »Und du solltest es auch nicht sein. Ich finde den Gedanken tatsächlich nicht sehr erbaulich, in dieser Falle zu sitzen. Wenn sie uns hier entdecken, ist es aus.«

»Das werden sie nicht«, antwortete Thure mit einer Zuversicht, die Andrej nur zu gerne geteilt hätte, ohne es zu können. »Selbst wir haben den Eingang damals nur durch einen reinen Zufall entdeckt, und wir haben nach etwas gesucht, wo wir uns verstecken konnten.«

Andrej ertappte sich dabei, Thure schon aus reiner Gewohnheit widersprechen zu wollen, beließ es aber dann bei einem abfälligen Verziehen der Lippen, das der Nordmann in der Dunkelheit unmöglich erkennen konnte. Trotzdem schien er das Gefühl von leiser Verärgerung zu spüren, die aus Thures Richtung zu ihm herüberzuwehen schien, als dieser fortfuhr. »Sie hätten uns längst angegriffen, wenn sie wüssten, dass wir hier sind.«

Andrej musste sich widerwillig eingestehen, dass Thure mit jedem Wort recht hatte. Der Eingang zur Höhle war tatsächlich perfekt getarnt. Selbst er wäre wahrscheinlich daran vorübergelaufen, hätte Thure ihn nicht auf einen schmalen Schatten aufmerksam gemacht, der bei genauerem Hinsehen vielleicht eine Winzigkeit zu tief war, um nur von einem überhängenden Felsvorsprung zu stammen. Niemand, der diesen Teil des Tales nicht wirklich gut kannte, konnte von dieser Höhle wissen, es sei denn, er stieße durch Zufall auf ihren Eingang, wie Thure und seine beiden Begleiter damals. Vielleicht war es das, was ihn störte, die Vorstellung, Thure habe den lebensrettenden Unterschlupf nur durch *Zufall* entdeckt. Es wollte einfach nicht zu ihm passen.

Andrej rief sich in Gedanken zur Ordnung und reagierte diesmal mit einem langsamen, übertriebenen Nicken, das der Nordmann selbst bei dem schwachen Licht sehen musste. Er war nervös und Thure gegenüber schon beinahe krankhaft misstrauisch (Abu Dun, dachte er spöttisch, hätte ihm vermutlich erklären können, warum), und er tat Urds Bruder mit jedem zweiten Gedanken Unrecht, den er über ihn dachte. Das störte ihn nicht, dennoch musste er aufpassen, dass seine kindische Eifersucht nicht begann, die Entscheidungen des Kriegers in ihm zu beeinflussen.

Er war nervös, das war alles. In dieser Falle zu sitzen – noch dazu in einer Falle, in die sie sich freiwillig begeben hatten – widerstrebte einfach allem, was er seit so langer

Zeit gelernt und was sich über ebenso lange Zeit als richtig erwiesen hatte. Sie waren jetzt seit ... wie lange eigentlich? Er konnte es nicht sagen. Sein inneres Zeitgefühl ließ ihn im Stich, seit sie diesen seltsamen Dämmerbereich der Welt betreten hatten. Jedenfalls waren sie seit einer kleinen Ewigkeit hier, und wenn Thure recht hatte, neigte sich der kurze Tag jenseits des Höhlenausgangs bereits wieder dem Ende entgegen. Wüssten die Piraten, wo sie sich versteckten, dann wären sie längst tot.

Andrej versuchte noch einmal, sich jeden Augenblick ihres überhasteten Aufbruches in Erinnerung zu rufen, jedes Bild, jeden Blick nach einem Fehler abzutasten, etwas, das er übersehen oder falsch gedeutet hatte, aber er kam auch diesmal zu keinem Ergebnis. Doch anstatt ihn zu beruhigen, stachelte es seine Sorge nur mehr an.

Sie waren unmittelbar nach ihrem Gespräch am Rande des versteinerten Waldes aufgebrochen. Andrej war beinahe überrascht gewesen, festzustellen, dass Thure die Zeit zuvor genutzt hatte, um aus Speeren und den Mänteln der Toten improvisierte Tragen bauen zu lassen, auf denen die Männer diejenigen ihrer Kameraden transportieren konnten, die zu schwer verwundet waren, um aus eigener Kraft zu gehen, und er war ein zweites Mal und noch mehr überrascht worden, als sich auch die größte Schwierigkeit, mit der er insgeheim gerechnet hatte, nicht als eine solche herausstellte. Er war überzeugt davon gewesen, dass Urd darauf bestehen würde, ihn und ihren Bruder zur Festung des falschen Gottes zu begleiten, doch sie hatte nur ein einziges Mal und nicht einmal sehr energisch protestiert, als zuerst Andrej, dann auch Thure darauf bestanden, dass sie mit den übrigen Männern zu den Schiffen zurückkehrte. Mit dem ersten grauen Dämmerlicht des heraufziehenden Tages war die kleine Armee abgezogen – nicht tiefer hinein in dieses sonderbar unheimliche Tal, sondern in westlicher Richtung der Klippe folgend und dorthin, wo es laut Thure einen zweiten, bequemeren Weg zurück zur Küste geben sollte. Sie waren in einer unordentlichen Reihe auf dem schmalen Weg zwischen der Felswand und dem erfrorenen Wald marschiert, was ein Umweg war, jedem Beobachter (und Andrej war sicher, dass jeder ihrer Schritte aufmerksam beobachtet wurde, ganz egal, was Thure auch behauptete) aber sinnvoll erscheinen musste, denn der Boden war eben und fest, und es gab keinerlei Hindernisse und nichts, was als Hinterhalt hätte dienen können. Dann war Thure plötzlich verschwunden, wie durch Zauberei, und ebenso plötzlich wieder aufgetaucht, und erst in diesem Moment hatte auch Andrej den Höhleneingang gesehen. Das halbe Hundert handverlesener Männer, das Thure ausgesucht hatte, um sie zu begleiten, war einer nach dem anderem in der Höhle verschwunden. Andrej war beinahe sicher, dass nicht einmal er es gemerkt hätte, hätte er irgendwo dort draußen im Wald auf der Lauer gelegen und sie beobachtet. Sein Plan schien hundertprozentig aufzugehen. Und doch ... da war einfach das nagende Gefühl in ihm, irgendetwas übersehen zu haben. Etwas war nicht so, wie es den Anschein hatte.

»Wie lange noch?«, fragte er.

»Bis es dunkel wird?« Thure lachte ganz leise, und diesmal klang es ohne Zweifel spöttisch. »Etwas weniger als in dem Moment, in dem du mir diese Frage das letzte Mal gestellt hast.« Andrej hörte ein vom leisen Klimpern von Metall bekleidetes Rascheln, als er die Schultern hob.

»Aber ich sehe gerne nach, wenn es dich beruhigt.«

Andrej sah einen Moment lang aufmerksam an Thure vorbei zum Ausgang. Das blassgraue Licht dort war schwächer geworden, seit er das letzte Mal hingesehen hatte, und er sagte sich selbst nicht zum ersten Mal, dass er sich so närrisch und nervös benahm wie ein Rekrut, der vor seiner ersten richtigen Schlacht stand. »Nein«, sagte er. »Wir warten.« *Und wenn,* fügte er in Gedanken hinzu, *dann schicke ich ganz bestimmt nicht* dich *hinaus.* Auch das war etwas, was er selbst nicht wirklich verstand und wofür er sich schon hundertmal getadelt hatte. Er *traute* Thure einfach nicht. Andrej wusste mit vollkommener Sicherheit, wie falsch dieses Misstrauen war – niemand war in der Lage, Abu Dun und ihn zu belügen. Es hatte nichts mit dem zu tun, was sie waren. Andrej war bisher erst einem einzigen ihrer Art begegnet (zwei, wenn er Odin mitzählte), der tatsächlich imstande war, seine Gedanken zu lesen, doch wenn man Jahrhunderte Zeit hatte, die Menschen zu studieren, dann lernte man irgendwann, mit sicherem Gespür Wahrheit von Lüge zu unterscheiden. Thure mochte ein Dummkopf sein. Ein angeberisches Großmaul, das sich allein auf die Kraft seiner gewaltigen Muskeln und seine beeindruckende Erscheinung verließ, und er war gewiss kein guter Mensch. Aber er war kein Verräter. Trotzdem hatte Andrej ihn seit ihrem Gespräch am Waldrand keine Sekunde mehr aus den Augen gelassen, und aller Logik und allen gegenteiligen Argumenten, die er sich selbst lieferte, zum Trotz blieb er tief in sich davon überzeugt, dass es richtig gewesen war.

»Ganz, wie du willst«, antwortete Thure, leicht beleidigt.

»Wir warten noch eine Weile«, antwortete Andrej, »und dann schicke ich Abu Dun hinaus.«

»Weil du mir nicht traust?«, fragte Thure geradeheraus.

»Weil ich keinen anderen Menschen kenne, der sich so lautlos und unauffällig bewegen kann«, antwortete Andrej. »Nicht einmal ich.« Das entsprach der Wahrheit, war aber zugleich weit entfernt von seinen tatsächlichen Beweggründen, und er war sich ziemlich sicher, dass Thure das zumindest ahnte. Der Nordmann enthielt sich jeglichen Kommentars, aber Andrej fügte trotzdem und in noch bestimmterem Ton hinzu: »Abu Dun geht.«

Wenn er ihn fand, hieß das. Der Nubier hatte die Höhle als Erster betreten, um sie auszukundschaften und nach verborgenen Gefahren Ausschau zu halten, und war noch immer irgendwo hinter ihnen, am Ende des schmalen Spaltes, der tief in den Berg hineinführte. Andrej konnte seine Gegenwart spüren, zwar nur ganz schwach, aber trotzdem unverkennbar, so, wie er die Anwesenheit eines anderen Unsterblichen stets fühlte; wie etwas Vertrautes und nicht Greifbares, das dennoch einfach *da* war. Dann versuchte er sich vorzustellen, wie es sein musste, sich durch einen kaum einen Meter breiten Felsspalt zu quetschen, der nicht nur dunkel war, sondern in dem sich die Männer so dicht aneinanderdrängten, wie es der knappe Raum zuließ, und besann sich eines Besseren. »Ich gehe.«

Diesmal glaubte er Thures spöttisches Grinsen regelrecht hören zu können. »Weil du dich noch lautloser bewegen kannst?«, fragte er.

»Immerhin leiser als du«, versetzte Andrej gereizt. »Wir warten.«

Und das taten sie. Thure hüllte sich fortan in beleidigtes Schweigen (Andrej wurde das Gefühl nicht los, dass er sich insgeheim über ihn lustig machte) und Andrej ertappte sich dabei, in immer kürzeren Abständen zum Ausgang hinzusehen; wodurch die Zeit nur umso langsamer zu verstreichen schien.

Endlich aber erlosch auch das letzte Licht, und Andrej erhob sich aus der unbequemen Stellung, in der er die letzten Stunden gehockt hatte, versuchte sich zu recken und stieß nicht nur dem Mann neben sich versehentlich den Ellbogen ins Gesicht, sondern sich selbst auch hart den Schädel an der niedrigen Höhlendecke. Thure kicherte.

»Gib Bescheid, dass wir aufbrechen«, knurrte Andrej. »Ich bin in einem Augenblick zurück.«

»Was natürlich nur ein guter Rat ist«, fügte Thure spöttisch hinzu. »Aber keine Sorge: Ich werde ihn beherzigen.«

Andrej schluckte die bissige Antwort herunter, die ihm auf der Zunge lag, und machte sich auf den Weg zum Ausgang. Unterwegs trat er auf mindestens ein Dutzend Hände oder Füße, stolperte über das eine oder andere Beinpaar und kollidierte auch mehr als einmal unsanft mit einem Gesicht oder einem anderen, ebenso empfindlichen Körperteil, die sich in der völligen Schwärze verbargen, aber keiner der auf diese unsanfte Art aus ihrem Dösen geweckten Männer ließ auch nur den geringsten Laut hören. Was Andrej gerade über Thure gedacht hatte, dass traf nicht auf die Krieger zu, die er ausgesucht hatte. Jeder einzelne von ihnen war ein tapferer Mann, der ganz genau wusste, worauf es in diesem Moment ankam. Und zugleich wurde er sich eines neuen und nicht einmal so kleinen Problems bewusst: Sie hatten Stunden eng zusammengepfercht in der winzigen Höhle gehockt, und selbst er hatte Mühe, sich zu bewegen. Seine Muskeln protestierten gegen jeden Schritt, zu dem er sie zwang, und er hatte das Gefühl, dass jeder einzelne Knochen in seinem Leib wehtat. Wie ungleich schlimmer musste es für diese Männer sein? Sie würden nicht sofort losmarschieren können, wie er es vorgehabt hatte.

Andrej erreichte das Ende des schmalen Spaltes, folgte dem Knick, den er in beinahe rechtem Winkel beschrieb, und sah nun doch wieder Licht vor sich: einen blassen, anthrazitfarbenen Schimmer, in den seine bis zum Zerreißen angespannten Nerven in perfekter Zusammenarbeit mit seiner überbordenden Fantasie eine unheimliche, wogende Bewegung hineindeutete.

Andrej verscheuchte den Gedanken, zog lautlos sein Schwert und trat gebückt aus dem schmalen Felsspalt heraus, um sofort in den Schutz eines anderen, nachtschwarzen Schattens zu huschen. Dann erstarrte er und lauschte mit angehaltenem Atem. Alles war still. Das ununterbrochene Heulen des Windes, das oben auf der Eisebene so an ihren Nerven gezerrt hatte, hatten sie hinter sich gelassen, und zusammen mit dem lächerlichen Etwas, das sich hier Tageslicht schimpfte, schienen auch sämtliche Geräusche erloschen zu sein. Die erstarrten Bäume erhoben sich wie eine Reihe bizarrer, lautloser Wächter vor ihnen, vielarmige, düstere Ungeheuer, die ihre Finger in einen teilnahmslosen Himmel zu krallen schienen, der vielleicht schon vor Jahrhunderten aufgehört hatte, ihnen Leben zu spenden. Das einzige Geräusch, das er hörte, war das seiner eigenen Atemzüge.

Trotzdem: Etwas ... *war da.*

Andrej hatte das Gefühl, beobachtet zu werden, aus unsichtbaren, *aufmerksamen* Augen angestarrt und eingeschätzt, und irgendetwas schien sich am Rande seines Blickfeldes zu bewegen, aber immer so, dass es verschwunden war, wenn er es genau zu erkennen versuchte.

Andrej lauschte diesem Gefühl eine geraume Weile aufmerksam und so konzentriert, wie es ihm möglich war, kam dann endgültig zu dem Schluss, nur einem neuerlichen, bösen Streich aufzusitzen, den ihm seine eigenen Nerven spielten, schob das Schwert in die Scheide an seinem Gürtel zurück und trat mit einem lautlosen Schritt aus dem Schatten der Felswand heraus.

Etwas raschelte. Ein Schatten huschte vorbei und löste sich wieder auf, bevor er tatsächlich Gestalt annehmen konnte, und für einen winzigen Moment glaubte er, etwas wie ein höhnisches Lachen zu hören. Erschrocken fuhr er herum, und aus dem, was er für eine Einbildung gehalten hatte, wurde das Schlagen eines schwarzen, wie gehämmertes Eisen schimmernden Flügelpaares. Dunkle, gnadenlose Augen, in denen eine tückische Intelligenz funkelte, starrten auf ihn herab, und der Ehrfurcht gebietende Schnabel des Raben öffnete und schloss sich ein paar Mal wie in lautlosem Hohngelächter.

Andrej war nicht einmal wirklich überrascht. Es erstaunte ihn allenfalls, dass er die beiden Raben, die Odins Augen und Ohren waren, schlichtweg *vergessen* hatte.

»Ich möchte zu gerne wissen, welcher von beiden es ist«, sagte Thures Stimme neben ihm. »Hugin oder Munin.«

»Spielt das eine Rolle?«, fragte Andrej. Seine Stimme klang niedergeschlagen, sogar enttäuscht, Gefühle, deren er sich bis zu diesem Moment nicht einmal selbst bewusst gewesen war. »Er weiß jedenfalls, dass wir kommen.«

Thure trat einen Schritt zur Seite, um einem Krieger Platz zu machen, der mit hängenden Schultern und mühsamen, ungelenken Bewegungen hinter ihm aus dem Felsspalt kam. »Ich glaube, das hat er die ganze Zeit über gewusst.«

Ohne auf die Worte einzugehen – oder den schwarzen Schicksalsraben, der sich auf den Ästen eines erstarrten Baumes niedergelassen hatte und sie weiter mit höhnischen Blicken maß, auch nur einen Sekundenbruchteil aus den Augen zu lassen – sagte Andrej: »Du solltest doch warten, bis ich zurückkomme.«

»Das habe ich«, antwortete Thure. Andrej vermochte nicht zu sagen, ob sein Tonfall spöttisch oder – wieder einmal – beleidigt war. »Jedenfalls so lange, bis ich nicht mehr sicher war, *ob* du zurückkommst.«

Andrej sah ihn nun doch – überrascht – an und las nichts als ehrliche Verwunderung in seinem Gesicht. Wie lange war er hier draußen gewesen? Ihm war es vorgekommen wie wenige Augenblicke, aber dem leicht verletzten Ausdruck in Thures Augen nach zu schließen musste es sehr viel länger gedauert haben. *Was geschah mit ihm?*

Thure machte einen weiteren Schritt zur Seite, und dann noch einen und noch einen, als mehr und mehr Krieger hinter ihm aus der Höhle traten und damit begannen, ihre steifen Glieder zu strecken, oder sich einfach – unbeschadet der Tatsache, dass sie stundenlang gesessen hatten – auf den nackten Boden sinken ließen. Andrej versuchte, sich nichts anmerken zu lassen, doch der Anblick gab seinen Befürchtungen nur noch neue Nahrung. Thure mochte die besten und kräftigsten seiner Männer ausgesucht haben, aber ihre kleine Armee befand sich dennoch in einem erbärmlichen Zustand.

Der Rabe stieß ein metallisches Krächzen aus, als hätte er seine Gedanken gelesen und wollte ihm höhnisch zustimmen, und Andrej riss seinen Blick mit einiger Mühe von der langsam anwachsenden Zahl erschöpft und mutlos aussehender Männer los und versuchte, die Dunkelheit über den Baumwipfeln mit Blicken zu durchdringen. Für einen Moment war ihm, als sähe er auch dort oben eine schattenhafte Bewegung, ein dunkles Flügelpaar, das die Finsternis des Himmels mit noch tieferer Dunkelheit teilte, aber er war nicht sicher. Dieses Land verwirrte nicht nur sein Zeitgefühl, sondern alle seine Sinne. Auf welchen Wahnsinn hatten sie sich da eingelassen? Hatte er wirklich auch nur einen Moment lang ernsthaft geglaubt, diesen Kampf gewinnen zu können?

»Immerhin scheinen die Piraten abgezogen zu sein«, sagte Thure nach einer Weile lauter, als notwendig gewesen wäre und wie Andrej vermutete, mehr an die Krieger in ihrer Nähe gerichtet als an ihn. Bevor er darauf antworten konnte, dröhnte Abu Duns Stimme hinter ihm: »Ja, und ganz genau das solltest du glauben, du großer Feldherr.«

Thure machte ein fragendes Gesicht, und auch Andrej drehte sich überrascht und alarmiert (ohne im ersten Moment selbst zu wissen, warum) herum und runzelte dann die Stirn, als er den Nubier sah. Abu Dun kann mit gemächlichen Schritten auf sie zu. Seine Gestalt, in der Dunkelheit der Nacht ein schwarzer Schatten, wirkte seltsam buckelig – was vielleicht an dem schlaffen Körper liegen mochte, den er über der rechten Schulter trug. Mit einem fröhlichen Grinsen kam er näher, warf den Toten unmittelbar vor Thure zu Boden und stieß ihn derb mit dem Fuß an, sodass er auf den Rücken rollte und sie sein Gesicht erkennen konnten.

»Ich nehme an, dieser Mann gehört nicht zu deinen Leuten?«, fragte er.

Thure betrachtete das Gesicht des Toten einen Moment lang und schüttelte dann den Kopf.

»Das ist gut«, sagte Abu Dun.

»Was soll daran gut sein?«, erkundigte sich Thure scharf. Auch einige der anderen Krieger kamen näher. Keiner sprach auch nur ein einziges Wort, doch Andrej konnte die Anspannung fühlen, die plötzlich von ihnen Besitz ergriff.

»Wäre es anders«, antwortete Abu Dun leichthin, ohne dass das spöttische Grinsen von seinen Lippen wich, »dann hätte ich jetzt wohl einen unserer eigenen Männer erschlagen ... oder auch ein paar mehr.«

Thure wirkte plötzlich sehr alarmiert. »Sie waren –«

»– nicht ganz so leichtsinnig, wie du gehofft hast, großer Feldherr«, unterbrach ihn Abu Dun. »Der Kerl hat draußen zwischen den Bäumen auf der Lauer gelegen. Er war gut versteckt, das muss ich ihm lassen – aber es hat ihm nichts genutzt. So wenig wie seinen Kameraden.«

»Wie viele?«, fragte Andrej knapp.

»Fünf, den hier nicht mitgerechnet«, antwortete Abu Dun. »Und zwei weitere lagen oben auf der Klippe auf der Lauer.«

Andrej sparte sich die Frage, ob sie noch lebten. »Und die anderen?«

»Sie scheinen auf unser kleines Ablenkungsmanöver hereingefallen zu sein«, antwortete Abu Dun. »Jedenfalls folgen sie den anderen in sicherer Entfernung. Aber ganz gewiss bin ich dessen nicht. Ich hatte zu tun, weißt du?« Er versetzte dem Toten einen weiteren Fußtritt, der ihm einen missbilligenden Blick Andrejs einhandelte. Ganz egal, wer dieser Mann gewesen war, ihre Feindschaft war vorüber, und er hatte eine solche Behandlung nicht verdient.

Dann stellte er endlich die Frage laut, die ihn bisher auf einer tieferen Ebene seines Denkens beschäftigt hatte, ohne dass er den Gedanken klar hätte formulieren können. »Wie bist du an mir vorbeigekommen?«

»Vorbei?« Abu Dun runzelte die Stirn.

»Du warst in der Höhle, hinter mir, und –«

»Nein«, unterbrach ihn Abu Dun. »Das war ich nicht. Ich habe sie ausgekundschaftet, weil das ja sonst niemand für nötig gehalten hat, und bin wieder herausgekommen, bevor *du* hereingegangen bist. Eigentlich hättest du mich sehen müssen. Du lässt nach, alter Mann.« Er machte ein abfälliges Geräusch. »Irgendjemand muss ja hier noch seine sechs Sinne beisammen haben und auf den Gedanken kommen, Wache zu stehen.«

Andrej blickte ihn an und seine Verwirrung nahm zu. Er hatte die Nähe eines anderen Unsterblichen doch gespürt! »Du sagst die Wahrheit?«, vergewisserte er sich. »Du versuchst nicht, dich über mich lustig zu machen?«

»Würde ich so etwas je tun?«, erwiderte Abu Dun gekränkt.

»Aber wenn du es nicht warst, wer …?« Andrej führte den Satz nicht zu Ende. Natürlich. Wer?

Sehr viel zorniger auf sich selbst als auf irgendjemand anderen fuhr er auf dem Absatz herum und drängte sich unsanft zwischen den Männern hindurch, die noch immer nacheinander aus der Höhle heraustraten, bis er unmittelbar neben dem Felsspalt stehen blieb. Er musste nicht mehr lange warten. Vielleicht noch ein Dutzend Krieger schleppten sich ins Freie, bis eine gebückte und deutlich kleinere Gestalt den Abschluss bildete, die einen viel zu großen Fellmantel trug, dessen Kapuze sie weit ins Gesicht gezogen hatte.

»Da gibt es noch etwas, was ich dir später erzählen wollte«, sagte er verärgert. »Du kannst dich nicht vor mir verstecken. So wenig wie ich mich vor dir. Ich spüre deine Nähe.«

Der vermeintliche Krieger machte noch einen weiteren Schritt, blieb dann aber stehen und hob die Hände an die Kapuze, um sie mit einer irgendwie resignierend wirkenden Bewegung zurückzuschlagen. Darunter kam kein gehörnter Helm zum Vorschein, sondern eine Flut von ungebändigtem, blondem Haar. »Immerhin hat es funktioniert, oder?«, fragte Urd schnippisch.

»Ich dachte, ich hätte dich gebeten, mit den anderen Männern zum Strand zurückzugehen«, antwortete Andrej.

»Ja, irgendetwas so Unsinniges habe ich gehört ... glaube ich.« Urd schlug die Kapuze weiter zurück und führte die Bewegung zu Ende, indem sie sich nicht nur ausgiebig, sondern auch ganz bewusst aufreizend streckte und räkelte, und Andrejs Laune verfinsterte sich noch weiter, als er spürte, dass ein Teil von ihm wider seinen Willen auf diesen Anblick reagierte. »Aber ich wollte nun einmal lieber in deiner Nähe sein, Liebster.« Sie klimperte mit den Augen. »War es nicht das, was du dir so sehr gewünscht hast? Dass wir immer zusammen sind?«

»Hör mit dem Unsinn auf!«, sagte Andrej verärgert. Er brachte sogar die Willensstärke auf, ihre Hand herunterzudrücken, als sie nach ihm greifen wollte ... gerade so. »Warum hast du mich nicht gefragt, ob du uns begleiten kannst?«

»Hättest du es mir denn erlaubt?«

»Natürlich nicht, und ich –«

»Siehst du, das dachte ich mir«, antwortete Urd lächelnd. »Und deshalb habe ich auch erst gar nicht gefragt. Schließlich wollte ich dich nicht in die Verlegenheit bringen, mir einen Wunsch abschlagen zu müssen.« Dann erlosch ihr Lächeln so schnell, als hätte sie es wie eine Kerzenflamme ausgepustet. »Ich bin alt genug, um zu wissen, was ich tue, Andrej. Und ich lasse mir nicht vorschreiben, was ich zu tun oder zu lassen habe. Auch nicht von dir.«

»Das will ich auch gar nicht«, antwortete Andrej, ebenso mühsam beherrscht wie unehrlich. »Aber das hier ist ernst. Du könntest –«

»– zu Schaden kommen? Aber du bist doch bei mir. Was sollte mir denn passieren, solange du da bist, um mich zu beschützen?«

»Du könntest sterben, Urd«, sagte Andrej ernst. »Wir alle könnten sterben.«

»Und wo ist der Unterschied? Wenn wir diesen Kampf verlieren, dann bleibt keiner von uns übrig. Odin wird niemanden am Leben lassen, der sich gegen ihn erhoben hat.«

»Das ist wahr«, mischte sich Thure ein. »Aber es war trotzdem dumm von dir.« Ausnahmsweise schienen Andrej und er derselben Meinung zu sein, und er hatte offensichtlich ebenso große Mühe, sich zu beherrschen und seine Schwester nicht anzuschreien. »Was hast du dir dabei gedacht? Hast du endgültig den Verstand verloren?«

»Ich wollte euch helfen«, antwortete Urd patzig. »Ich kann ebenso gut mit dem Schwert umgehen wie irgendeiner hier.«

»Ja, das habe ich gesehen«, fauchte Thure. »Die letzten beiden Male, als du ein Schwert in die Hand genommen hast, wärst du beinahe gestorben. Beide Male!«

»Keine Angst«, sagte Urd lächelnd. »Das wird nie wieder passieren.«

»Nein, bestimmt nicht!«, fauchte Thure. »Weil ich dich nämlich zurückschicke, zusammen mit zehn Männern! Männern, die wir hier dringend gebraucht hätten! Du warst uns wirklich eine große Hilfe! Bei Thor, wenn du nicht meine Schwester wärst ...«

»Oh, tu einfach so, als wäre ich es nicht«, erwiderte Urd herausfordernd. »Und bei der Gelegenheit kannst du auch gleich ausprobieren, ob es dir gelingt, mich gewaltsam daran zu hindern, euch zu begleiten.«

Das klang so absurd – zumal sie im gleichen Moment den Mantel zurückschlug und die Hand auf den Schwertgriff klatschen ließ –, dass Thure sie fassungslos anstarrte. Andrej sah ihm an, dass er nicht wusste, ob er laut loslachen oder endgültig aus der Haut fahren sollte.

Andrej hingegen war ganz und gar nicht zum Lachen zumute. Im Gegenteil. Urd meinte es ernst, und das schien wohl auch ihr Bruder ganz allmählich zu begreifen, denn auf seinem Gesicht las man jetzt Fassungslosigkeit, und Andrej wurde spätestens jetzt klar, was für ein gewaltiger Fehler es gewesen war, sie mitzunehmen. Er hätte niemals gestatten dürfen, dass sie auch nur an Bord des Schiffes ging; geschweige denn, an Land!

»Dazu ist es ohnehin zu spät«, mischte sich Abu Dun ein. Er deutete mit einem Nicken zu den Raben – zu den *beiden* Raben, denn während sie mit Urd gesprochen hatten, hatte sich auch das zweite Tier hinzugesellt. Wenigstens, dachte Andrej, brauchte Thure sich jetzt nicht mehr den Kopf darüber zu zerbrechen, welchen der beiden magischen Raben sie vor sich hatten. »Was immer wir tun, wir sollten es schnell tun.« Seine Stimme wurde leiser und verlor nicht nur ihren spöttischen Klang, sondern klang jetzt besorgt. »Ich weiß nicht, was, aber irgendetwas kommt. Das spüre ich.«

Andrej erging es nicht anders, und auch einer der beiden Raben ließ ein zustimmendes Krächzen hören. »Dann brechen wir auf. Und du bleibst in meiner Nähe, Urd, ganz egal, was passiert.«

Urd nahm immerhin die Hand vom Schwert, funkelte ihn aber kein bisschen weniger herausfordernd an als gerade ihren Bruder. »Bist du sicher, dass du das auch wirklich willst?«, fragte sie spitz. »Nicht, dass ich dir am Ende noch zur Last falle.«

»Du hast gelogen, Pirat«, sagte Andrej.

Abu Dun wäre nicht er selbst gewesen, wenn er nicht wenigstens einen Moment lang so getan hätte, als müsste er über den Sinn dieser Worte nachdenken – und warf Andrej dabei einen leicht verächtlichen Blick zu. »Ich weiß. Und? Wäre es dir lieber gewesen, wenn ich gesagt hätte, *was* da auf uns zukommt?«

Das war Andrej nicht einmal in *diesem* Moment recht. Erschrocken sah er sich schnell nach rechts und links um, ob auch niemand die Worte des Nubiers gehört hatte, obwohl er wusste, dass das nicht der Fall sein konnte. Abu Dun hatte Deutsch gesprochen, wie immer, wenn er etwas zu sagen hatte, was keinen anderen etwas anging, und darüber hinaus verursachte ihr zusammengeschmolzenes Heer auf seinem raschen Marsch genug Lärm, um jedes gesprochene Wort zu übertönen. Die Männer hatten den Versuch, leise zu sein, schon nach ein paar Schritten aufgegeben. Der Wald mochte tot und erfroren sein, aber er war alles andere als *still.* Bei jedem Schritt zerbarsten heruntergefallene und hart gefrorene Äste und Zweige wie splitterndes Glas unter den Stiefeln der Männer. Vermutlich, dachte er niedergeschlagen, konnte man sie meilenweit hören; wortwörtlich.

Andrej sah mit einem Gefühl leiser Verärgerung, wie Abu Duns Grinsen noch einmal deutlich breiter wurde, und rang sich erst dann zu einem Kopfschütteln durch. Nein, natürlich wäre es ihm *nicht* lieber gewesen. Sicher, Abu Dun hatte tatsächlich gelogen, als er behauptet hatte, er wüsste nicht, *was* da auf sie zukam. Er wusste es so gut wie Andrej.

Es war dasselbe unheimliche Gefühl, das sie auch auf der Lichtung über Thures Dorf gehabt hatten; die spürbare Nähe von etwas so durch und durch Fremdem, dass seine bloße Anwesenheit schon ausreichte, um etwas in ihnen zu erschüttern. Allerdings war es nicht annähernd so stark gewesen; kaum mehr als ein vorsichtiges Tasten statt dem eisigen Prankenhieb, der ihre Seelen dort oben getroffen hatte. Und das Gefühl war immer noch da, obwohl seit ihrem Abmarsch eine gute halbe Stunde vergangen sein musste, in der nichts Aufregenderes geschehen war, als dass eben *nichts* geschah …

Aber vielleicht war es auch gerade das, was Andrej am meisten beunruhigte.

Odin wusste, dass sie kamen. Selbst wenn der Höllenlärm,

den sie verursachten, sie nicht verriet, selbst wenn die Piraten wirklich auf ihr Ablenkungsmanöver hereingefallen waren (was Andrej mit jedem Moment unwahrscheinlicher vorkam) und Abu Dun jeden Posten erwischt hatte, den sie zurückgelassen hatten (was ihm schon wahrscheinlicher erschien), so mussten sie spätestens die beiden Raben verraten haben.

Warum also tat er nichts, um sie aufzuhalten?

Natürlich wären Andrej auf Anhieb mindestens ein halbes Dutzend Antworten auf diese Frage eingefallen, aber er konnte nicht sagen, welche die am wenigsten unangenehme war. Vermutlich keine. Also dachte er lieber erst gar nicht darüber nach. Was immer Odin auch plante, sie würden es wahrscheinlich eher erfahren, als ihm lieb war.

»Und was genau willst du mir damit sagen, Hexenmeister?«, knüpfte Abu Dun nach einer Weile an seine eigenen Worte an.

»Das weiß ich selbst nicht genau«, gestand Andrej. »Vielleicht frage ich mich allmählich, was wir hier überhaupt tun.«

»Wenn ich mich richtig erinnere«, antwortete Abu Dun, »habe ich dir eine ganz ähnliche Frage gestellt – oder war es vielleicht wortwörtlich dieselbe? – bevor wir an Bord dieses verdammten Schiffes gegangen sind.« Andrej warf ihm einen giftigen Blick zu, und Abu Dun kicherte, als hätte er einen besonders gelungenen Scherz zum Besten gegeben. »Damals warst du um eine Antwort nicht verlegen … aber ich weiß, was du meinst. Ich verstehe auch nicht ganz, wieso wir noch am Leben sind.«

»Wahrscheinlich plant er etwas.«

»Uns umzubringen?«

»Das hätte er längst gekonnt«, widersprach Andrej. »Und nicht erst hier. Das alles hier gefällt mir nicht. Ich habe das Gefühl, geradewegs in eine Falle zu laufen.«

Abu Dun nickte. »Seltsam – aber mir geht es genau so …

könnte es daran liegen, *dass* wir geradewegs in eine Falle marschieren?«

»Das meine ich nicht«, antwortete Andrej. »Ich bin mir nur nicht mehr ganz sicher ...« *Wer diese Falle gestellt hat?* Um ein Haar hätte er die Worte laut ausgesprochen, und wahrscheinlich *hätte* er es sogar getan, wären sie ihm nicht selbst lächerlich erschienen.

»Ja?«, fragte Abu Dun.

»Nichts. Es war nur ein dummer Gedanke.«

»Was manchmal deine besten sind«, erwiderte Abu Dun, zwar immer noch breit grinsend, aber zugleich auch plötzlich wieder ernst. »Du traust Thure nicht, habe ich recht?«

»Er sagt die Wahrheit.«

»Ich traue ihm auch nicht«, sagte Abu Dun.

»Das bedeutet gar nichts«, erwiderte Andrej. »Du traust überhaupt niemandem, außer dir selbst.«

»Mir selbst«, belehrte ihn Abu Dun gewichtig, »traue ich am allerwenigsten. Aber diesem Dummkopf auch nicht. Irgendetwas geht hier vor, von dem wir nichts wissen. Und das gefällt mir nicht. Vielleicht sollte ich mir ein verschwiegenes Fleckchen suchen und die Wahrheit aus diesem Muskelprotz herausprügeln.«

Andrej fand diese Vorstellung nicht so uncharmant, wie Abu Dun vielleicht annehmen mochte, und drehte rasch den Kopf zur Seite, damit der Nubier sein Lächeln nicht sah. Trotzdem sagte er: »Du weißt, dass er nicht lügt. Das hätten wir gemerkt.«

»Dann führt er uns eben nicht absichtlich in eine Falle, sondern aus Dummheit!« Abu Dun schnaubte. »Und welchen Unterschied macht das?«

Andrej beendete die fruchtlose Diskussion, indem er schwieg. Abu Dun hatte ja recht ... aber er genauso, und gerade das war das Dilemma. Was sollte man tun, wenn von zwei Möglichkeiten keine richtig war?

»Wir hätten niemals hierher kommen sollen«, murmelte er.

»Wie wahr, weiser Sahib«, sagte Abu Dun. »Aber dann hättest du auch *sie* niemals kennengelernt, nicht wahr?« Er machte eine Kopfbewegung auf Urd, die zusammen mit Thure die Spitze der kleinen Marschkolonne bildete. »Nun geh schon zu ihr. Wie lange willst du sie denn noch warten lassen?«

Nun maß Andrej ihn mit einem *wirklich* überraschten Blick. Er hatte Abu Duns Worte über Urd nicht vergessen und hatte keinen Moment lang angenommen, Abu Dun belüge ihn oder mache sich gar über ihn lustig … Dennoch hatte er seinen Worten auch nicht wirklich geglaubt; ein Zuspruch, den ein Freund eben dem anderen sagte, um ihn aufzumuntern, ehrlich gemeint, aber mehr auch nicht, und im Grunde ohne Bedeutung. Doch wie es schien, wusste der Nubier ganz genau, wie es in ihm aussah.

Vielleicht besser als er selbst.

Ach verdammt, und warum eigentlich nicht? »Halt mir Thure vom Hals«, sagte er, während er seine Schritte beschleunigte, um zu dem Nordmann und seiner Schwester aufzuschließen.

»Mit Vergnügen«, kicherte Abu Dun. »Wenn du willst, für immer.«

Andrej sparte sich eine Antwort darauf, zumal sie Urd und ihren Bruder mittlerweile beinahe eingeholt hatten. Der Nordmann legte ein scharfes Tempo vor, gerade so, dass er noch ging und nicht trabte, und Andrej mutmaßte, dass er es unter anderem auch deshalb tat, um seiner Schwester zu zeigen, worauf sie sich eingelassen hatte. Noch vor Tagesfrist wäre der Plan vielleicht sogar aufgegangen.

»Wie weit ist es noch?«, fragte er, als Abu Dun und er neben den beiden angekommen waren. Thure schrak sichtlich zusammen und wirkte im nächsten Moment alarmiert; ganz offensichtlich hatte er ihre Schritte nicht einmal gehört, und das gefiel ihm nicht. Urd blickte starr geradeaus und schaffte es beinahe überzeugend, den Eindruck zu erwecken, als hätte sie ihn gar nicht bemerkt. Auch war Andrej keineswegs entgangen, dass sie während der ganzen Zeit kein einziges Wort mit ihrem Bruder gewechselt hatte. Thure mochte annehmen, dass ihr durch den anstrengenden Marsch der Atem dazu fehlte, doch Andrej wusste es besser. Vermutlich war sie nur an der Seite ihres Bruders marschiert, statt neben ihm, um ihm auf diese Weise zu zeigen, dass sie das im Moment wohl für das kleinere Übel hielt.

»Vielleicht noch einmal so weit, wie wir schon gegangen sind«, antwortete Thure schließlich. »Etwas weniger«, verbesserte er sich dann.

»Ich würde gerne ein Stück vorausgehen«, sagte Abu Dun. »Nur, um sicher zu sein, dass keine bösen Überraschungen auf uns warten.«

Urd blickte starr weiter geradeaus, und Thure wirkte verwirrt, dann tastete sein Blick kurz über das Gesicht seiner Schwester und noch kürzer und auf schon beinahe anzügliche Art über das Andrejs, und schließlich hob er die Schultern. »Ich wüsste zwar nicht, wozu das gut sein sollte, aber wenn du darauf bestehst ...«

»Es ist nur ein gut gemeinter Rat«, sagte Abu Dun freundlich. Thure grunzte eine Antwort, die der Nubier nicht verstand (glücklicherweise vermutlich), beschleunigte seine Schritte aber gehorsam noch einmal und verfiel jetzt tatsächlich in einen leichten Trab, von dem er wahrscheinlich annahm, dass es Abu Dun Mühe bereiten würde mitzuhalten. Ein Irrtum, wie sich schnell herausstellte, denn Abu Dun gab sich nicht die Mühe, zu rennen, sondern machte einfach größere Schritte, mit denen er nicht nur neben Thure herging, sondern tatsächlich eine Winzigkeit schneller war.

Andrej blickte den beiden kopfschüttelnd nach. »Irgendwann übertreibt er es«, seufzte er.

Urd blickte weiter stur geradeaus.

»Abu Dun, meine ich«, sagte Andrej. »Nicht dein Bruder.«

Urd schwieg.

»Ich fürchte, die beiden werden niemals Freunde«, sagte Andrej.

Urd musste irgendetwas sehr Interessantes in den skelettierten Baumwipfeln entdeckt haben, denn ihr Blick konzentrierte sich jetzt ganz auf die dürren Schatten über ihnen.

»Das ist albern«, sagte Andrej.

»Stimmt«, antwortete Urd.

»Und wie lange möchtest du dieses Spielchen noch treiben?«, erkundigte sich Andrej.

Urd sah jetzt konzentriert nach rechts, was nur konsequent war – schließlich ging Andrej links neben ihr. »Vielleicht, bis du dich bei mir entschuldigt hast.«

»Entschuldigt?«

»Das wäre ein Anfang.«

»Und ... wofür?«

Was immer sie zwischen den schattenhaften Silhouetten der Bäume entdeckt haben mochte, musste wohl nahezu ihre gesamte Aufmerksamkeit beanspruchen, denn es dauerte abermals eine Weile, bis sie antwortete, und dabei sah sie ihn immer noch nicht an. »Was hast du eigentlich gedacht, was ich tun soll?«, fragte sie. »Hast du erwartet, dass ich mich freundlich bedanke und so schnell wie möglich nach Hause gehe, um an meinen Webstuhl zu kommen oder mein Nähzeug zu suchen? Oh, sicher, ich werde jetzt bestimmt eine prachtvolle Schneiderin. Ich meine, ich kann mich jetzt stechen und schneiden, ohne dass es mir etwas ausmacht!«

Andrej lauschte vergeblich auf einen Unterton von Bitterkeit oder gar Vorwurf in ihrer Stimme, aber da war nichts. Sie klang so gefasst, dass es ihm schon beinahe ein bisschen unheimlich war. Aber er stellte sich die gleiche Frage: Was hatte er erwartet?

»Es tut mir leid, Urd«, sagte er. »Ich weiß, es war der falsche Moment. Aber was hätte ich tun sollen? Dich sterben lassen?«

Gerade hatte er sich insgeheim darüber geärgert, mit welch kindischer Beharrlichkeit sie seinem Blick auswich. Jetzt wünschte er sich beinahe, sie täte es weiter, als sie nun doch den Kopf drehte und er in ihre Augen sah. »Wer weiß?«

»Ach!«, antwortete Andrej heftig. »Erzähl mir nicht, dass du sterben wolltest!«

»Natürlich nicht«, sagte Urd. »Wer will das schon? Aber du hattest nicht das recht, mich zu ...« Sie rang sichtlich nach dem richtigen Wort. »... so etwas zu machen.«

»Zu einer von uns«, verbesserte sie Andrej. Ihre Worte trafen ihn wie ein Schlag ins Gesicht, aber er beherrschte sich gut genug, es sich nicht anmerken zu lassen. *»So etwas* ist das falsche Wort.«

»Genau genommen sind es zwei Worte«, verbesserte ihn Urd, aber der spöttischen Wahl ihrer Worte fehlte der dazu passende Tonfall, und auch ihr Blick blieb ernst. Etwas von dem, was ihn vorhin in ihren Augen so erschreckt hatte, war noch immer darin. »Ich weiß nicht mehr, was ich bin, Andrej. Vor ein paar Stunden wusste ich es noch, aber jetzt ... weiß ich es nicht mehr. Ich weiß nicht, ob ich das sein will, wozu du mich gemacht hast.«

Die Worte taten weh, und er spürte selbst, dass es ihm jetzt nicht mehr vollends gelang, es zu verbergen. Was hatte er eigentlich erwartet? Die vermeintliche Leichtigkeit, mit der Urd verkraftet hatte, was er hatte tun müssen, hätte ihn warnen sollen. *Niemand* konnte eine solche Eröffnung mit einem Schulterzucken abtun und dann einfach weiterleben, als wäre nichts geschehen. Sicher, Urd war jung genug, um sich vielleicht nicht unsterblich zu fühlen, aber noch keinen ernsthaften Gedanken an den Tod oder auch nur das Alter verschwendet zu haben, und doch hatte sie sehr wohl gewusst, wie begrenzt ihre Zeit war. Hatte er wirklich geglaubt, sie würde dieses Geschenk mit einem Lächeln annehmen, und sonst nichts?

Andrej versuchte sich zu erinnern, wie es bei ihm selbst gewesen war, damals, vor so unendlich langer Zeit, als er in derselben Situation gewesen war wie sie heute und begriffen hatte, dass sein Leben nie mehr so sein würde, wie noch einen Moment zuvor. Es gelang ihm nicht völlig. Es war selbst für ihn zu lange her, um sich noch an Einzelheiten zu erinnern, aber es hatte Monate gedauert, vielleicht Jahre, und auch er hatte mit dem Schicksal gehadert und gezweifelt. Manchmal tat er es heute noch.

»Vielleicht war es falsch«, sagte er leise. »Aber wenn es ein Fehler war, dann bedauere ich ihn nicht. Ich würde es jederzeit wieder tun.« Er versuchte zu lachen. Es misslang. »Findest du den Gedanken wirklich so schrecklich, länger zu leben und stärker zu sein als die meisten anderen?«

»Nein«, antwortete Urd. »Aber versprichst du mir, dass das alles ist?«

»Wie meinst du das?«

Urd machte eine Kopfbewegung in die Richtung, in der ihr Bruder und Abu Dun verschwunden waren. »Odin. Der falsche Gott. Er ist … auch so, habe ich recht?«

Andrej war überrascht. Urd mochte noch immer schockiert und benommen sein von dem, was sie erfahren hatte, aber ihr Verstand arbeitete weiter mit derselben Schärfe, die er gewohnt war.

»Ich bin nicht sicher«, antwortete er ehrlich. »Vielleicht. Er hat behauptet, er und die anderen seiner Art wären das, wozu wir vielleicht werden, wenn wir lange genug leben … aber ich bin nicht sicher, dass es die Wahrheit ist.«

»Oder dass du das willst?«, fragte Urd.

Andrej nickte stumm.

»Du fürchtest dich davor«, fuhr Urd fort, und er sah dieselbe Furcht in ihrem Gesicht. »Ihr seid nicht mit uns gekommen, um unser Volk zu befreien. Ihr seid hier, weil ihr ihn hasst – oder das, was er ist. Weil er all das ist, was ihr fürchtet. Du hast Angst, eines Tages genauso zu werden wie er, habe ich recht?«

Andrej blieb ihr die Antwort auf diese Frage schuldig, vielleicht, weil er sie selbst nicht kannte. Vielleicht auch, weil ihn ihre Worte so sehr erschreckten, sprach sie doch etwas aus, worüber er selbst bisher nicht einmal nachzudenken gewagt hatte.

Er hatte wenig Erfahrungen mit jenen anderen Unsterblichen, die von sich behaupteten, das zu sein, was sie eines Tages vielleicht wurden, und keinerlei Beweis für den Wahrheitsgehalt dieser Behauptung, abgesehen von ihrem Wort. Er wusste nur, dass sie gerne mit Menschen und Schicksalen spielten und er niemals gnadenloseren Kreaturen begegnet war. Es hatte eine Ausnahme gegeben, eine Frau, von der er eine Weile sogar geglaubt hatte, dass er sie liebte, bis er schließlich begriff, dass Abu Dun und er auch für sie nicht mehr als Werkzeuge gewesen waren, vielleicht ein bisschen nützlicher als die anderen, und sicherlich williger, aber doch nicht mehr.

Ein Gefühl von plötzlicher, tiefer Trauer überkam ihn, als er an Meruhe zurückdachte, und das, was er für sie empfunden hatte. Es war nicht mit dem zu vergleichen, was er für Urd fühlte, und doch war es nach unendlich langer Zeit wieder das erste Mal gewesen, dass er einem Menschen vollkommen und vorbehaltlos vertraut hatte.

Nur dass sie eben kein Mensch gewesen war, und dass sie Abu Dun und ihn um ein Haar getötet hätte, um ein Ziel zu erreichen, das möglicherweise nobel, aber nicht ihr Ziel gewesen war.

»Billigst du mir wirklich nicht zu, dasselbe zu empfinden wie du, Andrej?« Urd hatte sein Schweigen richtig gedeutet, und vermutlich auch den Schmerz erkannt, der bei der plötzlichen Erinnerung in seinen Augen erschienen war. »Dann habe ich dich wohl falsch eingeschätzt.«

Vielleicht, dachte Andrej, hatte sie auch genau das befürchtet. Vielleicht war es genau das, wovor sie Angst hatte – dass das Wissen, plötzlich um so vieles stärker als alle anderen zu sein, ihr irgendwann ihre Menschlichkeit nahm.

»Sie sind nicht wie wir«, sagte er lahm.

»Und ihr seid nicht wie wir«, sagte Urd. »Oder wie das, was ich bis gestern war. Du hast außer Abu Dun schon andere deiner … unserer Art getroffen.«

Andrej nickte.

»Sind sie alle wie ihr?«, fragte Urd, in einem Tonfall und mit einem Blick, der ihn schmerzhaft begreifen ließ, dass sie die Antwort auf ihre eigene Frage längst wusste. »Oder sind sie wie *er*? Verachten sie die Menschen und halten sie für nichts als Tiere und Sklaven?«

»Nein!«, widersprach Andrej erschrocken und viel zu laut. »Sie …« Er hatte jetzt endgültig nicht mehr die Kraft, ihrem Blick standzuhalten, sah weg und fuhr erst nach einer Pause leiser und in verändertem Ton fort. »Nicht alle.«

»Aber manche.«

»Ja«, gestand Andrej widerwillig. »Einige sind …« Wieder brach er ab und suchte nach Worten, und schließlich rettete er sich in ein schmerzerfülltes Lächeln und ein angedeutetes Kopfschütteln. »Ich will dir nichts vormachen, Urd. Du hast recht. Es ist kein Zufall, dass Abu Dun und ich seit so langer Zeit allein durch die Welt ziehen. Die meisten von denen, die wir getroffen haben, sind genau das, was du gerade beschrieben hast.«

»Und ich soll mich nicht fürchten, so zu werden?«

»Ich kann dir nicht versprechen, dass es nicht so kommt«, antwortete er ehrlich. »Vielleicht sind Menschen nun einmal so.«

»Böse?«

»Schwach«, verbesserte sich Andrej. »Was wir sind, Urd, ist nicht nur ein Geschenk. Es bedeutet große Macht, und damit auch große Verantwortung. Vielleicht gibt es nur wenige, die der Verlockung dieser Macht widerstehen können.«

»Und Ihr gehört zu diesen wenigen Auserwählten?«, fragte Urd, und jetzt war der gewohnte spöttische Tonfall eindeutig in ihre Stimme zurückgekehrt.

»Vielleicht hatte ich einfach nur Glück«, antwortete er. »Wer weiß – hätte ich Abu Dun nicht getroffen, wäre ich vielleicht genauso geworden. Wie auch er sich umgekehrt verändert hätte, ohne mich.«

»Abu Dun?«, fragte Urd zweifelnd.

»Abu Dun«, bestätigte Andrej. »Lass dich nicht von seiner Erscheinung täuschen und seiner Vorliebe, den groben Klotz zu spielen. Ohne ihn wäre ich nicht, was ich heute bin. Ich glaube, er hat mir geholfen, der Verlockung zu widerstehen, die so vielen anderen zum Verhängnis geworden ist.«

Er sah sie nun doch wieder an und auch Urd betrachtete ihn sehr aufmerksam. In ihren Augen las er immer noch ein große Furcht, zugleich aber auch etwas anderes, Neues, das ihn unsichtbar und warm zu berühren schien und den Schmerz ein wenig linderte, der an seiner Seele fraß. »Ich kann dir nichts versprechen, Urd, und ich werde ganz gewiss nichts von dir verlangen. Aber wenn du mir erlaubst, dir zu helfen, dann tue ich es.«

Zwei, drei endlos lange, schwere Atemzüge verstrichen, in denen sie ihn weiter forschend und aufmerksam anblickte, dann nickte sie plötzlich, und der gewohnte Spott blitzte wieder in ihren Augen auf. »Das ist ja wohl das Mindeste, was du mir schuldig bist, oder?«, erwiderte sie mit einem Grinsen, das beinahe so schelmisch und herausfordernd wirkte wie das, das Abu Dun so gerne zur Schau stellte. »Immerhin bist du –«

Sie brach mitten im Satz ab, runzelte die Stirn und hob dann rasch und erschrocken den Kopf.

»Was?«, fragte Andrej alarmiert.

Noch bevor sie antworten konnte, spürte er es auch. Da war plötzlich eine Präsenz, die Gegenwart eines anderen Unsterblichen, ganz in seiner Nähe.

»Ist das … Abu Dun?«, fragte Urd verwirrt. »Hast du das gemeint, als du gesagt hast, dass ich mich nicht vor –?«

»Nein!«, antwortete Andrej. Gleichzeitig verfluchte er sich selbst in Gedanken. Erst im Nachhinein wurde ihm klar, dass er diese fremde Präsenz die ganze Zeit über gespürt und einfach für die Urds oder Abu Duns gehalten hatte. Aber sie war es nicht. Sie war anders, bösartiger und zahlreicher.

Andrej zog sein Schwert, drehte sich herum und hob den anderen Arm, um die Aufmerksamkeit der Krieger hinter ihnen auf ihn zu lenken. »Jemand kommt!«, rief er in der Sprache der Nordmänner. »Seid auf der Hut!«

Seine Warnung kam zu spät, das spürte er, noch während er die Worte aussprach. Ein Schatten tauchte links von Urd und ihm zwischen den Bäumen auf, schlank, dunkel und tödlich, und praktisch im gleichen Moment erschien ein zweiter, gleichartiger Schemen auf der anderen Seite. Vom hinteren Ende der Kolonne wehte ein erschrockener Schrei heran, und für einen winzigen Moment glaubte er eine sonderbar fließende, schattenhafte Bewegung in den Baumwipfeln über sich wahrzunehmen, aber alles ging viel zu schnell, als dass er einen weiteren Blick dorthin hätte verschwenden können. *Drei,* dachte er entsetzt. Es waren *drei* Unsterbliche, mindestens.

Andrej wandte sich wahllos der Gestalt zu seiner Linken zu und hob das Schwert, und neben ihm zog auch Urd ihre Waffe und riss dann ungläubig die Augen auf.

»Valkyries«, flüsterte sie. Dann schrie sie: *»Das sind Valkyries!«* Andrej stieß sie so wuchtig zur Seite, dass sie gegen einen der verbrannten Bäume prallte und zu Boden fiel, und die unheimliche Gestalt stürmte mit gezogener Waffe auf ihn los, und Andrej blieb gerade noch Zeit, sich schützend zwischen sie und Urd zu stellen, bevor ihre Waffen Funken sprühend zusammenschlugen.

Der Schlag war hart, aber nicht annähernd so hart, wie er es nach Urds Worten und der Schnelligkeit des unheimlichen Angreifers erwartet hatte. Trotzdem taumelte er einen halben Schritt zur Seite, hätte um ein Haar das Gleichgewicht verloren und schaffte es gerade noch, das Schwert in die andere Hand zu wechseln und einen zweiten Hieb abzufangen, als die Valkyrie dasselbe tat, und das mit atemberaubender Schnelligkeit.

Es war tatsächlich eine Frau, ganz wie Urd behauptet hatte. Sie war groß – mindestens so groß wie er, wenn nicht größer – und so muskulös und durchtrainiert wie ein Mann, trotzdem aber mit sehr weiblichen Formen, was unübersehbar war, denn sie trug trotz der grausamen Kälte nichts als Sandalen, einen kurzen Rock und einen ziselierten Brustharnisch aus Bronze, sowie einen Umhang aus geradezu lächerlich dünnem, gegerbtem Leder. Ihr Gesicht verbarg sich hinter einem ebenfalls bronzenen Helm mit einem barbarischen Halbvisier. Und sie war *schnell.*

Andrej fand sich von Beginn an in der Defensive. Wäre die Valkyrie auch nur annähernd so stark gewesen wie er, oder hätten sie ihn zu zweit angegriffen, hätte er keine Chance gehabt. Die Klinge der unheimlichen Angreiferin schlug so schnell und aus ständig wechselnden Richtungen nach ihm, dass er zwei, drei Mal hintereinander getroffen wurde, noch bevor er überhaupt richtig verstand, was geschah. Er spürte keinen Schmerz, aber Blut lief über seine Arme und Hände, und es war pures Glück, dass sein Kettenhemd der Klinge bisher die schlimmste Wucht genommen hatte.

So blieb es nur noch für einen Moment. Rasiermesserscharfer Stahl biss in seinen Oberschenkel, ohne dass er den Stich auch nur kommen sah, und diesmal spürte er den dazugehörigen Schmerz; eine grellweiße Lohe, die bis in seine Hüfte hinaufschoss. Andrej sank hilflos auf ein Knie, als sein plötzlich kraftloses Bein unter dem Gewicht seines Körpers nachgab, wehrte den nächsten Schwerthieb mit dem bloßen Unterarm ab und handelte sich trotz des Kettenhemds eine zweite, noch schmerzhaftere Wunde ein.

Der nächste Hieb verfehlte ihn nur, weil sein Bein endgültig unter ihm einknickte und die Klinge dort durch die Luft pfiff, wo, wäre das nicht geschehen, sich sein Hals befunden hätte. Die Valkyrie setzte sofort nach und traf ihn mit einem Fußtritt an der Schläfe, der bunte Sterne vor seinen Augen aufblitzen ließ und ihm möglicherweise das Bewusstsein geraubt hätte, hätte er nicht gewusst, dass das mit Sicherheit auch seinen Tod bedeutete.

Halb blind vor Schmerz griff er zu, bekam den Fuß der Valkyrie zu fassen und verdrehte ihn mit solcher Kraft, dass er fest damit rechnete, mit dem Geräusch eines brechenden Knochens belohnt zu werden. Das geschah zwar nicht, aber immerhin brachte er die gespenstische Angreiferin damit aus dem Gleichgewicht.

Jeder andere – er eingeschlossen – wäre zumindest gestürzt, und auch die Valkyrie taumelte und kämpfte einen halben Atemzug mit wild rudernden Armen um ihre Balance, dann gab sie den Kampf auf, ließ sich nach hinten fallen und nutzte den Schwung ihres begonnenen Sturzes, um sich loszureißen und einen kompletten Salto in der Luft zu schlagen, an dessen Ende sie mit leicht gespreizten Beinen wieder aufkam und sofort ihr Schwert hob, um nach ihm zu stechen. Andrej warf sich zur Seite und herum, kam mit einer Rolle wieder auf die Füße und schüttelte seine Benommenheit immerhin so weit ab, um zu begreifen, dass er in ernsthafter Gefahr war. Die Valkyrie mochte aussehen, als wäre sie zur falschen Jahreszeit (und dem falschen Jahrhundert) unterwegs zu einem Maskenball, aber sie war schnell, und sie war eine Unsterbliche. Genauso deutlich wie er musste sie spüren, wem sie wirklich gegenüberstand. Er konnte sich kaum darauf verlassen, dass sie ihn niederstach und sich dann leichten Herzens einen neuen Gegner suchte, um dann angemessen überrascht zu sein, wenn er nach einem Augenblick mit einem Lächeln auf den Lippen und dem Schwert in der Hand wieder hinter ihr auftauchte. Wenn er diesen Zweikampf verlor, dann würde sie ihn töten.

Endgültig.

Andrej tänzelte zwei, drei Schritte zurück und ging das Risiko ein, für einen endlosen Moment in seiner Konzentration nachzulassen, um sein verwundetes Bein zu heilen, und selbstverständlich spürte es die Valkyrie und nutzte seine Schwäche gnadenlos aus. Andrej wehrte ihren ungestümen Angriff mit einiger Mühe ab, bezahlte dafür aber mit einer weiteren üblen Wunde, die ihm kaum weniger zusetzte als das verletzte Bein. Wütend schlug er zurück, verfehlte die Valkyrie und begann mit einem Gefühl sonderbar analytischen Entsetzens zu begreifen, dass er dabei war, diesen Kampf zu verlieren. Die Valkyrie tanzte wie ein Schatten um ihn herum, stach und parierte, schlug zu und tauchte unter seinen eigenen Hieben weg, und das so schnell und scheinbar mühelos, dass sie ihm fast wie ein Gespenst vorkam, ein flackernder Schatten, an dem sein Blick abzugleiten schien wie eine Hand an einem schlüpfrigen Fisch. Andrej hatte ihre Taktik längst begriffen, aber er wusste einfach nicht, was er dagegen tun sollte. Sie wusste, was er war, und auch, wozu er imstande war, aber gerade deshalb kannte sie auch seine wenigen Schwächen. Auch wenn ihn die zahlreichen Wunden, die sie ihm mittlerweile beigebracht hatte, nicht wirklich gefährlich werden konnten, so kosteten sie ihn doch Kraft, und er brauchte Zeit, um sie zu heilen, und sei es noch so wenig.

Zeit, die sie ihm nicht lassen würde.

Wieder bohrte sich kalter Stahl in seine Seite, ein weiterer, greller Schmerz, und ein weiteres warmes Rinnsal, in dem das Leben und die Kraft aus ihm herausliefen.

Zornig packte er das Schwert mit beiden Händen, schlug mit aller Gewalt zu und trieb die Valkyrie auf diese Weise wenigstens ein Stück weit zurück, auch wenn sein Hieb sie auch jetzt wieder verfehlte. Aber immerhin *wich* sie zurück, und das zum ersten Mal, seit dieser albtraumhafte Kampf begonnen hatte.

Mutiger geworden, holte er zu einem zweiten, noch wuchtigeren Hieb aus, registrierte überrascht, dass die Valkyrie nicht einmal den Versuch unternahm, ihm auszuweichen, und begriff zu spät, dass er in eine Falle lief. Sein Hieb ging ins Leere, und Andrej wurde von der Wucht seiner eigenen Bewegung nach vorn gerissen, als die Valkyrie ansatzlos in die Höhe sprang, mit einem eleganten Salto einfach über ihn hinwegsetzte und mit dem Schwert hinter sich schlug, noch bevor sie den Boden berührte. Der schwere Schild, den er auf dem Rücken trug, bewahrte ihn vor einer Verletzung, aber die schiere Wucht des Treffers warf ihn endgültig auf die Knie.

Andrej versuchte nicht, den Sturz abzufangen, sondern ließ sich im Gegenteil endgültig fallen, rollte herum und schlug noch im Aufspringen blindlings hinter sich, ohne etwas zu treffen oder auch nur darauf zu hoffen. Er musste Zeit gewinnen, nur ein paar Augenblicke.

Aber er bekam sie nicht.

Die Valkyrie schien die Bewegung vorausgeahnt zu haben, und sie bewegte sich so schnell, wie Andrej es noch nie zuvor erlebt hatte. Sie schien einfach zu *verschwinden* und auf seiner anderen Seite wieder aufzutauchen, schneller, als ein Gedanke entstehen und wieder vergehen konnte, und diesmal zielte ihre Klinge nach seinem Herzen.

Und traf.

Knirschend bohrte sich die Schwertspitze durch das Kettenhemd, teilte sein Fleisch und hätte sein Herz durchbohrt, hätte Andrej nicht sein Schwert losgelassen und mit beiden Händen nach der Klinge gegriffen. Der auf beiden Seiten geschliffene Stahl biss grausam tief in seine Handflächen, aber Andrej packte nur noch fester zu und schaffte es irgendwie, die Klinge aufzuhalten.

Zum ersten Mal überhaupt gab die Valkyrie einen Laut von sich: Ein wütendes Zischen, das an eine angreifende Schlange erinnerte. Sie erhöhte den Druck auf ihre Klinge noch einmal, aber Andrej griff nur noch fester zu und ignorierte den bohrenden Schmerz, mit dem sich der Stahl immer tiefer in seine Handflächen grub. Mit einem abermaligen wütenden Zischen stemmte die unheimliche Kriegerin die andere Hand gegen den Schwertgriff und das Bein in den Boden, um sich mit ihrem ganzen Körpergewicht auf die Waffe zu werfen, und plötzlich war eine schlanke Gestalt neben ihr und stieß ihr ein Schwert in die Seite.

Die Valkyrie schrie vor Schmerz, riss ihre Waffe zurück und taumelte einen Schritt zur Seite, fuhr aber dennoch in der gleichen Bewegung herum und versetzte Urd einen Schlag mit dem Handrücken, der sie haltlos zurück und zu Boden schleuderte. Im gleichen Moment hatte die Angreiferin ihr Gleichgewicht auch schon wiedergefunden und schwang ihre Klinge zu einem beidhändigen, tödlichen Hieb.

Andrej war auf den Beinen und über ihr, bevor sie ihn zu Ende führen konnte. Seine Hände waren nutzlos, blutende Wunden aus reinem Schmerz, die seinen Befehlen nicht mehr gehorchten, aber es spielte keine Rolle. Fast von Sinnen vor Angst um Urd umschlang er die Valkyrie von hinten mit den Armen, riss sie in die Höhe und schmetterte sie mit solcher Wucht gegen einen Baum, dass sie halb bewusstlos zu Boden sank. Jetzt hatte er die Zeit, die er gerade so verzweifelt gebraucht hätte, aber nicht mehr die Kraft, um diese vielleicht einzige Chance zu nutzen. Alles begann, vor seinen Augen zu verschwimmen. Seine Hände wollten ihm immer noch nicht gehorchen, und auch seine Arme fühlten sich plötzlich schwer wie Blei an, ebenso wie sein Körper, dessen Gewicht seine Beine kaum noch zu tragen vermochten. Wie von weit her hörte er Kampflärm, Schreie und das Klirren von Waffen, taumelte halb blind herum und bückte sich nach seinem Schwert, um es aufzuheben, aber die Klinge entglitt seinen Fingern, die steif waren und glitschig von seinem eigenen Blut. Die Valkyrie begann sich bereits wieder zu bewegen, und er konnte spüren, wie schnell sich die Kräfte der Unsterblichen erneuerten – ganz im Gegensatz zu seinen eigenen. Die Klinge hatte sein Herz nicht durchbohrt, aber verletzt, und er blutete nach außen und innen. Sein Körper würde selbst mit dieser Verletzung fertig werden, wenn er nur ein wenig Zeit hatte, vielleicht nur ein paar Augenblicke … aber diese Zeit würde ihm seine unheimliche Gegnerin nicht lassen.

Andrej versuchte abermals, nach seinem Schwert zu greifen, schaffte es so wenig wie beim ersten Mal und fiel mit einem kraftlosen Keuchen auf die Knie. Er sah aus den Augenwinkeln, wie sich Urd benommen aufzurichten versuchte und offensichtlich fiel es ihr sehr schwer. Auch die Valkyrie erhob sich bereits wieder, unsicher und taumelnd, die untere Hälfte ihres Gesichtes, die unter dem Helm sichtbar war, voller Blut, und ihr linker Arm schien gebrochen zu sein, denn er baumelte nutzlos an ihrem Körper herab.

Mit dem anderen hob sie das Schwert auf und machte einen Schritt in seine Richtung, und ein schwarzer Koloss stürmte an ihm vorbei, schwang ein monströses Schwert und enthauptete sie mit einem einzigen, gewaltigen Schlag.

Andrej ließ sich endgültig zurücksinken, schloss die Augen und wappnete sich gegen das, was nun kam. Er konnte spüren, wie die Valkyrie starb; ein lautloser, gellender Schrei, mit dem ihr vermeintlich nie endendes Leben aus ihrem Körper wich, und er musste jedes bisschen Kraft aufwenden, das er noch in sich fand, um der plötzlichen Gier Herr zu werden, die vom Grunde seiner Seele heraufbrodelte. Das Ungeheuer in ihm spürte das Leben, die verbotene Beute, die sich ihm bot, und versuchte sich wild auf sie zu stürzen, und auch Andrej *wollte* dieses Leben, die uralte, mächtige Seele einer Unsterblichen, von der er plötzlich spürte, um wie vieles älter als er sie gewesen war, und wie viele Leben mehr sie genommen hatte. Er *wollte* sie wie nichts anderes auf der Welt, denn er brauchte diese Kraft, um seine eigenen, erschöpften Energien zu erneuern.

Aber er widerstand der Gier. Schwach und zu Tode verängstigt, wie er in diesem Moment war, wäre dieser verbotene Trank vielleicht tödlich für ihn gewesen. Sein Körper würde sich erholen, aber er würde möglicherweise zu dem werden, was er zu besiegen versucht hatte.

Der lautlose Schrei erlosch, und Andrej empfand ein absurdes, tiefes Bedauern, als er spürte, wie all die ungezählten Leben nun endgültig vergingen und zu einem Teil des großen Nichts wurden, das am Ende auf alles wartete.

Als er die Augen öffnete, blickte er in die Abu Duns und las darin eine bange, von Furcht erfüllte Frage. Der Nubier hielt das blutverschmierte Schwert noch immer mit beiden Händen, und die Klinge deutete auf sein Herz.

»Keine Angst«, murmelte er. »Ich bin noch ich selbst.«

»Ganz sicher?«, fragte Abu Dun.

»Ganz sicher«, bestätigte Andrej. »Du freust dich zu früh. So schnell wirst du mich nicht los, Pirat.«

Abu Dun starrte ihn eine weitere Sekunde lang misstrauisch und durchdringend an, einen winzigen Moment, in dem sein Leben nur von dem abhing, was er in seinen Augen las, aber dann entspannte er sich und lenkte die Schwertspitze ein wenig zur Seite. »Dann entschuldige mich. Ich habe zu tun.« Und damit fuhr er herum und stürmte los.

Andrej schloss noch einmal die Augen und genoss einen einzelnen, unendlich kostbaren Moment, in dem er einfach dalag und neue Kraft zu schöpfen versuchte. Natürlich half es nicht wirklich. Die Zeit reichte nicht einmal, um all die unzähligen Quellen von pulsierendem Schmerz überall in seinem Körper zu finden, geschweige denn, sie niederzukämpfen, aber er zwang sich dennoch, schon im nächsten Moment die Augen wieder zu öffnen und sich, nur die Ellbogen und Unterarme zu Hilfe nehmend, hochzustemmen. Seine Hände pulsierten. Gefühl und Leben kehrten allmählich in seine Finger zurück, wenn auch so schmerzhaft, dass er liebend gerne darauf verzichtet hätte, und auch sein rasender Pulsschlag beruhigte sich ganz allmählich. Der Lärm eines erbitterten Kampfes, der scheinbar überall rings um ihn herum zu toben schien, stürzte auf ihn ein, und abermals hatte er das Gefühl, das Schlagen riesiger, dunkler Schwingen am Himmel über sich wahrzunehmen. Eine zweite, fast ebenso große Gestalt wie die Abu Duns stürmte so dicht an ihm vorbei, dass sie ihn um ein Haar über den Haufen gerannt hätte, und schwang eine riesige, zweischneidige Streitaxt, während sie sich in den Kampf warf, doch Andrej verschwendete an nichts von alledem mehr als einen flüchtigen Gedanken. Noch immer nur auf Knien und Unterarmen kroch er zu Urd hin und streckte tatsächlich die Hände aus, um ihr aufzuhelfen, bis ihm der erschrockene Ausdruck auffiel, mit dem sie seine Finger betrachtete, und ihm klar wurde, wie lächerlich diese Geste war.

»Bist du verletzt?«, brachte er irgendwie hervor. Urd maß ihn mit einem Ausdruck, der zwischen Fassungslosigkeit und schierer Hysterie zu schwanken schien, setzte sich deutlich kraftvoller und müheloser auf, als es ihm gerade möglich gewesen war, und starrte auf seine Hände hinab. »Nicht annähernd so schlimm wie du«, murmelte sie. »Und wieso –«

»Tu so etwas nie wieder!«, unterbrach Andrej sie. »Nie mehr, verstehst du das?«

»Nein«, antwortete Urd. »Aber was –?«

»Nie wieder«, wiederholte Andrej, und jetzt gefasster. »Sie hätte dich beinahe umgebracht.«

Urd legte den Kopf auf die andere Seite, und nun sah sie ihm ins Gesicht, nicht mehr auf seiner zerschundenen Hände. »Seltsam, aber ich hatte eher den Eindruck, als wäre sie dabei, *dich* umzubringen.«

»Ja«, antwortete Andrej. Er war immer noch wütend, und dass er selbst wusste, wie närrisch diese Wut war und nichts anderem entsprang, als seiner Angst um sie, änderte nichts daran. »Und ohne dich hätte sie es wahrscheinlich geschafft. Dafür danke ich dir. Trotzdem war es dumm!«

Im ersten Moment wirkte Urd verletzt, dann aber breitete sich ein Ausdruck von Zorn auf ihrem blassen Gesicht aus. Andrej rechnete mit einer scharfen oder auch spöttischen Antwort, aber sie blickte ihn nur vorwurfsvoll an, dann stemmte sie sich weiter hoch, bückte sich in der gleichen Bewegung nach ihrem Schwert und wandte sich in die Richtung, aus der der Kampflärm kam – was praktisch überall um sie herum war. Andrej konnte zwar keine der beiden anderen Valkyries sehen, aber er spürte ihre Anwesenheit noch immer, und nach dem, was er gerade selbst erlebt hatte, wagte er sich nicht einmal vorzustellen, wie die beiden Unsterblichen unter Thures Kriegern wüten mussten. Keiner von denen, die Thure ausgesucht hatte, um sie zu begleiten, war ein Schwächling oder gar ein Feigling, und trotzdem zweifelte Andrej nicht daran, dass diese drei unheimlichen Frauen allein in der Lage waren, ihr gesamtes Heer auszulöschen. Er war nicht einmal sicher, ob es Abu Dun gelingen würde, sie zu besiegen. Der Nubier war viel stärker als er, doch die Valkyries kämpften auf eine Art, bei der Kraft nicht die entscheidende Rolle spielte. Er musste Abu Dun warnen.

Es war so ungefähr das Letzte, wozu er sich im Moment in der Lage fühlte, aber er drehte sich dennoch herum, ging dorthin zurück, wo er sein Schwert hatte fallen lassen, und versuchte erneut, die Waffe aufzuheben.

Diesmal gelang es ihm, aber er stellte sich so ungeschickt dabei an, dass er das Schwert um ein Haar wieder fallen gelassen hätte. So würde er Abu Dun nicht helfen können.

Und er musste es wohl auch nicht, denn in diesem Moment spürte er einen weiteren, lautlosen Todesschrei. Er betete, dass es nicht der Abu Duns war.

Mit ungelenken Fingern schob er die Waffe in die verzierte lederne Scheide an seinem Gürtel zurück und drehte sich zu Urd herum. Sie stand wie erstarrt da und blickte in die Richtung, aus der die Schreie und das Waffenklirren kamen, schien seinen Blick aber zu spüren, denn nach einem Moment drehte sie sich herum, sah unsicher und verstört erst in sein Gesicht und dann auf die tote Valkyrie hinab. Sie schien etwas sagen zu wollen, schüttelte aber dann nur stumm den Kopf, ließ sich neben dem Leichnam in die Hocke sinken und streckte unsicher die Hand aus, als wollte sie ihn berühren, brachte den Mut dazu dann aber doch nicht auf.

»Andrej … du hast eine Valkyrie getötet«, flüsterte sie.

»Abu Dun«, verbesserte sie Andrej. »Und genau genommen warst du es. Ohne dich wäre ich jetzt tot. Und wer weiß … Abu Dun vielleicht auch. Es tut mir leid, was ich gerade gesagt habe.«

Er bezweifelte, dass Urd seine Worte zur Kenntnis genommen hatte. Sie schüttelte nur noch ein paar Mal und noch ungläubiger den Kopf, und als sie wieder zu ihm hochsah, war keine Spur von Verletztheit oder Zorn mehr auf ihrem Gesicht zu erkennen. Sie sah einfach nur fassungslos aus. »Aber das ist unmöglich«, flüsterte sie. »Niemand kann eine Valkyrie töten.«

»So wie niemand einen Schwertstich ins Herz überlebt?«, fragte Andrej. Urd sah ihn an, noch unsicherer, und dann kurz und erschrocken auf die getötete Valkyrie hinab, und schüttelte erneut den Kopf. »Das ist etwas anderes«, behauptete sie. »Sie sind unsterblich. Sie sind … keine Menschen, sondern …«

Andrej setzte zu einer Antwort an und ging dann stattdessen dorthin, wo der abgeschlagene Kopf der Valkyrie lag. Seine Finger zitterten leicht, als er sich daneben auf die Knie sinken ließ und danach griff, um ihr den Helm abzunehmen. Er redete sich selbst ein, dass es nur an seiner Schwäche lag, aber er brachte es nicht über sich, ihn aufzuheben, sondern winkte stattdessen Urd herbei.

Ihre Augen wurden groß, als sie in das schmale, von blondem Haar gerahmte Gesicht blickte, dass bisher hinter einer barbarischen Bronzemaske verborgen gewesen war. »Das ist ein Mensch«, entfuhr es ihr. Ungläubig starrte sie erst Andrej, dann das totenweiße Gesicht wieder an. »Aber sie … dass …«

»Sieh sie dir an«, sagte Andrej. »Das war kein Dämon und auch keine Göttin. Sie war ein Mensch. So wie Abu Dun und ich.«

Es dauerte einen Moment, bis Urd wirklich zu begreifen schien, was seine Worte bedeuteten. Ihre Augen wurden noch größer und wurden jetzt schwarz vor Schrecken. »Sie … sie war eine von … von euch … und von uns?«

Andrej nickte. Es fiel ihm immer noch schwer, in das Gesicht der Toten hinabzusehen, aber er zwang sich, es trotzdem zu tun. Es war von Blut besudelt und im Augenblick des Todes zu einer Grimasse aus Entsetzen und schierem Unglauben erstarrt, aber er konnte trotzdem erkennen, dass es einst ein sehr schönes Gesicht gewesen war, das Gesicht einer Frau, die kaum älter gewesen sein konnte als Urd, kräftig, aber trotzdem zart, nicht das Antlitz einer Kriegerin, dazu geschaffen, Furcht und Schrecken zu verbreiten. Traurig fragte er sich, was aus ihr hätte werden können, hätte Odin sie nicht zu dem gemacht, was sie gewesen war. Dann verwandelte sich diese Trauer in eine kalte, entschlossene Wut.

»Sie … Sie sieht beinahe aus wie ich«, flüsterte Urd.

Andrej antwortete nicht darauf. »Erinnerst du dich, was du gerade zu mir gesagt hast?«, fragte er. »Du hast gesagt, wir wären nicht mitgekommen, um dir und deinem Volk zu helfen.«

Urd starrte weiter in das totenweiße Gesicht hinab. Sie schien Mühe zu haben, sich auf seine Worte zu konzentrieren. »Du hattest recht, Urd«, fuhr Andrej fort. »Das ist nicht der Grund. Jedenfalls nicht der Einzige.« Er deutete auf die Tote. »Das hier ist der wirkliche Grund, Urd. Sieh dir an, was euer Gott mit Menschen tut, die ihn anbeten. Und dann sag mir noch einmal, dass er das Recht hat, weiterzuleben.«

Urd schwieg dazu, doch auch Andrej sagte nichts mehr. Er wandte den Blick ab, und als er aufstand und die Hand ausstreckte, um auch Urd in die Höhe zu helfen, hörte er einen lautlosen Schrei und spürte das Erlöschen eines weiteren unsterblichen Lebens.

9

Au!« Urd verzog das Gesicht und durchbohrte Andrej mit ihrem Blick, wie es die Valkyrie gerade mit ihrem Schwert versucht hatte. »Ich kann mich an Zeiten erinnern, da warst du sanfter zu mir.«

»Damals warst du ja auch noch ein unschuldiges Mädchen«, antwortete Andrej ungerührt und zog den Verband, den er aus dem abgerissenen Saum seines Mantels improvisiert hatte, nur noch fester um ihren Oberarm. »Schließlich musste ich mir ja irgendwie dein Vertrauen erschleichen, oder?«

»Damals«, wiederholte Urd nachdenklich, »war vor zwei Tagen, wenn ich mich richtig erinnere.«

»Drei«, verbesserte sie Andrej, lehnte sich in der Hocke ein kleines Stück zurück und begutachtete sein Werk mit kritisch gerunzelter Stirn. Der Verband saß zu fest und schnürte Urd vermutlich unangenehm den Arm ab, wirkte ansonsten aber überzeugend; in aller Hast improvisiert und nicht so, dass sein Anblick jemanden, der tatsächlich etwas davon verstand, zufrieden gestellt hätte. Ein Verband eben, wie ihn jemand im Feld und in großer Eile zustande bringen würde; noch dazu jemand, der nicht wirklich wusste, was er tat. Wenn man genau hinsah, konnte man sogar Spuren von eingetrocknetem Blut darauf erkennen, Blut, das weder ihm noch Urd gehörte, sondern irgendeinem der viel zu vielen

Opfer, die sein Schwert in den letzten Tagen gefunden hatte. Perfekt, eben.

»Das ist nicht angenehm«, beschwerte sich Urd zum wiederholten Mal. »Und noch dazu vollkommen überflüssig!«

»Dann nimm ihn wieder ab«, sagte Andrej, während er mit einem betont uninteressierten Achselzucken aufstand. »Und erklär deinem Bruder und den anderen, wieso du ohne einen Kratzer davongekommen bist, wo doch jedermann gesehen hat, dass die Valkyrie dich angegriffen hat.«

Urd machte ein beleidigtes Gesicht, antwortete aber vorsichtshalber nicht darauf, zumal sie dieses kurze Gespräch in den letzten zwei oder drei Minuten – beinahe wortwörtlich und nicht nur einmal – geführt hatten. Wahrscheinlich, dachte Andrej, würden sie es in der einen oder anderen Form noch sehr oft führen müssen, und ebenso wahrscheinlich würde noch sehr viel Zeit vergehen, bis Urd sich wirklich an die Rolle gewöhnt hatte, die sie spielen musste. Natürlich würde diese alberne Maskerade niemanden täuschen, der genau hinsah – aber Andrej bezweifelte, dass das jemand tat. Seit der lautlose Todesschrei der letzten Valkyrie in seinen Gedanken verklungen war, war auch der Kampflärm erloschen, und es war beinahe schon unheimlich still geworden, sah man von einem gelegentlichen Stöhnen oder einem hastig geflüsterten Wort ab. Die Krieger hatten sich zu einem dicht geschlossenen, unregelmäßigen Kreis formiert und hielten ihre Waffen bereit, jederzeit auf einen weiteren, heimtückischen Angriff gefasst, und Thure war nur kurz zu ihnen gekommen, um sich davon zu überzeugen, dass sie (und vor allem seine Schwester) noch am Leben und weitestgehend unversehrt waren, und war dann wieder verschwunden. Es war genau wie am vergangenen Morgen: Keiner der Männer kam ihnen näher als zehn oder zwölf Schritte, und niemand sah auch nur in ihre Richtung. Doch Andrej konnte die Furcht, die die Herzen der Krieger erfüllte, jetzt beinahe mit Händen greifen. Noch galt diese Angst nur ihm; nicht auszudenken, was geschehen würde, wenn sie erfuhren, dass auch mit Urd jetzt etwas nicht mehr so war, wie es sein sollte. Das Eis, auf dem sie sich bewegten, wurde dünner.

Urd stand auf, bewegte prüfend den Arm und runzelte erneut und noch ärgerlicher die Stirn. »Du hast ja recht«, räumte sie widerwillig ein. »Aber es ist trotzdem unbequem.«

Dann wurde ihr Gesichtsausdruck misstrauisch. »He – und was bedeutet überhaupt: *dein Vertrauen erschleichen?«*

Andrej antwortete nur mit einem müden Grinsen, zog sein Schwert halb aus der Scheide und tat so, als würde er die Klinge nach Beschädigungen oder Kratzern überprüfen, bevor er sie mit einer übertrieben kraftvollen Bewegung wieder in ihre Umhüllung zurückrammte und sich zugleich ganz aufrichtete. Zwei Krieger, die verstohlen zu ihm hergesehen hatten, wandten sich hastig wieder ab, und bevor Urd das Thema vertiefen und die unsinnige Diskussion fortsetzen konnte, spürte er, wie Abu Dun näher kam, und sah ihm rasch entgegen; ein riesenhafter, massiger Schatten, der begleitet von einer zweiten, kaum weniger beeindruckenden Gestalt auf Urd und ihn zustapfte. Er musste Abu Duns Gesicht nicht erkennen, um zu wissen, dass sein Ausdruck mindestens ebenso finster war wie die Farbe seiner Haut.

»Ist alles in Ordnung?«, fragte er.

Abu Dun grunzte nur zur Antwort, während Thure einen Blick ins Gesicht seiner Schwester warf, in dem dieselbe Frage zu lesen war, zusammen mit einer unübersehbaren Drohung, die ganz eindeutig Andrej galt.

»Ja«, antwortete Abu Dun schließlich doch, und mit einiger Verzögerung. »Jedenfalls ist niemand mehr in der Nähe ... soweit ich das feststellen kann.« Er wandte sich mit finsterem Gesichtsausdruck an Thure. »Wann genau wolltest du uns von dieser kleinen Überraschung erzählen, großer Feldherr?«

Andrej konnte Thure ansehen, dass er zu einer geharnischten Antwort ansetzte, und kam ihm zuvor. »Wenn überhaupt, dann ist es meine Schuld. Urd hat mir von den Valkyries erzählt. Ich habe ihr nicht geglaubt.«

»Und wie auch?«, sagte Thure, der zugleich aber auch ein bisschen überrascht wirkte, ausgerechnet von Andrej Rückendeckung zu bekommen. Abu Dun wirkte nicht überrascht, sondern verärgert. »Wer waren diese Frauen? Sie haben gekämpft wie –«

»Wir?«, fragte Abu Dun, als Thure nicht weitersprach, sondern hilflos nach Worten suchte.

»Wie Dämonen«, sagte der Nordmann schließlich. »Ich bin nicht einmal sicher, ob wir allein mit ihnen fertig geworden wären.« Er wartete einen Moment lang vergebens darauf, dass Andrej oder Abu Dun irgendetwas dazu sagten, schüttelte dann nur noch einmal den Kopf und wandte sich ganz zu seiner Schwester um. »Wie geht es deiner Wunde?«

»Welcher –?«, begann Urd und verbesserte sich dann mit einem raschen, nervösen Lächeln: »Das ist nicht der Rede wert. Ein Kratzer. Andrej hat ihn gut versorgt.«

»Ich würde sie mir trotzdem gerne ansehen«, sagte Thure, und jetzt fuhr Urd eindeutig erschrocken zusammen und legte in einer instinktiven Geste die Hand auf den sinnlosen Verband an ihrem Oberarm.

»Jederzeit«, sagte Andrej rasch, »sobald wir hier heraus sind. Wir müssen weiter, Thure. Abu Dun hat recht. Die nächste Überraschung, die Odin vielleicht noch für uns bereithält, könnte die letzte sein.«

Thure ließ zwar gehorsam die Hand sinken, die er bereits in Richtung seiner Schwester ausgestreckt hatte, machte aber dennoch ein zweifelndes Gesicht. »Die Valkyries waren sein letztes Aufgebot.«

»Ach?«, fragte Abu Dun. »Und woher willst du das wissen, wo du doch vor einer Minute noch nicht einmal gewusst hast, dass es sie gibt?«

»Weil wir längst tot wären, wenn er noch irgendetwas gegen uns aufbieten könnte«, antwortete Thure, und wie immer, wenn er direkt mit dem Nubier sprach, war jetzt wieder ein leiser, verächtlicher Ton in seiner Stimme. »Außerdem ist es jetzt nicht mehr weit.«

»Ein weiterer Grund, nicht noch mehr Zeit zu verschwenden«, sagte Andrej rasch. Das Letzte, was er jetzt gebrauchen konnte, war ein weiterer sinnloser Streit zwischen Abu Dun und dem Nordmann. »Haben wir Verluste?«

»Fünf«, sagte Thure düster. »Und etliche Verletzte. Aber Sie können noch Laufen. Und Kämpfen.«

Abu Duns Miene verdüsterte sich bei diesen Worten noch weiter, und auch Andrej musste sich beherrschen, um sich nichts von seinen wahren Gefühlen anmerken zu lassen. Immerhin hatte *er* diese Frage gestellt, und Thure hatte genauso geantwortet, wie man es von einem Heerführer in seiner Situation erwartete. Trotzdem war etwas an seiner *Art* gewesen, das Andrej wütend machte. Ohne dass er das Gefühl wirklich begründen konnte, spürte er, dass Thure nicht so über seine Krieger sprach, wie er es sollte. Sie waren für ihn Werkzeuge, nicht mehr.

»Dann gehen wir«, sagte er noch einmal. »Und das schnell. Ich will aus diesem verdammten Wald heraus.« Ein leiser, sonderbar heller Klang ließ ihn verstummen und zugleich alarmiert aufsehen; ein Geräusch wie zerbrechendes Glas, aber weit entfernt, und so leise, dass es eher zu spüren, denn zu hören war. Er wäre sogar geneigt gewesen, seinen Ohren nicht zu trauen, hätte nicht auch Abu Dun im gleichen Moment erschrocken den Kopf gehoben und sich irritiert nach rechts und links umgesehen. Schließlich tauschte er einen raschen, fragenden Blick mit dem Nubier, den dieser aber nur mit einem angedeuteten Schulterzucken beantwortete.

»Was?«, fragte Thure. Auch er wirkte alarmiert, wenn auch

wohl eher, weil ihm Abu Duns und seine Reaktion aufgefallen war.

Andrej lauschte noch eine Sekunde konzentriert, aber das Geräusch wiederholte sich nicht, und schließlich schüttelte er den Kopf. »Nichts.« Dann wandte er sich mit einer entsprechenden Geste an Abu Dun. »Geh voraus. Urd und ich bilden den Abschluss. Wir sollten –«

Das Geräusch wiederholte sich, und diesmal war es nicht nur laut genug, um auch von Thure gehört zu werden, sondern hielt auch länger an und klang auf unbestimmbare Art bedrohlicher; nicht mehr das Splittern von Glas, sondern das Bersten von etwas Größerem, Schwererem. Thures Hand schloss sich fester um den Stiel der gewaltigen Streitaxt.

»Was ist das?«, fragte er.

»Ich fürchte, das werden wir gleich herausfinden«, grollte Abu Dun.

»Zumindest, wenn wir noch lange hier herumstehen«, fügte Andrej hinzu. »Los!«

Er gab Thure keine Gelegenheit mehr, zu widersprechen, sondern ergriff Urd am Arm und zog sie einfach mit sich, während er bereits loslief. »Lauft!«, rief er. »Schnell! Wir müssen aus dem Wald heraus!«

Im allerersten Moment reagierte niemand – selbst Abu Dun und Thure standen wie erstarrt – doch dann wiederholte sich das Geräusch, und diesmal war es nicht nur deutlicher und lauter, es hielt an, und es kam ganz ohne Zweifel *näher.*

»Lauft!«, schrie nun auch Thure, und was ein zwar schneller, trotzdem aber halbwegs disziplinierter Aufbruch hatte werden sollen, das geriet beinahe zu einer kopflosen Flucht.

Nach zwei oder drei Schritten riss Urd sich zwar los und funkelte ihn wütend an – offensichtlich, weil er sie ihrer Meinung nach schon wieder wie ein Kind behandelt hatte –, fiel aber trotzdem nicht zurück, und auch Thure holte nach einem Augenblick wieder zu ihnen auf und stürmte dann in gleichmäßigem Tempo neben ihnen her. Sein Gesicht spiegelte nichts als Verwirrung, doch Andrej nahm in Gedanken zumindest einen Teil von dem zurück, was er über ihn gedacht hatte. Thure verschwendete keinen unnötigen Atem auf eine Frage, sondern nahm im Gegenteil im Laufen die Axt von der Schulter und sah sich immer wieder nach rechts und links um. Hinter und neben ihnen stürmten die anderen Männer durch den versteinerten Wald, und für eine kleine Weile wurde der Lärm, den sie dabei verursachten, so laut, dass er selbst das unheimliche Geräusch übertönte. Aber es war noch immer da. Andrej hörte es, Abu Dun auch und Urd vermutlich ebenso, denn obwohl auch sie schwieg, konnte Andrej den Ausdruck von wachsendem Schrecken auf ihrem Gesicht erkennen. Irgendetwas kam auf sie zu, schnell und mit unaufhaltsamer Gewalt. Es klang, als bräche etwas Riesiges rücksichtslos durch den erfrorenen Wald und walze dabei alles nieder, was ihm in den Weg geriet.

Und Andrej wusste nur zu gut, was es war. Thure irrte sich. Die Valkyries waren nicht das Letzte, was Odin gegen sie aufbieten konnte. Das Schlimmste stand ihnen noch bevor.

Der Lärm schwoll zu einem Orkan aus Splittern, Bersten und Zerbrechen an, und plötzlich war auch das Gefühl des Fremden und Feindseligen wieder da, aber diesmal war es kein eisiger Hauch, der seine Seele berührte, sondern ein Windstoß, der ihn wie ein Prankenhieb traf und ihn vor körperlosem Schmerz aufstöhnen ließ. Neben ihm keuchte Urd vor Schrecken und sah sich aus geweiteten Augen um, als auch sie etwas spürte, das sie ganz zweifellos noch nicht verstand, das sie aber bis auf den Grund ihrer Seele entsetzte, und die Welle aus Furcht, die dem Ungeheuer vorauseilte, berührte auch die Seelen der anderen. Etliche Männer gerieten aus dem Takt oder stürzten, und zwei oder drei blieben auch einfach stehen, und dann schwoll der Lärm noch einmal an und wurde zum Getöse des Weltuntergangs, die Hölle selbst öffnete ihre Pforten und spie ihren schlimmsten Bewohner aus.

Ein halbes Dutzend Bäume zerbarst wie unter einem Hammerschlag, als das achtbeinige Ungeheuer aus der Nacht hervorbrach, und für einen winzigen Moment übertönten die entsetzten Schreie aus einem halben Hundert Kehlen selbst das Klirren und Bersten von gefrorenem Holz. Sleipnir raste heran, rannte die ersten zwei oder drei Männer einfach über den Haufen und stürzte sich mit einem Zischen, wie Andrej es noch nie zuvor aus der Kehle eines lebenden Wesens gehört hatte, auf den ersten Krieger, der mutig genug war (oder vielleicht auch nur vor Schrecken erstarrt), sich ihr mit erhobenem Schwert in den Weg zu stellen. Er starb so schnell, dass ihm nicht einmal mehr Zeit für einen Schrei blieb. Armlange Fänge aus schwarzem Horn durchbohrten seine Rüstung und seinen Leib, und das Ungeheuer stürmte weiter, ohne auch nur langsamer zu werden, schleuderte den Krieger in hohem Bogen zur Seite und stürzte sich zischend auf zwei weitere, hilflose Opfer, um sie beinahe noch schneller zu töten.

Unter den Kriegern brach endgültig Panik aus. Etliche schleuderten einfach ihre Waffen davon und ergriffen kopflos die Flucht, andere standen einfach wie erstarrt da, und mehr als einer brach wimmernd in die Knie und schlug die Hände vor das Gesicht, um dem grässlichen Anblick zu entgehen. Nichts davon rettete sie. Sleipnir stürmte weiter, walzte Bäume und Männer nieder, trampelte über Leiber und Rüstungen, und wer ihren wirbelnden Beinen und schnappenden Fängen entging, der fiel unter den erbarmungslosen Schwerthieben des in Bronze gehüllten Riesen, der auf ihrem Rücken saß.

Odin kam ihm größer vor als in jener Nacht im Wald, als sie sich gegenübergestanden hatten; ein tobender Riese, der ein gewaltiges, zweischneidiges Schwert schwang, dessen Hieben nichts auf dieser Welt widerstehen konnte. Sein freier Arm hielt einen gewaltigen Schild, über dessen Metallbeschläge blaues Elmsfeuer tanzte, und sein Gesicht verbarg sich hinter dem ziselierten Visier eines barbarischen Hörnerhelms, das das Antlitz der riesigen Spinne nachempfand, die er ritt. Schon sein bloßer Anblick war tödlich. Immer mehr und mehr Männer ließen ihre Waffen fallen und ergriffen schreiend die Flucht. Neben ihm sank Urd wimmernd auf die Knie und verbarg das Gesicht in den Händen, und selbst Andrej empfand für einen Moment nichts anderes als *Angst.* Das Ungeheuer in ihm heulte auf und verkroch sich in den hintersten Winkel seines finsteren Kerkers, und einen Augenblick lang wollte er nichts anderes, als davonzurennen, so schnell er nur konnte.

Vielleicht hätte er es sogar getan, wäre Abu Dun nicht gewesen. Auch das Gesicht des Nubiers war zu einer Maske aus purem Entsetzen erstarrt, und auch er stand einen halben Atemzug lang wie versteinert und blickte das tobende Ungeheuer an, das immer schlimmer unter den Kriegern wütete. Dann aber riss er plötzlich sein gewaltiges Schwert in die Höhe und stürmte los, und der Anblick zerbrach die unsichtbaren Ketten, die Andrej bisher gehalten hatten. In einer einzigen, fließenden Bewegung war er neben dem Nubier und hatte die Waffe in der Hand. Sleipnir tobte und tötete weiter, und zumindest im ersten Moment schien ihr unheimlicher Reiter sie nicht einmal zu bemerken. Als er es tat, waren sie schon heran.

Andrej sah Odins Schwert in seine Richtung zucken und fing den Hieb instinktiv mit seiner eigenen Klinge ab. Der Schlag war so wuchtig, dass er das Gefühl hatte, seine Handgelenke würden brechen, dass er hilflos zurücktorkelte und ihm die Waffe beinahe aus der kraftlosen Hand geglitten wäre. Neben ihm keuchte Abu Dun, als eines der gewaltigen Beine Sleipnirs nach ihm schlug und ihn so mühelos davonschleuderte, wie ein Kind es mit einer Stoffpuppe getan hätte, und Odin fuhr in seinem Sattel aus borstigem schwarzem Fell auf dem Rücken des Ungeheuers herum und holte zu einem zweiten Schwerthieb aus. Andrej versuchte verzweifelt, festen Stand zu finden und seine Waffe hochzureißen und spürte selbst, wie erbärmlich langsam er war, verglichen mit den Bewegungen des falschen Gottes, gegen die ihm selbst der rasende Tanz der Valkyries plötzlich schwerfällig und plump erschien.

Odins Schwert traf. Doch statt ihn zu töten, drehte der Unsterbliche die gewaltige Klinge im letzten Moment um eine Winzigkeit, sodass sie ihn nur mit der flachen Seite traf, zwar mit solcher Gewalt, dass er einfach von den Füßen gerissen und zwei oder drei Meter weit durch die Luft geschleudert wurde und er seine Waffe fallen ließ, dennoch aber, ohne ihn wirklich zu verletzen. Einer der erstarrten Bäume beendete seinen Sturz, indem er mit solcher Gewalt dagegen prallte, dass er halb benommen zu Boden sank und mit verzweifelter Kraft gegen die aufkommende Bewusstlosigkeit ankämpfen musste. Doch war dies wohl nur eine Gnadenfrist, ein letzter, grausamer Scherz, den Odin sich mit ihm erlaubte, denn er spürte das Nahen von etwas Riesigem, Tödlichem, und als er die Augen öffnete, war Sleipnir über ihm. Ihre gewaltigen Fänge zielten wie Speerspitzen auf seine Brust, und in den zahllosen Augen ihres albtraumhaften Gesichts war nichts als Gnadenlosigkeit und Gier zu erkennen.

Aber die Bestie schlug nicht zu. Genau wie damals auf der Lichtung spürte er auch jetzt, wie ein anderer, stärkerer Wille nach dem des Ungeheuers griff und ihn niederrang, und plötzlich zuckte ein bronzefarbener Blitz auf ihn herab, traf den Baumstamm dicht über seinem Kopf und kappte ihn, beinahe ohne auf wirklichen Widerstand gestoßen zu sein. Der Baum stürzte krachend und mit einem nicht enden wollenden Bersten und Klirren hinter ihm zu Boden, und für einen unendlich kurzen, beinahe zeitlosen Moment blickte er in das einzelne, sehende Auge hinter dem Spinnenvisier des gepanzerten

Riesen. Und was er darin las ... *verwirrte* ihn. Es war eine fast ebenso große, gnadenlose Härte wie die in den Augen des Ungeheuers, und ein Wille, der so stark und unbesiegbar war, dass schon der bloße Gedanke an Widerstand lächerlich sein musste. Er hätte ihn ohne Mühe töten können, mit einer einzigen Bewegung seines Handgelenks, aber er tat es nicht. In seinem Auge stand eine letzte, erbarmungslose Drohung, aber möglicherweise auch eine allerletzte Warnung; und fast so etwas wie ... *Bedauern?*

Warum verschonte er ihn?

Ein dumpfer Schlag, gefolgt von einem sonderbar hellen Splittern und Knirschen, erklang, und Sleipnir bäumte sich auf, warnungslos und so schnell, dass Andrej sich gerade noch herumwerfen und schützend die Arme vor das Gesicht reißen konnte, als ihre stahlharten Klauen den Boden neben ihm aufrissen und selbst Odin alle Mühe hatte, nicht von ihrem Rücken geschleudert zu werden. Wieder hörte er dieses unheimliche, wütende Zischen, als die gigantische Spinne sich auf die hinteren Beinpaare aufrichtete und mit einer rasend schnellen Bewegung herumwirbelte. Andrej spürte die gleißende Wut der Bestie, aber auch einen plötzlichen, lodernden Schmerz, der selbst Odins geistige Fessel einfach sprengte, während das Ungeheuer mit einer Schnelligkeit herumfuhr, die für ein Geschöpf seiner Größe geradezu unglaublich schien. Er hörte Abu Dun schreien, zuerst vor Zorn, dann vor Schrecken und Schmerz, als ihn die wirbelnden Beine der Bestie trafen und einfach davonschleuderten, begriff seine Chance und rollte sich mit zusammengebissenen Zähnen herum, auf Hände und Knie. Halb blind vor Schmerz und Benommenheit und einer Ohnmacht noch immer gefährlich nahe, tastete er nach seinem Schwert, hob es auf und stemmte sich unsicher hoch. Sleipnir war noch immer gefährlich nahe, wandte ihm aber nun den aufgedunsenen Hinterleib zu und schlug mit den vorderen Beinpaaren und ihren schrecklichen

Fängen nach einer schwarz gekleideten Gestalt, die mit immer verzweifelteren Sprüngen versuchte, den Attacken des Ungeheuers zu entgehen. Einer der Hinterläufe der bizarren Bestie blutete.

Andrej stolperte ein paar Schritte zurück, schüttelte den letzten Rest von Benommenheit ab und sah einen Moment lang voller hilflosem Entsetzen zu, wie das Ungeheuer Abu Dun immer heftiger und ungestümer attackierte. Der Nubier versuchte, zwischen die Bäume zurückzuweichen, was die bizarre Bestie aber nicht wirklich langsamer werden ließ; sie walzte die gefrorenen Stämme einfach nieder, und ihre Beine, selbst so dick wie Baumstämme, schlugen immer wütender nach ihrem Opfer. Irgendwie gelang es Abu Dun immer noch, den immer heftigeren Attacken der riesigen Spinne zu entgehen, aber das würde kaum noch lange so bleiben. Der Nubier hatte längst sein Schwert fallen gelassen und versuchte, nur noch zu überleben, irgendwie, doch seine Kräfte erlahmten bereits. Ohne darüber nachzudenken, was er tat, ließ Andrej die Klinge auf den Hinterleib des Ungeheuers niedersausen.

Nicht einmal der gewellte Damaszenerstahl vermochte die zähe Haut der Bestie zu durchdringen, trotzdem spürte Sleipnir den Hieb, und er musste ihr zumindest Schmerz zugefügt haben, denn sie fuhr abermals und beinahe noch schneller herum, und es gelang Andrej nicht mehr, ihren wirbelnden Beinen auszuweichen. Der Schlag streifte ihn kaum, trotzdem traf er ihn mit der Wucht eines Keulenhiebs und schleuderte ihn meterweit zurück und abermals gegen einen Baum. Diesmal war er auf den Anprall vorbereitet, sodass er sich blitzschnell krümmte und ihm auf diese Weise seine schlimmste Wucht nahm. Irgendwie gelang es ihm sogar, auf den Beinen zu bleiben, doch für einen Moment war er auch jetzt wieder benommen, wenn auch nicht so sehr, um nicht zu sehen, wie Sleipnir mit gewaltigen, staksenden Schritten auf ihn zukam. Ihre mörderischen Fänge öffneten sich, um ihn zu packen und zu zerfetzen. Die Gestalt auf ihrem Rücken tat irgendetwas, das beinahe so aussah, als versuche sie, das Ungeheuer ... *zurückzuhalten?* Aber das erschien Andrej unmöglich. Mit einer blitzschnellen Bewegung warf er sich zur Seite und herum, und die riesigen Zangen Sleipnirs gruben sich knirschend in den Baumstamm, vor dem er gerade noch gestanden hatte, und bissen ihn einfach durch, doch Andrej stolperte über eines ihrer Beine, stürzte und kam mit einer Rolle wieder auf die Füße – oder versuchte es wenigstens.

Eine Kralle von der Größe einer Männerhand senkte sich auf seine Brust und drückte ihn mit unwiderstehlicher Kraft zu Boden. Andrej schlug mit dem Schwert um sich, doch die Klinge prallte einfach von dem eisenharten Chitin ab, das sich unter Sleipnirs borstigem Fell verbarg, und dann war die Spinne gänzlich über ihm –

– und aus der Dunkelheit kam ein Speer herangeflogen und bohrte sich in eines ihrer zahllosen, faustgroßen Augen!

Die Bestie schrie, ein Zischen und Pfeifen, wie das eines ausbrechenden Geysirs, aber hundertmal lauter und tausendfach wütender, bäumte sich abermals auf und begann in schierer Agonie mit den Beinen auf den Boden zu trommeln. Andrej warf sich verzweifelt herum und rollte davon, spürte, wie sein Kettenhemd in Stücke gerissen wurde, als ihn eine der riesigen Klauen streifte, und die eisernen Glieder meterweit davonflogen, und er kroch ein paar Meter weit auf Händen und Knien, bevor er aufsprang und sich mit gewaltigen Sprüngen in Sicherheit brachte. Hinter ihm tobte die Bestie immer wütender, und als er sich herumdrehte, sah er, dass Odin sich jetzt kaum noch auf ihrem Rücken halten konnte. Der Speer war heruntergefallen, und aus dem faustgroßen Krater, wo einmal eines ihrer Augen gewesen war, rann schwarzes, zähflüssiges Blut, und trotz ihres Tobens konnte Andrej sehen, dass sie eines ihrer Hinterbeine hinter sich herzog. Das Ungeheuer war verletzt, und es litt Schmerzen, und das bedeutete, dass man es töten konnte!

Andrej wusste nicht, ob Thures Krieger diese Tatsache im gleichen Moment begriffen wie er, oder ob es nur sein und Abu Duns Beispiel gewesen war, das ihnen neuen Mut gab, doch plötzlich kam ein zweiter Speer aus der Dunkelheit geflogen, und dann ein dritter, vierter und fünfter. Die Waffen prallten harmlos von der gepanzerten Haut der Bestie ab, aber mit einem Mal war ein Krieger neben ihm, der eine Axt schwang, und dann ein zweiter und dritter, die mit grimmiger Entschlossenheit auf Sleipnir eindrangen und ihre Schwerter auf ihre gepanzerten Beine krachen ließen. Und dann war auch Abu Dun plötzlich wieder da, schwang seine riesige Klinge und zertrümmerte eines der zahllosen Gelenke in den Beinen des Monsters.

Odins Schwert zuckte nach seinem Gesicht, verfehlte es und grub sich stattdessen tief in seine Schulter.

Abu Dun taumelte mit einem Schrei zurück, und eines der wirbelnden Beine Sleipnirs schleuderte ihn endgültig zu Boden, doch die winzige Ablenkung hatte Andrej gereicht. Ohne auf die blind um sich schnappenden Fänge der Bestie zu achten, sprang er direkt zwischen ihre Vorderläufe, schwang das Schwert mit beiden Händen hoch über den Kopf und ließ die Klinge mit aller Gewalt in das hässliche Gesicht der monströsen Kreatur krachen.

Diesmal durchbrach der Stahl den knöchernen Panzer. Sleipnir brüllte vor Schmerz, kein Zischen und Geifern mehr, sondern ein Schrei, laut und zornig genug, um die gefrorenen Bäume ringsum wie die Saiten einer gigantischen, gläsernen Harfe klingen zu lassen, bäumte sich noch einmal und noch höher auf die Hinterläufe auf – und sprang!

In einem einzigen, gewaltigen Satz überwand sie zehn, zwölf, fünfzehn Manneslängen, zerschmetterte ein halbes Dutzend Bäume auf ihrem Weg und landete inmitten einer

Gruppe von Kriegern, die sich in sicherer Entfernung gewähnt und dem grässlichen Schauspiel entsetzt zugesehen hatten. Ihre Beine, Krallen und Zangen wirbelten, töteten und zerfetzten, und der Wald hallte wider von den Schreckens- und Todesschreien der Männer.

Andrej war mit zwei, drei schnellen Schritten neben Abu Dun, half ihm auf die Beine und bückte sich gleichzeitig nach dem Schwert, das der Nubier fallen gelassen hatte. Die monströse Klinge war so schwer, dass er Mühe hatte, sie mit einer Hand zu heben, und auch Abu Dun musste mit beiden Händen zugreifen, als er sie ihm reichte. Sein Blick war verschleiert, und er wankte sichtbar. Andrej blickte alarmiert auf die Wunde in seiner Schulter. Sie hatte bereits aufgehört zu bluten und sah beinahe harmlos aus, verglichen mit vielem, was der Nubier schon hingenommen hatte, ohne auch nur mit der Wimper zu zucken. Etwas stimmte mit Abu Dun nicht. Oder auch mit der Klinge, die ihn getroffen hatte.

»Alles in Ordnung?«, fragte er besorgt.

Abu Dun nickte zwar, aber er tat es auf eine Art, die das genaue Gegenteil vermuten lies. Trotzdem umfasste er den Griff seines Schwertes nur umso entschlossener. »Wo –?«

Andrej drehte sich in die Richtung, aus der noch immer ein Chor gellender Schreie und das wütende Zischen der Bestie kamen, und was er sah, erstaunte ihn. Sleipnir tobte weiter, und ihre Wut schien sogar noch zugenommen zu haben. Mindestens ein halbes Dutzend Krieger lag reglos und vermutlich tot am Boden, doch die anderen ergriffen keineswegs die Flucht, sondern attackierten das Ungeheuer ganz im Gegenteil immer verbissener. Und immer mehr und mehr Männer stürmten herbei, schleuderten ihre Speere und drangen mit Äxten und Schwertern auf das gigantische Untier ein. *Wo zum Teufel war Thure?*

Trotz seiner Schwäche war Abu Dun auch jetzt wieder der Erste, der seine Überraschung überwand und losrannte.

Das Gewicht des Schwertes schien zu viel für ihn zu sein, denn er schleifte die Waffe hinter sich her, sodass sie eine tiefe Narbe in den gefrorenen Boden grub, und er wankte sichtbar, war aber dennoch so schnell, dass es Andrej erst gelang, zu ihm aufzuschließen, als er die Spinne fast erreicht hatte. Ein sterbender Mann taumelte ihm entgegen und riss ihn beinahe von den Füßen, und die Bewegung, mit der er seine gewaltige Klinge hob, wirkte erschreckend mühevoll und langsam.

Aber vielleicht sollte sie das auch.

Sleipnir schlug mit einem ihrer Vorderbeine nach dem Nubier, und Abu Dun wich dem Hieb mit einem komisch aussehenden Sprung aus, ließ sein Schwert niedersausen und hackte das Bein ab!

Ein vielstimmiger, triumphierender Schrei ließ den Wald ringsum erbeben. Speere, Schwerter und Äxte prasselten auf Sleipnir herab, während Abu Dun, vom zuckenden Stumpf ihres Beines getroffen, abermals zurücktaumelte und stürzte. Andrej duckte sich ohne Nachzudenken, als ihn ein Schwall aus schwarzem, übel riechendem Blut besudelte, stieß mit dem Schwert nach dem zuckenden Stumpf und registrierte befriedigt den neuerlichen, gepeinigten Schrei des Ungeheuers. Die Bestie schlug einem Mann unmittelbar neben ihm mit einer einzigen, blitzschnellen Bewegung den Kopf von den Schultern und biss einen zweiten Krieger mit ihren schrecklichen Zangen mitten durch, und doch bestand am Ausgang des Kampfes jetzt kaum noch ein Zweifel. Das Ungeheuer blutete bereits aus zahllosen Wunden, und die Waffen der Krieger fanden immer öfter ihr Ziel. Zersplittertes Chitin bedeckte den Boden wie zerbrochenes, schwarzes Glas, überall waren Pfützen aus dampfendem, stinkendem Blut, und die ganze Welt schien unter den Schmerzensschreien des Ungeheuers widerzuhallen. Die in Bronze gepanzerte Gestalt auf seinem Rücken hatte aufgehört, nach den Männern zu schlagen, die sein bizarres Reittier attackierten, und versuchte nur noch, sich irgendwie festzuhalten, und plötzlich kam eine riesige, zweischneidige Axt aus der Dunkelheit geflogen, überschlug sich ein halbes Dutzend Mal und grub sich mit einem Knirschen, das selbst ihre gellenden Schreie übertönte, in das hässliche Gesicht der Bestie.

Sleipnir bäumte sich abermals auf, tötete allein in dieser Bewegung zwei weitere Männer und stürzte mehr auf ihren gebrochenen Hinterläufen herum, als sie sich wirklich drehte. Einer der Männer schleuderte sein Schwert. Die Waffe prallte von der Rüstung des bizarren Reiters ab, warf ihn aber mit solcher Wucht nach vorne, dass er sein Schwert fallen ließ und beide Hände in das drahtige Fell krallte, um nicht von Sleipnirs Rücken zu fallen, und dann ergriff die riesige Spinne die Flucht. Eines ihrer Beine fehlte, und die anderen schienen gebrochen oder zumindest verletzt zu sein, trotzdem krabbelte und kroch sie mit einer Schnelligkeit, die jedem Rennpferd zur Ehre gereicht hätte. Speere und Äxte flogen ihr nach, und Etliche davon trafen, prallten aber auch jetzt wieder wirkungslos vom eisenharten Panzer des Ungeheuers ab, und eine Handvoll Männer versuchte sogar, sie zu verfolgen, fiel aber schon nach ein paar Schritten hoffnungslos zurück und stellte ihr sinnloses Unterfangen schließlich ein. Vermutlich, dachte Andrej, rettete ihnen das das Leben. Das Ungeheuer war verletzt und würde vermutlich sterben, aber es war noch immer die tödlichste Kreatur, der er jemals begegnet war.

Erschöpft ließ er das Schwert fallen, drehte sich zu Abu Dun herum und spürte schon wieder einen plötzlichen Stich tiefer Sorge: Der Nubier versuchte sich aufzusetzen, aber er schaffte es nur bis auf die Knie, obwohl er Thures Schwert als Krücke zu benutzen versuchte. Sein Gesicht war *grau*, und trotz der grausamen Kälte glitzerten Schweißperlen auf seiner Stirn. Andrej konnte gerade noch hinzuspringen und ihn auffangen, als er nach vorne kippte.

10

Die Männer hatten Feuer entzündet – wahrscheinlich nicht einmal so sehr, um sich zu wärmen, obwohl es mittlerweile wirklich beißend kalt geworden war, sondern größtenteils, um der Dunkelheit Einhalt zu gebieten, und den Gespenstern, die in ihrem Schutz herankriechen wollten – und sich zu einem dicht geschlossenen Kreis versammelt, die Schilde zu einem überlappenden Wall in den Boden gerammt und ihre Waffen griffbereit neben sich oder auch in den Händen, aber Andrej machte sich nichts vor. Der nächste Angriff – wenn es ihn gab – würde der letzte sein. Keiner dieser Krieger hatte noch die Kraft, sich zu wehren. Der Ausdruck von Angst, den er seit Beginn dieses Marsches in so vielen Gesichtern gelesen hatte, war immer noch da, doch nun war noch etwas anderes hinzugekommen, was er in nahezu jedem Augenpaar las. Diese Männer waren sicher, nicht mehr nach Hause zurückzukehren. Jeder einzelne von ihnen hatte mit seinem Leben abgeschlossen, und da waren nur zu viele, die innerlich bereits aufgegeben hatten. Sicher, sie würden kämpfen, und sich bis zum letzten Atemzug wehren, aber da war ein gewaltiger Unterschied zwischen einem Mann, der kämpfte, um zu siegen oder wenigstens zu überleben, und einem, der einfach nur Befehlen gehorchte und vielleicht insgeheim darauf hoffte, einen schnellen und gnädigen Tod zu finden.

»Ich glaube, er kommt zu sich«, sagte Urd. Ihre Stimme riss Andrej zwar aus seinen düsteren Gedanken, dennoch begriff er im ersten Moment den Sinn ihrer Worte nicht. Dann deutete er ein stummes Nicken an. Sie hatte sich um Abu Dun gekümmert, so gut sie konnte (was praktisch bedeutete, dass sie *nichts* getan hatte, außer seine fiebernde Stirn zu kühlen), und war zwischendurch nur ein einziges Mal aufgestanden, um sich um die anderen Verletzten zu kümmern, aber schon nach wenigen Augenblicken zurückgekehrt, um Andrej schockiert genau das mitzuteilen, was er selbst schon längst gesehen und befürchtet hatte: Es gab keine anderen Verletzten, abgesehen von einem einzigen Mann, der gestürzt war und sich dabei das Handgelenk gebrochen hatte. So unheimlich der Gedanke war, Sleipnirs bloße Berührung schien den Tod zu bringen.

Vielleicht war es auch dieses Land. Vielleicht tötete sie der bloße Umstand, dass sie hier waren.

Er lauschte einen Moment in Abu Dun hinein und schüttelte dann den Kopf. »Noch nicht«, antwortete er mit etlicher Verspätung auf Urds Worte. Sie sah ihn nur überrascht an und runzelte zwar zweifelnd die Stirn, enthielt sich aber jeglichen Kommentars, und auch Thure, der auf der anderen Seite des Feuers saß und während der vergangenen halben Stunde nichts anderes getan hatte, als in dumpfem Brüten vor sich hin zu starren, blickte zweifelnd auf.

»Eigentlich dürfte er nicht einmal mehr leben. Gunjirs Berührung tötet jeden.«

»Gunjir?«

»Odins Schwert. Kein Mann auf dieser Welt überlebt seinen Biss.«

Andrej lauschte einen Moment lang auf einen Unterton von Vorwurf oder etwas anderem und vielleicht Schlimmerem in der Stimme des Nordmannes, war aber (wieder einmal) nicht sicher, ob er vielleicht nur etwas hörte, was er hören *wollte.* Thure gab sich alle Mühe, optimistisch zu wirken und weiterhin das zu sein, was seine Männer von ihm erwarteten, nämlich der siegessichere Anführer, der trotz aller Rückschläge und Niederlagen wusste, worauf er sich eingelassen hatte, und auch, dass sie diesen Kampf am Ende gewinnen würden. Aber es war nur eine Rolle, und er spielte sie mit jedem Moment, der verging, weniger überzeugend.

»Macht euch keine Sorgen«, sagte er. »Abu Dun ist zäh. Er hat schon Schlimmeres überstanden.« Er musste nicht einmal in Urds Gesicht sehen, um zu spüren, dass sie seine Worte für herzlos und hart hielt. Zweifellos spürte auch sie, was in dem Nubier vorging, aber ebenso zweifellos konnte sie mit all diesen neuen Gefühlen und Empfindungen, die plötzlich auf sie einstürmten, nicht umgehen; sie verwirrten sie nur noch mehr. Und genauso zweifellos war *er* es gewesen, der sich die größten Sorgen um Abu Dun gemacht hatte. Der Nubier, dem er insgeheim und wider besseres Wissen, trotzdem aber mit völliger Sicherheit immer unterstellt hatte, dass es nichts auf dieser Welt gab, was ihm wirklich gefährlich werden konnte, wäre fast gestorben. Andrej hatte den verzweifelten Kampf gespürt, den sein Körper gegen eine unsichtbare Macht focht, die ihn von innen heraus zu verzehren versuchte. Er hatte auch gespürt, dass Abu Dun diesen Kampf letzten Endes gewinnen würde, doch dieser Sieg war knapp gewesen, zu knapp.

»Ja, da hast du wohl recht«, murmelte Thure, und jetzt war Andrej beinahe sicher, etwas in seiner Stimme zu hören, was nicht darin sein sollte. Der Nordmann war keineswegs froh über die Tatsache, dass Abu Dun lebte und sich auch wieder vollständig erholen würde. Aber Andrej sagte nichts, denn obwohl er sich selbst dafür hasste, konnte er Thure auch verstehen. Abu Dun war der Einzige von viel zu vielen Männern, der die Berührung des Ungeheuers überlebt hatte. Wenn es unter ihren Begleitern überhaupt noch einen gegeben hatte, der den Nubier und ihn nicht fürchtete und sie insgeheim für

Dämonen oder etwas noch Schlimmeres hielt, dann hatte sich das spätestens jetzt geändert.

»Kannst du ihm nicht –?«, begann Urd und brach dann beinahe erschrocken wieder ab, als Andrej sie nur ansah und traurig den Kopf schüttelte. Nein, er konnte ihm *nicht* auf dieselbe Weise helfen wie vor zwei Tagen auf dem Schiff, aber jetzt war auch nicht der Moment, ihr zu erklären, warum. Auch das war etwas, was sie später begreifen würde, wie so vieles.

Und auch dieses Gespräch hatten sie schon beinahe ein Dutzend Mal geführt, seit sie hier saßen und darauf warteten, dass es Tag wurde.

Ein leises Klirren drang aus der Nacht an ihr Ohr, und sie alle – und mit ihnen ausnahmslos jeder einzelne Mann in ihrer Umgebung – hoben erschrocken die Köpfe und lauschten. Aber das Geräusch wiederholte sich nicht, und als Andrej mit seinen anderen, nicht menschlichen Sinnen in die Nacht hinaustastete, war da auch nichts. Nur ein Ast, der heruntergefallen und zerbrochen war, versuchte er sich selbst in Gedanken zu beruhigen. Sleipnir würde nicht wiederkommen. Das Ungeheuer war zu schwer verletzt und vermutlich bereits tot.

Wenn es nicht auch von unserer Art ist, flüsterte eine wohlbekannte Stimme in seinen Gedanken.

Andrej wollte nicht hinhören. Sie waren niemals *Tieren* begegnet, die wie sie waren, und er wollte auch einfach nicht glauben, dass so etwas überhaupt sein konnte.

Und wahrscheinlich hast du damit sogar recht, fuhr die lautlose Stimme hinter seinen Schläfen fort. *Aber bist du sicher, dass sie auch wirklich ein* Tier *gewesen ist?*

Wider seinen Willen musste Andrej an den Ausdruck boshafter, gnadenloser Intelligenz denken, den er in den schrecklichen Augen des Ungeheuers gelesen hatte. Nein, er war ganz und gar *nicht* sicher, dass Sleipnir tatsächlich nur ein *Tier* gewesen war.

»Wie lange noch, bis es hell wird?«, fragte er, auch das zum wiederholten Male, und im Grunde nur, um auf ein anderes Thema zu lenken. Wenn es im Moment irgendetwas gab, das ihm noch mehr Angst bereitete als die Erinnerung an die albtraumhafte Begegnung, dann waren es seine eigenen Gedanken.

»Zwei Stunden«, antwortete Thure, legte den Kopf in den Nacken, sah in den klaren Himmel mit seinen so vollkommen fremden Sternen hinauf und verbesserte sich: »Eher drei.«

Sie waren übereingekommen, erst bei Tageslicht weiterzumarschieren. Thure war vorhin für einen Moment verschwunden und mit der Nachricht zurückgekehrt, dass der Waldrand nur noch wenige hundert Schritte entfernt war, und dahinter nur noch ein kurzer Marsch bis zur Festung des falschen Gottes vor ihnen lag. Die wenigen Männer, die sie noch hatten (deutlich weniger als die Hälfte, dachte Andrej betrübt), brauchten dringend eine Erholungspause, und jetzt, wo Odin wusste, dass sie kamen, gab es keinen Grund mehr, auf den Vorteil zu verzichten, den ihnen das Tageslicht bieten würde.

Aber es gab noch einen anderen Grund, über den Andrej während ihrer Rast sehr gründlich nachgedacht hatte.

Er setzte dazu an, seine Gedanken laut auszusprechen, besann sich dann eines Besseren und stand mit einem erschöpften Seufzen auf, mit einem letzten, nachdenklichen Blick zu Abu Dun. Der Nubier erholte sich jetzt zusehends. Andrej glaubte nicht, dass es noch lange dauern würde, bis er erwachte. »Ich gehe ein paar Schritte, um mir die Beine zu vertreten«, sagte er, an Thure gewandt. »Begleitest du mich?«

Der Nordmann wirkte überrascht, stand aber gehorsam auf und griff nach seinem Mantel, um ihn sich über die Schultern zu werfen, und auf Urds Gesicht erschien schon wieder ein Ausdruck von plötzlichem Misstrauen, der in diesem Moment auch nur zu berechtigt war. Andrej wich ihrem Blick aus, zog den Mantel, der ihm noch vor ein paar Tagen viel zu schwer und zu warm vorgekommen war und sich jetzt als erbärmlich dünn herausgestellt hatte, enger um die Schultern und trat mit einem großen Schritt über den improvisierten Schildwall hinweg.

»Wir sollten allein weitergehen«, sagte er, nachdem sie sich ein gutes Dutzend Schritte von den Männern entfernt hatten und er sicher sein konnte, dass sie (und vor allem Urd) sie nicht mehr hören konnten. »Wenn die Männer schnell marschieren, holen sie die anderen wahrscheinlich ein, bevor sie den Strand erreichen.«

Thure sah ihn überrascht an, ein bisschen zweifelnd, und mehr als nur ein bisschen trotzig. »Wozu soll das gut sein?«, fragte er. »Jetzt, wo Sleipnir geschlagen ist und –«

»Sleipnir«, unterbrach ihn Andrej, »ist nicht das Problem. Außerdem glaube ich erst, dass sie tot ist, wenn ich ihren Kadaver gesehen habe. Aber selbst wenn«, fuhr er eine Spur lauter und mit leicht erhobener Stimme fort, als Thure ihn unterbrechen wollte, »ist immer noch Odin da.«

»Ein Grund mehr, unsere Kräfte nicht sinnlos aufzuspalten«, protestierte Thure, doch Andrej griff ihn fest bei der Schulter und sah ihn direkt an.

»Er würde deine Männer einfach nur abschlachten. So, wie Sleipnir es getan hätte, ohne uns … und dich.« Andrej machte eine Kopfbewegung auf die gewaltige Streitaxt, die Thure jetzt wieder auf dem Rücken trug; dieselbe monströse Axt, mit der er Sleipnirs Schädel gespalten hatte. Aus den Augenwinkeln sah er, dass einige Männer die Köpfe gehoben hatten und aufmerksam in ihre Richtung blickten. Sie waren viel zu weit entfernt, als dass sie etwa ihre Worte hören konnten, aber allein durch ihre Gesten und Haltung konnte ihnen schwerlich verborgen bleiben, dass ihr Anführer und der geheimnisvolle Fremde, dem sie ihre Leben anvertraut hatten, wieder einmal nicht derselben Meinung waren. Andrej drehte sich herum und ging noch einmal zwei oder drei Dutzend Schritte weiter, bevor er stehen blieb und seine unterbrochene Rede an derselben Stelle fortführte.

»Du musst mir nichts beweisen, Thure. Aber opfere nicht noch mehr Leben völlig sinnlos.«

»Beweisen?!«, wiederholte Thure, und nun schrie er tatsächlich beinahe. »Wofür hältst du uns, Andrej? Nur, weil dein Freund und du stärker sind und euch irgendein finsterer Zauber beschützt, sind wir noch lange keine –«

»Ich weiß, dass deine Männer tapfer sind«, unterbrach ihn Andrej kühl. »Ich meine das ernst. Ich habe selten mutigere Krieger gesehen. Und ich will ihnen auch nicht den Glauben nehmen, *sie* hätten das Ungeheuer besiegt. Aber du weißt, dass es nicht so ist. Ohne Abu Dun und mich wären hier jetzt alle tot, du wahrscheinlich auch. Willst du wirklich, dass keiner von ihnen zurückkehrt, um von ihren Heldentaten zu berichten? Vielleicht können wir Odin besiegen, vielleicht auch nicht – aber von ihnen würde keiner überleben. Auch deine Schwester nicht. Willst du das?«

In Thures Augen loderte blanker Zorn, und er hatte die Hände zu Fäusten geballt. Er war so wütend, dass Andrej nicht im Geringsten überrascht gewesen wäre, hätte er sich im nächsten Moment auf ihn gestürzt. Dann aber konnte er ihm ansehen, wie jeder Zorn und beinahe auch alle Kraft aus ihm wichen. Was stattdessen auf seinem Gesicht erschien, war jedoch keine Einsicht, sondern nur verstockte Wut. »Was also schlägst du vor?«

»Schick sie fort«, antwortete Andrej. »Jetzt gleich. Und Urd wird sie begleiten. Sobald sich Abu Dun erholt hat, gehen wir drei allein weiter.«

»Urd?«, wiederholte Thure und lachte hässlich. »Oh, ja, jetzt verstehe ich. Du hast Angst, dass ihr etwas zustößt.«

»Du nicht?«, gab Andrej zurück. »Sie ist deine Schwester.« Er war nicht einmal überrascht. Er wäre es eher gewesen, hätte Thure anders reagiert. Wäre es nicht schon längst geschehen, so hätte er spätestens in diesem Moment begriffen, warum der alte König Björn zu seinem Nachfolger ernannt hatte, nicht Thure.

»Sie wird dir die Augen auskratzen, wenn du diesen Vorschlag machst«, sagte Thure.

»Ja, vermutlich würde sie das versuchen«, pflichtete ihm Andrej bei. »Aber lass das ruhig meine Sorge sein. Sie geht nicht mit. Und wenn du jetzt etwas anderes von mir hören möchtest, dann muss ich dich enttäuschen. Ihr Leben *ist* mehr Wert als das der anderen, jedenfalls für mich. Wir drei gehen allein weiter, oder wir kehren alle um. Ich diskutiere nicht darüber.«

»Jedenfalls nicht mit mir«, fügte Thure gehässig hinzu. »Du willst unseren Sieg riskieren, nur weil du meine Schwester begehrst?«

Darauf antwortete Andrej nicht, auch, wenn es ihm sehr schwerfiel. »Also?«, fragte er nur.

Eine kleine Ewigkeit schien zu vergehen, in der ihn Thure nur herausfordernd und trotzig anstarrte, dann aber machte er eine Bewegung, die man mit einigem guten Willen als Nicken auslegen konnte, und Andrej beschloss, diesen guten Willen ausnahmsweise einmal aufzubringen. »Gut«, sagte Thure mit gepresster Stimme, »ich rede mit meinen Männern. Auch, wenn ich es nach wie vor für falsch halte.«

Auch darauf sagte Andrej nichts. Er hielt Thures Blick stand (was ihm erstaunlicherweise sehr viel mehr Mühe bereitete, als es sollte), und schließlich drehte sich der riesige Nordmann mit einer zornigen Bewegung herum und eilte davon. Andrej sah ihm einen Moment lang nach, bevor er sich in die entgegengesetzte Richtung wandte und die wenigen Dutzend Schritte bis zum Waldrand ging. Thure wäre wohl höchst erstaunt gewesen, hätte er in diesem Moment seine Gedanken lesen können, denn Andrej hatte eine recht konkrete Vorstellung davon, wie Urd auf sein Ansinnen reagieren würde, und zog es vor, ihr erst wieder gegenüberzutreten, wenn ihr allerschlimmster Zorn verraucht war. Nicht, dass das sehr viel ändern würde.

Er musste über sich selber lächeln, aber in diesem Lächeln war eine winzige Spur von Bitterkeit. Allmählich begann er zu begreifen, dass in dem, was Abu Dun vor zwei Tagen zu ihm gesagt hatte, wohl mehr Wahrheit gewesen war, als er wahrhaben wollte. Er liebte Urd, ehrlich und mit einer Intensität, die ihn selbst überrascht hatte, und schon die Vorstellung, sie allein wegzuschicken, bereitete ihm körperliches Unbehagen, aber sie war auch ... nun, eben sie, und nicht Maria. Mit ihr zusammen zu sein würde gewiss nicht einfach werden. Und doch war es alles, was er wollte.

Andrej hatte den Waldrand erreicht und blieb stehen, als er das, was Thure die Festung des falschen Gottes nannte, zum ersten Mal von Nahem sah. Er wartete vergebens darauf, irgendetwas zu spüren, etwas, das vielleicht groß und erhaben war und ihn tatsächlich die Anwesenheit eines Gottes erleben ließ. Der Anblick war beeindruckend, ein gigantischer, gezackter Schatten, der sich wie eine drohend erhobene Speerspitze gegen den Himmel reckte und ihn aufzuschlitzen versuchte, aber es war nichts Übernatürliches daran. Es war nur ein Berg, finster, drohend und abweisend und so groß, dass er allein durch seine Ausmaße einschüchternd wirkte; aber mehr auch nicht. Selbst seine scharfen Augen sahen in der Dunkelheit nicht mehr als einen gigantischen, flachen Schatten, und alles, was er spürte, war Kälte. Der Odem des Fremden, Falschen war fort. Nach einem Moment wandte er sich wieder um und ging zum Lager zurück.

Auf halbem Wege hörte er das harte Geräusch von Schritten, und wieder erschien ein – diesmal gequältes – Lächeln auf seinem Gesicht, als ihm, noch bevor er sie sehen konnte, klar wurde, dass es Urd war. Anscheinend hatte sich seine kleine, feige Hoffnung nicht erfüllt, dass sich ihr erster Zorn über ihren Bruder entladen würde.

Ganz im Gegenteil. Urd stürmte regelrecht auf ihn zu, und ihr Gesichtsausdruck wirkte nicht nur verärgert, sondern so wütend, dass das Lächeln auf Andrejs Lippen gefror.

»Andrej Delãny!«, fuhr sie ihn an, noch bevor er auch nur ein einziges Wort herausbringen konnte. »Ich dachte, ich hätte mich klar ausgedrückt. Niemand schreibt mir vor, was ich zu tun oder zu lassen habe!«

»Niemand, außer mir«, antwortete Andrej. Er hob die Hand, um sie zum Schweigen zu bringen, aber die Geste machte Urd nur noch wütender. Andrej musste an Thures Worte denken und war plötzlich froh, dass Urd wie sie alle dicke, lederne Handschuh trug, mit denen es ihr zumindest schwerfallen würde, ihm die Augen auszukratzen. Hoffentlich war ihr kalt genug, damit sie nicht auf die Idee kam, sie auszuziehen.

»Ich bin nicht so weit mit euch gekommen, um jetzt kehrtzumachen und euch den ganzen Spaß allein zu überlassen!«

»Wenn es Spaß wäre, dann würde ich dich mitnehmen«, sagte Andrej ruhig. »Du gehst mit den Männern, Basta! Das ist ein Befehl!«

Urd starrte ihn beinahe fassungslos an, dann gab sie einen Laut von sich, der eine Mischung aus einem ungläubigen Schnauben und einem Lachen zu sein schien. Sicher war er sich nicht. »Ein Befehl, so?«, wiederholte sie gereizt. »Und was bringt dich auf den Gedanken, dass du mir etwas befehlen könntest?«

»Vielleicht der Umstand, dass die Männer, die dich begleiten werden, stark genug sind, um dich zu tragen«, antwortete Andrej. »Und das werden sie müssen, wenn du keine Vernunft annimmst, Urd.«

»Und wieso?«, erkundigte sich Urd misstrauisch.

»Weil ich dir sonst ein Bein breche oder auch beide.«

Ungläubig starrte Urd ihn an, aber der neuerliche Zornesausbruch, auf den er wartete, kam nicht. Etwas Neues erschien in ihren Augen. »Das ... das würdest du tun?«

»Lass es auf einen Versuch ankommen«, sagte Andrej ernst.

»Aber das ist ...« Sie suchte krampfhaft nach Worten und beschloss dann, die Taktik zu ändern. »Warum soll ich nicht mitkommen? Ich könnte euch helfen! Ich bin genauso –«

»– verwundbar wie wir«, unterbrach sie Andrej. »Sogar noch sehr viel mehr. Du hast gesehen, was Abu Dun zugestoßen ist. Wäre er nicht so stark, selbst für einen von uns, dann wäre er jetzt tot.« Urd wollte abermals widersprechen, doch diesmal ließ Andrej sie gar nicht erst zu Wort kommen. »Ich weiß, dass du glaubst, unbesiegbar und unsterblich zu sein, Urd, aber glaub mir, du bist weder das eine noch das andere. So wenig wie wir. Ich bin nicht einmal sicher, dass es uns gelingt, ihn zu überwinden. Du wärst uns keine Hilfe, sondern würdest uns nur behindern.«

Urd wirkte verunsichert, immer noch ein wenig wütend, aber jetzt viel mehr erschrocken. Als sie antwortete, klang ihre Stimme trotzig, so verstockt wie die eines Kindes, das längst eingesehen hatte, im Unrecht zu sein, es aber nicht zugeben wollte. »Und Thure ist kein Klotz am Bein für euch?«

»Ein ziemlich großer sogar«, antwortete Andrej mit einem flüchtigen Lächeln. »Aber du bist nicht Thure. Es war die Entscheidung deines Bruders, hierherzukommen. Er wusste, was ihn erwartet, und ich glaube inzwischen sogar, er wusste es sehr viel besser, als er zugegeben hat. Wenn er stirbt, dann ist das seine eigene Schuld. Mittlerweile glaube ich jedoch, dass er schlicht und einfach zu stur ist, um sich umbringen zu lassen.« Er zuckte mit den Schultern, um auf diese Weise zusätzlich klarzumachen, wie wenig ihn Thures Schicksal interessierte. »Darüber hinaus ist der Rückweg nicht ungefährlich. Die Männer werden jemanden brauchen, der sie beschützt.

Und mit einem gebrochenen Bein dürfte dir das schwerfallen. Kann ich mich also auf dich verlassen?«

»Genauso sehr, wie ich mich auf dich«, antwortete Urd, was Andrej für einen Moment so zornig machte, dass er sich gerade noch mühsam beherrschen konnte, sie nicht einfach zu packen und so lange zu schütteln, bis sie zur Vernunft kam.

»Ich meine es ernst, Urd«, sagte er stattdessen. »Thure, Abu Dun und ich gehen, oder wir kehren *alle* um. Es ist deine Entscheidung.«

Urd starrte ihn einen Moment lang wütend an, dann aber fuhr sie ohne ein weiteres Wort auf dem Absatz herum und stürmte davon.

11

Sie fanden Sleipnir auf halber Höhe des Berges. Wie Andrej vermutet hatte, war sie tot.

Der Berg hatte sich als genauso steil und nahezu uneinnehmbar erwiesen, wie es von Weitem den Anschein gehabt hatte, eine plumpe Nadel aus Lava, die auch nach Anbruch des Tages kein bisschen weniger schwarz und abweisend wirkte als in der Dunkelheit. Es gab nur einen einzigen, schmalen Pfad, der in zahllosen Windungen und Kehren an seiner Flanke hinaufführte und irgendwo über ihnen mit der Schwärze des Felsens verschmolz, lange bevor man sein Ende erkennen konnte. Die Wände rechts und links davon strebten lotrecht in die Höhe, und auch wenn Andrej sich durchaus zugetraut hätte, ihn zu erklettern, bestand der Berg doch vor allem aus poröser Lava, die unter seinem Griff zerbröckeln würde, und da, wo sie es nicht tat, ragten messerscharfe Graten und Kanten, die in seine Halt suchenden Hände schnitten, hervor. Sie hatten bereits zu viel Blut in diesem verfluchten Tal gelassen, als dass er sich an einen Aufstieg gewagt hätte. Also hatten sie, Thures Einwände, dass es sich um eine Falle handeln könnte, ignorierend, den Pfad genommen, und das hatte sich als gute Idee erwiesen.

Bis sie auf die tote Spinne gestoßen waren.

Das Tier lag auf dem Rücken und war ganz auf die Art

seiner kleineren Brüder und Schwestern verendet, mit an den Leib gezogenen, verstümmelten Beinen und am Ende einer langen Spur aus klumpig geronnenem, schwarzem Blut liegend, wie eine riesige abgeschlagene Hand mit zu vielen Fingern. Sein kolossaler Körper blockierte den Pfad vollkommen, und wenn sich das Ungeheuer den Platz noch hatte aussuchen können, an dem es starb, dann hatte es ihn offensichtlich mit Bedacht gewählt: Die Wand rechts neben ihm war so steil und glatt, dass selbst eine Fliege Mühe gehabt hätte, daran emporzusteigen, und auf der anderen Seite klaffte ein ebenso steiler, bodenloser Abgrund. Der einzige Weg auf die andere Seite der Spinne führte genau über sie hinweg.

»Das gefällt mir nicht«, sagte Thure. Er hatte die Axt von der Schulter genommen und stieß den Hinterleib der toten Spinne mit ihrem Stiel an. Ein nasses, rülpsendes Geräusch erklang, und ein zäher Schwall aus stinkendem schwarzem Blut quoll aus einer der zahllosen Wunden des toten Ungeheuers und hätte um ein Haar seine Stiefel besudelt, hätte er den Fuß nicht hastig zurückgezogen.

»Dann versteck dich doch irgendwo«, schnaubte Abu Dun. »Obwohl es dir schwerfallen wird. Ich sehe hier ziemlich wenig Bäume.«

Thure überging die Bemerkung, obwohl es nicht die erste war, die ihn aufs Korn nahm. Abu Dun hatte es ihm ganz offensichtlich übel genommen, dass er erst so spät in den Kampf eingegriffen und bis dahin vor allem durch Abwesenheit geglänzt hatte. Andrej war das gleichgültig. Thure hatte den Kampf letzten Endes entschieden, und das allein zählte.

»Bist du sicher, dass sie tot ist?«, fragte der Nordmann.

Andrej nickte, und Abu Dun winkte ihm auffordernd mit beiden Händen zu. »Geh einfach voraus, und wenn du in einem Stück auf der anderen Seite ankommst, dann folgen wir dir.«

Andrej beendete die sinnlose Diskussion, indem er mit

klopfendem Herzen auf den weichen, schwammigen Leib der toten Spinne kletterte, ein durch und durch widerwärtiges Gefühl.

Nichts geschah. Sleipnir war tot, und sie blieb es auch. Wenigstens in diesem Punkt bewahrheiteten sich seine Befürchtungen nicht. Sleipnir war nicht von ihrem Blut gewesen.

Als er auf der anderen Seite auf den Pfad hinabsprang, klebte das übel riechende Blut der Spinne an seinen Stiefeln und an seinem Mantel. Thure folgte ihm unverzüglich und mit finsterem Gesicht, während es sich Abu Dun – natürlich – nicht nehmen ließ, übertrieben langsam über den Kadaver zu stolzieren und mit einem kräftigen Satz zu ihnen herabzuspringen, der die Blutlache zu ihren Füßen aufspritzen ließ. Thure trat mit angewidertem Gesicht zwei Schritte weit zurück, und Abu Dun griente breit, hob das riesige Schwert und hackte ein weiteres Bein der toten Bestie ab. Andrej verzog missbilligend die Lippen. »Was soll der Unsinn?«

»Wirklich, eine beeindruckende Waffe«, sagte der Nubier, während er sich halb in die Hocke sinken ließ, um die Klinge an den jämmerlichen Fetzen seines Mantels abzuwischen. »Vielleicht ein bisschen unpraktisch, aber für ein solches Mistvieh wie geschaffen. Man könnte fast meinen, dass es zu keinem anderen Zweck geschmiedet worden ist.«

Thure überging die Spitze und deutete nach oben. »Es ist jetzt nicht mehr weit.«

»Was du zweifellos genau weißt, obgleich du ja noch nie so weit gekommen bist«, vermutete Abu Dun.

»Weil man es von hier aus sehen kann«, antwortete Thure ungerührt. »Dort oben scheint es etwas wie einen Eingang zu geben.«

Abu Dun grummelte eine Antwort in den nicht vorhandenen Bart, die Thure – erneut – zu überhören bevorzugte, und Andrej sah in die Richtung, in die seine ausgestreckte Hand wies. Der Pfad wand sich noch ein halbes Dutzend Kehren weit den Berg hinauf und verschwand schließlich hinter einem turmhohen Felsvorsprung, ohne auf der anderen Seite wieder zu erscheinen. Dahinter musste es einen Eingang geben.

Oder der Weg hörte einfach auf.

Thure warf Abu Dun einen knappen, aber verächtlichen Blick zu und betrachtete auch das tote Ungeheuer noch einmal. Sein Blick spiegelte dieselbe Erleichterung, die auch er und zweifellos ebenso Abu Dun empfand, aber es war die *Art* dieser Erleichterung, die Andrej irritierte ... als betrachte er nicht nur ein totes Untier, das ihn um ein Haar umgebracht hätte, sondern etwas, dessen Tod für ihn weit mehr bedeutete. Andrej fragte sich nur, was.

Er schüttelte den Gedanken ab, und sie gingen weiter, wobei Andrej darauf achtete, nicht nur zwischen Abu Dun und Thure zu gehen, sondern dem Nordmann auch einen großen Vorsprung zu lassen. Abu Dun hatte sich auf dem gesamten Weg zwar außergewöhnlich schweigsam gezeigt, bei den wenigen Gelegenheiten aber, bei denen er sich ins Gespräch gemischt hatte, nicht mit Sticheleien und kaum noch verhohlenen Vorwürfen in Thures Richtung gegeizt. Dass Abu Dun und der Nordmann wohl niemals Freunde werden würden, hatte Andrej schon am ersten Tag begriffen. Aber seit einer Weile ... *übertrieb* es Abu Dun mit seiner Feindseligkeit. Wenn das hier vorbei war, dann würden sie sich ausgiebig über die genaue Bedeutung des Wortes *Diplomatie* unterhalten müssen.

Andrej hatte geschätzt, dass sie noch zehn Minuten brauchen würden, um das sichtbare Ende des Weges zu erreichen, doch sie benötigten mehr als das Doppelte dieser Zeit. Der Pfad wurde auf dem letzten Stück nicht nur steiler, sondern auch deutlich glatter, so glatt, dass sie das Gefühl hatten, über schlüpfriges Eis zu gehen, und das bergauf.

Darüber hinaus verstand er immer weniger, dass sie nicht nur unbehelligt bis hierher gekommen waren, sondern auch nichts darauf hindeutete, dass ein Angriff bevorstand. Wäre er der Herr dieser bizarren Festung gewesen, dann hätte er das herannahende Heer spätestens an dieser Stelle aufgehalten. Jedes Kind konnte diesen Pfad, auf dem sogar Abu Dun und er Mühe hatten, sich auf den Beinen zu halten, verteidigen, nur mit einer Handvoll Steine bewaffnet. Andrej hatte schon die ganze Zeit über ein ungutes Gefühl gehabt, doch während sie sich dem Ende des Pfades näherten, wurde seine Vorahnung praktisch zur Gewissheit: Vielleicht hatte Thure doch recht gehabt, und sie liefen geradewegs in eine Falle.

Der erreichte jetzt das Ende des Pfades als Erster, griff mit der freien Hand nach dem Felsen zu seiner Linken, um sich daran abzustützen, und gab ein erleichtertes Keuchen von sich, das wohl weniger der Anstrengung geschuldet war, sondern eher der bloßen Tatsache, wieder einigermaßen *geraden* Boden unter den Füßen zu haben. Noch vor zwei Tagen war Andrej der Meinung gewesen, dass es nichts gab, was seinem Gleichgewichtssinn (und seinem Magen) mehr zusetzte als die schwankenden Planken eines Schiffes, aber dieser schwarze Berg hatte ihn eines Besseren belehrt. Immer gab es *Schlimmeres.*

Er bedeutete Thure mit einer knappen Geste, weiterzugehen, und der Nordmann gehorchte und verschwand hinter dem Felsen. Für den winzigen Teil einer Sekunde, die Andrej brauchte, um ihm zu folgen, erwartete er, jeden Moment den entsetzten Schrei ihres hünenhaften Führers hören zu müssen, doch dann sah er, wie sich der Pfad unmittelbar vor ihnen und durch den steinernen Pfeiler vor neugierigen Blicken aus dem Tal geschützt, zu einem grob quadratischen Feld erweiterte, das einem Dutzend Männern von Thures oder Abu Duns Statur Platz geboten hätte. Dahinter gähnte ein schwarzes Loch in der Felswand, doppelt mannshoch und wahrscheinlich gerade breit genug, um Sleipnir hindurchzulassen.

Andrej trat einen Schritt zur Seite, um Abu Dun Platz zu

machen, der hinter ihm genau wie Thure erleichtert aufatmete, endlich wieder auf ebenem Boden zu stehen, machte zugleich aber auch eine abwehrende Geste, als Thure auf den Höhleneingang zugehen wollte. »Warte.«

Thure maß ihn verächtlich (ganz allmählich begann Andrej Abu Dun nicht nur zu verstehen, sondern seine Gefühle auch zu teilen), aber Andrej blieb zumindest äußerlich ruhig, ging rasch und wortlos an ihm vorbei und drückte sich unmittelbar neben dem Höhleneingang gegen die Wand, um mit angehaltenem Atem und geschlossenen Augen zu lauschen, aber ohne Ergebnis. Der Raum hinter dem Eingang war groß und leer, so viel konnte er immerhin sagen. Niemand wartete dort auf sie. Und wenn, dann atmete er nicht und hatte kein Herz, das schlug.

»Los!«, befahl er. »Thure, du bleibst hinter uns!«

Ganz wie er erwartet hatte, holte Thure zu einem geharnischten Protest Luft, aber Abu Dun war bereits einen halben Atemzug nach ihm durch den Höhleneingang, noch bevor er auch nur einen Laut herausbrachte. Im allerersten Moment sah er nichts. Die Dunkelheit, die sie umgab, war nicht vollkommen, aber der schwarze Stein schien jegliches Licht aufzusaugen, sodass er weiter auf das angewiesen war, was er hörte und fühlte. Es war warm, das war das Allererste, was ihm auffiel – nicht unbedingt gemütlich, aber nach der grausamen Kälte draußen war es dennoch eine Wohltat. Hier waren sie wenigstens vor dem schneidenden Wind sicher. Der Raum war groß, noch sehr viel größer, als er ohnehin angenommen hatte, und das einzige Geräusch, das er hörte, war das regelmäßige Tropfen von Wasser, das aus großer Entfernung an sein Ohr drang. Andrej spürte weder die Gegenwart eines weiteren Unsterblichen noch eines anderen Lebens … was allerdings nicht viel bedeuten musste. Odin hätte einen halben Schritt hinter ihm stehen können, ohne dass er es bemerkt hätte.

Dafür hörte er ein lautstarkes Rumoren und Trampeln, als Thure als Letzter ohne jede Vorsicht in die Höhle trat und irgendetwas tat. Verärgert drehte Andrej sich herum, hörte ein helles Klicken und sah einen hellgelben Funken, der schon im nächsten Moment zur blauen Flamme einer Fackel wurde. Fragend zog er die Augenbrauen zusammen.

Abu Dun beließ es nicht bei einem fragenden Blick. »Du warst also noch nie hier, wie?«

»Nein«, antwortete Thure. »Wie oft willst du diese Frage noch stellen?«

»Mindestens so oft, bis du mir zum Beispiel erklärt hast, woher du wusstest, wo du diese Fackel findest«, grollte Abu Dun.

Thure blickte die Fackel, die er in der rechten Hand und gerade eben weit genug über den Kopf hielt, dass die mittlerweile heftig prasselnde Flamme nicht sein Haar versengte, einen Moment lang mit perfekt gespielter Verständnislosigkeit an, dann lächelte er wieder. Das zuckende rote Licht zauberte Schatten und die Illusion von spinnenhaft ruckender Bewegung auf den Boden, riss aber auch eine säuberlich aufgestapelte Anzahl von Fackeln und einen kleinen Vorrat an Feuersteinen aus der immerwährenden Dunkelheit. »Ich habe einfach gleich neben dem Eingang nachgesehen.«

»Ach? Und warum?«, fragte Abu Dun.

»Weil wir auch bei uns das Licht gleich am Eingang aufbewahren«, antwortete Thure freundlich. »Wo lagert ihr eure Lampen? Am anderen Ende des Hauses?«

Abu Dun antwortete nicht, und auch Andrej schwieg. Gut, wenn das hier vorbei war, und wenn sie es überlebten, dann würde er sich nicht an Thure vergreifen, das nahm er sich vor – immerhin war Thure Urds Bruder. Aber er würde Abu Dun einfach eine halbe Stunde mit ihm allein lassen. Oder vielleicht auch nur fünf Minuten, das würde wohl ausreichen, um ihm den Kopf zurechtzurücken.

Statt sich weiter in kindischen Rachefantasien zu ergehen (so angenehm sie auch sein mochten), nahm er sich ebenfalls eine Fackel, entzündete sie an der Thures und reichte auch Abu Dun eine.

Doch die Höhle war viel zu groß, als dass der flackernde rote Schein die Decke erreicht hätte, und die Illusion von Bewegung, die der tanzende Schein gebar, beruhigte Andrej nicht. Sie befanden sich in einer Höhle, so viel zumindest war sicher, und so sehr er auch mit all seinen Sinnen lauschte, spürte er doch absolut nichts Außergewöhnliches oder gar Übernatürliches, sah man vielleicht von der Tatsache ab, dass er sich kaum erinnern konnte, jemals an einem ungastlicheren Ort gewesen zu sein. Er fragte sich, was es wohl aus einem Menschen (oder jemandem, der einmal ein Mensch gewesen war) machen musste, sein Leben an einem Ort wie diesem zu verbringen. Die Höhle war eindeutig natürlichen Ursprungs, schwarze Lava, die zu bizarren und hier und da wie lebendig aussehenden Formen erstarrt war. Aber das war nur das, was ihm sein Verstand sagte. Da war noch eine andere, tiefere Ebene, auf der er spürte, dass da noch mehr war; etwas Düsteres und Böses, das diesem Ort innewohnte und tausendmal älter war als er, vielleicht älter als *alles.*

Abu Dun brachte es auf den Punkt. »Das also ist Walhalla?«, fragte er.

Thure schwieg.

»Ich kann mich ja täuschen«, fuhr Abu Dun fort. »Aber ist das nicht so etwas wie euer Paradies? Der Ort, an dem die Seelen eurer Krieger für alles belohnt werden, was sie zu Lebzeiten getan haben?«

Thure sagte auch dazu nichts, aber der Blick, mit dem er Abu Dun musterte, war beinahe hasserfüllt.

»Abu Dun«, mahnte Andrej.

»Also auch dort, wo ich herkomme, haben die Menschen eine Vorstellung vom Jenseits«, fuhr Abu Dun dennoch fort.

»Allerdings erinnert mich dieser Ort hier an etwas ganz anderes.«

»Ja, und genau dort werden wir möglicherweise auch bald landen, wenn wir noch lange hier herumstehen und reden«, warf Andrej rasch ein, bevor Thure antworten konnte. »Hast du eine Idee, wo wir Odin finden?«

Thure schüttelte nur stumm und mit steinernem Gesicht den Kopf, und Andrej warf Abu Dun einen nun nicht mehr mahnenden, sondern jetzt drohenden Blick zu, der den Nubier immerhin dazu brachte, den Mund zu halten. Er hob seine Fackel höher und ging los, blieb aber nach wenigen Schritten schon wieder stehen und sah sich ratlos um. Der steinerne Dom war so groß, dass man den Eindruck gewinnen konnte, der ganze Berg wäre hohl, und es erschien ihm wenig ratsam, einfach blindlings drauflos zu stürmen. Irgendetwas war hier, das spürte er, darüber hinaus jedoch ließen ihn seine scharfen Sinne wieder einmal im Stich.

»Und wohin jetzt?«, fragte Abu Dun. Andrej hob nur die Schultern, und der Nubier fügte spöttisch hinzu: »Frag doch unseren Führer. Er kennt sich ja anscheinend bestens hier aus.«

Thure ging kommentarlos an ihnen vorbei und machte nun seinerseits nur ein paar Schritte, um dann wieder stehen zu bleiben und auffordernd zu ihnen zurückzusehen. »Stets zu Diensten, die Herren.«

»So, so«, meinte Abu Dun spöttisch.

Thure lächelte humorlos und deutete mit dem Kopf auf die Fackel, deren Flamme sich nach unten neigte und wie ein leuchtender Finger in die Richtung wies, die er eingeschlagen hatte. »Irgendwo dort scheint es einen Ausgang zu geben. Jedenfalls ist die Luft wohl dieser Meinung.«

Andrej fragte sich, warum er eigentlich nicht selbst auf diese Idee gekommen war, und auch Abu Dun schien es, zu seiner Überraschung, die Sprache verschlagen zu haben … doch

Andrej konnte die Gefühle des Nubiers mit jedem Moment besser verstehen. Für seinen Geschmack hatte der Nordmann einfach ein bisschen *zu* schnell immer die passende Erklärung parat.

Sie waren erst ein kleines Stück gegangen, als Abu Dun plötzlich stehen blieb und ein halblautes, erschrockenes Zischen ausstieß. Instinktiv legte er die Hand auf den Schwertgriff, noch während er sich zu ihm herumdrehte. Neben Abu Dun wuchs etwas aus dem Boden, das man für ein straff gespanntes Schiffstau hätte halten können, wäre es nicht so glatt wie Seide gewesen und von knochenweißer Farbe. Abu Dun hob seine Fackel höher, und der Lichtschein tanzte an dem sonderbaren Seil nach oben und zeigte einen faustgroßen Knoten, wo es sich mit anderen, gleichartigen Stricken kreuzte. Die Helligkeit reichte nicht einmal annähernd, um ihnen die gesamte Ausdehnung des unheimlichen Gebildes zu zeigen, doch Andrej benötigte nur wenige Herzschläge, um das Bild in Gedanken zu vervollständigen. Über ihnen erhob sich ein gewaltiges Spinnennetz. Seine Hand schloss sich fester um den Schwertgriff, und auch Abu Dun ergriff seine Waffe mit entschiedener Miene. Sie lauschten. Die Höhle blieb still, alles, was zu hören war, waren das Prasseln der Flammen und ihre eigenen und vor allem Thures plötzlich wieder erschrocken klingende Atemzüge. Auch Andrej spürte nichts.

»Glaubt ihr, dass es noch ein –«, begann Thure und brach dann mitten im Satz ab, als Abu Dun eine erschrockene Handbewegung machte.

»Still!«

Ausnahmsweise gehorchte Thure, und er bemühte sich sogar, flacher zu atmen. Die Fackel in seiner Hand begann zu zittern, und einmal darauf aufmerksam geworden, sah Andrej nun auch weit über ihren Köpfen ein Gespinst dünner, glitzernder Fäden … eigentlich Stricke, denn sie waren dicker als sein Daumen. Hier und da hingen schmutzigweiße, zerfetzte

Bündel an den Knotenpunkten des Netzes, und als Abu Dun schließlich seine Fackel wieder senkte und in einem langsamen Bogen herumschwenken ließ, brach sich der Lichtschein auf ausgebleichten Knochen.

»Es besteht keine Gefahr«, sagte Andrej leise. Die Worte waren beruhigend gemeint, doch das hörbare Zittern in seiner Stimme verdarb ihm den Effekt. Thure sah ihn nur noch verunsicherter an, und Abu Dun ging einige Schritte zu dem nächsten Knochenhaufen hin und berührte ihn vorsichtig mit der Stiefelspitze. Der größte Teil zerfiel einfach zu Staub, doch Andrej sah auch etwas davonrollen, was einmal der Schädel eines Schafs gewesen sein mochte, vielleicht auch eines Hundes oder eines anderen, ihm unbekannten Tieres.

»Das hier war anscheinend einmal Sleipnirs Vorratskammer«, sagte Abu Dun. »Oder auch ihr Wohnzimmer … es sei denn, irgendjemand hier ist der Meinung, das wäre Odins Tafel in Walhalla.« Er wartete vergebens darauf, dass einer von ihnen über diesen lahmen Scherz lächelte (oder Thure endgültig die Beherrschung verlor und ihm an die Gurgel ging), zuckte schließlich mit den Schultern und setzte seine Untersuchung des Höhlenbodens fort. Ein zweiter Knochenhaufen zerfiel unter seinen Stiefeln zu Staub, und als er schließlich seine Fackel hob und einen der weißen Kokons damit berührte, löste er sich mit einem dumpfen *Wusch* in Flammen auf, und Knochen und Fetzen von verrottetem weißem Fell regneten auf ihn herab.

Abu Dun machte ein angewidertes Gesicht, senkte seine Fackel und kam wieder zu ihnen zurück. »Hier ist nichts mehr.«

Andrej war nicht sicher, dass der Nubier damit recht hatte, doch da er selber nicht mehr wusste, was er noch glauben konnte, beließ er es bei einem Achselzucken und bedeutete Thure weiterzugehen.

Während er ihm folgte, zählte Andrej seine Schritte. Die

Höhle war vielleicht nicht so gewaltig, wie er im ersten Moment geglaubt hatte, aber er war dennoch fast bei hundert angekommen, als sie ihr gegenüberliegendes Ende erreichten. Der Feuerschein tanzte über den glänzenden schwarzen Stein und schien daran abzuprallen wie Wasser an einer sorgsam eingefetteten Oberfläche, und wieder glaubte er Bewegung wahrzunehmen, wo keine war. Doch nachdem sie einige weitere Schritte getan hatten, entdeckte er einen niedrigen Durchgang, in dem das Licht einfach versickerte. Seine Fantasie mühte sich redlich, ihm die schrecklichsten Ungeheuer vorzugaukeln, die in dieser Dunkelheit auf ihn lauern mochten, aber er verscheuchte die Bilder und ging sogar rasch an Thure vorbei, um als Erster in den Durchgang zu treten. Warme, feuchte Luft schlug ihm entgegen, und das entfernte Tropfen von Wasser wurde deutlicher. Er glaubte etwas zu hören, war aber nicht sicher, was.

Vorsichtshalber zog er sein Schwert, ehe er weiterging. Ein sehr schmaler, offenbar künstlich aus dem Felsen gemeißelter Gang nahm ihn auf, dessen Decke so niedrig war, dass die Flammen der Fackeln daran leckten, und mit einer dicken Rußschicht bedeckt, die Jahrhunderte alt sein musste. Mit jedem Schritt, den er ging, schien es wärmer zu werden, und auch der Luftzug nahm zu.

Andrej zählte auch diesmal seine Schritte, gab es dann aber auf, als aus dem unebenen Boden unter seinen Füßen plötzlich die erste Stufe einer steil nach unten führenden Treppe wurde. Auch hier wirbelte ihm wieder warme, feuchte Luft entgegen, und nun hörte er ein Durcheinander gedämpfter Laute, die er zwar nicht einordnen konnte, die aber unheimlich und bedrohlich klangen.

»Wir sind jetzt gleich da«, murmelte Thure hinter ihm. »Das fühle ich.«

»Halt den Mund, verdammt noch mal!«, zischte Abu Dun wütend, bekam aber nur ein halblautes Lachen zur Antwort.

»Glaubst du wirklich, er weiß nicht, dass wir kommen?«

Ärgerlich bedeutete Andrej den beiden Streithähnen zu schweigen und senkte seine Fackel, aber das zuckende rote Licht verlor sich nach einem guten Dutzend Stufen in der Schwärze, ohne das Ende der Treppe erreicht zu haben. Die Vorstellung, einfach in diese Dunkelheit hineinzumarschieren, gefiel Andrej überhaupt nicht, doch er musste Thure – widerwillig – im Stillen recht geben. Auch er spürte, dass es jetzt nicht mehr weit sein konnte. Irgendetwas war dort unten, eine nebelhafte, nicht greifbare Präsenz, die der Odins ähnelte, wie er sie auf der Waldlichtung gespürt hatte, zugleich aber anders war. Schwächer. Etwas fehlte, und etwas anderes, Leidendes war hinzugekommen.

Er ging weiter, nicht ohne Thure und Abu Dun noch einmal mit einer entschiedenen Geste Schweigsamkeit verordnet zu haben. Das Tropfen von Wasser wurde lauter, ebenso wie die Wärme zunahm. Nach einem knappen Dutzend Stufen blieb er stehen und öffnete seinen Mantel, und noch bevor sie das Ende der Treppe erreichten, die sich weit mehr als hundert Stufen in die Tiefe erstreckte, hätte er ihn am liebsten abgestreift.

Schließlich aber war wieder glatter, ebener Boden unter seinen Füßen, und als er den Arm hob, wurde ihm klar, dass der rötliche Schimmer vor ihnen nicht nur das reflektierte Licht seiner eigenen Fackel war. Und da waren Stimmen. Möglicherweise etwas wie ein düsterer, an- und abschwellender Gesang.

»Das ist er!«, stieß Thure hervor. Unverzüglich wollte er an Andrej vorbeistürmen, doch der hielt ihn mit einer raschen Bewegung zurück und winkte stattdessen Abu Dun an seine Seite. »Du bleibst besser hinter uns.«

»Das ist selbstverständlich nur ein gut gemeinter Rat«, fügte Abu Dun hinzu.

Andrej verdrehte stumm die Augen, setzte aber seinen Weg

fort. Sie mussten noch einmal gute zwei oder drei Dutzend Schritte zurücklegen, bis sie das Ende des Stollens erreichten, wo es einen niedrigen und so schmalen Durchgang gab, dass er sich fragte, ob Abu Dun und Thure ihre breiten Schultern hindurchquetschen würden können. Gebückt trat er hindurch und rasch einen Schritt zur Seite, und ganz, wie er erwartet hatte, hörte er ein angestrengtes Schnauben und Keuchen, als der Nubier hinter ihm versuchte, sich durch den schmalen Spalt zu zwängen. Er sah nicht zu ihm zurück, sondern blickte sich aufmerksam und mit wachsendem Staunen um.

Der Lichtschein, den er gesehen hatte, stammte von einem guten Dutzend Fackeln, das die gewaltige Höhle erhellte. Auch sie war auf natürliche Weise entstanden, aber augenscheinlich hatte später jemand Hand angelegt. Der Boden war sorgsam geglättet und die Wände mit großen, kunstvollen Reliefarbeiten übersät, die zum größten Teil Schlacht- und Jagdszenen zeigten, aber auch Porträts von Riesen, Drachen und anderen mythischen Ungeheuern. Andrej konnte das Alter dieser Bilder beinahe körperlich spüren.

»Bei Odin!«, entfuhr es Thure, nachdem er sich ebenso mühsam wie Abu Dun vor ihm durch den Felsspalt gezwängt hatte. »Was ist das?«

»Warum fragst du ihn das nicht gleich selbst?«, schnaubte Abu Dun. »Und am besten noch ein bisschen lauter, Dummkopf. Nur für den Fall, dass er immer noch nicht gemerkt hat, dass wir hier sind.«

Andrej brachte ihn mit einem mahnenden Blick zum Verstummen und deutete zur anderen Seite des großen Raumes, wo jemand die Umrisse eines gewaltigen Tores in die schwarze Lava gemeißelt hatte. Eine mit schweren eisernen Beschlägen versehene zweiflügelige Tür aus armdicken, gleichfarbigen Balken verschloss den Durchgang, aber wenn es auf der anderen Seite einen Riegel gab, so war er offensichtlich nicht vorgelegt; die beiden Torhälften waren nicht ganz geschlossen, und auch hinter dem fingerbreiten Spalt dazwischen war flackerndes, rotes Licht zu erkennen.

Andrej spürte, wie Thure dazu ansetzte, etwas zu sagen, und ging mit schnellen Schritten los. Die Stimmen, die er bisher gehört hatte, ohne die Worte zu verstehen, verstummten, und er hörte ein Rascheln, das Geräusch schneller Schritte und das Klirren von Metall, vielleicht der Laut, mit dem ein Schwert aus der Scheide gezogen wurde. Wer immer auf der anderen Seite dieser Tür auf sie wartete, wusste längst, dass sie kamen.

Also gab es auch keinen Grund mehr, leise zu sein. Andrej ließ die Fackel fallen, stieß das Tor mit der freien Hand auf und wappnete sich gegen einen überraschenden Angriff, und neben ihm tat Abu Dun in einer vollkommen synchronen, spiegelverkehrten Wiederholung seiner eigenen Bewegung dasselbe – und blieb ebenso wie er überrascht mitten im Schritt stehen.

Sie standen am Eingang eines riesigen, rechteckigen Saales, der zur Gänze aus der schwarzen Lava des Berges herausgemeißelt schien. Wer immer ihn erschaffen hatte, hatte sich sogar die Mühe gemacht, die Fugen gewaltiger, rechteckiger Quader in die Wände zu meißeln, Boden und Decke bestanden aus einem mit unglaublicher Kunstfertigkeit nachgeahmten Mosaik, das dieselben barbarischen Motive wie die Bilder draußen an den Wänden zeigte. Beherrscht wurde dieser riesige, von zahllosen Kerzen und Fackeln fast taghell in einem unheimlichen Rot erleuchtete Saal von einer gewaltigen, steinernen Tafel, die nicht auf Beinen stand, sondern ebenfalls aus dem steinernen Herz des Berges herausgemeißelt worden war und von Dutzenden auf die gleiche Weise gearbeiteten steinernen Stühlen mit verzierten Rücken- und Armlehnen umgeben war. Dahinter, am Kopfende des gewaltigen Tisches und auf einer etwas erhöhten Empore stehend, erhob sich ein riesiger schwarzer Thron, auf dem Odin saß.

Er war nicht allein. Zwei Valkyries flankierten den schwarzen Thron. Beide hatten ihre Schilde und Schwerter erhoben, rührten sich aber nicht, und auch Odin hob nur müde sein Haupt, als sie eintraten.

Thure gab ein Geräusch von sich, das wie das Knurren eines wütenden Hundes klang, und wollte unverzüglich losstürmen, doch Andrej hielt ihn auch jetzt wieder mit einer raschen Bewegung zurück. »Warte!«

Der riesenhafte Krieger gehorchte, doch Andrej spürte, wie schwer es ihm fiel. Er warf Abu Dun einen raschen Blick zu, auf Thure achtzugeben, senkte demonstrativ sein Schwert – ohne es allerdings einzustecken oder in seiner Aufmerksamkeit auch nur einen Augenblick nachzulassen –, machte einen vorsichtigen, einzelnen Schritt in den Saal hinein und sah sich rasch nach rechts und links um. Eigentlich eine überflüssige Vorsicht, denn hätte dort jemand auf sie gelauert, hätte er es gespürt. Die beiden Valkyries folgten jeder seiner Bewegungen mit aufmerksamen Blicken, standen aber weiter reglos und starr wie Statuen.

»Ihr habt es also tatsächlich geschafft«, sagte Odin. Lag es an der veränderten Akustik dieses unheimlichen Ortes, oder hatte sich seine Stimme verändert und klang jetzt älter, schwächer und irgendwie … resigniert?, fragte sich Andrej. Er sagte nichts.

»Kommt ruhig näher«, fuhr Odin fort. Er lächelte matt. »Und keine Angst. Ich weiß, warum ihr gekommen seid. Euch wird nichts geschehen.«

Andrej beobachtete ihn – und vor allem die beiden Valkyries – weiter misstrauisch, und etwas Sonderbares geschah. Obwohl er wusste, wie gefährlich die beiden Frauen – und vor allem ihr Herr – waren, und obwohl es gerade erst einmal ein paar Stunden her war, dass Odin versucht hatte, Abu Dun und ihn zu töten, spürte er, dass er die Wahrheit sprach. Von dem einäugigen Gott ging keine Bedrohung aus. Und er *hatte* sich verändert, das sah Andrej deutlich, während er mit langsamen Schritten (und schon aus reiner Gewohnheit jederzeit auf einen überraschenden Angriff gefasst) auf ihn zuging. Er sah älter aus und erschöpft. Alle Kraft schien aus ihm gewichen zu sein, und sein einzelnes sehendes Auge betrachtete Andrej auf eine Art, die ihm einen kalten Schauer über den Rücken laufen ließ. Allerdings nur einen Moment lang, dann stützte er sich mit beiden Händen auf den verzierten Armlehnen seines monströsen Thrones ab, um sich mit einer unendlich müden Bewegung aufzurichten, und lenkte seinen Blick auf einen Punkt hinter Andrej. Im ersten Moment glaubte er, Odin sähe Abu Dun an, doch die nächsten Worte des Einäugigen belehrten ihn eines Besseren.

»Loki. Es ist lange her.«

Loki? Andrej sah verwirrt zu Thure zurück. Der riesige Nordmann war ebenfalls näher gekommen, und auch er hatte seine Waffe gezogen und hielt die gewaltige Streitaxt nun in beiden Händen. »Zu lange. Aber ich habe dir ja gesagt, dass wir uns wiedersehen.«

Odin seufzte leise, nahm mit einer bedächtigen Bewegung den schweren Helm ab und reichte ihn der Valkyrie zu seiner Linken, die ihn ehrfurchtsvoll auf dem Boden ablegte. Andrej sah seinen Eindruck bestätigt: Odin *war* älter geworden. Aus dem so sonderbar zeitlos wirkenden Antlitz, an das Andrej sich erinnerte, war das Gesicht eines uralten, müden Mannes geworden. Andrej konnte spüren, dass er Schmerzen litt, sowohl körperlich als auch seelisch. Er fragte sich, was geschehen war.

»Dann bring es zu Ende, Loki«, sagte Odin. Seine Hand, schmal und ausgemergelt und fleckig wie die eines uralten Mannes, sank auf den Griff des gewaltigen Schwertes, das er an der Seite trug, doch es war nur noch eine bloße Geste. Er hatte nicht einmal mehr die Kraft, die Waffe zu ziehen.

»Was ist mit ihm passiert?«, fragte Andrej an Thure gewandt, ohne die beiden Valkyries neben Odin aus den Augen zu lassen. Er hatte erlebt, wie unglaublich schnell diese Frauen waren. Und wie gefährlich.

»Sleipnir«, sagte Thure. Obwohl sein Gesicht unbewegt blieb und auch seine Stimme plötzlich so kalt und hart wie das Eis klang, über das sie tagelang marschiert waren, war plötzlich etwas Verächtliches darin zu hören, und ein unendlich böser Triumph. »Ihr habt diese Bestie getötet – und ihn damit auch. Jedenfalls fast. Ihr müsst ihn nicht mehr fürchten.« Er lachte ganz leise und fuhr, nun direkt an Odin gewandt, fort. »Du hättest auf mich hören sollen, Odin. Ich habe dir so oft gesagt, dass du dich nicht zu sehr mit ihr verbinden sollst.«

Er machte einen einzelnen Schritt, und die beiden Valkyries traten blitzartig vor und stellten sich schützend vor ihren Herrn.

»Nein!«, sagte Odin rasch, und die beiden Frauen wichen auf dieselbe Weise wieder zurück, anmutig und gefährlich zugleich. Der einäugige Gott schüttelte den Kopf, und seine Hand zog Gunjir nun doch aus seiner verzierten Scheide, doch auch in dieser Bewegung war nichts Bedrohliches. Andrej sah, wie schwer es ihm fiel, die Klinge zu ziehen und dann über seine Knie zu legen. »Ich bitte dich, verschone sie. Sie waren die letzten ihrer Art, und jetzt sind nur noch diese beiden übrig. Es ist nicht nötig, dass sie auch sterben.«

Andrej verstand immer weniger, was hier eigentlich geschah, und ein rascher Blick in Abu Duns Gesicht zeigte ihm, dass es dem Nubier ganz genauso erging. Thure jedoch schüttelte nur den Kopf und seine Stimme wurde noch verächtlicher. »Dann sieht es so aus, als wäre ihre Zeit jetzt endgültig abgelaufen, so wie die deine.« Er deutete mit seiner Axt auf Odin. »Tötet ihn!«, befahl er, und plötzlich war etwas Neues in seiner Stimme, etwas Andrej Unbekanntes und Grässliches, das aber auch so zwingend war, dass er ihm einfach gehorchen *musste.* Beinahe entsetzt über sein eigenes

Tun sah er mit an, wie er das Schwert hochriss und losstürmte und auch Abu Dun seine gewaltige Waffe hob –

- und Thure die zwei Meter lange Klinge bis ans Heft in den Rücken stieß!

Der Bann erlosch im gleichen Sekundenbruchteil, in dem der vermeintliche Nordmann mit einem erstickten Würgen auf die Knie fiel. Die Axt entglitt seinen plötzlich kraftlosen Fingern und polterte zu Boden, und ein Schwall aus hellrotem, schaumigem Blut quoll über seine Lippen. Seine Hände schlossen sich in einem letzten, zuckenden Reflex um die gewaltige Klinge, die wie ein silberner Dorn aus seiner Brust ragte, dann verließen ihn seine Kräfte, und er fiel endgültig nach vorne, als Abu Dun das Schwert aus seinem Rücken riss.

»Da habe ich mich wohl getäuscht«, sagte Abu Dun finster. »Dieses verdammte Schwert war doch noch zu etwas anderem nutze.«

Er lachte böse, und Andrejs Augen wurden groß vor Schrecken, als er sah, wie sich Thure zu regen begann und seine Hand nach der Axt tastete.

»Pass auf!«, schrie er, aber es war zu spät. Thure bewegte sich plötzlich mit einer Schnelligkeit, die selbst die der Valkyries übertraf. Seine Finger schlossen sich um den Stiel der Streitaxt, und auch sie verwandelte sich in einen bronzefarbenen Blitz, der sich beinahe schneller bewegte, als das Auge ihm folgen konnte, und sich mit einem dumpfen Geräusch tief in Abu Duns Leib grub. Der Nubier kippte ohne den mindesten Laut nach hinten, und Andrej flankte mit einer kraftvollen Bewegung über den Tisch und schlug mit dem Schwert nach Thure. Er hatte niemals zuvor in seinem Leben schneller und entschlossener angegriffen, und doch kam er sich vor wie ein Lahmer, der versuchte, mit einem Araberhengst mitzuhalten. Thure wich ihm mit einer mühelosen Bewegung aus und schwang seine gewaltige Axt, deren Schneide

rot war von Abu Duns Blut, und Andrej konnte gerade noch das Schwert hochreißen und den Hieb damit abfangen.

Sein Schwert zersplitterte.

Die kostbare Damaszenerklinge, die mühelos Stahl zerschneiden konnte, barst wie Glas unter einem Hammerschlag, und die Wucht des Hiebes war noch immer groß genug, um Andrej hilflos zurück und gegen den Tisch taumeln zu lassen. Thure lachte schrill, schwang seine monströse Waffe zu einem zweiten und womöglich noch kraftvolleren Hieb und Andrej wusste mit unerschütterlicher Sicherheit, dass er ihm nicht mehr würde ausweichen können.

Zwei schlanke Schatten sprangen Thure an und rissen ihn von den Füßen. Der vermeintliche Nordmann schleuderte eine der Valkyries mit einem wütenden Knurren davon, noch bevor er wieder aufgesprungen war, und packte die zweite mit beiden Händen, um sie mit solcher Wucht gegen die Wand zu schmettern, dass sie zusammenbrach und sich nicht mehr rührte, aber die winzige Atempause reichte Andrej. Mit einem einzigen Satz war er bei Thure und rammte ihm den zersplitterte Stumpf seines Schwertes in den Hals.

Der Riese grunzte vor Schmerz und Zorn. Noch mehr Blut sprudelte aus seinem Mund und aus der schrecklichen Wunde, die der Schwertstumpf in seine Kehle gerissen hatte, aber trotzdem schloss sich seine Hand im gleichen Augenblick mit unwiderstehlicher Gewalt um Andrejs Arm und drückte ihn herunter. Seine andere, zur Faust geballte Hand krachte mit Wucht gegen seine Brust, als er zum zweiten Mal gegen den Tisch geschleudert wurde, sich zweimal überschlagend über die spiegelglatte schwarze Lavaplatte rutschte und auf der anderen Seite hilflos zu Boden fiel. Alles drehte sich um ihn. Er bekam keine Luft mehr. Thures Faustschlag hatte irgendetwas in ihm gebrochen. Aber er hörte auch zugleich die stampfenden Schritte des Riesen und das bösartiger Scharren, mit dem er seine Waffe aufhob. Mühsam stemmte er sich hoch, versuchte die blutigen Schleier wegzublinzeln, die plötzlich vor seinen Augen waren, und erkannte Thure trotzdem nur als auseinanderfließenden Schemen, der brüllend vor Wut in seine Richtung stürmte.

Wieder sprang eine der Valkyries den Nordmann an. Diesmal gelang es ihr nicht einmal, ihn von den Füßen zu reißen, dafür aber packte Thure die unsterbliche Kriegerin und schmetterte sie mit furchtbarer Gewalt auf den Boden, und seine Faust traf sie mit noch fürchterlicherer Kraft, sodass ihr bronzenes Halbvisier zersprang und das blutüberströmte, verheerte Antlitz darunter zum Vorschein kam. Andrej konnte spüren, wie das Leben aus ihr wich.

»Andrej!«

Andrej war immer noch benommen und immer noch konnte er weder richtig atmen noch sehen, aber er hob ganz instinktiv die Hand und fing den bronzefarbenen Blitz auf, den Odin ihm zuwarf.

Und Gunjirs Kraft explodierte in ihm wie weiß glühende Lava, die aus dem brennenden Herzen eines Vulkans schoss.

Er hätte selbst nicht sagen können, warum er es tat, doch als er sich wieder zu Thure herumdrehte, verbarg er das Schwert hinter dem Rücken, und Thure – Loki! – hob mit einer bedächtigen Bewegung seine Streitaxt auf, fuhr mit der Handfläche über die gewaltige Klinge, um Abu Duns Blut abzuwischen, und bewegte dann die Schultern, wie ein Mann, der zu lange in einer unbequemen Haltung geschlafen hatte und sich nur räkeln musste, damit seine Muskeln wieder geschmeidig wurden. Ein dünnes, durch und durch böses Lächeln erschien auf seinem Gesicht, während er endgültig die Maske fallen ließ und Andrej begriff, wem er tatsächlich gegenüberstand.

»Ich hätte auf Abu Dun hören sollen«, sagte Andrej. »Er hat mich gewarnt, dass ihr euch tarnen könnt.«

»In der Tat«, antwortete Loki lächelnd. »Das hättest du.

Aber wo wir schon über deinen Freund reden – er ist noch am Leben. Möchtest du, dass das so bleibt, oder soll ich euch beide töten?«

»Tust du das denn nicht ohnehin?«, fragte Andrej bitter. Das Schwert in seiner Faust, die er noch immer hinter dem Rücken hielt, schien zu zittern wie ein ausgehungertes Raubtier, das an seiner Kette zerrte. Andrej versuchte, das zu ignorieren, was er tief in seiner Seele spürte, aber er konnte es nicht. Was immer dieses Schwert war, es ähnelte dem Ungeheuer in ihm selbst, aber es war älter, mächtiger und erbarmungsloser.

»Das liegt ganz bei dir, kleiner Vampyr«, erklärte Loki lächelnd. Endlich hörte er auf, seine Axt zu wienern, und deutete mit einer beiläufigen Geste auf Odin. »Töte ihn, und ich lasse euch beide am Leben.«

»Und warum sollte ich dir glauben?«, fragte Andrej.

Loki zuckte gleichmütig mit den Schultern. »Warum sollte ich dich belügen?«, erwiderte er. »Ihr habt euch bisher als nützlich erwiesen, und wer weiß, vielleicht brauche ich euch später noch einmal.« Sein Lächeln erlosch schlagartig und machte derselben gnadenlosen Härte Platz, die Andrej auch in der Seele des uralten Unsterblichen spürte. »Töte ihn!«

»Was ist mit dem richtigen Thure passiert?«, fragte Andrej, ohne sich von der Stelle zu rühren. »Falls es ihn jemals gegeben hat.«

»Oh, es hat ihn gegeben«, antwortete Loki, und wieder erschien das böse, *gierige* Lächeln auf seinen Lippen, ein Lächeln, das seine Augen unberührt ließ. »Er war ein tapferer Mann, aber auch ein schrecklicher Dummkopf. Er hätte auf seinen Vater hören sollen. Zu seinem Pech und meinem Glück hat er es nicht getan. Ich habe euch nicht mit einem Wort belogen, kleiner Vampyr. Er war tatsächlich hier.«

»Und du bist an seiner Stelle zurückgekehrt«, vermutete Andrej. Thure – Loki – seufzte nur und betrachtete interessiert seine Axt, als frage er sich, in welchem Winkel er sie wohl am besten in Andrejs Schädel versenken solle, und Andrej fuhr fort: »Und ich dachte, dass ihr einander nicht tötet.«

»Das können wir nicht«, sagte Odin.

Loki nickte. Er sah beinahe traurig aus. »Ja, das ist die Wahrheit«, fügte er hinzu. »Aber wir können es andere für uns tun lassen.« Sein Blick ging an Andrej vorbei und suchte den Odins. »Oder hast du wirklich geglaubt, du wärst sicher vor mir, *Vater?«*

Das Schwert in Andrejs Hand zitterte jetzt so heftig, dass er Mühe hatte, es zu halten. Seine Gier wühlte mit glühenden Krallen am Grunde seines Seins, hundertmal schlimmer, als es das Ungeheuer in ihm jemals gekonnt hatte.

»Und jetzt genug geredet«, fuhr Loki fort, wieder an Andrej gewandt. Auch die letzte Spur eines Lächelns war von seinem Gesicht verschwunden. »Töte ihn, oder ich töte euch. Zuerst deinen Freund und dann dich. Es ist deine Entscheidung.«

»Ja«, seufzte Andrej. »Das ist es wohl.« Und damit nahm er die Hand hinter dem Rücken hervor, und Lokis Augen wurden groß und schwarz vor Schrecken, als er Gunjir erkannte.

Andrej ließ ihm genug Zeit, um seinen Fehler zu begreifen, aber nicht einmal annähernd genug, um noch zu handeln, bevor er ihm die Klinge ins Herz stieß.

EPILOG

So anstrengend und furchtbar der Marsch über das Eis hierher gewesen war, so unheimlich und bizarr kam ihm der Rückweg zum Strand vor.

Als es Tag wurde, hatten sie den Berg auf einem anderen, sowohl schnelleren als auch deutlich ungefährlicheren Weg verlassen. Andrej konnte sich beim besten Willen nicht erinnern, Abu Dun jemals so schwer verwundet gesehen zu haben. Die gewaltige Streitaxt hatte seinen Körper beinahe gespalten, und die Verletzung war schlimmer gewesen als alles, was Abu Dun jemals überstanden hatte, und Andrej war sogar sicher, dass er gestorben wäre, hätte Odin ihm nicht geholfen. Der einäugige Gott hatte Abu Dun die Hand auf die Stirn gelegt und irgendetwas getan, das lautlos und schnell ging und Andrejs Begreifen überstieg. Kurz darauf hatte er gespürt, wie das erlöschende Leben in den Körper seines Freundes zurückkehrte. Dennoch hatte es noch lange gedauert, bis Abu Dun endlich die Augen aufschlug, und noch sehr viel länger, bis er die Kraft fand, sich aufzurichten und den zerfetzten Mantel notdürftig um sich zu wickeln.

Ein neuer, kurzer Tag dämmerte bereits herauf, als sie am Fuße des Berges wieder ins Freie traten, und Odin hatte noch eine weitere Überraschung für sie bereitgehalten; unzweifelhaft angenehm anzusehen, und doch war sich Andrej nicht sicher, ob er sich freuen sollte. Es war die letzte seiner Valkyries, die sie zurück zum Strand begleiten würde, um dafür Sorge zu tragen, dass sie nicht von den Piraten angegriffen wurden oder in irgend eine andere Gefahr gerieten.

Darüber hinaus hatte er ihnen drei Pferde bereitstellen lassen, nicht die Art, wie Andrej sie kannte – kraftvolle Araberhengste oder die ebenso starken wie ausdauernden Schlachtrösser aus belgischer oder deutscher Zucht –, sondern das genaue Gegenteil: kleine, zähe Ponys mit kurzen Beinen und einem dicken Fell, das sie ein bisschen wie zu groß geratene Schafe aussehen ließ, vermutlich aber ausgezeichneten Schutz vor der Kälte bot. Vor allem Abu Dun hatte nicht mit bissigen Bemerkungen gegeizt, und nachdem er endlich (unter lautstarkem Protest) in den Sattel gestiegen war, konnte Andrej ihn sogar verstehen, denn Abu Dun bot einen lächerlichen Anblick. Seine Füße reichten fast bis auf den Boden hinunter, und das arme Tier sah aus, als müsse es spätestens nach einem Dutzend Schritte unter seinem Gewicht einfach mittendurch brechen. Aber das war nicht geschehen, und sie waren ohne ein weiteres Wort des Abschieds aufgebrochen.

Und jetzt waren sie hier, und Abu Dun, der seine Überraschung um eine Winzigkeit schneller überwunden hatte als Andrej, riss die Augen auf und sprach wortwörtlich das aus, was Andrej im gleichen Moment dachte: »Also wenn *das* keine Zauberei ist …!«

»Ich glaube nicht an Zauberei«, antwortete Andrej und kam sich dabei ungefähr so lächerlich vor, wie Abu Dun auf seinem hundegroßen Reittier aussah.

»Natürlich nicht, Hexenmeister«, versetzte Abu Dun spöttisch. »Und ich bin auch sicher, dass du gleich eine Erklärung parat hast, die sogar ein dummer kleiner Mohr wie ich versteht.«

»Du bist nicht klein«, antwortete Andrej unweigerlich, zog es aber vor, den Rest von Abu Duns Worten geflissentlich zu überhören. Es hätte ihn womöglich in Verlegenheit gebracht, eine Erklärung dafür zu finden, dass sie ihre Ponys aus dem erstarrten Wald herauslenkten und der Strand vor ihnen lag, ohne dass sie die Steilwand oder die dahinterliegende Eisebene auch nur *gesehen* hatten. Das konnte nicht mit rechten Dingen zugehen.

Aber er blieb dabei: Er glaubte nicht an Zauberei, basta.

Auch wenn er sie gerade erlebte.

Als hätte er Andrejs Gedanken gelesen, grinste Abu Dun plötzlich über das ganze Gesicht und nickte dann nach vorne, zu ihrer schweigsamen Führerin. Die Valkyrie hatte kein einziges Wort gesprochen, weder bevor, noch nachdem sie aufgebrochen waren, und selbst auf die wenigen direkten Fragen, die Andrej und Abu Dun an sie gerichtet hatten, nur mit einem stummen Nicken oder Kopfschütteln geantwortet. Andrej bezweifelte mittlerweile, dass sie überhaupt reden konnte.

Jetzt stieg sie mit einer geschmeidigen Bewegung vom Rücken ihres Ponys, löste einen länglichen, in braunes Tuch eingewickelten Gegenstand vom Sattelgurt und kam die wenigen Schritte zu ihnen zurück.

»Von hier aus müsst ihr zu Fuß weiter. Die Pferde können hier draußen nicht existieren.« Überrascht stellte Andrej fest, dass sie nicht nur reden konnte, sondern auch eine dunkle und dennoch sehr weibliche Stimme hatte, die ihn auf eine Weise berührte, die ihn verunsicherte.

»Wir sollen zu Fuß weitergehen?«, ächzte Abu Dun mit gespieltem Entsetzen. »Das ganze Stück? Ich bin ein Invalide, der von Rechts wegen ins Bett gehört, vorzugsweise in Gesellschaft von –«

Nachdem sie ihre Sprache wiedergefunden hatte, schien die Valkyrie wohl ihr Gehör verloren zu haben, denn sie beachtete Abu Dun nicht einmal, sondern fuhr, an Andrej gewandt fort: »Mein Herr lässt Euch seinen Dank ausrichten und sein großes Bedauern, dass Ihr ohne Euer Verschulden in einen Kampf hineingezogen worden seid, der nicht der Eure ist.«

»Wie nobel«, spöttelte Abu Dun. »Warum sagt uns das dein Herr nicht selbst? Oder kann er vielleicht außerhalb dieses Waldes auch nicht existieren?«

Die Valkyrie ignorierte ihn weiter und bedeutete ihm mit einer Geste, abzusteigen, und Andrej und einen Moment später auch Abu Dun gehorchten. Das Pony des Nubiers stieß ein erleichtertes Schnauben aus und reckte sich so ausgiebig, dass man seine Gelenke knacken hörte.

»Mein Herr möchte, dass Ihr das hier zum Zeichen seines Dankes annehmt«, sagte die Valkyrie, während sie ihm das Bündel reichte. Es war sehr schwer, und Andrej schlug das Tuch mit klopfendem Herzen und wachsendem Unglauben zurück. Darunter kam ein armlanges Schwert mit breiter Klinge und einem reich verzierten Griff zum Vorschein, das in einer alten und ebenso reich verzierten ledernen Scheide steckte. Abu Dun riss ungläubig die Augen auf, und auch Andrej starrte die Valkyrie einen Herzschlag lang fassungslos an. Das bronzene Halbvisier verbarg die obere Hälfte ihres Gesichtes, aber er war fast sicher, ein Lächeln auf ihren Lippen zu erkennen.

»Das ist … Gunjir!«, murmelte er ungläubig. »Aber das ist –«

»Mein Herr lässt Euch ausrichten, wie leid es ihm tut, dass Eure eigene Waffe beim Kampf gegen Loki zerbrochen ist, denn er weiß, wie kostbar sie war, und wie viel sie Euch bedeutet hat. Er hofft, dass dieses Schwert Euren Verlust wenigstens zum Teil wiedergutmacht.«

Andrej blinzelte verwirrt, sah die Waffe einige Augenblicke lang mit unverändertem Unglauben an und wollte sie dann aus ihrer Umhüllung ziehen, doch die Valkyrie legte rasch die Finger auf seine Hand und schüttelte den Kopf. »Und er lässt Euch sagen, dass Ihr dieses Schwert niemals ziehen dürft, wenn Ihr nicht bereit seid, es zu füttern. Bewahrt es auf, bis Ihr es wirklich braucht. Es gibt nur sehr wenige Dinge in Eurer Welt, die Loki töten können, doch Gunjir gehört dazu.«

»Loki?«, wiederholte Abu Dun. Er wirkte mit einem Mal sehr alarmiert. »Aber wieso Loki? Er ist doch tot?«

Die Valkyrie deutete eine Bewegung an, vielleicht ein Achselzucken. »Das ist es, was ich Euch sagen soll«, antwortete sie. »Das und seine Warnung, nicht wieder hierher zu kommen.«

»Weil er uns ja so unendlich dankbar ist?«, fragte Abu Dun.

»Weil Ihr noch nicht reif für diesen Ort seid«, antwortete die Valkyrie, und jetzt hatte Andrej das sichere Gefühl, dass sie das *mein Herr lässt Euch ausrichten* nicht zufällig weggelassen hatte. Doch sie gab ihm keine Gelegenheit, eine entsprechende Frage zu stellen, sondern nahm zuerst ihm und dann Abu Dun die Zügel aus der Hand und wandte sich um. Ihr eigenes Pony folgte ihr unaufgefordert, und Andrej sah ihr nachdenklich hinterher, bis sie zusammen mit den drei Tieren zwischen den eisgrauen Schatten des gefrorenen Waldes verschwunden war.

Und auch noch eine geraume Weile länger. So lange, bis Abu Dun ihm einen (wie er vermutlich meinte) freundschaftlichen Rippenstoß verpasste und seine Grimasse mit einem ebenso breiten wie anzüglichen Grinsen quittierte. »Ich gebe ja gerne zu, dass sie süß ist«, feixte er, »aber wenn du ihr noch lange hinterher starrst, dann werden dir die Augen aus dem Kopf fallen, und wenn Urd mich dann fragen sollte, wie das kommt, dann würde ich in arge Bedrängnis geraten. Ich meine: Du bist mein Freund, und ich möchte dich ungern kompromittieren, aber ich kann sie doch auch schlecht belügen, oder?«

»Wohl kaum«, antwortete Andrej. »Damit wäre mir auch nicht gedient. Wenn überhaupt, dann solltest du dir schon Mühe geben, sie *gut* zu belügen.«

»So wie du mich?«

Andrej sah ihn fragend an.

»Du hast behauptet, du hättest ihm dieses Ding da ins Herz gestoßen.« Abu Dun deutete auf Gunjir, und etwas erschien in seinen Augen, das Andrej dazu bewog, das magische Schwert *(Ihr dürft es niemals ziehen, wenn Ihr nicht bereit seid, es auch zu füttern)* wieder einzuwickeln und unter seinem Mantel zu verbergen. Abu Dun hatte keine guten Erinnerungen an diese Waffe, und einen Moment lang fragte er sich ganz ernsthaft, ob er die verzauberte Klinge überhaupt behalten sollte. »Das habe ich auch«, sagte er.

»Und wieso lebt er dann noch?«, wollte Abu Dun wissen.

»Das weiß ich nicht«, gestand Andrej. Er war verwirrt und weit erschrockener, als er sich eingestehen wollte. Er *hatte* Loki das Schwert ins Herz gestoßen, und er hatte *gespürt*, wie die magische Klinge seine Seele fraß.

»Und du bist ganz sicher, dass er tot war?«, bohrte Abu Dun nach. »Ich meine, so richtig tot und nicht nur ein bisschen?«

Andrej hob zur Antwort nur die Schultern. In dem Moment, in dem er Loki das Schwert in die Brust gestoßen hatte, *war* er sicher gewesen. Immerhin war ein Stich ins Herz – nach einer Enthauptung – die sicherste Methode, einen der Ihren wirklich zu töten. Verdammt, er *war* sicher gewesen! Jetzt war er es nicht mehr.

»Also?«, fragte Abu Dun.

»Odin hat ihn wegbringen lassen«, antwortete Andrej unbehaglich. »Ich war sicher, dass er tot ist. Aber …«

»Überzeugt davon hast du dich nicht«, führte Abu Dun den Satz zu Ende. Er schnaubte. »Und du bist nicht auf die Idee gekommen, dass ein Stich ins Herz bei einem von denen vielleicht *nicht* reicht, um sie zu töten?«

»Nein«, antwortete Andrej. *Nicht mit diesem Schwert.*

»Tja«, seufzte Abu Dun, »dann sieht es so aus, als hätten wir jetzt einen neuen Feind.« Plötzlich grinste er.

»Und was ist daran so komisch?«, wollte Andrej wissen.

»Nichts«, antwortete Abu Dun. »Ich hoffe nur, dein Freund behauptet nicht nur von sich, ein Gott zu sein, sondern ist auch geduldig wie ein solcher. Er wird sich hinten anstellen müssen. Die Schlange ist ziemlich lang.«

»Ja, das ist sie«, bestätigte Andrej. Loki würde sich tatsächlich gedulden müssen. *Es sei denn, er betrügt bei der Reihenfolge*. War Loki in der Mythologie der Menschen nicht auch der Gott der Lüge?

»Lass uns gehen«, sagte Abu Dun. »Es ist verdammt kalt hier, und ich weiß da ein kleines Dorf, in dem ein warmes Bett mit zwei drallen Schönheiten auf mich wartet.«

Andrej, der solcherlei Gespräche noch nie gemocht hatte, schloss endgültig seinen Mantel und marschierte los. Abu Dun hatte zumindest in einem Punkt recht: Es war entsetzlich kalt, und nach der Wärme im Inneren des noch lange nicht erloschenen Vulkans spürte er die Kälte doppelt grausam. Von ihrer Position am Waldrand aus konnten sie das Meer bereits sehen, aber Andrej schätzte, dass sie noch eine gute halbe Stunde Fußmarsch vor sich hatten, bis sie den Strand tatsächlich erreichten. Bei der grausamen Kälte und dem Wind, der ihnen wie mit unsichtbaren Messern in die Gesichter schnitt, eine kleine Ewigkeit. Beinahe konnte er Abu Duns Nörgelei sogar verstehen.

Sie gingen schweigend nebeneinander her, überquerten eine flache Anhöhe und blieben beide im gleichen Augenblick stehen. Unter ihnen lagen der Strand und das Meer, aber die Flotte, die eigentlich auf sie warten sollte, war verschwunden. An dem flachen, aus nahezu blau schimmerndem Eis bestehenden Strand lag nur noch ein einziges Schiff.

»Was beim Scheijtan …?«, murmelte Abu Dun.

»Das ist die *Fenrir*«, sagte Andrej.

»Das sehe ich auch«, fauchte Abu Dun. »Aber wo, verdammt noch mal, sind die anderen Schiffe?«

»Die Piraten?«, vermutete Andrej.

»Ach, und sie haben die gesamte Flotte gestohlen und die *Fenrir* dagelassen?« Abu Dun schüttelte heftig den Kopf. »Da stimmt doch was nicht. *Los!*«

Nebeneinander rannten sie los – oder versuchten es wenigstens. Abu Dun stürzte allein auf den ersten paar Dutzend Schritten zweimal, und auch Andrej wünschte sich schon nach einer einzigen Sekunde nichts mehr als ein Paar der nagelbesetzten Stiefel, wie er sie bei Björn und seinen Männern gesehen hatte, aber schließlich fanden sie in einen sicheren Takt, auch wenn sie auf dem spiegelglatten Boden mehr dahinrutschten als gingen. Noch bevor sie den Strand erreichten, kletterten zwei Männer von Bord der *Fenrir* und kamen ihnen entgegen, schnell, aber ohne allzu große Hast. Einer der beiden blieb schon nach wenigen Schritten wieder stehen, der andere stieß zu ihnen, als sie noch zwanzig Schritte vom Wasser entfernt waren. Andrej spürte eine sonderbare Unruhe, aber er suchte vergeblich nach irgendeinem Anzeichen von Furcht oder auch nur Nervosität in seinem Gesicht. Was immer hier auch geschehen war, ein plötzlicher Angriff der Piraten schien es jedenfalls nicht gewesen zu sein.

»Was ist hier los?«, fuhr Abu Dun den Matrosen an, noch bevor er ein einziges Wort herausbrachte. »Wo sind die Schiffe?«

»Herr! Ich bin so froh, dass ihr endlich zurück seid! Wir warten seit zwei Tagen auf euch und waren schon in Sorge!«

»Ich habe dich gefragt, wo die Schiffe sind!«, herrschte Abu Dun ihn an, und Andrej fragte: »Zwei Tage? Was soll das heißen?«

Einen Moment lang war der Krieger sichtlich verwirrt und schien nicht zu wissen, auf welche der beiden Fragen er zuerst antworten sollte. Dann entschied er sich (vermutlich aus Gründen, die etwas mit Größe, Masse und einem finsteren Gesichtsausdruck zu tun hatten) für die Abu Duns. »Die

Schiffe sind ausgelaufen. Schon heute Morgen, gleich bei Sonnenaufgang.«

»Ausgelaufen!«, ächzte Abu Dun. »Ohne auf uns zu warten?«

»Was ist mit den Männern, die bei uns waren?«, fragte Andrej rasch. »Und Urd?«

»Sie sind zurückgekehrt«, antwortete der Krieger, voller Angst. »Schon vor zwei Tagen! Und Urd auch. Und wir *haben* auf euch gewartet! Aber unsere Vorräte sind begrenzt, und die Männer waren müde und erschöpft vom Kampf. Urd hat darauf bestanden, auf euch zu warten, und wir haben es getan, solange es ging.«

»Zwei Tage?«, vergewisserte sich Abu Dun.

»Über die hinaus, die Thure uns ohnehin zu warten befohlen hat«, bestätigte der Krieger.

Was dann alles in allem *vier* Tage bedeutete, dachte Andrej verwirrt. *Großer Gott, wie lange waren sie in diesem unheimlichen Berg gewesen?*

»Urd wollte noch länger warten, aber Thure ist es schließlich zu viel geworden, und die Flotte ist bei Tagesanbruch ausgelaufen«, fuhr der Krieger fort. »Aber Urd ist hiergeblieben, um auf euch zu warten. Sie ist auf der *Fenrir.*«

»Ja«, seufzte Andrej, »das sieht ihr ... Moment mal! Sagtest du *Thure?*«

»Thure war hier?«, murmelte Abu Dun ungläubig.

»Er kam kurz nach den anderen«, bestätigte der Mann. »Er hat berichtet, dass ihr im Kampf verschollen wärt und wahrscheinlich nicht mehr am Leben, aber Urd hat darauf bestanden, dass wir warten. Bis heute Morgen. Da hat Thure den Befehl gegeben, Segel zu setzen und abzulegen.«

»Und ihr habt ihm gehorcht?«, fragte Abu Dun.

»Er ist unser Herr«, antwortete der Mann verwirrt.

»Er ist –«, schnaubte Abu Dun, aber Andrej unterbrach ihn mit einer raschen Geste.

»Urd ist hier, sagst du?«

»Auf der *Fenrir*«, bestätigte der Mann. »Sie ist in ihrem ... *eurem* Zelt.«

Andrej sah zu dem niedrigen, rot-weiß gestreiften Zelt im Heck des Drachenbootes hin, aber dort rührte sich nichts. Eine Handvoll Männer war aufgestanden und hinter die halbhohe Schildreling getreten, um neugierig zu ihnen herüberzusehen, aber von Urd war keine Spur zu entdecken.

»Sie schläft, Herr«, sagte der Krieger rasch. Vielleicht auch nervös. »Sie hat die ganze Nacht gewacht und auf dich gewartet, genau wie in den Nächten zuvor. Thure hat uns verboten, sie zu wecken.«

»Thure?«, wiederholte Andrej alarmiert.

Der Mann nickte. »Er war heute Morgen bei ihr, bevor die Schiffe ausgelaufen sind, und –«

Andrej hörte gar nicht mehr hin, sondern stürmte los. Mit weniger als einem Dutzend Schritten erreichte er den Strand, stürmte durch das aufspritzende Wasser, ohne die eisige Kälte auch nur zu fühlen, und flankte mit einem einzigen Satz über den Schildwall. Abu Dun folgte ihm auf dieselbe Weise, wenn auch deutlich weniger elegant, sodass es einem oder zwei Männern nicht mehr rechtzeitig gelang, ihm Platz zu machen, und Andrej registrierte aus den Augenwinkeln, dass er sie kurzerhand über den Haufen rannte, achtete aber nicht einmal darauf, sondern stürmte nur noch schneller weiter und fiel in das winzige Zelt und neben Urd auf die Knie. Urd schlief tatsächlich, genau wie der Mann behauptet hatte, und es musste wohl ein sehr tiefer Schlaf sein, denn sie wachte nicht auf.

Und vielleicht war dieser Schlaf auch *zu* tief...

»Urd?«, sagte Andrej.

Er bekam keine Antwort. Urd lag auf der Seite, nur unzulänglich mit demselben Mantel zugedeckt, den sie auch im Wald getragen hatte, mit angezogenen Knien, und die aufeinandergelegten Hände unter das Gesicht geschoben, um dem Boden etwas von seiner Härte zu nehmen. Sie war sehr blass, was aber auch an der Kälte liegen mochte, die so mühelos durch die dünne Zeltplane kroch, als wäre sie gar nicht vorhanden, und bot trotz allem einen so friedlichen Anblick, dass er es kaum wagte, die Hand auszustrecken und sie an der Schulter zu berühren, aus Angst, ihren Schlaf zu stören.

Aber unter diesem Frieden kroch auch etwas anderes heran, etwas Düsteres und so Schreckliches, dass er sich im ersten Moment weigerte, es zur Kenntnis zu nehmen.

Etwas, das nicht sein *durfte*.

Er flüsterte noch einmal ihren Namen und bekam auch jetzt keine Antwort, und als er ihre Schulter berührte, war sie kalt und so leblos wie das Eis, das sie umgab, und als Andrej endlich seine Furcht überwand und in sie hineinlauschte, war auch dort nichts; nur eine allumfassende, gewaltige Leere; eine Düsternis und Kälte, die schnell und lautlos und unaufhaltsam auch in ihn hineinkroch und alles Leben und jede Wärme zu verschlingen begann.

Er war nicht einmal wirklich erschrocken.

Ein Teil von ihm hatte gewusst, dass es geschehen würde. Vielleicht nicht so schnell. Vielleicht hatte sich ein winziger, unvernünftiger Teil von ihm an die widersinnige Hoffnung geklammert, das Schicksal könnte so etwas wie Gnade zeigen, einen Hauch von Barmherzigkeit, indem es ihm eine kurze Zeit mit ihr schenkte, und sei es nur eine winzige Atempause in einem unendlichen Leben voller Schmerz und Flucht. Aber tief in ihm, auf einer Ebene, die noch schwärzer und kälter war als die, auf der das Ungeheuer lebte, hatte er stets gewusst, dass Abu Dun recht gehabt hatte, als er vor langer Zeit einmal gesagt hatte: Sie waren verflucht. Seine Liebe brachte den Tod. Die Unsterblichkeit, die er ihr geschenkt hatte, hatte nicht einmal zwei Tage gewährt.

Unendlich behutsam beugte sich Andrej vor, nahm Urds

Gesicht in beide Hände und küsste ein letztes Mal zärtlich ihre kalten Lippen, und – verrückt oder nicht – für einen winzigen Moment *war* er sicher, etwas zu spüren; vielleicht ein lautloses Seufzen tief in seinen Gedanken, und etwas wie einen warmen Hauch, der verging, bevor er ihn tatsächlich spüren konnte – aber dann brachte er den Mut auf, sich einzugestehen, dass da nichts war; nur etwas, das er so verzweifelt hatte spüren *wollen,* dass es für einen Moment beinahe wirklich gewesen war.

Aber da war nichts. Und es würde auch nie wieder etwas sein.

Andrej ließ ihr Gesicht los, schenkte ihr ein letztes, trauriges Lächeln und strich ihr dieselbe widerspenstige Strähne aus der Stirn, die ihr immer wieder ins Gesicht gefallen war. Dann stand er auf, trat gebückt aus dem Zelt und richtete sich draußen auf. So teilnahmslos, als beobachtete er einen Fremden, mit dem er sich nur zufällig denselben Körper teilte, registrierte er, dass in der Zwischenzeit sämtliche Männer vor dem kleinen Zelt zusammengelaufen waren und ihn mit schreckensbleichen Gesichtern anstarrten und tuschelten. Auch Abu Dun stand dort und sagte irgendetwas, das er nicht verstand, weil es so bedeutungslos war wie alles andere. Wortlos dreht er sich herum, bahnte sich einen Weg durch die Menge der Matrosen, die erschrocken vor ihm zurückwichen, als sie die Leere in seinen Augen gewahrten, und trat an die Schildreling, um auf das Meer hinauszublicken. Auch dort sah er nichts als Leere, eine graue Unendlichkeit, die die Welt verschlungen hatte, aber er spürte wieder den eisigen Biss des Windes, so kalt, dass es *wehtat*, und dieser Schmerz war gut.

»Es… es tut mir so unendlich leid, Andrej«, flüsterte Abu Dun neben ihm.

Leid?

Andrej lauschte einen Moment lang in sich hinein, um den Sinn seiner Worte zu begreifen, aber es gelang ihm nicht.

Vielleicht, weil nichts mehr einen Sinn hatte.

Seine Hand kroch unter den Mantel und schloss sich um den Griff Gunjirs, und er spürte die Gier der Klinge, von der er erst jetzt wirklich begriff, warum Odin sie ihm geschenkt hatte, und ein dünnes, kaltes Lächeln erschien auf seinen Lippen.

»Andrej?«, fragte Abu Dun. Er klang alarmiert.

»Nichts«, antwortete Andrej. Etwas ... geschah mit seiner Stimme, und sein Lächeln wurde bitter, als er begriff, dass er vielleicht nicht der Einzige war, dessen Geschenke den Tod brachten. Odins Großzügigkeit war keine gewesen. Er hatte gewusst, wozu er dieses Schwert brauchen würde. Kalt fragte er sich, ob Odin gewusst hatte, *wie* bald. Er wusste es nicht, aber er würde es herausfinden, und wenn die Antwort *ja* lautete, dann würde er auch ihn töten.

Später.

Seine Hand schloss sich noch fester um den Schwertgriff, und abermals spürte er die Wut und Gier der verzauberten Klinge, die danach schrie, aus ihrem Gefängnis zu entkommen, eine Wut, die verheerend und groß genug war, um die ganze Welt zu verschlingen.

Und – wer weiß?, dachte er, vielleicht, irgendeines Tages ...?

Lange, sehr lange Zeit verging, in der sie einfach schweigend nebeneinanderstanden und auf das Wasser hinausblickten, und schließlich fragte Abu Dun leise: »Und was ... tun wir jetzt, Andrej?«

Andrej löste die Hand von Gunjirs Griff. »Jetzt«, antwortete Andrej, und in seiner Stimme war eine Kälte und Erbarmungslosigkeit, die selbst das Meer ringsum erschauern ließ, »töten wir einen Gott.«

ENDE DES NEUNTEN BUCHES

Wolfgang und Rebecca Hohlbein

Das Blut der Templer 2

Roman

ISBN 978-3-548-26666-4
www.ullstein-buchverlage.de

Der 19-jährige Sascha und seine jüngere Schwester Charlotte werden von einem Unbekannten vor den tödlichen Schüssen eines Amokläufers bewahrt. Nach langer Suche finden die beiden den geheimnisvollen Retter: Er lebt mit Anhängern einer mysteriösen Ordensgemeinschaft zusammen, der Prieuré de Sion, die beschließt, Sascha zum Schwertkämpfer auszubilden. Aber es kommt anders – an Stelle von Sascha wird seine Schwester bei den Templern eingeschleust.
Wie alles anfing: die spannende Vorgeschichte von *Das Blut der Templer*.

»Was Hohlbein aufschreibt, wird zum Bestseller.«
Bild am Sonntag

»Wolfgang Hohlbein. Der Name für das Unbegreifliche.« *Frankfurter Allgemeine Zeitung*

UB429

ullstein

Chris Carter

Der Kruzifix-Killer

Thriller

Deutsche Erstausgabe

ISBN 978-3-548-28109-4
www.ullstein-buchverlage.de

Los Angeles: Die Leiche einer wunderschönen Frau wird gefunden, zu Tode gequält und bestialisch verstümmelt. Keinerlei Spuren. Bis auf ein in den Nacken geritztes Kreuz, ein Teufelsmal: das Erkennungszeichen eines hingerichteten Serienmörders. Detective und Profiler Robert Hunter wird schnell klar, dass der Kruzifix-Killer lebt. Er mordet auf spektakuläre Weise weiter. Und er ist Hunter immer einen Schritt voraus – denn er kennt ihn gut. Zu gut.

Er kennt keine Gnade. Er tötet grausam. Und er ist teuflisch intelligent.

UB513

ullstein

Wolfgang Hohlbein

Blutkrieg

Die Chronik der Unsterblichen

ISBN 978-3-548-26906-1
www.ullstein-buchverlage.de

Die Jagd auf einen bestialischen Werwolf führt den Schwertkämpfer Andrej und seinen treuen Begleiter Abu Dun immer tiefer in unbekannte Länder, deren eisige Kälte sie an den Rand ihrer körperlichen und geistigen Kräfte bringt. Täuschung und Wahrheit liegen so dicht beieinander, dass Andrej zweifelt, wem er auf dem Weg durch die Schneewüste trauen kann. Von den Dämonen des eigenen Gewissens gequält, steht er selbst bald an der Schwelle zum Wahnsinn ....

»Hohlbein ist Kult.« *Hörzu*

»Wolfgang Hohlbein ist der Magier der Fantasy-Literatur!« *Die Welt*

UB538

ullstein